比較文學論

曹順慶等著

序 言

我原本無意撰寫或主編這樣一部比較文學概論性著作，因為我的主要研究興趣在比較詩學，我還有一些重要的比較詩學寫作計畫尚未展開，不願意分散精力。但在近十來年的學術研究中，我發現不研究比較文學學科理論不行了，因為比較詩學中的許多重要問題，皆與比較文學學科理論密切相關，不搞清楚比較文學學科理論，比較詩學研究也無法真正深入展開。在研究中，我逐漸發現，我國當前比較文學學科理論的一個嚴峻問題是缺乏自己的、切合中國比較文學研究與教學實踐的學科理論。正是這種理論的缺乏，導致了中國當代比較文學研究中出現的許許多多問題以及學科發展上的徘徊與茫然，甚至導致了學科發展的「危機」。

正是在這樣一種狀況下，我開始回過頭來重新審視比較文學學科理論，決心總結一下適合中國比較文學實踐的學科理論。1995年，我在《中國比較文學》雜誌上發表了〈比較文學中國學派基本理論特徵及其方法論體系初探〉，對中國比較文學作了初步的學科理論勾勒。我提出中國比較文學的基本特色是「跨文明研究」，確切地說是「跨異質文明研究」。這個問題是以前的比較文學學科理論所沒有涉及到的，所謂「以前的」比較文學學科理論，主要就是指西方的學科理論。在西方比較文學學科理論中，由於歐美各國同屬於西方文明圈，跨異質文明不可能成為問題的焦點。而中國比較文學從一開始就必然和必須面對跨異質文明問題，隨著時間的推移，這個問題日益突出，不解決這個問題，中國比較文學既無法真正解決淺層次的比附問題（俗稱 X＋Y 研究），也無法真正解決中

西文化與詩學對話等深層次問題，更無法擺脫學科發展的困惑與茫然的危機。只有切切實實地總結出跨異質文明的學科理論和方法論，中國比較文學才可能真正邁開大步，走在全世界比較文學研究前列。在確定了「跨異質文明」這一基本立足點之後，我初步總結出了中國比較文學學科理論的五種方法，即：(1)「雙向闡發」；(2)異同比較研究；(3)文化探源研究；(4)異質話語對話研究；(5)異質文化融會法。這樣一個初步構想發表以後，在學術界回響很大。台灣師範大學古添洪教授在一篇公開發表的論文中指出：「自從比較文學『中國派』這個大方向晚近為大陸學界接受以來，開拓頗多了；曹順慶〈比較文學中國學派基本理論特徵及其方法論體系初探〉（1995）一文，最為體大思精，可謂已綜合了台灣與大陸兩地比較文學中國學派的策略與指歸，實可作為『中國學派』在大陸再出發與實踐的藍圖。」[1]最新出版的比較文學概論，都或多或少地提到這篇論文及這套方法論。如陳惇、孫景堯、謝天振主編的《比較文學》（高等教育出版社，1997）指出：「曹順慶的〈比較文學中國學派基本理論特徵及其方法論體系初探〉在這一方面作了初步的總結，（本書）下文論述中，多有參考此文之處。」（頁78）

　　在此文的基礎上，我對中西文論話語對話等問題，又作了進一步的探索，1996年，我在《文藝爭鳴》雜誌（1996，期2）發表了〈文論失語症與文化病態〉一文，提出了在中西文化與文論對話中所必然面對的中國文論失語症問題，並在此基礎上提出了重建中國文論話語的主張，先後在《文藝研究》發表〈重建中國文論話語的基本路徑及其方法〉（與李思屈合作，1996.2），在《文學評論》發表〈再論重建中國文論話語〉（與李思屈合作，1997.4）等論文，這些論文在比較文學界和當代學術界引起了強烈回響，一時間眾說紛紜，褒貶不一。雖然我的觀點不一定完全被學界所認同和接受，

但至少引起了普遍的注意，引起了學界的反思，僅這一點，即是大大有益學術之事。至少，從前那種一邊倒的「失語」狀態，不再被視爲理所當然，這就是一個異質文明對話的良好開端。以後，我又連續發表了〈替換中的失落——從文化轉型看古文論轉換的學理背景〉（《文學評論》，1999，期4，與吳興明合作）、〈從失語症、話語重建到異質性〉（《文藝研究》，1999，期4）、〈爲什麼要研究異質性〉（《文學評論》，2000，期6）等等論文，進一步深化了跨異質文明的基本思想。

這部《比較文學論》，正是在我的這些理論探索和總結的基礎上撰寫的。

爲了適應比較文學教學工作，本書儘量寫得簡略明瞭，深入淺出。將比較文學學科的原有基本理論與本書所創建的新理論的探索結合起來。在第一章中，除了介紹一些基本問題和概念外，我們還明確地提出了自己的比較文學定義，並對可比性進行了較深入的論述。第二章主要介紹「影響研究」，除了介紹法國學派傳統的「流傳學」、「媒介學」、「淵源學」外，還介紹了影響研究的新發展，如「異域形象學」、「接受理論與文學影響」、「文化過濾與文學誤讀」等等。第三章主要介紹美國學派的「平行研究」，並增加了「文學人類學」一節。第四章「跨文明研究」，則是本書的創新之處。在這一章中，我們不但介紹了我提出的跨異質文明研究的五種方法，而且還儘量使這些方法的可操作性凸顯出來，以便學生和讀者在學習了這一章的各節之後，能夠儘快地掌握跨異質文明的比較文學研究方法，並付諸實踐，以切切實實地推動中國比較文學研究的發展。由於我這些年擔任四川大學文學與新聞學院院長，行政工作較忙，原擬個人撰寫的工作只好由我與我的博士生合作撰寫，具體撰寫分工如下：緒論、第一章第一節第三部分、第四部分、第五

部分及各章引言：曹順慶，第一節第一、二部分及第二節：晏紅，第三節：蕭薇；第二章第一節：侯洪，第二節：李偉昉，第三節：向天淵、費小平，第四節：侯洪，第五節：劉文勇，第六節：張利群、董洪川；第三章第一節：向天淵，第二節：彭兆榮，第三節：姜源，第四節：何雲波，第五節：徐新建；第四章第一節及第二節第一、二部分：支宇，第二節第三部分：蔣榮昌，第三節第一部分：蔣榮昌，第二部分、第三部分及第四節：支宇，第五節：徐新建；由曹順慶通讀、審定和修改全書，李奇雲擬定參考書目；支宇協助修改了部分章節，孟廣明、李凱、程麗蓉也參加了本書的撰寫工作。感謝我的博士生們努力的工作，讓我完成又一心願。

　　本書由多人撰寫，難免參差不齊，所有的缺點和不足之處，理應由我承擔，希望再版時能進一步改進。

曹順慶

---

[1]《中外文化與文論》輯三，四川大學出版社，1997，頁53。

目　錄

✐ 緒　論 ✐
推動比較文學學科理論的建設

　　美國比較文學學者哈利・列文（Harry Levin）曾有一篇文章的標題為〈文學如果不是比較的，是什麼？〉（"What is Literature If Not Comparative?"），確實，當今的文學研究已經與比較結下了不解之緣，而且隨著「全球化」的推進，世界文化與文學的交往日益密切，比較的方法日益不可避免，比較文學研究也越來越重要，至少，中國近二十年來的情形就是如此。這表現在如下一些事實中：就一般的文學研究領域而言，幾乎當今的任何文學研究，都無法避開東西方文化的交會及中國與西方文學的碰撞、交流、影響、誤讀及比較等問題。例如，中國的現當代文學，整個地是在西方文化與文學的強大影響背景之上成長起來的，如果不關心、不研究西方文化與文學對中國現當代文學的影響，不探索現代文學與西方文學的關係，就不可能真正研究好中國現當代文學；文藝學研究也同樣如此，不清楚西方的影響，不釐清從馬克思文藝思想到俄蘇文論對中國文論的影響，不研究從佛洛伊德、結構主義到西方後現代文論與中國文論的關係，就不可能真正做好文藝學研究，而這樣一些研究，如果僅憑個人的經驗、印象與感覺去研究，不設法掌握一套較為系統的比較文學方法論，則勢必事倍功半。至於古代文學、古代文論界，曾有人以為與比較毫無關係，殊不知中國現當代的「西式」話語已經幾乎無人可以避開；當人們在津津樂道於《詩經》的「寫實主義」特色、屈原的「浪漫主義」品格，或者是杜甫的「寫實主義」與李白的「浪漫主義」以及《文心雕龍》「風骨」是「內容／形式」或是「風格」等之論述之時，其實早已陷入不自覺的中西文學觀念的碰撞和交會之中。而研究外國文學者，因其本身就是在「漢語經驗」中對異質文化與文學的研究，他們實質上從一開始就站在比較文學的立場上。以上事實確證了哈利・列文的說法：「文學如果不是比較的，是什麼？」至於比較文學圈內，情況更是火

熱，自中國大陸改革開放以來，比較文學發展的速度令人吃驚，它幾乎從無到有，從小到大，十幾年間，發展迅速。目前比較文學已成爲一門正規的重要學科，大多數大學已開設比較文學課，有幾十所大學已獲准設立比較文學碩士點，招收比較文學碩士生，北京大學、四川大學等多所大學已獲准設立比較文學博士點，並設立博士後流動站招收比較文學博士生和博士後人員。四川大學還成立了大陸地區第一個比較文學系，許多大學已成立比較文學研究所，出版刊物若干，如上海外國語大學出版的《中國比較文學》、四川大學出版的英文比較文學刊物 *Comparative Literature: East and West* 等等。出版專著、論文更是不計其數。

　　然而，儘管大家或多或少都處於比較研究之中，但卻有學者不願承認與比較文學有關係。甚至有人明明在從事比較文學研究，卻偏偏不承認自己是搞比較文學的。這是當今大陸文學研究的「怪」現象。一個典型的事例是安徽社科院錢念孫研究員（也是我的好朋友）寫了一篇題爲〈比較文學消亡論〉的文章[1]，舉出朱光潛等等大學者從來不認爲自己是比較文學學者。個中原因值得玩味。我認爲，其原因是多方面的，其中一個原因大約是比較文學在中國的聲譽不好。一些學者曾私下傳言，原本在西方是高難度研究的學科，到了中國卻成了取巧的東西，從事比較文學的某些人，既不懂中國文學與文論，也不通西方文學與文論，便去投機取巧，搞什麼比較文學；還有一些人，既不深入研究中國，也不深入了解西方，對中國與西方文學看一看，便亂比一通，找些似乎相似的東西比較一下，便「某某」加「某某」地比較一番，發現了「驚人的相似」後，便大功告成。這種不肯用功夫深入探討的浮泛之學風，一時間蔚然成風，眾多淺層次比較的「學術成果」風起雲湧，以致有學者驚呼中國比較文學產生了「危機」，這個危機就是這種淺度的比

較，或稱Ｘ＋Ｙ式的、某某與某某的比較[2]，諸如華滋華斯與陶淵明的比較、但丁與屈原的比較、杜十娘與茶花女的比較等等，更有甚者將之戲稱爲「阿貓」與「阿狗」的比較，於是乎，一時間比較文學似乎變成了「比附文學」，成了投機取巧者的學術避風港。這實爲中國比較文學界的一塊心病。一些學者同仁痛感於此，決心大力糾正學風，一些刊物下決心不再發表某某加某某或曰Ｘ＋Ｙ式的淺度比附文章，幾年下來，雖然此類文章少了，但問題卻並沒有解決。在1999年8月於成都召開的國際比較文學會議上，一些來自基層的學者，尤其是師專的教師們，對此很有意見，有人質問道：爲什麼Ｘ＋Ｙ就不行？你們這些學者並沒有講清楚道理：爲什麼華滋華斯與陶淵明不能比較？你總要告訴我們「爲什麼」，尤其應當告訴我們怎樣比較才是眞正的、深刻的比較文學，而不是淺度的「比附」文學？學者們應當說清楚，否則人們就不知所措。長此以往，就會嚴重影響中國比較文學的普及和發展。這些看似簡單通俗的語言，卻蘊涵著一個深刻而嚴峻的問題——中國比較文學學科理論建設不足的問題。

其實，大陸出版的比較文學教程與相關專著已經不少了，眼見一部部專著與教材紛紛問世，我本無意於再主編這樣一部教程式的書以湊數。但這些師專同行的話對我觸動很大。他們提出的問題實際上是嚴峻的，即：我們當前的比較文學教材，或者說比較文學學科理論，確實跟不上現實的需要，甚至與實際的研究情況脫節；現有學科理論無法回答現實的問題，無力解答研究中的困惑。是的，我們確實從西方搬來了一大堆理論，搬來了韋勒克（Rene Wellek）、雷馬克（Henry Remark）的定義，搬來了基亞（Marius-Francois Guyard, 1921- ）、提格亨（Paul Van Teighem, 1871-1948）的理論，搬來了謝弗雷（Yves Chevrel）、佛克瑪的看法，但是，我

們卻沒有自己的、切合中國比較文學實踐的理論，沒有一套獨創的又確實能解決自己問題的方法論。我們承認基亞、提格亨、雷馬克、韋斯坦因（Ulrich Weisstein）等人的比較文學學科理論確有價值，也確實推動了世界比較文學研究，但卻忘記了他們的比較文學學科理論是奠基在西方文化與西方文學土壤之上的。將這一套西方的比較文學學科理論直接搬到中國後，首先碰到的第一大難題是中西異質文明問題。由於中國與西方屬於完全不同質的文明，這種跨異質文明的比較，是西方比較文學學科理論從未認真對待過的問題，但這個問題卻是中國比較文學實踐從一開始就必須切切實實面對的問題。因此，在西方文化圈中本不成問題的類比研究，拿到中國來就變成了「比附」研究，因為華滋華斯與陶淵明之間有著巨大的文化落差，異質文化使得他們之間的比較加大了難度，如果不注意異質文明的探源，不注意異質文明的學術規則和話語差異，則這種比較必然成為淺度的「比附」文學。這就是問題之所在。

　　但是，我們的比較文學教材卻沒有相應的學科理論來解決這一迫切需要解決的現實問題。這一點，可以說是我決心主編這樣一部教程的初步動因。

　　由這第一步動因的觸發，我覺得我國學者應當將目光放長遠一點，進一步考慮建立起一套適合我國比較文學實踐的比較文學學科理論，以徹底改變當前「一頭霧水」似的中國比較文學學科理論現狀。我在香港客座訪問研究之時，與黃維樑教授合編了一部《中國比較文學學科理論的墾拓——台港學者論文選》（北京大學出版社，1998），在該書「導論」中我指出，反觀今日中國比較文學界，在學科研究內容和方法論方面，也已經呈現茫然和困惑之現象。再看當今世界比較文學界，由於研究領域的不斷擴展，原有的學科理論已經不能適應新的發展，比較文學學科理論日益趨向不確

定性，甚至有人認爲根本不用確定，或不屑確定。這種失去學科理論的茫然、困惑，這種不能確定或不屑確定學科理論的消解態度，必然將比較文學導向嚴峻的學科危機。國際上已有學者公然聲稱、「比較文學在某種意義上已經死亡」（Comparative Literature in one sense is dead）、「比較文學作爲一門學科已經過時」（Comparative Literature as a discipline has had its day）[3]。如果說章勒克稱1958年的比較文學學科理論的「危機」爲「一潭死水」的話，那麼我們目前的學科理論和方法論方面則堪稱「一頭霧水」。辨不清方向、不知何去何從的現狀，導致了當前全球性的比較文學的新危機。

　　爲什麼會產生「危機」，就西方而言，主要是因爲西方比較文學學科理論已經發展得較爲完善，要再往前跨一步，就不知怎麼跨了；要麼是跨進他們所不熟悉的東方文化圈，這一點西方學者很難辦到，即便有心去做，也往往是心有餘而力不足。要麼是跨進「比較文化」，這又進一步導致學科泛化，造成大而無當的「無所不包」的泛文化比較。爲了應對比較文學的跨世紀發展，美國比較文學學會會長伯恩海姆（Charles Bernheimer）主持了一個題爲「跨世紀的比較文學」學科現狀報告，對比較文學的發展方向提出兩點建議：第一，應放棄歐洲中心，將目光轉向全球；第二，研究中心應由文學轉向文化。該報告隨即引起了學術界的激烈論爭。美國康乃爾大學比較文學系著名學者喬納森·卡勒（Jonathan Culler）認爲，如果將比較文學擴大爲全球文化研究，就會面臨著其自身身分的又一次危機。因爲「照此發展下去，比較文學的學科範圍將會大得無所不包」[4]。顯然，當一個學科發展到幾乎「無所不包」之時，它也就在這無所不包之中泯滅了自身。既然什麼研究都是比較文學，那比較文學就什麼都不是。從這個意義上來說，我們前面所引蘇珊·巴斯奈特（Susan Bassnett）關於「比較文學已經死亡」、「比較文

學作爲一門學科已經過時」的斷言，並非空穴來風。比較文學如果邁向比較文化，放棄文學，那將走向「泛文化」化，必然導致比較文學學科的危機，甚至導向比較文學的消亡。顯然，此路不通。不過，我個人並不否認比較文學與比較文化的「聯姻」，但這種「聯姻」，是以文學研究爲中心，以文化研究爲輔助；不是以比較文化取代比較文學，而是以文化研究深化比較文學。這種深化，將尤其鮮明地體現在跨異質文明的比較研究當中。怎樣透過比較文化來深化比較文學研究，並進一步推進比較文學學科理論的進展？我的主張就是「跨文明」研究，尤其是跨越東西方異質文明的研究，這將是比較文學從危機走向轉機的一次重大突破，是全球比較文學研究的一次意義深遠的策略性轉變。

　　這一次策略性轉變的特徵何在？顯然，最顯著、最突出的就是西方與東方的交際、交會，是由原來一統天下的西方文明，變爲西方文明與東方文明重新開始互識、互證、互補，並共同創造一個多元文化交會的新時代，創造一個可能在東西方文化的眞正交融之中走向又一高峰的時代。這一點，西方不少有識之士已經開始認識到了，法國著名比較文學家艾金伯勒（Rene Etiemble）就是一個傑出典範，作爲巴黎大學比較文學教授，艾金伯勒恰恰一反前輩的狹隘觀念，力倡擴大眼界，融東西方文學研究爲一體，號召學習漢語、孟加拉語和阿拉伯語，對世界文學進行全球範圍的研究，從中「去嘗試概括出一個由諸不變因素（不變數）構成的系統」，將歷史的探尋和美學的深思結合起來，以建立一門比較詩學。在比較文學學會第十一屆年會（1985年，巴黎）上，艾金伯勒以「比較文學在中國的復興」爲題作爲大會發言，盛讚中國比較文學的復興；並贊同中國同行們的實踐及觀點：「我十分贊同遠浩一的意見，他批判了那些把自己禁錮在自命的所謂西方文學中的比較文學家們，他們的

行為使人們在使用形容詞『總體的』時全然謬誤了。」他認為，「真正的問題是要考慮一下當人們不了解阿拉伯文學的全部，不了解印尼、中國、日本、印度、黑非洲各國等等文學的全部時，他們是否有權使用比較文學的頭銜。」在這篇熱情洋溢而又尖銳深刻發言的結束語中，艾金伯勒誠懇地指出：「法國在一段時期內曾在我們這個學科內居領先地位，曾幾何時，它發現我們已生活在一個『已結束的』世界裡了（這裡取瓦萊里對形容詞『已結束的』所下的定義），倘若我們的比較文學界不滿懷誠意，竭盡全力地效法中國的榜樣，我們就極有可能在不久的將來成為一個取『死亡』意思的世界。」[5]不過有艾金伯勒這樣高瞻遠矚的學者，我們相信法國比較文學不但不會「結束」，而且必將邁向更加廣闊的天地，取得更加輝煌的成就！當然，不僅比較文學第一個學派的發祥地法國有慧眼，當今比較文學研究重鎮美國，也有不少遠見卓識的學者。克勞迪奧・紀廉（Claudio Guillen）指出，「在某一層意義說來，東西比較文學研究是，或者應該是這麼多年來（西方）的比較文學研究所準備達到的高潮，只有當東西兩大系統的詩歌相互認識，互相觀照，一般文學中理論的大爭端始可以全面處理。」[6]美國著名學者厄爾・邁納（Earl Miner）寫出了跨越東西方文化比較的《比較詩學》（*Comparative Poetics: An Intercultural Essay on Theories of Literature*），以研究實績打破了西方中心論；對於這一點，東方的學者，尤其是中國的學者們有著更加清醒而深入的認識，在此僅舉兩位美籍華裔學者為例：

　　美國史丹福大學華裔學者劉若愚（James J. Y. Liu）教授在他所著《中國的文學理論》（*Chinese Theories of Literature*）一書中指出，他寫這本書的第一個也是終極的目的在於透過描述各式各樣源遠流長，而且基本上是獨自發展的中國傳統的文學思想中派生出的

文學理論，並進一步使它們與源於其他傳統的理論的比較成為可能，從而對一個最後可能的普遍的世界性的文學理論的形成有所貢獻。可以說，這種「世界性的文學理論」，是不能沒有東方文學理論為基礎的，因此，劉若愚教授說：「我希望西方的比較文學家和文學理論家注意到本書提出的中國文學理論，而不再僅僅以西方的文學經驗為基礎去建構一般文學理論（general literary theory）。」目前在美國加州大學執教的葉維廉（Wai-lim Yip）教授，也對中西文學理論的比較做出了重要的貢獻。葉維廉教授倡導中西詩學比較的旨意，在於打破西方文化「模子」的壟斷，尋求世界文學發展的「異」、「同」，最終達到對文學規律、文學本質的尋求。他指出，「我們在中西比較文學的研究中，要尋求共同的文學規律、共同的美學據點，首要的，就是就每一個批評導向裡的理論，找出它們各個在東方西方兩個文化美學傳統裡生成演化的『同』與『異』，在它們互照互對互比互識的過程中，找出一些發自共同美學據點的問題，然後才用其相同或近似的表現程序來印證跨文化美學會通的可能。」[7]同樣，在台灣、在香港、在大陸，不少學者都認識到了東西方文學與文學理論比較的重要意義與價值。在歐洲，義大利比較文學家阿爾蒙多‧尼希（Armando Gnisci）提出了「作為非殖民化學科的比較文學，它倡導一種革命性的西方文化的自我批評，主張西方文化必須深刻反省，並和其他文化相協作來實現比較文學的發展；美國比較文學協會會長伯恩海姆的『學科現狀報告』，也明智地提出『放棄歐洲中心論，將目光轉向全球』。」可見，比較文學「跨文化」（跨越東西方異質文化）研究的興起，乃時勢使然，而並非某位學者或某國學者們的一廂情願。

可以預見，跨越東西方文化／文明圈的跨文明比較文學研究，將是二十一世紀中國比較文學乃至整個世界比較文學研究的主潮。

展望新世紀，我們不但不必擔心所謂將導致「第三次世界大戰」的文化／文明衝突，而且我們應當歡迎多元文化時代的到來，因爲人類文化史常常提示我們，世界文化的高峰，往往是在文化大交會，尤其是異質文明大交會處產生的。在這多元文化碰撞與融通的文化大交會之中，「跨文明」的比較文學研究必將登上一個更加輝煌的高峰！

　　顯然，比較文學這種跨越東西方異質文化的「跨文明」研究，是比較文學研究的又一個新階段。是繼比較文學學科理論第一階段，即法國學派「影響研究」和比較文學學科理論第二階段，即美國學派「平行研究」之後的又一個比較文學的新階段，即以跨東西方異質文明研究爲特徵的比較文學學科理論的第三階段。從整個世界比較文學發展來看，東西方文化的碰撞與浸透、對話與溝通，乃至重建文學觀念，已經是不可避免的大趨勢。我在《比較文學史》序[8]中曾談到，整個比較文學發展的一個基本特徵和事實，就是研究範圍的不斷擴大，一個個「人爲圈子」的不斷被衝破，一堵堵圍牆的不斷被跨越，從而構成了整個比較文學發展的基本線索和走向。早期的法國學派，關注並執著於各國影響關係的研究，比較文學便被拘囿於「事實影響」的小圈子裡了，美國學派樹起了無影響關係的跨國和跨學科的平行研究大旗，取得了輝煌的成績。然而，隨著時代的前進，比較文學已經面臨著一個跨文化的時代，面臨著東西方文明的跨越問題。著名比較文學家雷馬克曾對比較文學的跨越有一個十分形象的比喻：「國別文學是牆內的文學研究，比較文學越出了圍牆，而總體文學則居於圍牆之上。」[9]如果我們同意這種「圍牆」比喻，那麼可以說法國學派和美國學派已經跨越了兩堵「牆」：第一堵是跨越國家界限的牆，第二堵是跨越學科界限的牆。而現在，我們在面臨著第三堵牆，那就是東西方異質文明這堵

牆。跨越這堵牆，意味著一個更艱難的歷程，同時也意味著一個更輝煌的未來。這就是比較文學的第三階段。本書的內容，正是按照這樣三個階段來安排的。在本書中，我們除了論述比較文學第一階段及第二階段的學科理論之外，還力圖建構起比較文學第三階段學科理論的基本理論特徵及其方法論體系，在本書各章中，尤其在第四章中，我們力求總結出一套跨文明研究的方法和規律，以適應當前的比較文學教學和研究之需，適應當前比較文學所迫切需要解決和回答跨異質文明比較的問題。切切實實推進中國的比較文學研究與比較文學學科理論建設，並以實際行動，推動世界比較文學第三階段的學科理論建設。

注釋

[1]錢念孫，文載《文學評論》，1990，期3。

[2]謝天振，〈中國比較文學的最新走向〉，《中國比較文學》，1994，期1。

[3]Susan Bassnett, *Comparative Literature: A Critical Introduction* (Oxford and Cambridge: Blackwell Publishers, 1993).

[4]Charles Bernheimer ed., *Comparative Literature in the Age of Multiculturalism* (Baltimore and London: The Johns Hopkins University Press, 1995).

[5]轉引自《中國比較文學通訊》，1998，期1，頁4-7。

[6]轉引自葉維廉，《比較詩學》，台北：東大，1983，頁7。

[7]葉維廉，《比較詩學》，台北：東大，1983，頁7。

[8]曹順慶主編，《比較文學史》，四川人民出版社，1991。

[9]雷馬克，〈比較文學的定義和功能〉，干永昌、廖鴻鈞、倪蕊琴選編，《比較文學研究譯文集》，上海譯文出版社，1985，頁220。

第一章
比較文學的定義與學派

第一節　比較文學的定義與實質

　　二十世紀末，國內國外的比較文學危機呼聲四起，英國比較文學家和翻譯家蘇珊‧巴斯奈特就宣稱「比較文學作為一門學科已經過時」[1]。然而事實卻恰恰相反，在全球化浪潮衝擊下所興起的文化多元主義時代裡，比較文學作為一門獨立的學科非但沒有過時，也沒有被喧囂塵上的文化研究所淹沒，反而在跨文明研究基礎上再次迎來自己的繁盛時期——比較文學發展的第三階段。[2]比較文學作為世界「顯學」的地位在一片危機聲中得到重新鞏固。這確乎是一個矛盾的文學現象，究其實質，比較文學從其誕生之日起就延續至今的有關定義之爭不能不說是一個至關重要的原因。正如美國學派的代表人物勒內‧韋勒克早在1958年批判法國學派時所指出：「我們的學科的處境岌岌可危，其嚴重標誌是，未能確定明確的研究內容和專門的方法論。」[3]而當前的重要問題同樣在於弄清第三階段的學科理論的定義與實質。這也是本書的一個重要目標。當前，我們的學科理論仍然處於不明確的狀態，尤其是比較文學第三階段「跨文明研究」的學科理論還需建構。這是關係到比較文學進一步發展的根本問題。因此，要真正對比較文學有所了解，就必須首先弄清其定義與實質。

一、比較文學名稱的由來

　　比較文學這一名稱產生在比較文學作為一門學科誕生之前，它的產生有其特定的歷史背景。具體而言，主要有以下兩個方面的原

因：第一，與十九世紀初期一些學科爭相以「比較」命名有關。當時，「比較解剖學」、「比較語言學」等名稱在學術界得到公認，以致這種命名方式在當時的學術界成為一種風尚，當然這與歐洲當時的整個文化背景密切相連。第二，與此同時，十八世紀時歐洲各國之間的文化交往日益密切，文學作品的相互翻譯也非常活躍，國與國之間的文學作品進行比較是常有的事。在此背景下，法國的中學教師諾埃爾（Francois Noel）便於1816年為著自己的教學需要，編輯出版了一本名為《比較文學教程》的混雜著法語、英語、拉丁語和義大利語的文學作品選集，這是「比較文學」名稱的最早出現。由此可見，比較文學名稱的產生與比較文學作為一門學科所具有的涵義從一開始就是不一致的。這本名為《比較文學教程》的書其實並未探討作為一門學科的比較文學的理論特徵，它只是有關法國文學、古代文學和英國文學的作品選。直到1827年，歌德第一次倡導「世界文學」，法國學者維爾曼（Villemain, 1790-1870）在巴黎大學開設名為「比較文學」的講座，並把自己在1829年出版的一部著作稱為《比較文學研究》。緊接著，安貝爾（Jean Jacques Ampere, 1800-1864）接替他開設「各國比較文學史」，受到廣泛歡迎，才使這一名稱逐漸流行開來。需要特別指出的是，他們在當時的講座及論文、論著其實只是羅列史料，泛泛而談，缺乏系統的理論研究，算不上是一門獨立的學科。但是卻使比較文學的名稱得以固定下來，並沿用至今。

　　在法國，比較文學的法語是 littérature comparée，其涵義既可以指「被比較、被對照的文學作品」，也可以指「比較性的文學研究」，同時還隱含了不同國家文學之間「相互聯繫」的意思，因此作為一種指稱文學研究的名稱，儘管它沒有從名稱上明確表明比較文學研究的根本特徵，但在法國仍是合情合理的。

在英國則完全不同，比較文學的英語名稱是comparative
literature。最早使用這一術語的英國批評家是馬修‧阿諾德
（Matthew Arnold, 1822-1888）。1848年，他從法語引進該術語，造
出comparative literature一詞。不過，阿諾德是在一封私人信件中使
用這種名稱的，直到1895年才出版。因此，真正最早使
comparative literature一詞進入學術界的是波斯奈特（Hatcheson
Mcavlay Posnett, 1855-1927）。1886年，他以此為書名出版了世界
上第一部比較文學專著。現在，這一名稱已在國際比較文學界成為
通用術語，不過，正如韋勒克所說：「這個詞（指comparative
literature——引者注）的英語名稱，不可能離開法語和德語中的類
似名稱而孤立地進行討論。」[4]

在德國，比較文學的德語是Vergleichende
Literaturwissenschaft。其實，該詞用中文表示，一般被譯為「比較
文藝學」。在德語裡，「比較」（vergleichende）是一個現在分詞，
從而使法國學派所強調的注重結果（comparée）變成了注重過程與
行為；同時也將原來的Literaturgeschichte（文學史）演變為
Literaturwissenschaft（文學的科學），從而使這一學科從關注歷史聯
繫與事實影響的「文學史分支」變成了更注重思想探索的文學，這
與德國的學術傳統是密切相關的。

在義大利，1871年，桑克蒂斯（Francesco Sanctis, 1817-1883）
開始在那不勒斯主持比較文學講座，其比較文學的名稱是效法法國
而構成的，叫Letterature Comparata。儘管在名稱上並未遭遇太多
的阻力，但作為一門學科卻遭到著名學者克羅齊（Groce Benedetto,
1866-1952）的猛烈攻擊。克羅齊認為「比較」不能成為一門獨立
學科的理論依據。

在中國，一般認為「比較文學」一詞最早是出現在章錫琛所譯

本間六雄的《新文學概論》中。該譯本於1919年由商務印書館出版。不過，早在1904年，黃人便在撰寫《中國文學史·分論》中對波斯奈特及《比較文學》一書作過介紹。但是，真正使「比較文學」在中國學術界產生較大影響的卻是1931年傅東華從英文轉譯的法國學者洛里哀的專著《比較文學史》。就漢語的稱謂而言，「比較文學」容易使人產生僅僅是「文學比較」的誤解，即比較文學僅僅是一種用比較的方法進行的文學研究，或者是將不同國家、不同民族、不同語言的文學作品、文學現象等進行比較研究的文學研究模式，而這無疑與比較文學作為一門獨立學科所具有的豐富意義內涵是不一致的。另外，「文學」一詞在中文裡主要是指文學作品，而比較文學之「文學」，主要是指文學研究，因此，「比較文學」的漢語譯名並未將其本身具有的涵義完整表達出來。

　　綜上所述，「比較文學」這一稱謂的確從其誕生之日起，無論在哪個國家，它的具體所指與其作為一門學科應該具有的涵義都很難完全吻合。儘管如此，比較文學作為一門獨立學科仍然在十九世紀末得以誕生，並且這種「約定俗成」的名稱在種種論爭中沿用至今，並終於成為了一個公認的學科名稱。

二、比較文學作為一門學科的誕生

（一）比較文學賴以誕生的文化傳統和特定歷史背景

　　比較文學之所以於十九世紀末誕生於歐洲，有其特定的文化傳統和歷史背景，具體而言，大致如下：

　　首先，比較文學之所以在歐洲誕生，這與歐洲的文化文學傳統密切相關。在歐洲，早在古羅馬時期，一些學者就已經注意到羅馬

作家與希臘文學之間的傳承關係和風格差異。中世紀以後，由於共同的宗教信仰和共同的文學，使歐洲各國的文化關係極爲密切，人們開始產生整體觀念。從文藝復興時期思潮和思想文化運動，從人文主義、古典主義、啓蒙主義、感傷主義到浪漫主義，幾乎席捲了整個歐洲，各國之間的文學關係越來越密切，這爲比較文學的產生提供了重要前提。伏爾泰、萊辛、赫爾德、歌德等人爲比較文學的產生奠定了基礎。同時，東方文明在歐洲的傳入，更是使一些有識之士開始突破歐洲的局限，對中西文學進行比較研究，歌德在1827年的預言「世界文學時代即將來臨」可以說是代表了當時歐洲學術界的共同心聲。無論對歌德的「世界文學」作何理解，它都具有開放性、發展性、世界性的特徵。因此，比較文學的產生是以突破國家、民族、語言界限爲其最初基礎的。需要強調的是，儘管後來法國學派在給比較文學定義時將其限制在一國對一國的文學影響的具體考證研究基礎上，背離了歌德所提出的「世界文學」的初衷，但比較文學誕生的最初動因卻是與「世界文學」的基本特徵一致的，而這應當是理解比較文學定義的基礎前提。

其次，儘管文學是一種特定的精神現象，但它勢必受到人類社會發展的巨大影響。因此，十九世紀西方資本主義的迅猛發展所帶來的世界性眼光也必然影響到文學。正如馬克思和恩格斯在1847年所指出：「資產階級，由於開拓了世界市場，使一切國家的生產和消費都成爲世界性的了。……物質的生產是如此，精神的生產也是如此。各民族的精神產品成了公共的財產。民族的片面性和局限性日益成爲不可能，於是由許多種民族的和地方的文學形成了世界的文學。」[5]由此可見，作爲人類精神生產重要組成部分的文學在十九世紀已經不可避免地隨著物質生產的世界性而走向文學的世界性，從而使比較文學的誕生成爲歷史的必然。

　　第三，文學之爲文學，除了物質生產的推動外，還有其自身內在的發展規律。比較文學在十九世紀末得以誕生，除了上述兩個原因外，十八世紀至十九世紀初期由德國興起、而後盛行於整個歐洲的浪漫主義文學思潮，無疑發揮了直接的推動作用，正如日本學者大塚幸男所言：「十八世紀至十九世紀初期掀起的浪漫主義潮流，因其國際性特徵的緣由，形成了即使在研究一國文學之際，也不能無視這同外國文學關係的風氣。這樣，便催發了比較文學這門新興學科的萌生。」[6]

（二）比較文學誕生的標誌

　　正是在上述三大原因的共同作用下，比較文學作爲一門學科最終誕生於十九世紀七〇年代末至九〇年代。一般而言，其誕生的標誌是：

◆比較文學雜誌的出現

　　1877年匈牙利的梅茨爾（Hugo Von Merzl, 1846-1908）創辦《比較文學學報》（*Acta Comparationis Litterarum Universarum*），由多種語言寫成，介紹或提及歐洲主要國家及歐洲以外的許多文學。1887年，德國學者馬克斯・科赫（Marx Koch, 1855-1931）創辦了《比較文學雜誌》（*Zeitschrift fur die Vergleichende Literaturwissenschaft*），1901年又創辦了《比較文學史研究》。這兩份雜誌對比較文學學科的確立具有開創性的意義。

◆比較文學理論著作的問世

　　1886年，英國學者波斯奈特（當時他在組西蘭奧克蘭大學任教）出版了世界上第一部比較文學理論專著《比較文學》，標誌著比較文學的時代正式開始。

◆比較文學作為一門正式的課程進入高等學校的課堂

　　1870年，俄國學者維謝洛夫斯基（1838-1906）在彼得堡大學
創立了總體文學講座，1871年義大利學者桑克蒂斯在那不勒斯主
持比較文學講座，同年，謝克福德（Charles Shackford, 1815-1895）
在美國康乃爾大學創辦了「總體文學與比較文學」講座，1892
年，法國學者戴克斯特（Joseph Texte, 1865-1900）在里昂大學創辦
了比較文學講座。以後，各國紛紛開設比較文學課程，比較文學遂
正式成為高等學校中一門常設的具有明確的理論研究性的課程。

◆比較文學學位論文與工具書的出現

　　1895年戴克斯特完成了法國第一篇比較文學博士學位論文〈盧
梭與文學世界主義的起源〉。1895年，貝茨（Lous Paul Betz, 1861-
1903）完成了博士論文〈海涅在法國〉，並於1899年發表了《比較
文學目錄初稿》。丹麥文學批評家勃蘭兌斯完成了他的名著《十九
世紀文學主潮》。它雖未標榜比較文學，卻是一部真正的比較文學
的巨著。它的成功說明了比較文學研究的重要學術意義與學術價
值。

三、比較文學的定義與學科理論的發展

　　作為一門獨立的學科，比較文學毫無疑問應該有屬於自己的定
義。那麼，比較文學的定義究竟是什麼呢？對此，自1827年維爾
曼在巴黎大學講學時採用「比較文學」這個名稱以來，人們就一直
沒能下出一個能為世所公認的定義。國際學術界亦長期為此爭論不
休，以致有許多學者甚至放棄了給它下定義的努力。如曾給比較文
學下過非常精細的定義的法國學派的後期代表基亞在《比較文學》
第六版前言中就明確指出：「比較文學並不是比較。比較不過是一

門名字沒取好的學科所運用的一種方法。……企圖對它的性質下一個嚴格的定義可能是徒勞的。」[7]美國著名比較文學家勃洛克（M. Block）在肯定「（比較文學）可以被看作人文科學中最具活力、最能引起人們興趣的科目之一」的同時，亦認爲給比較文學下定義，其結果是「不妥當」和「得不償失」的。他說：「除了展示一個廣闊的前景的必要性，我認爲任何給比較文學下精確的細致的定義，把它上升爲一種準科學體系或者把比較文學同其他學科分開的企圖，都是不妥當的。如果我們想給比較文學下個嚴密的定義，或者把它歸納在一種科學或文學研究體系裡面，我們必將得不償失。」[8]但是，考察比較文學百多年來的發展進程，我們會發現眾多國際比較文學學者對比較文學的定義與實質的探討從來就沒有停止過。可以說，正是在對比較文學定義與實質的爭論中，比較文學才得以一次次走出岌岌可危的處境，一步步走向興盛繁榮。有趣的是，每一次關於學科理論及其定義的爭論，都引發了一次「危機」，但每一次「危機」，都成爲比較文學發展的一次轉機。

我們認爲，迄今爲止，比較文學學科理論由於比較文學的定義之爭，已形成了三大學科理論發展階段，第一階段在歐洲，第二階段在美洲，第三階段在亞洲。即以法國學派學科理論爲核心的第一階段，以美國學派學科理論爲核心的第二階段，和以正在形成中的中國學派學科理論爲核心的第三階段。作爲一門發展中的學科，如前所述，一方面，比較文學誕生的最初動因是開放性、發展性和世界性的；另一方面，比較文學的誕生又受到其文學文化傳統以及特定社會思潮的影響。因此，從它誕生至今，一百多年來，隨著比較文學不同階段的推進，其定義也是變動不定的。如果說，比較文學的定義之爭一直如影隨形地伴隨比較文學的發展，一次次給比較文學帶來危機的話，那麼這種定義的危機也一次又一次地成爲比較文

學學科理論發展的動力。

　　其實，任何一門學科的發展，也都常常伴隨著定義之爭。就拿眾所周知的「文學」這個定義來說，應該早有定論，但多少年來卻也一直論爭不休；「什麼是文學？」這個問題曾經困擾了學界千百年，曾有各種各樣的定義被提出來。如文學是模仿，是想像，是虛構，是情感等等……就西方而言，從柏拉圖、亞里斯多德到康德、黑格爾、華滋華斯、柯立芝，再到俄國的別、車、杜（別林斯基、車爾尼雪夫斯基、杜勃羅留波夫），應當說已研究得相當深入了，早該有確定的定義了，但是，當代西方文論的開端卻正是拿文學的定義來開刀的。伊戈頓（Terry Eagleton）的《文學理論導引》（*Literary Theory: An Introduction*）的「導言」就以「文學是什麼」（What is Literature?）來開始對當代西方文論的介紹和研究。也正是在對文學定義的詰難和追問之中，俄國形式主義才樹立起了自己的一面特色鮮明的旗幟，並推動了當代西方文論的進展。正如伊戈頓所指出：「也許文學的定義並不在於它的虛構性或『想像性』，而是因為它們以特殊方式運用語言。根據這種理論，文學是一種寫作方式，用俄國批評家雅各布森（Roman Jakobson）的話來說，這種寫作方式代表一種對於普通言語的系統歪曲。文學改變和強化普通語言，系統地偏離日常語言。……這就是俄國形式主義者提出的『文學』定義。」[9] 由於俄國形式主義敢於對以前的文學定義提出大膽挑戰，才真正推動了西方當代西方文論的蓬勃發展，當代西方文論，正是沿著定義之爭這條道路一步步展開的。從某種意義上說，這種似乎無窮無盡的關於「定義」的探討只是一種方式，學者們透過這種幾乎令人厭煩的方式，意外地，但卻是切切實實地推動了文學理論的進展，這或許就是有關「定義」探討的學術意義與學術價值。

　　今天，關於比較文學「定義」的探討，也應當從這個角度來理解，我們才不會感到茫然、困惑，甚至感到不必要或不耐煩。因為從比較文學發展的歷程來看，幾乎每一次關於定義的論爭，都或多或少推進了比較文學學科的建設，尤其是幾次大的有關「定義」的論爭，確實推動了比較文學的幾大學派的形成與比較文學學科理論的建立。

　　茲將由於比較文學定義之爭而形成的比較文學三個階段學科理論的形成概況簡述如下：

　　按照學者們通常的看法，比較文學學科理論的第一階段是由法國學派所奠定的「影響研究」（influence study）。然而，縱觀比較文學發展史，往往令人疑竇叢生。人們不難發現，最早倡導比較文學和總結比較文學學科理論的，其實並不是（或並不僅僅是）法國學者，例如，最早（1827）提出「世界文學」觀念的德國學者——著名作家歌德，被公認為推動比較文學發展的最重要人物。寫出第一部比較文學學科理論專著的人也並不是法國人，而是英國人波斯奈特。1886 年波斯奈特發表了世界上第一部論述比較文學理論的專著《比較文學》，該書對文學的本質、相對性、發展的原理、比較研究等許多問題作了精闢的闡述，並從氏族文學、城市文學、世界文學、國家文學等觀點對文學與社會的關係作了比較考察，堪稱比較文學先驅。波斯奈特對比較文學研究的內容和範圍都較為寬容，認為文學發展的內在特徵和外在特徵都是比較研究的目標，這實際上肯定了後來確立的平行研究（parallel study）與影響研究。創辦第一份比較文學雜誌的也不是法國人，而是匈牙利人。1877 年，全世界第一本比較文學雜誌創刊於匈牙利的克勞森堡（今羅馬尼亞的克盧日），刊名為《比較文學學報》，關於雜誌的性質，編者指出：這是「一本關於歌德的世界文學和高等翻譯藝術，同時關於民

俗學、比較民歌學和類似的比較人類學、人種學的多語種的半月刊」。該雜誌1888年停刊。1886年，德國學者科赫創辦了另一本頗有影響的比較文學雜誌《比較文學雜誌》，後又創辦了《比較文學史》，被視為德國比較文學的正式開端。科赫為該雜誌確定了如下內容：(1)翻譯的藝術；(2)文學形式和文學主題研究，以及跨越民族界限的文學影響研究；(3)思想史；(4)政治史與文學史之間的關係；(5)民俗學研究。這些內容不但涉及到影響研究與平行研究，而且還包括後來的所謂跨學科研究（interdisciplinary study）。例如，1871年索布里就寫出了《文學與繪畫比較教程》。[10]

　　由上述史實，我們可以發現這樣兩個問題：第一，比較文學早期的學科理論，並非僅僅由法國人奠定，在法國學者之前，已有德國的、英國的、匈牙利的學者率先提出了有影響的比較文學學科理論。第二，歐洲早期的比較文學學科理論，並非僅僅著眼於「影響研究」，而是內容豐富、範圍廣泛的，它已經蘊涵了影響研究、平行研究和跨學科研究，一開始就具備了世界性的胸懷和眼光。令人費解的是，這樣一個良好的比較文學開端，為什麼偏偏會走向旨在限制比較文學研究範圍的所謂「法國學派」的學科理論軌道上呢？迄今為止，並沒有人認真深思過、過問過這一問題。韋勒克曾深刻地批判過法國學派，但卻同樣並未深究過這一問題。

　　為什麼歐洲早期的比較文學學科理論會轉向僅僅強調實際影響關係的「文學關係史」？為什麼歐洲的比較文學會走上自我設限的道路？主要原因或許有如下數點：其一，圈外人對比較文學學科合理性的挑戰；其二，圈內人對比較文學學科科學性的反思與追尋；其三，世界胸懷與民族主義的矛盾。茲詳述之：

　　首先是圈外人對比較文學學科合理性的挑戰，最突出的標誌是義大利著名學者克羅齊發出的挑戰。克羅齊認為，「比較」是任何

學科都可以應用的方法，因此，「比較」不可能成爲獨立學科的基石。他指出，比較方法「只是歷史研究的一種簡單的考察性方法」，不僅普通、方便，而且也是文學研究不可或缺的工具，因此不能作爲這門學科獨有的基石。克羅齊說：「我不能理解比較文學怎麼能成爲一個專業？」因而下結論道：「看不出比較文學有成爲一門學科的可能。」由於克羅齊的學術地位和影響，他的強烈反對其意義是重要的，因此在義大利，比較文學學科理論的探討長期陷入停滯不前的困境。義大利學者本納第托在其《世界文學》一書中不得不悲哀地表示，他與他的同齡人在童年時代的夢想──比較文學將會在他們的國土開花結果──沒有實現。克羅齊的堅決反對在整個歐洲比較文學界同樣產生了強烈的影響，有學者指出，克羅齊是「帶著與比較文學公然爲敵的獨裁觀念，在各種場合用種種不同的沈重打擊來對付我們這門學科，並將它們幾乎打得個片甲不留」[11]。這種「打得片甲不留」之勢，可以說是比較文學學科的第一次危機。克羅齊的反對，不能不引起歐洲比較文學學者的震撼，引起他們對危機的反思。這種反思，集中在比較文學能不能成爲一門學科的問題上，如果能夠成爲一門學科，那麼，其學科的科學性何在？

　　「比較文學不是文學比較」，這句名言是擋住克羅齊等學者攻擊的最好盾牌。既然反對者集中攻擊的是「比較」二字，那就不妨放棄它，比較文學的學科理論可以不建立在飽受攻擊的「比較」上。基亞明確指出，「比較文學並不是比較，比較不過是一門名稱有誤的學科所運用的一種方法。」既然比較文學不「比較」，那比較文學幹什麼呢？法國學者們在甩掉了倍受攻擊的「比較」二字後，將比較文學的範圍大大縮小，縮小爲只關注各國文學的「關係」，以「關係」取代「比較」。法國學派的奠基人提格亨說：「比較文學的

目的，主要是研究不同文學之間的相互聯繫。」而不注重關係的所謂「比較」是不足取的。提格亨說：「那『比較』是在於把那些從各國不同的文學中取得的類似的書籍、典型人物、場面、文章等並列起來，從而證明它們的不同之處、相似之處，而除了得到一種好奇的興味、美學上的滿足，以及有時得到一種愛好上的批判以至於高下等級的分別之外，是沒有其他目標的。這樣地實行『比較』，養成鑑賞力和思索力是很有興味而又很有用的，但卻一點也沒有歷史的涵義；它並沒有由它本身的力量使人們向文學史推進一步。」[12]法國學派的主要理論家基亞一再宣稱，「比較文學的對象是本質地研究各國文學作品的相互聯繫」，「凡是不存在關係的地方，比較文學的領域也就停止了」。因此，比較文學的學科立足點不是「比較」，而是「關係」，或者說是國際文學關係史。所以他說：「我們可以更確切地把這門學科稱之為國際文學關係史。」從某種意義上說，法國學派的自我設限，拋棄「比較」而只取「關係」，正是對圈外人攻擊的自我調整和有效抵抗：你攻擊「比較」二字，我就從根本上放棄「比較」，如此一來，克羅齊等人的攻擊也就沒有了「靶子」，其攻擊即自然失效。「比較文學不是文學比較」，這句妙語恰切地蘊涵了歐洲學者們的苦衷和法國學者的機巧。而正是對「比較」的放棄和對「關係」的注重，奠定了法國學派的定義和學科理論基礎，形成了法國學派最突出的、個性鮮明的特色。

其二，法國學派學科理論的產生，也是圈內人對比較文學學科理論科學性的反思與追尋的結果。作為一門學科，應當有其學科存在的理由，這個理由就是確定性和「科學性」。克羅齊等圈外人指責比較文學隨意性太大，他們的批評實質上也暗含了這一點。怎樣建立一門科學的、嚴密的學科，是法國學者們思考的一個核心問題。法國學派的四大代表人物——巴登斯貝格（Fernand

Baldensperger, 1871-1958）、提格亨、伽利（1887-1958）、基亞都不約而同地著重思考了這一問題，提出了明確的觀點，即：要去掉比較文學的隨意性，加強實證性；放棄無影響關係的並同比較，而集中研究各國文學關係史；擺脫不確定的美學意義，而取得一個科學的涵義。法國學派的定義，正是在這種反思和追尋中形成的。

巴登斯貝格在法國《比較文學評論》創刊號上寫了一篇綱領性的導言——〈比較文學：名稱與實質〉，極力反對主觀隨意性的比較，強調實證性的嚴格研究。他指出，「有人說：比較文學，文學比較，這是毫無意義又毫無價值的吵鬧！我們懂得，它只不過是在那些隱約相似的作品或人物之間進行對比的故弄玄虛的遊戲罷了。……不消說，一種被人們這樣理解的比較文學，看來是不值得有一套獨立的方法的。」他說，「人們不厭其煩地進行比較，難免出現那種沒有價值的對比」，因為「僅僅對兩個不同對象同時看上一眼就作比較，僅僅靠記憶和印象的拼湊，靠主觀臆想把一些很可能游移不定的東西扯在一起來找類似點，這樣的比較絕不可能產生論證的明晰性」。怎樣才能產生「論證的明晰性」？怎樣的比較才「值得有一套獨立的方法」？那就是加強實證性，加強科學性，使比較文學研究落到實處。正如法國學派奠基人提格亨所明確指出的：「真正的比較文學的特質，正如一切歷史科學的特質一樣，是把盡可能多的來源不同的事實歸納在一起，以便充分地把每一個事實加以解釋；擴大事實的基礎，以便找到盡可能多的種種結果的原因。總之，『比較』兩個字應該擺脫全部美學的涵義，而取得一個科學的涵義。」[13]顯然，擺脫美學涵義，取得科學涵義，這就是關鍵所在！法國學者們試圖用科學的方法、實證的方法來建立一套獨立的方法論體系，因而他們不可避免地要反對「隨意性」的寬泛的且倍受攻擊的「對比」，從而走上縮小研究範圍、限制研究領域的自我

設限道路。為了建立一套獨特的方法論,他們寧可放棄美學的涵義,而追求科學的涵義。

　　法國學派代表人物伽利在1936年接替巴登斯貝格出任巴黎大學比較文學教授後,便致力於使比較文學精確化的工作,試圖透過這種「精確化」來設限,以此建立獨特的方法論體系。他在為他的學生基亞的《比較文學》一書撰寫的序言中指出:「比較文學的概念應再度精確化。我們不應無論什麼東西、什麼時代、什麼地方都亂比一通。」卡雷(Jean Marie Carre, 1887-1958)還指出,「我們不喜歡停留在狄更斯與都德的比較上,比較文學不等於文學比較。」比較文學不是並列的平行比較,而是實證性的關係研究,「比較文學是文學史的分支;它研究國際性的精神聯繫,研究拜倫與普希金、歌德與卡萊爾、司各特與維尼之間的事實聯繫,研究不同文學的作家之間在作品、靈感,甚至生活方面的事實聯繫。」基亞堅守其師卡雷的立場,在經受了美國學派的猛烈攻擊之後,1978年他在《比較文學》一書的第六版前言中仍堅持認為:「比較文學並不是比較。比較不過是一門名字沒有起好的學科所運用的一種方法,我們可以更確切地把這門學科稱為:國際文學關係史。」他仍大力反對泛泛的比較,反對「總體文學」及「世界文學」。基亞指出:「這兩種雄心壯志對大多數法國的比較文學研究人員來說似乎都是空想和無益的。繼阿紮爾(Paul Hazard, 1878-1944)和巴登斯貝格之後,我的老師卡雷認為,凡是不再存在關係——人與作品的關係、著作與接受環境的關係、一個國家與一個旅行者的關係——的地方,比較文學的領域就停止了,隨之而開始的如果不是屬於辯術的話,就是屬於文藝批評的領域。」基亞甚至警告道:「就我個人來說,我很擔心,比較文學的研究原想包羅一切,結果卻會什麼價值也沒有。」[14]

今天我們重溫基亞的這一意味深長的警告，並非沒有意義。我曾在一篇論文中指出：「當今世界比較文學界，由於研究領域的不斷擴展，原有學科理論已經不能適應新的發展，比較文學學科理論日益趨向不確定性，甚至有人認為根本不用確定，或不屑確定。這種失去理論的茫然、困惑，這種不能確定或不屑確定學科理論的消解態度，必然將比較文學導向嚴峻的學科危機。」[15]

其三，世界胸懷與民族主義的矛盾，一直困擾著比較文學的早期研究者們。本來，比較文學是以「世界性」來確立其學科地位的，跨國界、民族，乃至跨文化的世界胸懷應是比較文學研究的題中之義，但是，由於法國比較文學的誕生與民族文學史的研究密切相關，其倡導者竭力強調比較文學在文學關係史上的定位，因而在比較文學研究中，他們最感興趣的是法國作家和作品在國外產生了什麼影響？這些影響如何產生又如何表現出來？法國文學受到了哪些外來影響？這些影響又是如何與法國文化傳統交融與排斥的？如此等等。因此，在提格亨的眼中，比較文學只研究「二元關係」，而且「往往依附於本國文學觀念的目標」[16]；卡雷主張比較文學是文學史的一個分支；基亞更明確地把比較文學定義為國際文學關係史，甚至提出比較文學的目的就是比較民族心理學。他們都認為比較文學的目的就是研究歐洲諸國文學作品的相互關係，只限於一國對一國的「二元的」事實關係研究。在這種研究中，法國自然成為各種文學現象的放送者、傳遞者，一切關係的清理和材料的排比，不過是具體地坐實文學影響的存在，為自己國家的文學評功擺好。在這種「法國中心」或「歐洲中心」思想指導下的比較文學，必然表現出明顯的狹隘民族主義傾向，成為韋勒克所批評的「兩種文學之間的『外貿』」[17]，違背了比較文學的初衷，限制了比較文學的研究範圍。

　　如果說法國學派定義及學科理論引發的危機是一種學科收縮的危機，或者說是「人為的設限」而形成的危機的話，那麼，在批判法國學派中誕生的美國學派的定義及學科理論，則從它誕生的那一天起，便面對著擴張的危機，或者說是沒有設限的漫無邊際的無限擴張的危機。這個危機，美國學派的中堅人物其實從一開始便意識到了。比如，雷馬克雖然在他著名的比較文學學科定義中稱「比較文學是一國文學與另一國或多國文學的比較，是文學與人類其他表現領域的比較」[18]，其突破法國學派人為限制的態度似乎很堅決。然而，在同一篇文章中，他又不無擔憂地說：「比較文學要是成為一個幾乎可以包羅萬象的術語，也就等於毫無意義了。」所以並不贊同以「過於鬆弛的標準」來為比較文學劃界[19]。韋斯坦因也認為，像雷馬克那樣「把研究領域擴展到那麼大的程度，無異於耗散掉需要鞏固現有領域的力量。因為作為比較學者，我們現有的領域不是不夠，而是太大了」[20]。因此，他們又提出各種新的限制來修正比較文學的學科理論。

　　首先是關於「系統性」標準的限制。雷馬克提出：「文學和文學以外的一個領域的比較，只有是系統性的時候，只有在把文學以外的領域作為確實獨立連貫的學科來加以研究的時候，才能算是『比較文學』。」[21]他還列舉了不少實例來說明這種系統性。比如，將莎士比亞戲劇與其歷史材料來源進行比較，只有把文學和史學作為研究的兩極，對歷史事實或記載及其在文學上的應用進行了系統比較和評價，並且合理地作出了適用於文學和歷史這兩種領域的結論之後，才能算是比較文學。

　　其次是對「文學性」的限制。韋勒克雖然在著名的〈比較文學的危機〉一文中針對法國學派的主張，提出了不要把文學「當作爭奪文化威望的論戰中的一個論據，不作為外貿商品，也不當成民族

心理的指示器」的觀點，還提出「把文學作爲不同於人類其他活動和產物的一個學科來研究」的正確主張，但他同時也認爲，文學作品是爲特殊審美目的服務的語言符號結構，它包含聲音和意義單位兩個層面，以及由這二者產生出的情境、人物和事件的「世界」，比較文學應該以對這一多層結構的「內部研究」，即「文學性」研究爲核心，才能「獲得人類能夠獲得的唯一眞正的客觀性」；而研究文學作品與作者生平和心理、文學與社會環境、文學與其他藝術的關係等等屬於「外部研究」，「是在研究不同的問題」，理應排除在這種「客觀性」的追求之外。因此，他批評「許多研究文學，尤其是研究比較文學的著名學者其實並非眞正對文學感興趣，他們感興趣的是公眾輿論史、旅行報告、民族性格的概念等等——簡言之，在於一般文化史」[22]。

再次，是對「跨文化」研究的限制。美國學派在比較文學學科理論的建構中，明確反對法國學派的狹隘民族主義立場，提出了跨國家、跨學科的「世界主義」觀點。但是，在研究實踐中，一遇到跨越東西方異質文化圈的比較，他們就難以做到這一點，甚至打算從「世界主義」的立場後退，否認東西方文學比較研究的可能性，如章斯坦因就曾對「把文學現象的平行研究擴大到兩個不同的文明之間仍然遲疑不決」。他說：「在我看來，只有在一個單一的文明範圍內，才能在思想、感情、想像力中發現有意識或潛意識地維繫傳統的共同因素。」[23]

就這幾個方面的「修正」來看，所謂「系統性」的標準，如美國學派自己的中堅人物章勒克在〈比較文學的名稱與實質〉中所非議的那樣，只是爲實用目的而作出的「人爲的、站不住腳的區別」，它並沒有實際的可把握性和學科理論價值，反而會導致對跨學科比較研究的進一步限制和取消；「文學性」在美國學派提倡的

平行研究中，既是比較文學研究的學科目標，又是文學理論研究的根本任務，他們對「文學性」的刻意強調，其實質是要把從西方文化傳統演化而確立的文學研究目標和任務擴展為世界文學（包括東方文學）研究的目標，並試圖建立起融構一個「客觀」的世界性文學理論的學科信念。如此一來，比較文學必然會走向「泛文學性」，亦即「泛理論」的道路，甚至走向以文學理論代替比較文學的道路。因此，連前國際比較文學學會會長佛克瑪也認為，現在已經沒有必要去專門談比較文學理論了，因為文學理論研究已具有了比較文學的意義，討論比較文學作為一門獨立學科的意義已經不大。[24]與此同時，這種「泛理論」的比較文學研究，勢必使美國學派走向以西方中心主義立場來消解東方文化與文論異質性的道路。由此，我們不難發現他們對跨越東西方文化的比較文學研究之所以「遲疑不決」，甚或根本就不感興趣的重要原因。由於對「跨文化」比較研究的限制，美國學派因此無法兌現其「世界主義」的承諾，也難以對世界比較文學作出更大的貢獻。自雷馬克寫下經典的學科定義以來，美國學派一直以「研究文學與其他知識和信仰領域之間的關係，包括藝術（如繪畫、雕刻、建築、音樂）、哲學、歷史、社會科學（如政治、經濟、社會學）、自然科學、宗教等等」相標榜。然而，在具體的比較研究實踐中，其學科界限卻總是比較模糊：一方面似乎是無所不包的充分擴張，另一方面卻又不把包括中國在內的東方文化圈的文學納入其視野。正是這種擴張與收縮的矛盾，為新一輪的比較文學危機埋下了隱患。當人們按照美國學派的定義從事比較文學研究的時候，尤其是當世界範圍的文化研究潮流形成的時候，美國學派的學科理論必然受到巨大的衝擊，危機不可避免地會再次產生。二十世紀九〇年代興起的文化研究大潮，主要指當代的文化理論研究，以及非精英文化和大眾文化研究。它既包

括了自弗萊（1912-1991）的神話－原型批評理論崛起以來的各種精神分析、接受理論等等向文學外部轉移、並最終指向文化研究的理論，也包括日後逐漸興盛的那些傳統文學研究不屑於光顧的社區生活、種族問題、性別問題、身分問題、流亡文學、大眾傳媒等等。特別是它們當中的各種「差異」研究和「亞文化」研究，以其鮮明的當代性、大眾性和「非邊緣化」、「消解中心」爲特徵的文化研究，對傳統的經典文學藝術研究（包括比較文學研究）造成了巨大的衝擊。就文學研究而言，它要求考慮世界各國、各民族文學的多元文化背景，要求注重「文學性」背後的文化因素，要求比較文學實現自身定義的「世界主義」承諾。因此，它以跨學科、跨文化、跨藝術門類的特點，爲比較文學的發展開闢了新的道路。尤其是它所主張的文化多元性與包容性，文化的互動、互通和互補的思想，爲東方和第三世界國家文學研究的發展產生了很大的推動作用。顯然，站在「西方中心主義」立場上的比較文學美國學派已無法勝任這一使命，於是，一向重視跨越中西文化比較研究的比較文學中國學派便歷史性地承擔起這個重任，比較文學學科理論也順理成章地進入了發展的第三個階段。

　　中國比較文學研究，從世紀初梁啓超「文學是無國界的，研究文學自然不限於本國」[25]的開放胸懷，王國維立足中國本土，以闊大的眼界吸收異域養料的學術研究和文學批評活動，到魯迅對外來的東西進行理智的選擇和充分的吸收，並融入自身文化和文學改造實踐的基本態度，再到錢鍾書以廣闊的國際眼光和通曉古今中外文學理論精神實質的學識來進行切實的中外文學比較研究，以及朱光潛既借用西方文學理論闡釋中國文學，又以中國文學經驗來補充西方理論的互證互補研究，積累了大量的跨文化研究（cross-cultural study）的實踐經驗。自當代中國比較文學復興以來，中國學者吸

取中外比較文學研究經驗和教訓，既不囿於「影響研究」的據實考證，也不滿足於「平行研究」所引導的「西方中心主義」式的比較研究，努力探索一種跨越東西方文化的文學比較，以達到各民族文學之間的理解和融通，並在相互的尊重、交流、對話中，認識各民族文學的獨特個性，進而探尋人類文學創作發展的規律。在二十世紀九〇年代中國學派的倡導中，中國學者更是明確把跨異質文化比較研究作為學科理論的基礎，並主張在總結近百年中國比較文學豐富的實踐經驗和理論方法的基礎上建立自己的方法論體系。曹順慶曾在〈比較文學中國學派基本理論特徵及其方法論體系初探〉一文中提出：「『跨文化研究』（跨越中西異質文化）是比較文學中國學派的生命泉源，立身之本，優勢之所在；是中國學派區別於法、美學派的最基本的理論和學術特徵。」而「中國學派的所有方法論都與這個基本理論特徵密切相關，或者說是這個基本理論特徵的具體化和延伸」。這個方法論體系包括「闡發法」、「異同比較法」、「文化模子尋根法」、「對話研究」和「整合與建構研究」等五大方法論。[26]文章發表後在學術界引起了積極的回響，有關跨文明比較，本書將在第四章中詳論，茲不贅述。

　　縱觀全世界比較文學發展史，我們可以看到一條較為清晰的比較文學定義及其學科理論發展的學術之鏈。這條學術之鏈歷經影響研究、平行研究和跨異質文化研究三大階段，呈累進式的發展態勢。這種累進式的發展態勢，其特點不但在於跨越各種界限（如國家、學科、文化等等），而且在於不斷跨越之中圈子的不斷擴大和視野的一步步拓展。我把這種發展態勢稱為「漣漪式」結構，即比較文學學科理論的發展，就好比一塊石子投入平靜的水面，漾起一圈圈漣漪，由小到大，由裡到外蕩蕩開去。但無論有多少個圈子，中心卻是穩定的，即始終穩穩地確立在文學這一中心點上。儘管各

個發展階段中曾經或多或少地以各種方式偏離文學（如法國學派過多關注文學「外貿」，忽略了文學性這一問題，又如當今比較文學界「泛文化」的傾向偏離了文學等等），但並沒有從根基上脫離文學這個中心點。

一圈圈的「漣漪」構成了比較文學不同的發展階段，所有的漣漪便共同構成了比較文學學科理論漣漪式的基本框架。因而，比較文學學科理論不是線性的發展，不是「弒父」般的由後來的理論否定先前的理論，而是層疊式的、累進式的發展。後來的理論雖新，但並不取代先前的理論。例如，美國學派的平行研究、跨學科研究，並不能取代法國學派的影響研究；當今我們倡導的「跨文明研究」（跨越東西方異質文化），也並不取代「平行研究」與「影響研究」。時至今日，比較文學學科理論漣漪結構的最內圈──「影響研究」仍然有效，仍然在當今的比較文學研究中大顯身手，充滿學術生命力。不同階段的學科理論構築起了自己獨特的理論體系，形成了獨特的漣漪圈，而這些不同的學科理論又共同構築起了比較文學學科理論的宏偉大廈。由此可見，比較文學的定義之爭，確實推動了比較文學學科理論的發展。

四、比較文學各階段的定義與實質

下面，讓我們先回顧一下國內外各個階段比較文學的定義：

在法國學派形成之前，最早較爲確切地給比較文學下定義的應當是英國學者波斯奈特。在1886年出版的《比較文學》一書裡，波斯奈特所給出的比較文學的定義是：「文學進化的一般理論，即文學要經過產生、衰亡這樣一個進化的過程。」很顯然，這個定義明顯地帶著進化論的痕跡，其實質只是一種文學進化論。之所以這

種進化論在比較文學誕生之初會產生很大影響，這與十九世紀達爾文進化論思想的盛行密切相關。1871年，達爾文將生物進化論從一般動物應用到人類的起源問題上，論證人類是從低級物種到高級物種的漫長歷史進化過程的產物。這一進化論思想在歐洲乃至整個人類思想和精神的各個方面均產生極大影響。文學方面也不例外。文學進化論認為，世界上的一切事物，包括文學在內，都不是孤立存在的，而是相互依存、相互聯繫和發展變化的。正是由此出發，波斯奈特對比較文學的理解就必然是強調社會發展對文學生長的變動關係。認為能夠對文學進行科學解釋的主要原因就在於有比較的方法，而比較文學研究的正當順序應該是社會生活由氏族到城市，由城市到國家以至到世界大同的逐步發展。

與波斯奈特的觀點相似的，還有十九世紀德國的豪普特、俄國的維謝洛夫斯基、英國的西蒙茲和法國的布呂奈爾（P. Brunel）等。但由於進化論根本無法真正解釋文學的複雜發展歷程，因此這種以進化論為理論基礎的比較文學觀隨著進化論的衰落必然走向消亡。

同時，在法國，以孔德為代表的實證主義思想對當時的法國學術界卻產生巨大影響，於是以影響研究為基本特徵的法國學派便應運而生。這也是比較文學作為一門學科在經歷了誕生危機後的第一個繁榮時期，並因此使比較文學作為一門獨立學科真正立足於學術研究領域。法國學派的理論代表主要是提格亨、卡雷和基亞。因此，他們三人對比較文學所下的定義就基本代表了法國學派的比較文學觀。

作為第一個全面而系統地闡述法國學派的理論代表，提格亨以實證主義思想為理論基礎，透過對法國比較文學研究成果的總結，為比較文學建立了一套嚴密的學科體系，其主要精神體現在以下三

個方面：

首先，他將文學研究劃分爲「國別文學」、「比較文學」與「總體文學」，使比較文學在文學研究中擁有了自己獨立的研究領域，爲其成爲一門獨立學科奠定了基礎。但是，他將「比較文學」與「總體文學」嚴格區分則背離了比較文學誕生的初衷。

其次，提格亨將文學的同源性作爲比較文學的可比性，爲比較文學研究尋找到了切實可行的學理依據。在此基礎上，他又爲比較文學研究建立了以媒介學、流傳學、淵源學三大理論支柱共同構築的影響研究的理論大廈。但是他卻將比較文學的研究範圍局限於實證，認爲「『比較』這兩個字應該擺脫全部美學的涵義，而取得一個科學的涵義」[27]。這樣，使比較文學研究過分注重文學關係的實證性考察，而拋棄了對「文學性」的分析，從而成爲法國學派必將面臨的危機的一個根源。

最後，提格亨的比較文學觀帶有明顯的文學沙文主義特徵，不僅局限於歐洲中心主義，而且在後來逐步淪爲「法國中心」的文化擴張主義，這樣，比較文學的發展必定受到嚴重束縛。具體而言，提格亨對比較文學的界定是：

> 真正的「比較文學」的特質，正如一切歷史科學的特質一樣，是把盡可能多的來源不同的事實採納在一起，以便充分地把每一個事實加以解釋；是擴大認識的基礎，以便找到盡可能多的種種結果的原因。總之，「比較」這兩個字應該擺脫全部美學的涵義，而取得一個科學的涵義。而那對於用不相同的語言文字寫的兩種或許多種書籍、場面、主題或文章等所有的同點和異點的考察，只是那使我們可以發現一種影響、一種假借，以及其他等等，並因而使我們可以局部地用一個作品解釋另一個

作品的必然的出發點而已。[28]

令人遺憾的是，提格亨的後繼者們非但沒有對他的偏頗進行糾正，反而更進一步縮小圈子，更加致力於對比較文學概念的窄化，即所謂「精確化」。

卡雷在爲他的學生基亞的《比較文學》一書撰寫的序言中提出了法國學派的定義：「比較文學的概念應再度精確化。我們不應無論什麼東西、什麼時代、什麼地方都亂比一通……比較文學是文學史的一支；它研究國際間的精神關係，研究拜倫與普希金、歌德與卡萊爾、司各特與維尼之間的事實聯繫，研究各國文學的作品之間、靈感來源之間與作家生平之間的事實聯繫。比較文學主要不考慮作品的獨創價值，而特別關懷每個國家、每位作家對其所取材料的演變。」[29]在這裡，卡雷甚至將提格亨有關「總體文學」的論點也一併摒棄，只強調實證主義的事實聯繫，卡雷甚至認爲，「什麼地方的『聯繫』消失了——某人與某篇文章、某部作品與某個環境、某個國家與某個旅遊者等，那麼那裡的比較工作也就不存在了」[30]。

如果說提格亨只是在建構比較文學學科體系時爲了更加明確地使比較文學能獨立出來，而偏離了比較文學誕生的初衷，那麼到了基亞那裡，他則是明確地對總體文學進行完全的否定。他說：「人們曾想，現在也還在想把比較文學發展成爲一種『總體文學』來研究；『找出多種文學的共同點』（提格亨），來看看它們之間存在的是主從關係抑或僅只是一種偶合。爲了紀念『世界文學』這個詞的發明者——歌德，人們還想撰寫一部『世界文學』……1951 年時，無論是前一種還是後一種打算，對大部分法國比較文學工作者來說，都是些形而上學的或無益的工作。」在此基礎上，他指出：

「比較文學並非比較,比較文學實際上只是一種被誤稱了的科學方法,正確的定義應該是:國際文學關係史。」[31]這樣,在以「法國中心」的文化擴張主義的影響下,法國學派曾一度給比較文學帶來的蓬勃發展就逐漸淪爲一種斤斤計較「文學外貿」的「研究」,這就不可避免地使比較文學領域成爲「一潭死水」。

正是在此「岌岌可危」的處境中,1958年,在美國北卡羅萊納州教堂山舉行的國際比較文學協會第二屆年會上,以韋勒克爲代表的一些美國學者對法國學派的「定義」發起了大膽的挑戰。韋勒克在明確指出法國學派「在方法和方法論方面,比較文學已成爲一潭死水」之後,主張必須正視「文學性」這個問題,因爲它是美學的中心問題,是文學藝術的本質。韋勒克指出,「『比較文學』和『總體文學』之間的人爲界限應當廢除,『比較』文學已經成爲一個確認的術語,指的是超越國別文學局限的研究」,甚至「乾脆就稱文學研究或文學學術研究」。[32]值得注意的是,在衝破了法國學派的人爲束縛後,韋勒克卻又走向了另一個極端,使比較文學研究流於「無限」,並同時遭到來自法國學派和美國學派內部兩方面的攻擊(如基亞、韋斯坦因)。於是,美國學派比較文學的定義便應運而生。這就是雷馬克所說的:

> 比較文學是超越一國範圍之外的文學研究,並且研究文學和其他知識領域及信仰領域之間的關係。包括藝術(如繪畫、雕刻、建築、音樂)、哲學、歷史、社會科學(如政治、經濟、社會學)、自然科學、宗教等等,簡言之,比較文學是一國文學與另一國或多國文學的比較,是文學與人類其他表現領域的比較。[33]

這個定義的本質特徵即在於強調平行研究,從而爲美國學派奠

定理論基礎，但卻同時受到來自美國比較文學學者兩方面的批評。
韋勒克批評這個定義仍有「人爲的限制」，而韋斯坦因卻認爲它爲
比較文學所設置的「圈子」太大，批評道：　「我以爲把研究領域
擴展到那麼大的程度，無異於耗散掉需要鞏固現在領域的力量。因
爲作爲比較學者，我們現有的領域不是不夠，而是太大了。」[34]韋
斯坦因不但要縮小雷馬克已經畫出的「圈子」，而且力圖將「圈子」
限制在西方文學以內。因此他反對東西方文學的平行比較。[35]這種
看法，實際上是傳統的「歐洲中心論」的延續，而這又成爲束縛比
較文學向前邁進的一個新障礙。

　　隨著二十世紀八〇年代中國比較文學研究的迅速崛起，美國學
派的定義已不能適應當前比較文學的發展。這樣，以跨異質文明研
究爲基本特徵的中國學派，便以自己鮮明的理論特色和在東西方文
學比較中取得的大量成果，迎來了比較文學發展的第三個階段。值
得一提的是，這種發展已引起了世界比較文學界的關注。「跨文明
研究」的理論基礎和方法論體系，　「正在且即將構築起中國學派
『跨文化研究』的理論大廈」[36]。

　　在中國，對比較文學下定義的教材、論文、專著不少，但大多
是照搬西方人的定義，尤其是照搬美國學派的定義。以下將大陸各
種定義轉述如下：

　　中國大陸第一部比較文學概論性著作是盧康華、孫景堯所著
《比較文學導論》（黑龍江出版社，1984），該書指出：「『什麼是比
較文學』？現在我們可以借用我國學者季羨林先生的解釋來回答
了：『顧名思義，比較文學就是把不同國家的文學拿出來比較，這
可以說是狹義的比較文學。廣義的比較文學是把文學同其他學科來
比較，包括人文科學和社會科學』。」（p.14）這個定義可以說是美
國雷馬克定義的翻版。不過，該書又接著指出：「我們認爲最精練

易記的還是我國學者錢鍾書先生的說法：『比較文學作爲一門專門學科，則專指跨越國界和語言界限的文學比較。』更具體地說，就是把不同國家不同語言的文學現象放在一起進行比較，研究他們在文藝理論、文學思潮、具體作家、作品之間的互相影響。」（p.15）這個定義似乎更接近法國學派的定義，沒有強調平行比較與跨學科比較。這種比較文學定義的模糊和混亂，在早期的教科書中或許是難免的。

緊接該書之後的教材是陳挺的《比較文學簡編》（華東師大出版社，1986），該書仍舊以「廣義」與「狹義」來解釋比較文學的定義，指出：「我們認爲，通常說的比較文學是狹義的，即指超越國家、民族和語言界限的文學研究，主要研究兩種或兩種以上民族文學之間的相互關係、兩國或兩國以上文學之間的互相影響，找出它們之間的異同，透過這些關係、影響、異同的研究，認識各民族文學各自的特點，探索文學發展的共同規律。廣義的比較文學還可以包括文學與其他藝術（音樂、繪畫）等與其他意識形態（歷史、哲學、政治、宗教等）之間的相互關係的研究。」（p.2）

由樂黛雲主編、高等教育出版社1988年出版的《中西比較文學教程》，則對比較文學定義有了較爲深入的認識，該書在詳細考查了中外不同的定義之後，指出：「比較文學是一門不受語言、民族、國家、學科限制的開放性的文學研究學科，它從國際主義的角度，歷史地比較研究兩種以上不同文學之間的關係、文學與其他學科之間的關係。在世界文學的背景上，透過比較尋求各民族文學的特點和文學發展的共同規律。」（p.33）孫景堯於1988年出版了一本《簡明比較文學》（中國青年出版社，1988），提出了一個簡明的定義：「比較文學是將一個國家或民族的文學同另外一個（或一個以上）國家或民族的文學進行比較研究，或將文學與其他學科進行

比較研究。」（pp.15-16）這仍沿用雷馬克定義，無甚新意。

　　隨著時間的推移，學界的認識逐步深化。1997年，出版了兩部有特色的比較文學概論：其一是陳惇、孫景堯、謝天振主編的《比較文學》（高等教育出版社，1997），該書一改從前照搬歐美定義的做法，提出了自己的定義：「我們認為，把比較文學看作跨民族、跨語言、跨文化、跨學科的文學研究，更符合比較文學的實質，更能反映現階段人們對於比較文學的認識。」（p.9）這裡提到的四個「跨」，比從前的定義多了一個「跨文化」，這是一大進步。但作為定義，仍然不夠明確和清晰。同年，張鐵夫主編了《新編比較文學教程》（湖南人民出版社，1997），提出了頗有特色的看法。該書認為，比較文學具有五大特點：「即：開放性、綜合性、族際性、語際性和科際性。」（p.145）其論述確有新意，但卻不是一個明晰的定義。2000年9月，北京師範大學出版社出版了陳惇與劉象愚合著的《比較文學概論》修訂版，提出了一個明確的、同時又是最新的比較文學定義：「什麼是比較文學呢？比較文學是一種開放式的文學研究，它具有宏觀的視野和國際的角度，以跨民族、跨語言、跨文化、跨學科界限的各種文學關係為研究對象，在理論和方法上，具有比較的自覺意識和相容並包的特色。」（p.21）這是我們目前所看到的國內最有特色和最周全的一個定義。[37]

　　有心的讀者不難注意到，與美國學派的定義相比較而言，陳惇、劉象愚的定義少了一個「跨」——即「跨國家」。為什麼要否定這一個「跨」越呢？陳、劉二位認為，至法、美以來強調的「跨越國家界限」是不準確的。在其代表性著作《比較文學概論》中，陳、劉二位指出：「美國學者一再強調的比較文學是跨越『國界』的論點，並不是很精確的，比較文學原是為了突破民族文學的界限而興起的，它的著眼點是對不同民族的文學進行比較研究，而『國

界』主要是一個政治的、地理的概念，一個國家的居民，可以是同一民族的，也可以是由多民族組成的。在多民族的國家內，各民族文學之間除了它的統一的方面之外，也存在著差異，有時這種差異的程度及其意義，並不亞於兩國文學之間的差別。因此國別文學與民族文學並不是同一概念。比較文學的研究對象，確切地講，應該是跨越民族的界限，而不是國家的界限。」[38]陳、劉的這一觀點，不僅與美國學派不同，而且也與中國大陸第一部比較文學概論——盧康華、孫景堯所著《比較文學導論》及樂黛雲、陳挺等人之著不同。可算是一個新觀點。在否定了「跨國家」之後，陳、劉二位所提出的「跨民族」界限的定義是否恰當？是否有問題呢？實際上，所謂「跨民族」，是一個比「跨國家」還要不恰當的提法，是一個問題更多、歧義更大的提法。因為各國都有少數民族問題，不少國家是多民族的。例如，中國有五十六個民族，俄羅斯有一百多個民族，如果這些同一國內的一百多個民族之間的文學比較都算比較文學，難免造成文學研究領域的混亂，而且也有悖於比較文學的「世界胸懷」、「國際眼光」這一基本宗旨。目前，學界的慣例還是把國內各民族文學的比較視為國內文學研究或少數民族文學研究，這是正確的。

另外，中國比較文學學者還提出了比較文學定義中的「跨語言」界限問題，例如，高等教育出版社1997年出版的《比較文學》（陳惇、孫景堯、謝天振主編）認為：「把比較文學看作跨民族、跨語言、跨文化、跨學科的文學研究，更符合比較文學的實質。」[39]陳惇、劉象愚所著《比較文學概論》（修訂版）也提出：「比較文學是一種開放式的文學研究，它具有宏觀的視野和國際的角度，以跨民族、跨語言、跨文化、跨學科界限的各種文學關係為研究對象。」[40]其實，「跨語言」界限這種提法是很成問題的。這種看

法，不但法國學派的主帥卡雷的定義未曾提出，就連美國學派的主帥雷馬克的定義也未提過。卡雷的定義是：「比較文學是文學史的一支，它研究國際間的精神關係。」[41]雷馬克的定義是：「比較文學是超越一國範圍之外的文學研究，並且研究文學和其他知識及信仰領域之間的關係。」[42]曾提到過跨語言界限的大約是法國學者基亞，在《比較文學》一書中，基亞指出：「比較文學就是國際文學的關係史。比較文學工作者站在語言的或民族的邊緣，注視著兩種或多種文學之間在題材、思想、書籍或感情方面的彼此滲透。」[43]但，基亞的比較文學定義並未十分強調「跨語言」問題，他指出：「比較文學並非比較，比較文學實際只是一種被誤稱了的科學方法，正確的定義應該是：國際文學關係史。」[44]

　　既然法國學派、美國學派都沒有明確提出「跨語言」界限作爲比較文學的定義，那爲什麼中國學者卻津津樂道於「跨語言」的問題呢？其實，作爲定義提出來的「跨語言」，是中國學者才明確提出來的。在中國第一部《比較文學導論》（盧康華、孫景堯）中，著者引用了錢鍾書的一段話：「比較文學作爲一門學科，則專指跨越國界和語言界限的文學比較。」[45]當然，這裡的關鍵不在於是誰提出來的，而在於這種提法是否恰當。顯然，「跨語言」也是問題多多的。例如，美國與英國都使用英語，那美英之間是否應因不跨越語言界限而其文學比較就不算比較文學呢？廣而言之，澳洲、紐西蘭甚至許多亞洲國家也都講英語，這些英語國家之間的文學比較是否因不跨語言而不是比較文學呢？又如加拿大是多語種國家，加拿大的法語區與英語區的文學之間，是否也是比較文學呢？更進一步說，同一作家用兩種語言創作，這種現象如今已很普遍，那他（她）的不同語種的著作之間是否也因跨語言而可以進行比較文學研究呢？顯然，「跨語言」問題不可以作爲比較文學定義的內容，

否則將引起極大混亂。

在否定了「跨民族」與「跨語言」之後，我認為比較文學定義只應有三個跨越：即：跨國、跨學科、跨文明。茲申述之如下：

關於跨國家與跨學科這兩條，是法國學派與美國學派所奠定的，並經過了多年學術實踐檢驗了的定義。而「跨文明」這一條，是本書第一次正式提出來的，因此有必要就「跨文明」這一條闡述幾句。

1995年，我在《中國比較文學》（1995年第1期）雜誌上發表了長篇論文〈比較文學中國學派基本理論特徵及其方法論體系初探〉，正式提出了比較文學中國學派的基本特徵——「跨文化」，或者準確地說「跨異質文化」。在論文中我指出：「這種跨越異質文化的比較文學研究，與同屬於西方文化圈內的比較文學研究，有著完全不同的關注焦點，那就是把文化的差異推上了前台，擔任了主要角色。從根本上說來，比較文學的安身立命之處，就在於『跨越』和『溝通』；如果說法國學派跨越了國家界限，溝通了各國之間的影響關係；美國學派則進一步跨越了學科界限，並溝通了互相沒有影響關係的各國文學，那麼，正在崛起的中國學派必將跨越東西方異質文化這堵巨大的牆，必將穿透這數千年文化凝成的厚厚屏障，溝通東西方文學，重構世界文學觀念。因此，可以說『跨文化研究』（跨越東西方異質文化）是比較文學中國學派的生命泉源、立身之本和優勢之所在；是中國學派區別於法、美學派的最基本的理論和學術特徵。中國學派的所有方法論都與這個基本理論特徵密切相關，或者說是這個基本理論特徵的具體化或延伸。」

但現在我要把這個「跨文化」改一改，改成「跨文明」。為什麼要作這樣的改動？因為「跨文化」往往容易被誤解或被濫用。因為「文化」一詞涵義太多太廣，其定義可以有上百種之多；當今的

時髦是將什麼都冠以「文化」二字，此其一。其二，「跨文化」往往會產生許多誤會，因爲同一國家內，可能有若干不同民族文化與不同地域文化，如中國的巴蜀文化、齊魯文化、楚文化等等，這樣勢必會導致分不清楚國別文學研究與比較文學研究。其三，同一文明圈內也有不同文化，如法國文化與德國文化，英國文化與美國文化，這樣也會造成與「跨國」這一條比較文學定義的混淆。實際上，我已發現了許多上述混淆與混亂現象。儘管我一再倡導「跨異質文化」，特別突出「異質」二字，但仍有不少誤解和混淆。許多人似乎也贊成和倡導「跨文化」比較文學研究，但是他們講的「跨文化」與我倡導的「跨異質文化」，其涵義是不一樣的。因此，在這裡我特地將「跨異質文化」改爲「跨文明」，以便讓學界同仁眞正理解我的用意。

五、本書的定義與觀點

在述評了國內外各種關於比較文學的定義之後，作爲一部比較文學教材，理應提出自己的明確的比較文學定義。本書對比較文學定義如下：

比較文學是以世界性眼光和胸懷來從事不同國家、不同文明和不同學科之間的跨越式文學比較研究。它主要研究各種跨越中文學的同源性、類同性、異質性和互補性，以影響研究、平行研究、跨學科研究和跨文明研究爲基本方法論，其目的在於以世界性眼光來總結文學規律和文學特性，加強世界文學的相互了解與整合，推動世界文學的發展。

我們這個定義不同於法國學派、美國學派的學科定義之處在

於：我們增加和強調了「跨文明」研究和「異質性與互補性」研究這兩大要素，這是比較文學研究第三階段的最根本特徵，有關這些特徵，我們將在本書第四章中作詳細論述。

需要特別指出的是，對以跨越性爲基本特徵的比較文學跨越性的界定因其涉及內容的複雜性，歷來眾說紛紜。我們的觀點是：

首先，因爲國家、民族、語言的交叉性、變動性，這三者應是三位一體的動態整體。應當根據具體的歷史背景、研究對象作具體的考量和分析，應當同時考慮到跨國文學研究的複雜性，這樣才可避免許多糾纏不清的問題。

其次，跨學科研究作爲比較文學研究的一個獨立領域，應該以文學性爲基礎，否則就會同哲學研究、心理學研究等領域產生混淆，甚至被文化研究所淹沒。

最後，跨文明研究則是比較文學發展至第三階段，也就是東西方異質文化間的文學研究成爲比較文學研究最主要的視野後的根本特徵。在這種研究中，文化異質性與互補性應當成爲關注焦點。只有這樣，才能避免「Ｘ＋Ｙ」型的淺度比附文學，從而走向深層次的比較文學研究，使比較文學這門從誕生之日起即危機重重的學科在又一次危機中重新獲得生機。

在當前的比較文學研究中，不同文明之間，或者說異質文化間的文學比較這種情況在比較文學的第一、第二階段的學科理論中是基本沒有認眞面對過和深入探討過的。因爲無論是法國學派，還是美國學派，他們的比較文學研究均同屬古希臘一羅馬文化之樹所生長起來的歐洲文化圈，因此，他們從未面臨過類似中國人（以及東方人）所面對的中國文化（東方文化）與西方文化的巨大衝突，以及由此衝突而產生的強烈的文化危機感，所以某種意義上他們本質上都是同一文化背景下產生的學科理論。然而，隨著比較文學的發

展，西方比較文學學者們近來開始注意到了東西方文學比較研究的
重要性與必然性，並且也開始意識到跨文明比較文學研究中文化異
質性研究的重要性。這是一個可喜的也是必然的現象。

　　當然，所有這一切都必須以比較文學的方法論和可比性爲基
礎，因此，要眞正明白比較文學作爲一門獨立學科的實質，就必然
對比較文學的可比性有明確的界定和清楚的認識，尤其是對跨文明
比較文學研究的可比性的探討和認識。

第二節　比較文學的可比性

　　比較文學的可比性問題是比較文學學科理論的一個基本問題，
與學科本身的定位、設限和具體研究對象的確定等有關比較文學作
爲一門學科能否成立和持續發展的關鍵問題密切相關。正如有論者
所言：「沒有可比性的比較，是荒唐的比較。可比性是比較文學研
究的前提和基礎，是比較文學學科的生命線。」[46]袁鶴翔曾呼籲：
「在討論中西比較文學時，我們應建立起一個新觀念，重新探討兩
種文學的『可比性』，腳踏實地地痛下一番功夫。」[47]由此可見，
比較文學可比性問題的重要性實是不言而喻。「可比性」在跨異質
文化的比較文學研究中，更是一個非常重要的問題，甚至是關係到
跨文明比較文學能否眞正站穩腳跟的生死存亡的大問題。遺憾的
是，大陸比較文學界對這一點卻重視不夠，迄今爲止，還沒有一套
較爲成熟的理論與方法。長期以來，儘管許多專家學者在探討比較
文學的學科理論時亦一再論及比較文學的可比性問題，但其重要性
並未得到足夠的重視。在他們的論述中，比較文學可比性的定義與
實質大多被對比較文學不同階段的可比性的描述所代替，而沒有從

根本上對比較文學的可比性問題進行全面而深入的實質論述。

　　儘管在比較文學的不同發展階段確曾呈現出不同的可比性，但究其實質，這些看似不同的可比性均建立在比較文學可比性統一的根本屬性的基礎上。離開這個基礎，任何對可比性問題的論述必將成爲無根之萍，無助於我們對可比性問題的理解與把握。從理論上說，比較文學從其誕生之日起就如影隨形的定義之爭以及由此導致的一次又一次的危機的主要根源，就在於比較文學界對可比性問題的莫衷一是以及對可比性重要性的忽略。

一、有關可比性問題的幾種觀點

　　在比較文學學科理論的研究中，比較文學的可比性作爲一個基本問題，自然是難以迴避的。考察當今有關比較文學理論研究的著述，我們發現其中有關比較文學可比性問題的觀點大致有以下幾種：

　　第一，作爲大陸第一本比較文學理論著作，盧康華和孫景堯的《比較文學導論》在論及比較文學可比性問題時，認爲「把問題提到一定範圍之內」，「提出一個特定的標準」，比較文學的可比性就會顯現出來。這種觀點有其合理性，但卻語焉不詳，給人的感覺就是「摸著石頭過河」，勢必讓人對可比性無從把握。《中國比較文學》主編謝天振曾這樣言說自己的尷尬處境：「比較文學總有一個範圍，它總要面臨篩選工作，我作爲一個編輯，是無法迴避這一選擇的，總要對稿子作出取捨，否則，比較文學刊物就如其他文藝理論和文學研究刊物沒什麼區別了。」[48]因此，如果不確定上面提及的「一定範圍」及「特定的標準」，任何一個比較文學研究者都會面臨如謝天振所言說的那種尷尬。

　　第二，也許是考慮到比較文學可比性問題的無可迴避，孫景堯在後來獨立撰述的《簡明比較文學》一書曾專節論述。他給比較文學可比性所下的定義是：「比較文學的可比性，實質上就是使影響研究與平行研究得以有效實施並獲得科學認識的研究法則，具體說來，就是透過對影響類型、影響流傳途徑和影響接受方式的事實考證，或透過對類同與對比的分析、綜合和解釋，以求得被比對象間的同源性或同類性的內在規律和新的科學認識。」[49]對此，有論者認為「孫氏的可比性定義包括了三方面的涵義：一是指研究法則，二是指研究方法（事實考證或分析、綜合等），三是指研究目的（對同源性或同類性的內在規律的認識）」[50]。

　　可以看出，孫景堯對此前在《比較文學導論》中所提及的「一定範圍」與「特定的標準」在某種程度上給出了具體所指，但就其實質而言，只不過是對比較文學影響研究和平行研究的研究法則的分析和概括，並未真正觸及比較文學可比性的實質。

　　在劉聖效著的《比較文學概論》裡也曾專節對可比性問題進行論述，不過其意見大致與孫景堯的觀點一致。他認為：「比較文學中的可比性主要有兩種：一是拿來比較的文學現象必須是同類的；二是把問題提到一定範圍之內，也就是提出一個特定的標準，使不同類的現象之間具有可比性。前者是影響研究可比性的基礎，後者是平行研究可比性的基礎。」[51]這裡，他實質是將孫景堯與盧康華等提出的觀點進行了綜合，沒有根本性突破。

　　第三，對可比性問題，劉波認為其體現在兩個方面：一是拿來比較的對象之間必須有一定的內在聯繫，必須有相同之處，沒有類同點，就無法比較。異類是不能相比的，木與夜不能比長短，智與粟不能比多少，因為它們是性質不同的異類；二是完全相同的事物也無須相比，差別是比較的前提，沒有差別就無法進行比較，一句

話，事物之間的這種差異性和同一性，是比較的客觀基礎。[52]

由此可見，劉波的觀點立足於比較的客觀基礎，強調事物之間的差異性和同一性，但沒有對其背後的實質問題進行探討，容易造成 X＋Y 式的比附文學。在這裡的比較實質只是一種方法，不是比較文學意義上的比較。

第四，樂黛雲認為，由於作為文學創作內容的體驗形式和生命形式的普遍性，又由於文學經驗和文學本體及其存在形式的普遍性，在沒有相互影響聯繫的中外文學之間存在著許多共同的「話題」，從而使得從國際的角度，突破語言和地方性文化傳統的局限來研究文學的共同特點和規律成為可能。[53]最近，樂黛雲又提出中外文化對話中的「共同話語」建構問題，可以視作是對比較文學發展到第三階段的可比性問題的進一步探索。

樂黛雲的「可比性」觀點突破了比較作為一種具體方法的局限性，深入到文學研究的本質，可以說這種觀點相對於前幾種而言已有一定程度的超越，遺憾之處是未能闡明比較文學的可比性立足於比較的超越性以及這種超越性的具體體現。

第五，張鐵夫主編的《新編比較文學教程》在對上述幾種意見進行介紹後認為，「可比性問題應該放在下述四個層面上予以廓清：首先，必須將它置於文學的特定範圍之內來對待。……其次，比較文學可比性研究要達到的目標或要完成的任務就是確定不同文學間或文學與其他學科間的『同源性』、『同類性』或『對比性』，為具體操作提供可行性依據。……再次，可比性問題不是比較文學的基本問題，這並不貫穿於這一學科的所有構成部分之中。……第四，可比性的具體涵義並非凝固靜止的，而是處於不斷生成之中，其涵義如何還取決於人們對不同文化與文學的態度和認識，如從最初的『同源性』要求到後來的『同類性』或『對比性』，直到它無

法約束的當代文論研究，都顯示了其所指的生成性。」[54]

　　這裡，該書可以說是比較全面地對比較文學可比性問題的有關論述進行了總結，並且也提出了自己的一些獨到的觀點。但是，問題仍然存在，那就是比較文學可比性所指的生成性的基礎並未得以言明。尤其成問題的是，該書認為「可比性問題不是比較文學的基本問題，這並不貫穿於這一學科的所有構成部分之中」。這樣的論斷就難免有些偏頗，而把「它無法約束的當代文論研究」也納入可比性的具體涵義更是有誤導之嫌。需要辯明的是，並不是所有當代文論研究都可納入比較文學研究領域，否則文藝學研究就無立錐之地了。當然，如果說有些當代文論研究方法確可以對比較文學研究有所啟發，究其原因恰恰是因為它具有比較文學的可比性。

　　綜上所述，儘管以上各種觀點均各自言之成理，然而卻未能將比較文學可比性的實質真正論述清楚，而多是對比較文學不同發展階段種種特徵的描述。我們認為，儘管在比較文學不同發展階段的確呈現出不同的可比性特徵，因而「可比性的具體涵義並非凝固靜止的，而是處於不斷生成之中」，但它卻有一個固定的基礎前提，這就是比較文學意義上的比較。儘管有人喊出「比較文學不是文學比較」，但要真正進入比較文學可比性的實質，仍然不能不首先對比較文學中的「比較」有清楚的認識。因為無論比較文學的可比性具有怎樣的生成性，我們仍可斷言比較文學發展的任何一個階段的可比性其實都是建立在比較文學的「比較」之上，沒有「比較」，可比性也就成為一個無中生有的問題，也就是說，「比較」是檢驗「可比性」命題真或假的前提條件，也是其根本實質之所在。

二、比較文學可比性的實質

　　毋庸諱言，早在二十世紀初，克羅齊即以比較文學的「比較」二字作爲對比較文學進行攻擊的口實，認爲比較只是任何一門學科進行學術研究時運用的一種普遍適用的研究方法，不能夠成爲一門學科賴以存在的理論基礎。這一論斷其實極具合理性，可以說是無懈可擊的。但是我們應該明白的是，比較文學儘管在名稱上以「比較」爲名，但作爲一門獨立學科，比較文學中的比較實際上已具有一種超越性的意義。令人遺憾的是，在比較文學界，許多學者卻對此問題進行有意無意的迴避，要麼閉口不提比較文學中的比較，要麼對此進行批判。我們不否認，比較文學作爲一種學科名稱，無論在任何語言系統裡都存在名實不當的問題。從某種角度上你可以說比較文學不是文學比較，但是，比較文學的確又離不開比較。因此，「比較」在比較文學中就具有一種特定涵義，而對此的認識就顯得至關重要。

　　一般而言，比較應是指一種方法，照《辭海》的解釋，即是：「確定事物同異關係的思維和方法」。但廣義而言，它又不僅僅是一種具體方法。從方法論上說，方法按其普遍性程度可以分爲三個層次：各門科學中一些特殊的研究方法是最低層次的方法；各門科學中的一般研究方法是中層次的方法；一切科學都普遍適用的方法，即哲學方法，是最高層次的方法。較高層次的方法對較低層次的方法具有方法論的意義。由此出發，我們認爲，在比較文學中，比較既是一種具體方法（不必時時出現），更是一種態度、思維、視界，這樣它就具有了一種超越性，對其他具體方法有著方法論上的指導意義。以解釋學（Hermeneutics）爲例，無論其詞源在西方文

化傳統中有著怎樣的文化意蘊，但在日常使用中，「解釋」和「比較」一樣只是一種具體方法。但是，當它上升到方法論的較高層面並具有了認識論乃至本體論性質時，它就成了「解釋學」，成為一門學問。這時的「解釋」已從日常的語詞涵義中蛻變出來，在海德格那裡它是對「存在的意義」的探究，在高達瑪那裡則是要闡明全部理解活動的最基本的本體條件。

與此相似，在比較文學研究中，儘管「比較」並不具有認識論和本體論的性質，但卻具有一種超越性，它超越了一個民族、一個國家、一種文化系統、一套價值觀念的範圍。這種「比較」已不同於一般研究中的「比較」方法了。這樣，正是這種「比較」在方法論和目的上使比較文學與一般的只是使用比較方法的文學研究區別開來。在比較文學研究中，研究者要進行跨國家、跨民族、跨語言、跨學科和跨文化的文學研究，也就是說要面對兩個或兩個以上的研究對象。此時，研究對象已自動進入一種世界性的胸懷和眼光，進入比較的視域或框架，即使在具體研究中，採用比較以外的其他方法，「比較」仍隱性地作為研究的前提存在著。例如「闡發法」，表面上看並無「比較」，而實質上正是跨文明比較。

事物之間存在著普遍的聯繫，當我們運用某一特定標準對事物加以分類、進行比較時，便出現了可比性問題。因此，「比較」問題是「可比性」問題的邏輯起點。「比較」是認識兩個或兩類事物之間相同點或相異點的邏輯方法。運用比較方法要遵循三條規則：(1)比較必須在同一關係下進行；(2)必須選擇精確的比較標準；(3)應在不相同的對象中探求相同點，或在相同對象中探求相異點。「同一關係」在邏輯學中指外延相同但內涵不盡相同的兩個概念間的關係，又稱「全同關係」，是相容關係的一種。例如中西詩學比較，儘管比較對象在外延上表現出一致性，即都是對文學本質特徵

及普遍規律的探討，但因其根植的文化土壤不同，因而在表現出一定相似性的同時，其內涵卻具有差異性，這樣中西詩學比較就不僅是探討它們之間的相似性，而且更要進一步尋求其差異性。

另外，在對比較文學的理解中，之所以圍繞著「比較」會發生許多的爭論，這與對「比較」的狹義理解在西方的歷史合理性有關。西方各國的文化及文學思想同出一源，其價值標準、思維模式、批評範型、言說方式及至範疇、術語體系，都沒有本質的差別，在體裁、形象、主題、題材等方面就像在哲學基礎、思想背景方面一樣有廣泛的共用與共通，於是自然而然地「大多數傳統的文學系科其實在本質上都具有『比較性』」[55]。只要談到某個較為一般的文學論題如十四行詩、自然主義、唐璜形象等，論者就勢必超越一國文學的界限，甚至一部國別文學史也不時涉及外國文學思潮、作家和作品，比如講到菲爾汀的小說，常常不免論及塞凡提斯。正因為如此，在法國學派為「比較」建立一整套嚴密的學科體系之前，克羅齊當然會懷疑比較文學學科得以存在的合理性。在他看來，比較文學與西方一般文學研究並沒有什麼兩樣。他說：「比較方法不過是一種研究的方法，無助於劃定一種研究領域的界限。對一切研究領域來說，比較方法是普遍的，但其本身並不表示什麼意義。……這種方法的使用十分普遍（有時是大範圍，通常則是小範圍內），無論對一般意義上的文學或對文學研究中任何一種可能的研究程序，這種方法並沒有它的獨到、特別之處。」[56]其實，正如上文所論，克羅齊在這裡僅是把「比較」當作一般文學研究中的一種方法來理解，而沒有注意到它的超越性。我們如果迴避這個問題，實際上便沒法逃出克羅齊的攻擊。在某種意義上，法國學派一整套嚴密科學體系的建立固然有法國實證主義思想及他們強烈的學科意識的影響，也不能不說是對克羅齊攻擊的一種逃避。而這恰恰

就為比較文學的發展奠定了「危機」的根源。而美國學派儘管拓展
了比較文學發展的領域，攪活了被法國學派造成的「一潭死水」，
使比較文學在表面上又充滿蓬勃生機，然而危機的根源並未真正去
掉。正因為此，美國學派內部便對比較文學的定義莫衷一是，甚至
相互對立。究其根本，其實仍是沒有真正把握比較文學可比性的實
質。所有這些足以表明，只要比較文學的可比性問題得不到實質性
的解決，那麼比較文學的危機將永遠如影隨形地伴隨著比較文學的
發展。這樣，終有一天，「比較文學已經消亡」、「比較文學已經
過時」的論調就絕不是危言聳聽，而將變為活生生的事實。

　　因此我們認為，在比較文學中，「比較」應該具有一種超越性
的意義，而在此意義上，「比較」就成為比較文學的根本屬性，比
較文學的可比性也成為其賴以存在的前提條件，並且這種前提條件
永遠都不會消失，而是不斷地處於生成過程中。有了這樣的理論基
礎，我們才可以說：「可比性的具體涵義並非凝固靜止的，而是處
於不斷生成之中」，同時，我們還要強調的是，比較文學可比性並
不是一種純粹的客觀存在，而是作為一個範疇，反映人們對客觀事
物或對象的本質與關係的一種概括，一種思維結果，因而它是主客
觀的統一，在比較文學發展的不同階段，自然就表現出不同的可比
性。

三、比較文學可比性的定義

　　在對有關比較文學可比性的論述及可比性實質問題進行了上述
分析後，我們可以給比較文學的可比性下定義如下：比較文學的可
比性指的是在跨國家、跨學科和跨文明的比較文學研究中尋求同的
學理依據，是比較文學研究賴以存在的邏輯上的可能性。在比較文

學發展的不同時期,這種學理依據是不斷拓展的。在以法國學派爲代表的第一階段,它主要著眼於同源性,發展到以美國學派爲代表的第二階段時,則強調類同性和綜合性,在以跨文明研究爲基本特徵的第三個階段,則在前兩個階段的基礎上,進一步尋求文化異質性及其融會的途徑,具體表現爲異質性、多元性、交互性及總體性等。總體而言,比較文學的可比性由三個條件組成,即文學性、跨越性、相容性。

需要特別說明的是,我們的定義大致包括兩層涵義:(1)作爲比較文學研究的學理依據,比較文學的可比性應同時具有三種根本屬性,即文學性、跨越性和相容性;(2)比較文學的可比性在不同發展階段呈現出不同特點,具有不同內容,並且是不斷生成發展的,但必須以上述三種屬性爲前提。下面,我們就逐一進行論述。

首先,文學性是比較文學最本質的規定性,它決定學科的性質與類屬,即比較文學是文學研究的一種。這樣,文學性就把比較文學同比較文化、比較哲學、比較教育學或文化史、思想史等研究區別開來。在當今文化研究喧囂不已的多元文化語境中,比較文學就能夠守住自己的陣地,一方面儘量利用文化研究的長處,另一方面又不致被文化研究所淹沒。也就是說,文化研究的浪潮實際上只是推動比較文學發展的動力,而不是深淵,從而讓比較文學徹底擺脫被比較文化所淹沒的危機。

其次,跨越性也是比較文學質的規定性,沒有跨越性,比較文學也就無從存在。同時,它也是比較文學的區別性特徵之一。早在法國學派時期,提格亨便將文學研究分爲國別文學、比較文學和總體文學,並將三者作了嚴格的區分。不可否認,比較文學不同於國別文學,但是將其與總體文學亦嚴格區別開來,則違背了比較文學作爲一門學科誕生的初衷。正如韋勒克所指出,儘管法國學派嚴格

的學科體系一度促進了比較文學的發展，但它所帶來的其實是一種
畸型的繁榮，繁榮的背後隱藏著的卻是永遠的危機。其根本問題便
是對於可比性的「跨越性」屬性的狹隘理解。因此，準確理解這種
屬性，有兩點值得注意：第一，比較文學研究一定具有跨越性，這
樣它才能與國別文學徹底區別開來。而此種跨越性是以跨國家、跨
民族、跨語言三位一體為根本前提的。在此基礎上的比較文學研究
（包括跨學科和跨文化）才是比較文學跨越性的體現，否則，就只
能是國別文學研究，如湯顯祖《牡丹亭》與以李贄為代表的重情哲
學思潮的關係不屬於比較文學的研究課題；第二，這種跨越性並不
局限於明確的二者或三者之間，它可以體現為一種涉及古今中外的
具有世界胸懷和眼界的廣泛的文學研究，無論其是否有直接的或間
接的影響，錢鍾書的《管錐編》，就是一個最好的例證。

　　然而，跨越性並非是無限的，它必須與文學性構成一個整體。
美國學派的平行研究在衝破法國學派影響研究的束縛之後，自己的
定位卻難以把握，以致曾為比較文學下定義的雷馬克亦不得不擔
心：「比較文學成為一種幾乎無所不包的術語，也就差不多毫無意
義了。」[57]為此，他特地提出了「系統性」作為限制條件，即「文
學和文學以外的一個領域的比較，只有是系統性的時候，只有在把
文學以外的領域作為確實獨立連貫的學科來加以研究的時候，才能
算是『比較文學』」[58]。這裡，他是把文學作為一極，把文學外的
某一學科作為另一極加以比較，並且強調以文學性為中心的所謂
「系統性」，其實這就是可比性的「文學性」屬性的體現。由此可
見，跨越性也離不開文學性。

　　最後，相容性則主要回答研究的具體對象問題，它指比較文學
的研究對象間應能夠相容，相容性所要解決的是比較文學的具體研
究對象問題。儘管從比較文學的發展來看，其研究對象是不斷變

化，不斷拓展的。但是就其實質而言，除了具備上述的文學性、跨越性外，還必須具有相容性。即作為概念，研究對象在外延上全部或部分吻合，但卻是內涵不盡相同的關係。比如研究莫言小說中的福克納式的內心獨白、夢境幻覺和馬奎斯式的象徵與隱喻，外延上同屬風格，內涵卻並非一體，具有相容性，因此就具有比較文學的可比性。

需要特別指出的是，文學性、跨越性和相容性構成比較文學的可比性、根本屬性三個條件缺一不可。只有同時具備文學性、跨越性與相容性，比較文學的可比性才得以存在，比較文學研究才能進行。例如蘇軾與李清照詞的比較，雖具有文學性、相容性，卻缺乏跨越性，不能算是比較文學研究。美國西部小說與中國的邊塞詩歌的比較，雖同時具有文學性、跨越性，卻不具有相容性，或相容性太小，即或能加以比較，亦難免牽強附會，成為一種 X ＋ Y 式的比附文學。

以此出發，儘管比較文學不同發展階段的可比性呈現出不同特徵，如類同性或異質性等，但其根本屬性卻是一致的，都具有文學性、跨越性和相容性。

四、比較文學可比性的內容

(一) 同源性

同源性作為法國學派的可比性，是影響研究賴以存在的基礎，在法國學派的理論體系裡，影響研究的對象是存在著事實聯繫的不同國家、不同民族的文學，其理論支柱是媒介學、流傳學和淵源學。它的研究目標是透過清理「影響」得以發生的「經過路線」，

尋找兩種或多種文學間的同源性關係。正如提格亨所說，這種「經過路線」至少由三個要素構成：「起點」（放送者）、「到達點」（接受者）和「媒介者」（傳遞者）。提格亨進一步指出，一個國家的「接受者」在另一個說來往往擔當著「傳遞者」的任務，因此這三個要素對於比較文學來說是同樣重要的。而清理這條「路線」時，既可以由起點向到達點追索（流傳學），也可以從到達點出發，向起點探源（淵源學），總之，在路線的清理中，這三者缺一不可，共同構成了影響研究的整體。

因此，在以同源性為突出特徵的影響研究的可比性中，影響的種類、影響的途徑和接受的方式就成為法國學派比較文學具體的研究內容。除此以外的一切比較文學研究，法國學派均否認其屬於比較文學。儘管在法國學派那裡，可比性已被人為限制到很小的領域內，但這並不就是比較文學可比性的全部。

（二）類同性

比較文學發展到以平行研究為特徵的美國學派時，影響研究的束縛便得以突破。可比性的內容得到進一步拓展，類同性和綜合性作為平行研究可比性的特徵凸現出來。其實，在某種意義上這是一種回歸，一種「循環式的上升」。因為，早在比較文學誕生之初，平行研究便是比較文學研究的一種基本法則。例如1895年戴克斯特完成的法國第一部科學的比較文學專著，也是第一篇比較文學學位論文的〈盧梭與文學世界主義的起源〉裡便使用了平行研究的方法。平行研究的對象是彼此毫無直接影響和親緣聯繫的不同國家或民族間的文學。因此，類同性所指的是沒有任何關聯的不同國家的文學之間在風格、結構、內容、形式、流派、情節、技巧、手法、情調、形象、主題、思潮乃至文學規律等方面所表現出的相似和契

合之處。而綜合性則是立足於文學，以文學與其他學科進行跨學科比較的一種交叉關係。因此，平行研究的可比性就與影響研究的可比性表現出迥然不同的特徵和內容。

（三）異質性與互補性

　　儘管上述可比性存在很大不同，但它們均屬於同一文化體系，而隨著比較文學發展到以跨文明研究為基本特徵的第三階段，異質性作為比較文學的可比性又凸現出來。在跨越異質文化的比較文學研究中，如果忽略文化異質性的存在，比較文學研究勢必會出現簡單的同中求異和異中求同的比較，前者使得中國文學成為西方觀念的注腳本，而後者則是一種淺層次的 X＋Y 式的比附。因此，在跨文化的比較文學研究中，「異質性」是其可比性的根本特徵。

　　如果說過去的異是指不同的國家、民族、語言、學科等之異，那麼這裡的異則是對異質文化間異質性的強調。具體而言，跨文明比較文學研究可比性的立足點是多元性與互補性。在此基礎上，跨文明比較文學研究的可比性就體現為異質性、多元性、交互性和總體性。

　　異質性的內容包括文化原生性、獨立性、並存性和對話性，只有明確意識到這種特徵的存在，中西對話才能得以進行。

　　多元性是跨文明比較文學研究的基本觀念，由此才能在中西比較文學研究中使被比較的對象互為參照，從淺層次的同異比較向深層次的文化探源發展，為實現交互性和總體性奠定基礎。

　　交互性則是在上述基礎上，對被比較的對象進行互釋、互證、互補式研究，這樣最終才能達到總體性。

　　總體性原則可以說是對比較文學發展的最高層次的探索，也可說是對比較文學誕生初衷的最徹底回歸。無論不同文化之間的文學

創作和文學理論表現出怎樣的差異，它們都是一種審美，一種對於文學藝術審美本質的共同探求。

　　因此，在跨文明研究爲特徵的比較文學第三階段中，可比性就具體體現爲在同源性、類同性和綜合性基礎上，對不同文明間尋求文化異質性及其融會途徑的進一步尋求。[59]

第三節　比較文學的學派問題

一、學派形成的歷史與定位

　　每一學科領域的學派在形成過程中均有其歷史的淵源。從一般意義上講，學科和學派的形成實際上總是針對原有學科體系或結構中的缺陷進行的質疑和學理層面的探討。其中包括學科及學派開創者的問題意識和理論意識、倡導者及研究群體的學科意識、對研究視野和研究角度的開拓、對原有學科理論的全面審視、對具體操作術語的指涉範圍、方法論架構上的批判，以及在學科建設過程中的自我反省。這種批判與反省的雙重作用始終貫穿在學科建設的整個過程當中並構成了學科及學派不斷發展的持續動力。從以上角度來看，作爲學科的比較文學研究領域可以說是最爲典型的。

　　每一學派的地位，並非是一種簡單的自我倡導和自我認定，而是向原有學派及其方法論架構和認知模式進行挑戰的結果，這一挑戰往往有其歷史文化的淵源，其學科地位也往往由於這一挑戰而多爲學界所公認和推崇，形成某一歷史時段中的學術言說中心。因而學派包含了某種基本的標誌，它意味著是否突破了原有的學科理論

與實踐模式的局限、是否開拓了視野、是否在學科發展中形成了一系列前沿性問題以及是否在學科整合研究中形成了新的平台。因此，學派的形成和定位不是一種逐漸自我封閉的過程，而是一種不斷開放的進程、不斷爲本學科的深入發展所提供的視域，或其自然形成的問題性爲學科發展所帶來的題域。因而在本質上，學派的形成和定位是一個不斷流動的過程。其具體過程大致分爲以下幾個階段：

研究與分析：即對學科和學派原有的理論和操作模式進行深入的、全面的研究，並針對其結構性缺陷以及可能的生長點加以分析，在基礎上提出挑戰。其方法論基礎是消化性過濾和提出實質性的問題。

重寫與擴充：即對原有理論的構成性因素和文化功能加以詳盡的分析，從形式的研究過渡到功能的觀照。並以此對原有理論及其術語進行模仿、移植、替換和改寫等，並由此而形成新的理論、術語或爲擴大原有術語的指涉範圍作出鋪墊。

更新與創造：在深入研究分析的基礎上確立中心話語並由此展開互文性研究和理論主張的學理性探討等。在這一新的層面上達到更新和創造，建構起新的理論功能和理論言說方式。

比較方法作爲人類思維的一個存在，可以追溯到遠古的時代。然而自覺運用這一方法進行文學研究並形成一門學科卻是十九世紀不爭的事實。而這一學科的誕生也有其基本的歷史條件。時至十九世紀，世界政治、經濟和文化的固有格局已經被打破。科學進步帶來的某種科技文化精神使人們得以重新審視傳統與現狀。此時的歐洲文學已經經歷了文藝復興、啓蒙運動、古典主義和浪漫主義這樣一些巨大的轉折和變化，它引發了一系列文學觀念的突破和不同文化的相遇與碰撞。歐洲各民族文學時至十九世紀不僅得到較大的發

展，而且民族文學和文化交流的廣度和深度也達到了新的階段。而這一時期經濟市場的擴展以及殖民主義體系的崩潰不僅使不同民族的交往範圍擴大，而且使民族關係受到空前的關注。在這一新的歷史語境下，歐洲文學研究者所涉獵的範圍已經不再局限於某一民族文學的界限之內，而是將眼光投向了更為廣闊的視野之中。這種民族文學的充分發展，尤其是民族文學意識的高揚和初步跨越民族界限的研究視野，就使比較文學學科的誕生和發展具備了基本的條件。

　　一些時代的先行者率先預見到了這一新的視域和由此而來的深刻變化。1827年，德國文學巨擘歌德就敏銳地提出了「世界文學」的概念：

> 民族文學在現代算不了很大的一回事，世界文學的時代已經快來臨了。現在每個人都應該出力促使它早日來臨。[60]

對於這一問題，馬克思從政治經濟學的角度，論證了由世界市場引發的物質生產一體性必然過渡到精神生產的整體性，從而導致世界文學可能產生的趨勢：

> 資產階級由於開拓了世界市場，使一切國家的生產和消費都成為了世界性的了。……過去那種地方的和民族的自給自足和閉關自守的狀態，被各民族的各方面的互相依賴所代替了。物質的生產是如此，精神的生產也是如此。各民族的精神產品成了公共的財產。民族的片面性和局限性日益不可能，於是由許多種民族的和地方的文學形成了一種世界的文學。[61]

歌德和馬克思顯然看到了單一民族範圍的狹小和跨越民族界限的必然性。雖然兩人並沒有對世界文學這一新的前瞻性的概念範疇作出

具體的論證，但他們均站在歷史的高度預見了文學研究範式的轉移和由此帶來的可能性。

二、法國學派

按照學界所公認的界說，比較文學學科的歷史沿革肇始於十九世紀的法國。法國學派（French School of Comparative Literature）是形成最早、影響較大的一個學派。法蘭西文化是自拉丁文化以來在歐洲大陸最為盛行、最具影響力的文化。法語曾一度被認為是歐洲大陸上流社會的標誌，法國的生活時尚和文化底蘊至今猶存。除去法國文學自身的豐厚性並對其他國家產生了巨大影響的因素之外，它的產生還與這一時期的科學主義與哲學背景有關。科學主義以尋求客觀規律、證實定理，使研究對象符合客觀標準的方式，力圖使人們透過普遍規律或原理的把握認識世界。而哲學中的實證主義即以孔德為首所提倡的學說。概言之，這一哲學理論提倡研究具體的事實與現象、現象之間的外部聯繫，否認對現象背後本質的研究，並認為世界的本質是不可認識的。前者使人們將差異性的、獨創性的文學研究自然科學化，後者使人們以事實顯現認識所謂眞理。法國文學研究者在科學主義和哲學背景的雙重影響下著手進行新的嘗試。

法國學派的形成與一批先驅者的努力有關，如基內（E. Quinet, 1803-1875）的「比較文學講座」；巴黎大學教授維爾曼的講座和《比較文學研究》以及安貝爾等人的講座和課程，尤其是「十八世紀法國作家對外國文學和歐洲思想的影響」、「比較的文學史」等系列講座，使「比較文學」作為一個新的術語開始廣為流傳，為比較文學的形成作出了較大的貢獻。

　　戴克斯特與維爾曼、安貝爾等人可以說是法國比較文學之父。戴氏的第一本專著〈盧梭與文學世界主義的起源〉（博士論文）爲比較文學作爲學科的發展並成爲大學體制性的課程作出了很好的鋪墊。這一階段是法國學派的初期。它以個體的、創造性的思考和寫作爲特點。學派和學科意識和學術方向並不是十分明確的。

　　巴登斯貝格在創辦《比較文學評論》時，撰寫了著名發刊詞〈比較文學：名稱與實質〉。他批判性地總結了學界的觀點並提倡系統採用嚴密考證的方法研究外國文學和法國文學的相互影響。其研究使法國學派初步形成。另一學者阿榮爾研究重點爲十八世紀歐洲文學，與巴氏一起推動了該學派的發展。

　　提格亨的經典論著《比較文學論》全面闡述了法國學派的觀點，其中包括對比較文學的定義，即比較應擺脫美學的涵義而取得科學的涵義；他認爲，比較文學在本質上是研究各國文學之間的關係，並認爲這種關係主要爲拉丁、希臘文學，中世紀以來近代文學與古代文學，以及近代各國文學之間的關係。在這三組關係中，最重要的是近代各國文學之間的關係。因此他將研究對象確定爲輸出者、傳遞者和接受者。由此，影響研究作爲法國學派的主要方法論已初步形成。

　　卡雷是《比較文學評論》主編，他在其代表作《比較文學》（1951）中指出，比較文學不是文學的比較，它研究的是「事實聯繫」。基亞的《比較文學》與提格亨的觀點類似。認爲比較文學是國際文學關係史。這一時期是法國學派的發展時期。一批學者從不同的角度出發，共同建立了相對完整的理論體系，尤其重要的是確立了嚴謹的研究方法，完成了比較文學作爲獨立學科的建立。1954年法國成立「比較文學協會」，標誌法國學派的正式成立。

　　如前所述，由於受到科學主義和實證主義的雙重影響，法國學

派從一開始就必須面對來自科學主義的非難和詰問。如歐洲美學大師克羅齊等人均認為，比較文學不是一門科學。在這樣一種壓力下，法國學派學者並沒有堅持從文學學科獨特性的角度進行思考，而是力圖將比較文學納入科學的軌道並以此合法化。於是，他們縮小研究範圍，重點關注民族文學之間的事實聯繫及其影響。在法國學者看來，比較文學不是文學比較而是文學史的分支。作為科學的比較文學可按照文學跨國界傳播的環節：放送、傳遞、接受，而具體分為淵源學、媒介學和流傳學三個大的範疇。其研究方法以「影響研究」為其主要基石，即注重事實聯繫、依靠具體材料考證題材、主題、文體、風格、典型、思想等因素的假借、接受與影響等。法國學派以一整套理論、方法和操作模式為比較文學學科的形成和發展奠定了相當堅實的基礎。

　　但其缺陷也是顯而易見的。雖然一些法國學派之前的先驅也曾注意到非影響因素的平行研究方式，如英國波斯奈特等人的一些觀點，但面對科學主義和實證主義的巨大影響，法國學者們卻不得不大力發展起符合上述原則的理論和方式。這主要表現為在文學研究中排斥主觀想像力、美學研究和文學批評，將客觀對象置於主觀想像之上，將不同的文學樣態與理論文本加以簡單排斥。並且當時相當一批法國學者在進行研究中堅持法國文化沙文主義，並在實證主義的影響下機械規定研究內容和方法。更為嚴重的是，這種研究必須是某種事實後的研究，即在已經形成的影響或聯繫中進行學理層面的探討，這樣一來也勢必割裂文學研究與現實存在的有機聯繫。因此法國學派在二十世紀五〇年代末受到了以美國學者為首的激烈抨擊。

　　然而法國學派依然處於不斷發展的過程中。艾金伯勒曾於1965年發表〈比較不是理由〉，力圖在研究範圍上打破人為的界限，尤

其要擴展到歐洲以外；在內容上則應大量涉及文學性的問題，如韻律學、文體學和詩學等。謝弗雷則從文學文本出發，大量涉及差異與文化語境等前沿性問題。于連更是將中國詩學有別於西方的表現手法作為研究的對象進行了相當出色的比較研究。[62]新一代的華裔法國學者如金絲燕等人，將中法文學關係納入到法國比較文學界。

當代法國學者已改變了原有法國學派的機械模式，表現出研究領域的革新、融合與擴大。

法國學派形成的原因除了上述的歷史、政治、經濟以及自身文學等因素外，還因為法國擁有得天獨厚的思想探索傳統。從盧梭到傅柯、德希達等文化思想巨匠的心路歷程中，我們大可領略到法國思想界的活躍及其深邃程度。法國人以其特有的浪漫情懷從哲理層面關注文學的方式，使其率先打破了文學研究的固有模式並以嚴謹的學科意識建構起了自己的學派。當時歐洲大陸最具影響的英、法、德、義大利等國也有一些學者從事比較文學的研究，如第一部比較文學的專著就出在英國而非法國，然而法國學者群體的學科意識顯然比英國、德國和義大利要強得多。英國人的矜持和對昔日文學輝煌的陶醉使其在新的時代對形成中的學科，如比較文學缺乏應有的理論敏銳性和關注。這種狀況直到二十世紀中葉才有所改變。德國人也關注思想，但其主要思想家大多注重的是思之所以為思的理念，從而使德國成為了思想的重鎮。而美國以及其他歐洲各國在這一方面起步相對較晚。十九世紀的美國文學在很大程度上還帶有某種模仿英國文學的痕跡，當時的文學市場也主要面對歐洲大陸。而十九世紀至二十世紀中葉，遠東大部分地區還處於外辱內亂和民族危機的煎熬之中。我們可以從這一時期遠東及中國文學文本中所表現出來的「集體的焦灼」這一大主題中清晰地看到這一點。歷史發展的不平衡性顯然也在客觀上造成了法國學派獨樹一幟的局面。

三、美國學派

　　二十世紀在某種程度上可以稱爲是美國的世紀。它將歐洲大陸的啓蒙思想與美洲大陸新邊疆的開拓精神以「美國夢」的方式有機地加以結合。在移民文化、科技進步、經濟模式、精神探索以及生活觀念的綜合作用下，美國的國力和影響力在二十世紀達到頂峰。其精神產品以及學院派體制也滲透到世界各地。在衆多獲得諾貝爾文學獎的文學巨擘中，美國作家占了相當一部分。在文學研究領域，美國學者承繼了二十世紀人文學科語言學轉向的潮流，將形式主義的文本研究加以了有效的本土化，以新批評（new criticism）爲主導方式在二十世紀中葉敞開了自己的文化立場。雖然新批評也是一個較爲寬泛的文論流派，其中不僅僅只有美國學者的參與，但美國學者將新批評作爲顛覆固有批評模式並將其普適化所起的作用，則是無可替代的。美國國力的增強、文學研究中心地位的確立以及比較文學學科本身的發展，爲美國人標識自己的學派打開了歷史的大門。

　　一批早期的學者爲美國比較文學的發展作出了應有的貢獻。美國比較文學可以追溯到十九世紀七〇年代。謝克福德可以說是美國第一位涉及該領域的學者。1903年《比較文學雜誌》在美國開始創辦。康乃爾大學早在1871年就開設了「總體文學與比較文學講座」。在伍德貝里（George E. Woodberry）倡導下，第一個比較文學系於1899年創立於哥倫比亞大學。隨後從十九世紀末至二十世紀初，密西根、哈佛、加利福尼亞、威斯康辛等大學先後開設了比較文學課程或講座課程。

　　這一時期的一些美國學者提出了與法國學派不同的意見，如伍

德貝里主要的觀點是認為應當對作品的藝術手法進行比較。對學界
產生了影響的另一位學者錢德勒（Frank W. Chandler）認為，比較
文學不應局限於純文學。坎貝爾（Campbell）於1906年發表了〈何
為比較文學〉。他指出，比較文學旨在創造性地研究文學。弗里德
里希（W. P. Friedrick）在1945年發表的〈論比較文學問題〉中率
先提出了改革比較文學課程設置的問題等等。然而從總體上看，這
一時期的美國比較文學學界基本上是沿襲法國學派的觀點和方法在
進行研究，並沒有形成帶有自身特色的學術陣營。

　　1952年《比較文學與總體文學年鑑》問世。這一年鑑的問世標
誌著美國學者開始在比較文學領域邁出了自己的步伐。以總體觀念
研究文學批評史和新批評文論的著名學者韋勒克在創刊號中發表了
重要文章〈比較文學的概念〉。他在此文中一針見血地指出，由法
國學派所倡導的民族文學間的關係研究，這種僅僅注重文學的外部
研究，排斥文學批評的方式不過是「拼湊實證主義的雜碎」。

　　1958年國際比較文學學會第二屆年會在美國北卡羅萊納州教堂
山召開。此次會議是比較文學領域的一次劃時代的里程碑。韋勒克
在大會上作了題為〈比較文學的危機〉發言，向法國學者提出了全
面的挑戰。他認為比較文學研究脫離不了文學性。文學作品是差異
性的有機體，有其自身的意義和價值的符號結構。文學研究就應當
將文學作品本身置於研究的中心位置。而法國學派則人為地劃分研
究的內容和方法，僅僅從外部範圍機械地規定研究的範疇和概念，
這樣不僅只是使文學研究成為了文學外貿學，而且慫恿文學的民族
主義。法國學派這一套陳舊的認知模式和方法論使比較文學陷入了
危機。此次大會導致了比較文學領域長達十年的論戰，而美國學者
則在這種有利的挑戰中開始有意識地進行自身的理論建構。

　　1960年美國比較文學學會成立，它標誌著美國學派的正式登

場。這一時期湧現了一批學者，如雷馬克、艾德禮（Alfred O. Aldridge）、勃洛克等。雷馬克於1962年發表〈比較文學的定義與功用〉，全面闡述了美國學派的觀點。他從比較文學的定義入手，指出比較文學是超越一國範圍之外的文學研究，其中包括研究文學與其他知識和信仰領域之間的關係，如藝術、哲學、歷史、社會科學、自然科學和宗教等。因此在他看來，比較文學是一國文學與另一國文學或多國文學的比較，是文學與其他表現領域的比較。由此可以看到，法國學派所認定的研究範圍已被打破。艾德禮在1969年在《比較文學論文選集》中更是清晰地提出了「平行研究」的主張。美國學派極大地開拓了比較文學的研究領域。

美國學派所倡導的「平行研究」與跨學科研究旨在打破法國學派的局限，將沒有實際接觸和影響的兩國或多國文學、文學與其他學科（包括自然科學和社會科學）或藝術門類加以比較研究。在存在實際影響關係的不同民族文學之間也可以透過平行研究的方式對作品、現象加以比較分析，發現其異與同，探討內在聯繫、共同規律和民族獨特性等。具體爲：直接比較，即作品與作品、理論與理論（不同國家的文論或詩學比較、文論與其他學科及藝術理論比較）和間接比較，即一國理論與他國作品的比較、其他學科理論與文學作品的比較等。間接比較實際上是透過理論使作品與作品或使作品與自然、社會現象構成相互比照的關係，由於涉及到移用某種理論，因此亦稱爲移植研究。

平行研究主要由類比與對比兩種方法構成，即辨別其中的類似或差異，以及異中之同或同中之異。平行研究的具體對象包括主題、文體、風格、技巧、原型、神話、思潮和文學史等。其主要關注點在文學性上，力圖透過求同辨異，把握文學發展、藝術創作文本結構等方面的規律以及作品的審美特點和價值等。

　　美國學派以平行研究和跨學科研究的方式極大地拓寬了學科領域，使比較文學在方法論上得到了突破性的進展，因而也使學科進一步體制化。然而美國學派在自身理論的建設中是欠周密的，如對研究範圍的劃分模糊、受形式主義影響，過分強調「美學價值」等等。繼美國學派之後的新發展趨勢是開始注重東西方問題的研究，一批美籍華裔學者的有效參與使東西文學關係受到了重視。如劉若愚、歐陽楨（Eugene Eoyang）、葉維廉、余寶琳（Pauline Yu）以及美國學者如紀廉和宇文所安（Stephen Owen）等人的研究十分引人注目。

　　已故的史丹福大學教授劉若愚以其代表作《中國的文學理論》和《中國詩歌藝術》首次將中西詩學的問題納入了比較文學的領域。印第安那大學的歐陽楨曾擔任美國比較文學學會會長，他堅持在比較文學學界的西方中心中安插中國文學，提倡「透明之眼」（transparent eyes）對中西文學內在的東西加以透視，以平行的方式進行中西文學的對比研究。加州大學聖地亞哥分校的葉維廉以其「文化模子」說為詩學研究的切入口，力圖把握中西文學的共同規律。加州大學洛杉磯分校的余寶琳將研究的重點放在具體的文學範疇，如「隱喻」和「意象」等，以此展開中西文學比較。新一代的華裔學者如加州大學河濱分校張隆溪（Zhang Longxi）將研究的視野追溯到中西文化觀念中的一些基本範疇當中。明尼蘇達大學的周蕾（Rey Chow）透過文學文本和影視文本的比較研究，將中西文化中的性別差異與文化功能加以平行分析。加州大學伯克萊分校的劉禾（He Liu）以其「語際寫作」的方式進行了相當成功的對比研究。當然，我們也可以認定，華裔美國學者的研究從某種意義上說也是中國學者的研究。

　　如前所述，美國由於國力的強大和其文化在全球範圍內的巨大

影響，其體制化的學科發展往往代表著該領域的方向。加之電子技術和網際網路的迅猛普及又使英語地位空前提高，以英語為語言仲介的學術研究往往能搶先占領學術前沿陣地並得到及時回應。在華裔美國學者的有效參與以及美國大學比較文學系所培養的後繼者遍布全球等諸種因素的綜合作用下，比較文學美國學派在整體研究實力和研究成果上確實難以忽略和低估。美國學派的形成是典型的挑戰、質疑、依據原有缺陷提出新的理論與方法論這樣一種學派建構路數，然而漢學家畢竟是少數派，大多美國學者猶如西方學者一樣，對東方文化及文學傳統、文學文本樣態、理論言說方式缺乏公允的態度和相對客觀的評價。如何跨越東西方文化差異進行文學研究的問題在美國學派之後成為了比較文學領域的新問題。

四、中國學派

從上述的疏理中我們可以看到，比較文學領域若離開了東方學者的參與，忽略了非英語文化區域的文化及文學資源，那麼這種研究還並沒有真正跨出歐洲中心的範圍，沒有達到比較文學旨在「跨越」和「打通」的目的。其學理意義就自然值得懷疑。前蘇聯學者曾提出過「歷史類型」研究模式，即在歷史的發展階段中，人類文明出現過相近的類型，依據這些類型進行研究可以摸索人類表現領域的共同規律。可惜前蘇聯學者的研究由於種種原因並沒有持續下去，「歷史類型」說也沒有形成較大的影響。

由於中國大陸二十世紀七〇年代末之前還處於相對封閉的階段，港、台學者在這一時期搶先登場了。1970年初英文刊物《淡江評論》（*Tamkang Review*）在台北淡江大學創刊。這本借用英文形式並以「比較文學的方法討論中國文學」的學術期刊標誌著比較

文學在台灣的萌芽。港、台學者在具體的研究中提倡「闡發研究」，並初步提出「中國學派」的概念。港、台比較文學學者多爲外文系出身，其「闡發」法也多用西方文論的具體方式對中國文學進行闡發。用古添洪、陳慧樺在《比較文學的墾拓在台灣》的序言中的定義可以說明「闡發研究」：

> 我國文學，豐富含蓄；但對於研究文學的方法，卻缺乏系統性，缺乏既能深探本源又能平實可辨的理論；故晚近受西方文學訓練的中國學者，回頭研究中國古典或近現代文學時，即援用西方的理論和方法，以開發中國文學的寶藏。由於這援用西方的理論與方法，即涉及西方文學，而其援用亦往往加以調整，即對原理論與方法作一考驗，作一修正，故此種文學研究亦可目之爲比較文學。[63]

由於中西文論各自的理論範疇和批評術語存在著較大的差異，那麼，這種「援用」如何加以「調整」就是問題的關鍵所在。由於在諸多運用「闡發」法的論文中都只有運用，而沒有闡發，因而這種運用的直接後果就會導致使中國文學成爲西方文論的注腳。

繼而提出的「中國學派」具有很強的學理意義，因爲這一提法可以形成新的研究平台，在某種程度上可以成爲打破比較文學西方中心的一種有益嘗試。最先提出的學者有李達三、古添洪、陳鵬翔等人。[64]但是港、台學者在提出學派後長時間裡並沒有再提出一套相應的理論和方法論體系，另外學科意識的缺乏顯然也阻礙了學派的形成。大陸學者的歷史性出場也就成爲了必然。

中國大陸自二十世紀八○年代中期恢復比較文學以來，很快使該學科在各個高校和研究機構中成爲了一門顯學。1985年成立了中國比較文學學會後，許多大學開設了比較文學課程，上海外國語

大學出版了第一份刊物《中國比較文學》（1984），以後又有多個刊物、報紙的創辦，以及英文刊物 *Comparative Literature: East and West* 的創辦（四川大學，2000），研究所及各層次研究機構紛紛成立，北京大學、四川大學、蘇州大學先後設立了碩士學位和博士學位點，並培養了一批優秀的比較文學專業博士研究生。四川大學成立了中國大陸第一個比較文學系。繼中國比較文學學會成立之後，各省也成立了分會，在大陸形成了以北京大學比較文學研究所和四川大學比較文學研究所兩個學術重鎮。前者爲中國大陸比較文學學界的發源地，後者以比較詩學爲特點的學術群體而引人注目。學科體制的設立爲學科的發展奠定了深厚的基礎，有關比較文學學科領域和中國學派問題的探討日見深入。

比較文學在中國大陸學者的參與下，互補性、多元性以及總體性探討意識逐步滲透到本學科的研究中。以跨文化研究爲特點的中國學派力求在世界比較文學領域中倡導平等對話和交流，一些學術前沿性問題也前後提出，如四川大學比較文學學術帶頭人曹順慶教授在九〇年代提出「文論失語」、「中國文論話語重建」、「中國學派」建構以及「漢語批評」、「跨文化異質性」等問題，在全國引起了熱烈的討論，因爲這些問題涉及到中國比較文學的一些帶根本性的任務和立場，如中國文論失語的深層次原因、中國古代文論話語的現代轉型、西方文論的本土化途徑以及非文論話語的文論化等。其中「跨文明研究」是最爲基礎的，用曹順慶自己的話來說，即：

> 「跨文化研究」（跨越中西異質文化）是比較文學中國學派的生命源泉，立身之本，優勢之所在；是中國學派區別於法、美學派的最基本的理論和學術特徵。中國學派的所有方法論都與這

個基本理論特徵密切相關，或者說是這個基本理論特徵具體化或延伸。[65]

中國大陸學者以跨文明對話作爲新的研究範式，在探討東西方文學異質性，即特色性、獨立性和話語權等層面的探討進行問題研究，以取得方法論的成熟；在倡導多元互補、互爲參照、互爲主觀、互爲語境等層面展開東西方文化及文學核心範疇的追溯和對比，以便取得跨文化對話的入口。比較文學差異的可比性可以立足在互補性的基礎上，在各具特色的文學和理論樣態中探尋文學發展的共同規律。在探討中國學派方法論體系上以曹順慶的重要論文〈比較文學中國學派基本理論特徵及其方法論體系初探〉最爲全面。他在此文中系統地提出了「闡發法」、「異同比較法」、「文化模子尋根法」、「對話研究」和「整合與建構研究」，[66]就「闡發法」而言，這種跨文化的文學理解可以擴展爲三個方面：理論闡發作品、文論互釋以及其他學科闡釋文學作品。「異同比較法」主要是立足中國文學，從求同出發，進而辨析，透過比較的方法將中國文學推向世界。「文化模子尋根法」主要以葉維廉的界定爲主，即從兩個文化模子的疊合處尋求「共相」，在其不疊合處作尋根的認識，窮究事物之本源。而「對話研究」主要需要解決幾個問題，如話語問題、術語問題以及平等對話原則等。在此基礎上達到建構文學理論和觀念的目的。這種深入的學科理論和學派方法論的探討顯然爲比較文學中國學派作出了重要貢獻。

目前，中國大陸學者以其諸多研究成果和形式頻繁在國際學界嶄露頭角，受到了世界學者的關注。中國大陸已有楊周翰和樂黛雲兩位學者擔任了國際比較文學學會的副主席。隨著中國學者研究的深入，中國聲音將爲世界文學融入更多的構成性因素。

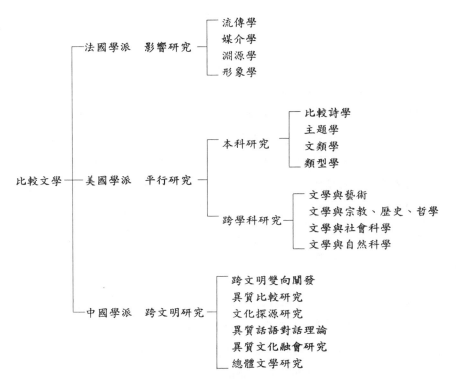

比較文學學科理論示意圖

注釋

[1]Susan Bassnett, *Comparative Literature: A Critical Introduction* (Oxford and Cambridge: Blackwell Publishers, 1993).

[2]曹順慶主編，《邁向比較文學新階段》，四川人民出版社，2000。

[3]韋勒克，〈比較文學的名稱與實質〉，北京師範大學中文系比較文學研究組編，《比較文學研究資料》，北京師範大學出版社，1986，頁29。

[4]韋勒克，〈比較文學的名稱與實質〉，干永昌、廖鴻鈞、倪蕊琴選編，《比較文學研究譯文集》，上海譯文出版社，1985，頁138。

[5]《馬克思恩格斯選集》卷1，人民出版社，1972，頁254-255。

[6]大塚幸男，《比較文學原理》，陳秋峰、楊國華譯，陝西人民出版社，1985。

[7]基亞，〈比較文學‧第六版前言〉，干永昌、廖鴻鈞、倪蕊琴選編，《比較文學研究譯文集》，上海譯文出版社，1985，頁75-77。

[8]勃洛克，〈比較文學的新動向〉，干永昌、廖鴻鈞、倪蕊琴選編，《比較文學研究譯文集》，上海譯文出版社，1985，頁185、197。

[9]Terry Eagleton, *Literary Theory: An Introduction* (Blackwell, 1983)；中譯本參見伍曉明譯，《二十世紀西方文學理論》，陝西師大出版社，1987，頁3。

[10]巴登斯貝格，〈比較文學：名稱與實質〉，干永昌、廖鴻鈞、倪蕊琴選編，《比較文學研究譯文集》，上海譯文出版社，1985，頁33。

[11]孫景堯，《簡明比較文學》，中國青年出版社，1988，頁56。

[12]提格亨，《比較文學論》，戴望舒譯，商務印書館，1937，頁17。

[13]提格亨，《比較文學論》，戴望舒譯，商務印書館，1937，頁17。

[14]干永昌、廖鴻鈞、倪蕊琴選編，《比較文學研究譯文集》，上海譯文出版社，1985，頁76-77。

[15]曹順慶，〈泛文化還是跨文化〉，《新華文摘》，1997，期4。

[16]智量編，《比較文學三百篇》，上海文藝出版社，1990，頁12。

[17]韋勒克，《批評的諸種概念》，丁泓、余徵譯，四川文藝出版社，1988，頁244。

[18]雷馬克，〈比較文學的定義和功用〉，張隆溪選編，《比較文學譯文集》，北京大學出版社，1982，頁1、6。

[19]雷馬克，〈比較文學的定義和功用〉，張隆溪選編，《比較文學譯文集》，北京大學出版社，1982，頁1、6。

[20]韋斯坦因，《比較文學與文學理論》，劉象愚譯，遼寧人民出版社，1987，頁25。

[21]雷馬克，〈比較文學的定義和功用〉，張隆溪選編，《比較文學譯文集》，北京大學出版社，1982，頁1、6。

[22]韋勒克，〈比較文學的危機〉，張隆溪選編，《比較文學譯文集》，北京大學出版社，1982，頁30-32。

[23]韋斯坦因，《比較文學與文學理論》，劉象愚譯，遼寧人民出版社，1987，頁5。

[24]《中國比較文學》，1995，期1，頁172。

[25]梁啓超，〈譯印政治小說序〉，《中國近代文論選》，人民文學出版社，1981，頁156。

[26]曹順慶，〈比較文學中國學派基本理論特徵及其方法論體系初探〉，《中國比較文學》，1995，期1。

[27]提格亨，《比較文學論》，戴望舒譯，商務印書館，1937，頁17-18。

[28]提格亨，《比較文學論》，戴望舒譯，商務印書館，1937，頁17-18。

[29]基亞，《比較文學》，〈卡雷‧1951年初版序〉，中譯參見北京大學出版社，1983。

[30]基亞，《比較文學》，〈卡雷‧1951年初版序〉，中譯參見北京大學出版

社，1983。

[31]基亞，《比較文學》，〈前言〉，顏保譯，北京大學出版社，1983，頁
1。

[32]韋勒克，〈比較文學的危機〉，張隆溪選編，《比較文學譯文集》，北京
大學出版社，1982。

[33]雷馬克，〈比較文學的定義和功用〉，北京師範大學中文系比較文學研究
組編，《比較文學研究資料》，北京師範大學出版社，1986，頁1。

[34]韋斯坦因，《比較文學與文學理論》，劉象愚譯，遼寧人民出版社，
1987，頁25。

[35]韋斯坦因，《比較文學與文學理論》，劉象愚譯，遼寧人民出版社，
1987，頁5。不過，韋斯坦因後來的觀點有所改變，已開始看到東西文
學比較的必要性。

[36]參見曹順慶發表於《中國比較文學》1995年第1期上的有關論文及其專著
《中外比較文論史》，山東教育出版社，1998。

[37]陳惇、劉象愚，《比較文學概論》（修訂版），北京師範大學出版社，
2000，頁12。

[38]陳惇、劉象愚，《比較文學概論》（修訂版），北京師範大學出版社，
2000，頁12。

[39]陳惇、孫景堯、謝天振主編，《比較文學》，高等教育出版社，1997，頁
9。

[40]陳惇、劉象愚，《比較文學概論》（修訂版），北京師範大學出版社，
2000。

[41]基亞，《比較文學》，〈卡雷·1951年初版序〉，中譯參見北京大學出版
社，1983。

[42]雷馬克，〈比較文學的定義和功用〉，北京師範大學中文系比較文學研究
組編，《比較文學研究資料》，北京師範大學出版社，1986，頁1。

[43]基亞，《比較文學》，顏保譯，北京大學出版社，1983，頁4。

[44]基亞，《比較文學》，〈前言〉，顏保譯，北京大學出版社，1983，頁4。

[45]盧康華、孫景堯，《比較文學導論》，黑龍江人民出版社，1984，頁15。

[46]劉聖效，《比較文學概論》，湖南人民出版社，1989，頁48。

[47]黃維樑、曹順慶編，《中國比較文學學科理論的墾拓——台灣學者論文選》，北京大學出版社，1998，頁69。

[48]引自〈對比較文學理論建設的再思考〉，《中國比較文學》，1995，期2。

[49]孫景堯，《簡明比較文學》，中國青年出版社，1988，頁181-182。

[50]張鐵夫主編，《新編比較文學教程》，湖南人民出版社，1997，頁120。

[51]劉聖效，《比較文學概論》，湖南人民出版社，1989，頁48。

[52]樂黛雲主編，《中西比較文學教程》，高等教育出版社，1988，頁36。

[53]樂黛雲，《比較文學原理》，〈前言〉，湖南文藝出版社，1988，頁1。

[54]張鐵夫主編，《新編比較文學教程》，湖南人民出版社，1997，頁121-122。

[55]引自張隆溪選編，《比較文學譯文集》，北京大學出版社，1982，頁17。

[56]轉引自陳惇、孫景堯、謝天振主編，《比較文學》，高等教育出版社，1997，頁5。

[57]轉引自劉波主編，《中西比較文學教學參考資料》，高等教育出版社，1990，頁63。

[58]轉引自張隆溪編，《比較文學譯文集》，北京大學出版社，1982，頁6。

[59]曹順慶主編，《比較文學新開拓》，重慶大學出版社，1996；《比較文學學科理論的墾拓》，北京大學出版社，1998；《邁向比較文學新階段——

中國比較文學學會第六屆年會暨國際學術討論會論文集》，四川人民出版
社，2000。

[60] 愛克曼輯錄，《歌德談話錄》，朱光潛譯，人民文學出版社，1978，頁
112-113。

[61]《馬克思恩格斯選集》卷1，人民出版社，1972，頁254-255。

[62] 曹順慶主編，《邁向比較文學新階段——中國比較文學學會第六屆年會暨
國際學術討論會論文集》，四川人民出版社，2000；于連，《迂迴與進
入》，杜小眞譯，北京：三聯書店，1998。

[63] 古添洪、陳慧樺，《比較文學的墾拓在台灣》，〈序〉，台北：東大，
1976；黃維樑、曹順慶編，《中國比較文學學科理論的墾拓——台港學
者論文選》，北京大學出版社，1998，頁178。

[64] 黃美序，〈究竟是誰最先敲響比較文學中國學派的鑼鼓？〉，黃維樑、曹
順慶編，《中國比較文學學科理論的墾拓——台港學者論文選》，北京大
學出版社，1998，頁183-184。

[65] 曹順慶，〈比較文學中國學派基本理論特徵及其方法論體系初探〉，《中
國比較文學》，1995，期1。

[66] 曹順慶，〈比較文學中國學派基本理論特徵及其方法論體系初探〉，《中
國比較文學》，1995，期1。

第二章

影響研究

引言　影響研究：傳統與更新

　　在一般人看來，由法國學派所建立的影響研究，意味著一種傳統的、保守的、實證的甚至是呆板的和陳舊的研究方法，這種看法在中國比較文學界曾有一定的市場，尤其是讀了韋勒克對法國學派的激烈批判之後，更是對以實證為特徵的影響研究不屑一顧。其實，這是大錯特錯的。

　　在我們看來，即便是最傳統的實證性的影響研究，至今也仍未過時，對於現今中國學界來說，這種實證精神、這種踏踏實實的學風，尤其缺乏，也尤其重要。而且，有許許多多的領域有待我們運用傳統的影響研究方法去開掘、去研究。在中國，最值得稱道的影響研究範例之一是以嚴紹璗、王曉平等為首的有關中日文學關係的研究，他們以扎實的功底、勤奮的研究和實證性的考證拿出了一項項令人信服的學術成果，面對著他們的一部部專著，你不得不承認實證性的影響研究非但沒有過時，而且我們似乎才剛剛開始，剛剛嚐到甜頭。需要做的工作還很多，不但中日文學關係需要研究，中韓文學關係、中日越文學關係、中印文學關係等等，在許多方面的研究都還是空白。更不用說中國與西方文學的關係了，在這方面，需要我們做的工作實在是太多太多，而我們扎扎實實的研究成果卻太少太少。事實證明，傳統的影響研究，仍舊是大有作為的領域，當你讀到錢林森著的《法國作家與中國》、衛茂平著的《中國對德國文學影響史述》、陳建華著的《二十世紀中俄文學關係》等論著之時，你一定會恍然大悟，原來影響研究還這麼有意思，這麼有價值！回過頭來看看，許許多多的幾乎淪為「比附文學」的平行研

究，其學術價值及其學術生命力，遠不如上述影響研究的價值和生命力。不過，話又說回來，影響研究是需要花功夫的，是需要扎扎實實拿出具體的實證性材料的，一分汗水一分收穫，這就是學術研究的眞諦。這或許正是有些人不願意從事影響研究的原因吧。我們在此呼籲有志於學術的青年，投身進來吧，影響研究將是一個大有作爲的天地。

當然，影響研究也不僅僅只有傳統，同時也有著發展與創新。法國學者們在傳統的影響研究基礎上，又有著若干更新。「形象學」，就是一個從傳統到更新的典型例子。大陸有人稱「形象學」爲比較文學「新學科」，這是誤會，早在十九世紀，形象學研究便在比較文學影響研究的學科理論中占有一席之地。法國學派元老卡雷主張，影響研究不應僅僅拘泥於事實考證，也要研究民族間的互相看法、幻象學等等，而卡雷的學生基亞則在《比較文學》一書中，單獨列出一章：「人們所看到的外國」，這可以說就是形象學早期奠基性的專章。在此基礎上，經過幾代學者的努力，尤其是法國學者巴柔（Daniel-Henri Pageaux）在1989年爲《比較文學槪論》一書所撰寫的「從文化形象到集體想像物」一章，明確提出了當代形象學的基本原則，以對「他者」形象的定義爲核心，使形象學從此步入了一個全新的發展階段。本書列專節論述了形象學，但更名爲「異域形象學」，因爲我認爲如果將形象學與跨異質文化的學科理論聯繫起來，則會更有意義，也更有學術價值，更名爲「異域形象學」，就是試圖將異質文化之間的「形象」作爲一個重點來研究。

西方接受理論對影響研究的刷新，這也是一個從傳統到更新的問題，將傳統的影響研究與當代文論的接受美學相結合，實際上就將比較文學的學科理論往前推進了一步。這一點，樂黛雲教授等早

已體現在她主編的教材之中，茲不贅述。

　　文化過濾與文化誤讀，也是影響研究中不可忽略的重要因素，傳統的影響研究沒有專門注意並研究這一點，當代各類比較文學概論也沒有專門提出這一問題。本書列專節來論述這一問題，就是要引起學界的注意。尤其是在跨異質文化的比較中，文化過濾與文化誤讀就更為明顯，也更加重要。怎樣從這一角度來進行影響研究，是擺在我們面前的新課題。

第一節　流傳學（譽與學）

一、什麼是流傳學？

　　流傳學（doxologie）又叫「譽與學」。它作為影響研究的一種傳統模式，在比較文學實踐的早期階段乃至今日，都作為一種基本的方法被廣泛使用並取得了豐碩成果。從學科史上看，這一術語最初是由法國比較文學學者提格亨提出來的，他在其奠基性著作《比較文學論》（1931年）中指出：「（流傳學）是一位作家在外國的影響之研究，是對他的譯介或他的『際遇』之研究。」根據提格亨的觀點，我們說，流傳學是以給予影響的放送者為起點，來探究一國文學或流派，或潮流，或作家、文本在他國的命運與成就，或遭遇之影響以及接受的歷史境況之研究。

二、流傳學是什麼？

　　流傳學的基本特徵屬於影響研究範式，也就是說，首先要符合它賴以產生的條件——有作為影響與接受的兩大主體即兩個國度以上的文學創作者以及它們彼此間傳播的途徑；其次，釋放影響的放送者是基點和起點，它具有中心性、給予性和輻射性之特質；再就是有研究的明確對象，即作為起點的放送者的一國文學與作為終點的接受者之另一國文學之間的交流與對應關係；最後，面對這種關係，研究的焦點或重心，實際上是把影響者引向接受者。唯其如此，才能對作為影響的放送者的聲譽與命運作出解釋，才能體現影響與接受的價值所在。法國比較文學家布呂奈爾（P. Brunel）強調指出：「一種影響只有在被接受時才變成有創造價值的影響。為此，終點和它產生的創作至少和起點及它引起的作用同樣重要。」[1]

　　流傳學研究的範疇與功能大致包含：(1)影響與模仿、借鑑與創新之關係；(2)際遇——成就與厄運：接受的誤讀、影響的正面與負面、變形或抵抗；(3)在文學理論的觀念、文學創作的風格、文學類型等層面上的流行、借用與因襲和改造。我們由此而探討影響的諸關係性——施者及文本受眾、與媒介、與時代、習俗和傳統之關係，或從接受層面與影響的互補性等外在事實與內在關係的相互作用的研究。

　　流傳學研究的方法論和認識論是建立在實證主義哲學追求與科學之精神的基礎之上。二十世紀下半葉，它發展了原學科理論，漸漸地從傳統的邏輯實證的考據學過渡到吸納現代的接受理論、交往理論、文學社會學、文學心理學、文化人類學等多學科理論成果的

視野上，注意把「外在事實」與「內在品質」聯繫起來，也就是不僅要考察影響與接受間的「事實聯繫」與「因果關係」，還要探尋作為關係本質的文學其內在的美學品質，從而把歷史性與審美性兩大向度有機結合起來。我們還應看到，流傳學的前半段歷史，是單向度的認識論、方法論，伴隨著實證主義的目的論、決定論及歐洲文學一元論，具有濃郁的歐洲中心主義意識和民族沙文主義的色彩，因而它表現出一種文學「債權」與「外貿」觀。不過，今天的流傳學研究，已經不完全是傳統的「法國學派」模式，而是體現出雙向互動的交往理論特色和跨文化互證、互識、互補的多元文化觀。

　　流傳學研究的作用表現在：其一，從文學的本質和比較的觀點出發，影響研究的價值意義在於，「被影響的作家的價值在於他給予影響以價值，如果不是超過，至少也是和影響者的價值等量齊觀」[2]。因為它說明了文學的活力和創造性及其社會的存在意義。這種從放送者通向接受者的影響價值，體現在接受影響後形成的獨特性上：它一方面表現在內容和形式上的創新，另一方面也是對從不同模式中借鑑來的東西加以整合而給以新的闡釋。其二，最能體現比較文學學科意義的是，透過某一現象，或作家或作品分別在本國和他國的影響與接受的狀況與變化，一方面可以加深和促進人們對文學創作和文學批評、文學史和總體文學的理解與宏觀把握，弄清文學發展的一般規律；另一方面，當我們換個角度或視野看問題時，便有利於解釋本國文學不能解釋的現象，從而更好地認識國別文學的個性特徵和品質，使民族文學具有健康而又可持續發展的動力，同時也使世界文學和諧發展，讓豐富性和多樣性並存。

　　流傳學研究的途徑和模子，大致可從下面幾個方面來考慮：首先從起點和終點的背景關係上，抓住雙方有代表的、有影響力的、

歷史上確有其事的人或事；再確認放送者與接受者的形態特徵——個體或群體或國家或社會等屬性特徵，也可以說是某個文學流派、文學風格、文學類型等宏觀方面的影響，或某位作家、某部作品等微觀方面的影響；爾後，再看影響與接受的路線關係方式：彼此間直接或間接的影響、有意或無意的接受、作品類似或同源現象，從中我們可以歸納出以下幾種模式：(1)直線式或輻射式影響研究：也就是一國的作者A對另一國的作者B或C等人的直接影響，同時還對第三國以上的國度的作家產生影響。(2)交叉式影響研究：它針對作者A從本國作者B那裡受到他國作者C的影響，同時又促使他再度直接從C那裡尋求不被B接受的影響，這時，他國作者C就對本國作者A、B產生雙重影響；再一種形式，作者A從第三國作者C那裡受到第二國作者B的影響，他又直接從第二國的B處，尋求被第三者C忽視或不接納的影響，這樣第二國作者B就同時對第三國和第一國作者產生雙重影響。(3)循環式影響研究：它考察作品A流傳到別國B，B作者據此改編移植成作品A'在B國流行，爾後作品A'又被移植回到它的母本的故鄉。這種異質文化的跨文化交流最具比較文學的意義；另外還有一種方式，即在某個流派的形成中，A作家受到第二國作家B的影響，B又受到第三國作者C的影響，這樣以此推類，最後又回到A國作家那裡。此外，還可從另一種思維角度出發，尋求流傳與影響的途徑，如從文學類型的影響、文學技巧的影響、文學理論的影響等文學門類出發去考慮；還可從總體影響、個體影響的主體交往模式出發。再有，還可從流傳客體及讀者角度出發，考察品質上的影響和數量上的成就。應注意，「流行」只是反映數量上的成就，有可能擁有很多讀者，但它在文學上卻顯得趨於時尚的平庸和媚俗，它所負載的文學力量呈貶值狀態。而「改編」和「借鑑」當屬創造性轉換，因為作為積極的

讀者，它包含一種文學上的創新和增殖的質的優勢。至於出版和翻譯等媒介方面的作用，則必然會對流傳和質與量產生條件影響。事實上，流傳學研究的模式不只以上幾種，我們應針對實際情況具體分析與運用，關鍵是能切中要害，言之有物，在文學交流的內外因素上下功夫。

三、流傳學與淵源學的聯繫與區別

總體上講兩者都是影響研究的方法之一，這就決定了它們在大的範圍內有一致的基礎，即具有共同的研究對象——放送者與接受者，相同的研究屬性——文學關係的事實聯繫，包括「外在事實」和「內在事實」，以及同樣的方法論基礎——實證性、互動性、目的論與因果論、接受理論及交往理論為其學理依據。我們再從語義角度看，「影響」與「淵源」的聯繫在於兩者都涉及了液體的流動。「淵源」指向這一流動的源頭（即起點——筆者注），而「影響」則標誌這一流動的方向和目的（即終點——筆者注）。[3]於是兩者的根本區別在於：流傳學研究的焦點在於接受者，淵源學研究的焦點在於放送者。法國學者布呂奈爾指出，「影響研究把影響引向接受者。淵源研究反過來追溯源頭。」「影響沿有一定方向的管道（翻譯、改編），淵源的朝拜是在於可能的冥茫中的一種冒險。」[4]淵源學是在來源不明確的「冥茫」中的探索。所以法國學者謝弗雷強調說，這種對放送者的接受「反應」，表現出「原著」在接受國被翻譯、出版、批評和評論，被模仿、借用乃至對作品的再詮釋和創新。[5]美國伊利諾大學比較文學教授約斯特更進一步說，要「把影響的重點放在受影響的情況上，而不是把大部分精力放在放送者身上」。於是，一方面「應分析影響是怎樣傳遞的，當然也不能忽

視它的效果,另一方面更應當注意的是結果或吸收的程度」[6]。另外,我們還應看到流傳學與淵源學既有差異與區別又有互補性的關係,它體現在上面所列交叉式和循環式的影響研究模式中。

四、流傳學研究的實踐及其模式分析

(一) 直線式或輻射式影響研究

如上所述,從影響的路線講,它是單線式的直接影響。這可以是一對一的兩點一線型,也可是以圓點爲核心的一點多線輻射型。由於作爲起點的放送者的形態與屬性不同,可以是一個作家,或一部作品,或一個國家總體對相對應的一國或多國文學產生影響;也可以是多個作家,或多部作品,或多個國家對一種或多種文學產生影響。下面請看幾個例子:

關於第一式「一與多」的情況。如就歌德而言,就分別有《歌德在法國》([法]巴登斯貝格,1940)、《歌德在英國》([法]伽雷,1920)、《歌德在西班牙》([法]帕日亞,1958)、《歌德與中國》(楊武能,1991)。單看是一個作家對另一個國家總體或其中一個作家或群體的影響,總看又是一個作家對多個國家的許多作家形成的世界性文學影響。頗有代表性的是,法國學者基亞把歌德在英、法兩國的影響與接受作了簡要的比較:先是從作品《少年維特的煩惱》(1774)在英法成功登陸開始,1776年在法國,1779年在英國,有了法、英兩種譯本,並在不斷增加,由於作品大獲成功,使得《維特》的作者「變得不可侵犯了」。爾後,浪漫主義者們的熱情又被歌德以歷史或神話爲題材的敘事詩所吸引,那就是《浮士德》這部哲理詩劇。它先後擊中了英法兩國的知識者,於是歌德又變成了

「浮士德的作者」。從歌德那裡，英國人卡萊爾吸收了他的寧靜，並把《邁斯特》當作了自己的倫理學支柱，而法國人古諾則獲得了一個題材──「魔鬼崇拜」，並且在白遼士那裡產生了《罰入地獄》的樂章。基亞透過大量事實，讓我們看到了歌德在英、法兩國被接受的不同命運──在對歌德的迷戀中，英國朝向倫理學方面發展，法國是向藝術向度，帕那斯派的崇拜者把歌德尊為思想家和美的創造者。基亞提醒我們，透過「流傳」的影響研究，更重要的是顯示當民族文學突變，外來文學的刺激促進了創新思維和接受者文化抉擇的主體意識的增加，唯其如此，方能「顯示比較文學在民族思想史和文學史，處在面臨抉擇的關頭時所能起的作用」[7]。而《歌德與中國》則與基亞的分析不同，它已不是單向性的影響，而是東西方文化的交會與啓迪的循環式影響研究，體現了一種跨文化的平等交流與對話的精神。限於篇幅，在此不詳述。其實，這種「一與多」的影響研究模式，最早出現在法國比較文學學科創始者戴克斯特的視野裡，他的那篇堪稱為國際比較文學的第一篇博士論文就是〈盧梭和文學世界主義的起源〉（1895）。

　　關於第二式「多與一」的情況。如外國作家或文學與中國的關係就有〈文學上的俄國與中國〉（周作人，《新青年》，1921，卷8，期5；又見陳建畢《中俄文學關係》專著中有關評述，頁96-99）、〈法國文學與中國文學的現代化〉（錢林森，載《外國文學研究》，1992）、〈印度古典詩與西方現代文論〉（黃寶生，《外國文學評論》，1991，期1）、〈美國文學在中國〉（《新疆大學學報》，1991，期4）、〈尼采與中國現代文學〉（樂黛雲，載《比較文學研究資料》，北師大，1986）、〈佛洛伊德主義與二十世紀中國文學〉（王寧，載《西方文藝思潮與二十世紀中國文學》，中國社科出版社，1990）、〈莫里哀與中國現代戲劇〉（錢林森，《法國作家與中

國》，福建教育出版社，1995）。

　　另外，還有一種變體，即輻射當中又有交叉的影響研究。如印度古典文學對中國文學的影響，就十分明顯而直接，中外文化的第一次大規模交會就發生在中、印兩國之間。古代印度的神話與寓言，對中國文學的敘事形態和審美觀念都產生了深遠的影響。季羨林先生在其〈印度文學與中國〉一文中，做了精妙的闡釋。我們看到，六朝時期就是一個典型階段，那時中國文學史上有了新的動向——鬼神志怪小說的出現。如荀氏的《靈鬼志》、祖台之的《神怪志》、謝氏的《鬼神列傳》、曹毗的《宣驗記》等。這些作品，就敘事而言，每篇只談一個故事，篇幅也較短小，從頭至尾，平鋪直敘。就內容而言，它們都體現了兩個重要特徵——陰司地獄和因果報應。在這類故事中，典型地體現了印度故事中國化的是《宣驗記》。季先生找出這一故事的來源是僧會譯的《舊雜譬喻經》，它們反映了「鸚鵡滅火」的母題，而且這一母題還在清周亮工的《櫟園書影》的第二卷，以及《魯迅全集》中《僞自由書》等作品中出現過。

　　歷史上的另一個交會與繁榮之盛期表現在唐代。作爲唐代文學的新類傳奇與變文無不與印度的影響有關。就故事的結構和文體而言，體現了印度故事框架式敘事的特點——一個主要故事爲主幹，再派生出許多支幹故事。印度史詩《摩訶婆羅多》以及《五卷書》均採用這種方法。變文的結構也是韻散文相間，如敘事用散文，說話用韻文或描寫用韻文。而在內容方面，除了仍有六朝時代的兩大特徵外，此次又添了新內容，最爲突出的是龍王和龍女的故事。最有代表性的例子是李朝威的《柳毅傳》。此外其他類型的故事也反映了印度影響的廣度，如屬於夢幻故事的，有李公佐的《南柯太守傳》和沈既濟的《枕中記》；屬於離魂一類的，有陳玄祐的《離靈

記》等；屬於幽婚類的，有戴君浮的《廣異記》。到了元、明兩代，又有可喜的成就。元代雜劇多取材於唐傳奇，像馬致遠的《黃粱夢》，取材於《枕中記》；鄭德輝的《倩女離魂》，取材於《離魂記》等，印度文學的再傳影響可見一斑，至於明代《西遊記》裡的印度成分就更是婦孺皆知了。

最後到了現代中國的新文學，印度文學影響仍不減當年，尤其是國人對印度文學的研究更具理論性和學術性。魯迅先生在其《中國小說史略》中，指出了印度文學對中國文學的影響；聞一多先生也很重視印度文學；許地山先生的小說多取材於印度神話和寓言，他還著有《印度文學》一書；沈從文先生的《月下小景》短篇小說集，大都取材於漢譯佛典。在中國現代文學史上，特別要提到印度詩人泰戈爾（1861-1941）與中國作家、詩人的關係。我們知道泰氏是位有思想深度的詩人、小說家和戲劇家，他的思想包容了古今東西的成分與養料，吠檀多派哲學是他思想之核心，梵我合一與和諧統一是他哲學思想的基礎，他一生都在思考神、自我和自然界三者之間的關係。他的代表作《吉檀迦利》，正是用西方近代資產階級的信仰標準——自由、平等、博愛——來包裝印度傳統宗教的「神」，其實質是他的「以人為本」的宗教，而非「以神為本」的宗教。這裡面包涵了與大自然的和諧感和與萬物的親近感，並在追求有限之中達到無限的美。這些東西都或多或少與中國現代新文學的作家們，達致某種心靈的契合，而泰氏在後期的詩歌與小說中，探討了民族解放和宣揚民族、國家以及東西方之間的平等，這無疑都增加了他的作品在中國的傳播與影響的力度。另外他還曾兩度訪華，這對中國的「泰戈爾熱」產生了推波助瀾的作用。

於是，我們看到，首先是泰氏的詩體和風格對中國新詩的啓迪作用。郭沫若詩歌的第一階段，就是具有泰氏田園風味的直樸與清

新：「冰心體」的詩與散文、徐志摩的詩歌，也都無不體現清新自然和短小的自由體新詩之風。其次，泰氏對理想人格的追求和對民族解放、人類大同與平等的幸福生活的嚮往，也與五四後的新詩人及其後輩們，有著內在的精神共鳴。再次，泰氏的成就實際上得益於多重影響和他廣闊的胸襟：一方面他有印度古代梵文詩歌和民歌的修養，一方面又經歷了西方現代藝術的薰陶——唯美主義、象徵主義及純詩觀，同時還有對鄰國東方藝術的熟悉——中國古典詩歌與繪畫、日本俳句等。最後也正是由於泰氏所具有的西方文化的背景和對中國、日本等代表的東方藝術的熱愛與信心，使得他本人成了東西方都能接受並受其影響的世界級的詩人。這也表明接受國的土壤和氣候，成爲決定泰氏作品國際命運的一個不可或缺的重要前提。在西方龐德和葉慈都推崇他，龐德說泰氏「使我們發現了自己的新希臘」；郭沫若則說泰氏的作品好似「探得我生命的泉水」。

　　還有一點值得注意，泰氏對中國現代文壇的影響和作用，從其被翻譯與研究的時空向度上，與那些西方的名家們不相上下。從1915年陳獨秀在《青年雜誌》上譯出《吉檀迦利》四首詩作，劉半農於1918年在《新青年》上譯出《新月集》中四首詩篇起[8]，後有鄭振鐸譯的《飛鳥集》（1922）、《新月集》（1924）並附《泰戈爾詩》，以及他譯的劇本《春之循環》（1921）、論著《人格》（1921）、《泰戈爾短篇小說集》（1923），冰心譯的《吉檀迦利》（1981）、《園丁集》（1981）、《詩選》（1957），石眞譯的《故事詩》（1957）以及倪培耕譯的《泰戈爾傳》（1984）等。總之，印度文學在中國的影響與傳播，不僅表現在古今的文學創作上，還體現在詩學理論，多種藝術門類如繪畫雕刻、戲劇及影視藝術諸方面。實際上，印度文化與藝術的一些成分已有機地融入了中國文化和藝術之中，形成了中國化的文學與藝術特色。

　　最後我們還發現了兩點有趣的現象。第一是中國的新詩開創者們對泰戈爾其人與作品的認同與吸納。在郭沫若身上，除了表現出受泰氏、惠特曼的影響外，還洋溢著歌德的氣息；正好泰戈爾青年時代也研讀過《浮士德》，歌德一生崇尚自然、追求人類未來光明和精神王國的自由，都對泰氏不無啓迪。再看推崇泰戈爾的徐志摩，究其原因之一，不得不說這與他倆都曾共同浸淫於英國唯美主義詩歌藝術有關。這樣新詩的後繼者和研究者乃至今人，又會循著泰戈爾的身影，去了解、探討西方的現代表現藝術和他們關於東方的幻象，這將有助於我們對東西文學的影響與交流的深思與把握。這難道不是直接接觸與間接接觸相結合的交叉式影響的個案嗎？第二，如果說印度古代的神話與寓言故事對中國古代敘事藝術有啓發的話，它也曾對阿拉伯中世紀小說藝術產生了直接影響。如阿拉伯民間文學的代表作品——短篇故事集《一千零一夜》，在題材上就有印度神話及寓言故事的來源，在結構上承襲了《五卷書》故事套故事的敘事模式，在文體上也用了詩文相間的表現方式。另一方面，由於西域絲綢之路的開闢，中國唐、宋、元、明各朝代與阿拉伯貿易交往的頻繁，尤其是唐朝軍隊曾與阿拉伯阿巴斯王朝的中西之戰，使得兩地間的民間故事和傳說，有了彼此影響並出現類似現象，這自然也體現在《一千零一夜》之中。我們再把眼光移到歐洲，就會看到，歐洲近代小說的開端，如第一部短篇小說集，義大利人薄迦丘的《十日談》、法國的《巨人傳》、英國的《坎特伯里故事集》、西班牙的《唐·吉訶德》以及莎士比亞的戲劇，都無不受到《一千零一夜》的影響。由此可見，歐洲近代小說藝術的發展，有阿拉伯小說的直接影響，同時它又作為中介，間接反映了印度故事的敘事源頭。同樣，我們從另一個角度看，阿拉伯中世紀小說藝術的繁榮與發展，除了印度源頭的直接影響外，還有中國古代民間

故事的間接影響。因為上面我們已說到，唐代的傳奇與變文正是受到印度佛教文學的影響。於是，上面一例表現了直線式和輻射式的流傳學研究的變體，即一種交叉式的複線影響。這也說明了在流傳及影響的過程中，在接受方存在著差異性與複雜性，絕非僅僅是單一的直線式的因果關係能說明問題的。

（二）交叉式影響研究

從接受影響的狀況看，這一類型的價值在於，從直接到間接的接受過程，顯示了兩個接受主體間的差異性，同時也說明放送者的影響的多質性。譬如俄國詩人萊蒙托夫，他從普希金那裡借用了拜倫詩體故事的模式，並且又從拜倫的作品中，吸收被普希金所忽略或排斥的這位英國詩人的其他潛在價值或特色。於是，我們說拜倫的影響具有雙重性，浪漫主義在英、俄兩國表現出了豐富性和多樣性特徵。[9]

再如蒙田及其散文在五四時期流布，主要是透過英國文學的仲介，而在此之前，它在英國經歷了不同的接受過程的表現。首先，這一影響表現為同質文化圈背景下的交往。早在文藝復興時期，培根的晚年由於蒙田的影響，其散文風格發生了變化；十七世紀的A·考利和W·坦普爾則出版了他們的仿作《隨筆》；再後自十七至十九世紀，蒙田與英國文學關係更為密切。小說家斯坦因「欣賞《隨筆集》親切的趣味和那些知心話」，其小說《項迪體》就採用了《隨筆集》的風格並以詼諧的形式表現出來。拜倫從蒙田那裡看到了自己的懷疑論。評論家蘭姆也在其《愛利亞隨筆》中復活了蒙田的兩個基本因子——親切的態度和自我本位。一位外國學者曾總結道，蒙田在英國的接受，經歷了欣賞其「自大性」和「寬容性」，對「孤寂」、「均衡」的嚮往，對「自身的崇拜」和「享樂主義」

的追求等風尚的演變，這就給我們提供了蒙田作用的多樣性，同時也使我們更好地理解斯坦因的幽默、拜倫的懷疑和佩特的均衡的審美品質。於是我們看到了蒙田與英國文學的長期關係，即在精神上與英國的血緣關係，並且在文體和風格上給予英國作家產生了深刻持久的影響。[10]

　　而蒙田在現代中國，則經歷了較爲複雜曲折的接受情況。其實，蒙田在中國的最早登陸，應追溯到十六世紀義大利傳教士利瑪竇來華交往之時，在他編譯的只有三千五百字的《交友論》這本小冊子中，首次收錄了包括蒙田在內的西方先賢哲人的格言。[11]到了五四時期，現代意義上的散文是新文學發展的重要部分，它逐步脫去了載道教化的古代長袍，換上了展示個人抒情的新裝。在這劃時代的轉型中，現代散文的新枝，即接蒙田一派的絮語散文以及十九世紀三〇年代獨具風景的「小品文」體，都是透過英國「小品文」和日本現代文藝理論家、作家廚川白村的仲介，接受了蒙田面對自我、「我寫我自己」的坦誠之風，突出了張揚人格和人性爲新散文首要美學要素的實質，從而在二十世紀的前三十年和後二十年兩個不同的歷史時期，分別在較爲相似的語境中得以興旺與繁榮。歷史上看，早期的代表作家有周作人、王統照、林語堂、梁實秋、郁達夫、葉聖陶、李健吾、梁遇春等人。他們中由於大多諳熟英語，而沒能直接閱讀蒙田原著。故而英、日兩國便成了他們接近蒙田的仲介。下面我們就以周作人、梁遇春爲例來觀看他們接受影響的狀況。周氏在其《美文》的短論中，就明確提倡要以英國散文爲「模範」，進而確立中國現代散文的獨立地位。在他的散文批評中運用的重要審美概念，如「趣味」、「平淡自然」或「本色」以及「苦澀」，都充溢著現代英、法及日本文論概念的新質；再觀其散文創作實踐，更是接近蒙田，因爲在思想支柱上，「自我本位」正是他

倆散文的核心。在文學風格上也都呈現出一種自由與節制、表現與自我隱蔽的均衡；而周氏專注個人身邊瑣事的文學趣味，更是同蒙田如出一轍。可以說周氏的「小品文」體現了蒙田散文的神韻——對自我的關切、懷疑的精神與反思的意識，追求個性解放與獨立，擺脫社會與群體的控制等意識。而在梁遇春身上，我們看到的是「中國的愛利亞」。這自然表明了他的創作伊始深受英國批評家蘭姆的影響。本節前面在論說蒙田與英國關係部分曾談及蘭姆其人，他的散文從思想到形式都復活了蒙田的風格。正是透過蘭姆，梁氏結識了蒙田，譯介了他的散文，評點了英譯本《蒙旦旅行日記》。再後梁氏等作《春醪集》在精神的內涵上與蒙田思想進行了潛對話。以上簡略的分析，我們可從蒙田在中、英兩國不同的文化背景與時代語境下的命運，去分析跨文化影響與接受的趨同性和異質性，去捕捉蒙田在東西方的影響與接受的深度、廣度；在英國，蒙田是一種「血緣關係」，是長期的、深遠的影響；在中國百年的際遇，則經歷了二十世紀初的冷遇，二、三〇年代的火爆與獨特的風景，再到四〇至七〇年代的寂寞，最後是八〇年代後的復興與回春，它隨著中國革命和社會思潮的起伏，文明與民主、社會進步與滯後等力量因素的消漲而變化，蒙田的身影或隱或現，或強或弱，但蒙田的精神無論在東西方的思想史和文學史上，都是不能忽視的，這就是比較文學研究的價值所在。

（三）循環式圓形影響研究

　　此類模式必定是從起點到終點又返回起點的影響⇌接受的雙向交流模式。它表明影響與接受不是單向的、絕對的，而是雙向的交流與共用、平等的對話與互動。它的運動方式排斥了單一、封閉、絕對的本質主義的中心論的遮蔽。從人類文明發展史來看，東西方

文化自古以來都處於變動不居和交流、碰撞、融會之中。這是比較文學賴以存在的事實前提。因此這一模式的研究，最能代表比較文學的價值與意義，也是當今的比較文學學者應共同具有的眼光。在此，我們僅舉三個例子來說明這一模式的研究。

同質文化圈內的循環影響。如對西方現代主義文學影響深遠的象徵主義流派的產生與形成，先是由法國的詩人兼批評家波特萊爾，受到美國詩人兼批評家艾倫‧坡的啓發，坡又受到英國詩人兼批評家柯立芝的啓發，後者又受到德國理想主義思想的影響，而德國浪漫派最偉大的批評家諾瓦利斯的詩學觀，在英美繞了一圈後又傳到了法國，成爲波特萊爾的詩學養料。[12]這就簡要地勾勒出了，從浪漫主義質素中誕生的象徵主義形成過程的歐美全景圖，從而有助於我們從整體上去觀照和把握現代主義的第一環的形成史及其特徵。

關於異質文化圈的流動圖。這裡主要談中國元曲《趙氏孤兒》在英法兩國的流傳與接受狀況，以及作爲西洋話劇的《中國孤兒》又「返銷」中國的雙向流動景觀。其實，這是一個問題的兩個方面。在中法英三國的文化交流中存在著兩種方式：一是英國人透過法國而認識中國文化的交叉式間接影響模式；二是從中國的《趙氏孤兒》到伏爾泰的《中國孤兒》，再返回中國的互動式循環交流模式。在此，我們把這兩種模式加以合觀，更顯示出流傳學研究的豐富性與多樣性。這兩種方法分別在范存忠先生的《中國文化在啓蒙時期的英國》和錢林森先生的《法國作家與中國》的專著中，得到很好的闡釋。

我們先看范先生的研究模式。首先介紹《趙氏孤兒》的譯本，把作爲放送者的這一中國元曲的作者及內容，以及率先在法國的流傳作了簡要概述。然後，從法英兩國對《趙氏孤兒》譯本的評論著

手，透過戲劇詩學及其實踐經驗，比較法英兩國對《趙氏孤兒》的藝術認識和審美觀念的異同：法國批評家阿爾更斯認為，《趙氏孤兒》與法國新古典主義的基本原則「三一律」不符，還違背了古典主義的或然律；英國批評家赫德則與此相反，認為《趙》戲在主題、布局和結構上跟古希臘悲劇相似，看來赫氏擺脫了新古典主義的束縛來看待一個文化傳統不同的外國文學作品。以上兩種評論觀點都分別對法英兩國的改編者的創作產生影響。接下來又論及了英國人對作為仲介的伏爾泰改編本的吸納與超越以及對法國傳教士馬若瑟初譯本的深思。范先生指出，一方面英國劇作家謀飛的《中國孤兒》是根據伏爾泰的改編本創作的，在角色、場面和台詞上不少地方與伏氏戲劇相同或相似；在內容上伏氏《中國孤兒》的副題就表明要表現「孔子之道」，謀飛的戲也是道德說教濃郁。另一方面，從受眾的接受角度看，代表觀眾的評論家的意見頗能說明問題：謀飛劇本與其說是伏爾泰劇本的改編本，不如說是一部新的創作，因為它在結構上作了改進，特別是謀飛在不少地方直接取材於《趙氏孤兒》。可以看出伏氏是在「原著」的前三折基礎來改編，謀氏以後兩折為基礎改編之；伏氏劇裡保存了《趙》戲的「搜孤」、「救孤」兩大環節，謀氏則除了上述這兩大塊外，還包括了除奸與報仇的情節結構。就劇中人物形象的塑造來說，謀氏的「鐵木眞」不同於伏氏的「成吉思汗」，前者始終是韃靼人、「野蠻的征服者」；後者最初為征服者，後來逐步被同化，變成了文明的「君子」。最後就劇情而言，伏劇以兩種對抗勢力的協調與統一來結束，謀劇則表現一種勢力跟另一種勢力對抗到底，取得勝利而結束。換句話說，謀氏要表現一個民族抵抗另一個民族的侵略的故事，即中國抵抗外族韃靼侵略的故事。更重要的是，這樣一齣旨在宣揚愛國、追求自由的鮮明主題的戲的出籠，其歷史語境正是十八

世紀五〇年代英法七年戰爭的國際與國內背景使然。也緣於此，該戲在十八世紀後期又走上了愛爾蘭和美國的舞台。由范先生的研究表明，中國元曲《趙氏孤兒》存在著對英法兩國的交叉式影響，也就是說，英國人謀飛根據伏爾泰的《中國孤兒》和馬若瑟的《趙氏孤兒》譯本，改編成英國式的《中國孤兒》。這一文化現象表明了作爲接受的終點，對施予直接影響的仲介——法國伏爾泰的改編本和馬若瑟的譯本——的借鑑和超越，同時還有對其間接影響的中國「原裝貨」的再認識和借用與改造的努力。由此看來，這是一個成功的流傳學交叉式影響研究的範例。

接下來再看錢林森先生的研究範例。他在題爲「從《趙氏孤兒》到《中國孤兒》：中國精神的追尋者」一節中[13]，闡述了作爲起點的紀君祥的《趙氏孤兒》，怎樣由來華傳教士馬若瑟節譯成法文，伏爾泰據此又改編成《中國孤兒》在法國巴黎上演，並成爲法國人喜愛的傳統劇目之一的成就史。更有甚者，近兩個世紀之後，這一中法文化交流的象徵，又經張若谷先生於1940年回譯成中文，在重慶出版發行。爾後又過了半個世紀，1990年天津人藝終於在華首次公演了《中國孤兒》。這樣，一部以中國古代元曲爲起點的戲劇作品，經歷了在法國的改編與再創造，最後又返回到「原典」的故鄉，形成了影響與接受的雙向互動的交流圖。錢先生的這一研究的價值在於，它不是做簡單的流水帳式的表層比較，即「債權」與「債務」的比附，而是潛入到作品與創作所處的思想文化與時代背景中作深度鑽探，把文學的「外在事實」與內在審美藝術和思想文化觀念，有效地結合起來，成爲中國流傳學研究的積極成果。

在這一範例中，作者先從媒介層面談法譯本與原劇、改編本與譯本的情況；再從文化學與文學審美角度，對改編本與原版本作「大文本」與「小文本」的分析比較。作者指出，伏氏在接受的過

程中，排除了原作不符合法國古典主義「三一律」的一面，而看重戲中蘊涵的倫理價值和道德價值的美，以此來切中當時法國上層社會精神匱乏和道德淪喪之弊，這兩方面正是伏氏接受《趙氏孤兒》的歷史語境所在。於是，我們說《中國孤兒》被搬上法國舞台，與其說是一種藝術選擇，不如說是一種文化選擇，即儒家理性文化與道德文化的選擇。就「小文本」而言，伏氏的吸納與創新體現在採用原版中「搜孤」、「救孤」的兩個情節，將原劇主題重新開發，把春秋時期諸候國內部的「文武不和」的故事，改造為元初韃靼人與漢人兩個民族間的「文野」之爭，揭示出「野蠻」被「文明」同化和馴服的必然。與此同時，伏氏還依照當時「英雄劇」的作法，嵌入了一個戀愛故事──漢人藏惕之妻伊達梅與成吉思汗的愛情糾葛，進而編撰成五幕戲。而恰好正是這愛情故事，透過上述兩位主要人物的塑造，我們看到伏氏把伊達梅這一女性形象，放在成吉思汗思想深處的歸化與反歸化的矛盾衝突中去展現，從而深化和延展了《中國孤兒》的主題與內涵。因為伊達梅是文明與道德的象徵，她身上既有中國古代烈女的影子，又有法國女中豪傑貞德的特徵，可以說這一形象是儒家文化與法國啓蒙思想結合的化身。而成吉思汗也成為伏氏追尋中國精神的幻象，他從「野蠻」和「邪惡」的代表，經由藏惕夫婦的感化，而逐漸洗心革面，成為崇尚孔子精神美德道德的門徒。

　　至此，我們看到了伏氏《中國孤兒》在接受過程中的變化，它是伏氏中國理想情結的結晶。他創造性地借鑑與吸納了中國戲劇與文化，進而為他的啓蒙政治思想的改造目的服務。然而，若作者就此打住，還不足以顯示中法文化交流的豐富性和多樣性，也還沒有完全體現出流傳學研究的分量。在此，作者又把考察的目光從法國拉回到中國，讓比較研究從終點又返回到起點。作者注意到天津人

藝二十世紀九〇年代首演《中國孤兒》的藝術之舉，即這一中法文化雙向交流的鮮活事件，並介紹了當代中國編劇的創舉——將《中國孤兒》和《趙氏孤兒》放在同一戲劇空間去表現，也就是說在同一時間與場地——天津戲劇博物館舊戲樓，一方面是河北梆子劇團在歌舞台上演出《趙氏孤兒》的片斷，另一方面是天津人藝在歌舞台下的中央表演區演出《中國孤兒》。這樣兩種不同風格的戲劇文本的「一劇兩表」，讓觀眾感受到現實語境和歷史語境下，東西方精神文化的對峙與整合。記得瑞士比較文學學者約斯特說，《中國孤兒》是「請中國人」給「法國人上道德課」；而今天我們要說，受中國元曲《趙氏孤兒》影響的法國話劇，反過來又被搬上中國舞台，無疑給我們提供了反觀中國傳統文化與藝術的絕佳機會；同時，在這種「西戲東渡」中，使我們目睹了當今中國戲劇藝術家的探索的勇氣和信心，感受到他們的創新意識。我們看到「《中國孤兒》的戲裝、道具、飾景等等力求逼真地體現東方風味。而真正傳統的中國戲是一種典型的非寫實的戲劇，不料歪打正著，傳到歐洲，『卻成了寫實主義的前鋒武器』，對西方的戲劇藝術產生了深遠影響。饒有趣味的是，兩個世紀之後，《中國孤兒》回到「娘家」，中國戲劇藝術家創造性地將西方話劇和東方戲曲這兩種異質的戲劇形式，並列交錯地展現在同一演出空間裡，試圖追求一種間離與拼貼藝術效果，《中國孤兒》反轉來影響著我國藝術家的戲劇意識和戲劇思維，從而推動他們作新的藝術探索。中國戲劇就這樣在交流、反饋、共生、互補中向前發展」[14]。

五、流傳學研究中的問題與思考

從提格亨1931年在其《比較文學論》專著中總結出「流傳學」

研究的理論與方法，後經法國、美國、中國等國家的比較文學學者
的繼承、超越與發揚，並且在眾多的比較文學實踐中，這類研究成
功與失敗的例子兼而有之。於是，我們既要看到昔日流傳學研究在
方法上的單一性與局限性，又要看到二十世紀後半葉大量新的理論
成果的介入所帶來的活力與充滿彈性的空間。這樣我們就能擺脫種
種不成熟的看法和偏見：譬如有人認為流傳學研究太簡單，只是一
種事實的追蹤、經驗性的描述，無高深的理論性和嚴密的科學性。
這種看法往往是對比較文學研究「史」方面的發展不太全面了解，
同時也是較少觸及大量中外比較文學的實踐成果所致。

　　我們還應看到，比較文學影響研究範式下的流傳、淵源學、
媒介學、文化過濾與誤讀、接受理論研究、形象學研究，它們之間
既有各自獨特的方法與局限性，又是互為補充與聯繫的整體。我們
不能把每種方法絕對化，否則會淪為封閉和呆滯；應根據實際情況
靈活運用，讓各種「論」與「方法」貼近實例，而不能機械地理
解、照搬上述諸種方法，更不能鑽牛角尖，在所謂「論」的層面上
做遊戲，不顧鮮活的比較文學的實踐，抽象地空發議論。在本節開
頭，我們已強調了流傳學與淵源學的區別。在實際研究中，這兩種
方法可結合起來應用，形成互補的態勢，如上面范先生與錢先生的
兩例，看問題更為全面和清晰。同時我們還要強調，流傳學雖注重
事實間的影響與聯繫，但不應忽視文學與文化內在性關聯；類同、
相似與來源等現象不應被排斥在流傳及影響研究的門外。約斯特的
「盧梭與北美思想」一章（見他的《比較文學導論》一書）就是一
種綜合的研究，值得我們探討。

　　此外還應特別注意，不要把流傳學研究簡化為「債權人」與
「債務人」的流水帳，在外在事實背後總是文化的和文學的根本和
內涵所在。如果我們將文化人類學、知識社會學、接受理論等學科

成果融入到我們的觀察視野裡，進行跨學科的比較研究，那麼，流傳學等影響研究就不會流於表面和內容上的單一與封閉所致的平淡無味。

　　最後，從學科理論建設的角度講，對影響研究方法的關注，在不同的比較文學學者及其論著中，各有其分類和表述的運用，大致有以下兩大類型：一路是提格亨、基亞以及中國學者盧康華、孫景堯等人論著中專門介紹討論「流傳學」，特別是張鐵夫主編的《新編比較文學教程》，當然還包括我們這本論著，都把流傳學作專題來闡述與介紹，其長處在於遵循學科史發展的規律與歷史，注重比較文學的方法論與基本範疇的科學性、系統性和體系性的「生態史」。另一路是法國學者布呂奈爾、謝弗雷、美國學者韋斯坦因、瑞士學者約斯特以及中國學者樂黛雲、陳惇、劉象愚等，他們並未設專門章節論述流傳學、淵源學，而是把它們置於影響研究理論的大模式之中，使之貫穿於具體分析和不同形態的比較論述中，顯然，這屬於一種綜合性和整體性的宏觀把握。它的長處在於論述能縱橫馳騁，理論的空間較大，但易流於只見森林不見樹木。總之，以上兩大路向都各有千秋，不過對初學者和學科史研究者而言，前一種路向似乎較為適宜。當然，我們的「論」也好，「史」也好，最終是關注的比較文學的實踐和現狀。

第二節　淵源學

一、什麼是淵源學？

淵源學又稱源流學或源泉學，它是以接受者為基點而對某一作家或文學作品的主題、題材、思想、人物、情節、風格及藝術形式等來源的研究。法國比較文學泰斗提格亨在其《比較文學論》中說：「思想、主題和藝術形式之從一國文學到另一國文學的經過，是照著種種形態而通過去的。這一次，我們已不復置身於出發點上，卻置身於到達點上。這時所提出的問題便是如此，探討某一作家的這個思想、這個主題、這個作風、這個藝術形式的來源，我們給這種研究定名為『淵源學』。」[15]可見，這種研究是從作為「終點」的接受者出發，往往是在起點不明確或不清楚之時，由終點出發去探求作為「出發點」的放送者，細密地考察一個作家或一部作品所曾吸取和改造的外來因素。簡言之，它是對「源泉」乃至「材源」的研究，是對外國文學中的「借鑑」、「模仿」、「剽竊」的研究。在西方，淵源學研究最為成功，出版了大量的考證資料、調查結果和研究專著，因此被認為是最典型的比較文學影響研究方法。

二、淵源學的主要內涵

根據提格亨的分類，淵源學可以具體分為五種方式，即：筆述的淵源、口傳的淵源、旅行的淵源、孤立的淵源和集體的淵源。

（一）筆述的淵源

　　即見諸文字的淵源。這是最容易發現的，也是被研究得最多的一種。不論其素材對象是文類、主題、思想、作品或作家，筆述的淵源包括：鑑定資料來源、鑑定借取成分、鑑定時代的思潮風尚（即所謂的「思潮氛圍」或「背景」等）。可靠的資料來源可能是作家寫作素材的來源。「可見的事實」可以建立不同文學中類似系列的接觸點。我們可以從接受者的一部小說、戲劇作品中找到類似的句子、主題、結構和一切瑣碎的細節，找出其某一部分的源流。那與作品有密切關係的部分正是作家所愛好或感興趣的。所以，我們還可以從作家熟讀的作品、寫作的範本見出其作品的基礎和方向。至於創作過程的資料及作家本人的情況，如接受者接受了本國或外國文學中的傳記、評論等的影響，可從中看出作家所依據的材料或觀點的主要來源。這就要檢索作家日記、創作手記、備忘錄以及作品的序、跋等第一手資料。筆述淵源的探討，一般可從下列幾個視角入手：

◆對作家人格影響的淵源研究

　　我們以冰心為例，她的作品多以歌頌聖潔無私的母愛、真摯純樸的童心、美妙珍貴的自然為主，她就像一位愛的使者，以其輕揚柔曼的歌喉唱著愛的頌歌，傳播著愛的福音。如果探究她這種創作風格與人格氣質的形成原因，我們就會發現，這不僅與她開明優裕的家庭出身、成長於浩瀚美麗的大海之濱、順利暢達的個人道路、美滿和諧的生活有關，而且與她從中學到大學有系統地接受基督教思想教育有關，更與對泰戈爾「愛的哲學」的吸收和借鑑有關。所有這些使冰心建構起了自己的愛的體系，成為中國現代文學史上一位風格獨具的女性作家。又如，郁達夫鮮明的創作個性和獨特的藝

術風格，與接受「私小說」這一日本所特有的文學形式有著密切的淵源關係。

◆對影響作家藝術手法、表現技巧的淵源研究

例如中國著名劇作家曹禺在戲劇藝術表現技巧方面深受美國現代戲劇創始人奧尼爾的影響，有人稱其為「中國的奧尼爾」[16]。曹禺自己就曾撰文坦言奧尼爾對他的影響，其中特別提到奧尼爾「不斷探索和創造能生動表現人物各種心情的戲劇技巧」對他的影響。[17]這種影響在他的《雷雨》、《日出》、《北京人》、《原野》等多部作品中均可看到。尤其是在《原野》中，仇虎殺人後逃至黑暗的森林，因迷路而產生許多幻覺，又表現出內心的緊張、痛苦和悔恨；另外，他在逃跑過程中還一直伴隨著他無法擺脫的木魚聲，凡此種種，都顯出《瓊斯皇帝》中表現主義技巧的影響。

◆對外國作家作品提供的素材、主題方面的淵源研究

如對希臘神話為後世悲、喜劇作家提供最初主題或創作材料的探討。關於這一視角的內容還將在後面的「孤立的淵源」中涉及，此不贅述。

◆思想的源流研究

一個傑出作家往往會從另一位作家的著作中吸取精華、受到啟發，並給一種流行的思想增添新的光彩，從而使這種思想在後世的眼光中與自己的名字聯繫在一起。雨果的《克倫威爾·序言》大膽地反對古典主義的藝術觀點，成為積極浪漫主義的宣言，其思想就是源自德國文學理論家施萊格爾的《戲劇文學講話》。又如，我國已故著名詩人馮至曾在《外國文學評論》1987年第二期撰文說明自己的詩歌創作中思想的淵源：「我在1941年內寫了二十七首十四行詩，……有時寫作的過程中，忽然想起從前人書裡讀到過的一句話，正與我當時的思想契合，於是就把那句話略加改造，嵌入自己

的詩裡。例如，有一次我在深山深夜聽雨，感到內心和四周都非常狹窄，便把歌德書信裡的一句：『我要像《古蘭經》裡的穆薩（即《聖經》中摩西）那樣祈禱：主啊，給我狹窄的胸以空間』，改寫爲『給我狹窄的心／一個大宇宙』作爲詩的末尾的兩行。又如我寫詩紀念教育家蔡元培逝世一週年，想起里爾克（奧地利詩人，1875-1926，一度任羅丹秘書）在戰爭時期聽到凡爾哈侖與羅丹相繼逝世的消息後，在一封信裡寫的一句話，『若是這可怕的硝煙消散了，他們將不再存在，他們將不能協助人們重新建設和培育這個世界了』，正符合我當時的心情，於是我在詩裡寫道：『我們深深感到，你已不能／參加人類的將來工作──如果這個世界能夠復活，／歪扭的事能夠重新調整。』我這麼寫，覺得很自然，像宋代的詞人常翻新唐人的詩句填在自己的詞裡那樣，完全是由於內心的同感，不是模仿，也不是抄襲。」

◆模仿與剽竊的源流研究

　　這是對接受者所具有的由一部作品而產生另一部作品的那種微妙、神秘的過程的研究。模仿不是照搬原樣，而是一種創造的刺激。探討作品中某種模仿的源泉，必須發現作品如何創造性地吸收養分，消化成爲作者自己獨特的東西的。而剽竊則是偷偷地引用別人作品或抄襲語句或擅用別人的觀點和文體。由於這一研究觸及了作家的創作秘密，而且不少作家又對此不是加以掩飾就是閉口不談，所以具體操作起來就比較困難。

（二）口傳的淵源

　　即不見諸文字的淵源。民間流傳的神話、傳說、故事、歌謠、諺語等都是口傳的文學淵源。一個聽來的故事、一番談話、一段奇聞逸事、一首歌曲等，也往往能爲某一作家的創作提供題材和思

想,甚至成為整個作品的基礎。例如,鮑思岡與威尼斯使臣拿伐節羅的談話、摩亞和巴黎文人們的談話,就曾引起彼特拉克的詩歌進入西班牙、古風詩歌進入荷蘭、德國浪漫主義傳入丹麥、自然主義小說闖進英國等等。不過,這種口傳的淵源因多出於偶然或某種契機才會出現,所以不易尋找。正如提格亨所說:「不幸的是確定它們的效果往往是很困難的事;它們的印跡是找不到或太空泛了;人們不得不只作那稍稍概括一點的證明。」[18]然而,口傳的淵源有時也可以從與作家關係密切的親朋好友的回憶及研究著述中尋得蹤跡,還可以從作家的親筆書信、贈言留念中得到確鑿的證據。例如日本比較文學家大塚幸男曾指出,稱雄文壇的日本作家宇野浩二在同朋友談話中就透露過接受外國文學影響的秘密:「……廣津只清楚地記得,在初次見面的寒暄之後,宇野便對我說道,『新潮流社的維特叢書(大正末期至昭和初期[1924-1925年前後],一種廣受男女青年文學愛好者歡迎的黃褐色封面的小型翻譯叢書。出版的第一部譯作,是秦豐吉翻譯的《少年維特的煩惱》[1924],因而該叢書便稱之為維特叢書)中刊載的先生的譯作《曼儂·雷斯戈》,實際上是我翻譯的』。因為我確實翻譯過《曼儂·雷斯戈》一書(岩波書庫),所以他才作這樣的申述吧。宇野所指的是自己的英譯本吧,它雖是一種原作的改譯本,可由於他第一次把該書介紹到日本,在我把原作譯成日文時,曾作過許多參考。儘管如此,宇野先生最初涉足文壇是翻譯《曼儂·雷斯戈》的這一事實,也是耐人尋味的。」[19]

(三)旅行的淵源

許多文人墨客都樂意藉飽覽自然風光、盡享異國情調來尋找新的創作靈感。他們在一些視覺的或聽覺的「印象」中,往往能被風

景、藝術品、音樂等喚起創作的衝動與激情，使作品具有了異國的
色彩或特色。歌德從義大利歸來，創作了《義大利紀行》，並且此
行對他以後的人生和文學創作起了決定性的影響；拜倫兩次歐洲之
行也完成了《恰爾德‧哈洛爾德遊記》；在史達爾夫人《論德意志》
的源流中，則包括她兩次旅行中留下的印象。英國作家史蒂文生在
1881年的一天，陪繼子勞埃德前往風光旖旎的瑞士山中作畫。當一
幅海島圖剛剛畫完，史蒂文生的想像力突然被激發，一個冒險故事
中的人物和畫面立即浮現在眼前，他立刻放下畫筆，將心中湧出的
故事繪聲繪色地講給勞埃德聽，兩年後，他的小說佳作《金銀島》
問世。卡雷的《法國作家和旅遊者在埃及》不僅說明了法國文學中
埃及題材的來源，而且透過作家對埃及古蹟和大自然的觀感進而了
解作家。旅遊故事是激情的產物，它的淵源研究能闡釋每一個旅遊
者都曾發現了什麼、借鑑了什麼，還能闡釋在旅遊中產生的新鮮感
怎樣使作家的創作活動活躍起來，同時也給作家提供了自我發現的
機會，從而促使作家將自己的國家與所置身的異國作比較思考。

（四）孤立的淵源

　　也稱為直線式的淵源。這種研究的目的在於從一部作品找到另
一國文學作品的淵源。這種淵源可以是全部或細部，也可以是思想
或行為，它需要精細而耐心的考證。這種研究主要關注文學的主
題、人物典型，以及成為文學題材的傳統中人物等源流研究。一齣
戲劇、一部小說的最初情狀及流變、一部理論著作的最初觀念，均
可以藉這種研究來發現。眾所周知，文學中主題的發明是很稀少
的，作家往往是把那些老舊的模式改造一番，並在其中注入一點新
意而已。例如，古希臘悲劇家依斯克勒斯的《普羅米修斯被縛》，
寫的是熱愛人類的善良的普羅米修斯同殘暴的宙斯悲壯的衝突，後

來歐洲的許多作品也都離不了這個主題。人們曾經探索過並找到了莎士比亞、莫里哀是從哪裡得到他們戲劇的題材的，也曾研究過喬叟的《坎特伯里故事集》、斯賓塞的許多詩歌的義大利和法國的源流，甚至還研究過以拉封丹爲首的許多法國和英國寓言作家的義大利源流。而且，那些具有鮮明特性的人物典型，如該隱、浮士德、唐璜，以及取自希臘神話或《聖經》中的許多典型人物也都有著這種文學上的淵源關係。以《聖經》中的該隱爲例，他用自己種植的果實獻祭上帝，上帝卻厭惡果實，而偏偏喜歡該隱的哥哥亞伯所祭獻的羊肉葷腥。該隱怒而殺其兄，遂被上帝當做第一個殺人者驅逐出境。到了十九世紀英國詩人拜倫的詩劇《該隱》中，卻把該隱這個殺人者寫成第一個反抗上帝的英雄，認爲上帝喜愛吃骯髒的葷腥而拒食純潔的花果莊稼，本身就該受譴責。這樣的不同處理就突出了該隱反封建、反宗教、反專制的浪漫主義精神。又如，浮士德在德國中世紀民間故事中，是個江湖醫生，只知道追求人間的物質享受，甚至爲滿足享受不惜以生命爲代價。到了文藝復興時期英國劇作家馬羅的《浮士德博士的悲劇》中，浮士德變成了一個孜孜追求知識，敢於破壞一切宗教教條，否定天堂、地獄的人文主義者的形象。到了啓蒙運動時期歌德的《浮士德》中，浮士德更成爲蔑視封建神學、熱情探求人生眞理和理想的社會的啓蒙學者的形象。之後十九至二十世紀的作家、畫家、音樂家都曾不斷地以浮士德作爲創作題材，用同一人物表現不同思想。這種直線式的淵源研究，不僅可以使這些傳說人物的來龍去脈及其變化發展一清二楚，而且可以透過各時代的作家在使用同一傳說、人物的題材時所反映出來的不同道德觀念和藝術理想，了解作家與時代、作家與文學傳統之間的密切關係。

細節、布局的假借與變換，也是淵源學經常探尋和開發的領

域。十八世紀英國作家史威夫特的《格列佛遊記》中的很多細節和
布局，都源於義大利的田園詩劇。對思想史源流的探尋也是淵源學
最感興趣的內容之一。思想在從作家到作家、時代到時代的接受與
傳遞中，經歷著不斷重述、不斷再解釋、不斷更新轉換的過程。洛
克就曾用他的思想啓示過孟德斯鳩和盧梭。

（五）集體的淵源

也稱圓形的淵源。即研究一個作家是如何接受許多外國作家作
品影響的，而並不是僅僅局限於對他接受一部外國作品或一國文學
影響的研究上。這種研究是以精密地檢查接受者所接觸過的全部文
獻資料爲基礎的，包括他的全部讀物、私人日記、筆記、書信以及
親屬和朋友們的介紹、回憶等。透過這些研究工作，來發現他是如
何受外來影響進行創作的。巴登斯貝格在他的〈巴爾札克作品中的
外國傾向〉一文中，向我們展示了小說家的種種外國源流，從而我
們得知巴爾札克的創作曾受到過《天方夜譚》、恐怖小說、《少年
維特的煩惱》、《浮士德》、歷史小說、美洲小說以及薄伽丘、霍夫
曼作品的影響，甚至還有人相學原理的影響等等。莎士比亞也是一
個尤爲典型的例子。他創作的題材來源十分廣泛，僅在其三十七部
劇本中，就有三十四部是借用包括英國在內的不同國家各種作品中
的相似情節爲基礎的，例如《羅密歐與茱麗葉》取材於義大利作家
科爾太《維洛那的故事》；《奧賽羅》取材於義大利作家喬凡尼故
事集《寓言百則》中的一個故事；《錯誤的喜劇》是改寫羅馬喜劇
家普羅特斯（Plautus）的《孿生兄弟》；《維洛那二紳士》取材於
西班牙蒙特馬約爾的田園傳奇《狄安娜》中的一個插曲等等。在中
國，魯迅是一個非常突出的例子。據非正式統計，魯迅共翻譯介紹
了十四個國家一百多位作家的二百多種作品，在其創作中，在雜

文、書信和日記中涉及到的外國作家,據初步統計,共二十五個國家和民族,達三百八十人之多。由此可知,魯迅所受到的外來影響是多方面的。他的著名小說《狂人日記》就是受果戈里同名小說的影響而創作的;《阿Q正傳》中「輕妙的筆致」、輕鬆的幽默可以從日本作家夏目漱石的作品中找到淵源;《藥》不僅與俄國作家安德列耶夫的《齒痛》多有相似,而且在結尾處分明留有安德列耶夫式的陰冷;《白光》和《藥》中以營造神秘恐怖氣氛來進行心理和道德探索,又明顯受美國作家艾倫·坡的影響等等。郭沫若的那部被譽為中國新詩奠基作的詩集《女神》,從內容到形式都深受美國詩人惠特曼自由詩的影響;他的歷史劇《屈原》也頗受莎士比亞《李爾王》的影響;他的《棠棣之花》、《女神之再生》、《湘累》則更留下了歌德影響的痕跡。正如他自己所說:「我接近了泰戈爾、雪萊、莎士比亞、海涅、歌德、席勒,更間接地和北歐文學、法國文學、俄國文學都得到了接近的機會。這些便在我的文學基底上留下了根,因而不知不覺地便發出枝幹來。」[20]

上述五種淵源學的研究方式,在中國不少學者的著述中多有運用。錢鍾書的《管錐編》、楊憲益的《譯餘偶拾》、季羨林的《中印文化關係史論文集》、陳銓的《中國純文學對德國文學的影響》、陳受頤的《十八世紀歐洲文學裡的《趙氏孤兒》》等,都是相當典型的淵源學研究範例。

三、淵源學研究舉隅

探討莎士比亞的戲劇創作思想與基督教思想的淵源學是一個有趣的話題。關於基督教經典《聖經》,十九世紀末英國著名生物學家赫胥黎曾說過:「三百年來,英國歷史裡最好的、最高貴的一

切，其生命都和此書交織在一起，這是個偉大的歷史事實。」[21]此話一點都不爲過。作爲其中「這個偉大的歷史事實」之一，莎士比亞的思想和創作就和《聖經》不可分割地「交織在一起」。英國學者柏格思曾經指出：「莎士比亞汲取《聖經》的井泉如此之深，甚至可以說，沒有《聖經》便沒有莎士比亞的作品。」[22]英國當代評論家海倫‧加德納也視莎士比亞悲劇爲「基督教悲劇」，認爲他的作品「所揭示的神秘，都是從基督教的觀念和表述中產生出來的，它的一些最有代表性的特點，都是與基督教的宗教感情和基督教的理解相聯繫的」[23]。可以說，基督教思想是莎士比亞戲劇創作思想的淵源之一。

作爲文藝復興時期人文主義文學的代表作家，莎士比亞的戲劇既具有當時先進的人文主義文學所共有的那種反對封建桎梏、爭取個性解放和社會進步的強烈的時代精神，同時又貫穿著作家鮮明的仁慈、寬恕和博愛的精神。這種精神既來自古希臘羅馬文學的傳統，更來自基督教經典《聖經》。《聖經》至始自終都鮮明地貫穿著仁愛、寬恕和博愛的基督精神。基督教是愛的宗教。《聖經》中關於仁慈、寬恕和博愛的箴言和訓誡比比皆是。它告訴人們，有了愛，一切過錯和仇恨都可化解，「恨，能挑啓事端，愛，能遮掩一切過錯」[24]；「吃素菜，彼此相愛，強如吃肥牛，彼此相恨」[25]。只有有了愛，人才能生活在光明幸福之中，而且愛是把一切完善和諧地聯繫在一起的紐帶。《新約‧加拉太書》中云：「要透過愛心彼此服侍，因爲全部的法律合成一句話，那就是愛人如己。」這一點在《新約》中表現得尤爲突出。當然，《舊約》也講寬恕和愛，但它只寬恕那些有悔改之意和信仰上帝的人，而不寬恕那些作惡而無悔改之意的人。因此，這些思想對作爲一個眞正基督徒的莎士比亞來說，無疑會產生深刻而持久的影響。事實上，仁慈、寬恕和博

愛一直就是莎士比亞戲劇所竭力表現的主題。也正是這一主題，構成了他的戲劇的鮮明個性。

《威尼斯商人》堪稱是一部集中體現仁慈、寬恕和博愛精神的喜劇傑作。全劇以愛情與友誼爲主題，貫穿著對於真誠的愛的讚頌。安東尼奧是被著力歌頌的人物，作家稱他是「一個心腸最仁慈的人，熱心爲善，多情尚義」，而且「在他身上存留著比任何義大利人更多的古代羅馬的俠義精神」。不過，劇中的安東尼奧是以基督徒的身分出現的，他的思想和行爲同樣符合基督徒精神。他按照《聖經》的教導辦事，借錢給別人只爲解人所難，不爲取利。他本著一個基督徒的精神，爲朋友擔負債務。在法庭上，他堅持正義，甘願照約受罰，而且面對苦難，默默忍受，表現出耶穌基督曾經表現過的那種死而無怨的美德。顯然，莎士比亞在這裡更多地是以理想基督徒爲模型塑造了安東尼奧這一藝術形象。同樣，在被海涅讚譽爲「希臘精神的後開之花——文藝復興的代表」的鮑西婭身上，也體現出了一種無私的仁愛精神。她和安東尼奧一樣也具有理想基督徒的品質。這突出地表現在她在法庭上，用基督教的仁愛精神來勸說夏洛克行善的那一段關於慈悲與公道的話裡：

> 慈悲不是出於勉強，它是像甘霖一樣從天上降下塵世；它不但給幸福於受施的人，也同樣給幸福於施與人，它有超乎一切的無上威力，比皇冠更足以顯出一個帝王的高貴：御林不過象徵著世俗的權威，使人民對於君王的尊嚴凜然生畏，慈悲的力量卻高出於權力之上，它深藏在帝王的內心，是一種屬於上帝的德性，執法的人倘能把慈悲調劑著公道，人間的權力就和上帝的神力沒有差別。所以，猶太人，雖然你所要求的是公道，可是請你想一想，要是直接的按照公道執行起賞罰來，誰也沒有

死去得救的希望，我們既然祈禱著上帝的慈悲，就應該按照祈禱的指點，自己做一些慈悲的事。

從鮑西婭要求夏洛克「祈禱上帝的慈悲」、「按照祈禱的指點……做一些慈悲的事」不難看出，對她來說，善行出自於仁慈，而仁慈則源於祈禱。這一段話使她頗像一個諄諄善誘地勸人敬仰上帝的神父。等到對夏洛克進行判決時，鮑西婭仍不忘慈悲爲懷，要求公爵和安東尼奧對夏洛克從寬發落。當她從威尼斯返回貝爾蒙特，看到自己窗口的燈光時，又禁不住感嘆道：「那燈光是從家裡發出來的。一枝小小的蠟燭，它的光照耀得多麼遠！一件善事也正像這枝蠟燭一樣，在這罪惡的世界上發出廣大的光輝。」這段話可以說是全劇的點睛之筆。它集中體現了作家所要歌頌的仁愛和無私奉獻精神。而這段話恰恰源自《新約·馬太福音》第五章十四至十六節：「你們是世上的光。城造在山上，是不能隱藏的。人點燈，不放在斗底下，是放在燈檯上，就照亮一家人。你們的光也應當這樣照在人前，叫他們看見你們的好行爲。」

在其他喜劇如《無事生非》、《皆大歡喜》、《第十二夜》中，雖然也以愛情爲主題，但由於莎士比亞從基督教思想中吸取了博愛精神，這就使他具有了在更高的思想境界上超越同時代作家之處：即他雖強調個性解放、爭取愛情自由、享受塵世幸福，但更強調利他主義和無私奉獻精神。例如在《第十二夜》中，愛使女主角薇奧拉變得無私忘我，爲了自己所愛的人幸福，她竭盡全力，甚至不惜犧牲自己的情感與幸福，堪稱是作家理想女性中思想境界最高的一個藝術形象。

如果說，莎士比亞的喜劇表現的是愛可以征服一切，有了愛人人都能「終成眷屬」、「皆大歡喜」的話，那麼，他的歷史劇則明

確告訴我們，喪失掉仁慈、寬恕和博愛，國家就會分裂，人民就要受難，就會釀成君臣反目、兄弟相殘、父女為仇的災禍。立足於此，作家對那些昏庸無道、殘暴不仁的國王進行了嚴厲的譴責，對封建主的叛亂和篡位奪權的陰謀給予了無情的鞭撻。理查三世就是作家揭露的一個暴君典型。他之所以殘害無辜、仇恨一切美好事物、不仁不義，是由變態的心理導致的一種愛心的缺乏。他為一己之利，除掉了他的三哥和忠誠於國王的大臣，殺掉了安娜的丈夫及其父親。他說：「老頭們稱作神聖的愛，也許人人有，人人相同，可我卻沒有愛，我一向獨來獨往。」作家最終讓他死無葬身之地。而對亨利王這樣知錯改過、以仁治國、以德待人、以愛救世、知賢善養、賞罰分明、深入民眾、體恤下情的君王，他則推崇備至，褒獎有加。

莎士比亞在他的悲劇創作中，同樣沒有放棄對仁愛、寬恕精神的執著追求。海倫‧加德納指出，除了莎士比亞，「沒有任何一個作家對寬恕這一主題有如此充滿想像力的理解，並如此令人難忘地表現了這一主題」[26]。在早期悲劇《羅密歐與茱麗葉》中，那位幫助一對青年情侶結合的勞倫斯神父就是仁愛的象徵。劇作結尾時，正是由於他的勸說，才使兩個世代相仇的家族言歸於好，從而體現了寬恕與和解的基督精神。這種寬恕與和解精神與古希臘悲劇中冤冤相報的復仇形成了鮮明的對比。到了 1600 年以後，由於作家對社會罪惡認識的日益深刻，也由於作家對那些從個性解放發展為以自我為中心的極端利己主義，以及由此造成的社會道德風習的蛻變的強烈悲憤和不滿，使他對基督教思想中仁慈、寬恕、博愛精神有了更自覺、更強烈的認同感和歸屬感。於是，我們在他的一系列悲劇中，一方面怵目驚心地目睹了為了權勢和金錢，為了一己私欲，弟弟謀害兄長，臣子暗殺君王，逆子惡女任意虐待、殘害父親等惡

行，而且這種放縱私欲、無限制的瘋狂的個人追求，必然導致危害國家利益，破壞他人幸福，也最終導致自身個性的毀滅；另一方面又看到，作家滿懷期望地肯定和歌頌了體現仁愛、寬恕精神的行爲。例如，在《哈姆雷特》中，雷歐提斯輕信奸王克勞狄斯的讒言和挑撥，誓殺王子，爲父親和妹妹報仇。但是當他看到由於邪惡而引起的慘劇——王后誤飲毒酒而亡，自己和王子都中了致命的劍傷——時，他才良心發現，承認自己「正像一隻自投羅網的山鷸，我用詭計害人，反而害了自己，這也是我的應得的報應」。他當場揭發了奸王的罪惡。當王子刺死奸王時，他說：「他死得應該。這毒藥是他親手調下的。」並向王子表示：「尊貴的哈姆雷特，讓我們互相寬恕；我不怪你殺死我和我的父親，你也不要怪我殺死你。」哈姆雷特回答他：「願上天赦免你的錯誤！我也跟著你來了。」死前，兩人的矛盾消除了，彼此達成了諒解。

在《李爾王》中，考狄利婭是一個閃耀著人文主義思想光輝的女性形象，同時，在她身上又體現了基督的仁愛精神。「父愛測驗」時，儘管她心中也深愛著父親，但她不願違心地像兩個姐姐那樣誇張其辭、阿諛逢迎父親，絕不會爲了權力和財富而違背誠實、尊嚴和實事求是的原則，堅信一個人擁有精神財富遠勝過擁有物質財富。因此，當她失去財富和嫁奩，並被逐出家門的時候，卻能夠坦然面對不幸，毫無怨言，依然一如既往地愛著父親。前來求婚的法蘭西王得知原委後，感動地盛讚她說：「最美麗的考狄利婭！妳因爲貧窮，所以是最富有的；妳因爲被遺棄，所以是最可寶貴的；妳因爲遭人輕視，所以最蒙我的憐愛。」這一段話正是莎士比亞對基督教思想的彰顯，顯然受《新約·哥林多後書》第八章第九節的啓發和影響：「你們知道我們主耶穌基督的恩典。他們本來富足，卻爲你們成了貧窮，教你們因他的貧窮，可以成爲富足。」李爾王的

侍臣後來在勸慰發瘋的老王時也說：「你那兩個不孝的女兒，已經使天道人倫受到咒詛，可是你還有一個女兒卻已經把天道人倫從這樣的咒詛中間拯救出來了。」莎士比亞在這裡又一次用耶穌基督教拯救人世的神學喻示來刻劃考狄利婭這一形象的崇高。愛德伽也是劇中一個善良、寬厚的藝術形象。他待人忠厚，從不會算計別人，也不疑心別人算計他。他的弟弟愛德蒙為獨攬財產繼承權，在父親面前挑撥離間、惡毒陷害他，使他不得不扮作瘋丐流浪荒野。父親落難失明後，他不計前嫌，照料父親，把父親從絕望中挽救過來。最後他在比武中又戰勝並寬恕愛德蒙。在劇中，他的一連串寬厚的舉動成為人文主義處理人倫關係的典範。還有劇中那個剛正不阿的忠臣肯特。他秉性剛直，不懼李爾的專制君權，敢於冒死相諫，勸李爾收回分土授國的成命。即使遭到放逐，他也不改初衷，喬裝打扮，前去服侍把他視為逆臣的李爾。在他身上體現了無私、忘我的忠誠。李爾寧願精神分裂，肯特寧願淪為乞丐，愛德伽寧願變成瘋子，考狄利婭寧願被絞死而都不願自殺，其根本原因在於他們要留在這個世界上以愛抗惡。「整部《李爾王》的悲劇世界（或曰苦難世界）都在期待愛的力量。」[27]正如英國著名莎評專家奈茨所評論的那樣：「這種愛就像一切最值得贏得的貴重的東西一樣，要你竭盡全力才能贏得。你得承認你確有這種愛的需要；你得真正虔誠、謙卑；你得忍痛除掉一切和至善不協調的東西；一句話，你得準備忍受一切。」[28]《李爾王》「所揭示的愛就有這個涵義；人生要沒有愛便成為相互競爭的利己主義，成為毫無意義的混亂；愛是理智清醒的條件，愛是人格成長的中心動力，它不受唯我主義與逃脫責任的妨礙，它是真正的自我肯定的人生與活力的唯一基礎」[29]。總之，這些人物在思想原則、行為處事上與高納里爾、愛德蒙等人恰成鮮明對比。儘管他們受盡磨難，甚至犧牲，但他們所代表的仁愛

原則卻終究戰勝極端利己主義，取得道義上的勝利，從而也體現出作家在利己主義氾濫肆虐的情況下，對人所抱有的堅定信念，以及重建人文主義理想的人際關係模式的願望和企圖。因此，我們說，這些人物猶如一絲輝映著陽光的芳草鮮花，給爾虞我詐的資本主義人際關係的荒漠，帶來了些微清新沁人的氣息。

進入後期創作的莎士比亞，其仁愛、寬恕、和解的基督教思想也更加得以彰顯，流露出對基督教思想濃厚的依戀之情，並且成為這一時期創作的重要思想特徵。《辛白林》中那個曾給男女主角帶來巨大災難的阿埃基摩跪倒在地，請求一死，波塞摩斯卻寬宏大量地說：「我在你身上所有的權力，就是赦免你；寬恕你是我對你唯一的報復。活著吧，願你再不要用同樣的手段對待別人。」《暴風雨》是莎士比亞思想探索的最後一部著作，被認為是他的「詩的遺囑」。作品主角米蘭公爵普洛斯彼羅被弟弟安東尼奧勾結那不勒斯王阿隆佐趕下王位，驅逐出境。他帶著獨生女米蘭達流落到一座荒島。多年後，安東尼奧等人乘船出海，遇上暴風雨，被普洛斯彼羅用魔法攝至島上，但他沒有以惡報惡，而是寬恕了弟弟，並且促成了女兒與仇人阿隆佐的兒子腓迪南的愛情和婚姻。安東尼奧也受良心譴責，將王位歸還給哥哥。值得注意的是，莎士比亞的後期創作無一例外都是用婚姻的締結來表示最終的和解。更有深意的是《暴風雨》和《冬天的故事》。前者，那不勒斯國王曾傷害過普洛斯彼羅，可他的兒子腓迪南卻對普洛斯彼羅的女兒米蘭達一見鍾情並喜結良緣；後者，兩個國王曾結下深仇，可他們的下一輩，弗羅利澤和潘狄塔卻結下愛情。與莎士比亞的早期喜劇一樣，婚姻有助於渲染喜劇的歡樂氣氛，但在這裡它又有著特定的象徵意義。婚姻是愛的結合，對於那些犯過錯誤的父輩來說，兒輩的婚姻可以作為他們贖罪的手段，用下一輩人的愛的結合來抵償他們那一輩人的仇恨。

對於年輕人來說，婚姻象徵著過去的一切恩怨將化為烏有，互敬互愛的人類關係將重新恢復，燦爛溫暖的陽光將普照愉快的新生活。這是戲劇中的現實，又是作家理想的未來。

博愛與寬恕是基督教思想中的救贖理論的核心內容。基督教思想的精神實質是對黑暗現實的否定，並把這種現實的黑暗歸根於人性的墮落，因而它把改造這種現實的變革之路內在道德化，以救人來救世，以救人的心靈來救人，社會變革內化為個人人格的自我完善和個人人生價值的自我實現。在這一點上，莎士比亞深受基督教的影響，並把基督對人類的愛看作是愛的最高形式。縱觀莎士比亞的戲劇創作，我們不難看出，其思想核心是仁慈、寬恕和博愛，他堅信，發揚這種精神，就能消除人性惡，擺脫偏見與紛爭，喚起人心的向善，從而迎來一個人類普遍和諧共處的繁榮幸福的理想世界。由於他對這一倫理道德的執著追求，更具有理想主義的色彩，更符合人類普遍的善良祈願，因此，他贏得了幾個世紀以來全世界人們的共同尊敬和愛戴，他的作品也獲得了不朽的價值和恆久的魅力。

從對莎士比亞創作思想的基督教淵源的探討中，我們也清醒地發現，莎士比亞和當時其他人文主義者一樣，具有鮮明的「人文主義—基督教」雙重文化價值意識，正是這種雙重文化價值意識，發展成為後來「西方文學家的基本價值指向」和西方文化模式。看清了這一事實，也就能糾正我們以往所持的人文主義與基督教之間只有衝突和對立而無認同與融合的觀點的認識偏頗，從而對我們正確評價文藝復興運動、正確認識近代以來的西方文化傳統和文學傳統大有裨益。

四、淵源學研究反思

　　淵源學研究作為比較文學法國學派影響研究的重要方法之一，已為世界學界所公認，並在事實上早已成為國際比較文學界所尊奉的主要方法之一。該方法的主要特徵正在於從「接受」一端作逆向性的探尋「起始」的實證研究。無疑，在淵源學研究中，實證起著十分重要的作用。它不僅是淵源學研究的基礎，而且也是淵源學研究的骨架。忽視或弱化這一基礎和骨架，就難以揭示文學事實真相，難以加強話語存在的可信度，也勢必造成言而無據、信口開河的混亂局面，最終淵源學不再成其為淵源學。但是，實證是否一定要拒斥審美分析，這是我們今天重新審視和思考淵源研究時必須要澄清的一個認識上的誤解。學界一直有這樣的觀點，認為實證是一種科學的、客觀的行為，而審美則純屬精神領域的現象，兩者是水火不容的，特別是在比較文學界，一提及「法國學派」，人們首先想到的便是實證方法，這種方法只注重資料考據、事實聯繫和因果關係，而無視或排斥作品的文學價值與美學分析。這種長期存在的認識上的偏頗主要是由兩個方面的原因造成的：一是前已述及的對實證的機械理解，二是比較文學美國學派對法國學派的質疑和抨擊，這裡主要談第二個方面的原因。韋勒克在那篇被譽為比較文學美國學派宣言書的〈比較文學的危機〉的著名報告中，把法國學派運用的實證方法列為比較文學出現持久危機的三大症狀之一加以痛斥，認為法國學派的學者「把陳舊過時的方法論包袱強加於比較文學研究，並壓上十九世紀事實主義、唯科學主義和歷史相對主義的重荷」[30]，這樣，比較文學「只能研究淵源與影響、原因與結果，而無法從總體上研究單獨一部藝術作品」[31]，這種方法除了可能說

明一個作家熟悉和閱讀過另一個作家的作品之外，再不可能爲作品研究提供更有價值的東西。因此他認爲有必要對比較文學的研究方法進行重新探討。比較文學美國學派由於是在與法國學派針鋒相對的論戰中誕生的，加之本身深受新批評理論的影響，所以，它的代表人物也就格外突出對法國學派實證主義方法的反叛，而特別強調對文學價值的審美分析。

然而，問題在於，法國學派眞的只重視事實聯繫、精於考證而完全忽視或根本不顧「文學性」嗎？只要我們冷靜下來，用實事求是的辯證和發展的眼光加以審視，就會發現情況並非完全如此。

我們注意到，法國比較文學的先驅們本身就是文學史家和文學批評家，這使他們的觀點從根本上無法迴避審美因素。被同時譽爲法國「比較文學之父」的維爾曼和安貝爾，由於受浪漫主義文學批評的影響，都注重對文學作品的鑑賞和對美的本質的研究。安貝爾就認爲，「文學科學」是由文學的哲學與文學的歷史兩個部分構成，它既要把「文學提高到科學的方法和科學的範疇的水準」，又要「對作品的美發表意見」。[32]在聖伯夫（1804-1869）的身上，更是交織著實證主義、歷史主義和浪漫主義三種不同的傾向。他「一方面是理論上倡導實證批評，追尋一種『文學的科學』，旨在爲『精神的自然史』服務；另一方面，其具體的批評實踐，則把注意力集中於『作家的性格特徵』上，強調一種『趣味』批評和歷史批評，他要去探尋『天才的火花』、『詩人的精髓』」[33]。瑞士比較文學專家約斯特曾精闢地洞見：「在十九世紀，比較文學既成爲學術上的一門學科，又是一種批評的體系，這多半是由現代批評的奠基者之一的聖伯夫首先承認的。」[34]法國文藝批評泰斗丹納（1828-1893）在《藝術哲學》中申明他「從事實出發」、「不提出教訓而尋求規律、證明規律」的主張，並用文化「三要素」即「種族、環

境和時代」來匡定文學發展的動因，這些無疑都是典型的實證主義方法論，表現出了鮮明的「唯事實主義」和「唯科學主義」的特徵，但同時他又注重時代精神的探尋，輝映著黑格爾的歷史觀與美學觀的星光。[35]文學史家朗松（1857-1934）在其〈科學精神與文學史方法〉一文中提出，在文學研究方法論上，要堅持「客觀的求知精神」，「服從事實的立場」；而在〈文學與科學〉一文中又明確指出，在批評原則上，不能把文學與科學混為一談，否則就等於把文學分解為生理學、心理學或社會學來運用，這是不足取的。總之，上述學者「學術思維的雙重性，不僅是法國現代文學批評，同時也是比較文學研究興起與形成時期理論與實踐樣態上突出的標識」[36]。

不過，到了二十世紀三〇年代法國學派理論集大成者的提格亨那裡，情況確實發生了一些微妙的變化，在理論表述上也的確有別於以往。他在論及比較文學的操作方法時，尤為強調指出「『比較』這兩個字應該擺脫全部美學的涵義，而取得一個科學的涵義」[37]。顯然，這裡再清楚不過地反映了他排斥審美評價的「實證主義」傾向和立場。這正是美國學派指責、抨擊法國學派實證主義的最確鑿的「罪狀」，也是我們論證這一學派只講實證不問審美時經常援引的顯例。但是，提格亨又說：「比較文學的性質，正如一切歷史科學的性質一樣，是把盡可能多的來源不同的事實採納在一起，以便充分地把每一個事實加以解釋；是擴大認識的基礎，以便找到盡可能多的種種結果的原因。」[38]請注意，提格亨在這裡同樣講得很清楚，比較文學研究並不止於「把盡可能多的來源不同的事實採納在一起」，而是還要「充分地」將「採納在一起」的「每一個事實」「加以解釋」。既然要「解釋」，怎麼可能會「擺脫全部美學涵義」呢？稍後的卡雷雖然也強調指出「比較文學不是文學的比較」，它

「主要不評定作品的原有價值，而是側重於每個民族、每個作家所借鑑的種種發展演變」[39]，但是他在用語上顯然非常慎重，「主要」和「側重」所強調的都只是研究重點，而並不能說明是對審美介入的排斥和否定。對此，比較文學美國學派代表人物之一的雷馬克已敏銳地洞見到，法國學派對於比較文學這一觀念的態度並不像美國評論家們所設想的那樣如同「鐵板一塊」：

> 我們必須公平地對以上的法國比較文學鳥瞰加一些補充説明。雖然做一些概括是必要的，但它們永遠不能公正地把每一種個別情況加以區別。關於對文學作品的美學因素的看法，在法國學者的理論與研究實踐之間有很大的差別，對這一點是怎樣強調也不過分的。……許多法國學者的比較研究中處處可見微妙的、有見地的、措辭精美的篇章，顯示了對文學作品美學價值的直覺的洞察力。……我們也許還可以再補充一點：許多法國的（還有英國的）比較文學研究中——尤其是阿紮爾的著作中——的清晰的、吸引人的風格具有一種藝術的魅力，這正是美國同行們有時似乎缺少的東西。[40]

二十世紀六〇年代後，法國學者更加強調了實證研究中的文學批評和美學鑑賞，這也是後期法國學派理論新發展的標誌之一。1963年，艾金伯勒的名著《比較不是理由》的問世，被美國學者認為是「在一場學術論爭的暴風雨過去後象徵著學術界和平的彩虹」。他明確地提出了這樣一種比較文學：

> 要將歷史方法與批評精神結合起來，將案卷研究與文本闡釋結合起來，將社會學家的審慎與美學家的大膽結合起來，從而最終一舉賦予我們的學科以一種有價值的課題和一些恰當的方

法。[41]

布呂奈爾、比叔瓦、盧梭合著的《什麼是比較文學》（1983）更是爲我們下了一個「可以收入彙編的更爲簡明扼要的定義」：

> 比較文學是從歷史、批評和哲學的角度，對不同語言間或不同文化間的文學現象進行的分析性的描述、條理性和區別性的對比和綜合性的說明，目的是爲了更好地理解作爲人類精神的特殊功能的文學。[42]

這部學術專著在方法論的意義上更具有開放性和寬容性，「它廣泛地吸收了西方文學理論和文學批評的新成果，反映了世界比較文學發展的新的趨勢，代表了法國比較文學研究的最新水準」[43]。顯然，這既是法國比較文學自身邏輯發展的必然，也是與代表新生力量的美國學派的碰撞、對話與相融的結果。因此，透過上述疏理，我們旨在說明法國學派所倡導的實證方法與審美批評從根本上說不是水火不容的，作爲影響研究分支的淵源學研究更是離不開審美批評，因爲在實證中，雖然以「事實」爲根基，但「事實」考證、疏理、整合的過程中必然滲透著作者的判斷和價值取向。在「對文學作品的美學因素的看法」上，我們不僅要看到正如雷馬克所揭示的法國學派的理論與研究之間存在的很大差別，同時還更應注意到法國學派理論內部的差異、矛盾和發展。而且，淵源學研究及其所尊奉的實證方法，也不再僅僅爲法國的比較文學所獨有，而是「國際上的一股力量，是超越國界的」[44]學術研究方法。「它已不再是嚴格的國別概念，而是體現一種空間性或區域性的概念，更準確地說是一種方法論的屬性概念。」[45]這是我們今天重新思考淵源學研究時必須要理清的一個重要問題。

　　另外，從以往淵源學研究實踐看，我們也發現，這種研究還多局限於著名作家的範圍內，局限於過去那些顯明的文學資料上。故而，要把淵源學研究進一步推向深入，再上新台階，就要求我們不斷開闊視域，努力挖掘過去那些不被重視的、不很顯明的、也不完整的相似，進而探求它們之間可能存在的淵源關係。當然，這更是一件探明隱藏在事實背後的真相的十分嚴肅認真而又艱苦耐心的工作。也正因為有難度，才更需要我們開放活躍的思維和大膽求索的精神。好在比較文學這一學科已經為我們開拓了一個極為廣闊的研究天地。其偉大功績之一就在於，不僅研究寫在文學史上的、具有世界影響的大作家及其傑出作品，而且還關注那些久已被忽視的、名不經傳的二、三流作家作品。正如巴登斯貝格所言：「我們不應該只考慮偉大作家的名聲，他們彷彿是一個固定的天空中的星辰，其上升軌道是清晰可辨的，而應該考慮各個方面的『流動性』，從那兒某些星辰的光芒可以輝映未來。」這樣做可以使我們的研究「重新獲得動力，不僅推進我們已經注意到的名作的研究，而且推進那些支撐著這些名作，迄今不為人知的大量創作的研究」[46]。

　　同時，我們還應該清醒地看到，在全球化語境下，「尤其在世界進入了資訊時代以後，思想文化間的影響可以透過無數有形跡和無形跡的管道發生作用，人們幾乎無時無刻不身處世界資訊的喧囂之中，類似追尋影響痕跡的做法越來越變得不可能或不可靠了」[47]。面對這一發生巨變的客觀事實，面對新的更為複雜的研究對象，我們也必須適時調整傳統淵源學研究的理路，在盡可能多地收集、鑑別、歸納和疏理「影響事實」的同時，更強調「終端」的接受者在接受、消化、過濾過程中表現出來的「新生點」和「創造性叛逆」，這樣才能更有利於闡釋一部作品的存在價值，更有利於揭示其對自己民族文學的創造性建構。畢竟，「藝術作品不只是淵源

和影響的總和，它是一個整體」[48]，「如果僅僅探求『影響』而忘卻終極目的，那麼，比較文學便不過是低規格的『探寶學』。從根本上說，比較文學只有對文學作品作出價值判斷才具有意義」[49]。

第三節　媒介學

一、什麼是媒介學？

在具體分析之前，我們就法國、美國和中國的部分學者對媒介學（Mésologie）的代表性論述作一簡單回顧。

法國學派以強調有事實性依據的影響研究為特色，因此，法國學派的代表人物對民族、國家間的「媒介」尤為重視。1931年，提格亨出版了《比較文學論》，在第二部分「比較文學之方法與成績」中就明確論述了文學影響和假借的「經過路線」，他認為，影響的起點是「放送者」，到達點是「接受者」，中間由媒介溝通，這媒介即是「傳遞者」。在具體論述中，他指出，「媒介」或傳遞者可以是個人，像史達爾夫人和屠格涅夫分別把德國和俄國文學介紹給法國，也可以是團體，像文學社團、沙龍、宮廷之傳布外國文學，還可以是評論文、報刊、譯本等。[50]二十年之後，基亞出版了《比較文學》，該書第二章第二部分簡要介紹了比較文學的七大領域，排在首位的就是「世界主義文學的傳播者」[51]，並且稱之為「比較文學所要研究的主要對象」[52]。在第三章「世界文學的傳播者」中，基亞作了比較詳細的類別劃分，在「書籍」類別之下論述了「語言的了解」、「譯者」、「評論文章雜誌和日報」、「旅遊」

（故事、遊記）等四個方面，在「人」這一類別之下，論述了「譯者」、「文學的媒介」（包括「個人」、「環境」）、「旅遊者」等三個方面。這種分類論述的邏輯基本上是清晰的，但因為基亞是將研究對象與方法合在一起予以考察，也有讓人迷惑之處，比如，將「環境媒介」與「個人媒介」相並置，將「文學的媒介」與「譯者」、「旅遊者」並置等，當然，這裡也不排除漢譯本因術語選用所造成的誤解因素。

　　1983年，布呂奈爾、比叔瓦、盧梭出版了《什麼是比較文學》一書，其中第二章「國際文學的交流」以近三十頁的篇幅從「人及其見證」和「工具」這樣兩個方面論及旅遊者、旅遊的影響、集體的作用以及印刷品的文學、翻譯與改編、啓蒙的著作等一系列有關文學媒介方式的論述，且列舉了豐富的實例，但這些例證只是稍微涉及東西方之間的文學交流，主要仍局限於歐洲各國。1989年，謝弗雷出版了與基亞《比較文學》同名的「接班」性著作。該書第三章第五節即題為「傳播媒介」，並對「媒介」一詞作了這樣的界定：「指所有促成文化轉移之事物，包括物質上的支援以及相關人物的作為」[53]，然後從「書籍、印刷品歷史」、「批評史」、「翻譯史及翻譯家」、「編劇史」等四個方面作了簡要論述，聯繫該書第二章將翻譯問題作為討論的重點之一，不難看出，文學譯介研究在西方比較文學中的地位比五、六〇年代已經大有提高。

　　美國學派是以法國學派的對立姿態出現的，因此，美國比較文學學者一開始就對媒介學持批評態度，但隨著法美學派的取長補短以及學派的情結的相對淡化，美國學者也對媒介學的發展作出了自己的貢獻。美國學派的建立與發展經歷了先破後立再調整的過程，「破」由韋勒克〈比較文學的危機〉完成，「立」由雷馬克〈比較文學的定義和功用〉實現，調整主要體現於韋斯坦因《比較文學與

文學理論》一書。一破一立的兩篇文章都對媒介學給予了批評。韋勒克認爲：「想把『比較文學』局限於研究兩種文學之間的外貿關係的願望，就是限定它只注意作品本身以外的東西，注意翻譯、遊記、『仲介』；簡單說，使『比較文學』變成一個分支學科，僅僅研究有關外國來源和作者聲響的材料。」[54]雷馬克指出：「伽列和基亞甚至對影響研究存有戒心，認爲它太模糊，太不明確，而要我們集中研究接受、媒介、國外旅行以及在某一國文學中所反映出的對另一國的態度等問題。」[55]韋斯坦因的《比較文學與文學理論》一書，對法、美學派持調和態度，對媒介學的看法雖趨於溫和，但在第二章「影響和模仿」中只是稍稍提及「放送者」、「接受者」和「媒介者」，在第三章「接受和效果」中，他宣稱由於篇幅所限，不能深入探討「聲與學」或「媒介學」，也無法探討像職業翻譯家這樣的媒介的社會的文學作用。篇幅所限或許確是實情，但不予深究的冷處理方式仍透露出美國學派對影響研究的輕視態度並未徹底改變。不過，韋斯坦因提到了大衆傳播媒介（廣播、電視、電影等）對讀者大衆獲取某一外國文學的知識所產生的作用，儘管同樣未予深入討論，但卻抓住了新的媒介方式將促使媒介學研究內容的更新與研究重點的轉移這一特徵，對媒介學的理論與實踐具有重要的啓示作用。

1993年，蘇珊‧巴斯奈特出版了《比較文學：批判性導論》一書，雖未專門論述媒介學，但她大大提高了翻譯研究的地位，甚至認爲「從現在開始，我們應該視翻譯研究爲主要學科，將比較文學當作它的一個有價值的卻處於從屬地位的研究領域」[56]。這一觀點雖然難以被大多數比較文學者所認可，但卻以極端的方式凸現了在文化交流日益頻繁的背景下，文學翻譯研究在比較文學中所具有的重要地位。這無疑也是英國學者對媒介學的發展作出的理論貢獻。

我國大陸學者自覺地、系統地介紹比較文學理論開始於二十世紀八〇年代初。當時，西方的比較文學理論早已發展成熟，因此，由盧康華、孫景堯撰寫的《比較文學導論》（1984），從整體架構到具體觀點基本上以借鑑為主。他們將「媒介學」定義為「研究不同國家文學產生影響的具體途徑和手段」[57]，劃分為個人媒介、環境媒介和文字媒介三個類別，並對它們作了具體闡釋。這些都明顯地受到提格亨和基亞的影響，雖力圖達到綜合的效果，但卻顯出難以彌合的痕跡，比如，「環境媒介」名稱來源於基亞，但內容取自提格亨，造成理解上的困惑。1988年7月，由樂黛雲任主編，劉波、孫景堯、應錦襄任副主編的《中西比較文學教程》一書出版，第六章題為「媒介學」，下設三節，分別論述媒介的方法（翻譯、模仿、仿效、改編、借用、出源等）、媒介的途徑（個人媒介、團體或環境媒介、文字媒介）、譯介學。這種體例，讓人覺得譯介學是媒介學的一個分支，但在論述譯介學時，又稱之為影響研究的一大分支[58]，使讀者弄不清媒介學與譯介學的關係；再者，將媒介學研究的內容細分成媒介的方法與途徑，雖有細緻翔實的優點，但也顯出割裂途徑與方法的不足。

1997年，中國比較文學界又出版了兩部比較文學理論著作。一是陳惇、孫景堯、謝天振聯合主編的《比較文學》，該書放棄「媒介學」這一名稱，改設譯介學專章，並將譯介學定義為：「最初是從比較文學中媒介學的角度出發，目前則越來越多是從比較文化的角度出發來對翻譯（尤其是文學翻譯）和翻譯文學進行的研究。」[59]然後分四節比較詳細地討論了「翻譯與譯介學在比較文學中的地位」、「翻譯中創造性的叛逆」、「翻譯文學與翻譯文學史」、「翻譯研究的最新進展」等內容。這裡明顯體現出對西方學者如蘇珊‧巴斯奈特等注重翻譯研究的比較文學觀念的回應，但忽視媒介學的

其他領域，有違法國學派的一貫傳統，在點上深入的同時在面上卻
造成了損失。另一本著作是由張鐵夫主編的《新編比較文學教
程》，該書在第四章影響研究之下設專節論述媒介學。在描述研究
內容時，著者指出：「媒介學的研究涉及媒介的主體與客體。具體
說來，媒介的主體包括媒介者、媒體；媒介的客體包括原作與譯
作、作者和譯者、媒介的環境。」[60]主體、客體的二分法具有創新
性，但進一步的分類則顯得牽強與含混，缺乏邏輯的嚴密性，如將
作者和譯者歸入客體，將媒體歸入主體等，都讓人費解。

二、媒介學的主要內容

透過以上簡單回顧，我們似乎可以說，媒介學是法國學派影響
研究的一個重要組成部分，它研究不同民族、國家之間文學影響得
以形成的仲介方式。這些仲介方式可以粗略地分成：人、出版物、
環境三種相互聯繫的類別，其中「人」又可分成個體與團體兩小
類。因此，媒介學研究的內容大致包括個體媒介、團體媒介、出版
物媒介（又稱文字媒介）、環境媒介等幾個主要部分。

（一）個體媒介

指促成民族、國家間文學發生影響的以個體為單位的作家、學
者、翻譯家、旅行者、外交人員、文化使者等。但也有兼具兩種或
多種身分的個體媒介者，如某一作家，又是翻譯家，甚或還是學
者、旅行者，這種個體，大多是某民族、國家文化史甚至世界文化
史上頗具影響的人物，比如魯迅、郭沫若、茅盾、錢鍾書等都是這
樣的媒介者。個體媒介透過創作（模仿、改編）、研究、譯介等各
種方式促成民族、國家之間的文學發生影響，這種影響可以是單向

的，也可以是雙向或多向的。再者，個體媒介可以是影響的放送國的個人，也可以是影響的接受國或第三國家的個人；但是，就某一特定的個體媒介而言，隨著影響方向的改變，這種情況也會隨之而改變，比如，魯迅翻譯了不少俄蘇文學作品，這些作品對他自己和其他一些中國現代作家產生過巨大影響，就此影響而言，魯迅是接受國的個體媒介；魯迅二十世紀三〇年代初曾為日本著名學者增田涉講授《中國小說史略》、《吶喊》、《彷徨》等達十個多月之久，後來，增田涉又將《中國小說史略》譯成日文，從而加深了中國古代小說對日本文學的影響，在這一影響向度中，增田涉是接受國的個體媒介，魯迅因創作並講解《中國小說史略》促成了這一影響，又成了放送國的媒介者了；還有，我們都知道魯迅早年曾寫過一篇充滿激情的論文〈摩羅詩力說〉，對西方一批浪漫主義詩人進行了介紹與評論，促進了西方浪漫主義詩歌對中國現代文學的影響，但這篇文章經竹內好編譯成日文，又加深了西方浪漫主義文學對日本文學的影響，就前一影響而言，魯迅是接受國的個體媒介者，就後一影響而言，魯迅則是第三國的個體媒介者。

（二）團體媒介

團體媒介指促成民族、國家間文學發生影響的文學社團、文學沙龍、學術團體、文學文化交流使團等。這些團體的性質或者是民間的，或者是官方的，或者是半官方的，有些團體內部的成員具有相同或相似的文學觀念、文學欣賞趣味，有些則顯得較為鬆散。但由於是團體，其仲介作用往往較為突出，針對性也較強，造成的文學影響自然也就較為深刻與長遠，如中國現代文學史上的文學研究會和創造社就是兩個這樣的團體媒介。文學研究會的宗旨是「為人生而藝術」、反對「將文藝當作高興時的遊戲或失意時的消遣」，因

此，該團體注重對法國、俄國及北歐諸國寫實主義文學作品的譯介，大力促進了中國寫實主義文學的發展；創造社強調文學必須忠實地表現自己「內心的要求」，因而注意對國外浪漫主義尤其是積極浪漫主義文學的譯介，在西方浪漫主義文學對我國文學發生影響的過程中，發揮了重要的仲介作用。

（三）文字或出版物媒介

文字或出版物媒介指促成民族、國家間文學發生影響的書籍與報刊。它們可以是公開出版的著作、譯作、傳記、學術專著、隨筆、遊記、評介文字等，也可以是未公開出版的日記、書信、手稿等。公開出版物的仲介作用發生的範圍較大，可以影響一批乃至一代或幾代作家的文學創作，比如，中譯本《鋼鐵是怎樣煉成的》從1952年問世以來，影響了中國大陸幾代作家的文學創作。未曾公開出版的日記、書信、手稿等因為有機會得到、見到的人比較少，其產生影響的範圍也就非常有限，但影響一旦發生，往往較為獨特，對這部分文字仲介進行研究，能夠發掘出某些文學影響的特殊途徑。

（四）環境媒介

環境媒介指促成民族、國家間文學發生影響的社會與自然環境。民族、國家間文學發生影響的可能與程度受制於或者說有賴於多種因素，有恰當的個體、團體或文字媒介，影響不一定都能夠發生或達到一定程度，還需要有合適的社會或自然環境媒介。社會環境媒介指文學影響發生時，放送國尤其是接受國的政治、經濟、宗教、文學等各個方面的社會狀況。當然，社會環境媒介一般不會獨立地發揮媒介作用，它透過影響其他媒介方式促成或阻礙民族、國

家間的文學發生影響,因此,嚴格地說,它具有超媒介的特徵,稱之爲媒介是一種比喻的說法。自然環境媒介指對民族、國家間文學發生影響起過仲介作用的城市、國家乃至於道路、山川、海洋等等。某些城市、國家或山川、海洋等因其特殊的地理位置、自然特徵,會對民族、國家間的文學、文化交流產生促進或阻礙的仲介作用。比如,上海就是近現代中外文學、文化交流史上重要的仲介性城市,日本是近現代中國與西方的文學、文化交流史上重要的仲介性國家,絲綢之路是中國與西亞、西方文學、文化交流史上重要的中介性道路等等。

經由以上對媒介學研究內容的簡略描述,我們可以看出,媒介學涉及的範圍是比較寬廣的,透過對前述各種媒介的研究,不僅如法國學派所追求的那樣,可以弄清國際文學關係史,還可以辨明文學影響發生的內在機制,從而加深對放送者文學與接受者文學之間的相似性與差異性的認識,爲實現總體文學的理想作出貢獻。

爲了對媒介學這一研究方法有更加具體的了解,我們可以參看基亞在《比較文學》一書中的一段論述。在「文學的媒介」這一小部分中,基亞簡潔卻頗有趣味地疏理了查理斯‧德‧維耶這個法國炮兵軍官出身的人如何影響史達爾夫人,使她對德國文化產生濃厚的興趣並寫出《論德意志》這部給連續三代法國人帶來「德國幻影」的著作,從而促成了德國文化、文學對法國的巨大影響。[61]從基亞的論述中,我們得知維耶和史達爾夫人都是這一影響的個體中介。儘管維耶「給自己規定的任務是要使自己的出生國接受德國的思想」,他爲此從哲學、宗教等方面作了一系列努力,「但所有的人都討厭他……如果維耶沒有遇到史達爾夫人,他的事業可能會遭到失敗」[62]。史達爾夫人卻成功了,她的著作迷住了整個法國達幾十年之久。如果我們以基亞的論述爲基礎,進一步加以展開,從兩人

的成功與失敗中還能挖掘出包括環境媒介、文字媒介等在內的其他
有意義的研究內容。正如基亞所指出的那樣：「這個例證充分證
明，比較文學工作者對有活動能量的次要人物進行艱苦的研究是多
麼富有歷史意義。」[63]

　　隨著時代的發展，各種媒介在民族、國家間文學交流與影響中
所起的作用也會隨之發生變化，從而改變其在媒介學研究中的地
位。比如，從二十世紀中葉開始，隨著全球文化交流的日趨頻繁，
翻譯研究尤其是文學翻譯研究的地位也日益提高，形成既與媒介學
相聯繫又相對獨立的一門學問，即譯介學。考慮到翻譯也是促成民
族、國家間文學發生影響的諸多媒介方式中的一種，我們仍將譯介
學歸入媒介學之下。又比如，隨著廣播、電視、電腦、網路的日益
普及，大眾傳媒成為文學影響的重要媒介，從而為媒介學研究提供
了新的領域。下面我們對譯介學進行稍微具體的介紹。

三、譯介學

　　譯介學（Medio-Translatology 或 translation studies）可以說是對
那種專注於語言轉換層面的傳統翻譯研究的顛覆，是比較文學視野
下的翻譯研究，我們將它歸屬於比較文學中的媒介學範疇。它是一
種跨文化研究，具體研究原文在他種語言轉換過程中出現的：(1)
文化訊息的失落與變形；(2)「創造性叛逆」（creative treason）問題
以及；(3)翻譯文學（translated literature）；(4)翻譯與政治意識形態
之關係等問題。[64]

　　法國比較文學學者提格亨在1931年出版的《比較文學論》一
書中提出的「媒介」專章，可視作比較文學史中討論譯介問題之開
端，它關心譯本與原文相比，是否「完整」、是否「準確」，以及譯

者的「傳記」、「文學生活」、「社會地位」等問題。提格亨之後，基亞在1951年出版的專著《比較文學》中繼續談及譯者、譯作之問題，並始終不渝地堅持，翻譯研究是比較文學的「具體的、不可缺少的基礎工作」。而二十世紀八〇年代，布呂奈爾等人合著的《什麼是比較文學》一書則對此種意義上的翻譯研究，即譯介學研究，作了進一步的論述：「翻譯的研究，尤其屬於接受文學的歷史」，「和其他藝術一樣，文學首先『翻譯』現實、生活、自然，然後是公衆對它無休止地『翻譯』」。美國學者韋斯坦因也在同一時期公開宣稱，「翻譯」是「比較文學中極其重要的部分」。英國學者蘇珊·巴斯奈特是二十世紀九〇年代世界範圍內此種研究的積極倡導者。此外，其他國家的比較文學學者同樣就這類翻譯研究發表了一系列頗有價值的見解，如義大利學者墨雷加利（Franco Meregalli）、羅馬尼亞學者迪馬（Al. Dima）、日本學者大塚幸男、德國學者呂迪格（Horst Rudiger）、斯洛伐克學者朱里申（Dioniz Durisin）等。[65]

巴斯奈特在1993年出版的《比較文學：批判性導論》一書的最後一章「從比較文學到翻譯研究」中以前所未有的勇氣提出：「當人們對比較文學是否可視作一門獨立的學科繼續爭論不休之際，翻譯研究卻斷然宣稱它是一門獨立的學科，而且這個研究在全球範圍內所表現出來的勢頭和活力也證實了這一結論……從現在起，我們應該把翻譯研究視作一門主導學科，而把比較文學當作它的一個有價值的、但是處於從屬地位的研究領域。」[66]巴斯奈特之言儘管有值得商榷之處，但表明比較文學與翻譯研究密不可分，譯介學當成爲二十一世紀比較文學研究的重要話語範式。

中國雖然有著源遠流長的翻譯歷史，《周禮·秋官·序官》中早就有「譯，即易，謂換易言語使相解也」之記述，其間也誕生了

大量優秀的譯作、譯家，但真正意義上的譯介學研究，同西方一樣，仍是二十世紀的事。早在1964年，錢鍾書先生在〈林紓的翻譯〉一文中就對翻譯的「誘」或「媒」之類的功用進行了生動有趣而又鞭辟入裡的分析，可謂開了中國譯介學研究的先河。而當代學者、上海外國語大學教授謝天振自二十世紀九〇年代以來在這方面做出了驕人的成績：在《中國翻譯》、《中國比較文學》、《上海文化》等大陸權威核心刊物上發表了三十多篇論文，為大陸有影響的比較文學教材撰寫專章，1994年在台灣出版個人論文集《比較文學與翻譯研究》，1999年又推出專著《譯介學》（上海外語教育出版社），與此同時，還分別在上海外國語大學、復旦大學培養譯介學碩士生、博士生。此外，張隆溪、趙毅衡、譚載喜、辜正坤、王寧、申丹、劉樹森、孔慧怡、王宏志、王克非、鄒振環、蔣驍華等也在譯介學方面做了許多卓有成效的工作。

（一）原文在他語轉換過程中文化訊息的失落與變形

我們在此首先討論譯介學所關心的第一方面：原文在他語轉換過程中文化訊息的失落與變形。如龐德將李白〈送孟浩然之廣陵〉中兩句「故人西辭黃鶴樓，煙花三月下揚州」譯為：Ko-Jin goes west from Ko-keku-o, / The smoke-flowers are blurred over the river。這裡，「故人」被譯為人名「Ko-Jin」，「黃鶴樓」被譯為「Ko-keku-o」，還漏譯了「三月」、「揚州」兩個負載著濃郁文化意蘊的表時間、地點之詞，特別是「揚州」作為一個文化意象，代表風流之地，是中國古代文人的樂園，歷史上曾有過「腰纏十萬貫，騎鶴上揚州」之說。標題也被改為「Separation on the River Kiang」。顯然，原詩的文化訊息在英文中受到傷害，導致失落與變形。有學者分析道，這「並非完全因為龐德不諳漢語，常常是有意為之」[67]。

艾略特甚至認為，龐德的此種「發明式樣」翻譯「更能使我們深刻領悟到中國詩的眞精神」。嚴復將赫胥黎之書名 *Evolution and Ethics and Other Essays* 譯爲《天演論》也是一例：後半部分的「Ethics」（倫理）被刪去，僅保留前半部分的「Evolution」（進化）。王克非對此作了一個很好的比較文學方法上的分析：「進化論在當時的西方是已經公認的，……有些人（如斯賓塞等）要將進化論普遍化，……嚴復……從來接受的就是斯賓塞的普遍進化觀，即用進化論可以翻譯一切，包括倫理問題。……所以他刪去倫理，而突出『天演』，擴大『天演』的解釋能力。這反映了他的普遍進化觀。」[68]這種原作文化訊息的失落與變形現象在早期林譯小說中表現得最爲突出。林紓在譯狄更斯和歐文的作品時，時不時會增加一個比喻，使意義得以更有效的彰顯。比如半個世紀前，趙景深在由英文轉譯契訶夫小說《樊凱》（即《萬卡》）時將「Milky Way」譯爲「牛奶路」，受到魯迅先生的猛烈批評，成爲中國譯壇多年的「笑話」。但是，這一表面的「變形」從傳遞文化意象的層面上來考察，卻是可以接受的，而被糾正的所謂正確譯文「銀河」、「天河」等倒值得大打折扣，因爲《樊凱》是文學作品，不是天文學著作，「Milky Way」就不是簡單的天文學術語，而是一個文化意象，有著豐富的民族文化積澱。趙譯「牛奶路」較好地保留了原作中這一源自希—羅神話的文化意象：「Milky Way」是眾神居住的奧林匹斯山通往大地之「路」，仙后赫拉灑落的乳汁使之璀璨閃亮。

（二）文學翻譯中的「創造性叛逆」

文學翻譯中的「創造性叛逆」是譯介學著力關心的第二方面，它有利於對譯者與譯作之關係的研究。「創造性叛逆」係法國著名文學社會學家埃斯卡皮（Robert Escarpit）在《文學社會學》一書

中提出的重要概念。他具體闡釋道：「說翻譯是叛逆，那是因爲它把作品置於一個完全沒有預料到的參照體系裡（指語言）；說翻譯是創造性的，那是因爲它賦予作品一個嶄新的面貌，使之能與更廣泛的讀者進行一次嶄新的文學交流；還因爲它不僅延長了作品的生命，而且又賦予它第二次生命。」[69]二十世紀初，蘇曼殊（蘇子谷）、陳獨秀（陳由己）等人採用章回小說的形式從英文轉譯雨果的《悲慘世界》就是一例。[70]原文爲：

THE NIGHT OF A DAY'S TRAMP

An hour before sunset, on the evening of a day in the beginning of October, 1815, a man traveling afoot entered the little town of D. The few persons who at this time were at their windows or their doors regarded their traveler with a sort of distrust. It would have been hard to find a passer-by more wretched in appearance. He was a man of middle right, stout and hardy, in the strength of maturity; the might have been 46 or 47 years old. A slouched leather cap half hid his face, bronzed by the sun and wind, and dripping with sweat.

譯文爲：

太尼城行人落魄　苦巴館店主無情

　　話說，西曆一千八百五十年十月初旬，一日天色將晚，四望天涯，一人隨寒風落葉，一片淒慘的聲音，走進法國太尼城裡。這時候將交冬令，天氣寒冷。此人年紀約莫四十六、七歲，身量不高不矮，臉上雖是瘦弱，卻很有些兇氣，頭戴一頂皮帽子，把臉遮了一半，這下半面受了些風吹日曬，好像黃銅

一般。進得城來，神色疲倦，大汗滿臉，一見就知道他一定是遠遊的客人了。

透過二者之對比，不難發現：譯文從語言形式到敘事結構都發生了「叛逆」。譯者「創造性」地引入了章回小說的敘事結構，尤其是其敘事者所享有的敘議方式兼涉的空間和所運用的特殊敘事話語，將原作第三人稱的客觀敘事轉變爲譯作中敘事者直接面對想像中的讀者講述故事並有主觀傾向的敘事，背景得以襯托，敘述有聲有色，文氣暢然，原作似乎因此獲得第二次生命。諸如此類的例子還可在同一時期的狄更斯 *Christmas Carol* 之譯本中找到。[71]原文爲：

> Marley was dead, to begin with. There is no doubt whatever about that. The register of the burial was signed by the clergyman, the check, the undertaker, and the chief mourner. Scrooge's name was good upon, Change for anything he choose to put his hand to. Old Marley was as dead as a door-nail. Mind! I don't mean to say that I know, of my own knowledge, what there is particularly dead about a doornail.

譯文爲：

> 送更司曰：吾書開場時，馬萊已前逝矣。死時教士家人為之簽字，而其友人司克勞奇亦為之簽字。其死了如釘已著門，無復變脫；又其狀僵，肖也。讀書者知之，此非釘之有死生，特故老相傳，引為雅詼。

漢譯係聞野鶴先生所爲（書名譯爲《鬼史》）。譯作的「創造性

叛逆」現象更爲突出：譯者採用中國文學的敘事傳統進行「干預」，模仿《史記》以「太史公曰」提示敘事者之作法，輔以「迭更司曰」，點明「吾」的身分，以免給讀者帶來困惑。

(三) 翻譯文學

　　譯介學關心的第三個方面是翻譯文學。文學翻譯不只是語言文字符號的簡單轉換，也是文學創作的一種形式，是一種翻譯文學。人類文明的歷史長河中，世界各民族優秀的文學作品都是透過翻譯得以代代相傳的，得以走向世界的。翻譯文學的獨特藝術價值體現在：(1)有助於原作的介紹、傳播、普及。如十八、十九世紀的俄國對外國文學的介紹都是透過法譯本、德譯本得以實現的。中國人最初對莎士比亞的了解也始於《莎士比亞故事集》的漢譯（當時譯名爲《吟邊燕語》、《莎氏樂府本事》等）。(2)有助於讀者深刻認識原作價值。「To be or not to be」的五、六種漢譯能使中國讀者更深刻地領會莎氏原文之藝術價值。中國詩譯家豐華瞻亦有此觀點。(3)有助於源語國讀者重新發現某部被忽視的作品的價值。如福克納的作品譯成法文，傳到美國後，才引起美國人的重視。《圍城》在國外的翻譯更是如此。(4)超越原作的審美價值。德國文豪歌德在讀了《浮士德》法譯本後感嘆道：「對自己失去了信心」，它「使全劇更顯得新鮮雋永」。著名譯家許淵沖十分讚賞這類譯作。(5)極大地豐富和發展了國別文學。如透過翻譯，提高了中國歷來視爲「小道」的小說在中國文學中的地位，並爲中國引入了新的白話文（吳檮於二十世紀初譯的高爾基的《憂患餘生》即是如此），還爲中國小說「進口」了倒敘、推理、旁白、插敘、獨白及心理描寫等創作手法和科幻小說、偵探小說、政治小說等題材，同時又爲中國傳統文學介紹了從未有過的「話劇」這一藝術樣式。正是因爲

這些，謝天振大力主張編寫翻譯文學史：它應該具有與其他文學史一樣的三個基本要素——作家、作品、事件，應該對翻譯文學作品在譯語國的傳播和影響進行分析和評論，並公開提出，翻譯文學史應該是一部文化交流史、文學影響史和文學接受史。

翻譯與政治意識形態之關係是譯介學關心的又一重大課題。用旅美年輕學者劉禾女士的話來說，就是「翻譯已不是一種中性的、遠離政治及意識形態鬥爭和利益衝突的行為。相反，它成了這類衝突的場所，在這裡被譯語言不得不與譯體語言對面遭逢，爲它們之間不可簡約之差別決一雌雄，這裡有對權威的引用和對權威的挑戰，對曖昧性的消解或對曖昧性的創造，直到新詞或新意義在譯體語言中出現」[72]。即是說，語言間的「互譯性」與歷史條件、政治氣候和權力機制密不可分。如「individualism」譯爲「個人主義」後，作爲一種話語策略，參與了中國近代民族國家理論的創造，並一次又一次地被引述、重複、爭論，對原有的「集體主義」權威話語進行挑戰。「culture」譯爲「文化」，「national character」譯爲「國民性」後，情況也是如此。中國現當代史中，還可找出很多類似的例子。二十世紀初，由於中國共產黨建黨的需要和中國社會主義革命的需要，大陸一批學者翻譯了大量的馬列主義著作，一直持續至今，並不斷地被引用、論證，構成了中國大陸重要的意識形態話語，之前流行的「自由主義」、「無政府主義」之類的話語遭遇挑戰，最終退隱。二十世紀五〇年代的中國大陸全面學習蘇聯，於是大量的蘇聯文學作品得以在中國翻譯、流傳，如影響了整整幾代人人生道路的《鋼鐵是怎樣煉成的》、《母親》等，一切「非無產階級」的作品的翻譯，如西方現代派作品的翻譯都被打入冷宮，無人問津。而二十世紀八〇年代後，由於黨和國家的改革開放政策，大量的西方現代派作品及文論著作又得以譯出，並對中國大陸新時

期文學產生了不可估量的影響，大量的文學對話與文藝論爭也因此產生。與此同時，不計其數的西方經濟學著作、資訊技術著作也得以譯出。這一切均極大地推動了中國大陸的現代化事業和參與世界經濟一體化之進程。魯迅先生早在〈「硬譯」與「文學的階級性」〉、〈譯文序跋集〉、〈拿來主義〉、〈再建一條「順」的翻譯〉等文章中表達了同樣的觀點。當代西方的比較文學學者、後殖民主義學者、女性主義學者更是對翻譯與政治的問題表示了極大的關注，值得重視。[73]

著名美國比較文學學者安德列‧勒菲費爾（Andre Lefevere）在1992年出版的《翻譯、重寫與擺布文本》、《文學翻譯：比較文學語境中的理論與實踐》兩書中認為，比較文學意義上的翻譯「的選擇更多是基於意識層面（倫理上或政治上是否危險、能否被接受）和詩學層面上的考慮」。巴西後殖民主義學者認為，所謂清楚無誤的原文（original）是不存在的，真正的翻譯是創造性地把握原文。如十六世紀葡萄牙主教被印地安人分食，是出於對主教的愛和對宗教的虔誠。這一「食人」（cannibalism）的比喻令人深思，它表明譯者吞食原文後產生新作，即優秀的譯作不應是對原文亦步亦趨的頂禮膜拜，而是主動地吞食原文，為我所用。這裡，譯文服從原文的權力關係被譯文譯者的主導作用所取代，亦是一種弱者與強者抗衡的努力，同樣反映出一種政治—權力傾向。而加拿大女性主義學者從兩性角度出發來討論翻譯過程中昭示的政治化意識，重建翻譯得以產生的空間：翻譯既是男性的，又是女性的，而不專屬於某一性。這就否定了傳統譯論所設定的翻譯與譯者的從屬地位，強調了譯者的主導地位，強調了譯者對原文的占有和擺布。

這些理論均表明，譯者與原作者、譯文與原文的關係不是主僕關係，而是譯者的作用更大，因為他（她）是按照社會的要求給過

去的外國作品在新時期、新國度以新的生命力，這種方法論的研究
或許會「重寫」中國近現代思想史。

在行將結束對譯介學各個方面的匆匆「拷問」之際，我們不得
不說，譯介學研究刻不容緩，其價值對翻譯界、比較文學界、外語
界、思想界不可估量。著名譯介學學者謝天振最近又在《中國翻譯》
上撰文呼籲：「也許從現在起應該跳出狹隘的、單純的語言轉換層
面上的研究，而更多地從廣闊的文化層面上，去審視、去研究翻
譯，這樣會更有意義。」[74]它對於目前大陸比較文學界的焦點命題
「二十世紀中國文學中的世界性因素」[75]的討論亦具有不可忽視之
意義。

第四節　異域形象學

二十世紀六、七〇年代，在多元文化語境的比較文學研究中，
在法國比較文學學科理論的主幹上，又萌生了一門分支學科，那就
是形象學研究。這是法國學者們對比較文學學科理論的又一貢獻。
嚴格地講，形象學並非晚近產生的新學科，他屬於法國學派「影響
研究」體系中的一項內容，早在基亞的《比較文學》（1951）一書
中已專章列出。形象學包含狹義的文學形象學和廣義的文化形象學
兩大分支研究範疇。本節主要探討和介紹文學形象學的基本原理、
發展情況和運用實踐。[76]

一、文學形象學的定義、概念及發展概述

(一) 文學形象學的定義

　　文學形象學「是研究文學作品中所表現的異國」，「是關於異國的幻想史」，它有兩個主要的研究方向：一是研究「遊記這些原始材料」，二是也更主要是研究「文學作品」。這些作品或直接描寫異國，或涉及到或多或少模式化了的對一個異國的總體認識。以下法國形象學研究專家莫哈和謝弗雷正確精當地概括了文學形象學研究的對象和內容範疇。

(二) 文學形象學的概念

　　文學形象學的特徵及相關的本質概念是由以下三個關鍵術語辭彙來表述的。

◆「形象」

　　比較文學意義上形象的涵義的本質是「對兩種類型文化現實間的差距所作的文學的或非文學的，且能說明符指關係的表述」。法國形象學研究專家巴柔如是說，因為他看到了「一切形象都源於自我與『他者』、本土與『異域』關係的自覺意識之中」這一本質特徵。莫哈對文學形象的特徵作了具體深入的展開，他劃定了三個層面的界域：(1)它首先是異國的形象；(2)其次是出自一個民族的形象（社會的、文化的心理的層面）；(3)再次是由一個作家自身特殊感受所創造的形象。為此，關於(1)點，就形象本身而言，我們自然要注意到參照系問題，比較文學意義上形象的價值，並非主要核對這個異國形象本身的真偽程度。換句話說，他眼中的異國形象

「並非現實的複製品」，而是製造它的注視者一方的文化模式。於是，這個形象被視為「社會總體想像物」。從上面(2)點看，形象學研究的重點是注視者創造出形象的文化涵義，這必然就關涉想像的創造者們的「意識形態描述」和「烏托邦描述」的問題。再看上面(3)點，它沒有忽視文本的美學作用，即它的文學性。它把文本的生成與異國形象內在的、本質的東西聯繫了起來。可見這個異國形象，上連歷史的文化層面，下連文學的審美層面，唯此方顯出比較文學文學形象學研究的價值與意義來。

◆「社會總體想像物」

莫哈把它等同於文化生活的範疇，認為它「是對一個社會（人種、教派、民族、行會、學派等）集體描述的總和，它既是構成，又是創造了這個描述的總和」。這就是說，社會想像物代表了異國形象的歷史層面，它是這個形象在社會的、歷史的、心理的和哲學的層面的深化，故而它表現出歷史性、內源性（一個民族集體潛意識）、抽象性（具有普遍而高度概括的代表性）、象徵性或隱喻性的特徵。對此的分析，就有助於我們更好地理解不同話語、價值體系或意識形態，是怎樣在特定的民族或文化圈內形成關於異國的形象。

◆「意識形態和烏托邦」

如果說「社會總體想像物」是關涉異國形象的平面展開的話，「意識形態與烏托邦」就是它的縱深拓展。關於此點，莫哈挪用了利科闡釋學關於「社會想像實踐」多樣性原則，即處於兩極的意識形態和烏托邦的原則。[77]莫哈特別強調意識形態的功能，因為它是「集體記憶的連接點」，它是「被理想化了的詮釋，透過它，群體再現了自我存在，並由此強化了自我身分」。於是「意識形態較少由一個內容來定義，而主要是由它對一個特定群體所起的整合功能來

定義」。這就是說，「凡按本社會模式，完全用本社會的話語重塑出的異國形象，就是意識形態的」。從注視者主體立場講，它是要維護和保存本國現實。例如「黃禍」這一「套話」生成的意識形態形象，它可謂西方好些人仇視中國等東亞民族的「集體記憶」，這可上溯到對韃靼人在西方「橫掃千軍如卷席」的歷史記憶，近到十九世紀下半葉以後，西方列強對中國殖民侵略的現實經歷：一方面是中國的戰敗和被宰割，受人鄙視的東亞病夫形象，另一方面又是中國人民不畏強暴，奮勇反抗與鬥爭的形象，特別是太平天國起義和義和團運動，都使洋人感到恐怖與擔心。於是「黃禍」形象裡包含了西方人的蔑視與恐懼相兼的複雜心態。另外，上個世紀之交，英國人皮爾遜在《民族生活中國問題論文集》（1903）這樣的著作中，也拋出了「黃禍」威脅論。另一位法國作家寫了部《黃色入侵》的小說，則是「黃禍」形象的文學體現。再到二十世紀下半葉，尤其是新的千年之交的歷史時期，這一「套話」的變體，「中國威脅論」又甚囂塵上。如美國尼克森在二十世紀九〇年代所著的《超越和平》、《只爭朝夕》，Ｌ·伯恩斯坦和芒羅合著的《即將到來的中美衝突》一書（1996），都反映了好些美國人心底的殖民心態、帝國霸權、白人優越感以及所謂「文明與自由」的西方價值觀所構成的意識形態的潛意識，透過以上「長時段」的透視，可以說中國形象的「相異性」是西方人意識形態去整合的結果，其實質就是企圖永遠維護和保持美國及其西方的優勢和霸主地位。[78]

　　與上面意識形態的整合功能生成的形象相反，烏托邦的形象，在「本質上是質疑現實的」，它具有「社會的顛覆功能」。也就是說，由於它嚮往一個根本不同的「他者」社會，故對異國形象的表現，是對群體的象徵性模式所作的離心描寫，它是還異國以「相異性」。在此僅舉本章第一節流傳學中曾談及的伏爾泰「理想化的中

國」爲例。[79]他以一個有開明的君主、完美的制度、和諧而又重視
人性的充滿理想的倫理道德社會的中國形象,來作爲啓蒙運動所需
的思想資源和精神力量。他所塑造的迥異於西方的中國模式,是對
路易十四時代的歐洲,正陷於謬誤和腐化墮落的反叛,是對法國封
建制度的有力批判,同時也表達了作者對昏庸國君的憎恨之情。不
過,事實是,伏爾泰所構想的「中國幻影」,是「失實」的一種
「誤讀」,它與當時現實的中國差異甚遠,但正是這種「相異性」所
鑄成的中國神話,切合了西方文化中被視爲受質疑的地方,產生警
示的作用。因此在這個意義上說,烏托邦本質上積極的特點是「維
持可能性領域的開放狀態」,即開發啓蒙時期法國及歐洲文明自身
的未知領域。

透過以上三大關鍵性術語的介紹和疏理,我們看到:第一,
「社會總體想像物」是理解、詮釋一個文本、一個作家所塑造的異
國形象的關鍵。形象與社會總體想像物之間的距離越大,就越具有
獨創性;反之,就是集體想像在某種程度上的「複製」或「再生
產」。第二,社會總體想像物是建立在「整合功能」和「顛覆功能」
之間的張力上,建立在意識形態和烏托邦之間的張力上。第三,區
分意識形態和烏托邦,首先應結合理解社會總體想像物並以此作爲
區分的依據;其次,應在這個總體形象的關係中考察文學形象;最
後,在定義時,不應根據異國形象各個有別的內容,而應按其功能
的作用爲據。

其實,在比較文學意義上的形象學研究中,談文學形象必然要
涉及到文化形象的層面。這裡就牽涉到文學形象學與文化形象學的
分野和聯繫的問題。文學形象學研究的出發點或對象首先是文學作
品中的形象,當然它可寓於虛構性的文學作品中,也可寓於非虛構
性的文學作品中,如遊記、回憶錄、日記、書信、報導文學等。文

學形象學研究的內容的三個範疇前面已述，總之，這個「形象被看成是文學化但同時又是社會化的過程中得到的對異國的總體認識」。這裡需要說明的是：文學性的一面是文學形象學考察的基礎和前提，莫哈界定的最後一點：形象，必須是「作者自身的獨特感受而創造的形象」，顯然它與作品的構造緊密相關。莫哈還就此提出了分析文學作品的三個指標：(1)文本主要結構的定位；(2)大的主題單位；(3)辭彙層面（透過這些辭彙來描寫相異性）。這樣就把「文本的總體結構」與「主要的敘事或推論策略」結合了起來。於是，當我們把「形象」還原爲「社會總體想像物」時，我們就從文學層面進入到歷史文化的層面，這時它的兩翼是靠「意識形態」形象和「烏托邦」形象來展現這一廣闊的文化空間，可見文學形象的探究，必然要從文學層面推進到社會和文化層面的高度。於是在此意義說，文學形象與文化形象顯現出交叉和重疊，文學形象學的旨歸，就是要把文學形象提升到文化形象的高度來闡釋。爲此我們可以說，文學形象學是文化形象學的一個側面與分支，但文學形象學不能同文化形象學劃等號。這是因爲文化形象學的研究對象和範疇要比文學形象學大得多。它關涉到人類文明的精神生活和物質生活的諸多領域。另外，從學科研究的特性來看，文化形象學並不專門顧及文學性及審美性一面，文學形象並不是文化形象學研究的必備條件。還有，從研究範疇上講，它們之間也各不相同。丹麥學者拉森爲我們提供了文化形象學研究的向度：[80]首先追問誰的形象，這是文化形象學研究的起點。爾後可考察空間形象、概念的形象、機構的形象、存在的形象等範疇。文化形象學研究的目的，是使我們更好地面對人類社會發展，文化的差異性、多樣性、豐富性和複雜性，它對全球文化的健康發展，對促進國際政治、經濟、軍事和文化的對話與交流，有著重要的意義。限於篇幅，文化形象學的具體

闡釋不是本節的重點。

除了文學形象學與文化形象學的異同區別之外，比較文學意義上的文學形象學研究與一般意義上的文學形象研究或人物形象分析，也是不能同日而語的。簡單地說，它們的根本區別在於：首先，前者研究的形象，不再是依據文學創作中「像」與「不像」或「眞」與「不眞」的標準，也不是看修辭學意義上的「好」與「不好」的問題，它把重點放在作者是怎樣製造了異國形象，即在那個賦予他的「社會總體想像物」的歷史文化層面上加以闡釋，從而見出先在於文學表現的那個價值體系，與這一異國形象的關係及意義。其次，從方法論上講，前者並不刻意著眼於民族文學的概念或一國文學固有的東西，而更感興趣於某民族關於異國的諸多觀點和態度，這明確表明重點不在國別文學「債權」的辨認或文學自足性上的探究。故與前者的研究目的和探討的方法不同，後者研究的重點，放在探究人物形象的塑造與作品本身的內在一致性上，即美學意義的內在邏輯上，以及它所再現的社會的本質意義上；著眼於它在文學史上的繼承和創新上以及它在社會上的傳播與影響上。總之，它的重點是落實到文本本身的美學意義和國別民族文學與文化的特質上。

（三）文學形象學的發展概述

最後，我們從學科史的角度，對文學形象學的由來作一簡要的概述。首先，從詞源上講，形象學一詞的「形象」（image）之原典，是借用在二十世紀初才在心理學上誕生的那個辭彙意義——它是指精神分析理論中童年時期獲得的潛意識原型，後又擴展到表示集體精神狀態之義；到了二十世紀六、七〇年代，這才被法德兩國的比較學者正式作爲一門新學科的術語，打出了文學形象的旗號。

不過從比較文學的整個發展歷史來看，對形象問題的考察，早就在
法國比較文學的先驅者史達爾夫人、伊波利特・泰勒以及英國學者
波斯奈特那裡，把它與社會的、歷史的、文化的和民族心理的等層
面揉和一起加以考慮和觀照。而對形象學的創立具有奠基意義的，
最早有德國的Ｍ・Ｓ・費歇的《作爲比較文學的民族形象》（1913）
[81]、法國人阿斯客里的《十七世紀法國輿論面前的大不列顚》
（1930）[82]，尤其是法國學者卡雷的《法國作家與德國幻影》
（1947），表現出了力求更好地理解在個人和集體意識中，那些怎樣
生存的嶄新的研究思路。然而眞正作爲一門成熟學科的正式確立與
興盛的主要標誌在理論上發表爲：雨果・迪斯林克的〈關於形象和
幻象的問題及其在比較文學範圍內的檢驗〉（1966）；彼得・別內
爾的〈作爲文學研究對象的異國形象〉（1976）；巴柔的〈一個比
較文學的研究角度：文學形象〉（1981）、〈文化形象：從比較文學
到文化人類學〉（1983）、〈從文化形象到總體形象物〉（1989）以
及莫哈的〈試論文學形象學的研究史及方法論〉（1999）[83]。另
外，德國的接受美學、心態史、輿論史及社會學研究，盛行於法國
的結構主義、符號學、文學社會學以及流行於歐洲大陸的精神分析
學、文化人類學等，都對形象學理論的形成及其實踐活動，產生了
積極的重要的促進作用。此外，以下三部具有權威性的概論式的理
論專著，也肯定和確立了形象學在比較文學研究中的地位和作用：
首先是基亞的《比較文學》（1951）一書，在最末一章專設了「形
象學」研究——「人們眼中的異國」（雖然他未正式使用形象學一
詞），他是最早在概論性專著中對形象學研究予以確認的。他還站
在理論的角度，敏銳地指出了「這一視角是比較文學研究的新方
向」。他的老師卡雷在爲此書所作的序言中，把尚未命名的形象學
看成是「各民族間的，各種遊記、想像間的相互詮釋」。另一本是

布呂奈爾等學者合著的《什麼是比較文學》(1967、1983)，專門在第二章「國際文學交流」中涉及了「形象與人民心理學」一節，他們指出「形象是加入了文化和情感的、客觀的和主觀的因素的個人的或集體的表現」；形象是注視者製造的神話和幻象；形象的確定「處在文學、社會學、政治史和種族人類學的交叉路口」。還有一本是謝弗雷撰寫的《比較文學》(1989)，他簡單扼要地指出了形象學研究的性質與內容和方法，尤其值得注意的是，他把文學形象學置於文學作品和文化區域兩大空間範疇加以觀照，而且還概略地介紹了形象學研究的文獻情況。以上我們簡略地回顧了形象學在法德兩國興起與發展的情況。莫哈曾對此有過一個粗略的總結：作為學科的形象學研究經歷了幾代人的努力，二十世紀五〇年代的先驅者研究，主要求助於人類心理學的特點；六、七〇年代更具學科意識，體現了實證精神與意識形態和歷史語境的高度融合；同時七、八〇年代，由於新文論成果的引入，形象學理論框架得以建立，它的方法論與基本原則、研究的範疇與特色，都日漸成熟與豐富起來。我們看到尤其是「三點一線」的體系和跨越與交融的發展態勢，最能說明形象學的發展方向。所謂「三點一線」就是從文學形象→社會總體想像物→意識形態和烏托邦的歷時與共時研究，所謂的跨越與交融則是從文學形象的研究提升到文化形象的大視野中加以觀照和思考。

至於中國大陸的形象學研究，起步較晚，大約是在二十世紀九〇年代左右才受到重視的。一個值得注意的事件，是 1990 年在天津舉辦了「中法文化交流國際學術研討會」，其中主要圍繞伏爾泰與中國文化與文學的關係展開討論。有些代表發表了〈伏爾泰的中國模式〉以及〈法國作家心目中的中國〉等關涉形象學研究的文章，隨後便有了《國外文學》(1991.2)雜誌上的專欄的推出與介

紹（雖然還未正式取「形象學」為欄目名）。此後，一批具有理論性和學術性的國內外學者的論文和著作陸續譯介發表與出版：如法國形象學研究專家巴柔和莫哈的〈比較文學的形象學〉、〈比較文學意義上的形象學〉、〈試論文學形象學的研究史和方法論〉分別在《中國比較文學通訊》（1994.1）和《中國比較文學》（1995.1-2）兩刊上被譯介過來。法國學者艾金伯勒的關涉形象學研究的大手筆《中國之歐洲》（上、下冊）巨著的中譯本也於 1992 年和 1994 年分別在大陸出版。北京大學樂黛雲教授還主編了《文化傳遞與文學形象》的論文集和《形象學與比較文學》。作為高校教材，陳惇、孫景堯、謝天振主編的《比較文學》（1997）和張鐵夫主編的《新編比較文學教程》（1997）首次專設了文學形象學章節，當然我們這本書也是最近出版的一本有形象學專節論述的比較文學教材。此外還有不少形象學專題方面的論文在相關的刊物上發表。我們還高興地看到，北大比較文學與比較文化研究所孟華教授在該校開設了「形象學理論與實踐」的課程（1993），後來她所主持的學術討論會的成果在新近出版的《中日文學中的西方人形象》一書中得以展現。另外在最近一次檢閱中國比較文學實力的大型學術會議上，形象學研究作為大會的一組專題，得到了集中的展示，其成果體現在《中國比較文學學會第六屆年會暨國際學術研討會論文集》上（曹順慶主編，四川人民出版社，2000）。我們還注意到大陸出版界近年來還陸續出版了一系列廣義的形象學類的著作：「西方視野裡的中國形象」叢書（第一至二輯由時事出版社於 1998 年和 1999 年出版）、《2000 年中國看西方》和《2000 年西方看中國》（團結出版社，1999）等著譯成果。為此，我們有理由認為，文學形象學與文化形象學研究在中國大陸已經興起，它有了自己的初步的研究成果、研究隊伍和研究陣地，我們相信它會逐漸成熟和壯大起來，成

爲比較文學研究中新的增長點和可持續發展的力量。

二、文學形象學的研究範疇、方法論及其表現方式

(一) 文學形象學的研究範疇

　　從上面文學形象學給定的定義、對象及研究性質，我們自然要追問它的研究範疇與方法論的特徵。從總體的方法論上講，形象學在比較文學研究母體中的位置，應屬於「影響與接受」研究這一大範式的研究領域，因爲它的最終指向是國際關係史或國際文學交流史，進而上升到「總體文學」的範疇。從作爲一門分支學科研究的內容形態上講，它可分爲三個層面的研究向度：第一，參考系層面；第二，社會想像層面；第三，作品結構層面。這樣便把文本的社會文化層面與文學的美學層面結合了起來，從而具有文學形象學研究的獨特性。再從研究的視野角度講，它關涉四個方面的關係：第一，關於形象的自然屬性和文化屬性的關係範疇。這種關係依附在有關「套話」和「辭彙」層面上，這樣從生活的具象追尋社會與文化的意識形態的普遍抽象性。第二，關於時空範疇。因爲形象的存在與時空關係緊密相連。具體地說，在空間上存在著地理空間和精神空間的某種關聯，它由隱喻層面表現出來；在時間上，關注「他者」的時間與我與「他者」的關係浸潤於其間的時間，蘊涵著文化與文學領域內相同性／相異性的辯證關係，總之，形象與時空的關係是在歷史文化的語境中顯現。第三，注視者的文化態度與形象模式的關係範疇。在此有四種基本模式體現了形象學研究的價值意義：一是烏托邦型，它是注視者虛構的理想化表現，其結果產生對本土文化的顛覆作用；二是意識形態型，與上面一型相反，它以

自身文化的優勢去蔑視異域文化，從而加強自身文化的認同感和凝聚力；三是雙向交往型，注意者以平等的眼光去看待異域文化，這兩種文化都被視為正面的相互補充，這種平等的文化對話是一種「雙贏」的文化策略；四是分裂的封閉型，與第三型相反，異域文化和本土文化都被注視者視為負面性的，反映了注視者內心的不平衡性與極端性，這樣將遭致虛無主義或霸權主義的惡果。第四，形象與文化身分和文化認同的關係範疇。這一層面揭示群體與民族的意識、文化的絕對價值、文化的相對價值，以及文化的一元主義、相對主義和多元主義與異域形象的生存之秘，即形象的書寫策略的「合法性」關係。

(二) 文學形象學研究的方法論

接下來，我們來考察文學形象學研究的方法論。首先來看方法論的基本原則，因為它是形象學理論存在的基礎。隨著二十世紀六、七〇年代西方文論的新開拓，對話理論和交往理論成為形象學研究者的認識論前提或世界觀。因為比較文學研究的最終目的是為了達成對話，而對話應當以平等對話的方式為前提，它意味著承認各方的文化選擇、文化傳播過程中的誤讀、過度闡釋以及變形在對話中的潛在可能性和它所具有的正負兩面性效應。而另一方面，交往理論則是強調主體間的等值性，擯棄主客兩分法的排他性；它要求透過對話來實現正當的交往行為，而對話的性質又是由文化身分的確認和不同的文化認同的策略來決定的。那種普遍化的認同已不大可能，我們應去尋求文化多元主義語境中的相對認同，從而避免一種專斷式的獨白、定型化的偏見和封閉的認同之弊。正是基於上述兩大基本原則，巴柔把雙向交流的平等對話視為異域形象學研究應遵循的基本原則。

其次我們來看方法論的特徵與學理性何在。文學形象學研究超越了傳統的影響研究的實證主義模式的單一性和封閉性，吸收符號學和接受理論的成果為形象學研究的理論依據。它特別看中前者關於符號的象徵功能及文化代碼的意識形態蘊涵的闡釋，後者關於接受一方不是被動的接受，它的主體性作用及與影響形成的互動關係的觀點，這些與形象學研究的策略，即「三點一線」式——形象→社會總體想像物→意識形態與烏托邦，有著內在的學理聯繫。在此，特別需要指出，法國哲學家沙特和保爾·利科的現象學與闡釋學的哲學思考，特別是關於「想像」理論，對形象學研究在方法論頗有啟迪，使學科從過去影響研究重在放送者一方，轉向對接受主體的創造性思考上。於是在關於形象研究的本質上，特別強調要研究想像的創造者們，而其核心就在於想像主體的意識與參照系拉開距離，從而在自身經驗中創造出相異來。這才是形象學研究要面對的重點。此外，跨學科性也使得形象學研究的視野大為拓展，它整合了以下學科和理論的研究層面的相關範疇與方法，如文學史、社會史、政治史、民族心理學、心態史、輿論史、原型—神話批評、結構主義理論、精神分析學、媒介學、傳播學、文化人類學等。這樣使形象學研究在學科上呈現出開放性、交叉性、邊緣性的跨學科學術品質與態勢。

(三) 文學形象學研究的表現形式

最後，我們從具體的研究途徑入手，來觀察形象學研究的表現方式。總的來說，從研究所面臨的對象與思考問題的角度來看，可分為宏觀的複合型和微觀的整一型。

◆宏觀複合型

當以一個國家的文學、一個時代之文學，或一種文學思潮或流

派所構造的異國文學形象爲背景,進行歷時與共時性的透視與詮釋,它所研究的內容包容量大、題域廣、範疇形態多樣。如外國學者A‧G‧哈格瑞夫的《法國文學作品中的殖民經驗》[84]就以整個的一國文學作品營造的形象與書寫策略爲對象,從文化層面上看其殖民心態在文學創作中產生的回響與效果。又如莫哈的《對五〇至七〇年代法國文學中的中國形象》[85],從時代歷史語境的獨特性出發,對法國知識份子及作者們所處的社會思潮的大背景,尤其是西方馬克思主義、第三世界主義,和作爲參照系的中國加以對照,勾勒出被高度理想化的中國神話,這種眞實的變異式變形,已不再是文化上的相對主義,而是文化上烏托邦式的空想主義的實質。作者特別指出那個時代媒介與輿論力量賦予的政治觀念的介入,對中國神話形成的影響作用。作者還把兩位有代表性的嚮往中國的作家的文本放在同一平面作對比性考察,讓馬爾羅和雷里斯的「中國歸來」的自傳體作品從兩個對立的方向,展示他們的中國神話的意義。我們看到馬氏作品《反回憶錄》(1967)的中國形象,既是馬爾羅青春的象徵,又是人類文明的象徵,這個中國形象的背後是馬爾羅對圍繞西方人虛無和死亡問題思考的表徵。他從中國形象中讀出了歷史發展的動力,看到在現代世界格局中以中國爲代表的第三世界興起的力量與意義。總之,馬氏透過歷史的、哲學的、政治的和文學的層面來構造他的中國,言說「他者」也正是在思考作者自身的存在、法國的存在。而另一作家雷里斯的《中國手記》(寫於1955,1994年出版),正好與馬爾羅對中國的歷史探尋的眼光相反,這已不再是滲和著夢幻的、神秘面紗的中國,而是他實地考察的「客觀記錄」,是具體的現實生活中的中國,這是他先前《非洲幻影》風格的再現。他忠於中國帶給他的幸福感,因爲他看到的恰恰是中國進步的一面與和諧、熱情的人民,這樣兩位作家分別從歷史感的中

國和現實的中國，殊途同歸，製造了各自的中國神話。然而作者指出，這種與真實中國的「相異性」，是文化上的對話還是誤讀？這是形象學讓人思考的問題，也是形象學研究的學術價值所在。另外一個例子如 L‧朗譯的《美國文學中的巴黎》[86]以一個城市在文學中的異國形象爲研究對象，作者讓我們看到了巴黎的形象是怎樣在美國文學作品中經歷變遷。從十九世紀到二十世紀，它受制於不同時代的歷史與社會文化語境的影響：從神秘的城市到衰敗、墮落的都市，再到內心經驗之地，這完全是美國式的文化認同在文學創作中的反映，關鍵是巴黎形象背後幾代美國作家如艾倫‧坡、帕索斯、海明威、亨利‧米勒等，他們心中的意識形態與烏托邦的形象意義的釋放。再如法國比較文學泰斗艾金伯勒的《中國之歐洲》[87]，是文化形象學研究整體推進的佳例。它從宏觀的、大視野的、多範疇的內容空間，公正地、客觀地、全面地再現了歐洲人眼中的中國形象。該書對文學形象研究頗有參考價值和啓發意義。我們看到作者對西方學界所謂主流的中國形象，作了批判性與顛覆性的重塑，還了中國形象的真正面目。他尖銳地指出了西方人眼中「黃禍」形象背後所包藏的民族沙文主義的實質，同時也對中國文明在人類文明史上所作的貢獻給予了高度評價。透過著作塑造中國形象的努力，使我們看到比較文學學者應持的正確態度，我們既要反對歐洲人出於一種文化的和人種的優越感，蔑視、曲解中國文化，以維持他們心中根深柢固的殖民心態和建立「歐洲中心論」的文化霸權的圖謀；也反對那種因盲目頌揚中國文化，而引起的民族自大感或民族沙文主義欲念的臌脹，那種「中國中心論」的妄見。

◆微觀整一

　　這可從「套話」或「辭彙」這一構成形象的最小單位的層面分析入手，也可從更大一級的具體文本的分析入手，還可從某個作家

或一群作家這一主體爲研究對象，看其與形象塑造的關係與作用。現在我們先對「套話」這一術語略作形象學意義上的解釋，然後再列舉個案說明。巴柔說，「套話是對一種文化的概括，它是這種文化標誌的縮影」，「作爲他者定義的載體，套話是陳述集體知識的一個最小單位，它希望在任何歷史時刻都有效」。它「具有高度的多語境性」和「有效的混淆」但卻「不是多義」的特性。套話與形象的關係[88]，表現在「套話是形象的一種特殊而大量存在的形式」，是「單一形態和單一語義的具象」，因而它成爲形象研究最基本也是最有效的部分。孟華進一步明確指出，對「他者『套話』的研究實際上屬於『社會總體想像物』的研究範疇」。以上我們對「套話」的性質、特徵與作用作了簡要明瞭的介紹。下面我們來看孟華的〈「洋鬼子」詞源初探〉這一關於「套話」的形象學研究個案。[89]作者的學術策略是以小見大。她首先從語言學、語義學的角度對這一「套話」作實證性的考證，進而透過這一「套話」在近現代中國，經歷了怎樣的「社會化」和「文學化」的過程，展示出「洋鬼子」一詞的「多語境性」，從而在歷史與文化的層面，揭示出這一「套話」包涵的懼怕、憎恨和輕蔑的三重意義，也正是從這一「他者」辭彙的對立面，折射出中華民族強烈的民族身分與文化身分的認同，可見，這一「套話」是我們民族心態史的一個縮影，它反映了中華民族近代以降與西方交往中的歷史的眞實。

接下來，我們再看一篇具體文本分析的例子——羅芃教授關於朱自清散文作品〈白種人——天子之驕〉所作的題爲〈中國文人筆下的一個「小西洋人」〉的形象學個案分析。[90]論者是從文本的敘事層面切入的。他集中分析了敘事者對這個「小西洋人」行爲的心理反應即深層的思想文化觀念的變化，考察了注視者「我」內心的複雜性、矛盾性及差異性的衝突，而這又上升到五四運動以後，一

代中國知識份子身上,民族身分的確認與文化認同之間存在的張力的高度。論者很好地把這種敘事的、文學的、審美的分析與文化層面分析結合起來,透過敘事的文學行爲使我們看到文本背後的文化行爲。在文本中,這個「小西洋人」具有既是「恐怖者」,又是「強者」的雙重形象特徵,針對這一「他者」形象的時代語境,論者指出,在「恐怖者」形象裡見出了他的對立面——民族的軟弱與屈辱的一面;在「強者」的形象中,照出了相對應的兩重性:一方面是對本民族性格弱點的清醒認識和疏離,另一方面是超越了道德好惡和情感親疏,面對「力」的美表示羨慕之情。由此可見,朱自清的言說「他者」,也就是在言說自己及五四之後一代知識份子的文化心態:一方面對中國的落後有切膚之痛,另一方面又頑強地維護民族尊嚴與自我的尊嚴。而這樣的文化情結與集體心理意識,又反過來體現在文本敘事中,形成了「悲哀美」與「力之美」奇特結合的美學風格。於是我們看到這一個案可謂是莫哈設定的形象學研究界域的有效回答。

另外還有一種樣態的文本層面的形象學研究,由於研究者視野角度的切換方式多種多樣,且研究的視點也不僅局限於直接的、有明確空間形態提示的文本或標題上,故雖然沒有諸如「形象」或「套話」的標籤,仍可發現形象學所關涉的材料與對象。當然以上是針對形象學研究的選材和方法而論的。一位叫林哈德的外國學者就在新小說家羅伯·葛里耶的作品《嫉妒》中作了「另類」的形象學分析。[91]論者針對書中主要人物視野中的非洲形象,去捕捉這個「他者」背後的法國殖民主義意識形態的投射裝置。論者運用結構主義的手法,把書中兩個人物的視點加以對接、比較、統一在文本的敘事當中,一方面讓敘事者對非洲的看法,對應於殖民主義解體時的法國帝國主義意識形態;另一方面又讓故事主要人物法蘭克的

非洲印象對應於後殖民主義意識形態。這樣，在這種前衛主義的實驗小說中，在顛覆了傳統的小說創作原則和閱讀習慣的文本中，我們仍可在看似散漫、無甚情節和中心的敘事文本中，發現這個非洲形象的「他者」，正是法國意識形態和價值體系的投射物。

　　至於談到一個作家或作家群爲對象的形象學研究，其實在上面所述的一國文學的異域形象的類別研究時，就已包含在其中了。在此因篇幅所限，不再詳述。

三、文學形象學研究中的問題與思考

　　關於此點，我們在前面有關學科發展的概述時，略有涉及形象學的利弊。事實上，就是國外許多比較文學的理論性基礎教材如概論或導論之類，對此也未做全面、系統、深入細致的闡述與探討。這使我們看到，在高等教育中的比較文學學科建設與實踐中，這類教材與最新的理論研究成果和大量的形象學研究的運用實踐，還存在著一定的差距。而中國大陸的這類教材的情況也與國外大致相似。所以本書是把這一分支學科，較爲全面、系統地納入比較文學基礎教材的一次嘗試和努力，當然，筆者僅將目光所及範圍內的國內外這一領域的情況，做了一個初步的歸納和總結。如前所言，由於形象學尚屬比較文學家族中的「新生代」，故要達致學科完全成熟的境界，使之在比較文學基礎性理論的教材中形象豐滿，還有待學者們的理性性研究成果的攀升和大量獨具特色的、豐富多樣的實踐成果的資源性支援。

　　從形象學研究的發展與成果來看，的確體現了法國比較文學研究的成熟與生命力，它使我們看到法國人善於繼承傳統，又不故步自封的開放性學術心態，以及善於超越過去「法國學派」理論局限

的智慧與能力。這裡，他們一方面表示形象學研究屬於影響與接受研究的大範疇，它的終極指向是國際關係史和文學史；另一方面又向文化人類學、社會學、政治學、符號學、接受美學等學科領域延伸，並以此來武裝自己，從而使異域形象學進入跨學科的「總體文學」研究的範疇。

　　然而一個現象也常常圍繞著我們，其實，對形象學研究的質疑與擔心，早在它正式崛起的二十世紀六、七〇年代就與之相伴。美國學者韋斯坦因在其《比較文學與文學理論》一書中，就把這一「新方向」歸於「接受與效果」的研究一方，並對當時卡雷和基亞這樣的先驅者們的方法表示了懷疑，認為「形象／幻象研究」容易滑入非文學研究的範疇，並對形象學「站在文學、社會學、政治史和種族人類學的十字路口」表示學術上的擔心。[92]確實，在形象學研究中，一方面它要從文學形象上升到文化形象層面予以觀照，從而避免以往新批評純文本的形式主義分析之弊，把它與文本以外的社會和文化的廣闊空間聯繫起來合觀；另一方面它又表現出泛學科化、泛文化之嫌，因為這可能失去具有文學獨特性的研究領地，最終淪為什麼都不像的尷尬境地。這確實成為擺在我們面前的兩難之境。然而實踐也證明，一個學科及其學術範式的革命，確實與該時代的語境互為表裡，與學術史上的範式轉型關係密切。自二次大戰以後，西方馬克思主義左派社會思潮的高漲，對資本主義及其工業文明的反思與批判，尤其是解構主義興起與「西馬」形成的合力，一起進入後現代主義的語境，一個學科的生命與學術的走向，實在是昔日學院派一堵高牆的「合法化」難以主宰的了。

　　於是，我們從形象學研究興盛於世的態勢不難看出，它今日的理論視野、學術眼光及思維方式和研究策略，或隱或現地體現了後現代思潮及觀念的滲透與作用，也自然反映了現代學術轉型的特

徵，它從國家一統的、學院派式的純文本的形式化、經典化、貴族
化走向文化區域，民間的、現世的、具有歷史的與文化的綜合與整
合，它使文學更多地擔當起社會文化的責任，積極地面對全球現實
與未來的質詢與挑戰，因而更具大眾化、平民化、學術意識形態化
或政治化的鋒芒，它透露出重視差異性、非同質性、局部化等多元
文化主義的眼光，這樣在面對全球文化的對話中，找到形象學研究
的價值與意義及存在的空間。

第五節　接受理論與文學影響

　　影響的兩極是發送者與接受者，從理論上講，二者都應得到平
等的對待。但事實卻與此相反，傳統的影響研究重視了前者卻忽視
了後者，這種情況在國際比較文學界持續了幾十年，直到二十世紀
六〇年代後期接受理論興起之後，此種情形才得到根本的改觀。

一、傳統影響研究及其存在的問題

　　傳統影響研究的影響概念被不同的學者不同地表述著，但大體
而言，所謂影響指的是這樣一種情形：「一位作家和他的藝術作
品，如果顯示出某種外來的效果，而這種效果又是他的本國文學傳
統和他本人的發展無法解釋的，那麼，我們可以說這位作家受到了
外國作家的影響（influence）。」[93]對於這一概念，我們可以看
出，傳統影響研究中的重心是不同國家民族的作家作品與文學思潮
之間的關係，如果說它也包含「讀者」或「接受者」因素在內的
話，那麼它也僅僅指幾個作家或整個作家群而已，更為廣泛的非作

家的讀者群或接受群體不在其關注之列，以接受理論的眼光看，這種研究顯然是片面的。

傳統影響研究既然研究不同國家與民族的作家作品之間的影響和接受，所以就會演繹出傳統影響研究的幾個子項目：流傳學、媒介學、淵源學。流傳學從放送一極來觀察這一流程，研究影響者（某一國家或民族的作家作品）經過了哪些環節並最終作用於被影響者身上，比如美國的作家艾倫‧坡的作品與理論經過波特萊爾等人的譯介而在法國文壇上影響了一批作家的創作，從而形成了法國的象徵主義詩歌運動。而法國的象徵主義作為影響源又回返傳播，影響了世界上其他國家的作家創作，比如對中國現代詩人戴望舒、李金發等人的影響。再舉一個中國文學作品影響歐洲文學作品的例子來說，中國的《趙氏孤兒》經過翻譯傳入了啓蒙時代的歐洲，歐洲的作家們並沒有對這部來自遠東的文學作品表現出冷漠，反而是受其刺激而文興大發，於是乎不同的歐洲版的《中國孤兒》誕生了。關於這一流程，樂黛雲教授有一個歸納：啓發—促進—認同—消化變形—藝術表現，認為「這就是影響的全過程」[94]。應該說這一概括是完整的、精確的。

如果從受影響者這一極出發則是所謂的淵源學了。某一國的作家的作品出現了本國傳統和他自己的前期發展無法解釋的現象時，我們稱其受到了影響，那麼它的影響源何在呢？這就需要一個考證式的溯源工作了。這些工作，日本的大塚幸男把它概括為如下幾個方面：(1)作品——熟讀作品；(2)檢索作家日記、創作手記和備忘錄等第一手資料——尤其是一個作家的「讀書曆」往往因參見日記而越顯明晰；(3)檢查作家「讀書曆」——把作家在他一生中所閱讀的書目（尤其是外國作品，不管是原版還是譯本）製列成表並加以研究，此類記載，由於如實地記述了作家接受外國文學影響的過

程，因而是比較研究的一個珍貴資料；(4)檢閱作家給友朋知己的信件，研究作家的朋友、社交關係——作家對外國文學的了解，不能只局限於閱讀著述，我們也不能忽視他同友人交往的重要性；(5)作家出國旅行及遊記的有關資料的研讀；(6)作家生活時代進口的外國原版文學書籍的調查。[95]這些工作非常瑣碎，但在傳統影響研究看來，這卻是重要的。

除了流傳學與淵源學之外，傳統影響研究亦非常重視從影響者到受影響者之間的流傳途徑與方式，這些研究就是媒介學。其內容繁複異常，諸如翻譯、改編、借用、演出、交談、新聞報導、書刊評介、沙龍聚會、國際旅遊、學術會議、學術訪問等等都在其研究之列，凡是足以連接影響者與受影響者的各種直接的、間接的因素都受到傳統影響研究者的注意。

從傳統影響研究的這三大組成部分可以看出，其關注的重心在作家作品及其關係上，甚少涉及一國作家作品與另一國的普通接受者之間的關係。那麼，這又是什麼原因呢？

其原因應該是多方面的，但大體看來，有兩個主要的原因。

一是文學研究傳統的原因，「從文學史上說，歷來的文學研究都沒有對藝術品被接受的因素，或者說讀者的參與作用給予重視」[96]。這一結論是準確的，遠的且不說，就拿市民社會已經誕生的近現代社會的文學研究風氣來說，這一根深柢固的文學研究傳統仍然占據著主流。在比較文學誕生後直到二十世紀中期，文學研究界的主要流派有十九世紀的實證主義，以及二十世紀的俄國形式主義、英美新批評、結構主義，前者的研究重心在作家上，後者的研究重心在作品上，二者合觀，表現出非常濃厚的作家作品中心主義傾向。比較文學研究只是文學研究中的一種形式，它亦然不能超蹈於此種風氣之上，故而表現出作家作品中心主義傾向勢所必然、在所

難免。

　　二是歷史觀上的原因，這可能是更爲深層的原因。從世界史的眼光來觀察，在歷史上一直持續盛行的歷史觀是精英歷史觀，在社會歷史領域準確地說是事功領域，是英雄創造了歷史，在文學領域，是天才創造了文學史，在這一歷史觀看來，精英是作家而不是讀者，是作家的作品而不是讀者對作品的閱讀。比較文學研究拓寬了文學研究的視野，使文學研究具有了國際眼光，但是，傳統的比較文學研究（既包括傳統的影響研究也包括平行研究）並未從根本上放棄精英歷史觀，故而傳統的影響研究表現出濃厚的作家作品傾向亦是理所必至的。

　　但是，我們亦無法否認傳統影響研究在學術上的貢獻，正是因爲有了它才有了比較文學這一學科，而且它的學術文本所建立的一套學術規範至今也仍然在比較文學研究中起著巨大的作用，可以說是比較文學得以存在的精神支柱之一。與此同時，我們也不能迴避它所存在的一些問題，我們以爲正是這些問題促進了比較文學的發展和影響研究的自我更新。

　　其存在的問題之一是研究過於瑣碎，這一點韋勒克在〈比較文學的危機〉一文中指出：「把『比較文學』局限於研究兩國文學之間的『貿易往來』這一願望，使比較文學變得僅僅注意研究外部情況，研究二流作家，研究翻譯、遊記和『媒介物』。一言以蔽之，它使『比較文學』成了只不過是研究國外淵源和作家聲響的附屬學科而已。」[97]美國學者的這一反駁終於使比較文學的研究邁入了平行研究階段，使美國學派終於閃亮登場。

　　但是，影響研究也並未因平行研究的登場而壽終正寢，相反它亦在尋求著自身的變革並期待著以新的面貌出現在學界。

　　但是這一衝動不得不使傳統影響研究反思自己的歷史觀、方法

論上的諸問題，這也就是傳統影響研究的問題：過於濃厚的作家作品中心主義與精英歷史觀。而這一點上的突破是艱難的，因爲精英歷史觀太過強大，長期紮根於人們的心中，所以，沒有文學理論界、哲學界在這一問題上的突破，傳統影響研究是很難走出舊範式並進行研究範式上的轉型與自我更新的。幸運的是，哲學解釋學興盛起來了，文學理論上的接受理論崛起了，這外在的刺激終於使傳統的影響研究走向了新的階段。

二、接受理論的崛起及其基本觀點

（一）接受理論的崛起

接受理論產生於二十世紀六〇年代中期的聯邦德國，它以現象學和解釋學爲其理論基礎，對讀者的文學接受進行了深入的研究，並對其規律進行了理論概括。

提出這一理論的是原聯邦德國南部博登湖畔的康斯坦茨大學的五位年輕教授和理論家：堯斯（Hans Robert Jaus）、伊瑟爾（Wolfgang Iser）、福爾曼（Manfred Fuhmann）、普萊森丹茨（Wolfgang Preisendanz）、施特利德（Jurij Striedter），他們對持續盛行於文學史、文學理論上的作家研究、作品文本研究提出反撥與挑戰，並在文學理論上提出了一系列全新的理論觀點，一時震動了歐洲文論界，人稱其爲「康斯坦茨學派」（Die Konstanzer Schule）。

接受理論是對文學研究的舊傳統進行挑戰，堯斯指出：「文學研究朝接受美學和效果美學轉向的開端，是我的〈文學史作爲向文學理論的挑戰〉（1967）和沃爾夫岡‧伊瑟爾的〈文本的召喚結構〉（1970）。……在我看來，不是完美的語言結構，亦不是封閉的符號

系統，也不是形式主義的描寫模式這類方法，而是依靠問與答進行解釋，使創作與接受以及作者、作品、讀者的動態過程合理化的歷史學才能使文學研究翻新，才會把文學研究從淤埋在實證主義的文學史的泥坑中解救出來，才能把文學研究從為解釋而解釋，或為『寫作』的形而上學而解釋的死胡同中，從為比較而比較的比較文學的胡同中引導出來。」[98]但他們的貢獻主要不體現在「破」上而是體現在「立」上，這「立」又主要是在現象學、解釋學理論的指引下完成的，他們理論中的主要概念和論點均是從現象學、解釋學理論中轉化過來的。

(二) 接受理論的基本觀點

接受理論的基本觀點有如下幾個方面：
◆文學史是文學的接受史
堯斯在〈文學史作為向文學理論的挑戰〉中說：「一部文學作品並不是獨立自足的、對每個時代每一位讀者都提供同樣圖景的客體。它並不是一座文碑，獨白式地展示自身的超時代本質，而更像是一本管弦樂譜，不斷在它的讀者中激起新的回響，並將作品文本從語詞材料中解放出來，賦予它現實的存在。」「文學的歷史是一種審美接受與創作的過程。這個過程是在具有接受能力的讀者、善於思考的批評家和不斷創作的作者對文學文本的實現中發生的。傳統文學史所包容的無限增長著的大量『文學事實』只有透過上述過程才得以留存下來；它只是被收集起來分了類的過去，所以根本不是歷史，而是偽歷史。」[99]在他們看來，一部文學史實際上就是不同時代的讀者接受作家文本從而實現之、使之現實化的歷史，未經閱讀的文本不是文學史的有機組成部分。

◆文本與讀者的相互作用

接受理論從交往行動理論受到啓發，認爲文本與讀者之間是「主體間」的交往，文學性正是在這一交往中得以實現。伊瑟爾認爲：「文學作品有藝術的和審美的兩個極點：藝術的極點是作者的文本，審美的極點是透過讀者的閱讀而現實化。顯然，鑑於這種極性，作品本身既有別於文本，又不同於文本的現實化，而必須被置於兩者之間的某一點。它的特徵，毫無疑問，應該是眞實的，因爲它既不能被降低到文本中的現實，也不能被縮小爲讀者的主觀態度。」[100]如果說堯斯是縱向宏觀地考察了文本和讀者的相互作用史的話，那麼伊瑟爾則是橫向微觀地考察了二者之間的相互作用。接受理論在建立了文本與讀者這兩極及文學是二者之間相互作用的理論之後，就分別對這兩極進行了考察並對二者之間的作用與機制進行了研究，提出了「期待視野」論、「未定點」論與「具體化」論。

◆「期待視野」論

這一理論是從海德格的「先在結構」和高達瑪的「成見」理論中引申出來的，它認爲，期待視野存在於閱讀之前，是閱讀者頭腦中已然存在的審美標準、取捨標準。一旦進入閱讀，這一期待視野就與作者在作品中提供的潛在的期待視野發生相互作用，或者閱讀者的期待視野被校正，或者閱讀者的期待視野得以實現，一般而言，優秀的文學作品總是會校正讀者的期待視野並從而提高讀者的期待水準。從縱向看，一代讀者有一代讀者的期待視野，而這組成的序列以及它對作家文本的介入恰又構成了文學史本身。

◆「未定點」論

讀者未閱讀文本前有期待視野並且因此而影響閱讀闡釋活動，與此同時，未被閱讀前的文本亦有諸多「空白點」與「未定點」，

它亦在閱讀闡釋時發揮著其「交往」功能。這些「空白點」與「未定點」是文學文本必然出現的，因爲作家只能在文本中提供圖式化的情境而不可能提供具體而微的生活現實圖景。由於有這些「空白點」、「未定點」的存在，於是文本就存在著一個向讀者開放的「召喚結構」，它期待著讀者去填充、完善這些「空白點」與「未定點」，使之「具體化」。

◆「具體化」論

　　文本存在著「空白點」、「未定點」召喚著讀者的創造性參與，同時讀者又有「先見」與「期待視野」，當二者相遇時，「交往」活動開始，主體間的對話交流開始，經過這一番互相問答的過程，這些「空白點」被讀者補充，「未定點」被讀者具體化，而這時文本變成了活生生的現實存在。

◆垂直接受與水平接受

　　文本的存在既是共時性的，亦是歷時性的，讀者亦是如此。二者的這一存在方式決定了接受既有歷時性的接受，即垂直接受；又有共時性的接受，即水平接受。接受理論在考察這兩種接受時特別強調其「差異性」原則，即在考察垂直接受時重視時代差異，在考察共時性接受時重視個體差異。

　　當然，接受理論並不是以上六個方面可以完全概括得了的，但總的精神原則卻又基本上被以上六個方面所充分體現，這個總的精神原則即是它對讀者中心地位的強調。也由於此，它才與此前的文學理論區別開來，確立了它在西方文論史上的地位。

三、接受理論與影響研究的轉型

　　接受理論的主要理論家堯斯雖然不是比較文學方面的專家，但

他仍然關注比較文學研究的方法論問題，他亦然期待著比較文學中的影響研究有所轉型。[101]這種關注來自一個比較文學之外的學者說明了一個問題：比較文學內部的學者絕不可能對此無動於衷，最大的可能是他們受到接受理論的啓發而使傳統的影響研究走向新的階段。

　　事實上也確乎如是，在接受理論誕生後的一段時期裡，比較文學界中已有不少的學者在進行著接受研究，到二十世紀七〇年代中後期這種研究已經被提上了國際比較文學界的重要議事日程，其標誌是 1979 年在奧地利召開的國際比較文學學會第九屆大會，大會以「文學的傳播和接受」爲中心論題，對文學的接受的諸方面問題進行了廣泛深入的思考，大會的成果體現在其論文集《文學的交流和接受：第九屆國際比較文學大會論文集》中，比較文學史上的這一文化事件意味深長，它標誌著「接受」這一觀念與研究方法已深入比較文學研究者的心中，標誌著比較文學中的傳統影響研究的現代轉型。

　　在此值得指出的是，所謂接受研究僅僅是傳統影響研究的發展而已，它仍然是廣義的影響研究的一部分而不能把它與影響研究平列。樂黛雲認爲：「看來接受和影響是一個問題的兩面。」「播送者對接受者來說是『影響』，接受者對播送者來說就是接受。過去的影響研究只研究 A 如何影響 B，很少研究 B 對於 A 如何接受。」[102]其意正是如此，樂教授的標題「接受理論對影響研究的刷新」更是直接表明了這種觀點。我們同意這一思路與看法。

　　新的研究範式既已誕生，那麼關注接受研究與傳統影響研究之間的不同點便爲學者們所津津樂道。韋斯坦因寫道：「影響，應該用來指已經完成的文學作品之間的關係，而『接受』則可以指明更廣大的研究範圍，也就是說，它可以指明這些作品和它們的環境、

氛圍、讀者、評論者、出版者及其周圍情況的種種關係。因此，文學『接受』的研究指向了文學的社會學和文學的心理範疇。」[103]這一說法揭示了二者之間在精神實質上的重要區別，即傳統影響研究自囿於文學的象牙塔中，沒有向社會作廣度上和深度上的開放，而新的影響研究也即接受研究把文學和社會廣泛地聯繫了起來，透過這一研究不僅研究了文學本身，也研究了文學的土壤──社會。

韋斯坦因揭示的新的影響研究對傳統影響研究範式上革新的總精神體現了一種比較文學上的平民主義的追求，它與過去的傳統影響從作家到作家、從作品到作品的貴族化、精英化傾向是明顯不同的，這在一定意義上也體現了現代社會的基本精神走向，應該說是現代思潮在比較文學上的一個反映。[104]

但是，總的精神的轉向是抽象的，這還需要具體的研究來使之具體化。這一方面學者們做了不少的工作，取得了不俗的實績，用事實向人們昭告著傳統影響研究的轉型表現。

從傳統影響研究的眼光來看現代中國與外國文學的關係，則看到的是外國某一作家或幾個作家或某一文學思潮影響了魯迅，影響了巴金，影響了茅盾，影響了郭沫若，影響了戴望舒，……這方面的研究誠然有價值，但它畢竟只揭示關係中的一極，對另一極則淡忘了。如果從新的影響研究也即接受研究來研究這一中外文學關係，則我們可以看到更爲豐富的內容。從總體上來觀察，現代中國對外國文學的接受儘管體現了多元化的趨勢，但總的接受方向卻在寫實主義文學上，俄國的、北歐的、東歐的批判寫實主義文學作品在五四及以後被中國的廣大作家與普通讀者所喜愛。這一現象發生在中國，顯然它必然體現著當時中國的社會特徵與時代思潮，我們禁不住要問：爲什麼中國的讀者那麼樂於接受這些外國的批判寫實主義作品呢？這就不得不回到中國社會本身來回答這一問題。其

一，中國傳統社會雖然已經崩解，但傳統中國的意識形態卻又以各種現代形式表現了出來，在傳統中國，儒家的文學思想占據著中心的地位，儒家要求文學為社會而作，要求文學「刺譏時政」，要求「文章合為時而著，歌詩合為事而作」，要求士「以天下為己任」，「先天下之憂而憂」。這些傳統的思想資源必然為現代中國的讀者普遍接受這些外國批判寫實主義作品提供了歷史前提和心理前提。而且，我們還可以作深一層的觀察，即傳統中國的文學思想在面臨西學衝擊時是如何回應西方的，以及傳統在現代的命運的若干思考。透過這一觀察，我們就深化了對「接受」一方的研究，從而在一定意義上使「影響」有了另外一層的注腳。

其二，這一接受現象亦可以深化我們對現代中國社會的觀察。現代中國的讀者歡迎外國的批判寫實主義文學，又恰是現代中國的社會狀況所決定了的。五四以來的中國可謂到處皆呈亂象，它既背負著沈重的傳統，又承擔著現代轉型的重任，當此之際，社會心態、時代思潮的焦點無不在「改造中國，重鑄中國」上，而外國批判寫實主義文學正是批判社會、改造社會的利器，於是乎二者一拍即合，發生共鳴，因此而受到廣泛的歡迎與接納。所以研究中國讀者對外國文學的接受史實際上也就是在研究一部中國現代史，它可以讓我們透過文學觀察到現代中國的思想變遷。

「借他人的酒杯，澆自己的塊壘」不僅體現在中國讀者對外國文學的接受上，而且也體現在外國對中國文學的接受上，寒山詩即是一個顯例。寒山是中國唐代的一個詩僧，在群星閃爍的中國文學長河中，寒山的詩是沒沒無聞的，但是二十世紀六〇年代的美國卻對他的詩情有獨鍾，美國人為他的詩而著迷，這確乎是一個有趣的文學現象。顯然，回答這一現象的原因不能在中國找而只能在美國找。美國詩人卡利‧史耐德（Snyder）寫道：「他們的卷軸、掃

帶、亂髮、狂笑——成為後來禪宗畫特別喜歡描繪的形象。他們已成為不朽人物,而在今天美國的窮街陋巷裡、果樹園裡、無業遊民的營地上或在伐木場營幕中,你時時會和他們撞個滿懷。」[105]原來,此一時期的美國正是「垮掉的一代」的思想與行為風行,寒山詩中所描繪的穿得破破爛爛而又嘯傲社會的形象正切合了美國社會的這一思潮,故而寒山在美國大受歡迎。這一接受現象說明:接受可以見證一個國家的一個時代。

所以,對接受的研究就意味著對接受的歷史語境、現實語境、文化語境的研究,這樣一來,文學就和社會連在了一起,文學就與社會心理連在了一起,從而使文學的研究走出了象牙塔。「這樣的研究必然要和文學社會學的方法緊密結合起來。……從接受方面來看,為什麼某些作品受到歡迎,而某些作品受到排拒?為什麼某些外來作品受到某一讀者層的歡迎?為什麼偵探、言情、科幻和一些情節離奇的外來通俗小說總能被廣大讀者所樂於接受?社會的其他因素(例如政治哲學思潮、民族意識、傳播媒介等)對外來作品的接受會產生怎樣的影響?」[106]這顯然與傳統影響研究大有不同。

從接受的眼光來觀察,還可以研究一部作品被不同的國家接受時產生的差異性,而對這種差異性的研究又可為研究不同國家和民族的文化、性格、民族心理提供佐證。而且,研究一國文學作品在外國的接受又可與此文學作品在本國的接受進行比較,從而更深刻地理解域外文化與本民族文化的個性,更好地理解不同民族的社會特徵與民族性。

文學接受把文學與社會聯繫起來,這種聯繫既可是橫向的,亦可是縱向的,橫向可以考察社會的當代狀況、當代審美趣味,縱向則可以考察一民族的社會變遷與社會的心靈史。如考察中國近現代對外國文學的接受史時,可以用統計的方法把各個時期的接受數量

大體地計算出來，而這種數量的變化則反映出心態的變化，從而可以從一個側面反映出中國社會對西學的態度，並從而爲中國近現代史的研究提供一個新的向度。再者，亦可以從近現代中國人對西方各國文學接受重心的轉移上考察中國社會的思想變遷，從英法文學的接受轉向大量接受俄蘇文學，這不僅僅是一個文學事件，顯然，它亦是一個思想史上的事件。中國對西方文學的接受史有這樣的功能，顯然其他國家對外國文學的接受史亦具備這樣的功能，有學者指出美國「由於多民族混居的社會結構和多元文化的現實，造成了不同民族的讀者層主要接受來自同民族的外來文學，而在相當程度上排斥來自異民族的外來文學的情況，早期的美國主要接受的是英國文學，隨後加入了法、德、義、西、俄等歐洲諸民族的文學，十九世紀之後又加入了亞、非、拉美諸民族的文學，不同民族文學被美國的接受表現爲一個複雜的相互同化又相互排斥的運動過程。這一過程一方面說明美國民族心理是一個多元化的結構，另一方面，也說明她還缺乏形成一個統一的民族精神的內聚力」[107]。這是很有說服力的論斷。

文學接受是一個綜合性的過程，其中既有社會性的一面，也有文學性的一面，社會性層面上的接受前已備言，就文學性層面上接受而言，它又有若干個層面，既有宏觀的層面，又有微觀的層面，既有文學作品接受的層面，又有文學觀念、文學理論接受的層面。對這些層面的考察，有助於理解一個作家的風格變遷史，有助於理解一個民族文學觀念體系的變遷史。

就宏觀的文學觀念、文學理論接受而言，中國近現代之交是一個極好的例子，在這個時段上，傳統的文學觀念與文學理論與西來的文學觀念與文學理論有著一場競爭，但此一時期中國知識份子大多西向，「西方理論代表普遍眞理的觀念」已經「深深地植根於中

國知識份子的心中」[108]。結果自然不言而喻，傳統文論知識樣式
解體，而西方文學理論的知識樣式遂風行中國以至於今，造成中國
文論界在二十世紀的失語。所以，認眞地考察這一時期中國知識份
子對外來文學觀念、文學理論的接受史有助於反省中國文論的理
論，有助於理解中國文論在二十世紀的命運，也有助於爲重建中國
文論話語提供歷史的經驗教訓。

　　就微觀的文學作品的接受層面而言，我們可以透過這一考察觀
察到一個作家所寫作品風格的變遷史，某一作家在未接受外國文學
的影響前，其作品可能是某一種風格，在接受外國文學作品影響後
就可能風格爲之一變，就是在這之後，我們亦可考察他在不同時期
對外國作家作品的不同接受而繼續考察之。這樣，一個作家對外來
文學的接受史就與其風格史之間可能建立起某種關聯，從而使對該
作家的研究邁向新的高度。如果對某一作家的接受及其接受轉向的
原因展開研究，則又可發掘出更多的內容。

　　再者，如果考察不同作家對某一位外國作家作品的接受狀況並
對此進行比較，又可對各個作家的個性與風格達到具體而微的把
握，「五四時期，許多作家從不同角度接受了印度詩人泰戈爾的影
響。郭沫若接受泰戈爾的泛神論，從泛神論中吸取了追求個性解
放、反抗封建的力量，但他的詩歌的基調仍是灼熱的；冰心也接受
了泰戈爾的泛神論，卻造就了一片平和恬淡的情調；王統照明顯接
受泰戈爾的『愛的哲學』，他的詩追隨泰戈爾崇尙自然、追憶童
心、探索人生，但卻朦朧晦澀，與冰心不同，徐志摩和泰戈爾的交
往更深，他從浪漫主義的角度來接受泰戈爾，作品顯得清新明快，
縹緲空靈。」[109]樂黛雲的這一番話頗能說明這一問題。

　　這樣一來，文學性在接受研究中又得到了具體的落實，這與傳
統影響研究偏於對文學的外在事實的考證風格又區別了開來。

以上兩端：一端是文學接受重視文學與社會歷史的關係，一端是重視文學性、審美性，都是接受理論影響下傳統影響研究轉型的表現，從此可以看出，轉型後的研究拓寬了領域，確爲影響研究找到了一條康莊大道。

就目前的研究界而言，大多數比較文學的學者都很重視文學接受的研究並且得出了一系列的成果，但是，傳統影響研究的路徑與方法也沒有過時，仍然爲學者們所廣泛採用。看來綜合運用二者的方法論已成了學界的共識。

第六節　文化過濾與文學誤讀

比較文學實質上是透過不同國家、民族的文學、文化的比較「說明一個民族與另一個民族在文學發展方面的共同點和類似之處，而且指出其差異的方面」[110]，從而達到文學交流、文化交流的目的。正如羅素指出的：「不同文化之間的交流過去已被多次證明是人類文明發展的里程碑。希臘學習埃及，羅馬借鑑希臘，阿拉伯參照羅馬帝國，中世紀的歐洲又模仿阿拉伯，而文藝復興時期的歐洲則仿效拜占庭帝國。」[111]文學交流是在主客觀的相互關係中進行的，交流主體和交流客體相互作用、相互補充、相互運動，構成雙向活動的關係和互爲轉換的關係。因此，比較文學不僅應在比較中確立不同的國家、民族的文學、文化的各自特點和作用，確立異質中的普遍性、共同性、相似性，而且應在比較中確立文學交流、文化交流的可能性和必要性，確立交流雙方的主體性和主動性。也就是說，在比較文學視域中的文學交流除交流主體具有主動性、主體性、主位性之外，交流客體、訊息的接受者雖處於客體位

置,但也具有一定的主體性、主動性,也就使文學交流中存在著文化過濾和文學誤讀現象,存在著文學交流客體主體化、主動化的現象,當然也存在著交流關係形成、交流活動形成、交流結果形式形成的社會、歷史、時代背景的影響現象。文學交流對於接受者而言最富於主體性的就是文化過濾和文學誤讀,他們分別從接受的社會背景與個體背景的角度提供社會選擇和個體選擇的可能性和必然性,從而進一步確立了接受的主體性。

一、文學交流中的文化過濾

任何文學交流對於交流客體而言或處於交流關係中的接受者而言,都應有一個文化過濾的過程或經過文化過濾才能交流。因而文化過濾是文學交流的必要過程,也是文學交流的必然前提和條件。

文化過濾指文學交流中接受者的不同文化背景和文化傳統對交流訊息的選擇、改造、移植、滲透的作用。也是一種文化對另一種文化發生影響時,接受方的創造性接受而形成對影響的反作用。正如韋斯坦因指出的:「在大多數情況下,影響都不是直接的借出與借入,逐字逐句模仿的例子可以說是少之又少,絕大多數影響在某種程度上都表現爲創造性的轉變。」[112]這種創造性轉變其實就是文化過濾的結果。任何文學交流本質上就是在文化過濾的基礎上進行溝通、聯繫的活動。因而處於文學交流活動中的文化過濾現象應引起我們的重視,使之進入學術研究的領域。

(一)文化過濾因素滲透在文學交流活動的始終

文化過濾是文學接受的必需要素,任何接受都不可能是全盤接受,而是經過文化過濾的接受,在文學接受的所有階段都會不同程

度地存在著文化過濾現象。

在文學交流活動中，交流主體首先發出交流訊息，透過文學這一媒介而傳入讀者，從而形成交流關係。而處於接受角度的讀者透過閱讀文學來接受訊息的時候，文學接受中的交流活動開始；同時也是交流活動中的接受開始，文化過濾也就開始。正如金絲燕指出的：「接受本身就是批評。每一次接受，接受者都有意無意地作了選擇，而文化框架在文學接受中默默起著過濾作用。」[113]可見任何文化接受都會有文化過濾因素的，都免不了文化過濾對接受的限制和規範，免不了對異質文化的影響產生積極作用。

交流活動中的文化對另一種文化發生影響，一方面是發送者文化對接受者文化的強制性文化灌輸或潛移默化式的文化滲透，它往往是由發送者文化的傳播者主動帶入接受者文化地區的。另一方面是接受者因文化需要而主動向發送者文化學習並選擇適合於自身文化發展的內容來接受異質文化的。因此，無論是發送者文化的主動介入還是接受者文化的主動接受，都會受到接受者自身的文化滲透和文化過濾影響。當然，文化過濾針對以上所言的兩種情況，也分別有兩種不同的文化過濾方法和效果。針對發送者文化的主動傳播，接受者文化一方面可能會採取保守主義態度，以維護民族文化的名義來抗禦異域文化的侵入和傳播。即使是抗禦失敗或艱難曲折的防範，也難以阻遏異域文化的侵入和傳播，接受者文化也被迫在接受的情況下，將文化過濾作為自身民族文化的防禦武器，使文化接受受到一定限制，使文化接受不同程度地成為文化過濾後的接受。另一方面，接受者文化面臨發送者文化的侵入時也有可能採取被動接受的態度。接受者文化的被動接受也不可能是純粹的「被動」和全盤的「接受」，總是或多或少的對接受的訊息進行文化過濾的。雖然接受者文化在強權文化面前難以進行選擇，也難以表達自

己的需要；但其文化傳統和文化基因都會作爲一種集體潛意識發揮作用，從而影響和限制異域文化對自身民族文化的侵入和傳播。

接受者文化主動向發送者文化學習，主動選擇接受發送者文化對自身民族文化的影響，這既是一種文化開放的積極態度，也是民族自信心、民族進取心的表現。接受者首先是帶著自身發展的需要去接受異質文化的，是帶著交流、互補、發展的目的去主動學習異質文化的。其次是透過文化過濾而對異質文化進行辨別、選擇、揚棄，就像用篩子篩過一樣。再次是透過文化交流使發送者文化與接受者文化能有機結合，使發送者文化能融合於接受者文化中，也使發送者文化訊息中能融入接受者的文化過濾因素。最後是接受者應該充分發揮出主體性，作爲接受主體去主動、積極地接受，以便發展自身的民族文化。因而，接受者的主動積極的接受，使文化過濾的作用和地位更爲顯著；同時也使文化過濾能在接受活動中集中表現出來。

王國維的〈紅樓夢評論〉被認爲是首次運用西方文藝理論方法研究和評論中國文學名著的典範，其《人間詞話》也被譽爲中西文化交流的最重要的成果。其實王國維對康德、叔本華、尼采的接受也是在中國的語境和「期待視野」的文化過程中有所選擇和改造的。而且在其著作中，康德、叔本華、尼采思想已中國化、本土化，融通而不露痕跡。這可從王國維認爲《紅樓夢》的精神價值就在於切中了人類同爲之煩惱的問題——欲望和解脫，實現「在描寫人生之痛苦與其解脫之道，而使吾儕羼生之德，於此桎梏之世界中，離此生活之欲之爭鬥而得以暫時之平和」[114]，其目的和在《人間詞話》中以「境界」爲核心來建設其理論體系、以詞話作爲批評理論的文本形式中一致。也就是說，王國維對外來文化的接受是採取文化過濾和文化融通的態度，從而經過文化過濾使其本土

化、民族化的。

（二）語言翻譯過程中的文化過濾

　　文化過濾表現在文學交流活動過程中，當然也就具體表現在語言轉換，亦即文學翻譯的過程中。一種文化之所以得以獨立，就是因為它有自身的特點和本質規定，其中重要的因素之一就是語言。文化藉語言而表達出來，語言是文化的載體和表現形式。因而，過去文化不能交流溝通，文化不能傳播，其中一個重要原因就是語言阻礙。文化交流首先是語言交流，語言不交流，文化難以交流。因而文化交流首先要打破語言的障礙，使語言成為交流的媒介、工具，成為一種溝通的、共通的文化。語言交流和溝通必須依賴於翻譯。比較文學學科中專門設有譯介學。翻譯也是一種比較，也是一種交流。翻譯不僅是兩種不同文化內涵的異質語言的比較，而且也透過語言進行異質文化的比較。翻譯無論是直譯還是意譯，都離不開文化背景和語境，從而使翻譯必須透過文化過濾。一種語言轉換為另一種語言，不僅在語言的轉換中存在著文化過濾的過程，從而使譯文的語言帶有本土語言的特徵以及語言所表徵的文化特徵，而且在語言的轉換中又進行了文化轉換和文化交流。因為譯者作為接受者，首先必須對翻譯對象的語言和文化進行綜合的認識和把握；同時在譯者的接受中也帶有譯者的自身民族語言、文化的特徵，從而在翻譯過程中使譯文經過了文化過濾，使本身民族文化滲透於譯文之中。譯文也就成為文化過濾的產物和文化交流的產物，譯文也就成了比較文學和異質文學、異質文化的接受的結果和成果。翻譯除在語言上體現了的文化滲透因素外，還存在著翻譯者的文化視域對文化的選擇從而體現出文化滲透的作用。近代梁啟超在鼓吹「小說革命」、「詩界革命」的同時，也主張中西文化交流，其重要措

施就是翻譯，他在〈大同譯書局敘例〉中指出：「譯書眞今日之急
圖哉」，「故現今不速譯書，創所謂變法者，盡成言意。」[115]可
見，梁啓超提倡「譯書」的目的是爲了「變法」，因而在翻譯中文
化的選擇，同時也會在翻譯中存在著明確的功利性和實用性，使翻
譯的全過程，包括選書、譯書、結果、影響，都貫穿文化滲透的因
素。

（三）接受者對異域文化的接受過程

接受者對異域文化的接受實質上是對譯文的接受。接受者接受
的是已經過文化過濾的譯文，而不可能是純粹的、原汁原味的異域
文化，也不可能是與本民族文化毫不相關的，或者對立的文化。因
此，接受者接受的承載於譯文上的異域文化，其實已具有本民族的
接受者很容易從語言中體認或認同的本民族的語言及文化因素，也
很容易從語言所承載的文化中體味出本民族文化的滲透。同時，接
受者自身的文化素質、文化修養和接受者所處的社會文化環境和氛
圍，都形成了一定的解讀語境和應用語境。接受者的接受都是經過
文化過濾的接受，接受者在接受中交流都是經過文化過濾的交流，
接受者在接受中的文化過濾無論是自覺的還是不自覺的，無論是有
意識的還是潛意識的，無論是直接的還是間接的，都會不同程度地
表現在接受過程、接受結果、接受效果上，也不同程度表現在接受
者的接受動機、需要、目的的設置上。文化過濾不管是有意的還是
無意的，都應視爲接受主體的一種主動積極的行爲，視爲接受者的
主體性的表現。

由此可見，接受過程中的文化過濾是伴隨全過程的。首先從譯
者的接受開始，譯者對異域文化的接受中就經過了文化過濾，從而
使異域文化成爲譯者視野中的異域文化。其次譯者透過翻譯過程，

將異域語言和文化轉換為本土語言和文化的接受過程，也是文化過濾過程，本土語言和文化影響、限制了翻譯過程、結果和效果，也決定了翻譯的需要、動機和目的，最後為本土接受者對譯文承載的異域文化的接受中透過文化過濾，最終達到文化交流、文化溝通、文化互補、文化發展的目的。因此，文化過濾將接受者的主體性充分發揮出來；同時也使異域文化透過交流、溝通與本土文化聯繫起來；更重要的是將異域文化和本土文化一方面推向世界文學，在全球化一體化的語境中融合，另一方面將其推向多元化、個性化、多樣化的文學世界。

二、文化過濾內容的多層構成

文化過濾的內容是豐富多彩的，組成了一個多重因素構成的整體結構，因此，文化過濾是多方面的、多層次的、多角度的。從文化過濾所實施的發送者構成來看，主要有四個方面。

（一）歷史內需與文化過濾

文學影響的發生需要一定的土壤，正如一顆種子丟在地上必須要有適當的土壤和氣候才能發芽成長一樣。

社會發展的「歷史內需」規定著具體文化形態，並決定著在歷史舞台上活動著的個體人的思想和行為指向。外來文學影響的發生，從歷史發展角度看，絕不是一種偶然和孤立的現象，而是有著其深刻原由和其歷史的必然。也就是說，能否接受外來文學的影響首先是受到該國文學文化現實「語境」的制約。必須說明，一種文學在一個國家可能得到廣泛的介紹，但並不一定會產生很深的影響，中國文學在十八、十九世紀，在英國譯成英文的篇目數量及品

質都遠遠好於在美國的情況，可中國文學在英國的影響的確就十分有限；而在美國則不然，這當然可能要涉及到另一個問題，就是關於一種文化的結構模型問題。但應當指出，研究文學影響與接受而不探討具體文化體系中的相關因素，要想得出不流於表面的深刻結論，是難以想像的。

研究文學影響的文化過濾，實際上就是研究文學接受，而按照韋斯坦因的說法，「文學『接受』的研究指向了文學的社會學和文學的心理學範疇」[116]，他還進一步指出，文學的接受研究「要求對政治和社會的因素在形成文學原則過程中的作用作細致的探討」[117]。我們所強調的文學影響的產生首先源於一種文學對另一種文學的內在需求，是一種文化選擇，這顯然是基於中外文學之間大規模的相互影響和接受的歷史事實。眾所周知，中外文學之間大規模的相互影響往往產生於文化轉型時期。所謂文化轉型時期「是指在某一特定時期內，文化發展明顯產生危機和斷裂，同時又進行急遽的重組與更新」[118]。在文化轉型期這一特殊的「現實語境」下，文化發展產生了危機，而此時借助適應於自己的外來文化進行「重組」甚至「顛覆」原有文化傳統就自然成了一種重要的文化策略。中國近現代文學發展史上對外來文學的借鑑是一個家喻戶曉的例證。鴉片戰爭以來的內憂外患，把中華民族推上了民族生死存亡的緊要關頭，救亡圖存就當然是一個落在全民族肩上的重任，在經歷「中體西用」試驗失敗後的中國知識份子把目光轉向了學習西洋文化之上，而西洋文學又自然是西洋文化的重要成分，不少近代先知漂流海外，其目的就是研習西洋文學。西洋文學大批地被翻譯介紹到了國內。當時的「現實語境」之所以對西洋文學而不是其他文學產生「內需」，是因為時代對西洋文化先進性的認可；文學家希望借用西洋文學「改造國民劣根性」、「重鑄國民靈魂」。林琴南對西

洋文學的翻譯在今天很多譯學界專家看來可能是「誤譯」、「亂譯」的絕妙例證,但若從中外文學影響的歷史向度來考察,他的意義卻非同小可。從 1899 年出版譯作《巴黎茶花女遺事》起,他一生共譯了英、法、美、日、德、俄、比利時、瑞士、希臘、西班牙、挪威等十一個國家九十八位作家共一百六十三種作品(不包括未刊印的十八種)。[119]其中,所譯英國小說最多,共五十九人一百部作品。他譯西方列強之小說,從根本上講,是一種歷史選擇,反過來說,中國在當時接受西方列強之小說,是一種「現實語境」的文化選擇。林紓在民族危機日益深重的歷史背景下,對其譯介西洋文學的目的有著十分清醒的認識。他譯《黑奴籲天錄》,「且泣且譯,且譯且泣,蓋非僅悲黑人之苦況,實悲我四百兆黃人將為黑人續耳」。他譯書的目的是「使吾國民讀之,用以為鑑,力臻於和平,以強吾國」[120]。他多次在譯序中重申:「歐人專在維新,非新不學,即區區小說之微,亦必從新世界中著想,斥去陳舊不言,若吾輩酸腐,嗜古如命,終身又安知有新理耳。」[121]林譯小說,可以說揭開了中國近代大規模接受西方文學的序幕。中國新文學的奠基者和重要作家幾乎都接受過林譯小說的影響。周作人回憶說:「我們對於林譯小說那麼熱心,只要他印出一部來,到東京,便一定跑到神田的中國書林去把它買下,魯迅還要拿到訂書店去改裝硬紙板書面。」[122]郭沫若在《我的童年》裡說:「林琴南譯的小說,在當時是很流行的,那也是我所喜好的一種讀物……林譯小說對我後來的文學傾向上有決定性影響的是 Scott 的 *Ivanhoe*;他譯成《撒克遜劫後英雄傳》。」[123]林譯作品不僅在主題選擇上受到當時語境的制約,選擇「警醒國民」的作品,而且他譯的作品在體裁的選擇上也受到當時語境的制約,即易懂易傳播,同時代的黃遵憲對小說之用曾作如此精闢論述:「若小說家言,更有直用方言以筆之於書

者,則語言文字幾幾符合矣。……嗟夫,欲令天下之農商賈婦女幼稚皆能通文字之用,其不得不於此求一簡單之法哉。」[124]康有爲說:「僅識字之人,有不讀經,無有不讀小說者。」[125]1897年,嚴復、夏曾佑發表的〈本館附印小說緣起〉指出:「且聞歐美東瀛,其開化之初,往往得之小說之助。」西方文學除了小說之外,當然還有精美的詩歌、雋永的散文和宏大深沈的戲劇,但由於其不適合於中國當時之語境而被「忽視」了。由此觀之,在文學影響接受這一互動過程時,「現實語境」無疑起著至爲重要的文化過濾作用。

如果說中國近代接受西方文學影響更多是受著社會和政治的「語境」的制約,是一個極爲特殊的情況,那麼,美國新詩運動中大規模接受中國古典文學的影響則可證明,我們所說的「現實語境」同樣還包含文學傳統發展的「現實語境」。J‧T‧蕭就曾明確指出:「文學形式與美學情趣一旦落伍時,作家們就可能從本國文學過去的表現形式中去尋求適應眼前需要的答案;他們也可能向國外探索,去發現能表現和滿足他們的文學意願的東西。……一般說來,國內外相互對立的文學運動和代表人物會在這時同時出現,各種不同的、可能被吸收的國外影響會紛至遝來。」[126]這裡的「眼前需要」當然就是「現實語境的需要」。近年來,大陸學者對美國本世紀初以意象派爲發軔的聲勢浩大的新詩運動有了較爲深入的研究。[127]這些研究不僅大致疏理了中國文化特別是中國古典詩歌與美國新詩運動的事實聯繫,更重要的是,從文學影響的角度,證明了「現實語境」對外來文學影響的文化過濾。十九世紀末二十世紀初,美國詩壇受到所謂「高雅派」詩人的控制,他們以模仿英國詩爲能事,而他們所模仿的,也只是維多利亞式浪漫主義的末流,無病呻吟,專事雕飾,詩風綺麗,是「一個可怕的肥料堆。」[128]於

是以龐德為首的一大批詩人開始另闢蹊徑，尋求詩歌發展之新路，龐德在經過向法國普羅旺斯詩歌學習之後，他終於找到了自己的知音──中國古典詩歌。他說：「費諾羅薩手稿來時，我已為此作好準備。」[129]退一步說，即使龐德接觸中國詩有其偶然性，就整個美國新詩運動而言，則沒有偶然性，而是其文學自身內部發展到某種階段的一種必然選擇。美國詩人不僅把中國詩視為反對裝腔作勢的浪漫主義的武器，而且還把中國詩視為「現代得出奇」的詩歌類型。[130]傳統性極強的中國詩歌怎麼會在新詩運動詩人看來無論是題材還是風格都「充分具有現代意識」，這倒是一個饒有興趣的話題。不過，至此，美國新詩運動借鑑中國古典詩歌乃出自於其自身「語境」的根本需要這一點，我們似乎已較為明確。

（二）傳統文化因素與文化過濾

　　前面談到，一種文學影響的產生總是以某種特定「現實語境」為前提的，但這並不意味著，一旦擁有了一種「歷史需求」，某種外來文學就可以被完全地接受。情況恰恰相反，任何外來文學要想進入本國文學都必須經受本國文化傳統的「規範」和「篩選」，而這種「篩選」和「規範」就是我們所謂的「文化過濾」。有時，經過本國文化傳統「篩選」和「規範」的外來文學甚至可能變得「面目全非」或者失去了它原來最為優秀的成分，這也是值得研究者注意的。傳統文化因素對外來文學的「過濾」是多方面的、多層次的，甚至有時可以說是複雜難辨的，譬如有思維模式的、倫理道德的、文學樣態的等等；有人說，文學接受實際上就是對被接受對象文學的改造，這話有一定道理。按照接受美學的觀點，任何接受的發生都必須以接受者的歷史文化積澱為背景，一個民族文學對外來文學的接受也同此理。民族文化傳統的「先結構」規定著接受者的

「接受螢幕」和「期待視野」。如果從文學文本的角度看，一種外來文學文本從主題到形式在遭遇本國文學時必將受到培育本國文學的文化傳統的「過濾」。波埃爾‧布林迪厄關於「文化習性」的觀點，可以對此做出解釋：人們總是按照自己的文化習性和生活做出選擇，文學命題也不例外。另外，每一種文化生態系統都有一種天生的自我保護本能，正如自然界的一切動物都具有天生的自我保護本能一樣。當然，如果我們暫時拋開這些較爲複雜的話題，而僅從文學傳播的角度看，也可得到一些啓示。文學傳播者（主要爲譯者）爲了使一種文學文本能在另一文化系統內被接受，總是千方百計地使其「順應」該文化體系的某些規定，當然，他這種「順應」首先就是他站在民族文化立場上對外來文學的一種「綜合選擇」或「過濾」，本族文化傳統的倫理價值觀、文學傳統，乃至當時所處的時代背景都成爲他「過濾」外來文學作品的理據。

中西兩大文化傳統在倫理道德觀、人生觀、自然觀等上都存在著巨大的差異，而這些差異又來源於中西方人不同的生活方式和價值追求。在文學傳播和交流中，這「不同」自然會導致「衝突」的產生。文學接受的產生則是對這「衝突」的策略調解的結果，在「調解」時接受者對源文化所含蘊的「異種觀念」必然進行某種程度上的「改造」與「變形」。譬如，中西在對待兩性之間關係上有著根本不同的觀念，而這種觀念又特別在文學作品中表現出來。西方至今很多人對一個青年異性的評判標準常只用一個字「sexy」（性感），而中國人至少在表面上或在言談時很難認同這一標準。朱生豪譯莎士比亞名篇《羅密歐與茱麗葉》中對原文的「改造」翻譯可視爲一個例子。原文中有這樣兩行：

He made you a highway to my bed;

But I, a maid, die maiden-widowed.

茱麗葉希望夜幕早早降臨，好讓她的心上人藉著夜色透過軟梯爬上她的閨房，在流亡前與她共度一夜良宵。她此時手裡拿著尚未打開的軟梯，心裡焦急萬分，同時又感嘆人世艱難，有情人難成眷屬。朱先生的譯文爲：

> 他要藉你做牽引相思的橋樑，可是我卻
> 要做一個獨守空閨的怨女而死去。

朱先生的譯文難免讓人想起中國「鵲橋相會」的古老傳說，「牽引相思的橋樑」作爲文學語言當然是可以理解和接受的，但朱先生對原文的「改造」確給我們一些啓示。若按原文本意應爲：

> 他本要藉你做捷徑，登上我的床；
> 可憐我這處女，活守寡，到死是處女。

蟠溪子翻譯的《迦因小傳》也反映出接受者的道德倫理觀念對文學翻譯的「過濾」。譯者爲了不與中國傳統的道德觀念相悖，故意將原作描寫男女主角兩情繾綣、未婚先孕等情節統統刪去。節譯所塑造出來的主角與原著相去十萬八千里。類似的情況至今依然存在，如薄伽丘的名作《十日談》和勞倫斯名作《查泰萊夫人的情人》，由於道德倫理方面的原因，有時只能有它們的節譯本公開出版。

一個民族的文學閱讀習慣趣味也嚴重地影響著他們對外來文學的接受。我國早期翻譯家伍光建譯法國大仲馬的《俠隱記》（現譯《三劍客》）時，壓縮了大量的景物描寫，因爲中國歷來傳統小說景物描寫較少，照原作譯出，恐怕讀者不易接受。這樣一來，原作的

豐富性、複雜性也大大削減，原作的民族文學特徵（景物描寫與心理刻畫）也大打折扣（林琴南譯《茶花女》、馬君武譯《復活》等都在不同程度上有此類「過濾」）。清末譯家周桂笙譯的法國作家鮑福的小說《毒蛇圈》又是另一例子。他將原作改寫爲中國的章回小說模樣，把原作分爲幾十回，並爲每一回都擬了一個章回體標題，如「笑娃娃委曲成歡、史太太殷情訪友」、「幾文錢夫妻成陌路，一杯酒朋友托交情」等，以及每回結尾處的「未知後事如何，且待下回分說」等均屬對原作的「改造」，使之在小說樣態上儼然是一部道地的中國傳統小說。嚴復譯的《天演論》在中國近代翻譯史上享有十分崇高的地位，嚴復被稱爲「中國近代翻譯第一人」，他提出的「信、達、雅」翻譯標準至今仍然爲譯界推崇；但他譯的《天演論》——即赫胥黎 1893 年在牛津大學作的最後一次名爲「進化論與倫理學」的講座——首段爲：

> 赫胥黎獨處一室之中，在英倫之南，背山而面野。檻外諸境，歷歷如在几下。乃懸想二千年前，當羅馬大將愷撒未到時，此間有何景物。計惟有天造草昧……數畝之內，戰事熾然。強者後亡，弱者先絕，年年歲歲。

譯者不僅已將原作的第一人稱改爲了第三人稱，這樣似更合乎中國接受者的閱讀習慣，而且譯者在此開篇之章之翻譯應該說是他的「創造」，爲了讀者接受方便而進行的。

近代英國著名漢學家 A・翟里斯（Giles, 1845-1935）翻譯的漢詩均譯成了道地的英文雙韻體詩，他似乎忘掉了漢詩嚴格的律韻，如譯唐代張籍的雜言詩〈節婦吟〉「君知妾有夫，贈妾雙明珠。感君纏綿意，繫在紅羅襦。」

翟里斯譯爲：

Knowing, fair sir, my matrimonial thrall,
Two pearls thou sentest me, costly withhal,
And I, seeing that love thy heart possessed,
I wrapped them coldly in my silken vest.

　　原詩的語句、韻律經過西化，變成了雙行押韻，五步抑揚格，即英語詩歌傳統中的「英雄雙韻體」。而中國五言詩之形式的原貌早已不復存在。因而，對文學文本樣式的「改造」不是外譯中才有，而是文學傳播中的一種普遍現象。

（三）文化心理結構與文化過濾

　　當作品和讀者首次遭遇之時，首先起作用的是讀者的「接受螢幕」。所謂「接受螢幕」是一種內化了的文化心理結構，它是指讀者由於其文化傳統及特定的個人經歷而構成的知識背景，包括其文學修養、知識水準、個人志趣等。而這一「接受螢幕」的決定因素很顯然就是接受者的心理文化結構。「接受螢幕」決定了哪些外來文學作品可能會在接受者哪裡被接受或者被排斥。一般認為，在異質文化的文學交流之中，文化間彼此的獨特個性或曰特質正是被拒斥或不能引起共鳴之處，正如中國文化的根本象徵物龍的形象在西方是難以理解的，因為西方文化傳統視龍為禍為害為惡，而中國文化傳統裡視龍為貴為福為善。這是眾所周知的。因而，不同文化系統的讀者顯然有不同的接受螢幕。這種不同，從整體上講，反映了人們的集體潛意識和人們共有的心理文化結構，這一點在比較文學領域已有了較為充分的研究。但是集體潛意識與一個文化系統的文化心理結構並不可能脫離個體而存在，也就是說，一個文化系統的集體潛意識和人們的文化心理結構總是透過個體表現出來的，這個

從哲學上講，就是一般與特殊的關係；而特殊的個體因其自身的「nature」的特殊性而具備了獨特的「接受螢幕」；他對外來文學的接受與拒斥才是有跡可循的，才能對影響研究提供有說服力的眞實材料。這是特別值得重視的。

縱向的文化傳統與橫向的個人因素交織構成的接受者心理文化品格在遭遇外來文學作品時表現爲「自主選擇」地認同和接受或拒斥外來作品，而任何一種重要或深刻的影響都必須是以接受者的「潛在」需求爲前提的。盧卡奇曾對此有過精闢的論述，他說：「任何一個眞正深刻重大的影響是不可能由任何一個外國文學作品所造成的，除非在有關國家同時存在著一個極爲類似的文學傾向——至少是一種潛在的傾向。這種質的傾向促成外國文學影響的成熟。因爲眞正的影響永遠是一種潛力的解放。」[131]

美國的意象派詩人龐德在接受中國古典詩詞之前曾專門學習過法國詩歌和日本詩歌，但當他發現古漢詩時，他才終於找到了自己一直尋求的東西。中國古典詩歌重視意象、生動、簡練、清朗、恬淡的詩風，常被稱爲「零度詩」；那種不說教、不判斷的語言，那種寓激情於清靜的簡約美學，正合適龐德的「期待視野」。龐德在《漢詩譯卷》中譯了李白的〈玉階怨〉：「玉階生白露，夜久侵羅襪。卻下水晶簾，玲瓏望秋月。」並在譯詩後加以注釋說，這是一首等待的詩，而且等待了很久，但自始至終沒有說出等待和責備的話。這是令龐德最爲讚賞的。他自己寫的被稱爲意象派登峰造極之作的〈在地鐵車站裡〉的兩行詩，就被認爲是用英語寫的中國詩。當然，另一個或許更能說明問題的例子便是當代美國詩人史耐德對中國唐代詩人寒山的「選擇」。研究顯示，寒山之所以能在美國產生廣泛深刻的影響首先應歸功於史耐德，而寒山對史耐德之所以能產生影響，最根本是其兩人在精神上的相通和契合。

　　由於接受者的心理文化結構不同，即使在同一作家面前，他們
所接受的東西是不一樣的，例如泰戈爾在中國的接受過程中，郭沫
若接受其泛神論，從泛神論中吸取了追求個性解放的思想；王統照
接受的是他的「愛的哲學」，他的詩追隨泰戈爾的崇尚自然；徐志
摩和泰戈爾的交往更深，他從浪漫主義的角度來接受泰戈爾，使作
品顯得清新明快，縹緲空靈。這是每一個比較文學者都熟悉的例
證。法國啓蒙運動領袖伏爾泰對《趙氏孤兒》的改編與創造在西方
轟動一時，這實則是他追求「中國靈魂的一種努力」。

（四）語言差異與文化過濾

　　二十世紀二、三〇年代俄國形式主義的興起，從根本上打破了
以前文學研究的傳統，認爲文學評論者應去探索文學自身的特性與
規律，也就是研究作品的語言、風格、結構等形式上的特點與功
能，提出極端的「形式就是意義」的觀點。但若從某種角度看，
「形式就是意義」這一觀點並無多大過錯，尤其是現代作家的作品
如Stein、Williams、Cummings等。但是，重視對文學文本包括語
言因素的研究，確爲比較文學中的文學傳播與影響研究提供了新的
視角。因爲，不同民族文學間的相互影響，總體上講，是需要經過
翻譯這一特殊媒介的，而翻譯就意味著不同語際間的語言符號的轉
換。語言不僅表述著一個民族的文化內容，而且語言本身就是一個
民族文化的重要組成部分；或者可更直接地講，任何一種語言都是
一個包含深刻文化內容的系統，它的內涵和外延都有十分嚴密的邏
輯規範。任何一種翻譯都無法完整地再現這種邏輯規範，都是對原
語言內涵的一種損害和破壞，這是較爲極端一點的說法。不過，語
際間的轉換不可能完全「等值」進行，這一點已基本上成爲學術界
的共識，很多時賢學人已有較爲深入乃至深刻的論述[132]，筆者在

此不再贅述，而僅從以下兩個方面為本題作一些闡述，試圖說明：因文學傳播和影響需要翻譯這一過程，而翻譯就是語際間語言代碼的轉換，由於語言代碼轉換必然造成一種文化上的「缺失」或「增添」，故而，在研究不同民族文學之間的影響時，語言差異造成的「文化過濾」就成了一個不是可有可無，而是必須首先考慮的第一要素。換句話說，在文學翻譯中，語碼轉換的過程就是「文化過濾」的過程。

語言符號的文化內涵主要受到「文化語境」的制約，當換成另一種「文化語境」中的語言符號時，原語言符號的文化內涵必然會發生變化。所以有人將文學翻譯的過程解釋為「文化協商」（cultural negotiation）階段[133]，這種「協商」也可稱之為「語言文化的對話」，而對話的結果呢？那必然會是其中一方作出讓步或「妥協」。這一點涉及的因素很多，諸如譯者的文化取向、文化素養、兩種文學所在文化之間的關係甚至強弱（前面曾談到這個問題，但有一點是可以肯定的，就是在「文化協商」後[翻譯後]的翻譯文學是用一種他「文化語境」下的他文字寫出的文學作品；原「文化語境」下文學語言所承載的「文化」內涵在新「文化語境」下可能被部分地「過濾」掉了）。語言層面的能指和所指都發生了變化。這裡也有多個層次，如結構層的、音律層的、語義層的、象徵層的等，最突出的可能發生語言的聯想象徵層面，如中國文學中的僧、月、菊、蘭花、烏鴉、龍、竹、梅等具有濃厚民族文化意蘊的文學意象，一旦用另一種語言符號表示，它所承載的文化意義或象徵意義就會發生改變或者消失。譬如：莎士比亞的第十八首十四行詩〈我怎能把你比著夏天？〉，用濕潤、溫和、綠草如茵的夏天來比喻他的可愛友人；這對不了解英國文化的中國讀者，尤其是南方讀者是很難想像的。由於文化差異，語言或文化意象在文學翻譯

過程中所遭遇的「文化過濾」是顯而易見的。但饒有興味的是，很多文學翻譯者爲了迎合讀者心理或者幫助讀者克服閱讀時的文化障礙或其他目的，在進行文學翻譯時有意識地把一些文化意象進行了「過濾」──刪減、改變或替換，這於比較文學研究頗有價值。例如，著名英國漢學家翟里斯在其《中國文學精華：詩歌》（*Gems of Chinese Literature: Verse*）的譯序中就專門說明，爲了照顧一般讀者的需要，所以在譯詩中刪掉了英語讀者難以理解的深奧典故，同時也省掉了轉換成英語後很難唸出來的人名。顯然，翟里斯的譯作是立足於英國文化與文學規範，他爲譯詩選擇的形式與節奏都是英語讀者非常熟悉的。有時，他還用上一些古希臘和羅馬的典故，這在當時英語世界被認爲是可以加強文學性和感染力的做法。而龐德所譯的一些中國古典詩詞則可視爲語言差異造成的另一種「文化過濾」，如，龐德將李白的「荒城空大漠」一句譯成了「Desolate castle, the sky, the wide desert」，造成「荒城」、「天空」、「大漠」這樣三個意象並置，從而使譯文「不像英語，這是硬搬中國句法」[134]。儘管龐德的翻譯有諸多誤解，但他有意違背英語句法而凸顯中國詩歌的特點這一作法本身對美英新詩運動產生了促進作用。這一點已被衆多的研究成果所證明。他實質上正是有效利用語言差異爲自己改造英美浪漫主義詩歌傳統的目標服務。

　　應該說文學影響產生的因素還有如出版市場、政府政策控制等其他因素。限於篇幅，我們無法一一詳細討論。特別應當指出，上述各方面應是一個不可分割的整體，它們在文學翻譯的「文化過濾」中是共同起作用的，本節的劃分僅爲敘述方便而已。但透過上述探討，我們不難得出這樣一個初步結論：任何外來文學影響的產生都必然遭遇本土文化的「文化過濾」，而「文化過濾」又是個極爲複雜的過程，它是傳統文化、歷史語境、接受者文化心理結構及語言

等多種因素的相互作用的結果。從這個意義上講，研究一種文學影響的發生、發展，不僅對總結不同民族文學間交流的規律、探討文化交流的機制有重要的意義，而且對認識不同民族文學，甚至不同時代民族文化的特質都具有不同凡響的意義。

三、文化過濾產生的原因

文化交流、比較、引進過程中為什麼會發生文化過濾現象，其原因是多方面的。

（一）文化的交流和比較是在選擇和揚棄中進行的

文化交流、比較、傳播和引進，都會受到訊息發送方、訊息、訊息接受方的文化過濾的影響和制約，從發送方來說，他要向外傳播自身的文化，首先就必須對自身文化加以選擇、辨識、揚棄，使優秀的文化能傳播出去，能和其他文化交流、互補，從而使文化得到創新和發展。因此，發送方輸送的文化訊息必須經過文化過濾，必須經過文化選擇。同時，發送方所處的社會時代環境、意識形態下的政治和政策、民族文化和傳統文化的影響和制約都會作為文化過濾的構成對傳送的訊息發生影響。甚至有可能還會透過國家機器、意識形態機器和意識形態形式對訊息加以限制、控制和改造。這樣就使傳送的訊息不純粹是訊息了，而負載了許多其他文化因素。從訊息的接受方來看，對訊息的接受也是要透過選擇、辨識、揚棄才能有利於比較、交流和引進的。這種選擇的需要，就構成了文化過濾的基礎和前提，也構成了引進異域文化以利於本土文化發展的基礎和前提。同時，接受方的選擇、揚棄的文化過濾還有可能消除和弱化傳播方的文化過濾中有意附加的政治、意識形態的因

素，使訊息能在遮蔽中敞開，還清訊息的本來面目，有利於更好地引進和更好地吸收。

（二）文化過濾是因為文化的異質的緣故

不同文化有不同的特質、特徵，有不同的文化功用和文化範圍。文化一旦形成就具有相對獨立性和穩定性，因而對外來文化、異域文化存有一定的戒心和敵意。同時，本土文化也是在與異域文化的對立中發展起來的，對異域文化的排斥和抗禦心理也就不同程度地存在。因此，文化具有一定的封閉性和內聚性，文化強調自身的特徵和獨立性，文化具有一定的排他性和抗禦性。這樣，在引進異域文化時，本土文化在接受時就會有意無意地加以規範、限制和抵制，從而形成文化過濾。同時，異域文化在傳播時也會有意無意地對文化訊息加以選擇、改造、偽裝，從而也造成在文化交流、比較、傳播和引進時的文化過濾的現象。因此可以從這個角度說，文化過濾既是文化保守主義、消極防禦的一種策略和手段；又是文化積極主動進取，積極「拿來」，實施文化開放、文化多元化、文化交流的積極措施和手段。

（三）文化發展的規律決定了文化過濾的必要性

文化發展的規律是繼承與革新辯證統一的規律。無論要求對傳統的文化遺產的繼承也好，還是對異域文化的借鑑也好，都必須遵循「古為今用」、「洋為中用」、「推陳出新」的原則，也就是說必須立足於當下的實踐和當下的建設，立足於自身的建設和發展。因而對古今中外的文化進行選擇、辨識是非常必要的，也就是說文化過濾必須吻合文化發展規律。另一方面文化發展還必須遵循創新的規律。創新不僅是透過文化過濾從而對文化遺產進行有效繼承，而

且是在繼承的基礎上進行創新。也就是說在弘揚優秀的文化傳統的同時還必須對文化加以建設、發展和創新。創新是文化發展和建設的生命，因此，文化發展和建設並非僅僅是繼承，而且是創新。只有創新，才能更好地繼承；只有在繼承基礎上才能創新。文化的創新規律需要文化過濾來選擇最適合、最恰當的文化創新內容和形式；也需要文化過濾來體現創新的精神和創新效果。因此，文化的創新規律也促使文化過濾的產生。

　　文化過濾的原因還在於任何交流，無論是引進還是借鑑，其目的都是為了發展本土文化，也無論被動接受還是主動接受，也都是為了改造和創新本土文化。因而文化過濾就必然會存在。這對於文化保守主義也好，還是文化開放主義也好，都有意或無意地在接受中進行積極的或消極的文化過濾。例如中國五四新文化運動中，積極引入和借鑑西方文化、西方文學的魯迅、茅盾、巴金、冰心等作家，無不具有濃厚的中國傳統文化的功底，因而在「打倒孔家店」的口號後面仍然還保留有文化傳統的痕跡。魯迅的《狂人日記》雖深受俄羅斯作家果戈里的《狂人日記》影響，但並非完全的「拿來」，而是經過魯迅的重新創造和選擇，而且也經過了中國文化的過濾，使其思想主義加深的同時，也使其思想主義中國化。同理，西方在接受中國文化時，諸如龐德的意象派詩歌，雖然得益於中國古代詩歌的影響，但其意象則不同於中國古代文論中的意象，其意象是西方化的，這顯然也是在接受中國傳統文化的意象時進行了文化過濾的結果。

　　文化不僅在繼承與革新中發展，而且在比較中發展。文化比較、文化互動的規律也促使文化過濾的產生。無論從比較可比性原則的要求來說，還是從比較的雙方的平等對話更有利於交流來說，都需要進行文化過濾才有利於引進、借鑑和比較。

　　文化發展的規律還體現在借助文化尋根、文化的民族性、文化的本土化來發展和建設民族文化上。任何文化都有自身的根，都有自身文化的民族性和本土性，文化既要在全球化的背景下引進和交流，又要在多樣化的前提下保持民族傳統、民族特色，才能體現出民族文化的價值和作用。因此，堅持文化的民族性和本土化，必須重視文化過濾這一環節，充分發揮文化過濾在堅持和弘揚民族文化傳統上的重要作用。

　　總之，文化過濾的產生原因是多方面的，我們只要抓住其中的主要原因也就可以明確文化交往和交流中的文化過濾是必然和必要的了。文化過濾不僅是為了維護和保持本土文化的民族性、個性、特色和優勢；而且是為了民族文化的發展、建設和創造。因此，從根本上說，文化過濾的目的是為了文化創造，文化過濾本質上也是文化創造的一種形式。文化創造除了在文化交往交流中表現為文化過濾之外，還表現在文學誤讀上。文化過濾的結果必然會形成文學誤讀，文學誤讀也是文化過濾的一種表現形式。兩者相關聯，相互作用，表現為互動、互補的關係。

四、文學誤讀的內涵和實質

　　文化在傳播和接受過程中會因文化過濾的原因而造成發送者文化的損耗和接受者文化的滲透，這樣也就會因發送者文化與接受者文化之間的差異而造成影響誤差，或者叫創造性接受，這就形成誤讀。誤讀的原因是多方面的，但其中主要原因是由於文化過濾造成的。接受者在接受過程中，因本土文化框架的作用，一方面對發送者文化採取選擇、加工、改造、偽裝、創造等方式進行接受而形成誤讀，當然也有可能是接受者的盲目排外心理而造成一種抗拒性閱

讀而形成誤讀，還有是因爲文化差異的緣故而造成的有意或無意的誤讀。無論何種現象，異質文化之間的傳播和接受，都必然存在著不同程度的誤讀現象，存在著有意與無意、積極與消極、主觀與客觀誤讀現象，從而形成異質文化交流中的必然現象。

文學誤讀是閱讀學中的概念，也是比較文學中的一個概念。誤讀本義指偏離閱讀對象本身意思和內容的誤差性閱讀。過去多爲貶義詞，用來指稱不正確的閱讀、誤差性閱讀或閱讀理解錯誤、失誤。如翻譯中有譯錯的就叫「誤譯」；對中國古代文學作品中的某條注釋不吻合文中的本義、原義，這叫「誤注」或「誤讀」；讀者在閱讀中偏離作品或理解失誤，這叫「誤讀」或「誤解」等等。在傳統的閱讀思維和觀念中，似乎「誤讀」是應極力避免的，多用作對不正確閱讀的批評。二十世紀六〇年代後西方文學批評逐漸走向後現代主義、解構主義，提出「誤讀」理論，使「誤讀」成爲閱讀學理論和解構主義理論的重要概念和命題。

例如中國大陸中央實驗話劇院演出的挪威戲劇家易卜生的著名劇本《人民公敵》，無論在中國舞台上的演出還是在挪威本土舞台上演出都獲得了成功。戲劇演出以中國的方式對原作進行了修改，四個主要人物都使用了中文發音的名字，並帶有象徵意義，人物穿不同時代的中國服裝，象徵他的各自不同的態度，分別代表革命還是保守、現代還是傳統，並根據中國的方式使主題在社會意義層面涉及當今中國大陸最主要也最敏感的兩大社會問題：環境污染和人文精神危機，顯然使這一異域文化的產物經過「文化過濾」和「誤讀」之後適應了中國的接受者；同時也或多或少地使異域文化與本土文化融合，達到了最佳演出效果。事實上，在文化交流活動中，這種有意「誤讀」或無意「誤讀」都是十分普遍的，幾乎可以說，任何異域文化的引入都會存在著不同程度的「誤讀」現象，沒有

「誤讀」的引入和借鑑幾乎是不可能的。

　　美國當代著名文學批評家布魯姆是耶魯學派的重要代表，他提出著名的「影響即誤讀」的觀點。他在《影響的焦慮》一書中針對英美一些浪漫主義詩人在接受前輩影響的基礎上創造的情況認爲：這種影響不是對前人的繼承，而主要是對前人的「誤讀」、修正和改造。也就是文學影響其實就是創造性誤讀，就是後輩作家對前輩作家的誤讀、誤釋和修正。很顯然，布魯姆強調文學影響不在於繼承，而在於創造，這可謂是對傳統影響論主張後輩對前輩的吸收、學習、模仿、繼承的顛覆和反叛。他認爲：

> 詩歌的影響──當這種影響涉及兩位強勁有力度的權威的詩人時──總是透過對前一位詩人的誤讀而發生的。誤讀這種創造性的銜接、聯繫行為，確實是，並且必然是一種誤釋。一部豐碩多產的詩歌影響史，一部曲解的歷史，一部反常、任性、故意的『修正主義』的歷史，而若無這種『修正主義』，現代詩歌本身也不可能存在。[135]

布魯姆還在〈誤讀圖示〉中認爲閱讀總是一種「延遲」行爲，因而完全眞實的閱讀幾乎是不可能的。因爲文本意義是在閱讀過程中產生的，它同作者原先寫作文本時的意圖不可能完全吻合，總是一種延遲行爲和意義偏轉的結果。因此，尋求文本原始意義的閱讀根本不存在，也不可能存在。閱讀在某種意義上就是寫作，就是創造意義，「閱讀，如我在標題裡所暗示的，是一種延遲的，幾乎不可能的行爲，如果更強調一下的話，那麼閱讀總是一種誤讀。」[136]從這個意義上說，閱讀就是「再創造」，是一種創造性的閱讀，那麼它就或多或少地表現爲「誤讀」。

　　布魯姆還進一步論及「影響」和「誤讀」的關係，指出「影響」

不僅指前輩對後輩的影響，而且也指同輩作家之間、作品之間的相
互影響。他指出：「影響意味著，壓根兒不存在文本，而只存在文
本之間的關係，這些關係則取決於一種批評行為，即取決於誤讀或
誤解——一位詩人對另一位詩人所作的批評、誤讀和誤解。」[137]
也就是說不存在任何原初的文本，不存在其他文本都由此派生的原
義，一切文本都是在相互影響、交叉、重疊之中。所以不存在文本
性，而只存在「互文性」（又稱文本間性），存在種種文本之間的相
互關係或互為文本的關係。[138]布魯姆提出，「誤讀」理論及其
「影響即誤讀」、「閱讀總是一種誤讀」、「誤讀即創造」的觀點無
疑對文學批評、文學史、比較文學研究帶來新的視野、新的眼光，
帶來觀念和觀點上的創新和突破。儘管其理論也有偏頗狹隘之處，
諸如忽略文學的繼承性，忽略文本的客觀性和忽略閱讀的客觀性和
一定的標準以及價值尺度，帶有一定的片面性和極端性。但總體而
言，「誤讀」作為文學批評、文學史、閱讀學、比較文學的一個特
定範疇，強調了閱讀在文學活動中的重要作用，強調了創造性閱讀
的重要作用，使「誤讀」成為一種積極、主動的行為，成為一個具
有積極意義的範疇，成為美國耶魯學派的重要觀點，也成為解構主
義的一個重要觀點。

五、文學翻譯與文化誤讀

　　傳統的文學研究重點都是放在作家和作品上面，特別強調文學
作品的教育意義、認識意義和審美意義，似乎作品本身是一套完成
的完整的體系，而讀者要做的只是被動地認識它、理解它，特別是
二十世紀的俄國形式主義和英美新批評等文藝理論更是如此；但
是，闡釋學的異軍突起卻徹底地改變了這一狀況。高達瑪和英加登

是它的理論先驅。哲學家高達瑪認為，一部作品的涵義遠遠超過了作者的意志，不同時代的人們在時間的推移中必然在同一作品中獲得不同的啟示，文學接受與闡釋的這種不確定性正是它生生不息的生命力源泉。英加登認為作品是一個開放的體系、一個綱要式的提示，一步步引導讀者憑藉自己的閱讀經驗去揣測與填補作品的空白。顯然，這兩位哲人從共時與歷時的角度指出了文學作品的開放性品質。不同文化背景的接受者，就有不同的「期待視野」，或曰「先結構」，因而，對一部文學作品而言，譯文作品讀者自然會有不同於原文讀者同樣的感受。當然，「期待視野」並不是一成不變的，不同時代的人們因為不同的閱讀經驗而具有不同的「期待視野」，這也對翻譯提出了要求。二十世紀英美讀者對中國文學作品的「期待視野」與十八世紀時就千差萬別；同樣，中國大陸讀者現在對英美文學作品的「期待視野」與文化大革命時期也不可同日而語。接受理論認為，只有讀者的「期待視野」與文學文本相結合，形成視野融合，才談得上理解與接受。

　　我們從這些敘述不難看出，闡釋學理論為文學翻譯中的「文化誤讀」提供了理論根據。「文化誤讀」有一個隱含的先在條件，即「正確解讀」，儘管真正的唯一正確解讀在多數理論家看來是虛設的、不存在的，這不是本文討論的問題。本文的「文化誤讀」是指不同於原語文化讀者理解的「誤讀」，它是以原語文化讀者的理解和闡釋為參照的。舉個常見的例子，由於地理位置的差異，英國人對「west wind」和中國人對「西風」的感覺是完全不同的，故而，英國人對雪萊〈西風頌〉裡「啊！狂野的西風！」中的「西風」的理解與中國人的理解是不一樣的。接受理論的「文本空白」理論和讀者「期待視野」理論，都強調了文本的不確定性和讀者的能動作用，而文本的意義不確定性和有不同先結構的讀者對文本就有不同

的理解和闡釋這一點恰好解釋了文學翻譯中「文化誤讀」產生的緣由。這是從譯者作爲原文讀者的角度講的。而譯者又同時是一個譯文讀者，因爲翻譯作品的目的是給他的讀者消費的；如果都譯出一些誰也不懂的句子或一大堆誰也不懂的名詞，那麼，文學翻譯有什麼用呢？因此，譯者必須站在譯文讀者的角度審視自己的譯文。當然，由於眞正的譯文讀者是誰，在翻譯過程中根本無法確認，因而，這只是一種預測，對潛在讀者可能的「視野」的一種預測，目的是爲使譯文與讀者的「期待視野」融合。爲了使譯文與讀者形成「視野融合」，譯者必須考慮譯文讀者的接受能力、審美情趣，有時甚至包括政治環境。譯者常常爲此而不得不改變翻譯策略，直至對原文進行「歪曲的重構」，造成偏離原作的「誤讀」。這一點，我在下文將還要談到。認識到這些，或許對目前國內譯壇莫衷一是的翻譯批評標準紛爭有些益處。

文學翻譯中的文化誤讀有如下數點：

（一）形式即意義：翻譯中作品形態轉換與文化誤讀

文學是語言的藝術，它具有形象化、個性化、民族化、典型化的特點，因此，文學語言必須具有形象性、直觀性和民族性。任何一部成功的文學作品都必須是作品外在形態和內在意義的高度統一，這就要求譯者在進行文學翻譯時不僅要尋找目的語中與原語意義相等和相近的語彙，同時要求譯者必須盡可能地再現原作的外在結構或形態，如果是一首詩，我們譯成了一篇小說，或反之，那麼，這肯定算不上嚴格意義上的翻譯。但語言又不是單純的字、詞、句的組合，而是使用該語言的民族的歷史、哲學、藝術、心理等各方面的沈積。就文學語言而論，它還是一種民族文學傳統的沈積，因而，從一種文學到另一種文學的翻譯就遠不僅是字、詞、句

之間的機械轉換，而涉及兩種語言的不同文化沈積和文學傳統。文學作品的形態從某種意義上也是一種民族文學傳統的沈積，而語言的差異又使得要在目的語中重現原語作品的形態幾乎是不可能，如中國的五律、七律、詞曲都是中國古典文學傳統的瑰寶，特別是其工整的對仗、鏗鏘的音韻、整齊的格式、固定的語調起伏，都構成了中國傳統文學的獨有財富，要完整地移植到他種語言是幾乎不可能的。英語文學的十四行詩、斯賓塞體、具象詩等也是如此。唐詩人韋應物的兩句七言詩「春潮帶雨晚來急，野渡無人舟自橫」可謂千古名句。英國漢學家賓納（Bynner）譯為：

On the spring flood of last night's rain
The ferryboat moves as though someone were pulling

　　張今在《文學翻譯原理》中指出這兩行譯文因用「似有人」（as though someone）譯「無人」，兩者反映的畫面一動一靜，違反同一律（頁55）。同時，原文的對仗、節奏在譯文中都未能保留下來，英語讀者無法欣賞到原文具有的藝術魅力。有人推崇王守義與約翰‧諾弗爾合作出版的《唐宋詩詞英譯》，該版本將以上兩句譯為：

spring sends rain to the river
it rushes in a flood in the evening
the little boat tugs at its line
by the ferry landing
here in the wildness
it responds to the current
there is no one on board

　　王譯將原文的兩行變成了七行，原文的十四字變成了四十字，儘管譯文同樣傳達出了一種安靜、古樸、淡雅的畫面，但原詩的簡潔與韻味已蕩然無存，即使熟悉中國古典文學的英語學者也很難體悟到原文的影子，尤其是原詩的形態美。王譯應該是「中西合璧」的成果，在漢語理解與英文表達上應沒有問題，但是，形態的改變讓人看到的只是原作的「變形」和對原作的誤讀。虞建華先生在〈關於後現代主義小說翻譯的一些思考〉[139]中專門談到英美後現代小說翻譯的種種困境，因為後現代作家所關注的中心已不再是現實或意義，而是語言本身。比如他舉出詹姆斯‧喬伊斯曾在 *Finican's Wake*（1939）中運用所謂「辭彙新藝術」，故意把 literature（文學）寫成 litterature，雖然只是一個字母之差，卻表達了強烈的效果，譯成中文，怎麼也逃脫不了這個「誤讀」命運。Ｅ‧Ｅ‧卡明斯是美國現代文學大家，他的詩特別注重詩的外在形態，他對美國文學的貢獻也主要是他在詩的外在形態方面的獨創，因而把他的詩譯成另一種語言很難讓譯文讀者了解到他的真實原貌，至多，是一個「誤讀」了的樣本。有人指出，他的詩純屬文字遊戲，這是一種誤解，可能是受到中文翻譯的誤導。他的詩實際上是極富獨創性的，是對英語詩歌表現手法和藝術形式傳統的突破和新發明。卡明斯的「一句話詩」（整首詩只是一句話）享有盛譽。據說，有時他的「一句話詩」要修改二百多次，可見其藝術真誠與慘澹經營。也舉一個眾所周知的例子：

> *I (a*
>
> *le*
>
> *af*
>
> *fa*

II
s)
one
I
iness

　　全詩可彙成這樣一句話：a leaf falls: loneliness （一片樹葉飄
落：孤獨）。詩人透過巧妙的直觀形象表達了詩的內涵：孤獨。[140]
無論多麼高明的譯家來譯這首詩，要完全達到原詩那種形式與內涵
交融都不大可能，只能是奈達先生所謂的「翻譯只是翻譯意義」，
故而譯作只能是不同程度的「文化誤讀」結果。卡明斯還用
tWeNtY, fingers 來描述坐在太陽底下的兩位老太太的二十個手指。
這種大小寫字母交疊來直觀地表現兩位老人布滿皺紋和疙瘩的手
指，形象逼真，原文讀者能在閱讀時從視覺感官上得到一種滿足、
一種藝術享受。但是，一旦翻譯成另一種語言，這種藝術美就被遺
失。因此，於這類文學作品而言，翻譯就意味著「誤讀」。

（二）譯者的「期待視野」與翻譯中的「文化誤讀」

　　接受理論認為，任何讀者都不是一張白紙，都有自己的文化先
結構，而這種文化先結構造成了他「誤讀」異質文化中的文學作
品。譯者的身分首先是讀者，然後才是創造者和研究者。語言學的
圖式理論也提出了幾乎是同樣的命題：任何新訊息的獲得必須以已
知訊息為前提。譯者作為讀者的文化先結構決定了他解讀文學作品
的視角。所謂譯者的先結構包括比如思維方式、生活風俗、知識結
構、語言表述方式等等。在這裡我們不打算全面鋪開，而僅從較容
易把握的兩個角度來談論這個問題：(1)文化意象；(2)語言的文化

內涵。

在漫長的社會發展過程中，每一個民族都形成了自己獨特的思維方式、生存方式和言談方式。伴隨歷史發展的神話傳說、歷史典故、文學形象、圖騰等不斷地出現在人們的語言裡，被寫進一代又一代的文藝作品，它們慢慢形成了一種文化符號，具有相對獨立的、固定的、獨特的涵義，而且每一提及它們，同一民族文化的讀者都能彼此間心領神會，自然地產生豐富而深遠的聯想，譬如，我們說「諸葛亮」。這些文化符號，就是我們所說的文化意象。文化意象能高度概括一個民族的文化品位，能反映出一個民族的不同特點。這些文化意象包括歷史上的人名、地名，神話中的典故，某些植物、動物，文學名著中的人物形象，民間的俚語、諺語、成語等等。而譯者由於受到自身文化先結構的影響，特別容易對這些文化意象產生「誤讀」，而這種「誤讀」正揭示出某些實質性的異質文化差異，因而是比較文學研究的重點之一。美國新詩運動領袖龐德在翻譯中國古典詩歌時的誤讀可算個典型例子。他譯唐詩人王維的詩一首，原文為：

渭城朝雨浥輕塵，客舍青青柳色新。
勸君更盡一杯酒，西出陽關無故人。

這是一首送友人去西北邊疆的詩。龐德對後兩句的譯文是：

But you, sir, had better take wine ere your departure,
For you will have no friends about you
When you come to the gates of Go.

先不說原文的兩行譯成了三行，失去了形式美；「西出陽關」，被龐德譯成了「Come to the gates of Go」，「陽關」成為了

「Go」，從英美讀者理解的角度看，我們認為龐譯可謂妙，因為英美讀者對中國地理環境不熟悉，對「陽關」這個在中國十分重要的文化意象背景缺乏了解。但是，處在河西走廊西盡頭的陽關，和它北面的玉門關相對，從漢代以來，一直是內地通向西域的交通要塞，在盛唐人心中，從軍或出使陽關，是一種令人嚮往的壯舉，「西出陽關」也因此而成為中國文學一個常見文化意象，被人反覆詠頌，具有了豐富的文化意義。而龐德的譯文「gates of Go」將之泛化、普通化了。「西出陽關」在中國讀者心中喚起的那種聯想：遙遠、廣袤、大漠……，不可能在英美讀者心中再現了。《神州集》中，龐德三次用了「Go」來替代一些地方名字，它們分別是「陽關」、「仙城」、「吳宮」，李白〈古風第十八首〉中的「七十紫鴛鴦」在龐德筆下變成了七十對共舞男女，儘管那時的中國士大夫不大可能會跳現在的交際舞。當然，不僅外國人譯中國作品時誤讀文化意象，中國人譯外國作品時同樣誤讀文化意象。

如果文化意象造成文學翻譯中的誤讀已經很難克服，那麼在跨文化的文學翻譯中，附加在文字上的「超語言訊息」即「文化訊息」更讓譯者感到防不勝防、困難重重。文學語言被認為是詩性的語言、比喻的語言。唯其如此，真正讀懂一部作品就不僅要讀懂其表層的涵義，更應讀懂其深層的涵義。漢語的「紅人」通常指官運亨通、飛黃騰達、事業有成之輩，而若譯成「red person」，恐怕英美人會摸不著頭腦，英語中表示這類人有個專門的說法，叫「a fair-haired person」；同樣，流行於西方的著名歌曲「Love Is Blue」常被誤解為「愛情是藍色」的，因為漢民族對「藍色」似乎頗有好感，「蔚藍色的大海」、「蔚藍色的天空」都給人無限的遐想；但此處的「blue」在英語文化背景下不僅不是「美好的遐想」，而且恰恰相反，表示「沮喪、憂鬱」之意，英美人常稱週一為blue

Monday，因爲新的一週開始，又要忙忙碌碌，故爲 blue。

英國學者 G. Leech 在《語義學》（*Semantics*）一書中提出，意義可分爲七種主要類型，即概念意義、內涵意義、風格意義、感情意義、聯想意義、搭配意義及主題意義。詞的概念意義是語言交際中表達的最基本的意義，可稱爲認知意義。沒有概念意義就無法進行交流。內涵意義是附加在概念意義上的意義，它可以因人而異，因年齡而異，也因不同的社會、國家或時代而異。正因爲如此，內涵意義往往是不穩定的、變化的。[141]文學翻譯是跨文化的語言交際活動，胡文仲先生指出了兩種語言間進行語際轉換可能出現的幾種情況（兩種語言分別以A、B來代替）：

(1)A、B概念相同，內涵意義相同或大致相同。

(2)A、B概念相同，內涵意義不同。

(3)A、B概念意義相同，A有內涵意義，B無內涵意義。[142]

胡先生的框架劃分基本上反映出了文學翻譯中兩種語言代碼轉換的幾種情形，而(2)(3)種情形又是文學翻譯發生「文化誤讀」的原因，如阿瑟·韋利（A. Waley）在譯陶潛的〈責子〉一詩時，將其中「阿宣行志學／而不愛文術」一句譯爲：

A-shuan does his best,
But really loathes the Fine Arts.

「行志學」語出《論語》「吾十有五，而志於學」，結合此詩上下文，應理解爲暗示阿宣的年齡，即十五歲，而不是「專心學習」。由於譯者受到母語文化先結構的影響，有時很難察覺到異質文化語言的「文化訊息」，在翻譯中「誤讀」了作品，這似乎是很難迴避的。這實際上談的都是表面的顯性的問題，更深層的問題是

任何語言都是發展的，同一個詞在不同的時期其文化內涵是不一致
的，甚至是相悖的，譬如「貧農」、「政治」、「階級鬥爭」、「發
財致富」、「知識份子」、「陽春白雪」、「資本主義」、「市場經濟」
等漢語辭彙在中國近五十年發展史的不同時期所具有的「內涵」是
不盡相同的，在譯成外文時如何能完全避免「誤讀」呢？顯然，筆
者無意為「誤讀」開脫。

(三) 譯文讀者的「期待野視」與譯者的「文化誤讀」

　　前文談到，文學翻譯的最終目的是向本族語讀者介紹外國文學
或向外國讀者介紹本民族的文學，也就是說，譯作讀者的文化水
準、欣賞志趣等都是譯者在翻譯時必須考慮的。譯文讀者的「期待
視野」與譯文的「視野融合」是譯者的期望。當然，這一「融合」
事實，是在翻譯活動完成之後才可能發生，但譯者在翻譯過程中就
必須將這一對話交流活動納入其考慮。嚴格地說，沒有話語是可以
重複的，因為原語和譯語都在經歷著變化，因而，我們對它們的理
解也不是一成不變的。期待視野的不同，使不同讀者對閱讀對象的
需求不同；可能《紅樓夢》之類的名著改編成兒童連環畫也就是基
於這一道理。但是，譯者面對成千上萬的「潛在」可能讀者，他如
何能確認他們的文化水準或者說「期待視野」呢？這認真說來只是
譯者的一種預測或判斷，而預測的依據除了來自於他對原作的解讀
外，還來自於他對當時大眾的「期待視野」的判斷。同一作品，在
不同的時代裡應該有複譯，這不僅是因為一般認為的不同時代有不
同的理解，更重要的是，不同時代的讀者的「期待視野」完全不
同，因而需要不同的譯作。舉一個最常見的例子，五四時期我國剛
引入英語的 Science 和 Democracy 這兩個詞時，音譯為「賽先生」、
「德先生」；現在幾乎兒童都明白「科學」與「民主」，這樣，那時

的譯作還有誰讀呢？正是由於對譯作讀者「期待視野」的考慮，譯者在文學翻譯過程中有時對原作進行一些有意的或無意的改造，這也應歸入「文化誤讀」之列，如赫胥黎在他的《天演論》中曾提及哈姆雷特，他是莎士比亞著名悲劇《哈姆雷特》的主角，在英語讀者中，可謂婦孺皆知，但嚴復在翻譯時，擔心國人看不懂，處理為：「罕木勒特，孝子也。……」顯然嚴復以其中國文化的視野來審視這位西方文學悲劇人物，現在看時，甚至有些滑稽，因為「孝」是中國儒教文化的產物。下面這幾句詩也許更有趣：

> 穎穎赤牆靡，首夏初發苞。
> 惻惻清商曲，眇音何遠姚。

我曾請幾位文學院古代文學專業的博士考證這首詩的出處及年代，他們都感到為難，但又確定它應是「很古」的一首「中國詩」。但實際呢，它是一首蘇格蘭民謠的前幾行，經詩人 R・彭斯改寫後原文是十分淺顯易懂的：

> 呵！我的愛人像一朵紅紅的玫瑰，六月裡迎風初開；
> 呵！我的愛人像一曲甜蜜的歌，唱得合拍又輕和。

> （王佐良譯文）

一首直抒胸臆、明白易懂的蘇格蘭民歌被蘇曼殊譯成了一首典雅、含蓄而且十分工整的中國五言詩，算不算「誤讀」呢？還有翟里斯把中國七言詩譯成英語「英雄雙韻體」等等。如果我們說上述這些譯者都沒有理解原作，恐怕沒有多少依據。但我們又如何解釋他們的「歪曲」和「誤讀」呢？答案可能是，譯者為了使譯作能與譯作讀者產生「視野融合」而有意地對原作進行了「叛逆」。

不容否認，在這類文學翻譯的「誤讀」中，譯入語的文化現實

語境和譯者的心理文化品格同樣產生了相當重要性的作用。特別是在有關倫理道德、男女之情、社會體制等方面，中西文化有著巨大的價值觀、世界觀的差異，譯者為了照顧譯入語讀者的接受能力或者出於其他別的考慮，總要故意對原作進行一些「曲解」，這也是文學翻譯實踐中一個不可迴避的事實，值得研究。但是，我們特別應當指出，文學翻譯本身負有不斷地改變譯文讀者的「期待視野」的責任，一味地為了迎合讀者的「視野」而「誤讀」原作是不可取的。

（四）文學翻譯中「文化誤讀」的消極和積極意義

　　如果我們承認文學翻譯中的「文化誤讀」是一種文化交際中不可忽視的事實存在，而且它具有與文學翻譯同樣的歷史，那麼，我們或許就該問一問「文化誤讀」倒底產生了什麼樣的後果。我們認為，文學翻譯中的「文化誤讀」後果可從正反兩方面看。首先，從其消極作用來看，「誤讀」，顧名思義，是一種對原作的「曲解」、「誤解」、「改變」，因而它導致了文學傳播中的部分失敗，使譯作讀者看不到異質文化文學的真相，如上世紀三〇年代，中國學界有人討論哈姆雷特的「孝」與「不孝」問題，應該說就是翻譯造成的後果。文化交流的目的就是為了互相了解、相互促進、共同發展，如果翻譯中出現「誤讀」，那交流的品質就大打折扣；更重要的是，就翻譯界已取得的共識而言，文學翻譯就是應最大程度地在各個層面上忠實於原作，那麼，「誤讀」顯然又與翻譯的宗旨是相悖的。因而，任何一位譯者都應儘量避免翻譯中的「誤讀」。但是，異質文化的相互認識往往是一個漫長的過程，而文學翻譯在這個漫長的過程中又起著不可替代的作用，因而，它的存在合法性是無可厚非的。如果從文學翻譯應當為民族文化建設服務這個角度講，

「誤讀」也發揮了一些積極作用，可簡要概括爲幾方面：(1)使外國文學作品很容易在本國傳播，與本國讀者達到溝通，建立起文化交流，如林琴南的譯作就是如此；(2)在「誤讀」中可能會闡發出原作中一些未被發掘的新意，重新發現原作的價值，甚至「創造」出文學名家，泰戈爾在中國被不同的詩人從不同的角度闡釋以及尼采在中國現代被「誤讀」，還有唐代詩人寒山在上世紀五、六〇年代風靡北美，都是有說服力的例子；(3)由於「誤讀」往往是由於譯者自身文化的歷史需求造成的，因而，它也能促進本民族文學的發展，甚至產生質的飛躍，美國新詩運動中龐德等人對中國古典詩詞的「誤讀」，認爲中國詩就是簡約和意象，有力地推進了美國現代派詩歌的革新運動，就是一個證明。

　　從廣義上講，所有異質文化間的文學翻譯都會在某種程度上產生「誤讀」。因此，文學翻譯中「文化誤讀」研究在文學翻譯理論研究中的未能引起重視，是不應該的；同時，對「文化誤讀」研究對加強文化交流、促進異質文化之間對話也具有非同小可的意義，它一方面有助於揭示不同文化的各自特徵，更重要的是，它能幫助我們認識在跨文化文學對話中，外國文學是怎樣透過本土文化的「過濾」而傳播和產生影響的。從這個意義上講，對文學翻譯的「文化誤讀」研究也是今天比較文學界一個極爲緊迫的研究課題。

六、文學誤讀的閱讀學意義

　　誤讀有其本義、原義、引伸義、象徵義、複合義等多層內涵和多重涵義，在使用誤讀時也有多種用途或多種不同情況。從「誤讀」作爲閱讀學的範疇意義而言，這種閱讀方式有不同角度的理解和用法。

（一）誤讀可分為有意誤讀與無意誤讀

　　有意誤讀，指閱讀者原本就有誤讀的思想準備和心理準備。有意誤讀者一方面將閱讀視為誤讀，認為任何閱讀實質上都應該是或多或少的誤讀，這樣有利於消除被動閱讀的毛病，而去主動積極閱讀。另一方面將閱讀視為創造性閱讀，這樣誤讀就是創造，或者說是「再創造」，從而在閱讀中不斷有所發現、有所創造。當然，也不排斥閱讀中確實有理解、認識有誤而造成的誤讀，甚至有的也確實是有誤讀，「指鹿為馬」式的有意誤讀其實已偏離批評學、閱讀學所指出「誤讀」的概念涵義，因而並不具有批評學、閱讀學的意義和作用。

　　無意誤讀是指讀者在潛意識中、不自覺中，潛移默化、不露痕跡的誤讀和創造性閱讀。它一方面指讀者確實沒有意識到，或許是潛意識作用，或許是非理性作用，或許是直覺作用，或許是「集體潛意識」的作用，使讀者在不知不覺中進行了閱讀「再創造」，進行了誤讀，獲得了意想不到的閱讀結果和閱讀效果。另一方面指讀者的「羚羊掛角，無跡可求」[143]的「頓悟」或誤讀。這種「頓悟」就如靈感爆發，不期而至，不思而遇，突發奇想，猛生妙思，獲得意外的效果。這種無意誤讀有時效果還超過有意誤讀，因為它自然天成，無跡可尋，應是王國維所言的進入「無我之境」，比「有我之境」[144]更勝一籌。

　　當然不管是有意誤讀還是無意誤讀，都應體現閱讀即誤讀、誤讀即創造的觀點，都應達到「文學誤讀」的效果，從而使誤讀是一種創造性閱讀，是積極主動的閱讀。儘管無意誤讀表面上看是不正常的、潛意識的，但實質上和客觀效果上是趨向於創造性閱讀的。

（二）誤讀與閱讀活動中的四個階段或四種表現形態

閱讀並非是一個簡單的讀詩歌、看小說的過程，閱讀具有文學活動的性質，甚至帶有社會活動的性質。因而文學閱讀不僅僅是閱讀文學、閱讀某一作品、閱讀文學形象，而應是包括閱讀社會、閱讀人生、閱讀自我、閱讀其他文學作品在內的複雜、多重、多層的閱讀行為。總而言之，一個完整的閱讀活動應有四種誤讀形態或誤讀表現的階段。

◆對作品的誤讀

作品作為作家創作出來的文本，不僅具有作者蓄意設置的空白、朦朧、含蓄、隱喻等因素，而且還具有文學自身的滋味、意境、神韻等因素，甚至還有作者自己還未意識到的「形象大於思想」的意蘊和意義存在。因而讀者對作品的閱讀，是有可能出現「仁者見仁、智者見智」的創造效果或誤讀結果的。何況讀者的積極主動的閱讀，更有可能進行創造性誤讀。

◆因時空位移而造成的誤讀

任何作品都是一定歷史時代的產物，當然也是具有歷史性和時代性的，也是為滿足當時讀者的需要而產生的。由於時空的位移，或者是古人作品為今天讀者所接受；或異域作品為本土讀者所接受，都會因時空差而發生誤讀或創造，都會使今天的讀者帶著現代的眼光去讀古代的作品、本土的讀者帶著本土的眼光去讀異域的作品。閱讀既受制於歷史時代，也超越歷史時代。削弱作品的時代性和歷史感閱讀的同時又強調作品的地域性和民族性。諸如翻譯，雖然有翻譯者水準不高而造成的劣質翻譯，就像雷馬克指出：「翻譯活動是文化交流活動中最基本的貨真價實的東西，並處在比較文學的核心部位。就像學問一樣，翻譯也有高低之分、雅俗之分（從歷

史的角度來看，不少劣質作品常與優秀譯作一樣頗具影響力，有時甚至影響更爲深遠）。」[145]但任何翻譯都會因文化過濾發生文學誤讀（誤譯），也就有可能因時空位移發生誤讀，這既有作爲譯者的誤讀，同時也有作爲讀者的誤讀因素。

◆對作家的誤讀

　　書面文學替代口頭文學、文人文學替代民間文學、署名作家替代了集體創作之後，作家的身分就被確認下來，作家意識，尤其是主體意識就得到強化，作家的思想、感情等創作動機、意圖透過主題、立意等因素而浸透在作品的內容和形式中，因而尋找作者賦予在作品的意思和意義就成爲閱讀和批評的目標。但一方面作者非常巧妙的隱喻其義或抑制其義的表現，另一方面動機與效果的距離也使作品的意蘊超越了作者的設計，因而讀者既不可能眞正探尋到作者賦予作品的本義，何況有的作者並不刻意地在作品中抒情言志，不可能使見仁見智的讀者的感受統一於作家的意圖之下。因此，讀者對作者的誤讀也是難以避免的，甚至讀者閱讀文學並非閱讀作者，作者賦予作品什麼涵義和意蘊並不重要，重要的是作品本身具有的涵義和意蘊以及讀者在作品中感受到的意義和意蘊。從這個角度看，閱讀必須超越作者和作者對作品的立意，才有可能發揮閱讀主體性和積極性，也才有可能發揮文學的作用和效果。

◆讀者對文學的誤讀

　　文學內容是包括作品、作者、社會、讀者等因素在內的整體的、系統的活動，文學也應由作品、作者、社會、讀者構成。因此讀者對文學的誤讀應不僅是對文學的作品因素和作者因素的誤讀，也應是對讀者、對文學所聯繫的社會的誤讀。也就是文學閱讀不僅存在對文學所聯繫的社會的閱讀、對文學所產生的作用和閱讀效果的閱讀，而且還是對作爲文學活動閱讀、作爲各要素綜合的文學的

閱讀、作爲作品因素總和的整體文學的閱讀。這就必須涉及到各個
讀者的不同的文學觀、審美觀、閱讀觀了。因此，在閱讀活動中，
讀者的文學誤讀既是對文學的創造，又是對文學的認識和理解的創
新及提高。

（三）文學誤讀的效果

　　誤讀如果純粹從文字學、語言學、語用學的角度看，帶有貶
義，那麼在閱讀學的特定情景中和特定概念中，誤讀則帶有褒義。
但讀者在閱讀中還是存在著消極閱讀、錯誤閱讀、片面閱讀的問
題，這確實也是閱讀中的一種誤讀現象。況且在中國文化語境中，
誤讀往往用作貶義而不作褒義使用。因此，我們在閱讀學中使用誤
讀應該一方面將其作爲特定概念或專用概念來使用，另一方面是對
其加以限定和說明。我們採用文學誤讀這一概念不僅是爲了限制誤
讀的對象，因爲只有在文學閱讀的領域中進行閱讀而造成的誤讀才
具有合理性和有效性，而非文學閱讀則不應構成誤讀的合理性和有
效性；而且爲了說明文學閱讀的方式、本質和本體，從而強調文學
閱讀必須是文學的閱讀而非政治的閱讀、道德的閱讀、歷史的閱
讀，強調閱讀性質的文學性、審美性和創造性。高達瑪認爲：「理
解是一個我們捲入其中卻不能支配它的事件；它是一件落在我們身
上的事情。我們不空著手進入認識的境界，而總是攜帶著一大堆熟
悉的信仰和期望。解釋學的理解既包含了我們突然遭遇的陌生的世
界，又包含了我們所擁有的那個熟悉的世界。」[146]因此文學閱讀
是創造性閱讀，這種創造性閱讀在讀者與閱讀對象之間形成距離，
在閱讀效果與閱讀對象之間也形成距離，形成讀者創造空間的機
會，這樣才有可能使閱讀在間距中進行創造，才有可能構成誤讀。
因此，只有在積極的文學閱讀中，而且只有在將文學當作文學來閱

讀時，才允許誤讀的存在和肯定誤讀的積極作用。

誤讀作爲創造性的閱讀、積極主動的閱讀，其誤讀效果表達在三方面：

首先，有利於發揮讀者的主體性。讀者的主體性在閱讀中表現在一方面能在閱讀中借景抒情，托物言志，亦即借助作品來表現讀者的思想感情，表現讀者的心靈世界和對世界的感受。另一方面，讀者能在閱讀中延伸、選擇、擴大作品的意蘊和意義，能在「第一文本」基礎上創造出「第二文本」。因此，閱讀是讀者主體性的表現，也是作者創造性的表現。

其次，誤讀豐富了文學，完善了作品。作品是一個「召喚結構」，這是一個有張力、有彈性、有創造餘地的結構，因而積極閱讀也能讀出作品的「空白」，能填補作品的「空白」。使作品的意思、意蘊、意義得以擴大。因此，閱讀有利於文學創作，有利於文學作品的永恆魅力和交流作用的發揮。

再次，誤讀有利於其他讀者的閱讀。閱讀之間是有聯繫的，閱讀之間既有文化見仁見智的差異，又有英雄所見略同的共同性。無論差異性還是共同性，都會給閱讀之間的交流、溝通創造契機。因此，誤讀既可以有示範作用，使其他誤讀獲得啓發和借鑑，從而提高閱讀修養和水準；又可以使誤讀活躍閱讀氣氛，增添閱讀效果，形成「百花齊放」、「百家爭鳴」的文學多樣化、多元化局面。當然，任何文學誤讀都是有限制、有條件的相對誤讀，誤讀走向極端，偏離閱讀對象或錯誤理解對象，都不利於誤讀，也不利於文學交流和比較。

七、文化過濾與文學誤讀的關係

比較文學的目的是爲了文學交流，文學交流的目的不僅爲了文學發展，而且是透過文學交流促進經濟、政治、文化、藝術的交流，促進在全球化語境下的不同國家、不同民族之間的多方面、多層次的交流。文學交流既然在異質文化之間進行，必然就存在交流的主體與客體的關係、發送者和接受者的態度、方式以及交流效果的問題。文化過濾和文學誤讀主要是從交流客體的角度去強調客體的主體性、能動性、積極性，也是客體聯繫主體的一種態度、方式和效果。因此，在交流中文化過濾與文學誤讀的關係表現爲三方面：

（一）文化過濾與文學誤讀的相同點

文化過濾與文學誤讀都是接受主體的一種行爲，都表示出對接受對象的積極主動的接受態度，也都表現出接受主體的積極性、主動性。無論過濾也好還是誤讀也好，都表明在接受主體與接受對象之間還存在一個仲介環節，存在著作爲接受主體的本土文化氛圍和語境對接受對象的限制作用、改造作用和消耗作用；也存在著接受對象適合或適應接受主體所處的文化氛圍和語境與否的問題。因而，文化過濾與文學誤讀其實都是聯繫主客體關係的橋樑，都能在加強接受主體的積極性的同時溝通主客體雙方。

（二）文化過濾與文學誤讀都是接受活動中的一種行為和現象

接受活動雖有多種不同的方式和形式，但文化過濾與文學誤讀在接受活動中都遵循接受美學的理論和規律，都能體現出接受活動

和接受主體的行為特點。因而，接受活動中的文化過濾與文學誤讀是作為一種積極主動的接受方式而存在的。沒有文化過濾與文學誤讀，也很難使主客體交流。

（三）文化過濾與文學誤讀都能定位在文化層面上去界定和限定「過濾」與「誤讀」的內涵和範圍，都能使這些行為和言說方式具有文化意蘊和意義

這不僅有利於確定文化過濾與文學誤讀的涵義和意義，而且有利於在文化交流的同時發揮不同文化主體的積極性，也有利於使不同文化之間更有效、更好、更深入的交流。

最後，文化過濾與文學誤讀都能注意到交流的平等性、合理性、對應性的問題。過去的交流往往是主體對客體的強行侵入，而現在提倡主體與客體的平等交流。

要做到平等交流，不僅主體應改變觀念和態度，而且也要使客體改變觀念和態度，使主客體能平等對話。這樣文化過濾與文學誤讀就成為平等交流的催化劑，有利於改變客體的活動位置和地位，使主客體能在交流中統一起來。

總之，在比較文學的視域中進行交流活動和接受活動都必須經過文化過濾和發生文學誤讀現象，都是交流活動中的接受主體的一種積極、主動的行為，也是交流語境和比較視域中的社會、文化氛圍影響的必然結果。因此，應充分發揮交流和比較中的文化過濾和文學誤讀的積極作用，更好地促進文化、文學的交流和發展。當然也要儘量避免文化過濾與文學誤讀中的消極因素，避免向極端發展，從而導致自我封閉、排斥異己的不良後果，這樣是不利於文學交流和文學傳播與接受的。

注釋

[1] 布呂奈爾等，《什麼是比較文學》，葛雷、張連奎譯，北京大學出版社，1989，頁77-78。

[2] 布呂奈爾等，《什麼是比較文學》，葛雷、張連奎譯，北京大學出版社，1989，頁75。

[3] 韋斯坦因，《比較文學與文學理論》，劉象愚譯，遼寧人民出版社，1987，頁38。

[4] 布呂奈爾等，《什麼是比較文學》，葛雷、張連奎譯，北京大學出版社，1989，頁77。

[5] 謝弗雷，《比較文學》，馮玉貞譯，台北：遠流，1991，頁74。

[6] 約斯特，《比較文學導論》，廖鴻鈞等譯，湖南文藝出版社，1988，頁36。

[7] 基亞，《比較文學》，顏保譯，北京大學出版社，1983，頁69-71。

[8] 泰戈爾，《新月集‧飛鳥集》中譯本序言，鄭振鐸譯，湖南人民出版社，1981。

[9] 韋斯坦因，《比較文學與文學理論》，劉象愚譯，遼寧人民出版社，1987，頁28。

[10] 基亞，《比較文學》，顏保譯，北京大學出版社，1983，頁56。

[11] 鄒振環，《影響中國近代社會的一百種譯作》，中國對外翻譯出版公司，1996，頁2。參引方豪，《中西交通史》（下），嶽麓書社，1987，頁1014。

[12] 布呂奈爾等，《什麼是比較文學》，葛雷、張連奎譯，北京大學出版社，1989，頁22-73。

[13] 錢林森，《法國作家與中國》，福建教育出版社，1995。

[14] 錢林森，《法國作家與中國》，福建教育出版社，1995，頁97。

[15]提格亨，《比較文學論》，戴望舒譯，商務印書館，1937，頁170。

[16]孫慶升，《曹禺論》，北京大學出版社，1986，頁246。

[17]曹禺，〈和劇作家們談讀書和寫作〉，《劇本》，1982，期10，頁7。

[18]提格亨，《比較文學論》，戴望舒譯，商務印書館，1937，頁172。

[19]大塚幸男，《比較文學原理》，陳秋峰等譯，陝西人民出版社，1985，頁34。

[20]《沫若文集》卷七，人民文學出版社，1958，頁12。

[21]轉引自楊周翰，《十七世紀英國文學》，北京大學出版社，1985，頁14。

[22]轉引自朱維之編著，《基督教與文學》，上海書店，1992，頁64。

[23]海倫·加德納，《宗教與文學》，沈弘等譯，四川人民出版社，1989，頁74。

[24]《聖經》，中國基督教協會，1998，第10章12節。

[25]《聖經》，中國基督教協會，1998，第15章17節。

[26]海倫·加德納，《宗教與文學》，沈弘等譯，四川人民出版社，1989，頁73。

[27]劉小楓，《拯救與逍遙——中西方詩人對世界的不同態度》，上海人民出版社，1988，頁168。

[28]奈茨，〈李爾王〉，《莎士比亞評論彙編》卷下，中國社會科學出版社，1981，頁297。

[29]奈茨，〈李爾王〉，《莎士比亞評論彙編》卷下，中國社會科學出版社，1981，頁313。

[30]韋勒克，〈比較文學的危機〉，干永昌、廖鴻鈞、倪蕊琴選編，《比較文學研究譯文集》，上海譯文出版社，1985，頁122-123。

[31]韋勒克，〈比較文學的危機〉，干永昌、廖鴻鈞、倪蕊琴選編，《比較文學研究譯文集》，上海譯文出版社，1985，頁122-123。

[32]羅傑·法約爾，《法國文學評論史》，懷宇譯，四川文藝出版社，1991，頁170-171。

[33]曹順慶，《比較文學學科理論研究》，巴蜀書社，2001，頁130。

[34]約斯特，《比較文學導論》，廖鴻鈞等譯，湖南文藝出版社，1988，頁9。

[35]曹順慶，《比較文學學科理論研究》，巴蜀書社，2001，頁125。

[36]曹順慶，《比較文學學科理論研究》，巴蜀書社，2001，頁131。

[37]提格亨，《比較文學論》，戴望舒譯，商務印書館，1937，頁17。

[38]提格亨，《比較文學論》，戴望舒譯，商務印書館，1937，頁17。

[39]卡雷，〈《比較文學》初版序言〉，北京師範大學中文系比較文學研究組編，《比較文學研究資料》，北京師範大學出版社，1986，頁43。

[40]雷馬克，〈比較文學的法國學派與美國學派〉，北京師範大學中文系比較文學研究組編，《比較文學研究資料》，北京師範大學出版社，1986，頁68。

[41]轉引自朱維之，《中外比較文學》，南開大學出版社，1992，頁56。

[42]布呂奈爾等，《什麼是比較文學》，葛雷、張連奎譯，北京大學出版社，1989，頁229。

[43]轉引自《什麼是比較文學》譯序，北京大學出版社，1989，頁3。

[44]轉引自《什麼是比較文學》譯序，北京大學出版社，1989，頁4。

[45]曹順慶，《比較文學學科理論研究》，巴蜀書社，2001，頁143-144。

[46]轉引自韋斯坦因，《比較文學與文學理論》，劉象愚譯，遼寧人民出版社，1987，頁175-176。

[47]陳思和，《談虎談兔》，廣西師範大學出版社，2001，頁194。

[48]韋勒克，〈比較文學的危機〉，干永昌、廖鴻鈞、倪蕊琴選編，《比較文學研究譯文集》，上海譯文出版社，1985，頁125。

[49]大塚幸男，《比較文學原理》，陳秋峰等譯，陝西人民出版社，1985，頁

108。

[50]提格亨，《比較文學論》，戴望舒譯，商務印書館，1937。

[51]此處採用顏保譯文，王堅良譯爲「文學世界主義的媒介因素」，參見干永
昌、廖鴻鈞、倪蕊琴選編，《比較文學研究譯文集》，上海譯文出版社，
1985，頁82。

[52]基亞，《比較文學》，顏保譯，北京大學出版社，1983，頁7。

[53]謝弗雷，《比較文學》，馮玉貞譯，台北：遠流，1991，頁77。

[54]韋勒克，《批評的概念》，張金言譯，中國美術學院出版社，1999，頁
269。

[55]干永昌、廖鴻鈞、倪蕊琴選編，《比較文學研究譯文集》，上海譯文出版
社，1985，頁208-209。

[56]Susan Bassnett, *Comparative Literature: A Critical Introduction* (Oxford and
Cambridge: Blackwell Publishers, 1993), p.161.

[57]盧康華、孫景堯，《比較文學導論》，黑龍江人民出版社，1984，頁
156。

[58]樂黛雲主編，《中西比較文學教程》，高等教育出版社，1988，頁165。
樂黛雲等學者所著《比較文學原理新編》（北京大學出版社，1998）一書
又寫道：「三〇年代前後，翻譯研究已發展爲比較文學的一個自成體系
的被稱爲『譯介學』或『媒介學』的不可或缺的分支。」（頁28）此處又
讓人覺得譯介學或媒介學是一回事，翻譯研究是其下屬分支。

[59]陳惇、孫景堯、謝天振主編，《比較文學》，高等教育出版社，1997，頁
137。

[60]張鐵夫主編，《新編比較文學教程》，湖南人民出版社，1997，頁172。

[61]基亞，《比較文學》，顏保譯，北京大學出版社，1983，頁26-28。

[62]基亞，《比較文學》，顏保譯，北京大學出版社，1983，頁25、27、
28。

[63]基亞，《比較文學》，顏保譯，北京大學出版社，1983，頁25、27、28。

[64]參閱以下兩書：謝天振的《譯介學》（上海外語教育出版社，1999）和許寶強等選編的《語言與翻譯的政治》（中央編譯出版社，2001）。

[65]謝天振，《譯介學》，上海外語教育出版社，1999，頁4-8。

[66]謝天振，《譯介學》，上海外語教育出版社，1999，頁4-8。

[67]謝謙，〈龐德：中國詩的「發明者」〉，《讀書》，2001，期10。

[68]王克非，《中國近代對西方政治哲學思想的攝取——嚴復與日本啓蒙學者》，中國社會科學出版社，1996，頁55。

[69]埃斯卡皮，《文學社會學》，王美華、丁沛譯，安徽文藝出版社，1987，頁137。

[70]該節的主要觀點及具體例子的討論均得益於劉樹森的〈論中國近代外國小說翻譯的敘事語態特徵〉一文，載《外國語》，1997，期5。

[71]該節的主要觀點及具體例子的討論均得益於劉樹森的〈論中國近代外國小說翻譯的敘事語態特徵〉一文，載《外國語》，1997，期5。

[72]劉禾，《語際書寫——現代思想史寫作批判綱要》，上海三聯書店，1999，頁36。

[73]該部分的觀點及下文的有關論述均得益於韓加明的〈翻譯研究學派的發展〉一文，載《中國翻譯》，1996，期5。

[74]謝天振，〈國內翻譯界在翻譯研究和翻譯理論認識上的誤區〉，《中國翻譯》，2001，期4。

[75]該命題係復旦教授陳思和先生提出，大致意義設定爲：在中外文學關係的研究中不要再把中國文學描述成一個純粹的、被動的接受體，一個簡單的模仿者，一個西方文學潮流「影響」下的「回聲餘響」，中國文學應該置於與外國文學，尤其是西方文學同等地位上進行研究。

[76]本節第一、二兩部分的基本觀點主要參考了法國學者莫哈的〈比較文學

的形象學〉（載《中國比較文學通訊》，1994.1）和〈試論文學形象學的研究史及方法論〉（載《中國比較文學》，1995.1-2）以及巴柔〈比較文學意義上的形象學〉（載《中國比較文學》，1997.1）。

[77]可參見利科，《從文本到行動》。

[78]周寧編著，《西方看中國》（上、下），團結出版社，1999。

[79]參見錢林森《法國作家與中國》關於伏爾泰與中國一節。

[80]拉森，〈文化對話：形象間的相互影響〉，樂黛雲、張輝主編，《文化傳遞與文學形象》，北京大學出版社，1999，頁208-219。

[81]莫哈，〈試論文學形象的研究史及方法論〉，《中國比較文學》，1995，期1，頁194註腳②。

[82]基亞，《比較文學》，顏保譯，北京大學出版社，頁108。

[83]以上列舉論文的出處請見莫哈的〈試論文學形象的研究史及方法論〉，《中國比較文學》，1995，期1，頁196。

[84]此例出處見莫哈，〈試論文學形象學的研究史及方法論〉，《中國比較文學》，1995，期1。

[85]此例出處見樂黛雲、張輝主編，《文化傳遞與文學形象》，北京大學出版社，1999。

[86]此例出處見莫哈，〈試論文學形象學的研究史及方法論〉，《中國比較文學》，1995，期1。

[87]有關該書的書評文章，請見錢林森，〈中歐文化平等對話的一個範例〉，《跨文化對話》，1998，創刊號，頁155。

[88]孟華，〈試論他者「套話」的時間性〉，樂黛雲、張輝主編，《文化傳遞與文學形象》，北京大學出版社，1999。

[89]曹順慶主編，《邁向比較文學新階段——中國比較文學學會第六屆年會暨國際學術討論會論文集》，四川人民出版社，2000，頁371頁。

[90]曹順慶主編，《邁向比較文學新階段——中國比較文學學會第六屆年會暨

國際學術討論會論文集》，四川人民出版社，2000，頁389。

[91]莫哈，〈比較文學形象學〉，蒯軼萍譯，《中國比較文學通訊》，1994.1，頁5。

[92]韋斯坦因，《比較文學與文學理論》，劉象愚譯，遼寧人民出版社，1987，頁56、64。

[93]約瑟夫・T・蕭，〈文學借鑑與比較文學研究〉，北京師範大學中文系比較文學研究組編，《比較文學研究資料》，北京師範大學出版社，1986，頁119。

[94]樂黛雲主編，《中西比較文學教程》，高等教育出版社，1988，頁106。

[95]北京師範大學中文系比較文學研究組編，《比較文學研究資料》，北京師範大學出版社，1986，頁133-135。

[96]陳惇、劉象愚，《比較文學概論》，北京師範大學出版社，1988，頁154。

[97]干永昌、廖鴻鈞、倪蕊琴選編，《比較文學研究譯文集》，上海譯文出版社，1985，頁124。

[98]堯斯，〈審美經驗與文學解釋學・導言〉，胡經之主編，《西方文藝理論教程》（下），北京大學出版社，1989，頁375-376。

[99]堯斯，〈文學史作為向文學理論的挑戰〉，蔣孔陽主編，《二十世紀西方美學名著選》（下），復旦大學出版社，1988，頁477、478。

[100]伊瑟爾，〈本文與讀者的相互作用〉，蔣孔陽主編，《二十世紀西方美學名著選》（下），復旦大學出版社，1988，頁507。

[101]參見H・R・堯斯、R・C・霍拉德，《接受美學與接受理論》，遼寧人民出版社，1987，頁139-143。

[102]樂黛雲主編，《中西比較文學教程》，高等教育出版社，1988，頁111。

[103]韋斯坦因，《比較文學與文學理論》，劉象愚譯，遼寧人民出版社，1987，頁47。

[104]這方面尚缺乏研究，這與比較文學者們不太關注比較文學與現代社會思潮有關，因此，這方面有作進一步研究的必要。

[105]此係史耐德爲他所譯寒山詩寫的序言，轉引自樂黛雲主編，《中西比較文學教程》，高等教育出版社，1988，頁113。

[106]陳惇、劉象愚，《比較文學概論》，北京師範大學出版社，1988，頁163。

[107]陳惇、劉象愚，《比較文學概論》，北京師範大學，1988，出版社，頁164。

[108]余英時，〈中國知識份子的邊緣化〉，《二十一世紀》（香港），1991，期6。

[109]樂黛雲主編，《中西比較文學教程》，高等教育出版社，1988，頁112-113。

[110]韋勒克、沃倫，《文學理論》，劉象愚等譯，三聯書店，1984，頁40。

[111]羅素，〈中西文化之比較〉，《一個自由人的崇拜》，北京時代文藝出版社，1988，頁8。

[112]韋斯坦因，《比較文學與文學理論》，劉象愚譯，遼寧人民出版社，1987，頁29。

[113]金絲燕，《文學接受與文化過濾──中國對法國象徵主義詩歌的接受》，北京中國人民大學出版社，1994，頁2。

[114]《王國維文學美學論文集》，太原：北嶽文藝出版社，1987，頁9。

[115]梁啓超，《飲冰室全集·文集》之一，中華書局，1989，頁57-58。

[116]韋斯坦因，《比較文學與文學理論》，劉象愚譯，遼寧人民出版社，1987，頁47。

[117]韋斯坦因，《比較文學與文學理論》，劉象愚譯，遼寧人民出版社，1987，頁55。

[118]樂黛雲、陳躍紅等，《比較文學原理新編》，北京大學出版社，1998，

頁1。

[119]俞久洪，《林紓研究資料·林紓翻譯作品考查》，福建人民出版社，1982。

[120]轉引自周發祥、李岫主編，《中外文學交流史》，湖南教育出版社，1999，頁284、285、288、289、290。

[121]轉引自周發祥、李岫主編，《中外文學交流史》，湖南教育出版社，1999，頁284、285、288、289、290。

[122]轉引自周發祥、李岫主編，《中外文學交流史》，湖南教育出版社，1999，頁284、285、288、289、290。

[123]轉引自周發祥、李岫主編，《中外文學交流史》，湖南教育出版社，1999，頁284、285、288、289、290。

[124]轉引自周發祥、李岫主編，《中外文學交流史》，湖南教育出版社，1999，頁284、285、288、289、290。

[125]轉引自周發祥、李岫主編，《中外文學交流史》，湖南教育出版社，1999，頁284、285、288、289、290。

[126]J·T·蕭，〈文學借鑑與比較文學研究〉，張隆溪選編，《比較文學譯文集》，北京大學出版社，1982，頁39。

[127]可參考趙毅衡，《遠遊的詩神》，四川人民出版社，1986；劉岩，《中國文化對美國文學的影響》，河南人民出版社，1999；以及豐華瞻，張子清等學者的有關論述。

[128]T. S. Eliot, ed, *Literary Essays of Ezra Pound,* 1954, p.77.

[129]T. S. Eliot, ed, *Literary Essays of Ezra Pound,* 1954, p.77.

[130]趙毅衡，《遠遊的詩神》，四川人民出版社，1986，頁195。

[131]盧卡奇，〈托爾斯泰與西歐文學〉，范之龍譯，見《盧卡奇文學論文集》，中國社會科學出版社，1981，頁452。

[132]謝天振，《譯介學》，上海外語教育出版社，1999。

[133]孔慧怡，《翻譯、文學、文化》，北京大學出版社，1999，頁10。

[134]趙毅衡，《遠遊的詩神》，四川人民出版社，1986，頁256-257。

[135]布魯姆，《影響的焦慮》，朱立元主編，《現代西方美學史》，上海文藝
　　　出版社，1993，頁969。

[136]布魯姆，〈閱讀圖示〉，朱立元主編，《現代西方美學史》，上海文藝出
　　　版社，1993。

[137]布魯姆，〈閱讀圖示〉，朱立元主編，《現代西方美學史》，上海文藝出
　　　版社，1993。

[138]布魯姆，〈閱讀圖示〉，朱立元主編，《現代西方美學史》，上海文藝出
　　　版社，1993。

[139]見《中國翻譯》，2001，期1，頁35-36。

[140]對該詩的形式藝術分析可參見李維屏，《英美現代主義文學概觀》，
　　　1998，頁131-132。

[141]伍光謙，《語義學導論》，湖南教育出版社，1988，頁133-146。

[142]胡文仲，《跨文化交際學概論》，外語教學與研究出版社，1999，頁
　　　66。

[143]嚴羽，《滄浪詩話》。

[144]王國維，《人間詞話》。

[145]雷馬克，〈比較文學：再次面臨選擇〉，曹順慶主編，《邁向比較文學
　　　新階段──中國比較文學學會第六屆年會暨國際學術討論會論文集》，
　　　四川人民出版社，2000，頁28。

[146]高達瑪，《真理與方法》，上海譯文出版社，1992。

第三章

平行研究

引言　平行研究：繼承與發展

　　我們首先要明確指出：平行研究與影響研究，從某種意義上說，是不能截然劃分開的，它們二者之間不但有著繼承與發展的問題，而且血肉相連，難解難分。

　　其實早在法國學派「影響研究」學科理論建立之前，平行研究就已經誕生。被提格亨譽為「世界比較文學先驅」的史達爾夫人的南北文學不同論，就是典型的平行比較研究，她還倡導「考察宗教、習俗和法律對文學的影響以及文學對宗教、習俗和法律的反影響」[1]。這已有跨學科研究之意味。比較文學的頭兩家刊物並不是法國人辦的，而是匈牙利的梅茨爾於1877年在克勞森堡創辦的《比較文學雜誌》（後改名為《比較文學學報》）以及德國學者科赫1887年在布雷勞斯大學創辦的《比較文學雜誌》。第一部比較文學專著也不是法國人寫的，而是在紐西蘭奧克蘭大學任教的英國人波斯奈特於1886年出版的《比較文學》。以上雜誌與專著刊發的文章及其中的內容，既包含影響研究，又包含平行研究，甚至跨學科研究。

　　按理說，比較文學如果照此一路發展下來，並不會產生美國學者所批判的「人為的限制」這樣一種學科危機，但這種「人為的限制」卻實實在在地產生了，這是值得玩味的一個課題。法國學派為什麼要提出那些「人為的限制」？為什麼要宣稱「凡是不存在事實聯繫的地方，比較文學的領域也就不再存在。」（卡雷語）一些學者認為，這與法國實證主義的影響密切相關，例如提格亨就宣稱：「比較這兩個字應該擺脫全部美學的涵義，而取得一個科學的涵

義。」但僅僅看到這一點還不夠。還應當看到，法國學派之所以強調「科學」、「準確」，是與他們發現早期比較文學研究已呈現的隨意性，即所謂「亂比」或「比附」現象有關，這種「比附」，在今天的平行研究中我們仍然時時碰見，並爲之頭痛。在大陸，某某與某某的比較，或稱「X＋Y式」的比較，已被謝天振稱之爲比較文學的新危機。正是爲了防止亂比，法國學派才精明地縮小陣線，將火力集中於影響研究。卡雷立場鮮明地指出：「比較文學的概念應再精確化。我們不應無論什麼東西、什麼時代、什麼地方都亂比一通。」所以卡雷提出一個有趣的說法：「比較文學不是文學比較。」[2]人們一定會很奇怪，比較文學不是文學比較！那是什麼？法國學派的回答，比較文學是「國際文學關係史」。這樣的定位，才將實證性和科學性落實了。正如提格亨所說：「如果沒有這種精細的和準確的考證，那麼，比較文學便只能給人一些近似之說和空泛的概論了。」

從某種意義上來看，法國學者的看法是有道理的，比較文學的平行研究如果不加強學科理論研究，尤其是加強可比性的研究，則弊病是很多的。然而，今天的比較文學研究卻偏偏忽略了這一點。在跨異質比較文學研究中，可比性問題就更顯得重要，從某種意義上說，比較文學可比性是這門學科能否站穩腳跟的大問題。美國學派在這一問題上始終較爲猶豫和遲疑，觀點極不一致。導致美國學派平行研究學科理論根基不穩，與法國學派相較而言，美國學派顯得主觀隨意性較大。學科理論建設尚欠細致周密。但美國學派的學者們有一個好處，其氣魄比較大，敢於並善於包容異己，包括包容他們激烈反對的法國學派的影響研究。勃洛克在1969年的講演稿〈比較文學的新動向〉中指出，比較文學「面對全球各異族的文學，既可以探討國際間的影響和聯繫，又可以研究它的內在價值；

既有考證和比較，又有綜合和評價；既重視科學性，又重視美學性；既有文學範圍內的比較研究，又有跨越學科界限的、對文學與其他學科的關係的比較研究」。[3]勃洛克的看法是明智的，同時也代表了比較文學研究的正確發展方向。事實上，法國學派的影響研究與美國學派的平行研究有著極好的互補關係，兩者結合，可以彌補二者的不足，完善比較文學學科理論，促進比較文學的進一步發展。從學科理論角度上看，也可以說平行研究與影響研究之間是一種繼承與發展的關係，美國學者並沒有排斥或打倒影響研究，而是在影響研究的基礎上進一步的發展。

　　本章的主題學、文類學等節，就鮮明地體現了這一繼承與發展的關係。在主題學、文類學研究中，既有影響研究的碩果，更有平行研究的進一步發展。只有從這一角度，我們才能眞正理解比較文學的發展。

第一節　比較詩學

一、詩學與比較詩學

　　弄清「詩學」（Poetics）概念是理解「比較詩學」的前提。Poetics 來源於希臘詞 Poiētikēs，而 Poiētikēs 又是 Poiētike tekhnē（作詩的技藝）的簡化形式，它確定範本、提取規則以作爲評判後世創作的標準。亞里斯多德的《詩學》就是最早的一部規範性理論著作。雖然《詩學》主要討論詩尤其是悲劇與史詩，但就其美學意義與對後世的影響而言，已經關涉全部文學藝術的本質。因此，在亞

里斯多德那裡，「詩學」可以理解爲文學藝術理論。羅馬時代的賀拉斯寫有詩體書簡《詩藝》，十七世紀法國的布瓦洛也作有詩體專著《詩的藝術》，他們都承繼了亞氏「模仿說」傳統，也以悲劇爲主要研究對象，但《詩藝》針對的是文學創作，《詩的藝術》是新古典主義文學創作的法典，因此，在賀拉斯與布瓦洛那裡，所謂「詩學」可以理解爲文學理論。但是，「詩」又是一種與散文、小說、戲劇等相區別的文學類型，「詩學」又可以理解成詩歌理論，比如，華滋華斯的《抒情歌謠集·序》、雪萊的《詩辯》、艾倫·坡的《詩的原理》等，都是關於詩歌這一文體的理論著作。就上述情況看來，「詩學」的涵義有廣義、中義、狹義的區別，三者分別指文藝理論、文學理論、詩歌理論。就比較文學學科要求和比較詩學研究的代表性論著看來，「比較詩學」中的「詩學」應該指文學理論，所謂比較詩學是指不同國家及不同文明文學理論的比較研究。

　　韋勒克與沃倫於1949年出版了著名的《文學理論》一書，他們將文學研究區分爲文學理論、文學批評和文學史三個部分，進而指出：「最好將『文學理論』看成是對文學的原理、文學的範疇和判斷標準等問題的研究，並且將研究具體的文學藝術作品看成『文學批評』（其批評方法基本上是靜態的）或看成『文學史』。」[4]但韋勒克後來又說：「自從這些文字寫出之後，曾經有過許多次想取消這些區分或者爲這些學科當中的某一學科提出多少帶有極權主義要求的嘗試，比如說，不是將它們合爲一項如文學史或文學批評或文學理論，就是至少把這三項變爲兩項，說只有文學理論和文學史或者只有文學批評和文學史。」[5]這即是說，至少文學批評和文學理論是可以相互包含或替換的兩個概念。由此，我們認爲，文學理論既包括對文學的原理、範疇和判斷標準等問題的研究，又包括對具體文學作品的批評性研究。比較文學理論或比較詩學的目的就是

透過對不同民族、國家的文學原理、範疇、標準，文學批評的概念、原則以及具體作品的評價等加以比較和互相闡發，以尋求文學發展的共同規律。

比較詩學的興起，與美國學派提倡平行研究密切相關。因為平行研究主張對沒有或缺乏事實聯繫的文學進行平行的美學的研究，從而為文學理論進入比較文學領域提供了合法性依據。正是在這種學術背景下，法國著名比較學者艾金伯勒於 1963 年在《比較不是理由》（1966 年英譯版將原書副題「比較文學的危機」用作書名）一書中明確作出了「從比較文學到比較詩學」的論斷，他認為：「歷史的探尋和批判的或美學的沈思，這兩種方法以為它們自己是勢不兩立的對頭，而事實上，它們必須互相補充；如果將兩者結合起來，比較文學便會不可違拗地被導向比較詩學。」[6]的確，對各民族、國家尤其是對跨東西方異質文化的文學進行平行的美學的研究，必然要上升到文學理論的層面，進而走向文學理論的比較研究，並最終走向尋求跨民族—國家、跨文化的文學共同規律。就這一意義而言，比較文學與文學理論存在著相互促進與影響的密切關係。

再者，正如威姆薩特與布魯克斯在《文學批評簡史》中所指出的那樣，文學創作自身即蘊涵著文學理論，荷馬《史詩》開篇即禱告上天賜予靈感，這之中就隱含著一種特殊的文學理論，即文學來源於靈感，與作家的經歷、學識和具體的社會歷史背景沒有直接關係。因此，對文學的比較研究也就蘊涵著對文學理論的比較研究。

即便如此，國際比較文學界對文學理論大規模進入比較文學領域的看法卻並不一致，並進行了較長時期的論爭。1985 年在巴黎召開的第十一屆國際比較文學大會將這一論爭推向了高潮，許多權威學者如韋勒克、巴拉基安、勃洛克等人都反對將新的文學理論運

用於比較文學[7]。然而,比較文學隨後的發展事實卻顯示,女性主義、新歷史主義、後殖民主義、第三世界文化研究等國際性的文學理論與思潮都紛紛滲透進比較文學研究領域,為跨文化文學理論的比較開闢了道路,從而形成西方比較詩學研究的新局面。

從比較詩學論著的形態上看,中國(包括港台與海外華人學者的論著)與西方存在較大的差異。中國的中西比較詩學論著較為豐富,且大多是將中國文論,特別是古代文論與西方文論相比較。西方主要是在同一文化(文明)體系內進行文學理論的比較研究,但由於西方各國文論是從古希臘、羅馬文論之根本上發展演變而來,相互之間的差異並不是本質性的,互補性也不強,因而比較研究的價值相對中西文論的比較來說也不高。於是,西方比較學者轉而將不少新理論用於各國文學的研究,以便深入挖掘各國文學新的美學價值、認識價值或社會價值,比如,從女性主義文論的角度重新解讀古典文學名著,以便從中發現男性主義與女性意識之間壓抑與抗爭的思想歷程。由於本書有專節探討文學理論與比較文學的關係,在此不予細論,只是想提醒讀者中國與西方的比較詩學在形態上所存在的差別。

二、中西比較詩學研究

由於中國現代文學與文論的誕生和發展是古今尤其是中外文學、文論相碰撞的結果,中國比較文學初期階段的學者並非自覺進行比較文學研究,況且,當時法國學派的代表性理論著作還未出現。值得注意的是,從王國維開始的中國比較文學的先驅們並非從文學的比較研究開始,而是從中西文學理論的比較入手。其原因至少有如下兩方面:一是中國現代文學從一開始就有一種理論自覺,

所謂「別求新聲於異邦」；二是中、西文學相對缺乏交流與影響，且由於處於不同的文化體系中，兩者具有本質性的差異，一旦進行比較，學者們勢必要思考這種差異的根源，並進而追溯到文學觀念與理論的層面，或用西方的理論來重新解讀中國文學，或直接進行文學理論的相互闡釋與對比，以尋求中國傳統文學、文論向現代文學、文論轉換的具體途徑。

縱觀二十世紀中西比較詩學的發展歷程，我們可以概括出如下幾個方面的特徵：

（一）兩頭厚重，中間薄弱

大致說來，從1904年王國維發表〈紅樓夢評論〉起，到1948年6月上海開明書店出版錢鍾書的第一本論文集《談藝錄》止，是中西比較詩學發展的黃金時期；接下來的三十年，中國大陸的中西比較詩學幾乎是一片空白，所幸的是海外及港台的一批學者在這段時期做出了比較出色的貢獻；從1979年到世紀末的二十年，是中西比較詩學的又一個豐收期。

黃金時期出現的研究成果，不僅對後來的文學思想發生了巨大的影響，而且還促進了中國現代學術規範的建立與發展。具體說來，這些成果包括一系列重要論文和一批專著。論文除王國維的〈紅樓夢評論〉以外，還有魯迅的〈摩羅詩力說〉（1908）、周作人的〈論文章之意義暨其使命及中國近時論文之失〉（1908）、吳宓的《〈紅樓夢〉新談》（1920，文章依據哈佛大學H. Magnadiev教授提出的評價小說的「六長」標準，對《紅樓夢》作了具體評析，還借鑑西方其他理論與方法分析了小說中的人物、情節及藝術手法），以及宗白華、鄧以蟄、梁宗岱等著名學者的眾多美學、文學論文。

就重要著作來看，1908年王國維就結集出版了他的《人間詞

話》，借鑑西方美學思想，將中國古代的意境理論發展到境界說這樣一個新階段。1935年和1936年先後出版的《詩與真》、《詩與真二集》，是梁宗岱的兩部詩學文集，對中西幾位著名詩人的創作與思想以及中西詩歌的藝術手法作了相當深入的探討與比較。1943年，重慶國民圖書出版社印行了朱光潛的《詩論》，這是一部成功的比較詩學著作，它突破了王國維、吳宓等人的單向闡釋法，在中西詩學的相互闡釋中對詩的起源、本質、語言、節奏、聲韻以及詩與散文、音樂、繪畫等其他藝術的關係這些有關詩歌的根本問題作出了細致、深入的論述。

　　錢鍾書的《談藝錄》雖是一部以中國傳統詩話形式寫成的著作，但卻具有明顯的現代意識，將傳統理論與西方觀念融會在一起。據統計，該書涉及西方哲學、美學、文學大師五百餘人的觀點，其中包括精神分析、超寫實主義、結構主義、新批評等二十世紀上半葉在西方出現的種種現代理論。更爲難得的是，每論及一篇作品、一個觀念或一個問題，作者都能將豐富的中外材料信手拈來並驅遣自如，稍加點化便讓讀者茅塞頓開，有豁然貫通之感，真正達到了作者在序中所提出的「東海西海，心理攸同；南學北學，道術未裂」的理想境界。整個二十世紀的五○、六○、七○年代，由於特殊的意識形態背景，中國大陸的比較文學學科不僅沒有發展，反而遭到扼制，比較詩學也就成了一片空白，慶幸的是，港台學者與海外華人並沒有停止比較文學的研究。但是，由於在此期間，海外華人、港台學者與中國大陸幾乎沒有學術聯繫，他們的比較文學研究是在純粹西方的學術氛圍中進行的。西方比較學者明確提倡比較詩學已是六○年代以後的事，因此，直到1975年，劉若愚才出版了海外第一部中西比較詩學著作《中國的文學理論》。該書以艾布拉姆斯《鏡與燈》中所提出的藝術四要素爲框架，分析中國詩學

的本質內涵，從中總結出六種理論，即形而上的理論、決定的理論、表現的理論、技巧的理論、審美的理論、實用的理論，並描述了其發展、相互影響及不斷綜合的歷史演進脈絡。這種以西方的觀念來描述、評析中國理論的闡釋方式本身就具有比較詩學的性質。這部著作在使中國文學理論系統化方面作出了重要貢獻，對港台比較詩學的影響非常深刻。

　　受劉若愚影響較大但又對他有所揚棄的是葉維廉。葉氏最重要的詩學著作是由台灣東大圖書有限公司於 1983 年出版的《比較詩學——理論構架的探討》一書。全書由〈東西比較文學中「模子」的應用〉、〈語法與表現——中國古典詩與英美現代詩美學的會通〉、〈語言與真實世界：中西美感基礎的生成〉、〈中國古典詩和英美詩中山水美感意識的演變〉、〈「出位之思」：媒體及超媒體的美學〉等五篇論文構成。因該書是「比較文學叢書」中的一種，所以書前有葉氏為此叢書寫的「總序」，序中提出了「在中西比較文學的研究中，要尋求共同的文學規律、共同的美學據點」這一明確目的，進而指出，要實現這一目的，「首要的，就是就每一個批評導向的理論，找出它們各個在東西方兩個文化美學傳統裡生成演化的『同』與『異』，在它們互照互對互比互識的過程中，找出一些發自共同美學據點的問題，然後才有用其相同或近似的表現程序來印證跨文化美學會通的可能」。這篇總序及〈東西比較文學中「模子」的應用〉對中西比較文學與詩學研究的理論探討和具體實踐產生了提綱挈領的指導性作用。而這套比較文學叢書的絕大部分都屬於比較詩學著作，除葉維廉《比較詩學》外，還有周英雄《結構主義與中國文學》、王建元《雄渾觀念：東西美學立場的比較》、古添洪《記號詩學》、鄭樹森《現象學與文學批評》、張漢良《讀者反應理論》等。由於葉維廉較長時期任教於美國加州大學聖地牙哥校區

並擔任該校比較文學系主任，間曾客座台灣大學與香港中文大學，為港台比較文學界培養了一批傑出學者，除上面提到的周英雄、鄭樹森、古添洪、張漢良、王建元等以外，還有陳鵬翔、陳清僑、廖炳惠、梁秉鈞等都出自他的門下，形成「中西比較文學的聖地牙哥學派」，而且這批學者大多有比較詩學方面的著述，限於篇幅，不予細述。

　　1977年，洪範書店出版了黃維樑的《中國詩學縱橫論》，這也是影響較大的一部比較詩學著作，著者從中西比較的角度對中國古典詩學中的印象式批評、言外之意說和王國維的《人間詞話》等內容作了相當深入的闡發。1996年由北京大學出版社出版的黃維樑的又一專著《中國古典文論新探》被認為是《中國詩學縱橫論》的續篇，著重探討了《文心雕龍》中的六觀說，比較了劉勰和新批評對結構的看法，還將《文心雕龍》與亞里斯多德的《詩學》、韋勒克、沃倫的《文學理論》以及讀者反應理論、解構主義、基（原）型理論分別作了比較論述。

　　不難看出，海外華人及港台學者的比較詩學研究的主要成果出現於二十世紀七〇年代和八〇年代，一定程度地彌補了大陸研究的空白時間段，他們的研究視野能夠及時地跟上西方文學理論發展的步伐，也是當時甚至八〇年代的大陸學者所無法相比的。

　　十一屆三中全會以後，中國大陸的比較文學開始全面復興，而且這種復興的標誌就是幾部重要的比較詩學著作的出版。在此之後的二十年間，比較詩學取得了巨大的成就。首先，1979年中華書局出版了錢鍾書的另一巨著《管錐編》。全書由七百八十一則長短不一的讀書筆記組成，以《周易正義》、《毛詩正義》、《左傳正義》、《史記會注考證》、《老子王弼注》、《列子張湛注》、《焦氏易林》、《楚辭洪興祖補注》、《太平廣記》、《全上古三代秦漢三

國六朝文》等十種古代經史子集各方面的典籍為研究對象，廣採中外文學作品與理論，對創作、作品、鑑賞等有關文學發生、發展規律、美學價值等各個方面進行探本窮末的考辨與闡釋，以期尋求全人類共同的詩心與文心。全書打通了時空、學科、語言等多種界限，顯出旁徵博引、縱橫捭闔的宏大氣魄，具有重要的學術價值。其次，1979年10月，上海古籍出版社出版王元化的《文心雕龍創作論》（簡體橫排本，1984年改出繁體直排本，並作了修訂，有較大增補），不僅在龍學上是一大突破，在比較詩學研究上也有突出貢獻。全書分上下兩篇，上篇由三篇專論構成，下篇圍繞《文心雕龍》中的物色、神思、體性、比興、情采、鎔裁、附會、養氣等八篇為中心，分別論述了創作活動中的主客關係（心物交融說）、藝術想像（杼柚獻功說）、作家的創作個性（才性說）、表象與概念的綜合（擬容取心說）、思想與感情的互相滲透（情志說）、創作過程的三個步驟（三準說）、藝術結構的整體和部分（雜而不越說）、創作的直接性（率志委和說）等內容。除上述八說釋義之外，作者還將與所論內容相關的古今中外的觀點、材料以附錄的形式放在每篇釋義正文之後，使正文、附錄各有不同的重點，正文側重於把劉勰理論的本來面目忠實地揭示出來，附錄側重於透過剖析劉勰的創作論來對其中涉及的藝術規律和藝術方法問題作進一步探討。這就是作者在後記中所謂的「案而不斷」的辦法。照作者自謙的說法，這應該是在無能力將「古今中外融會貫通起來」而不得已求其次的辦法，但這種辦法卻正因其沒有「勉強地追求融貫，以致流為比附」而受到普遍讚揚。

　　1981年5月，上海人民出版社出版了宗白華的《美學散步》一書。這是又一部重要的比較詩學著作，選入了作者從1920年至1979年期間發表的二十二篇美學、文學論文，其中十四篇作於解放

前。早在1919年，宗白華就形成了自己的東西文化滲合融化觀
（參見宗白華〈我的創造少年中國的辦法〉、〈中國青年的奮鬥生活
與創造生活〉[8]，提倡爲眞理而比較，從而超越了「在書本上尋找
各家學說的相互關係，替它溝通調和，從中抽出些普遍眞理來做成
一個學說的系統」（宗白華，〈中國的學問家——溝通－調和〉，
《時事新報‧學燈》，1919年11月27日）的不良學風。正是有這樣
的文化觀和比較觀，宗白華才在中西文化中發掘出「宇宙意識」與
「生命情調」兩相結合的理想人格亦即理想藝術境界（美的人格、
美的藝術境界）的特徵，從而將中西文化融合在一起，將詩、畫、
書法、音樂等不同學科融合在一起，爲中國的比較詩學開闢了新局
面。

　　1988年，上海人民出版社推出了劉小楓的《拯救與逍遙》，這
是一部引起較大震動與較多爭議的著作。著者自己在引言中標榜這
是一部「比較詩學」專著，但在後記中又稱「根本就不是比較詩
學」，因爲他害怕讓人誤以爲是在談論文藝理論或美學問題，而不
是在探索「存在本體論」。實際上，這確是一部名副其實的中西比
較詩學著作，著者運用胡塞爾現象學方法去考察與比較「中西詩人
對世界的不同態度」，並導向文化尋根（所謂「樂感文化」與「罪
感文化」的區別與對立），最終診斷出漢語精神傳統在價值上的不
可靠性。

　　1988年9月，北京出版社出版了中國大陸第一本以「比較詩學」
命名的學術專著，即曹順慶的《中西比較詩學》。全書由六部分組
成，緒論側重文化探源，從政治、經濟、宗教、科學、倫理、思
維、語言等方面有系統地論述了中西社會文化特徵對中西詩學的影
響；藝術本質論、藝術起源論、藝術思維論、藝術風格論、藝術鑑
賞論等五個部分，選擇一系列中西詩學範疇進行比較研究，具體論

述中西古典文論的共同規律和不同特色，並注重發掘中國古典文論的世界意義，以闡明中西古典文論在世界文論史上各有貢獻且相互輝映。該書可以說是一部系統的中西詩學範疇比較研究的重要著作。

1991年，人民文學出版社出版了黃藥眠、童慶炳主編的《中西比較詩學體系》。全書分上、中、下三編，上編著重比較中西詩學的文化背景，將中西文化最根本的差異概括爲重「無」與重「有」；中篇著重範疇比較，屬平行研究；下編著重考察西方現代詩學對中國現代詩學的影響，屬影響研究。由此不難看出該書所具有的系統性特徵。

1992年，美國杜克大學出版社出版了張隆溪用英文撰寫的《道與邏各斯》（*The Tao and The Logos: Literary Hermeneutics, East and West*）一書，「書中討論了中國古代的哲學、文學以及文學理論，但又不同於專門研究中國文化的一般漢學著作，而是把中國傳統的思想和文學放在與西方思想和文學的比較中來理解」[9]。這裡所謂的西方思想，是指西方的哲學闡釋學，但作者並不是以西方思想來格式化中國文學，而是深入到闡釋學概念之中，去探討西方批評傳統和中國古典詩學是怎樣理解語言和解釋之關係的，並試圖暗示出在中國詩學中也有一條一以貫之的闡釋學思路。

1992年，上海外語教育出版社出版了狄兆俊的《中英比較詩學》，這是第一部國與國之間詩學比較研究的專著，它以艾布拉姆斯的實用理論和表現理論爲框架，將中英兩國的傳統詩學的異同進行對比分析，最後落實到對中英詩學二重性特徵的依據、內涵與表現的綜合論說上。

1993年，春風文藝出版社推出了一部具有比較詩學性質的工具書──《世界詩學大辭典》。該書由樂黛雲、葉朗、倪培耕聯合主

編,將西方、中國、印度、阿拉伯、日本等不同文化體系的詩學術語、著作、理論家彙編在一起,給予比較詳細的解釋,雖未明確地進行比較,但並列、彙聚在一起,就具有了比較詩學的意味。1996年,由四川人民出版社出版、曹順慶主編的《東方文論選》,也可以說是同樣性質的一部比較詩學工具書,不僅彙集了阿拉伯、印度、日本、韓國等東方文化圈內各民族、國家各具特色的文學理論,還以專文的方式介紹了各民族、國家文論發展的概況,從而與《中國文論選》、《西方文論選》等著作構成一種潛在的對話與比較。

　　1994年7月,北京大學出版社出版了張法的《中西美學與文化精神》。全書結構順序為由文化範式到美學的整體結構再到美學的具體問題,作者希望透過「探討中西美學各重大問題(以命題和概念表現出來)的特色和關聯,然後尋求決定這些相關問題異同的中西美學的整體結構,最後尋求決定中西美學體系何以竟是這樣的文化範式」[10]。宏觀與微觀相結合,使宏大的理論推衍與具體的美學命題、範疇結合得十分緊密。

　　二十世紀九〇年代初,中國大陸還出現了一批比較詩學專著,如湖南人民出版社出版、盧善慶主編的《近代中西美學比較》(1991);安徽文藝出版社出版、周來祥及陳炎合著的《中西比較美學大綱》(1992);江蘇人民出版社出版、潘知常的《中國美學精神》(1993)等,尤其是到了世紀末的最後兩年,又集中出現了一批這樣的專著,如1998年4月,山東教育出版社出版、曹順慶著《中外比較文論史(上古時期)》(1998);文化藝術出版社出版、楊乃喬著《悖立與整合——東方儒道詩學與西方詩學的本體論、語言論比較》(1998);中國人民大學出版社出版、趙毅衡著《當說者被說的時候——比較敘述學導論》(1999);四川人民出版社出

版、李思屈著《中國詩學話語》（1999）：三聯書店出版、余虹著
《中國文論與西方詩學》（1999）：中國社會科學出版社出版、饒芃
子主編的《中西比較文藝學》等。這些著作或在內容或在方法或在
學科反思方面具有各自的特色，將比較詩學研究推向了又一個新的
階段，限於篇幅，在此不作具體介紹與評價。

（二）從自發到自覺，由實踐到理論

　　眾所周知，比較文學作爲一門學科，其歷史也不過一個多世
紀；比較詩學更是在美國學派興起之後才得以大力提倡與發展。很
明顯，儘管在王國維之前黃遵憲、康有爲、梁啓超、嚴復甚至林紓
等人都曾意識到並闡述過中外文學比較研究的重要意義，但是，他
們的出發點與目的地都並不單純地是文學，而具有明顯的功利色
彩。就王國維的比較詩學而言，雖然顯得比較純粹，也主要還是一
種自發性的研究，這一方面是由於王國維的政治意識不強，更主要
的是因爲他早年的學術興趣介於哲學與文學之間，這正好是詩學的
領域。

　　到了二、三〇年代，由於西方衆多文學思潮的湧入，加之比較
文學理論的引進，中國學者也開始自覺地進行中西詩學的比較研
究。比如朱光潛在《詩論》（1984年三聯版）的後記中就指出寫作
該書的動機就在於「試圖用西方詩論來解釋中國古典詩歌，用中國
詩論來印證西方詩論」。如果要考察比較詩學的具體發展歷程，我
們甚至可以追溯到十九世紀中後期。但對比較詩學的對象、目的、
意義、方法等從理論上進行探討，則要晚得多。在這一方面，海外
的學者又要先行一步，其中尤其以劉若愚、葉維廉的貢獻最大。劉
氏的〈西方文學理論綜合初探〉[11]一文，不僅爲自己試圖進行中西
文學理論綜合作了理論上的辯護與界定，而且還提出了將功用定義

與結構定義相結合的「雙焦點的研究方法」（bifocal approach）。葉氏在作於七、八○年代的〈東西比較文學中「模子」的運用〉、〈尋求跨中西文化的共同文學規律〉、〈比較文學叢書‧總序〉以及〈批評理論架構之再思〉等四篇文章中，對中西文學、文論、美學的比較研究給予了深入細致的理論探討。從八○年代初開始，大陸比較文學界也重視比較文學學科理論的建設，不少重要的學者都參加了進來，而且大都論及比較詩學。比如，錢鍾書就曾在關於比較文學與文學比較的談話中明確指出，「文藝理論的比較研究即所謂比較詩學（comparative poetics），是一個重要而且大有可為的研究領域。如何把中國傳統文論中的術語和西方的術語加以比較和互相闡發，是比較詩學的重要任務之一。進行這項工作必須深入細致，不能望文生義。中國古代的文學理論家大多是實踐家，要了解其理論必須同時讀其詩文，否則同一術語在不同的人用起來涵義也不同，若不一一辨別分明，必然引起混亂。」[12]此外，賈植芳、樂黛雲、朱維之、曹順慶、余虹等老中青三代學者在論文、專著或教科書中紛紛涉及比較詩學的各種理論問題。

（三）從中西比較到多元比較

　　王國維、朱光潛、宗白華等人的論著以及八○年代、九○年代初出版的大部分著作，都著重中西詩學的比較，但錢鍾書四○年代出版的《談藝錄》已經是「凡所考論，頗採『二西之書，以供三隅之反』」[13]，所謂「二西」，指的是歐美與印度[14]，《管錐編》更是博通中外東西，兩部著作均非中西比較所能限定。九○年代初、中期以來，比較詩學研究則從實踐到理論都已突破中西二元對比而走向了中外多元比較，《世界詩學大辭典》、《東方文論選》的出版是一種標誌，更是一種促進。而1998年出版的《中外比較文論史

（上古時期）》一書則是對中外文論進行跨東西方異質文化的縱向歷史描述與橫向多元比較的著作，也是著者曹順慶先生多年來提倡跨東西方異質文化的多元比較詩學研究所取得的階段性成果，在縱向描述中不僅涵蓋了世界文論三大源頭的中國、印度與西方，也包括了西元六世紀及其以後相繼興起的阿拉伯、波斯、日本、朝鮮等民族、國家的文學理論，在橫向比較中則按歷史發展為序對中外重要文論家的觀點從比較的角度予以闡釋，且從話語建構方式入手，力圖還世界文論以本來面目。楊乃喬的《悖立與整合》一書，也提出「東方儒道詩學」這一「東方大陸本土的擁有多元文化學術視野的學者起用的概念」[15]，以與西方詩學進行平等對話與比較。就目前看來，這種跨多元文化的比較將是比較詩學進一步發展的重要趨勢。

三、西方比較詩學研究

在對中國大陸、港台及海外華人學者的比較詩學研究概況有所了解的基礎之上，我們也有必要對西方的比較詩學研究作一簡單介紹。從總的趨勢上看，西方比較詩學經歷了從西方文化（文明）體系內的比較研究到跨文化（文明）比較研究的發展趨勢。這既與東西方文化交往日益頻繁有關，更與西方比較學者對比較文學應該包括、重視東方文學的理論自覺有關。

早在二十世紀五〇年代末，蘇聯比較學者就對巴登斯貝格和韋納編的比較文學八萬多條書目中僅有五百來條與東方文學相關這一現象深表不滿。[16]到了七、八〇年代，法國的艾金伯勒、美國的克勞迪奧·紀廉、海陶章等人都紛紛提倡研究中國及整個東方文學和文學理論。[17]

儘管早在二十世紀四〇年代,俄國漢學家瓦‧阿列克謝耶夫(1881-1951),就曾撰寫了〈羅馬人賀拉斯和中國陸機論詩藝〉這樣的比較詩學論文[18],但直到七〇年代以後,西方比較詩學著作才大量出現,比如,1978年,佛克瑪、易布思、范卓斯特三人合編了《比較詩學》(*Comparative Poetics*),1985年,巴拉康、紀廉合編《比較詩學》,1988年,艾金伯勒的學生馬里諾(A. Marino)著有《比較研究與文學理論》(*Comparatisme et théorie de la littérature*)。[19]1982年,國際比較文學第十次研討會以「比較文學規律」爲題,下設一個小組,也名爲「東西文學規律體系」,從大會會刊中也可以看出如下論題:司馬遷與普魯塔克之傳記寫作藝術、西方文學規律與東方思想之關係——德希達與印度佛教哲學家龍樹菩薩以及羅蘭‧巴特對日本俳句之幻想等。[20]在蘇聯,日爾蒙斯基也於1979年發表了他的《比較文藝學——東方與西方》一書,注重東西方詩學的比較研究。

1990年,曾擔任國際比較文學協會副主席的厄爾‧邁納出版了《比較詩學——文學理論的跨文化研究札記》(*Comparative Poetics: An Intercultural Essay on Theories of Literature*, Princeton University Press),這是最近十年以來西方比較文學界產生了最大影響的一部比較詩學著作。該書除緒論外,包括五章:分別是比較詩學、戲劇、抒情詩、敘事文學、相對主義。作者在緒論中自謙地稱本書爲研究札記,因爲這是首次以一本書的篇幅從跨文化角度對詩學作比較探討的嘗試。但實際上,本書是作者較長時期思考的結晶,它透過各文化圈內的「基礎文類」(foundation genres)的考察去探討只見於某些文化而在另一些文化中則找不到的「基礎詩學」或「原創詩學」(originative poetics),比如,「西方詩學是亞里斯多德根據戲劇定義文學而建立起來的,如果他當年不是以荷馬史詩和希臘抒

情詩為基礎，那麼他的詩學可能完全是另一番模樣了」[21]。而「亞里斯多德建立於戲劇之上的《詩學》說明了文類這一概念的有效性——至少它可以表明，其他文化的詩學也同樣是建立在我們所假定的文類之上的。……西方文學及其眾多熟悉的假設只是其中的一小部分。這只不過是一個特例，完全沒有資格聲稱是一切的標準」[22]。就這樣，厄爾‧邁納解構了西方中心論而走向了文類與文化的相對主義，以此立場，對與西方詩學異質的東方詩學作出充分的肯定。

1990年加拿大多倫多大學出版社出版了捷克女漢學家米列娜的專著《詩學——東方與西方》。全書包括四個部分，第一部分是關於印度、中國、日本詩學與西方詩學的理論探討；第二部分論述東方詩學與西方詩學創造與感知的模式；第三部分研究中國敘述學的源流；第四部分論「交叉的符碼」。顯然，這也是一部視野開闊、內涵豐富而且跨越東西方異質文化的比較詩學著作。

四、比較詩學研究的方法

比較詩學作為比較文學的一個重要領域，經由眾多學者的實踐，已經形成了一些可供總結的研究方法，在此，我們試作如下幾方面的概括。

（一）範疇、術語比較

各民族—國家，尤其是中國、印度、阿拉伯以及西方各國都有自己獨特的詩學體系，而每種體系在建立的過程中都運用或產生了一套特殊的範疇和術語，理解這些範疇和術語是把握這一詩學體系的橋樑。比較詩學的目的就是在把握各種詩學精神的基礎之上，建

立一種能夠涵融與闡釋世界各國文學的文學理論。因此,比較詩學的研究必然離不開詩學範疇、術語的比較這種方法。較早運用這一方法並取得突出成就的是曹順慶先生。他的《中西比較詩學》(1988)的主體部分,可以說就是由十一對二十多個中西詩學範疇或術語的比較所構成,正是得力於這些比較,該書才令人信服地對中西藝術的本質、起源、思維、風格、鑑賞等五大方面的異與同作出了具體的論述。此外,曹順慶還對中國古代詩學中的「雄渾」範疇進行了專門研究,為確立這一古代美學範疇,曹順慶以西方美學中的崇高範疇為參照,不僅在緒論部分給予了概括性的比較,還以「西方崇高範疇與中國雄渾範疇的對比」為題設立專章進行深入的探討。[23]黃藥眠、童慶炳主編的《中西比較詩學體系》(1991)一書的中篇也對中西詩學的一系列範疇進行了比較,如「感物」與「表現」、「虛靜」與「距離」等。另外,《世界詩學大辭典》雖未進行有意識的比較,但它將不同民族一國家的眾多詩學術語彙聚在一起,分別對它們的內涵進行解釋,也可以說具有範疇、術語比較的性質。

(二)詩學精神比較

如果說範疇、術語比較是從微觀入手以期獲得對宏觀詩學體系的把握,那麼,詩學精神的比較就是從宏觀入手,在把握不同民族一國家詩學總體精神的基礎之上,以期獲得對一系列詩學範疇與術語的準確理解。較早有意識運用這種方法的是張法,其具體研究成果集中表現為專著《中西美學與文化精神》,該書從文化範式或者說文化精神的角度,去探討中西美學的整體結構以及具體問題。劉小楓的《拯救與逍遙》也可以被視為是一部詩學精神比較的著作,與張法不同的是,劉小楓並未從整個文化精神出發,而是以中西方

詩人對世界的不同態度為比較研究的起點，發掘出中西方文化在精神上的巨大差異。實際上，上述兩部出現於二十世紀八〇年代末和九〇年代初的著作，並非對中西詩學精神進行比較研究的先行者，老一輩學者如宗白華、鄧以蟄早在三、四〇年代就已經對中西文化與藝術精神的異同給予了精闢的論述，只不過他們側重於從藝術與美學的角度進行比較。再者，葉維廉的一系列中西比較也具有文化精神比較的性質，但他主要是站在道家美學的立場，從中西語言的不同特徵入手進行中西文學與詩學的對比研究。正是得力於上述這些不同的角度與立場，我們才會對中西文化的精神內涵具有比較豐富的認識與更加深刻的理解。

（三）文類研究

此處所謂的文類研究，並非一般意義上的文類比較，而是指從文學類型的角度描述、比較東西方詩學的不同特徵。運用這種方法而且獲得較大影響的是厄爾・邁納，他的 *Comparative Poetics: An Intercultural Essay on Theories of Literature* 一書於 1990 年出版（中譯本於 1998 年由中央編譯出版社出版），該書立足於文化相對主義立場，出色地論證了當文學是在一種特殊的文學「種類」或「類型」的實踐的基礎上加以界定時，一種獨特的詩學便可以出現的理論觀點。無疑，厄爾・邁納的嘗試拓寬了比較詩學的研究視野，但這方面的著述還顯得相當欠缺，就是邁納的文化相對主義立場與觀點也大有可以商榷之處。

（四）闡發研究

在中國比較文學研究的初始階段，由於中國傳統詩學解讀邏輯的相對不足，以及對新興文體的無能為力，研究者很自然地運用了

拿來主義的眼光,將國外的文學理論引入進來,以便更加條理化地
闡釋中國的文學現象,這種研究模式被稱為闡發研究。在比較詩學
中最先運用這種方法的是王國維,他的《人間詞話》是用西方文
學、美學理論來闡釋中國古代詞學理論的典範性著作。王國維之後
運用闡發法進行比較詩學研究的人很多,吳宓、梁實秋、劉若愚等
人都有這方面的著述。但真正有意識、大規模地運用這一方法並形
成巨大影響的是七、八〇年代的一批台灣學者,他們大都留學歐
美,對西方詩學非常熟悉,並且堅信闡發法就是中國學派的根本方
法。但隨著葉維廉〈東西比較文學中「模子」的應用〉(1975)這
篇文章的發表,以西格中的單向闡發法的弊端逐步被比較學者所認
識,而更具合理性的雙向闡發法被不少學者所運用。實際上,早在
二十世紀四〇年代,錢鍾書就已經在《談藝錄》中運用了雙向甚至
多向闡發法,他在七〇年代末出版的巨著《管錐編》更是將這種方
法發揮得淋漓盡致。

(五)話語研究

詩學體系的建構,離不開理論家、批評家的實踐,而理論家、
批評家是透過自己的言說來完成理論創造和文學批評的,圍繞這種
言說就會形成一種比較複雜的機制,即我們所謂的「話語」
(discourse),它涉及文化積澱、思維方式、人生體驗、意義建構、
核心範疇、文本特徵等眾多層面。由此看來,獨特的詩學體系就會
有獨特的話語機制,對話語的理解是把握整個詩學體系的關鍵。因
此,話語研究或者說話語比較是比較詩學的一種重要的方法。由於
話語理論產生較晚,有意識的詩學話語比較研究是二十世紀九〇年
代才出現的。其最初的起因來自於以曹順慶為主的四川大學比較文
論研究群體,對中國文論失語症與重建中國文論話語的思考。正是

在此基礎之上，曹順慶的《中外比較文論史（上古時期）》一書以比較大的篇幅，專門進行話語研究，將中國古代的老子、孔子、墨子、孟子、莊子、荀子、韓非子等與古代希臘的畢達哥拉斯、赫拉克利特、蘇格拉底、柏拉圖、亞里斯多德等中西文論濫觴與奠基時期的重要理論家們的詩學話語方式進行了概括和比較，原創性地提出了一系列詩學話語解讀與意義建構的模式。1998年四川人民出版社出版的《中國詩學話語》（李思屈著），是又一部話語研究的專著，它透過中西詩學話語的比較，著重分析了傳統詩學話語的致思方式、知識建構和精神內涵。為了更加深入地進行話語比較研究，首先必須找到一種雙方都能接受並能相互讀解的話語或話語方式，否則，所謂的比較就只能是將不同形態的詩學予以簡單並列，讓它們自說自話，無法發揮互識、互證與互補的比較與交流的目的，更遑論實現共同詩學的理想。對比較詩學的話語問題，大陸學者已有不少文章予以探討，比如，1990年，曹順慶發表了〈中西詩學對話：現實與前景〉一文[24]，樂黛雲發表了〈中西詩學對話的必要性與可能性〉[25]，並在中國比較文學學會第四屆年會論文集中發表了〈中西詩學對話中的話語問題〉[26]，錢中文1993年發表了〈走向對話：誤差、啟動、融化與創新〉[27]、劉慶璋發表了〈王國維與康德：中西詩學對話的範例〉[28]等。這些文章對詩學話語的意義、現實性、可能性、規則性等都作了一定程度的論述，但大多沒有超越從共同的詩學問題與不同的理論表述這一層面來探討中西、中外比較詩學的可能性，也沒有提出更為具體的對話或比較方式。如何加深對這一問題的探討，請參閱本書第四章第三節「異質話語對話理論」。

第二節　主題學

　　作為比較文學的一個領域，主題學曾經較長時期處在富有爭議的境地，但從二十世紀六〇、七〇年代以來逐漸獲得各國比較文學界的認同，並以豐富的研究實績顯示出強健的學術生命力。事實上，了解和掌握主題學理論，對於明確學科意識、擴展學術視野、深化課題研究，都具有重要意義。本節擬對主題學的歷史進程、基本界定、研究範疇作一全面的論述。

一、主題學的歷史進程

　　主題學發育於德國的民俗學研究。早在十九世紀，德國學者弗里德里希‧施萊格爾（F. Schlegel, 1772-1829）和雅科布‧格林（1785-1863）、威廉‧格林（1786-1859）兄弟等人對民俗學的研究，為主題學的產生開闢了道路。民俗學研究起初著重研究民間傳說和神話故事的演變，以後逐漸擴大研究範圍，不僅探討相同的神話故事、民間傳說在不同時代、不同作家筆下的處理，而且還將視野擴大到諸如友誼、時間、離別、自然、世外桃源、宿命觀念等與神話不那麼密切相關的課題。研究發現，一個故事總有大致相同而又相互區別的若干說法。為了將一大堆支離破碎、流傳混亂的民間文學主題正本清源，學者們採用比較的方法進行研究。這樣，主題學便與比較文學產生了關聯。[29]

　　法國學者提格亨曾指出，「主題學……在德國發展極為迅速。」[30]1929年至1937年期間，保爾‧梅克爾編輯了一套主題學叢書。

第二次世界大戰後，弗倫澤爾（E. Frenzel）開始編纂文學主題辭典，形成了以比較文學為方向的主題學不可或缺的論壇。1962年，弗倫澤爾出版了主題學研究專著《文學史的縱剖面》，為主題學研究提供了一種必不可少的工具。1966年，弗倫澤爾又出版了《題材與主題史》等專著，進一步顯示了主題學的研究實績。

　　不過，主題學的發展並非一帆風順，它經歷了曲折的成長道路。誠如韋斯坦因所說，「歷史地看，稱為主題學（thematology）或題材史（Stoffgeschichte）的這門學科從一開始就受到強烈的懷疑，要克服這些根深柢固的偏見似乎是困難的。」這是因為，「從克羅齊到德國的精神史（Geistegeschiche）和英美的新批評，許多人相信題材（Stoff）不過是文學的素材，只有在一齣特定的戲劇、一部史詩、一首詩或一部小說被賦予形式以後，它才能獲得審美效用。」[31]

　　在法國，比較文學巨擘巴登斯貝格在《比較文學評論》創刊號上撰文批評主題學，認為「這種以民俗學和神話研究為尺度的賣弄風騷的辦法，使比較文學從這一意圖出發去探索哪些多少有點直接關係的淵源，可以為一部文學作品提供分析材料，探索哪些相似的現象出現在世界的另一角落」。但是，「這種研究似乎對材料比對藝術更感到好奇，對隱秘的遺跡比對藝術家的創造性更感興趣；在這裡，人們對雜亂東西的關心勝過事物的特徵。因此，當談到真正的文學作品時，流浪的猶太人、伊諾克·阿登、浮士德原型，或唐·璜等，都可被作為這種研究的對象，但其目的則幾乎和藝術活動的目的相反」。而且，「主題學研究缺乏科學性，這類研究總是殘缺不全的」[32]。另一位法國比較文學的奠基人阿梁爾，反對態度更為激烈。在他看來，主題學研究不可能把自己限制在「事實聯繫」的範圍之內，有違法國比較文學從「事實聯繫」進行影響研究的學

術範式。因此,阿紮爾不僅主張要把主題學研究排除在比較文學研究之外,而且還「很想阻止比較工作者去研究題材問題」[33]。

　　然而,學術的生長是不以個人的意志為轉移的。就在對主題學的非議聲中,法國的主題學研究仍然逐漸發展為比較文學的一個領域。基亞說得好,「儘管阿紮爾反對,但仍有必要考慮這類研究,因為倡導這類研究的作者們無疑都抱著促進比較文學事業的真誠願望」。客觀上,「主題學的領域為許多學者提供了資料來源」,因為「作家們從來是思想史和感情史最直言無忌、最有說服力的闡釋者,比較文學無須陷入民俗學和空泛的廣博,就可以在其中找到結實的機會為思想史和感情史做出貢獻」[34]。有人指出,基亞1954年出版的《法國小說中的大不列顛：1914-1940》就是一部幾乎不加掩飾的主題史,它敘述了英國牧師、作家、歌女、商人等如何出現在某一時期的法國小說裡。[35]而雷蒙·特魯松(R. Trousson,比利時學者,學術活動地點在法國)的研究更使主題學得到學術界的重視。他論述普羅米修斯主題的兩卷本專著出版以後,贏得了很大聲譽。基亞認為,「經過特魯松和阿爾博(P. Albouy)的努力,研究者們在這個領域裡才有了一種明確的方法論：題材與主題和文學虛構是全然不同的兩回事。」[36]

　　在美國,二十世紀五○年代以前,主題學也未受到重視。正如韋斯坦因所說,「韋勒克和沃倫合著的《文學理論》不設主題學專章,甚至在書後的索引中都沒有出現『題材』和『主題』的字樣就是證明。」[37]不僅如此,該書在唯一提到主題學的章節中還極力貶低主題學的價值：「有人會期望這類研究能把許多主題和母題(themes and motifs)歷史研究加以分類,如分類為哈姆雷特或唐·璜或飄泊的猶太人等主題或母題;但是實際上這是些不同的問題。同一個故事的種種變體之間並沒有像格律和措詞那樣的必然聯繫和

連續性。比如說，要探索文學中蘇格瑪麗皇后的悲劇爲題材的不同作品，將是一個很好的政治觀點史方面的重要問題，當然，附帶地也將闡明文學趣味歷史中的變化。但是，這種探索本身並沒有眞正的一貫性。它提不出任何問題，當然也就提不出批判性的問題。材料史（Stoffgeschichte）是文學史中最少文學性的一支。」[38]這樣，1961年出版的《比較文學：方法與展望》這部在美國各大學比較文學系流行甚廣的書，不收有關主題學的論文，也就很自然了。

不過，形勢很快發生了變化。過去被強烈譴責的東西，到六〇年代末又變得可以接受了。1968年，哈利·列文發表了專論〈主題學和文學批評〉，對主題學表示明確肯定：「如果一個主題能夠被具體確定，納入一個具體的範圍，賦予一種名稱，那麼主題學的理論範疇就會更廣泛、更靈活些。我們已經看到它包括了許多從前被當作文學的外部材料而擱置一邊的東西。我們現在願意承認，作家對題材的選擇是一種審美決定，觀念性的觀點是結構模式的決定性因素，訊息是媒介中固有的。」[39]同年，韋斯坦因在其專著《比較文學和文學理論》中闢出「主題學」一章，對主題學的歷史、內容和形式作了全面的論述。其後，在伊利諾大學任教的弗朗索瓦·約斯特（F. Jost）在其專著《比較文學導論》中也對主題學作了論述。這樣，主題學在美國比較文學界站住了腳跟。

我國的主題學研究也發端於民俗學。1924年，顧頡剛在《北京大學歌謠週刊》上發表了〈孟姜女故事的轉變〉。該文不僅研究了孟姜女故事在我國不同時代的流傳情況，清晰地勾勒出杞梁妻從無名氏過渡到孟姜女以至孟仲妻的演變過程，而且把作品與時代社會聯繫起來探索「杞梁築長城、孟仲姿哭長城」的複雜原因，揭示了故事演變所折射出的時代變遷及社會心態。這樣，我國的主題學

研究一開始就能透過作家對故事的不同處理來了解作家的心理意向，透過故事的演變過程來窺測各個時代的眞貌，從而避免了西方早期主題學研究只考證故事源流而不及其他的缺陷。[40]此後，顧頡剛又整理出版了三冊《孟姜女故事研究集》（分別出版於1928和1929年），還和錢南揚等人撰文探討了祝英台故事的演變（載《民俗週刊》九三至九五期合刊），加上其他學者出版的《呂洞賓故事》（二集，1927）、《徐文長故事》（五集，1929）等民間傳說人物研究著作，我國的主題學研究就在二〇年代的民俗學研究中發展起來。

與此同時，一些學者採用比較方法對中外民間故事進行研究，如鍾敬文的《中國印歐民間故事之相似》、趙景深的《中西童話之比較》，使民俗學的主題學研究與比較文學產生了直接的關聯。到三〇年代，我國的比較文學在主題學研究方面取得積極進展。1931年，方重在〈十八世紀的英國文學與中國〉這篇長達三萬字的論文中，對元曲《趙氏孤兒》與伏爾泰的《中國孤兒》及英國作家墨菲編的《中國孤兒》作了比較，闡明了三部劇作基本劇情的異同，指出伏爾泰的改編本把中國原劇的矛盾焦點——兩家的世代冤仇改爲兩個朝代的更替，把原劇主題的「忠」變成改編本的「愛」。這是相當典型的主題學研究。1934年，霍世林在《文學》第二卷第六號發表〈唐代傳奇與印度故事〉，以豐富翔實的材料、嚴謹周密的論證，闡述了唐傳奇與印度故事的淵源演變關係。四〇年代以後，主題學研究漸趨沈寂，但仍有學者在自己的研究中涉及到主題學問題。如楊憲益在探索中國古代文獻的典故出處時，指出唐人《幻異志》中板橋三娘子變人爲驢的故事源出西方，並以《奧德修記》第十卷中巫女變人爲豬的故事和羅馬阿蒲流《變形記》裡人變驢的故事作了比較分析。[41]

　　七〇年代以來，隨著比較文學在中國的重新崛起，主題學研究也日趨活躍。首先，主題學研究有了明顯的學術自覺。陳鵬翔、馬幼垣、李達三等人在台港地區明確啓用了「主題學」這個術語，並大力開展主題學研究。像王桂秋在劍橋大學完成的博士論文〈中國俗文學裡孟姜女故事的演變〉（1977）、潘江東的碩士論文〈白蛇故事研究〉（1981）、陳鵬翔主編的《主題學研究論文集》（1983）等，都是引人注目的成果。

　　大陸方面，季羨林的〈《羅摩衍那》在中國〉是一篇嚴謹的主題學研究論文。作者以三萬餘言的篇幅剖析了《羅摩衍那》的基本故事，揭示了《羅摩衍那》留在古代漢譯佛經中的痕跡，詳細論證了羅摩故事在漢、傣、藏、蒙、新疆等地區的傳布和影響，並且注重探討在不同地區發生變形的社會根源。劉守華的《民間故事的比較研究》及其《比較故事學》下編所收的中外民間故事和童話故事的比較研究論文，大多具有主題學研究的性質。如〈一個故事的追蹤研究〉對一個反映普遍性和永恆性的主題——「人的命運」的各種童話，包括「尋找三根金頭髮」、「問活佛」、「找幸福」、「找好運」等的追索，非常深入細致地分析了這個主題在世界各國各民族中變遷。作者說得好，「比較故事學注重實證的學術傳統和透過編纂故事類型索引、母題索引來處理大量資料的方法，以及在世界範圍內探索民間故事原型和傳播演變歷史的研究成果，都值得比較文學家認真借鑑吸取」[42]。更爲專業性的主題學研究成果，當推王立的一系列著作。1990年，王立出版了專著《中國古代文學十大主題——原型與流變》，對我國古代詩詞中的十個代表性「主題」進行了疏理。1995年，王立推出了一套四冊「中國文學主題學」的系列專著，包括《意象的主題史研究》、《江湖俠蹤與俠文學》、《悼祭文學與喪悼文化》和《母題與心態史叢論》，多方面地對中國

文學進行了主題學的專題研究，顯示了主題學研究的無限潛力和廣闊前景。

　　總之，發育於德國民俗學研究的主題學，不僅逐漸成爲德國比較文學的一個分支領域，而且逐漸在比較文學影響研究和平行研究的兩大集散地——法國和美國紮下根來，推動了比較文學的深入發展。我國的主題學研究的產生歷程與德國類似，起源於民俗學研究並逐漸與比較文學相交接。六〇、七〇年代以來，經過世界各國學者的大力研究，主題學已經成爲「比較文學研究中最令人神往的題目」[43]。

二、主題學的基本界定

　　從術語上看，「主題學」在不同的語言中有不同的表達，甚至同一語言中也有不同的表達。德文是 Stoffgeschichte（題材史）和 Motivgeschichte（動機史），法文是 thématologie（主題學）。德文的 Stoff 通常指作品的題材或材料，相當於英文的 subject matter 和法文的 matiére；而 Motive 著重指作品的主題或動機，即推動作品情節不斷向前發展的某種主導思想，相當於英文的 theme 和法文的 théme。英文和法文中的這個詞來自希臘和拉丁語源的 thema。thema 本來指修辭上的命題，或者一篇文章的論點，甚至是講演者選定的題目。直到今天，法文的 théme 除了「主題」、「題材」的涵義外，仍然保留了「將本國文譯成外文」這樣的意思。英文 theme 的主要意思也是「主題」、「題材」。這樣看來，德文的 Stoffgeschichte 著重的是對題材作歷史的研究，而 Motivgeschichte 則強調作品的主題和動機的歷史。法文的 thématologie 兼有二者之意。英文中沒有相應或接近的詞，美國學者哈利·列文創造了

thematology 這一術語，漢譯為「主題學」。[44]

　　由於主題學側重於具體問題的研究，學科理論上的探討相對薄弱，人們對於主題學的界定眾說紛紜，迄今沒有定論。提格亨認為，主題學是研究「各國文學互相假借著的『題材』」[45]。美國學者弗里德里希和馬龍（D. H. Malone）合編的《比較文學大綱》寫道，主題學是研究「打破時空的界限來處理共同的主題，或者，將類似的文學類型採納為表達規範」[46]。法國《拉羅斯百科全書（1978）給主題學下的定義是：「主題學是比較文學慣於探索的領域，譬如某一神話（伊底帕斯、伊尼德）、某心理典型或社會典型（修女或盲人）、某文學人物（唐·璜）、某些歷史上的大人物（拿破崙、蘇格拉底）、某些環境或對象（萊茵河流域、某城市）的影響的消長。」[47]

　　國內學者對主題學也作出了各自不同的界定。陳鵬翔認為，主題學研究是比較文學的一個部門，它集中在對個別主題、母題，尤其是神話（廣義）人物主題做追溯探源的工作，並對不同時代（包括無名氏作者）如何利用同一個主題或母題來抒發積愫以及反映時代，做深入的探討。[48]謝天振強調，「主題學只能是比較文學的一個組成部分，它著重研究同一主題、題材、情節、人物典型跨國或跨民族的流傳和演變，以及它們在不同作家筆下所獲得的不同處理。」[49]何雲波認為，「主題學是比較文學的一個組成部分，它研究主題與題材、母題、人物、意象等的關係，並著重探討同一題材、母題、人物典型、意象等的跨國或跨民族的流傳和演變，以及它在不同作家筆下所獲得的不同處理。」[50]

　　中外學者對主題學的定義可謂人言言殊。之所以出現各不相同的理解，是與主題學的兩個基本特點相聯繫的。一是學術傳承的歷史性。最先在德國從民俗學研究發展起來的主題學著重於題材史或

母題史的研究，這種研究與強調影響研究的法國學派十分契合。隨著強調平行研究的美國學派的崛起，主題學研究則強調對同一主題在不同國家、不同民族的語言文學中的各種表現形態及其產生原因和發展過程的研究。因而有的定義側重影響研究，有的則著重平行比較。二是學科研究的開放性。一方面，主題學的研究對象處於不斷發展過程之中，另一方面，主題學研究又處於多學科交叉融合的態勢。因此，學者們對主題學研究範圍的界定也存在著一定的差異。這樣一來，自然要出現多種多樣的定義。

我們認為，主題學作為比較文學的分支領域，力圖打破時空界限，綜合各民族文化，研究同一題材、母題、主題在國際文學間的流傳和演變及其成因，以及它們在不同作家筆下所獲得的不同處理，從而更深刻地理解不同作家的不同風格和成就、不同民族文學的各自特點，以及民族文學之間的交往和影響。

為了更好地理解主題學的本質內涵，有必要對主題學研究與主題研究加以區別。陳鵬翔在其論文〈主題學研究與中國文學〉中講得很清楚：「主題學是比較文學中的一個部門（a field of study），而普通一般主題研究（thematic studies）則是任何文學作品中許多層中一個層面的研究；主題學探索的是相同主題（包括套語、意象和母題等）在不同時代以及不同作家手中的處理，據以了解時代的特徵和作家的『用意』（intention），而一般的主題研究探討的是主題的呈現。最重要的是，主題學源自十九世紀德國民俗學的開拓，而主題研究應可溯自柏拉圖的『理念論』和儒家的詩教觀。……主題學應側重在母題的研究，而普通主題研究要探索作家的理念或用意的表現。」[51]

譬如對吝嗇的研究。一般的主題研究，以莫里哀的《吝嗇鬼》為例，主要是透過人物形象的分析來闡明作品所表現出來的思想內

涵。高利貸者阿巴貢慳吝刻薄，嗜錢如命。為積聚財富，不僅克扣子女的花費，吞沒子女所繼承的母親的遺產，而且要女兒嫁給一個不要陪嫁的老頭，要兒子娶一個有錢的寡婦。當他發現錢箱被盜，急得幾乎發瘋。阿巴貢這一形象生動地揭露了資本主義原始積累時期一心聚斂財富的欲望，批判了資產階級極端自私自利的觀念。

　　如果是主題學研究，則主要是探討「吝嗇」這個「主題」（準確說是「母題」）在不同時代、不同作家筆下的不同處理，進而了解作家的用意和時代的特徵。古羅馬拉丁喜劇詩人普羅特斯在《一罈黃金》中，塑造了一個貧窮而吝嗇的老頭尤克利奧，著力描寫這個吝嗇鬼偶然發現黃金後那種疑神疑鬼、坐臥不寧的心理。十七世紀法國古典主義喜劇大師莫里哀創作的《吝嗇鬼》，則塑造了吝嗇富翁阿巴貢這一典型，揭示出資本主義發展初期的法國資產階級的特點。十九世紀法國批判寫實主義大師巴爾札克在《歐也妮‧葛朗台》中所塑造的吝嗇鬼形象葛朗台，又有了許多新的特徵。他不再是一個愚蠢可笑、受人挖苦的對象，而是一個精明強幹、百事順利的資產階級暴發戶。阿巴貢主要是以高利貸方式獲取利潤，不懂得商品流通和資本周轉；葛朗台則透過控制市場、哄抬物價、商業投機、高利剝削和證券交易等辦法，促使他人破產，從中大發橫財。然而其吝嗇貪婪又與阿巴貢無異：每頓飯的食物、每天點的蠟燭，都親自分發，一點不多；房子裡的樓梯被蟲蛀壞了，女僕差點摔跤，還怪她不挑結實的地方走；妻子臥病不起，卻首先想到請醫生要花錢；對女兒的遺言是，「把一切照顧得好好的！到那邊來向我交帳！」葛朗台這一吝嗇形象，充分顯示了法國大革命後得勢的資產階級的醜惡嘴臉。我國清代作家吳敬梓在《儒林外史》中也塑造了一個吝嗇鬼的形象嚴監生。嚴監生是一個土財主，他在臨死前看到燈盞有兩根燈草，怕費油便伸出兩個指頭，不肯斷氣。這一典型

細節,形象地說明他的生命幾乎和一點燈油的價值相等,揭露深刻,諷刺含蓄。

需要指出的是,從研究範式上看,傳統的主題學屬於影響研究,因為它僅僅限於「題材史」或「主題史」的研究,即考察主題、母題、題材等因素發展變化的歷史,而且往往局限於某一民族文學範圍之內。隨著平行研究的興起,比較文學界強調主題學應以「跨國或跨民族」為前提。有學者認為,「在斯拉夫國家中,『比較文學』往往是指國際性主題的研究」[52]。還有學者乾脆將主題學界定為「研究同一主題在不同國家、不同民族的語言文學中的各種表現形態及其產生原因和發展過程的平行研究」[53]。

歷史地看,某一民族文學內的主題學研究是「跨國或跨民族」的主題學研究的重要基礎,「跨國或跨民族」的主題學研究是前者的發展和開拓,適當強調主題學進行「跨國或跨民族」的平行研究是正確的,但因此而否定主題學的影響研究則是片面和偏激的。在承認主題學既屬於影響研究,又屬於平行研究的前提下,也必須認識到作為平行研究的主題學更具比較文學性質,而且是目前流行的研究態勢。因此,本書把主題學放在平行研究下面來加以論述。

三、主題學的研究範疇

迄今為止,主題學研究尚不存在一個確定的並且在國際上得到公認的理論體系,學者們爭相闡述的有關主題學的範疇存在著或大或小的差異。

提格亨把主題學的研究範疇分作三類:(1)局面與傳統的題材,包括:輾轉流傳而起源不明的傳說,如失去影子的人、隱身指環、不相識的父子之戰等;提出倫理問題的「一般局面」,如母性

嫉妒、家族復仇等；文學史上經常寫的地方、動物、植物，如威尼斯、羅馬、山、海，夜鶯、蜜蜂、玫瑰、紫羅蘭等；(2)實有的或空想的文學典型，一種是社會生活中實有其人的典型，如猶太人、暴君、偵探、紳士、賭徒等；另一種是從古代傳說和民間故事中提煉出來的典型，如魔鬼、列那狐、撒旦等；(3)傳說與傳說的人物，一是傳說，如《聖經》中關於該隱的傳說、猶大的傳說，希臘神話中關於普羅米修斯的傳說、美狄亞的傳說等；二是某些歷史人物，如查理大帝和他的侄兒羅蘭、熙德，以及拿破崙、俾斯麥等。[54]

提格亨的這一分類含混不清，第二類「空想的人物典型」與第三類中「傳說的人物」顯然無法作出明確的區分。有鑑於此，羅馬尼亞比較文學家迪馬將研究範疇分作五類：(1)典型情境：如為了天職、不忠、復仇、嫉妒而死等；(2)地理題材：譬如，法國作家聖·雷阿爾的《1618年西班牙對威尼斯共和國的陰謀》、英國劇作家托馬斯·奧圖埃的《得救的威尼斯，或揭穿了陰謀》、德國作家托馬斯·曼的小說《魂斷威尼斯》等等作品都是圍繞威尼斯這個城市題材而寫成的；(3)傳統描寫對象：指植物、動物、非生物等，例如，西方詩歌中的「玫瑰花」，從希臘和拉丁詩、中世紀的法國和義大利詩，到文藝復興時期的法國和義大利詩，從浪漫主義時期歐洲各國詩人的作品，直到當代的一些詩作，世代沿襲，越寫越盛；(4)世界文學中常見的各類人物形象：如民族形象的猶太人、職業形象的名妓、社會階層形象的貴族等；(5)傳說中的典型：如神話傳說中普羅米修斯、伊底帕斯，《聖經》裡的撒旦、猶大，民間傳說中的浮士德、唐·璜等。[55]

迪馬的分類比提格亨要明確，但這種分類過分注重文學現象的表層，在一定程度上忽略文學現象的內涵。此外，其他外國學者還

有各自的劃分。例如：日本學者大塚幸男認爲，主題學的研究範疇是「文學的主題、人物典型以及成爲文學題材的傳說中的人物」[56]。美國學者韋斯坦因將主題學的研究範疇分爲題材、主題、母題、情景、特徵、意象和慣用語（或稱「套語」）等幾個方面。同時又認爲，「意象和特徵的範圍十分狹窄，不易對它們作專題探討」；「特徵是一種附帶的性質，就它本身說，是沒有什麼意義的」；「意象也往往無足輕重，不能引起主題學方面的興趣」。[57]

　　大陸學者關於主題學研究範疇的劃分也互有差異。謝天振把主題學研究分爲母題研究、主題研究、情境研究三個方面，[58]陳惇、劉象愚則分爲題材研究、人物研究、母題研究、主題研究四個方面，[59]張鐵夫主編《新編比較文學教程》分爲題材研究、母題研究、人物典型研究、意象研究四個方面。[60]不難發現，這些劃分都是在外國學者所作的分類之間進行取捨。至於依據何在，往往語焉不詳，難免給人任意剪裁之感。

　　我們認爲，在劃分主題學研究範疇時，應把握兩個基本原則。一是尊重學術傳統，二是分清範疇層次。前者要求我們本著歷史唯物主義的態度，從主題學研究的歷史軌跡出發，實事求是地劃定其研究範疇。從這個意義上講，不把題材研究納入主題學的研究範疇，無論如何也說不過去。後者要求我們對學者們所提到研究範疇的大小層次作出學理的分梳。如上所述，韋斯坦因在列舉主題學的研究範疇時已經注意到這個問題，指出「意象」和「特徵」沒有題材、母題、主題等範疇那麼重要。大陸學者也指出，「意象」和「慣用語」都與「主題」有著密切的關係，可以歸入主題研究之中，不必單獨列出。[61]值得討論的是，「意象」是與「主題」更密切，還是與「母題」更密切？我們認爲「意象」與「母題」更密切，應歸入母題研究。另外，「情境」（或作「情景」）是否與題

材、母題、主題處在同一層次？單列者顯然認爲是同一層次，我們則認爲情境只是與母題密切相關的因素，不必單列。從這樣的認識出發，可以把主題學的研究範疇劃分爲以下幾個方面：

（一）題材研究

　　題材研究是主題學研究中的一個重要範疇。早期的主題學研究甚至被稱作「題材史」，即研究不同作家相同或相似題材的不同處理。「題材史」研究的意義，可以借用顧頡剛在《孟姜女故事研究集》中的一段話來說明：「我們可知道一件故事雖是微小，但一樣地隨順了文化中心而遷流，承受了各時各地的時勢和風俗而改變，憑藉了民衆的情緒和想像而發展。我們又可以知道，它變成的各種不同的面目，有的是單純地隨著說者的意念的，有的又是隨著說者的解釋的要求的。我們更就這件故事的意義上面看過去，又可以明瞭它的各種背景和替它出主張的各種社會。」[62]

　　所謂題材，通常是指可以構成一個完整的故事或情節的素材。素材的涵義十分廣泛，可以說囊括了天地間和人類生活中的一切以事件方式發生的事情，是社會生活中存在的原始材料。但文學創作並非把所有的原始材料都納入其表現範圍，只是把其中一部分作爲表現的對象。只有被文學作爲表現對象的這一部分素材，才是題材。用約斯特的話來說，「題材是由經過理性推敲才可理解的一個個整體構成的」[63]。這也就是說，「題材」這個字眼，本身就表明了對於「素材」的反思意味，即指出了它業已有別於初始的、原態的自然材料，而作爲人們經常、反覆思考和表現的特殊材料。難怪弗倫澤爾要這樣解釋題材：「一個存在於這一文學作品之前、輪廓清晰的故事脈絡，一個『情節』，它是一宗內在或外在經驗，一個當代事件的報導，一個歷史的、神話的，或者宗教的動作，一部由

另一個作家加工了的作品，或者甚至是一件想像的產物，用文學方式進行了處理。」[64]

由於素材經過理性推敲才成為題材，人類理性已經積澱在題材之中，所以任何題材都隱含著一個模糊的但意義大致確定的主題。儘管這個隱性的主題和作品的主題還不完全一樣，作品的主題需要等待作者對題材的隱性主題生發、詮釋之後才產生出來，但隱性主題卻是作品主題的背景和前提。正是因為題材寓存著潛在的主題，題材研究才成為主題學的研究範疇之一。[65]具體而言，題材研究包括了以下幾個方面的內容：

◆研究相同題材的流傳和演變

早期的主題學研究把重點放在對於相同題材的流傳和演變上。這些相同的題材包括傳說、神話故事、人物典型等。比如說有關「浮士德博士」的題材，經歷了不少變故，在不少作家筆下被運用。浮士德博士在現實生活中實有其人，源出於德國。先有本人的自傳《浮士德博士的一生》，後有英國作家馬羅的劇本《浮士德博士的悲劇》，另有版本《浮士德博士或大巫師》。歌德寫有詩劇《浮士德》，德國作家托馬斯‧曼有長篇小說《浮士德博士——由一位友人講述的德國作曲家阿德里安‧弗萊金的一生》。主題學研究可以對這一題材的淵源及其流變作一個全面的疏理分析。

◆研究不同國家不同民族中所出現的相同題材

人類最基本的情感以及與世界發展發生關係的基本方式是相同的，在互不相知的情況下，各民族往往不約而同地使用了相同的題材。例如，中西文學中都曾共同使用「灰欄記」這一題材。「灰欄記」的故事——兩個女人共認一個孩子為自己的親子，判官提出畫一個圓圈（即灰欄），誰能從圓圈中把孩子拽出，誰就是小孩的生母。親生母親怕傷了該子，不忍用力，只好放棄，於是判斷出那作

偽的女人。類似的故事最早見於《聖經・舊約全書・列王記》。
《可蘭經》先知故事集中有同樣的記載，佛經《賢愚經》也有類似
的記載，這一題材在元曲《包待制智賺灰欄記》中也有所表現。透
過這種相同題材的比較研究，可以更深刻地洞察世界文學所共同的
詩性文心。

◆研究不同國家不同民族所出現的不同題材

　　互為異質的民族文化一定會產生出不同的題材。在東西方最初
的神話故事、英雄傳說中，不同的題材就已出現，如西方出現了
「奧林匹斯神系」，中國卻沒有這樣的神話傳說。但中國卻有人被神
化的傳統，如大禹治水等傳說就表明了這一點。這種中國人被神化
的傳統，與西方注重神性的傳統形成了迥然相異的狀態。在整個文
學史的研究中，還可以研究不同文化中所出現的不同題材，哪種文
學注重哪種題材，不注重哪種題材。透過這些相異題材的研究，將
有助於我們對文學與文化的深入了解。

（二）母題研究

　　母題研究是主題學研究中最具特色的範疇。然而，母題概念本
身也最難界定，學者們往往有各自的母題概念。

　　德國學者弗倫澤爾的母題概念常為學者們引用：「母題這個字
所指明的意思是較小的主題性的（或題材性的）單元，它還未能形
成一個完整的情節或故事線索，但它本身卻構成了屬於內容和形式
的成分，在內容比較簡單的文學作品中，其內容可以透過中心母題
（Kernmotiv）概括為一種濃縮的形式。一般說來，在實際文學體裁
中，幾個母題可以組成內容。抒情詩沒有實際內容，因此沒有我們
這裡所說的題材，但一個或幾個母題可以構成它主題性的發展。」
[66]可見，母題概念既與形式有關，又與主題相關。要充分理解母題

概念，不妨從探討母題與主題和形式的關係入手。

在中外文學批評實踐中，母題和主題往往成為可以互為替換的術語。但隨著主題學的發展，學者們不斷嘗試區別這兩個基本概念。歸納起來，母題與主題的區別表現在以下幾個方面：

首先，從一篇具體的文學作品來看，母題是較小的單位，主題是較大的單位，主題常常透過若干母題的組合而表現出來。如古希臘悲劇《伊底帕斯》，經由神諭、棄嬰、不相識的父子之戰、殺父、斯芬克斯之謎、娶母、追緝兇手、自殺、放逐等母題的組合，表現了人與命運的搏鬥及命運不可戰勝這一主題。

其次，就主觀與客觀的關係而言，母題往往呈現出較多的客觀性，不提出任何問題，而主題則帶有較強的主觀色彩，並上升到問題的高度。因此，同一母題在不同時代的文學作品中會因問題的不同而被賦予不同的主題意義。同樣是「家族」母題，巴金以二十世紀二〇年代前後社會問題為背景的長篇小說《家》，賦予它以道德批判主題；而老舍創作於三〇年代抗日戰爭中的《四世同堂》，則表現了愛國主義主題。

再者，存在一般性與個別性的差異，母題是普遍的存在，主題則是個別的表達。按歌德的說法，母題就是「人類過去不斷重複，今後還會繼續重複的精神現象」。法國學者雷蒙‧特魯松把主題稱作「母題的一個特殊的表達，母題的個人化，或者從一般到個別這一過程的結果」[67]。因而文學作品的主題變化萬千，難以數計，而母題卻相對有限。據德國學者梅克爾估計，作家們可利用的母題只有一百個左右。[68]

因此，大陸學者則認為，主題學中的母題，是指在各類文學作品中反覆出現的人類的基本行為、精神現象以及人類關於周圍世界的概念，諸如生死、離別、愛情、時間、空間、季節、海洋、山

脈、黑夜等等。[69]

　　明確了母題與主題的區別，有必要弄清母題與形勢的關係。所謂「形勢」，係英文situations的漢譯，目前更流行的譯法是「情景」或「情境」，通常被理解為人的觀點、感情或者行為方式的組合，它們產生或產生於幾個個人參與的行動；[70]或者說，「情境就是人物在每個特定時刻的相互關係」。韋斯坦因認為，「母題是從形勢中來的」[71]。韋勒克和沃倫在《文學理論》中也曾指出，「俄國的形式主義者們和德國的形式分析家們如狄伯里烏斯（W. Dibelius等人提出『母題』（motive，法文為motif，德文為Motiv）這一術語來表示最基本的情節因素。……這樣的『母題』在書面文字中的明顯的例子有：錯認身分（《錯誤的喜劇》）、老少婚配（《一月和五月》）、子女對父親的忘恩負義（《李爾王》和《高老頭》）以及兒子尋父（《尤利西斯》和《奧狄賽》）等。」[72]

　　如果說韋斯坦因、韋勒克、沃倫關於母題與形勢或情景或情境關係的論述還不夠顯豁，不妨再看看特魯松的觀點：「什麼是母題？我們選擇這一術語是要指明一種環境，或者一個大概念，要麼指某種態度和叛逆，要麼指一種基本的非個人的情景，其中，演員尚不具個人特色。比方說，處於兩個女人之間的一個男人、兩個朋友或者父與子之間的衝突、被遺棄的女人等等情景。」[73]

　　在特魯松看來，母題要麼是一種環境、一種基本的非個人的情景，要麼是一個大概念、某種態度。從其舉出的例證來看，「基本的非個人的情景」與「最基本的情節因素」是一致的，實質上是指情節經過高度抽象以後而形成的模式化或類型化情節，這也就是說，情景是模式化或類型化情節。換言之，母題不僅從情景中產生，而且本身就是情景的模式化概括。所謂「各類文學作品中反覆出現的人類的基本行為」，說穿了，不就是經過高度抽象而形成的

模式化情景嗎？譬如，「仇敵的兒女相愛」這一母題，其實就是情景的模式化概括。當然，在情節抽象化或模式化的同時，作家們往往「遺忘」情節內容而提取情節動機，即抽象出推動作品情節不斷向前發展的某種主導思想。這種抽象出來的情節動機，也就是一個大概念或某種態度。換言之，就是「較小的主題性單元」，就是「人類關於周圍世界的概念」。

任何情景都離不開人物的活動，所以母題不僅與情景密切相關，而且與人物類型密切相關。這裡的人物類型主要有兩種，一種是某些神話傳說中的人物，在無數次的互文關係中淡化其個人性格而成為某個母題的具體化身，如伊底帕斯成了戀母母題的代表、愚公成了決心和毅力母題的象徵。另一種是由母題生發出來的文學形象，如「貪婪」這一母題所生發出來的阿巴貢、葛朗台，「嫉妒」母題所生發出來的奧賽羅，他們反過來又成為該類母題的典型代表。

情景與人物類型，都是從敘事性文學著眼提出的概念。在抒情性文學中，取而代之的是意象。意象是文學作品中有著某種特殊審美意蘊和文化涵義的景物形象。當意象在文學作品中不再僅僅是自然物象，而被賦予了某種特殊意義，並且被不同作家有意識地反覆使用，它便成為主題學的研究對象。母題不僅與意象有關，而且往往表現為慣例化了意象模式。比如中國古典詩歌中，感嘆生命短暫是一個歷久不衰的母題（即所謂「死亡」母題）。但這一母題並非以觀念形態或邏輯方式存在，而是表現為「暮」、「晚」、「秋」為核心的系列意象（「日暮」、「歲晚」、「夕陽」、「殘照」、「落日」、「斜陽」、「悲秋」、「秋氣」、「落葉」、「白露」等）[74]。當一個意象不斷出現，並被賦予象徵意義，一個意象或幾個意象的組合就可能構成一個母題。如枯藤、老樹、古道、西風，便構成了

一個秋之母題。

　　如此看來，母題研究包含著十分豐富的具體內容。首先是純粹母題研究。這類研究可以局限在國別文學和民族文學的框架內，也可以跨越國別和民族的界限，對各民族的神話傳說和傳統文學中的母題作清理式的研究。前面提到我國學者王立的「中國古代文學十大主題」研究就是這樣的研究。作者透過對我國古代文學大量作品的疏理，歸納出十個基本「主題」。其實，這些「主題」實為母題，如「生死」、「別離」、「相思」、「春恨」、「悲秋」、「懷古」等。

　　其次是情境母題研究。法國學者喬治・波蒂爾寫過一本題為《三十種戲劇情境》的書，認為戲劇的所有情境已經盡在其中了。這未必準確，但作為母題的情境是相當有限的。情境母題研究就是要挖掘、疏理傳統文學中含有母題的情境，從而探討其為人們反覆運用的文學與文化機制，如三角戀；丈夫外出久無音訊，妻子改嫁後卻突然歸來；不相識的父子之戰；仇敵的女兒相愛；始亂終棄；落難公子中狀元；後花園私訂終身等等。

　　再次是人物母題研究。中西文學中的神話傳說人物和文學作品人物儘管如恆河沙數，但上升為母題象徵的人物並不很多，對這些具有母題性質、象徵意義的人物典型進行比較研究，是很有意義的。如西方的美狄亞、普羅米修斯、浮士德、阿巴貢、奧賽羅，中國的諸葛亮、包公、愚公、登徒子等。當然，有些人物屬於明顯的母題，如美狄亞是「復仇」的母題、諸葛亮是「智慧」的母題；而有些人物身上其母題與主題的界限不很清晰，如包公，雖可歸結為「公正」之類的母題，但這一形象已經有了明顯的褒貶意味，上升到主題的高度，同時具有了主題人物的性質。

　　最後是意象母題研究。迪馬劃分主題學的研究對象時所指出的

植物、動物、非生物等傳統描寫對象，其實就是意象。一般文學研究中，對意象研究著重分析作品中的意象如何體現了作者的創作意圖。而主題學中的意象研究只探討在不同作家筆下反覆出現的意象，即具有母題性意義的意象。如西方文學中的玫瑰、蛇、伊甸園、羔羊，中國文學的黃河、黃土地、長城、松竹梅蘭菊，都是典型的意象母題，蘊涵著豐富的文化內涵。透過意象母題的比較研究，有利於揭示文學作品的深層意蘊，更加深刻地把握作品的主題。

(三) 主題研究

直觀地看，主題研究理所當然是主題學的研究範疇，中外學者大多也把主題研究作為主題學研究範疇之一。然而，也有學者把主題研究排除在主題學的範疇之外。張鐵夫主編的《新編比較文學教程》就是這樣處理的，其理由值得引起我們的注意：

就主題研究而言，普通的主題研究是探討某一作品或人物典型所包含的思想意蘊。而在主題學中，如果把主題研究單獨列出來，當然應該是探討同一主題在「文學史上的不斷重複和演變，不同作家對同一主題的接受和處理」。但問題是主題作為母題的具體表述，具有強烈的主觀性，不同的作品只存在同一母題而從來沒有完全相同的主題。正像自希臘神話傳說以來經常表現的「人與命運」的衝突，其實不是主題而應是母題。《中西比較文學教程》中的「主題研究」其實探討的主要是主題與人物、題材的關係，而非主題本身。……從主題學研究範圍來說，我們傾向於把重點放在同一題材、母題、人物典型、意象等的流傳演變，在不同作家手中的不同處理。[75]

　　從前面對主題與母題的區分以及對母題的論述來看，強調「不同的作品只存在同一母題而從來沒有完全相同的主題」，認爲「人與命運的衝突」不是主題而應是母題，是正確的。但能否由此而把「主題研究」排除在主題學的研究範疇之外呢？這的確是一個值得深入探討的問題。

　　有學者指出，「主題學大多旨在考察同一主題思想及其相關因素在不同國家文學中的表現形式，或由此出發進一步辨析這些國家在文化背景、道德觀念、審美趣味等方面的異同。與主題相關的因素主要有題材和母題。題材是作品的材料，母題是對題材的基本概括，主題則由母題組成（有時等於主題）。這三者構成了主題學的三個層次。」[76]我們贊同這樣的觀點。

　　問題在於：如果說主題研究是主題學的一個研究範疇，那麼作爲主題學範疇的主題研究與普通的主題研究有何區別呢？這必須在理論上得到明確的闡述。

　　陳鵬翔曾討論過「主題學研究」與「主題研究」的異同，認爲一般的主題研究是任何文學作品中許多層中一個層面的研究，探討的是主題的呈現，或者說作家的理念或用意的表現。而作爲比較文學中一個部門的主題學，探索的是相同主題（包括套語、意象和母題等）在不同時代以及不同作家手中的處理，據以了解時代的特徵和作家的「用意」。[77]這是籠統地拿主題學研究與主題研究作比較，對於作爲主題學研究範疇的主題研究與一般的主題研究則沒有明確的分梳。

　　前已闡明，任何題材都蘊涵著一個意義模糊但大致確定的主題。而母題作爲各類文學作品中反覆出現的人類的基本行爲、精神現象以及人類關於周圍世界的概念，更是文學作品主題的有機組成部分。但是，題材和母題所包含的主題還是一般的、抽象的，也是

潛在的，只有當作家根據他所面臨的現實問題對題材和母題作出自己的詮釋生發之後，才表現為個別的具體的和現實的主題。通常的主題研究往往是就事論事，只討論作品本身所凝聚或集中表現的內在意義；而主題學的主題研究，則把對主題的探討建立在題材研究和母題研究的基礎上，透過對古今中外相同題材和相同母題的比較研究，更加深入系統地闡明作家的獨特詮釋，把握其作品的繼承性與獨創性，了解其時代特徵。換言之，主題學的主題研究著重主題與題材和母題關係的研究。

　　根據這樣的理解，作為主題學範疇的主題研究包括了以下具體內容：

◆作家對已有題材、故事的再加工

　　如前所述「灰欄記」題材，即兩個女人爭一小孩為自己的親子，判官畫一灰欄以判斷真偽的故事，是中外文學共同使用的。早先的故事主題都是歌頌判決者的智慧。而布萊希特在1944年創作的《高加索灰欄記》又寫了同樣的故事：在格魯吉亞一次貴族叛亂中，總督被殺，夫人出逃，扔下嬰兒。女僕卻對孩子產生了真正的愛心。當一位偶然登上法官位置的普通士兵用同樣的方法來判決孩子歸屬時，不忍用力拉出孩子的卻不是生母而是女僕。故事差不多，主題卻不再是歌頌判官的智慧，而是鞭撻滅絕人性的貴族婦女，歌頌質樸而有愛心的勞動人民。

◆作家對一些母題（主題）性人物的再處理

　　這些人物，有的是神話、傳說或文學作品創造出來的，如普羅米修斯、美狄亞、唐·璜、浮士德、孟姜女、西施、梁山伯、祝英台等；有的是歷史上實有其人，如貞德、查理大帝、包公、王昭君等。在中國文學中，人物一旦成為某個主題的代表，就獲得了定評，以後的作品往往順著該人物原有的性格方向發展，只是增添新

的情節而推波助瀾，使其個性更加豐富，較少重新評價。西方文學中的主題性人物所表現的主題卻經常多變，甚至相反。例如，雪萊筆下的普羅米修斯與依斯克勒斯悲劇中主角所表達的主題大異其趣，《聖經》中視爲大逆不道的該隱在拜倫筆下卻成了一位值得歌頌的英雄。這反映出中西文學在主題處理上具有不同的文化傳統。

◆作家對某些母題性意象的再利用

　　陳鵬翔在〈中英古典詩歌裡的秋天──主題學研究〉中寫道：中國秋天詩所表達的主題無非是悲憤、感懷身世、時間的流逝、收穫和滿足；英國古典秋天詩所著重表達的是時間的緊迫感、季節所展示的生死再生的形態、收穫、滿足和憂傷。在表現豐收及滿足的主題時，中英詩人慣常使用的是瓜果、葡萄、稻穀等秋天收穫物的意象。而要表達哀傷、頹敗等主旨時，就應用落日、落葉、秋蟬、蟋蟀和西風等令人悽惻的意象。[78]

　　以上分別論述了主題學研究的三大基本範疇。事實上，一部作品的題材、母題、主題是有機地組合在一起的，很難截然分割。但是，作爲研究，必要的分割是必需的。約斯特曾以《包法利夫人》爲例作過分析。在題材層次上，《包法利夫人》包括了這樣一些材料：一個不幸的夫人、一個善良但窩囊的丈夫、一對自私而平庸的情侶、一次古堡舞會、一家藥店以及其他一些事情、觀念和事件。這些成分組合起來便構成一個連貫的故事，從而產生了作品的主題：透過愛瑪與包法利婚姻中的不滿足，描述了愛瑪與賴昂以及羅道耳弗的相識，她的魯昂之行、最後的自殺，從而表現了人的劣根性以及人的虛幻的希望和無法滿足的欲望所帶來的失望感。在母題這一層次上，作品展示的是：在幾個男人之間的一個女人的「夢的破滅」。像這樣完整的主題學分析，更能顯示獨特的學術價值。

第三節　文類學

　　文類學研究文學的類型和種類，探討按照文學特點如何對文學作品加以分類，研究文類的演變和文類間的相互關係。文類（genre，「文學類型」的簡稱）這個術語來自拉丁詞 genus，在許多書中譯做「體裁」，我國歷史上常稱為「文體」。人們也常常使用諸如類型（type）、模式（mode）、種類（kind）等術語，這些術語具有相近涵義，但在使用中，或者被視為文類的替代詞，或者用來指「基礎文類」[79]下屬的亞文類（sous-genres）。

　　比較文學是不同文化、不同民族和不同國家在不同歷史時期的各種文學作品的比較研究，它既有助於視野寬廣地比較探討不同文學中的類型的形成和特點，又能夠在此基礎上發現和探討不同文類在獨自發展中，以及在不同文化相互作用下的流變。對文類學進行比較文學的研究可著重於該學問的橫向比較，這種研究對於不同文學在文類上的差別的辨析有著深遠的方法論意義。我們知道，文類之間混用的問題一直困擾著文類研究者。不論是在文類劃分的爭論上，還是在文類發展的認識上，這個問題都具有研究的價值。從比較文學的角度來研究此問題也有相當的優勢。所以，從比較文學學科理論出發，對文類學進行橫向考察和探索，有助於疏理不同文學內文學類型發展變化的特性，透視全人類文學類型的總貌。另外，比較文學與文學史的結合對於文類研究的縱向深入是至關重要的。文學史研究特別強調按時間順序的歷史探索，比較文學尤其突出影響研究和平行研究。我們認為，影響研究和平行研究兩者之間的緊密結合，對於文類的淵源探求、對於它的曲折發展歷程、對於文類

研究史中形成的不同理論的對比研究，可以產生很大的效用。

一、文類學的分類標準和研究簡史

　　當今文類學常常把文學作品劃分為三大類：敘事類（也叫史詩類）、抒情類（或者詩歌類）、戲劇類。[80]這三個大類以下還可以分為許多亞類，譬如，敘事類可細分為史詩、長篇小說、中篇小說、短篇小說、小品文、日記、回憶錄、傳體文、遊記等等。文類的分類標準可以追溯到亞里斯多德的《詩學》，即：由於文藝對現實生活的模仿具有不同形式，所以，文學類型也相應不同。不過，由於古代希臘社會偏好高雅風格，亞里斯多德主要論述的是史詩和悲劇，並沒有把抒情詩當作單獨的一類。這種分類長期影響了後來的文學批評家，他們常常只是分別討論詩歌的不同形式，即頌歌、輓歌、諷刺詩等，而沒有把抒情詩當作獨立的類型與其他兩種基礎文類平行起來看待。而且，這種特別重視所謂「等級最高類型」——史詩與戲劇——的傾向一直延續到十八世紀，以至於當時眾多的批評家似乎對文類問題毫無覺察。

　　早在1783年，英國的休‧布萊爾（Hugh Blair）在所撰寫的有關修辭學的著作中就涉及到文學類型問題，但是一般的體裁類別與文學分類原則並無介紹論述。當時人們對不同文學形式的討論，主要是對於戲劇和史詩類的具體文學作品的敘述。十八世紀的歐洲，人們已經開始了對文學類型的注意，但是不少人認為分類無法進行，因為文學類型本身的不斷發展變化使其界限模糊。法國的孔狄亞克（Condillac）就說，「史詩、悲劇、喜劇的名稱固然沿用到現在，但與之聯繫的觀念則不同：每個民族對各種不同類型的詩賦予不同的風格和特性。」而更多的批評家對文學類型持有無所謂的態

度,德國人海因里希‧格斯滕貝格(Gerstenberg)所著的《論文學
特性的書簡》(1766-1767)一書在介紹莎士比亞時,就試圖完全拋
開對戲劇中具體類型的劃分,認為不管是歷史劇、悲劇還是悲喜
劇,以戲劇稱之就行了;赫爾德是一位在文學史上開風氣之先的大
師,他雖然也注意到文學類型的一些作用,但卻不注重文學類型的
區分,在討論文學時常常將史詩、戲劇、抒情詩「混為一談」。然
而,到十八世紀末和十九世紀初,德國的作家和批評家都格外重視
對文學類型的研究,這尤其表現在哥德、席勒和施萊格爾兄弟的著
述裡。哥德看到了當時「書信體小說」的趨向,注意到文學類型的
分離,他認為,「這種過程是不可避免的。」他在《詩歌的自然形
式》中談到了文學的不同類型。認為文學「真正的自然形態有三
種:『敘述清楚的』、『熱情激動的』、『個人表現的』——史詩、
抒情詩和戲劇」。席勒也注意到一般的詩歌與史詩和戲劇具有明顯
的差別,詩歌都使所涉及的對象具體,而不能過於抽象,戲劇中的
事件是作為眼前之事加以描繪的,而史詩中的事件則是當作往事來
敘述的。[81]後來的施萊格爾兄弟對文學類型進行了深入的研究,對
文類中的戲劇尤其感興趣,曾著有《論戲劇藝術與文學》。他認同
文學類型的三分法,「抒情的、史詩的、戲劇的這些概念都是文學
的名詞,用來表示人類一般存在的基本的可能性」[82]。他還認為文
學類型應具有純潔性,即每一個別類型不論多麼特別,也必屬於一
個種類。

在文學類型分類理論的發展歷程中,也有人提出了其他的類型
劃分方案,諸如英雄詩、田園詩、諧謔詩,或者故事、戲劇和歌曲
等,但這些分類都與一般公認的分類大同小異,沒有超出亞里斯多
德的分類原則。把文學作品分為抒情類、敘事類、戲劇類的三分
法,在二十世紀裡為大多數中外文學研究者所接受。其中一個重要

原因可能在於這種分類不僅與文學事實相符，它還超越了文學的性質。黑格爾和費希爾就把這種分類在哲學上主觀和客觀的二分法中加以論述：將抒情類視為主觀的；敘事類認作客觀的；而戲劇類看成主觀與客觀的混合（正、反、合）。[83]在文學理論家當中，克羅齊曾經偏激地否認文學可以分類。他認為，企圖對藝術進行美學上的分類是荒謬的，因為優秀的文藝作品都與過去的分類法不一致。他甚至認為，所有關於藝術分類的著述都可以燒掉而不會造成任何損失。[84]他雖然是對於古典主義時期規定性的僵化文類劃分的強烈不滿，但是他的觀點卻帶有明顯的片面性，進而遭到了後來許多理論家的反對。美國的韋勒克和沃倫將其觀點視為一種對極端古典權力主義的反動，但其觀點「沒有能夠公正地還原文學生活和歷史事實」[85]，羅馬尼亞的迪馬也批評其觀點「無視歷史事實」。克羅齊對文學類型劃分的否定反而促使文學研究者對這個古老的問題進行了更加深入的研究。1939年，在法國里昂召開的「第三屆文學史國際會議」就專門討論了文學類型的問題。與此同時，許多文學理論家和比較文學學者都反覆檢討過去對文學類型研究的不足，並一再敦促加強這種研究。

　　早在二十世紀三〇年代初，提格亨在《比較文學論》中就闢出專章研討「文體與作風」，從比較文學的角度對歐洲不同國家的文體差異進行了討論，並用「體類學」（Geneologie）來稱謂文學類型的研究（後來韋勒克和沃倫在《文學理論》的第十七章中也借用了geneology這個詞）。由於比較文學法國學派強調「影響研究」，文中對文體的接受或移植的問題尤其重視，如像十八世紀的法國和德國怎樣接受英國的書信體小說等。發表於1951年，並在1978年發行了第六版的《比較文學》一書，是法國比較文學家基亞的論著。這本薄薄的大學授課提綱不僅在第二章第二節「比較文學的範圍」

中強調了要加強研究文學類型的命運,而且在第四章還開闢一節討論文學的類型問題,分別就戲劇、詩歌和小說各自所屬的亞類文體也進行了討論。

韋勒克和沃倫發表於1948年的《文學理論》,分別在第十七章和第十九章論及文類發展史和文學類型的研究狀況,使文類學知識隨著這本被廣泛閱讀的文學基礎理論課本為世人所了解。美國比較文學家韋斯坦因於1968年在德國發表了《比較文學導論》,即中國大陸於1987年根據英譯本翻譯出版的《比較文學與文學理論》。書中開闢專章論述文學類型,即第五章的「文學體裁研究」,該書十分強調類型研究的重要性和必要性。他檢討了過去比較文學,特別是法國學者對文學類型研究的不足,強調文學類型研究的地位是「無論怎樣說也不過分的」[86]。他的鼓勵激發了文學研究者,特別是中國的比較文學學者對文類的研究,幫助他們拓寬了文學研究的路子,取得了不少成果。

我國古代很早就開始對文學進行分類,古代文論家們不僅按照自己的標準對文字記錄的東西加以分類,而且,隨著朝代的更替,似乎分類越來越細。人們最初僅僅是按照語句是否押韻的標準,把作品分為韻文和散文(文與筆)。後來,曹丕在《典論·論文》中首次把文體分為奏議、書論、銘誄、詩賦等四科八類,其分類原則是「本同而末異」;陸機在《文賦》中把這種分類擴展成詩、賦、碑、誄、銘、箴、頌、論、奏、說等十類,基礎是「體有萬殊」。劉勰的《文心雕龍》在晉代摯虞的《文章流別集》的分類基礎上,用了全書的一半,即二十五篇,專論文體,涉及到不同文體達三十多種。按照劉申叔的《中國中古文學史》中的觀點,劉勰分類的一個原則是「文筆」兩分法,即以十六章為分界線的「有韻之文」和「無韻之筆」。到了明代,徐師曾的《文體明辨序說》記錄的文體竟

達一百二十七類。

　　文學類型的分類標準雖包括對已經爲人們廣泛接受的「基礎類型」標準的再思考，更強調這「三大類型」所屬亞類文學作品的標準探索。這是一個人們長期爭議的問題，今天的文學界裡仍有明顯不同的主張。當代歐美文論家持有各不相同的觀點。韋勒克和沃倫的《文學理論》一書受到「新批評」學派很大的影響，十分強調體裁的「文學性」分類，認爲文學類型在理論的層面上，應該偏向於形式一邊。[87]前蘇聯著名文論家波斯彼洛夫的觀點卻與此大相逕庭。他把體裁歸入作品的內容範疇。他在發表於1978年的《文學原理》中認爲，由於文學作品的形式可能隨著其內容的變化而變化，所以，不能只在文學作品的形式特點中去尋找某一種體裁的特徵，體裁的特徵應該首先存在於作品的內容方面。[88]在1983年出版的《方法論和詩學諸問題》中，波斯彼洛夫又指出，「作品的體裁屬性不是其表示內容的形式屬性，而是作品藝術內容本身類型學的屬性」，「體裁不是形式的方面，而是作品的一個普通的、歷史地重複的內容方面」。[89]美國比較文學家韋斯坦因在《比較文學與文學理論》一書中羅列了至少三種分類標準：第一種是依照心理標準來分類，第二種是根據具體效果來劃分，第三種是按照內容或者形式來分別文類。在否定了前面兩種標準之後，韋斯坦因認爲，第三種是人們常常使用的標準。但他同時指出，這種分類難以更加細化和區分。所以文類的劃分標準十分複雜，要探索到一個在世界不同文化內都能夠適應的標準還需深入的研究。

　　至於如何在比較文學的框架內進行文類學的研究，中國學者在近二十年裡一直在努力探求。劉聖效在《比較文學概論》一書中，從基亞《比較文學》第二章裡提出的文類學研究的兩個必要條件，即「固定的類型和接受這種文學類型的環境（時間和空間都明確限

定的)」[90]，提出了「確定體裁」和「對作家的模仿、借鑑做出評價」的研究方法。前者要求對文類有「較統一」的定義，研究文類的接受環境和不同文類在不同民族文學中所產生的流變，後者探討作家對文類的選擇，以便深入了解作家本人的「氣質、民族文學的特性，甚至文學創作的規律」[91]。陳惇、劉象愚在《比較文學概論》中認為，文類研究有兩種方法，一種是歷時性研究，對一種民族文學作品進行縱向的比較，以總結出某一文學類型的「規範」；另一種是共時性研究，即對不同民族文學中的文類進行橫的比較，「重點是辨異」。這種比較研究的目的是了解文類的基本特徵及其流變史，並認識作家的獨創性和不同文學的傳統和特徵。[92]在陳惇、孫景堯、謝天振主編的一部由中國當今比較文學名人分別撰寫的《比較文學》中，盧康華的「文類學」一章認為，比較文學這門學科的所有方法都適用於中外文類比較。接著分三方面進行了闡述：一是從影響研究入手，探討文類在中外文學中的雙向流傳，研究流傳中的種種變異；二是從平行研究著手探求，「研究同類體裁在不同文學中的不同發展過程，探究其同和異，也可研究不同民族文學之間不同體裁的美學關係」；三是闡發法研究，即運用西方文類觀點考察中國文學作品。[93]

　　中國比較文學學者在過去二十年裡對於文類學的研究範圍和對象的探討也是互相關注、逐漸發展的。謝天振在樂黛雲主編的《中西比較文學教程》（1988）一書的第八章「文類學」和他後來發表的〈比較文學與翻譯研究〉（1994）中提出文類學的研究有三個方面：一是文學類型（文學的分類）研究，二是體裁的研究，三是文學風格研究。劉聖效將其歸納為兩個方面，一是文類的劃分及其分類的標準，一是探討文類的流傳和演變（1989）。盧康華在1997年出版的《比較文學》「文類學」一章中，總結了二十世紀九〇年代

中國在比較文學文類學研究的主要成果，將文類學研究的範圍和對象分為五個方面：文學的分類、文學體裁研究、文類理論批評、文類實用批評、文學風格研究。在《新編比較文學教程》（張鐵夫主編，1997）的第七章第三節「文類學」中，作者將同一文化語境中的文學作品的改編與改寫現象歸入文類學的研究對象。我們由此看出，中國大陸學者對文類學研究範圍和研究對象的探索在逐步深入和細化。我們在比較文學研究中雖然很少具體涉及到文類批評，然而在盧康華所撰寫的「文類學」中，他根據台灣張靜二的觀點已經總結出文類批評的兩種方法，這將有助於文類批評的未來發展。

　　在文學類型研究與文學理論建構的問題上，十九世紀初的赫爾德曾經特別強調文類與文學起源之間的關係。赫爾德對西方文學史有很大的貢獻，並十分重視文學的起源研究。他認為，在文學理論的觀念中，起源問題是「一切的一切」。同時，他也注意到文學起源與文學類型的密切關係。他指出，必須從個別的文類著手去追根溯源，才能寫出一部哲學性的詩學或者詩史。但是，赫爾德的著重點是用遙遠的史前狀況來解釋當代的文學現象，而並非「當代文學的研究」[94]，他也並非真正認識到文學類型和文學分類的重要性。然而，美國當代比較文學家厄爾・邁納（孟爾康）於1990年發表的《比較詩學──文學理論的跨文化研究札記》在這個方面做出了富有成果的研究。這部作品很少空泛介紹比較詩學的理論和方法，而是用文類學要研究的具體文類來建立其詩學體系。作者注意到，亞里斯多德所建立的西方詩學，產生於從戲劇這一文類出發給文學定義之時這個事實。他進而在緒論裡說明了該書的主要論點：「當一個或幾個有洞察力的批評家根據當時最崇尚的文類來定義文學的本質和地位時，一種原創詩學就發展起來了。」[95]作者接著以跨文化的視野，從他稱謂的「基礎文類」（foundation genres）著手，討

論了戲劇（第二章）、抒情詩（第三章），和敘事文學（第四章）。
全書共五章，每一章都貫穿了「文學類型」這個主題。因爲這位前
國際比較文學學會會長深信，缺乏對一種文化內基礎文類的研究，
不可能在該文化中建立詩學體系。把文類研究與文學理論建設之間
的關係聯繫得如此緊密，使人們認識到文類研究的重大作用，看到
了文類研究更加寬廣的發展前景，這可是古往今來從未有過的。

二、文類的演變和相互關係

　　文學類型與文學一樣，始終在不停地演變發展。雖然「基礎文
類」的框架似乎變化不大，但是，它們下屬的亞類卻是不停地在增
加、在混合。然而，過去古典主義的文類觀點卻是與此相悖的。十
八世紀的歐洲文學界，古典主義十分活躍。當時的文論觀主張，文
學類型之間有明確的界限，類型之間的區別是一種自然現象，不得
彼此相混。由於這種「類型純粹」說（purity of genre）將文學作品
的調子、美學和類型都視爲僵死的統一，而拒絕接受其他形式[96]，
所以，後來曾遭到了一些人對文學分類意義的懷疑。而今天的文學
家們在文學類型的分類和具體應用上，早已拋棄了這種機械的學
說。他們認爲，三分法將文學作品分爲敘述文學、抒情文學和戲劇
文學，不同的文學類型並非完全置於自身的發展之中，完全獨自爲
陣，相互之間缺乏聯繫。恰恰相反，他們注意到不同文類長期以來
就是普遍地混合使用的，並且提出了不少很有價值的觀點。文類不
僅是發展變化、混合使用的，而且傳統的類型還可能混合成新的類
型。人們不再把文學類型理論看作是規定性的，而是描述性的，研
究的重心也不在一種文類如何純粹單一地表現美，而是不同文類中
存在的共通的特性和文學類型之間的互相滲透和相對獨立。其實，

有關文學類型之間混合使用的現象在古代社會就受到人們的關注。柏拉圖在《理想國》中就認為史詩是一種混合文體，既有敘述又有描繪表現。浪漫主義時期的德國詩人席勒也曾表達了這樣的看法：任何一種文體類別都難以完完全全得到實現，所以，文學類別應該混合使用。[97]英國人凱姆斯認為文學類型就像顏色一樣，你中有我，我中有你。

文學類型的發展變化有兩種形式，一種是歷時性的發展，一種是共時性的演變。歷時性的發展如像古希臘具有廣泛影響的史詩，到了中世紀由英雄傳奇和短篇故事取而代之，繼而到十六世紀後的各種小說受到大多數人的歡迎。同樣，中國漢代的賦曾經獨領文類風騷，但相繼在不同的時代由駢文、唐詩、宋詞、元曲和白話小說所替代。這種歷時性的變化發展至少說明了以下一點：文類的發展是不同文化中共同的規律，其發展的軌跡包括文類形式從繁複到簡潔，中國詩賦的歷時發展說明了這一點，或者從對神和人類群體的關心，發展到對人類個體和群體的更加關心。過去人們對史詩的推崇現在已經讓位於各種不同的小說和其他散文類作品。凱塞爾說，「全部世界（在崇高的聲調中）的敘述叫做史詩；私人世界在私人聲調中的敘述叫做『長篇小說』。」[98]共時性的演變主要體現在不同民族、不同國家和不同文化間的文學交流、借鑑和碰撞之中。譬如，十八世紀的英國「書信體小說」對法國和德國的衝擊影響，產生了像《少年維特的煩惱》這樣的著名作品；中國在二十世紀對歐美不同文類的文學作品以及各種理論的接受，不僅引起了中國傳統文學分類觀念的消解和對西方文學分類三分法的認同，而且促使了中國文學文化領域的巨大變化。

對於文學類型混合使用的結果，美國當代比較文學家厄爾·邁納（孟爾康）從不同的角度進行了更加深入的探究。他認為，即便

文類混雜在一起使用，人們也能夠比較容易識別之。他承認，由於吸收抒情和敘事是戲劇的天性，「要想在戲劇中識別敘事和抒情的介入程度遠非易事」。抒情詩和敘事作品中也同樣常常介入戲劇成分，所以，要解釋已經出版的抒情詩和敘事作品中戲劇成分的存在是一項有趣但「更爲艱巨的工作」。然而，「即使它們通常都混雜在一起，我們也能夠區分識別之」，因爲文類的適度混合並不會使某一文類失去自身的特點。[99]接著在第三章「抒情詩」中，邁納重點討論了抒情與戲劇、敘事結合的異同，認爲抒情詩可以混入戲劇之中，但這種混入僅限於變成戲劇的陪襯形式，所以不會改變原作品的文類性質。他認爲，一種文類能夠吸收其他文類，並使其爲己服務，是強化自身文類的一種方式。[100]

三、中西基礎文類探源比較簡述

小說是敘事體文類的主要形式。人們普遍認爲小說的起源是古代神話、寓言故事和英雄傳說等。中國的許多神話和寓言像《大禹治水》、《嫦娥奔月》、《愚公移山》，古希臘的荷馬《史詩》中包含的許多古代神話和英雄傳說，可以看作是小說的最初源頭。中國南北朝時期出現的志怪作品，除去小說所必備的虛構特點之外，人物描寫和情節安排開始成爲故事的一部分。在中國小說史上，後來的唐朝傳奇才是中國小說的形成標誌，因爲唐朝傳奇比過去的作品對人物描述得更加細致，寫作者也有意識地進行創作。從唐朝開始形成的文言小說和於宋朝開始形成的白話通俗小說是中國古典小說的兩大支。文言小說主要取材於歷史記錄、人物傳記、寓言散文等，白話小說更多產生於傳奇、世象記錄，和對文言小說的改編。人們普遍認爲，西方小說起源於文藝復興前後，其原始取材包括傳

奇、書信、回憶錄等。

　　旅美學者劉禾從小說敘述人的概念來考察中國和西方早期小說的主要傳統的起源。[101]她認為，作為中西文學後起文體的小說，以模仿其他文體而形成自身的小說傳統。透過對中國古典通俗小說和文言小說的考察，她發現，中國古典白話小說以口頭文學為基礎，「職業說話人」長期以來成為這種小說中的「第三人稱」敘述人。直到十九世紀末的吳趼人寫的白話小說，才出現了「第一人稱」敘述人。與此略為不同的是，中國古代的文言小說敘述人是「第一人稱」的故事在傳奇和志怪中卻不難找到，譬如蒲松齡《聊齋志異》中的一些故事。但是，由於文言小說的敘述體從「正史」和「人物傳記」等體裁演變而來，曾為傳記作者樹立了傳統威信的「第三人稱」，自然也就移植到小說本身。所以，中國古典小說始終「沒有形成一個明確的『第一人稱』的小說傳統」。歐洲的小說發展歷程卻與此相反。十六世紀的「流浪漢小說」作為在歐洲出現很早的小說傳統，採用的卻是「第一人稱」敘述體。這種小說傳統是基於歐洲過去文學傳播的主要文體，譬如日記、書信、回憶錄等。因此，不論是最初源於西班牙的這種小說傳統，還是後來在其他歐洲國家流行的同一傳統，「第一人稱」敘述體是它的一個顯著標誌。「書信體小說」在十八世紀的歐洲廣為流行，譬如英國理查生的《帕米拉》和法國盧梭的《新愛洛綺絲》。它是繼「流浪漢小說」之後影響深遠的一個西方小說傳統。這種小說與十八世紀在歐洲同樣盛行的自傳小說和遊記，譬如英國史威夫特的小說《格列佛遊記》等，也都採用了「第一人稱」敘述體。儘管從中世紀到十七世紀的歐洲也曾盛行以「第一人稱」或者「第三人稱」敘述的騎士文學，但整個歐洲在該時期的小說主流仍然是「第一人稱」敘述體。直至十八世紀中葉的英國小說家菲爾汀將小說當作「喜劇性的史詩」來寫

作，「第三人稱」敘述體小說在歐洲才真正開始。中西小說敘述體的顯著區別雖然可以在社會經濟發展的背景下找到一些解釋，但是，在不同的文化中，小說傳統起源之初所依據的原始資料似乎能夠為人們提供更為直接的答案。

在西方文類劃分的歷史過程中，詩歌長期受到忽視，沒有被平等地視為與敘述體的史詩和戲劇體的悲劇享有同樣地位的文類。但是，它卻是基礎文類中出現最早的，是形成英雄史詩的主要部分和戲劇裡的重要部分。詩歌（特別是抒情詩）在西方文學傳統中沒有受到應有的重視的原因很多，其中一個重要因素是古希臘哲人將其列為可分類型之外。據謝弗雷所言，柏拉圖的分類是以表達為基礎的，故分為敘述、再現和敘述—再現混合型。亞里斯多德只提出了史詩和戲劇兩種分類，認為前者是敘述，後者是人物表演。[102]西方的早期詩歌以敘事為主，這在荷馬《史詩》和《聖經‧舊約‧雅歌》中尤其突出。中國的古典詩歌以《詩經》為其代表。在中國古代文類發展史中，由於人們最初按照文章是否有韻律來劃分文類，又由於《詩經》這第一部詩歌總集據稱是經由孔子整理過的，所以，中國詩歌從未遭受到西方詩歌在分類上的貶抑。事實上，中國的詩歌傳統幾乎一直統治了元朝以前的中國文學文化界。另外，與西方傳統詩歌以敘事為主不同，中國古典詩歌特別重視抒情。

中國詩歌傳統以抒情詩為主，表達詩人的喜怒哀樂，也言說他們的諷上和刺下，表述詩以載道之志。從秦漢以前的《詩經》和《楚辭》，到後來的唐詩、宋詞，大部分作品都是以詩人情感的表達為主要內容。西方古代詩歌最初就以史詩的面貌敘說人間英雄和天上英雄，講述各種冒險故事。這種敘事特點表現在中世紀不同歐洲國家的史詩，直到十九世紀初英國詩人雪萊的詩劇《解放了的普羅米修斯》的歷史長河中。西方詩歌的這一特徵同時揭示了其詩歌常

常混入敘述體和戲劇的文類混雜現象，也部分說明了其成爲獨立文類的艱難路程。

詩歌與傳統小說有一個明顯的共通之處，那就是它們都有一個發言人。在詩歌中我們稱爲「說話人」，在小說中是「敘述人」的這個發言人，有時是一目瞭然，有時是隱蔽其後。而戲劇作品卻常常沒有這樣的發言人。厄爾・邁納認爲，中國詩學和其他非西方詩學一樣，是建立在對抒情詩這個文類的實踐之上，而西方詩學則是建立在對戲劇文類探討的基礎之上。[103]戲劇，尤其是悲劇，由於亞里斯多德的研究而在西方文學史上處於長期顯赫的地位。戲劇作品是需要演員在舞台上進行表演，這與敘述作品和詩歌作品有很大區別。

西方戲劇不僅出現得早，繁榮得也早。古希臘時期，戲劇發展已經達到很高程度，戲劇的普及深入到城市平民家。從今天依然遺留下來保存完好的許多古希臘劇場（譬如，西西里島的錫拉庫槳至今完好的古希臘劇場仍然在上演著戲劇，劇場最大容量大約一萬五千名觀衆），不難看出二千多年前古希臘戲劇的繁榮場面。古希臘戲劇起源於祭神儀式，特別是酒神祭。最初，這種儀式由一個合唱隊和跳著舞蹈的人們一起慶祝，後來，合唱隊員們逐漸開始化妝，並戴上面具參加表演，隨著對話和一定情節的引入，戲劇也就誕生了。中國戲劇的產生也是在音樂、舞蹈的伴隨下完成的。雖說北宋時期的說唱藝術有了戲劇的一些特徵，但到了南宋時期雜劇的出現，中國戲劇才得以成型。古希臘戲劇在西元前七世紀就已出現，在西元前五世紀達到輝煌，後經由亞里斯多德等人在理論上的總結和發展，促使其在整個西方文學史中發揮了巨大作用。中國戲劇起步較晚，但從起源到進入繁榮時期的過程也不長。中國元代的戲劇是整個文學史上的一大景觀，爲中國文化添加了光彩。[104]

第四節　跨學科研究

　　跨學科研究，是對文學與其他學科相互關係的研究，因而又被稱爲科際整合（Interdisciplinary）。它以文學爲一端，以其他學科（如各種藝術、社會科學、自然科學）爲另一端，在對其相互關係的疏理中，一方面揭示在人類文化體系中不同知識形態的一致性、共通性；另一方面彰顯文學之爲文學的獨特性，把握文學的內在規律。這是一種跨學科的對話。對話何以可能？目的何在？如何進行？正是我們所要關注的問題。

一、跨學科研究的出現與意義

　　跨學科研究的目的，歸根結底是要回答一個問題，文學是什麼？當我們說：文學是一幅畫，是美妙的音樂，是宏偉的建築，是對人心靈的探究，是對世界的探尋、人生意義的追問，是向冥冥中的上蒼發出的一份虔誠的期盼，我們便承認了一個事實：文學與畫、音樂、建築藝術，與心理學、哲學、宗教是相通的，這便構成了文學與其他學科關係的「同」的研究。而當我們在前面的陳述中需要作出一系列的界定，如在畫、音樂、建築前分別加上定語：無形的、無聲的、語言構建的，或者說，同是追究世界、人生的底蘊，哲學是理性的，文學是感性的，哲學借助於概念、判斷、推理，文學則用形象說話，這裡強調的是文學與其他藝術、其他學科的「異」，文學不是音樂、繪畫，也不是哲學、宗教。在對文學「是什麼」和「不是什麼」的追問中，文學也許就有了大致的邊

界，甚至獲得了一些本質的規定性。

　　其實，要追溯「跨學科研究」的淵源，可謂源遠流長。在中國，很早人們便注意到了詩、歌、舞的同源。《禮記·樂記》曰：「詩言其志，歌詠其聲也，舞動其容也，三者本於心，然後樂器從之。」詩、歌、舞都是「本於心」，本於情感。《詩大序》中進一步對三者表達心聲的層次作了描述：「詩者，志之所之也。在心爲志，發言爲詩。情動於中而形於言，言之不足，故嗟嘆之，嗟嘆之不足，故永歌之，永歌之不足，不知手之舞之，足之蹈之也。」其後，中國文論中不少都涉及到文學與其他藝術的關聯，其中最著名的便是蘇軾談王維的詩畫：「味摩詰之詩，詩中有畫；觀摩詰之畫，畫中有詩。」[105]而「詩畫本一律，天工與清新」[106]，則進一步涉及到詩畫的共同境界。

　　在古希臘，亞里斯多德對史詩、悲劇、酒神頌、雙管簫樂、豎琴樂進行區分時，就認爲它們同爲模仿，但模仿的媒介不同、對象不同、方式不同。而亞里斯多德針對柏拉圖認爲詩遠離理念的看法，在爲詩辯護時比較詩與歷史：「詩人的職責不在於描述已發生的事，而在於描述可能發生的事，即按照可然律或必然律可能發生的事。……寫詩這種活動比寫歷史更富於哲學意味，更受到嚴肅的對待，因爲詩所描述的事帶有普通性，歷史則敘述個別的事。」[107]亞里斯多德在劃清詩與歷史的界限時又使詩與哲學結下了姻緣，因爲在當時，以求知、求眞爲旨歸的哲學被當作是一種最高級的學問。

　　在古希臘，繪畫、雕塑等作爲造型藝術，被當作一種低級模仿的藝術，不被繆斯所垂青。所以，在爲畫爭藝術的一席之地時，人們便習慣於把它跟詩相提並論，特別在文藝復興開始的藝術的自覺時代。畫家達文西說，詩是「眼睛瞎的畫」，畫是「嘴巴啞的詩」。

十七世紀的夏爾‧弗雷斯諾亦有同樣的論斷：「詩如畫，畫亦如詩。」當畫的地位被確立之後，十八世紀萊辛在《拉奧孔》（1766）中則詳細地闡述了詩與畫之界限：其一，選用對象不同，畫呈現各部分在空間並列的靜止物體，詩呈現各部分在時間上先後承續的流動動作；其二，模仿媒介不同，畫用顏色和形體，詩用聲音（語言）作爲媒介；其三，接受感官不同，繪畫憑視覺來接受，詩憑聽感官來接受；總之，繪畫是模仿美的藝術，詩是模仿媚（動態美）的藝術。

當然，這種「跨學科研究」並沒有形成一種自覺的意識，但研究的「跨越性」應該說與比較文學不謀而合。二十世紀，隨著各學科間的日益綜合化、整體化，而法國學派強調純粹的文學之間的影響研究已不足以適應這一新的趨勢，一些學者意識到必須把各學科之間的關係的研究納入到比較文學視野中，並與比較文學學科內部的各個方面的研究平等對待，這構成了美國學派「革新」比較文學的一個重要內容。在雷馬克爲比較文學下的定義中，就明確提出比較文學既要研究「超越一國範圍的文學」，也要研究「文學跟其他知識和信仰領域，諸如藝術（繪畫、雕塑、建築、音樂）、哲學、歷史、社會科學（如政治學、經濟學、社會學）、其他科學、宗教之間的關係」。[108]這種觀點在提出的時候儘管引起種種爭議，隨著時間的推移，卻逐漸成了比較文學界的一種共識。

於是，以「跨越性」爲特徵的比較文學，跨國家、民族、語言、文化與跨學科，便形成了「跨越」的兩大方面。應該說，這兩種跨越的側重點是有差異的。跨民族文學間的比較，側重的是文學的族際性。正像中國文學與英國文學的比較研究，落腳點是各自民族文學的特點、精神內涵。而跨學科研究，多是同一民族範圍內的不同藝術門類、學科的比較，如中國詩與中國畫。當「詩」與「畫」

被冠以「中國」的字樣，這「詩」與「畫」也就帶有了民族性。而事實上，跨學科研究本來應該更側重於普通意義上的「詩」與「畫」之比較。但是，從民族特色各異的「詩」與「畫」中抽象出一般意義上的「詩」與「畫」是否可能，又成為一個問題。

　　與此相關的問題是，跨學科研究可以跨文化嗎？原則上兩者應該並不矛盾，如中國詩與西洋畫、基督教與中國文學。但也有學者對此持懷疑態度。在如何跨越的問題上，美國學派的學者間就有不同看法。韋斯坦因在《比較文學與文學理論》一書中，一方面支援「各種藝術相互闡發」的「比較藝術」方法，另一方面又主張這樣的研究應「不超越國家的界限」。[109]也許，韋斯坦因憂慮的是，中國詩與西洋畫，兩者屬於兩個無法通約的知識系統，比較出來的也許具有跨文化研究的意義，但與真正意義上的跨學科研究並不相干，就像基督教與中國文學，很容易做成異域文化對中國文學的影響的論文，但並無跨學科研究的意義。

　　那麼，跨學科研究得以成立，便需要有一些必須遵循的原則和規範，雷馬克在〈比較文學的定義和功能〉中，首先強調文學和文學以外的某個知識領域的比較，只有是系統性的時候，只有在把文學以外的領域作為確實獨立連貫的學科來加以研究的時候，才能算是比較文學的跨學科研究。比如，一篇論莎士比亞戲劇的歷史資料來源的論文，只有在把歷史和文學作為研究的兩極，只有對歷史事實或記載及其在文學上的運用進行了系統比較和評價，並合理地作出了適用於文學和歷史這兩個領域的結論後，才算是文學和史學的跨學科研究。而討論金錢在巴爾札克的《高老頭》中的作用，只有當它主要探討（而非偶爾）一種明確的金融體系或思維意識如何滲進文學作品時，才具有跨學科的可比性。這裡，雷馬克強調的是跨學科研究涉及的知識領域的系統性和獨立連貫性，在這個基礎上，

跨文化的跨學科研究，也才得以成立。

其次，在跨學科研究中，文學自始自終應該是被關注的焦點和中心。文學既與人類的其他知識領域有相通之處，又有自己獨特的表達思想情感的方式。而文學的獨特的語言構成方式又決定了對它的鑑賞、評價和批評的方式，也迥異於其他知識形式。透過對文學與其他學科相互關係的探討，把握文學的獨特性，進一步掌握文學自身的機理和規律，應是跨學科研究的主要目標。[110]

第三，跨學科研究中的「文學」，應有兩重內涵：文學作品和文學研究。文學作品與藝術同類，而以文學藝術為研究對象的文藝學則屬於人文社會科學中的一個學科。其他學科也面臨這一問題，如宗教與宗教學、倫理與倫理學、政治與政治學、語言與語言學、心理與心理學。如何使跨學科的比較研究在同一層面上進行，或者，如果是在不同層面上，盡可能不致混淆，便成為跨學科研究中需要注意的問題。正像文學與心理學的關係，一方面文學與心理學都要共同面對人類的心理行為，而心理學對文學的影響一方面包含著心理學對作家創作的影響，也包括對文學研究的影響，兩者不可混為一談。

二、跨學科研究的內容

人類各種藝術、各門學科之間，曾經具有一種同源共生的關係，而在人類知識進化的過程中，它們逐漸擁有了自己獨立的領域，相互間具有了異質性，但仍然保持著千絲萬縷的聯繫，它們相互影響、促進。對這種複雜關係的發掘、清理，便成了比較文學的跨學科研究的基本內容。

人之初，當人類逐漸走出純粹的動物世界，但並未擺脫蒙昧，

物我不分，人神合一，對象、觀念、主體三維混合，這種原始思維的最初產物便是神話與宗教。神話與宗教既是原始人的藝術，也是原始人的「科學」，它代表了原始人對世界與人自身的認識。面對神秘的自然，他們充滿了敬畏與好奇，他們借助想像與幻想，把大自然擬人化，看作「有心情的東西」。同時，他們透過「夢」感到，人的身體之外還有一個被稱作「靈魂」的東西，「靈魂」是不死的，它成了連結過去、未來，實現人神對話的仲介，而在人神交融的靈魂的舞蹈中，人類也就有了最初的藝術。

　　人類的精神進化的過程，就是宗教、語言、藝術、思想、道德等萌生、發展並逐漸獲得明確的自我定位的過程。人類科學的各個學科，大都對應於人的一種精神現象，反映著人的一種精神需要：審美的、情感的、思想的、倫理的、認識的、交際的。神話、宗教反映著人類心靈的混沌期──原始思維。而語言產生，這是人類出於交流的需要。但當原始人以符號為萬物命名，這也就意味著人類擺脫物我不分、人神不分狀態的開始，人類擁有了語言，也就擁有了可靠的身分和標誌，擁有了透過語言、思維通達廣闊的世界的可能，在語言成為人存在的家園的同時，人類也就開始有了科學。人類科學的發展，大致循著理性與感性兩個方面發展。語言的發展是人類理性思維的直接表現。哲學則是原始思維的覺醒或反思，哲學對自然的探索，便逐漸有了自然科學，對人的生存的追問，便有了現代意義上的人本哲學。道德現象意味著人類的注意力逐漸從與自然的緊張關係轉移到同類之間的關係，這是「實踐理性」的覺醒。而藝術則可看作是原始思維在感性領域中的隱秘的延伸。[111]

　　正是在這一系列的分化過程中，每一學科擁有了自己的邊界與規定性，但理性世界與感性世界又總是相互依賴、相互滲透和促進的。思想需要感性生命衝動為動力，而情感也因為思想變得更高

級、更高尚。各種藝術、各門學科往往是相通的,區別只在於把握對象的方式、媒介、側重點的不同,這便構成了跨學科研究的學理依據。以下我們就文學與其他藝術、文學與社會科學、自然科學的關係分別作一疏理。

如果把各藝術門類、各學科看作一個有著共同血緣的「家族」的話,與文學最接近的當然要數各種藝術了。因爲文學本來就是藝術大家族中的一員。藝術在其萌芽時,往往處於混融狀態,它們都與宗教或其他儀式有關。《呂氏春秋‧古樂》中說:「昔葛天氏之樂,三人操牛尾,投足以歌八闋:一曰載民,二曰玄鳥,三曰遂草木,四曰奮五穀,五曰敬天常,六曰達帝功,七曰依地德,八曰總萬物之極。」它體現了詩、歌、舞的同源性。在古希臘,詩、音樂、舞蹈都被認爲具有一種迷狂的特徵,並且,它們本來就密不可分。這點,在戲劇的產生中體現得最爲充分。西方戲劇與中國戲曲,都源於原始宗教儀式。在這既敬神又娛人的巫術活動中,身體的跳動(舞)、口中唸唸有詞或狂呼高喊(歌、詩、咒語)、各種器物敲打共奏(樂),這種詩、歌、舞混融的儀式,成了戲劇的最初源頭,也決定了戲劇的綜合融通性。只不過西方戲劇後來分化出話劇(詩)、歌劇(樂)、舞劇(舞)等,而中國戲曲則一直保留了詩歌舞混融的特徵。

如果說各種藝術有著共同的淵源,而在其發展過程中,將它們緊緊維繫在一起的精神紐帶便是審美。審美構成了藝術掌握世界的特殊方式,也使藝術作爲一種特殊意識形態與人類其他意識形態區別開來。這種審美活動主要體現在:(1)從活動的目的角度看,審美具有無功利性;(2)從掌握世界的方式看,審美具有直覺特徵;(3)從把握世界的態度看,審美是一種情感評價。[112]形象、情感、審美,成了藝術之爲藝術的表徵。

如果說文學與其他藝術都是以審美的方式來把握世界，但它們所運用的媒介又是不同的，繪畫、雕塑用顏色、姿態，音樂用音響，舞蹈用動作、形態，文學用語言，因而他們分別被稱爲造型藝術、音響藝術、動作藝術、語言藝術，戲劇、電影則被稱爲綜合藝術。按藝術感知的方式，人們又把藝術分爲視覺藝術（雕塑、繪畫）、聽覺藝術（音樂）、視聽覺藝術（舞蹈、戲劇、電影），視聽—想像藝術（文學）。顯然，這裡還是強調了文學作爲語言藝術的特點，語言只是符號，而非形象本身，所以要借助於想像來「視聽」。

於是，審美與語言，便構成了文學的兩個基本面向。與其他藝術相比，審美是它們的共同特質，另一方面，文學又是以語言來把握世界，也就決定了文學之爲文學的獨特性。正如有學者指出的：「詞和句子，這些文學作品的原材料，它所需要的在解釋和理解方面的訓練，比起色彩、線條、形狀、音調、和聲以及音樂主題的認識來是完全不同的。只有在理解一個文本的詞和句子的前提下，才能決定它的意義和目的。」[113]

文學與其他藝術的相互影響，古今中外例子不勝枚舉，如人們談王維的詩「大漠孤煙直，長河落日圓」（〈使至塞上〉）、杜甫的「兩個黃鸝鳴翠柳，一行白鷺上青天」（〈絕句〉），以此來說明繪畫中的線條與色彩構置如何影響了詩歌創作。而戴望舒的〈雨巷〉：

撐著油紙傘　獨自
彷徨在悠長　悠長
又寂寥的雨巷
我希望逢著
一個丁香一樣地

結著愁怨的姑娘

〈雨巷〉典型地體現了詩與音樂在節奏、旋律等方面的先天的緣分。而艾略特的〈四個四重奏〉,則直接以奏鳴曲的結構來建構詩的大廈,這樣的例子很多。在探討這種藝術之間的姻緣關係時,最重要的恐怕不在羅列事實,而在注重它們之間的內在的相通之處的同時,進一步地研究,由於媒介的不同,不同藝術哪怕是表現同一對象,它們是怎樣處理的。正像宋代畫院的考試,以詩作畫,「踏花歸去馬蹄香」,以畫群蝶追逐馬蹄得上選;「深山藏古寺」,以不畫古寺,而畫和尚於溪邊擔水爲最妙。這裡關鍵在對「香」、「藏」的處理,如何以繪畫形象表現詩之神韻,詩的語言與繪畫語言,在表現對象、表達情感時各有何優勢與局限,這其中便頗多值得玩味之處。

中間古代還有一種很有特點的藝術——題畫詩,這是畫、詩、書法藝術的綜合,它們相互補充、闡發,又各得其妙。如唐寅題自畫《秋風紈扇圖》:「秋風紈扇合收藏,何事佳人重感傷?請把世情詳細看,大都誰不逐炎涼。」畫面上再現的僅僅是夏去秋來之際仍拿著紈扇的仕女形象,詩卻由此生發開去,引出一番世態炎涼之感慨,詩與畫,相得益彰,各自又有著不可替代的意義。

研究同一題材、故事、人物形象、意象等的跨時代或跨民族的流傳和演變,以及在不同作家筆下所獲得的不同處理,構成了比較文學的主題學研究。而研究它們在不同藝術形式中所獲得的不同的表現,則成了比較文學跨學科研究中的一個有趣又容易被人忽視的內容。以中國古代圍棋中著名的爛柯傳說爲例,這一傳說首見於南朝梁代任昉的《述異記》:

信安郡石室山,晉時樵者王質,伐木入山,見二童子下棋,與

質一物，如棗核，食之不覺饑，以所持斧置坐而觀，局未終，
童子指謂之曰：「汝斧爛柯矣！」質歸故里，已及百歲，無復
當時之人。

這一傳說在傳播過程中，又生出不同版本，弈棋者也由二童子
變成了二女或二老，對以「爛柯」爲原型的各種仙弈傳說的研究，
並揭示出它暗含的意義，屬於主題學研究的範圍。另一方面，對這
一出自志怪小說的傳說，中國文人紛紛進行藝術加工，在詩歌、繪
畫等領域出現一批以「爛柯」爲題材的藝術作品。繪畫作品有宋代
鄭思肖的《爛柯圖》、明代張以寧的《爛柯山圖》、徐渭的《王質爛
柯圖》、清代丁光鵬的《爛柯仙跡圖》，還有各種工藝品（如陶器、
竹木筆筒）中表現這一題材的裝飾畫、雕刻作品。而在文學中，它
既成了一些小說的故事原型，又在詩歌中獲得大量表現。這些詩
歌，有的是題畫詩，有的獨立成篇，如孟郊的〈爛柯石〉：

> 仙界一日內，人間千歲窮。
> 雙棋未遍局，萬人皆爲空。
> 樵客返歸路，斧柯爛從風。
> 唯餘石橋在，獨自凌丹虹。

爛柯傳說怎樣在不同藝術中獲得不同表現，並由此探討不同藝
術在把握、表現世界的方式上的同與異，便成了跨學科研究的內
容。以徐渭爲例，他既畫有《王質爛柯圖》，又有題畫詩：

> 閒看數著爛樵柯，澗花山草一刹那。
> 五百年來棋一局，仙家歲月也無多。

畫面表現的內容，多是對觀弈行爲本身的空間暫態的再現，直

接訴諸視覺。而詩充分運用語言符號的靈活性，一方面可表現時間流動中的意象，又充分借助想像，展開思想，表達人生感慨（這種表達在繪畫中可能是暗含的）。而在音樂中，儘管沒有表現爛柯傳說的作品，但中外音樂史上，取自同一素材的文學與音樂作品卻層出不窮，它們也就成了探討文學與音樂關係的絕好話題。

如果說在文學的審美與語言兩個面向中，文學與其他藝術的共同點是審美，但表達的媒介不同，而文學與其他社會科學的關係，恰恰相反，它們都是透過語言來面對、把握、呈現世界，所不同的只是把握和呈現的方式，如思想的、宗教的、心理的、審美的等等。

文學藝術實際上也是一種意識形態，是社會生活的反映，它一方面反映客觀的現實生活，一方面反映藝術家的內在主觀世界。文學的這種社會性，使它與其他社會科學有了溝通。就哲學、宗教與文學的關係而言，它們都是對世界的探究、對人生意義的尋找，但方式不同。在黑格爾看來，絕對理念以直觀形式、想像形式、思想形式來認識、把握世界，於是有了藝術、宗教、哲學。

但實際上，哲學與文學對世界的不同把握，又不是絕對的，它們可以相互影響，文學往往以其哲學思考獲得意義，有時，甚至文學本身便成了一種哲學表達的方式，如西方十八世紀啟蒙主義文學中出現的哲理小說，二十世紀出現的存在主義小說。同時哲學也可能向文學靠攏，成為一種詩化哲學。中國古代思想家們的著述，如《論語》、《孟子》、《老子》、《莊子》，既是中國特色的哲學，它們又被稱作諸子散文，也就是說，屬於「文」的一種。特別是《莊子》，其瑰麗的想像、寓言式的表達、汪洋恣肆的文筆，這種接近於文學想像的思維方式及類似於審美的對世界的觀照，對中國文學影響巨大。而西方哲學，自柏拉圖之後的理性主義哲學傳統，認為

人類只有憑藉理性才能認識眞理，哲學代表的就是這種方式。而到十九世紀的非理性主義哲學，卻呈現出貶低理性、推崇感性直覺的傾向。叔本華的唯意志論哲學強調人主要受意志的支配，代表生命衝動、本能的意志是盲目的、非理性的，對意志的認識不能靠理性，而只有靠直覺，哲學不再是邏輯推理的科學，而成爲一種藝術，一種天才的直覺洞見，這種直覺洞見，到尼采那裡，發展爲連表達都借助於文學的方式。

　　與哲學相比，與文學在本源上更爲親近的當屬宗教。豐子愷在〈我與弘一法師〉一文中談到：「藝術的最高點與宗教相接近，藝術的精神，正是宗教的。」帕斯特爾納克在《齊瓦哥醫生》中透過主角的口，也表達過相近的意思：「眞正偉大的作品是約翰啓示錄」。當藝術不滿足於對現世的關注，要追問靈魂的來源、宇宙的根本，走向對人生究竟的追問，走向終極價值的尋求，藝術精神與宗教精神，便有了內在的相通處。正如有研究者指出的：「藝術與宗教之互滲融合，主要在於文化心理根源上的相通和關聯。藝術與宗教都是屬於精神文化，都是人的精神生活、心靈活動；都有一個幻想、想像的世界，虛幻世界，都有一種對現實功利的超越性質，都追求一種虛靜或狂放的快樂，一種難以言談的情感體驗，都含有非理性；都有某種淨化心靈的功能，排遣痛苦，獲得安慰。」[114]

　　宗教藝術化，藝術宗教化。宗教往往構成文學的動力和內容，並滲透和融入到文學的審美層面中；而文學往往構成宗教的一種表現形式，成爲宗教信仰和情感的載體。有時，文學本身，便帶有某種宗教儀式的特徵，就像哈姆雷特的爲拯救世界「自我犧牲」，杜斯妥也夫斯基小說中人物的歷難與拯救，《齊瓦哥醫生》中主角之「死」與「再生」。

　　當然，文學想像與宗教想像，一個立足於現實，一個更多虛幻

的色彩。文學情感與宗教情感,都有一份對人世的悲憫,但文學情感同時包含著一種清明的理性,宗教情感則更多迷狂色彩。

在文學與各學科的關係中,表面看來離得最遠的就是自然科學了,自然科學探究自然的奧秘,文學則關注人本身,自然科學多以原理、定理、定律、公式等形式揭示自然的某些本質或規律,強調認知理性,注重規律性的知識和一般智力結構的建構,文學藝術則重視感性、情感、意象的創造和一般審美結構的建構。正如卡西爾在《人論》中所說:「在科學中,我們力圖把各種現象追溯到它們的終極因,追溯到它們的一般規律和原理。在藝術中,我們專注於現象的直接外觀,並且最充分地欣賞著這種外觀的全部豐富性和多樣性。」[115]

但文學與自然科學又有相通之處,自然科學偏重認知理性,但也需要想像、幻想及對事物的直覺能力。一些科學的定律、公式,也被認為是符合美的規律的,體現了和諧之美。同時,科學研究成果,特別是當需要向大眾介紹科學知識,往往借助於文學話語,這便構成了一種旨在傳授知識的文本,有人稱之為知識文學,我們習慣稱之為科普作品,如大陸高中「地理」上冊有一段寫月亮的文字:

在地球上看月亮,有時像鐮刀,這叫蛾眉月;有時作半圓,這叫弦月;有時如一輪明鏡,銀光四射,這叫滿月;有時全部黑暗,這叫新月。月球圓缺的各種形狀,叫做月相。

很難說這是一種科學文本還是文學文本。文學在為科學的傳播提供翅膀的同時,科學也在影響著文學,首先,自然科學的發展,推動著社會的進步,影響著社會觀念的變化,由此又往往帶來文學觀念的變化。十九世紀的寫實主義、自然主義文學,顯然就受到當

時的科學主義思潮的影響；其次，科學技術的發展，人類對世界認識的不斷擴大與深化，也往往影響到文學的題材範圍和新的文學樣式的產生，如科幻小說的出現，現代電影、電視作爲一種綜合藝術的產生，特別是隨著資訊經濟而來的網路文學的興盛，與現代科學技術有著緊密聯繫；第三，自然科學方法也往往對文學批評產生影響，如二十世紀的系統論、資訊理論、控制論、耗散結構理論、模糊數學，都在二十世紀的文學批評中打下烙印。

　　維根斯坦曾認爲，具有同一名稱的事物，並不具有一種共同特徵，它們充其量是建立在「家族相似」的基礎上的，在這種家族相似中沒有兩個家族成員是完全一樣的，它們之間至多有某些共同點和共同邊緣的交疊，絕不可能有完全的一致。這成爲反本質論者認爲文學、藝術無本質，不可下定義的理論依據之一。而從模糊數學的角度，我們又可以把人類知識的各個學科看作一個大家族，既同源又異質，各自有自己的領地，但又有重合之處，相互間只有一些模糊的邊界，遊弋於這些模糊的邊界中，追溯各自的淵源與流變，比較其異同，揭示它們之間的相互聯繫、影響，跨學科研究便有了用武之地。

三、跨學科對話

　　比較文學作爲一種跨國、跨學科的文學研究，面臨著兩重對話：跨文化對話和跨學科對話。跨文化對話是探討在異質文化之間如何實現理解與溝通，跨學科研究如前所述，當然也可以在跨異質文化的背景上探討文學與其他藝術門類、學科間的融會與溝通，但它的重心不在文化溝通，而在不同藝術門類、學科之間，清理其各自的知識、話語譜系，在此基礎上進行雙向闡發，眞正實現不同學

科間的對話。

　　對話實現的前提，最重要的便是雙方擁有共通性話語。話語被認爲是與一定文化精神相聯繫的，作爲某種知識載體和特定價值指向符號的概念、範疇體系，它包含概念範疇、話語規則和文化架構三個層面。[116]不同學科，在人類文化的知識架構中擁有各自的領域，有著自己的一套概念範疇、話語規則，但同時相互間又有相通之處，如何在對各自「話語」的清理中，實現跨學科的對話，便成爲我們深化跨學科研究的重要步驟。

　　跨學科對話的實現，首先需要弄清文學及其他學科在人類文化知識架構中的位置及其演變。

　　前面我們在共時的層面上描述了文學與其他藝術、學科之間的相互關係，並從人類文化的起源的角度探討了其同源共生性，而要使跨學科研究眞正具有堅實的基礎，還需要進一步清理它們在人類知識體系中的位置、它們的獨特領域及其相互間可能的交叉與重合、它們在不同時代的演變情況。僅以與文學關係最爲密切的「藝」爲例。「藝」在中國與西方都有一個發展演變的過程。在古希臘，「藝」主要是指一種生產性的製作活動，尤指技藝。蓋倫把藝術分爲「平民藝術」和「自由藝術」，平民藝術需要體力勞動，是「手藝的」（handicrafts），自由藝術則是「智力的」（intellectual）。自由藝術演變成後來的自由七藝：語法、修辭、邏輯、算術、幾何、天文、音樂。文藝復興時代，人們才漸漸把「藝」與「美」聯繫起來。1690年，法蘭西學士院的夏爾・佩羅在《美術陳列室》前言中，列舉了八種「美的藝術」：雄辯術、光學、詩歌、音樂、建築、繪畫、雕塑、機械學。法國的夏爾・巴托在1747年出版的《簡化成一個單一原則的美的藝術》中，使「美的藝術」完全擺脫技藝與科學，建構了一個由音樂、詩歌、繪畫、雕塑和舞蹈組成的

完整的藝術體系，標誌了現代藝術體系的誕生。二十世紀，關於藝
術體系有多種劃分，大致包括繪畫、雕塑、建築、音樂、詩歌、戲
劇、小說、舞蹈、電影等，這種「藝術」的演變過程又是跟文學緊
密相關的。在古代中國，「藝」也有技藝與道藝之分，道藝即指儒
家的「六經」，又專指「六藝」：禮、樂、射、御、書、數。技藝
則包括各種術數、方技、博弈、書畫等。「藝術」在官方經、史、
子、集的知識分類系統中，《舊唐書·藝文志》才單獨列出「雜藝
術」類，屬子部，但只載博經弈譜。《新唐書·藝文志》才在「藝
術」類中收入書、畫譜。琴、棋、書、畫並稱也是唐代始出現。
《明史·藝文志》增琴譜（「樂」原在「六經」之列，此時方始回歸
「藝術」中，但經部中仍有「樂」，只不過將琴譜分出來罷了），與
此同時，「文」、「文章」、「文學」也經過了一個發展演變的過
程。而「文」、「藝」並稱，始於《新唐書·文藝傳序》。「文」與
「藝」在知識分類系統中的變化，技藝向道藝的轉換（以文載道，
以藝載道，成為中國文論、藝論中的一個基本價值取向），同時也
就體現了社會思想、文藝觀念的變化。「藝」與「文」作為兩大系
統，只有弄清它們在中國古代知識譜系中的位置及其相互關係，它
們與中國文化傳統、精神的聯繫，在此基礎上，跨學科對話才能有
一個堅實的基點。

　　第二，跨學科對話，理解與溝通的前提是對各學科知識體系中
的概念範疇、話語規則的疏理。

　　各種藝術和各學科對世界的認識、把握、表達，都有自己不同
的方式，正像我們說各種藝術因為表達媒介的不同，便產生了文學
語言、繪畫語言、音樂語言、電影語言等等。而各門學科在對世界
的認知、表達中，出現了哲學話語、社會學話語、科學話語等。顯
然，文學與其他藝術、學科在言說方式上是有差異的。在比較研究

中，首先便需要先清理其概念範疇，有哪些是共通的，哪些是各自獨立的。以中國文學藝術理論為例，由於它們的研究對象分別是詩文和琴棋書畫，研究對象的差異，便構成了各自的一套概念體系。而它們同在中國文化的大背景下，很多話語又是相通的，如道、氣、形、象、意、陰陽、機、玄、妙、神、仁義、動靜、虛實、奇正、理數、心數、象數、體用……問題是，同一範疇，在不同的藝術門類，其具體內容又是有差異的。就像中國藝術中的「虛實」之「虛」，在畫論中可能是指「空白」，在樂論中可能是「此時無聲」，在棋論中是「空虛」、「虛勢」，在詩論中是「意在言外」，但它們又都與中國哲學的「無」有著親緣關係，這就需要我們在跨學科中尋求話語的溝通時，先作一番細致的辨析。

在對各門藝術、學科的概念、範疇的清理中，同時面臨著一個問題，這就是意義展開的方式、言說的規則。各學科都以語言為符號，但科學文本、哲學文本、文學文本顯然是有差異的。對它們的比較既包括它們所面對的對象，也包括言說的方式，也就是說，需要回答一個問題，什麼是文學的言說？什麼是科學或哲學的言說？維根斯坦在建立他的「語言遊戲」理論時，以下西洋棋為例子。認為一個詞的意思是什麼，類似於西洋棋中一個棋子是什麼。一個棋子被單獨拿出來是沒有意義的，只有把它放在具體的位置，放在與其他棋子的相互關係中，它才能獲得意義。這構成了一種「慣例」，棋子的存在依賴於西洋棋遊戲慣例的存在。同樣，文學作品也被認為是一種慣例的對象，一件文學作品的藝術特徵是被一系列慣例的因襲性所規定的，它不可能獨立於慣例而存在。[117]問題是，棋戲的「慣例」是可以描述的，而文學之成為「文學」的「慣例」究竟是什麼，誰也說不清楚。跨學科研究對學科概念範疇、言說規則的清理也許便基於這種尋求「慣例」的努力。就像「道」，

西方有「邏各斯」，對它們的比較研究是一種跨文化的對話。而研究「道」在中國哲學、文學、藝術中的展開，它是如何從哲學之「道」化爲文學之「道」、藝術之「道」的，對其細致的辨析，並由此對哲學和文學藝術的言說方式有所會心，這便構成了尋求跨學科對話的一種努力，也只有在這種努力中，跨學科研究才不致停留於表面現象的羅列，而眞正地走向深入。

第三，科際闡發，各種話語交錯共生，相互闡發，在某種意義上也是一種跨學科對話。在對各學科的概念範疇、話語規則和文化架構的清理的基礎上，運用其他學科的方法、話語來闡發文學，或以文學方法、話語來闡發其他藝術和學科，這種雙向闡發，可以使各種藝術門類、各學科之間眞正地實現互證、互動、互補。

在文學研究中，借鑑其他學科的方法來闡發文學，可以說非常普遍。傳統的社會歷史批評運用社會學、歷史學的方法來闡析文學，注重的是文學與社會的聯繫，它對社會的認識、反映，它所發揮的社會功能。而二十世紀出現了文學、美學研究的兩大轉向：非理性轉向及語言學轉向。非理性轉向明顯有其心理學背景，這就是佛洛依德精神分析理論的出現。精神分析代表了心理學領域的非理性主義潮流。它不再把研究的重心放在意識層面，而是著重於對潛意識的探討，去發現隱藏於表層意識之下的非理性的一面。這種對人的本能、直覺、夢幻的關注，不僅影響到二十世紀西方文學「向內轉」的趨勢，還產生了精神分析批評。運用精神分析理論，去發掘作家隱蔽的創作心理，去發現作品中人物行爲的種種潛意識動因，一種新的文學批評話語由此而生。而文學、美學研究的語言學轉向，同樣有著二十世紀語言學發展的背景。十九世紀與二十世紀之交，瑞士語言學家索緒爾開創了普通語言學，又被稱作結構主義語言學。索緒爾區分了語言的社會性與個人性（社會性的「語言」

與個人性的「言語」),強調語言是一種結構性的符號系統。二十世紀中期,美國學者喬姆斯基則進一步區分出語言的「表層結構」與「深層結構」。總之,結構主義語言學作爲一種語言哲學,強調從事物的關係即整體的結構中去認識事物;結構具有整體性、轉換性、自調性;結構是先天地存在於人的頭腦中的,它是人的潛意識的能力在文化現象中的投射,在表層結構和深層結構中,只有深層結構才是現象的內在聯繫。結構主義語言學影響到其他領域,在文學研究中,從俄國形式主義、語義學、新批評到結構主義、符號學,直到解構主義,都有其明顯的烙印。

文學的非理性、語言學轉向,使文學批評話語也出現了一系列新範式。而心理學、語言學本身的轉型,事實上都有其哲學背景。就語言學而言,認識哲學關注「我們如何知道世界的本質」,語言學哲學則關注「我們如何表達我們所知曉的世界的本質」。當以語言哲學的方法研究文學的「內在問題」,透過對文學中的語言形式和結構的剖析,追求研究的客觀性和科學性,這種科學、哲學、語言學、文學話語相互交融,也就開闢了文學研究的一片新天地。

反之,同樣可以用文學方法來闡發其他學科,特別是在各門藝術之間,以詩釋畫,以詩參禪,以禪悟詩,以藝道解棋,在相互闡釋中生發意義。「此局白體用寒瘦固非勁敵,而黑寄纖穠於淡泊之中,寓神俊於形骸之外,所謂形人而我無形,庶幾空諸所有,故能無所不有也。」這是清代棋手徐星友在《兼山堂弈譜》中評棋的一段話,棋語乎?詩語乎?哲語乎?人們把異質文化話語的對話狀態稱之爲「範疇交錯與雜語共生」,這同樣也適用於跨學科的對話。

中國哲學及藝術論,都常有濃厚的體驗感悟及詩性表達的特色,西方則偏重邏輯分析與理性表達。有學者把這兩種知識形態稱之爲「感悟型知識形態」和「理念型知識形態」,[118]就是說,中國

傳統知識更具詩的色彩，西方傳統知識更接近於科學。跨文化對話就是為了在理解互釋中實現兩者的融通。而跨學科對話，目的是為了尋求文學與其他藝術、學科間的會通，在互證、互識、互補中，相互促進。如果把跨文化與跨學科研究結合起來，又將生出一系列新的有趣的課題。這種研究應該說有著廣闊的前景，也有許多理論與具體的問題有待於我們去探索。但毋庸諱言，跨學科研究在比較文學研究中並沒有得到足夠的重視。不少還停留在對各學科之間關係的現象羅列上，而缺乏學理上的深層次把握。我們在此提出一些問題與思路，目的是為了引起有志於此的人們的關注，而無意於提供一種權威與真理話語。真正深入的研究還有很長的路要走。如果透過提出一些問題（對這些問題也許並沒有圓滿的解答），讓閱讀它的人有所知的同時，又有所思，有所惑，有所發現，那我們的目的也就達到了。

第五節　文學人類學

　　文學人類學，顧名思義就是文學和人類學兩個不同學科的交叉與結合。二十世紀後半期以來，文學人類學既是文學與人類學界一批前沿學者的積極主張，亦是一種逐漸向其他學科領域伸展、滲透的新理論和新方法，同時又是一種影響廣泛的重要流派。自一九九○年代後，文學人類學則成為了中國比較文學研究領域的一個新的分支。

一、文學人類學興起的時代背景

（一）文學研究的「門戶開放」

在西方，傳統的文學研究習慣於把文學視爲以文字爲載體、以想像爲特徵的詩和敘事表達。這樣，自柏拉圖和亞里斯多德以來，文學研究的一條主要路徑便沿著從詩學向文藝學、美學和哲學的方向發展。這種路徑可稱爲「形而上」的文本研究。它關注的主要是「象徵」、「表現」、「美」、「崇高」一類的抽象範疇，以及作家、詩人的「主體性」這樣的精英層面。到了十九世紀以後，這種已近乎高度「精緻化」、「抽象化」和「封閉化」的研究傳統開始轉向。文學研究的「門戶」向外打開。多學科相互補充的研究趨勢逐漸形成。學者們的眼光也從有限的書寫「文本」，擴展到文字之外的廣闊世界。

（二）人類學的學科「入侵」和「滲透」

人類學的產生與近代西方的殖民擴張密切相關。由於人類學的早期任務之一是考察種種非西方的「異文化」，需要對分布在世界各地區的不同族群和社會進行全面描述，文學自然被納入其中。不過，一開始更多受到關注的是所謂「原始民族」的口傳文化，如神話、傳說和故事、歌謠等。

十九世紀中後期，英國的人類學家泰勒（1832-1917）在對南美洲「原始民族」進行實地田野考察基礎上，提出了其影響寬泛的「文化」定義。在這個定義中，文學、藝術和宗教等「精神現象」都被有機地囊括在了一個整體裡面。泰勒指出：「所謂文化或文

明，就其寬泛的民族學意義來講，是一複合整體，包括知識、信仰、藝術、道德、法律、習俗以及作爲一個社會成員的人所習得的其他一切能力和習慣。」泰勒的這一經典定義，開啓了人類學家把文學藝術置於「文化」之中進行整體研究的先河。他本人在其代表著作《原始文化》中對人類「神話」所作的分析，就是突出例子。泰勒的觀點是，神話的發生和最初的發展，想必是在人類智慧的早期兒童狀態之中。因此，「日常經驗的事實變爲神話的最初和主要的原因，是對萬物有靈的信仰」。

　　在泰勒的影響下，早年以古典文學爲專業、有過詩歌創作經歷的人類學家弗雷澤（1854-1941），透過長期的艱辛努力，又使人類學對文學研究的「入侵」得到了很大推進。他的長篇巨著《金枝》，旁徵博引，體系嚴密，考察和評述了全世界衆多地區的原始神話。實際上，弗雷澤所做的工作是從神話看巫術，再從巫術看宗教，然後對「人類的」原始文化進行分析和總結。這時，以神話爲突出代表的「文學」，也就成了幫助認識人類文化和社會規律的實證性媒介。之所以要把人類學家的這種考察分析比喻爲「入侵」，是因爲一方面他們把文學作爲客觀考察的對象納入視野，但基點和歸屬卻不限於文學自身，而是廣泛地涉及到巫術、習俗以及圖騰崇拜等各個相關範疇。比如弗雷澤本人在《圖騰崇拜與外婚制》裡，就將圖騰崇拜與婚姻習俗聯繫起來考察，而所要說明的是「圖騰觀不但是一種宗教信仰，同時也是一種社會結構」。

　　接下來，法國的李維史陀（1908- ）進一步發展了這種以神話爲主要對象的人類學文學研究，並衍生出一套影響深遠的結構主義哲學。尤其突出的是，李維史陀不僅提出了對人類神話的深刻闡釋，而總結出了解讀神話的獨特方法，即把神話當作交響樂譜一樣，去發現表層符號底下的旋律與和聲。不僅如此，人類學自誕生

時起，就突出了對文化進行比較研究的特點。這樣，當人類學家從
「比較文化」的角度考察和分析不同族群的文學現象時，往往就超
越過去「國別文學」、「世界文學」的範疇，而上升到「人類學文
學」或「文學人類學」層面，從文學認識人類並從人類反觀文學
了。

（三）比較文學對「文化研究」的主動接納

　　比較文學自最早的「法國學派」形成時起，就開創了注重社會
背景、聯繫歷史事實的實證研究這樣一種學術基調和學科傳統。提
格亨對比較文學所下的定義指出：真正的「比較文學」的特質，正
如一切歷史科學的特質意義，是把盡可能多的來源不同的事實採納
在一起，以便充分地把一個事實記憶解釋……總之，「比較」這兩
個字應該擺脫了全部美學的涵義，而取得一個科學的內涵。

　　或許正是由於這種一開始就具有的科學主義傾向，發展到二十
世紀下半葉的時候，比較文學便很自然地與方興未艾的「文化研究」
接軌，把對文學的關注引入更爲寬泛的文化之中。

　　1993年，伯恩海姆（Charles Bernheimer）向美國比較文學學
會提交了一份題爲《世紀之交的比較文學》的「學科現狀報告」，
明確指出比較文學的研究重心將由文學轉向文化。在這樣的轉向
中，美國比較文學家們一方面肯定「比較文學並未消亡」，另一方
面又強調認爲，做到這一點的前提，是要將比較文學的所有研究領
域「通置於『文化間研究』（intercultural studies）的大傘下」，而這
就意味著，「我們將要有成效地比較研究的，將不僅是各種文學，
而是各種文化」。這種新的學科發展趨勢，不僅在1995年的文集
《多元文化時代的比較文學》裡得到充分體現，實際上已經擴展到
了國際比較文學圈。進入一九九〇年代以後，國際比較文學學會

（ICLA）爲自己連續選定的兩屆年會主題就都是文化，分別研討「多元文化與多語種社會中的文學」（1994，加拿大）及「作爲文化記憶的文學」（1997，荷蘭）。

在差不多同一個時段裡，在中國比較文學界也出現了「比較文學」與「文化研究」相結合的趨向。北京大學把自己的「比較文學」研究所更名爲「比較文學與比較文化」研究所，並且從二十世紀九〇年代開始，以舉辦學術講座、雙邊對話和出版叢書等方式率先引進文化研究方面的國外成果，先後推出的譯介專著包括《後現代主義與文化理論》、《文學研究與文化參與》以及直接跟人類學有關的《文本人類學》等等。1995 年在北京舉辦題爲「文化對話與文化誤讀」的國際研討會，把文學傳播看作是文化交往的組成部分，強調「文化研究」已成爲「世紀末的全球主流話語」。在這一過程中，原先只是作爲背景的「文化」在文學研究中逐漸走上前台，成爲重心；比較文學者所關心的問題也由「表層的事實價值層面」和「內在的意義深究」，轉向「普遍的文化價值」。到了 1999 年，中國比較文學學會在四川成都召開第六屆年會，主題明確定爲「邁向新世紀：文化和合與文學再現」。會長樂黛雲教授在大會報告中強調，世紀末全球同時並存的「文化多元主義」和「文化本土主義」兩大思潮，爲比較文學提出了空前未有的挑戰和機遇。倘若對比較文學作一點自我反省的話，不難看出，其學科性質本身就決定了必須關注並尊重不同文學與文化的差異，同時期待著從差異中發掘使人類相互理解和溝通成爲可能的共同「基因」，以達到中國古代賢人所倡導的「和而不同」的理想境界。

由此可見，文學研究與人類學的結合包含著社會需求與學科拓展的必然。

二、文學人類學的西方源起

　　「文學人類學」作爲自覺和明確的文學研究方法與具體實踐，體現於加拿大學者弗萊的《批評的剖析》等著述。弗萊主要以西方爲對象，以神話爲「原型」，考察了從詩歌、散文到小說、戲劇等幾乎所有的文學類型，認爲探求文學的意義只能從具體的文本入手，同時聯繫從古到今全部的縱橫關係，才可能整體地加以把握。按照弗萊的觀點，眞正的文本其實只有一個，那就是從古希臘神話、口傳史詩到《聖經》、《神曲》、莎士比亞戲劇，一直到現代小說和散文，作爲整體存在的「文學」；其中，神話是文學這一大文本的基本形式，其餘都是神話的延續和演變。由此觀之，過去（西方範圍內）所謂的「國別文學」、「文學史」以及以評估個別作品的審美價值爲特徵的「文學批評」，都存在著明顯的局限，那就是未能把握住文學內在的整體統一，僅去留心於由統一的文學「原型」演變出來的外在意象和表層差異。針對這樣的局限，弗萊參照人類學和心理學的相關理論，提出了打破時空乃至地區文化的表面界限，從內在結構把握「文學總體」（literature as a whole）的主張。弗萊寫道，「批評是從文本開始，而且可以把文學結構作爲一個總體形式的批評作終點。」

　　由於弗萊本人考察「人類」文學現象時的明顯「西方中心主義」傾向，以及在學科體系上的「淡化」，他的嘗試被稱爲「半文學人類學」。儘管如此，弗萊對當代文學研究所產生的影響卻廣泛而深遠。不僅本人被譽爲原型批評的主要權威和結構主義的代表人物，其著作也被稱爲「劃時代」作品和西方二十世紀批評史上理論覺醒和自我認識的「豐碑」。

　　弗萊的影響不久就在一批批後繼者身上得到了體現。到了二十世紀七〇年代，以「文學人類學」爲題的學術研究不斷面世。1978年美國學者伊瑟爾出版了題爲《從讀者反應到文學人類學》的文集，明確號召「走向文學人類學」。後來伊瑟爾又推出了專著《虛我與想像：繪製文學人類學》，強調打破以往狹隘的純文學觀念，從人類想像和交際的角度去關注形形色色的文本，以便更加深入地理解文學，並揭示什麼是「文學性」的千古難題。

　　不過，正如前面提到的那樣，「文學人類學」的出現，源於文學與人類學兩個方面的合力。1988年，以波亞托斯爲代表的另一批學者在人類學與民族學圈裡聚合起來，從各自角度集中研討了「文學人類學」課題，並表達出建立文學人類學理論體系的願望和努力。波亞托斯把這種努力稱作「邁向一種新的科際整合」（toward a new interdisciplinary area）。實際上，相關的考慮是波亞托斯早在1978年第十屆國際人類學與民族學大會上提出的，當時討論的議題是「民間文化與文學人類學」（Folklore and Literary Anthropology），同時研討的內容包括了民間醫療、民間工藝以及民間文化的前途等等，具有濃厚的人類學正統色彩。

　　作爲一名在高等院校任教的職業人類學家，波亞托斯提出「文學人類學」的依據和目的是什麼呢？在提交課題同仁們的基礎材料中，波亞托斯首先把文學人類學稱爲「跨學科研究」，一種「關注」或「借助」文學的「人類學與民族學」（the anthropological and ethnological sciences through literature），然後描述其特點爲：以人類學爲基礎，把不同文化的「敘事文學」（在較小一些的層面上，也包括「戲劇」、「編年史」和「遊記」）作爲可供利用的豐富資源，並由此從共時與歷時的角度對人類思想和行爲進行分析和研究。文學人類學的研究將使用人類學的概念和方法，從「民族／國

家文學」（national literature）中尋找人類學材料，同時還承認這樣一個事實，即人類社會形形色色的文學敘事不僅優先於人類學方法與工具的發展，並且一直繼續存活在各自今日的文化之中。為此，波亞托斯向最初的參與者們提出了如下問題：

(1)什麼樣的材料和途徑可以用於人類學對「民族／國家文學」的研究？

(2)文學如何補充、包含或否定我們對文化的已有假設？

(3)跨文化方法能夠為以人類學為基礎的「民族／國家文學」研究提供什麼樣的幫助？

(4)文學怎樣證實一種文化在感知與理解方面的歷史發展及其內部關係間的演變？

(5)如果說文學人類學的特徵在於有可能鼓勵人們對事物進行精確區分，其又為學術的分類發展提供了些什麼？

(6)透過對多種敘事文學中隨意翻檢的一部或幾部作品加以分析，以人類學為基礎的文學研究能夠為我們帶來什麼樣的特殊幫助？

參與者們對這些問題做出了積極的回答。波亞托斯把答案彙編成集，於是就形成了那本堪稱文學人類學學科「開山之作」的《文學人類學：通往人、符號與文學的跨學科新路》（*Literary Anthropology: A New Interdisciplinary Approach to People, Signs and Literature*）。文集論文由十四位學者撰寫，內容包括四個部分，每部分的主題分別是：

(1)符號、文化和文學：走向一種文學人類學理論。

(2)國家敘事與族群敘事。

(3)三種鄉村世界的文學人類學。

(4)對待文學人類學的兩種性別路徑。

在居於全書之首、長達四十多頁的英文專論〈文學人類學：邁向一種新的科際整合領域〉中，波亞托斯也像弗萊一樣，也主張從整體上把握文學。只不過他更爲明確地強調了人類學與民族學的作用及影響，因此不僅關注以語言文字爲載體的敘事文學，而且也關注人類「非語言系統」（nonverbal system）的其他交流類型。波亞托斯曾經在大學教授小說課程，後來又進入民族學和人類學領域，連續參加國際人類學研討會，出於對文學於各民族文化中的重要意義和人類學日益廣泛之影響的雙重感受，他再次呼籲兩個領域的學者聯合起來，以「文學人類學」爲結合點，共同拓展學術研究的新空間。

從弗萊到伊瑟爾和波亞托斯等人的這種倡導、呼籲和實踐，在文學與人類學兩個方面都得到了進一步的回應，兩個學科和陣營的對話互補不斷出現。1987 年第二十屆美國比較文學年會特地把議題定爲「人類學與文學」，而次年在加拿大舉行的國際人類學與民族學大會則直接選擇了「文學人類學」作爲主題。後來，這種在人類學與文學之間開展對話、相互結合的風氣逐漸波及到了遠在大洋彼岸的中國。一九九〇年代初期，北京大學比較文學與比較文化研究所邀請香港大學比較文學系教授泰特羅演講。後來泰特羅把講稿彙編成書，取名爲《文本人類學》（*Textual Anthropology*），並且聯繫西方文學與人類學研究的學術背景，把中國的創作實踐及東西方文學交流引入視野，從而總結出比西方自我質詢式的「解釋人類學」更爲豐富的內涵。

三、文學人類學的中國之路

　　從中國自身的文化傳統和當代現實來看，「文學人類學」的興起可以說既有西方引進的促成，也和中國長久的文論思想有關。在中國古代的很長時期裡，並沒有「純文學」這樣的觀念，甚至連與西方「literature」相對應的詞都沒有。在早期的儒學代表人孔子看來，「文」只是依附在詞義表面的物象，值得深入把握的是「詩」。「詩」不僅用以「言志」，可以「興」、「觀」、「群」、「怨」，而且同「禮」、「樂」相連，幫助人們共同完成生命中的過程。此所謂「興於詩，立於禮，成於樂」是也。道家始祖老、莊站在生命自然的立場，從根本上批判包括文學藝術在內的文明現象，提出「五色亂目」、「五音亂耳」以及「大音希聲、大象無形」和「復歸於樸」那樣的主張，因此主張清心寡欲，返樸歸眞。六朝的劉勰受到佛家思想影響，把「文」與「道」、「人」和「天」聯繫起來，闡釋所謂「文心」的基本所在。這些見解和主張雖然沒有使用「文學人類學」術語，可其實都已體現出同樣的宏觀與超越，即不受具體表層的分類限制，而是從人類文化的總體和根本處來論述「文學」。

　　近代以後，由於西方思潮的不斷衝擊和影響，中國的文論傳統以及學科體制都發生了很大改變。一方面，古代的儒、釋、道思想仍以各種方式繼續傳承，另一方面，「文藝學」和「民俗學」、「人類學」、「民族學」這類的新學科又大量湧進，於是就形成了中西交融、彼此消長的長期格局。五四以來，在把「文學」確立爲一個獨立門類的基礎上，有關的研究便先後圍繞「民族」、「社會」、「歷史」和「民俗」以及「國別」、「世界」等方面逐一展開。不僅

「民族文學」、「國家文學」的問題被關注和討論，「民間歌謠」、「神話故事」以及「文化影響」、「比較文學」等也都在學者們的研究中受到廣泛涉及。自那時起，「從文學看社會」和從「社會看文學」蔚然成風，而世界範圍內的「東西方比較」更是成為眾多學者無法擺脫的潛在主題。這便形成了學術界對「文學人類學」持開放心態的接受背景。縱觀二十世紀上半葉中國學術思想的發展進程，可以說由於文藝學與民族學、人類學等方面的共同努力，實際上已在文學人類學研究方面做出了較大貢獻。包括顧頡剛、聞一多和鄭振鐸、朱自清、凌純聲等一大批著名學者在內的先驅們為後來的文學人類學研究留下了不可低估的成果。

　　到了二十世紀後半葉，新時期的「改革開放」文學忽然間全面推動了文學與文化的「尋根」，加之民族學和人類學等學科的「解放」復出，文學評論界很快興起了一種新的模式：人類學批評。1986年8月，廣州的一家報紙刊登文章，呼喚「文藝人類學」的誕生。接著，上海的文學期刊推出專題論文，探討「人類學與文學」的關係，認為人類學是「關於人的科學」與「文學是人學」這樣的命題有顯然的相通之處，進而「人類學的成果和方法不但能運用於現當代文學評論及文學基本理論研究，而且會得出不同於以往的嶄新認識」。接下來，北京的評論界也不示弱，出現了「關於人類學理論批評」的研討。一時間，「人類學」如具有魔力的術語一般，迅速在中國文學批評的天南地北走紅。

　　幾年以後，上海的方克強直接打出「文學人類學批評」的旗號，並具體闡釋說：

　　　　文學人類學批評的實質，就是運用人類學的視野法和材料審視
　　　　文學，就是對文學持一種遠古與現代相聯繫、世界各民族相比

較的宏觀研究態度，就是把任何文學作品都看作人類整體經驗的一部分或一個環節。凡是符合這一主導思想的批評方式和內容，都可以歸爲文學人類學批評的範疇。

按照這樣的觀點，「文學人類學」就不是什麼偶發產生的新奇事物，而已較早地出現在眾多學者們的相關實踐之中。所以方克強把英國的「儀式批評」和美國比較文學中的「平行研究」也算了進來，統稱爲「廣義文學人類學」。

就這樣，以「文學人類學」爲出發點的文學批評，在二十世紀八〇年代後的中國引人注目地開展了起來。後來的研究者把這時期的實踐特徵概括爲「兩個轉向」，即從「民族文化本位」轉向「人類本位」，從「歷時態批評」轉向「跨文化研究」，從而極大地拓展了原有的文學研究乃至文學創作的空間。

與此同時，並行於民族學、人類學和民俗學等學科在研究民間神話、歌謠等口傳文本及其相關習俗方面的深入推進，構成了可稱爲中國「文學人類學」研究的另外一翼。各地包括基層文化工作者在內的大批參與者們，堅持不懈地收集整理了數量巨大的民間傳說、神話故事，發表了各種從民俗學和人類學角度研究文學的論述。北大教授段寶林在《中國民間文學概要》中，闡述了民俗學和民間文藝學等學科的方法和原則，強調在全面收集、忠實記錄和愼重整理的前提下，進行民間文學的「歷史研究」和「比較研究」。其他如徐新建的《從文化到文學》，則具體研究了苗族詩歌、地方「慶壇」和「儺戲」傳承、以歌「哭嫁」等本土文學與文化事像。

發展到二十世紀九〇年代，「少數民族文學與文化」研究進一步成爲中國比較文學領域中的重要部分。這種多向合流的有利態勢，終於在1996年夏季促成了「中國文學人類學研究會」的正式

誕生，並於次年在廈門召開首屆學術研討會，其影響波及到了海峽兩岸三地。

中國文學人類學研究會的成員構成，體現出一種跨學科組合趨勢。其中包括了發起從人類學角度對中國古代經典進行「破譯」的學術群體、中國比較文學學會原有的「少數民族文學」研究者以及從事人類學研究的專家。在他們當中，葉舒憲教授最早在八〇至九〇年代介紹西方的「神話—原型批評」和「文學人類學」研究資料，後來發表的一系列文章無不涉及「文學人類學」範疇，並出版了以《文學人類學探索》爲名的論著。葉舒憲明確倡導以人類學方法作爲「第三重證據」，去補充和完善近代學者提出的「二重證據法」，並力求站在當今人類學跨文化視野，去重新審視《風》、《雅》、《頌》的由來，同時注意在會通考據學與人類學的論證過程中，注意不同文化的「互相闡釋」原則，尤其注意在援用人類學普遍原則和模式揭示中國文化的時候，突出闡發本民族最富特色的一面。

作爲「中國文學人類學研究會」首任會長的蕭兵先生，長期關注以《楚辭》爲代表的古代典籍。在他看來，「文學人類學」不僅是有利於全面理解和闡釋古典的治學理論與方法，而且其在中國現代先驅聞一多、鄭振鐸等人那裡，便早已有了重大成就。對於文學與人類學的結合及其相互關係，蕭兵的解釋是：

> 文學和人類學都是「人學」：前者是語言形象的人學，後者是行爲圖式的人學。兩者的工作重點都是在人類行爲、心理和本性的描述、解析與發現。文學爲人類學提供部分的標本，人類學則「解剖」、觀照、展示爲文學各個層面的構造與美質。而且，它們都肇始於神話或神話思維的展現，也歸結於神話思維

之發揚。

廈門大學人類學研究所的彭兆榮教授，早期研究比較文學和神話儀式，後成為中國文學人類學的積極倡導、參與者。他的看法是，文學人類學的提出，無異於在傳統的文學研究基礎上建立新的「知識體制」，因此具有知識社會化和學科生存的策略意識。為此，他特地進行「文學人類學的知識考古」，並藉西方學者的話語描述說：

> 循著文化人類學，文學批評和文學創作也來到了哲學的晚宴上，分享著榮耀。正如羅逖眼中的詩人，（其）不僅就像人類學家，而且試圖開創詩的新的語言、新的原則。

除此之外，徐新建則把建立「文學人類學」的努力，視為人類學在中國「本土化」的一種體現。他將這種「體現」與現實的社會變遷和學術轉型聯繫起來，從「對象的本土化」、「隊伍的本土化」和「功能的本土化」幾個方面，闡述了「本土化」的產生和意義。具體說來就是，隨著中國國門的再度打開和東西方文化的廣泛交流，中國的人類學者將改變過去長期充當西方「他者」對象的被動局面，自覺進入更為深入的「自我研究」，同時也必將面對急劇變化的現實生活，使自己的研究轉化為在功能上有助於使人類社會「走向和諧」的積極成果。

以後，在「中國文學人類學研究會」等多方面的發起、組織下，隨著一批港台及海外學者的「加盟」，文學人類學研究在中國步入了另一個明顯的發展階段。台灣著名人類學家李亦園教授認為文學與人類學的共同點，在於「比較的方法」和「多元的觀點」，並且都具有跨文化、跨民族特色。相比之下，人類學更加關注口語文學的口傳性、過程性和展演性。為了對照，他把人類自古以來的

文學分爲兩種類型，即「書寫文學」與「口語文學」（oral literature）。他闡述說：

> 世界上有許多民族沒有自己的文字，所以他們沒有書寫的文學。但是世界上沒有一個民族是缺少口語文學的。口語文學有許多不同的現實，包括傳說、神話和故事，以及歌謠、諺語、詩詞、戲劇、謎語、咒語、繞口令等等。這些口語文學不但在形式上與書寫文學有相通之處……而且在調適心理需求上，比書寫文學發揮更大的作用。

四、文學人類學的基本主張

到目前爲止，無論西方還是中國，「文學人類學」還處於建構發展中，因此很難對其理論體系加以概括。爲了描述、分析的需要，我們只能從參與者們發表的相關論述裡，疏理出一些基本主張。

（一）結構和功能

自從弗雷澤和弗萊這樣的早期倡導者開始，文學的整體「結構」和「功能」就一直是「文學人類學」最爲關注的基本問題之一。爲了在發生學意義上解釋文學的內在「結構」，神話─原型便成爲學者們反覆研討的對象，以致到了二十世紀後半期的時候，世界上幾乎所有民族的神話材料差不多都被採集、檢索和比較分析過了。透過長期的悉心研討，弗萊把（西方意義上的）文學原型結構，闡釋爲一種自身循環的基本圖式，用圖表示如下：

非移用神話結構

（神啓式、魔怪式）

寫實主義結構　←　浪漫主義結構

這種原型結構上的循環，在一些研究者眼裡是對文學主流發展進步的否認和對「進化論」的挑戰；而在弗萊看來，卻是人類在文學表達上的「原始復歸」。關於文學的功能問題，長期以來也一直困擾著文學研究的專家學者。各種學說層出不窮，爭論不休。在這點上，文學人類學的出現，提供了一些新的思路與方法。比如前面提到人類學家李亦園在對比「口傳文學」和「書寫文學」時，就指出過兩者在調適人類心理方面的作用和差異。具體說來，也就是透過象徵的手法達到調適心理的目的。李亦園闡述說：

> 具有象徵能力（symbolic ability）是人類有異於動物的主要特徵。所謂象徵，就是把感情、思維，經由實際上無關聯的具體形象或符號表達出來。文字和語言都是一種符號。藉這種符號的象徵，可以把感情和思維表達發洩出來。

李亦園進一步強調指出：

> 文學的象徵又較一般的象徵系統更為深刻。文學不但使個體的感情、思維得以宣洩表露，調適也可以使一個群體——一個民族甚至全人類的生活體驗、思想意念、好惡喜憎、坎坷遭遇得以表達出來。

這種基於「宣洩說」的現代闡釋，不正恰好與中國古代關於「詩言

志」和詩可以「興」、可以「怨」的學說遙相呼應嗎？對於這種歷史對應，可否解釋爲理論意義上的「闡釋循環」呢？

（二）文本與田野

關於文本問題，文學人類學的倡導者們做了相當多的分析和討論。其中最突出之處是極力突破以往「狹義文學」觀念對文本的限制，把關注的範圍擴大到其他許多非文字甚至非語言的「文本」之中。爲此，有的學者進行了較爲系統的重新分類：

(1)以內在特徵區分——各種書寫文本（literary texts）。
　表現性文本。
　描寫性文本。
　意欲性文本。
(2)以表達媒體區分——各種文化文本（cultural texts）。
　語言的文本（包括文字和口頭的類型）。
　身體的文本（somatic texts）。
　對象的文本（objective texts）。
　環境的文本（environment texts）。

這就是說，從人和符號的對應關係來看，所有這些不同樣式的文本，都可以視爲人類文化知識的「對象化」和具體化，因此研究者們都能從中見出和把握特定民族的文化知識，並分析和比較其中的種種差異。

但是人類學的原理卻認爲最爲基本的考察對象不在書齋文本，而在田野事像，是田野中存在著的各種「活文化」形態。因此學者最應當做的是實地考察，或用人類學術語表述，就叫做「田野作業」（field work）。這時，研究的方法和手段，便也需要由關注靜態的史

料疏理轉向考察動態的展演過程（the process of performance），同時還必須注意區分眞實存在的「文化事像」及其所派生的各種「再現」和「描述」，注意比較這兩種可稱爲「本文」與「文本」之形態的對照關係。

　　相比之下，根據人類學的劃分，作爲靜態分析對象的書齋文本，大多體現的是代表主流精英的「大傳統」（ground tradition）；而主要以口語方式存活於田野、民間的動態事像，則體現著代表底層社會的「小傳統」（small tradition）。文學人類學所要關注的，是兩者之間的區別與互動，即一方面重視「精英文學」的主導作用，同時亦不忽略「民間文學」的「草根」價值：既評估從《哈姆雷特》到《紅樓夢》的建構意義，也考察從「武俠小說」到「現代搖滾」的整合力量。

（三）族群與世界

　　「文學人類學」結合了文學研究和人類學研究的雙重特點，一方面，重視對文學整體特徵及深層結構的概括；另一方面，又注意在以族群爲單位的前提下，透過多元比較，努力把握由想像和虛構等表達行爲所體現的人類「整體性」。而這就暗合了從「國別文學」到「比較文學」再到「世界文學」的邏輯推進。

　　以人類學的眼光來看，人既可稱爲「個體的動物」，又可稱爲「群體的動物」。因此由於各自所處環境的不同，人類物種的內在統一，迄今爲止仍舊是透過族群與社會的差異來體現的。這樣一來，「希臘神話」便不同於「聖經故事」，屈原《離騷》也與荷馬《史詩》相去甚遠……。亞里斯多德的「模仿理論」，只能解釋人類文學中的部分現象；中國古代哲人主張的「文以載道」，也不代表東西方所有作者的全部表達。

　　於是，當人類的文學仍以民族、地區和時代劃分的時候，「文學人類學」的研究，就會是在關注各民族─國家文學並充分考慮彼此相應的歷史進程的同時，透過比較，去認識和總結人類社會的「個別性」、「群體性」直至「整體性」，也就是說，透過研讀各種具體的地域和民族性作品，再經由歌德所說的「世界文學」（world literature）階段，去理解弗萊所說的「文學總體」（the literature as a whole）。

（四）人類與文學

　　從根本上說，由於同時兼顧了文學與人類學兩方面的視野，文學人類學最終關注的其實是「文學的人類性」和「人類的文學性」。由此出發，人類作爲「文化的動物」或「文本的動物」，其總體一致的基本特性將得到充分揭示。人爲什麼「會」和「要」創作？言說、書寫和表演，這些文學的不同形態，對人類意味著什麼？今後將發生怎麼樣的變化？這些問題都將被進一步追問和解答。目前已有了少數「人類學詩學」這樣的論著開始了初步探討。與此同時，人類學家們紛紛一改過去科學式的報告風格，把自己的論著寫成了有「第一人稱」出場的個性化作品，被譽爲具有文學特色的「實驗民族志」。

　　順著這一思路，人類迄今爲止的所有文本，不管是口傳還是文字，也不論是小說還是歷史，都可以當作「文學作品」來看待；而「文學人類學」的作用之一，將是幫助我們透過審視和分析這些作品，更加深入和超越地走進並理解人類的心靈。

注釋

[1]轉引自韋斯坦因，《比較文學與文學理論》，劉象愚譯，遼寧人民出版社，1987，頁167。

[2]基亞，《比較文學》，〈序〉，顏保譯，北京大學出版社，1983。

[3]勃洛克，〈比較文學的新動向〉，干永昌、廖鴻鈞、倪蕊琴選編，《比較文學研究譯文集》，上海譯文出版社，1985，頁185。

[4]韋勒克、沃倫，《文學理論》，劉象愚等譯，三聯書店，1984，頁31。

[5]韋勒克，《批評的概念》，中國美術學院出版社，1999，頁1-2。

[6]干永昌、廖鴻鈞、倪蕊琴選編，《比較文學研究譯文集》，上海譯文出版社，1985，頁116。

[7]楊周翰，〈國際比較文學研究的動向〉，北京大學比較文學研究所編，《中國比較文學年鑑：1986》，北京大學出版社，1987。

[8]分別刊載於1919年8月15日出版的《少年中國》第1卷第2期和1919年11月15日出版的《少年中國》第1卷第5期。

[9]張隆溪，《道與邏各斯》，馮川譯，四川人民出版社，1998，頁301。

[10]張法，《中西美學與文化精神》，北京大學出版社，1994，頁9。

[11]參見杜國清中譯本，台灣《現代文學》，1978，期4。

[12]張隆溪，〈錢鍾書談比較文學與「文學比較」〉，《讀書》，1981，期10。

[13]錢鍾書，《談藝錄》，序，中華書局，1984。

[14]錢鍾書，《管錐編》，中華書局，1979，頁681。

[15]楊乃喬，《悖立與整合》，文化藝術出版社，1998，頁13。

[16]謝天振，〈蘇聯比較文學：歷史、現狀和特點〉，北京大學比較文學研究所編，《中國比較文學年鑑：1986》，北京大學出版社，1987，頁499。

[17]曹順慶主編，《中外比較文論史（上古時期）》，山東教育出版社，

1998，頁7-9。

[18]曹順慶主編，《中外比較文論史（上古時期）》，山東教育出版社，
1998，頁228。

[19]謝弗雷，《比較文學》，馮玉貞譯，台北：遠流，1991，頁141。按：
Poetics、Poétique，馮玉貞譯爲規律或詩論。

[20]謝弗雷，《比較文學》，馮玉貞譯，台北：遠流，1991，頁150-151。

[21]邁納，《比較詩學》，王宇根、宋偉傑等譯，中央編譯出版社，1998，頁
7-9。

[22]邁納，《比較詩學》，王宇根、宋偉傑等譯，中央編譯出版社，1998，頁
7-9。

[23]蔡鍾翔、曹順慶，《自然·雄渾》，中國人民大學出版社，1996。

[24]《當代文壇》，1990，期6。

[25]《中國比較文學》，1993，期1。

[26]樂黛雲等主編，《多元文化語境中的文學——中國比較文學學會第四屆年
會暨國際學術討論會論文集》，湖南文藝出版社，1994。

[27]《中國社會科學研究院學報》，1993，期5。

[28]樂黛雲等主編，《多元文化語境中的文學——中國比較文學學會第四屆年
會暨國際學術討論會論文集》，湖南文藝出版社，1994。

[29]陳鵬翔，〈主題學研究與中國文學〉，《主題學研究論文集》，台北：東
大，1983。

[30]提格亨，《比較文學論》，戴望舒譯，商務印書館，1937，頁87。

[31]轉引自陶東風，〈文學史研究的主題學方法〉，《文藝理論研究》，
1992，期1。

[32]巴斯登貝格，〈比較文學：名稱與實質〉，干永昌、廖鴻鈞、倪蕊琴選
編，《比較文學研究譯文集》，上海譯文出版社，1985，頁37。

[33]基亞，《比較文學》，顏保譯，北京大學出版社，1983，頁40。

[34]轉引自韋斯坦因，《比較文學與文學理論》，劉象愚譯，遼寧人民出版社，1987，頁127。

[35]張隆溪選編，《比較文學譯文集》，北京大學出版社，1982，頁143。

[36]基亞，《比較文學》，顏保譯，北京大學出版社，1983，頁41。

[37]韋斯坦因，《比較文學與文學理論》，劉象愚譯，遼寧人民出版社，1987，頁131。

[38]韋勒克、沃倫，《文學理論》，劉象愚等譯，三聯書店，1984，頁300。

[39]轉引自韋斯坦因，《比較文學和文學理論》，劉象愚譯，遼寧人民出版社，1987，頁132。

[40]陳鵬翔，〈主題學研究與中國文學〉，《主題學研究論文集》，台北：東大，1983，頁7。

[41]詳見楊憲益，《譯餘偶拾》，三聯書店，1983。參見樂黛雲主編，《中西比較文學教程》，高等教育出版社，1988，頁181。

[42]劉守華，《比較故事學》，上海文藝出版社，1995，頁74。

[43]李達三，《比較文學研究之新方向》，台北：聯經，1978，頁190。

[44]陳惇、劉象愚，《比較文學概論》，北京師範大學出版社，1988，頁243。

[45]提格亨，《比較文學論》，戴望舒譯，商務印書館，1937，頁99。

[46]引自李達三，《比較文學研究之新方向》，台北：聯經，1978，頁190。

[47]轉引自樂黛雲主編，《中西比較文學教程》，高等教育出版社，1988，頁184。

[48]陳鵬翔，〈主題學與中國文學〉，《主題學研究論文集》，台北：東大，1983。

[49]樂黛雲主編，《中西比較文學教程》，高等教育出版社，1988，頁184。

[50]張鐵夫主編，《新編比較文學教程》，湖南人民出版社，1997，頁261。

[51]陳鵬翔，〈主題學與中國文學〉，《主題學研究論文集》，台北：東大，

1983，頁15。

[52]韋勒克，〈比較文學的名稱與性質〉，干永昌、廖鴻鈞、倪蕊琴選編，《比較文學研究譯文集》，上海譯文出版社，1985，頁156。

[53]孫景堯，《簡明比較文學》，中國青年出版社，1988，頁277。

[54]提格亨，《比較文學論》，戴望舒譯，商務印書館，1937，頁103-114。

[55]樂黛雲主編，《中西比較文學教程》，高等教育出版社，1988，頁188-189。

[56]大塚幸男，《比較文學原理》，陳秋峰、楊國華譯，陝西人民出版社，1985，頁69。

[57]韋斯坦因，《比較文學與文學理論》，劉象愚譯，遼寧人民出版社，1987，頁126、146。

[58]樂黛雲主編，《中西比較文學教程》，高等教育出版社，1988，頁188-189。

[59]陳惇、劉象愚，《比較文學概論》，北京師範大學出版社，1988，頁236-254。

[60]張鐵夫主編，《新編比較文學教程》，湖南人民出版社，1997，頁261-270。

[61]劉聖效，《比較文學概論》，湖南人民出版社，1989，頁88。

[62]引自樂黛雲，《比較文學原理》，湖南文藝出版社，1988，頁103。

[63]約斯特，《比較文學導論》，廖鴻鈞等譯，湖南文藝出版社，頁238。

[64]轉引自韋斯坦因，〈主題學〉，北京師範大學中文系比較文學研究組編，《比較文學研究資料》，北京師範大學出版社，1986。

[65]李潔非，〈「主題」新論〉，《當代作家評論》，1992，期3。

[66]引自韋斯坦因，《比較文學與文學理論》，劉象愚譯，遼寧人民出版社，1987，頁26、138。

[67]雷蒙·特魯松，《比較文學的一個問題：主題研究》，頁13，轉引自李潔

非，〈「主題」新論〉，《當代作家評論》，1992，期3。

[68]《德國文學史百科辭典》卷三，頁307，轉引自劉聖效，《比較文學概論》，湖南人民出版社，1989，頁89。

[69]樂黛雲主編，《中西比較文學教程》，高等教育出版社，1988，頁189。

[70]樂黛雲主編，《中西比較文學教程》，高等教育出版社，1988，頁189。

[71]韋斯坦因，《比較文學與文學理論》，劉象愚譯，遼寧人民出版社，1987，頁137。

[72]韋勒克、沃倫，《文學理論》，劉象愚等譯，三聯書店，1984，頁243-244。

[73]轉引自韋斯坦因，《比較文學與文學理論》，劉象愚譯，遼寧人民出版社，1987，頁136。

[74]陶東風，〈文學史研究的主題學方法〉，《文藝理論研究》，1992，期1。

[75]張鐵夫主編，《新編比較文學教程》，湖南人民出版社，1997，頁260-261。

[76]趙毅衡、周發祥編，《比較文學研究類型》，花山文藝出版社，1993，頁141。

[77]陳鵬翔，〈主題學與中國文學〉，《主題學研究論文集》，台北：東大，1983，頁15。

[78]陳鵬翔，《主題學研究論文集》，台北：東大，1983，頁28、29。

[79]「基礎文類」（foundation genres）一詞是美國比較文學家厄爾·邁納在《比較詩學——文學理論的跨文化研究札記》（1990）中提出的，指「戲劇、抒情詩、敘事文學」三個文類。

[80]據邁納在《比較詩學》（中文版，頁8）所載，文類三分的概念最早見於安東尼奧·明圖爾諾（Antonio Minturno）在1564年出版的《詩藝》（L'Arte poetica）。

[81]以上轉引自韋勒克，《近代文學批評史》卷一，楊岂深、楊自伍譯，上海譯文出版社，1997，頁102、235、264、280、331。

[82]凱塞爾，《語言的藝術作品——文藝學引論》，陳銓譯，上海譯文出版社，1984，頁441。

[83]凱塞爾，《語言的藝術作品——文藝學引論》，陳銓譯，上海譯文出版社，1984，頁442。

[84]轉引自韋勒克，《西方四大批評家》，復旦大學出版社，1983，頁19。

[85] Rene Wellek & Austin Warren, *Theory of Literature*, 3rd Edition, New York, p.226.

[86]韋斯坦因，《比較文學與文學理論》，劉象愚譯，遼寧人民出版社，1987，頁100。

[87] Rene Wellek & Austin Warren, *Theory of Literature*, 3rd Edition, New York, p.226.

[88]波斯彼洛夫，《文學原理》，王忠琪等譯，三聯書店，1985，頁299。

[89]轉引自彭克巽主編，《蘇聯文藝學學派》，北京大學出版社，1999，頁98。

[90]基亞，《比較文學》，顏保譯，北京大學出版社，1983，頁10。

[91]劉聖效，《比較文學概論》，湖南人民出版社，1989，頁95-96。

[92]陳惇、劉象愚，《比較文學概論》，北京師範大學出版社，1988，頁230-231。

[93]陳惇、孫景堯、謝天振主編，《比較文學》，高等教育出版社，1997，頁102-111。

[94]轉引自韋勒克，《近代文學批評史》卷一，楊岂深、楊自伍譯，上海譯文出版社，1997，頁250。

[95]邁納，《比較詩學》，王宇根、宋偉傑等譯，中央編譯出版社，1998，頁7。

[96]Wellek, Rene & Warren, Austin, *Theory of Literature* (Third Edition), New York, p.234.

[97]謝弗雷，《比較文學》，馮玉貞譯，台北：遠流，1991，頁57。

[98]凱塞爾，《語言的藝術作品——文藝學引論》，陳銓譯，上海譯文出版社，1984，頁474。

[99]邁納，《比較詩學》，王宇根、宋偉傑等譯，中央編譯出版社，1998，頁317-319。

[100]邁納，《比較詩學》，王宇根、宋偉傑等譯，中央編譯出版社，1998，頁156。

[101]劉禾，〈敘述人與小說傳統——中西小說之可比與不可比之悖論〉，《語際書寫——現代思想史寫作批判綱要》，三聯書店，1999，頁217-247。

[102]謝弗雷，《比較文學》，馮玉貞譯，台北：遠流，1991，頁56。

[103]邁納，《比較詩學》，王宇根、宋偉傑等譯，北京：中央編譯出版社，1998，頁II。

[104]關於世界各民族文類的比較，可參見曹順慶等，《跨文化比較文學研究》，北京師範大學出版社，2000。

[105]蘇軾，〈書摩詰藍田煙雨圖〉。

[106]蘇軾，〈書鄢陵王主簿所畫折枝二首〉。

[107]亞里斯多德，《詩學》，見《西方文論選》上冊，上海譯文出版社，1979，頁65。

[108]雷馬克，〈比較文學的定義和功能〉，見干永昌、廖鴻鈞、倪蕊琴選編，《比較文學研究譯文集》，上海譯文出版社，1985。

[109]韋斯坦因，《比較文學與文學理論》，劉象愚譯，遼寧人民出版社，1987，頁150。

[110]張鐵夫主編，《新編比較文學教程》，湖南人民出版社，1997，頁154。

[111]徐煉、張桂喜等編，《人文科學導論》，中南工業大學出版社，1998。

[112]徐煉、張桂喜等編，《人文科學導論》，中南工業大學出版社，1998，
頁216。

[113]轉引自朱狄，《當代西方藝術哲學》，人民出版社，1994，頁145。

[114]楊恩寰、梅寶樹，《藝術學》，人民出版社，2001，頁79。

[115]卡西爾，《人論》，甘陽譯，上海譯文出版社，1985，頁215。

[116]曹順慶、李思屈，〈重建中國文論話語的基本路徑及其方法〉，《文藝研
究》，1996，期2。

[117]朱狄，《當代西方藝術哲學》，人民出版社，1994，頁151。

[118]曹順慶、吳興明，〈替換中的失落──從文化轉型看古文論轉換的學理
背景〉，《文學評論》，1999，期4。

第四章
跨文明研究

引言　跨文明研究：比較文學學科理論的新階段

　　無論是法國比較文學或美國比較文學，都沒有面臨跨越巨大文化差異的挑戰，他們同屬古希臘—羅馬文化之樹所生長起來的歐洲文明圈。因此，他們從未碰到過類似中國人所面對的中國文化與西方文化的巨大衝突，更沒有救亡圖存的文化危機感。作爲現當代世界的中心文化，他們對中國等第三世界的邊緣文化並不很在意，更沒有中國知識份子所面對的中西文化碰撞所產生的巨大危機感和使命感。正如葉維廉所說，「事實上，在歐美系統中的比較文學裡，正如韋斯坦因所說的，是單一的文化體系。」因此，文化模式問題、跨文化問題，「在早期以歐美文學爲核心的比較文學裡不是甚注意的」。這種狀況決定了早期法國、美國比較文學學者不會、也不可能在跨越東西方異質文明的文學比較中做出令人矚目的成就，更不可能去發現並創建系統的跨異質文化的比較文學理論體系。

　　自二十世紀七〇年代開始，台港及大陸比較文學研究的迅速崛起，爲開拓比較文學的領域，尤其是東西方文學的跨文明比較做出了實績。這種跨越東西方異質文明的比較文學研究，將全世界比較文學引向了一個更加廣闊的領域，爲比較文學拓展了更加寬廣的視界，將比較文學導向了又一個新的歷史階段。在這一階段中，中國學術界正在探索甚至正在建構跨越東西方異質文明的比較文學學科理論新體系。台港學者對於東西方文化「模子」的比較文學研究和對比較文學「中國學派」的探索，已邁開了比較文學新的學科理論建設的步伐。而近年來中國大陸學者對比較文學中國學派基本理論特徵——「跨文明（跨越東西方異質文化）研究」的提出及其方法

論體系輪廓的初步勾勒，更進一步奠定了學科理論建設的堅實基礎。可以說，全世界比較文學正面臨著一個重大的策略性轉變，新的比較文學學科理論正如旭日般冉冉升起，這是一個更加廣闊的視界，是比較文學學科理論的新階段。

中國比較文學乃至世界比較文學今後方向如何？我們可以肯定地說：「跨文明研究」，或者說著眼於中西文明衝突、對話與交流的跨越東西方文明的比較文學研究，將是中國比較文學乃至世界比較文學發展的必由之路。世紀之交的今天，已不同於二十世紀初的中國，這最大的不同之處，就在於新一輪東西方文明衝突與交會的興起。與上世紀初西風猛烈、橫掃東方文化之狀況相比較而言，世紀之交的東西方文化的新較量，已經悄然到來。大陸有學者指出，世紀末畢竟不同於世紀初。五四時期「打倒孔家店」、以西學取代中學的情形，在今天已經不可能再現；恰恰相反，隨著世界文化的轉型，非西方文化大有東山再起的復興之勢。亞洲四小龍經濟上的成功，激起了人們對儒家文化的信念，海外新儒學的興起、國內對民族文化的尋根與反思，這一切無不顯示了一種與五四相左的學人努力：「二十一世紀的中國文化將從中華文化傳統的母床裡獲得再生。」[1]作為當今學術泰斗的季羨林先生，提出了石破天驚的預言：「到了下一個世紀，東方文化之光必將普照世界，這就是我們的信念。」[2]與此同時，美國學者杭廷頓提醒西方學者注意東方文化的重新崛起：「一方面，西方正處於權力高峰，但與此同時，又可以看到非西方文化正出現回歸根源的現象。」「冷戰結束後，國際政治運動邁出西方階段，重心轉到西方與非西方文明以及非西方文明彼此之間的作用上。在涉及文明的政治中，非西方文明不再是西方殖民主義下的歷史客體，而像西方一樣成為推動、塑造歷史的力量。」[3]無論我們是否同意以上學者的看法，但卻無法否認世紀

之交由於非西方文化的崛起而產生的新一輪文化較量的興起。這種
興起，必將對二十一世紀比較文學產生重大的甚至是決定性的影
響。這種影響，將直接把比較文學推上「跨文明」（跨越東西方異
質文明）這一新階段；比較文學將承擔起東西方異質文明之間的文
化對話、文化溝通和文化交融的神聖使命。杭廷頓曾預言東西方文
明的劇烈衝突將導致「第三次世界大戰」，這種聳人聽聞之言，我
們不能贊同，但從某種意義上說，跨文明的比較文學研究恰恰可以
透過東西方異質文明的對話與交流，起到加強相互理解、緩解文化
衝突的巨大作用，這樣說來，二十一世紀的跨文明比較文學研究，
還是一支在東西方文明衝突中維護世界和平的力量：它將是東西方
多元文化和諧共生、互相理解的通道，異質文化互相溝通的橋樑。

第一節　異質文化中的雙向闡發

　　異質文化中的雙向闡發法，是文化交往和對話一開始就必然面
對的一個重要現象。可以說，它往往就是異質文化交往與對話的最
初開端。當任何一種文化初次面對和接觸另一種異質文化時，它不
得不以自己的文化觀念、視野和習慣來審視、打量、理解和接受對
方；而在了解並掌握異質文化的某種觀念和方法之後，人們又可以
回過頭來重新審視、考察和再理解自己的文化。所謂「雙向闡
發」，指的就是上述這種文化交往的現象。不僅如此，經過世界比
較文學的實踐和努力，它還進一步從現象上升為方法，從而演變為
跨文明比較文學研究階段的一種重要研究方法。那麼，「雙向闡發」
究竟有些什麼樣的內涵呢？在比較文學研究中，我們究竟應該從哪
些途徑進行研究呢？又需要掌握哪些原則和要領呢？

一、「雙向闡發」的概念

「雙向闡發」是中國比較文學爲世界比較文學研究提供的一種非常獨到的研究途徑和方法，一度還被有些學者奉爲比較文學「中國學派」最爲重要的特徵。不過，這個概念與其他概念一樣不是一蹴而就的，而是經歷了一個從簡單到豐富、從單向到雙向的發展過程。「雙向闡發」的前身是「闡發法」（illumination）。作爲一個內涵較爲固定的中國比較文學研究術語，它最早是由台灣學者提出來的。

「闡發法」這個術語的正式出現是在 1978 年。在這一年，台灣學者古添洪在一篇題爲〈中西比較文學：範疇、方法、精神的初探〉的論文中提出：「利用西方有系統的文學批評來闡發中國文學及中國文學理論，我們可命之爲『闡發法』。這『闡發法』一直爲中國比較文學學者所樂用。」[4]在這段話中，古添洪簡明扼要地提出並界定了「闡發法」，同時也對台灣學者包括他自己一段時期以來在中西比較文學領域中所做的工作進行了一次總結。

在此之前，其他華人學者也提出過類似的看法。在美執教的余國藩在 1974 年就指出：「過去二十年裡，在一場旨在鼓勵人們把各種西方的批評觀念應用於中國傳統文學的運動中，這種趨勢正在不斷地、迅猛地發展，預示著比較文學的某種鼓舞人心的發展的到來。」還說：「研究中國文學時，使用西方所特有的批評觀念和類目，原則是並不比古典文學研究者在其研究工作中使用現代研究技巧和方法來處理古代材料更欠妥當。……難道一首中國詩就只能夠用中國固有的文藝標準來評價嗎？」[5]學術界不僅只是余國藩持這一觀點，其他許多比較文學學者都有類似的見解。再如，在 1975

年台灣第二屆東西方文學關係的國際比較文學會議上，台灣大學的
朱立民就提出，「運用西方的批評方法來研究中國古典和現代文
學」。在〈比較文學的墾拓在台灣〉一文中，他還回顧了《淡江評
論》雜誌的一些情況，「許多論文是研究中國文學的，而大多數作
者用的是西方現在流行的批評方法，這就是我們當前所需要的。」
[6]由此可見，「闡發法」並不是哪一位學者突然提出的看法，而是
台港學者及歐美華裔學者對既有長期比較文學實踐的總結。但是，
這一總結並非沒有缺陷，甚至缺陷很大。

　　在古添洪看來，「闡發法」的內涵非常明確，就是用西方有系
統的理論和批評方法來闡發中國文學及中國文學理論。雖然其中也
包括兩種類型，即對中國文學作品以及中國文學理論的闡發，但無
論如何都局限於用西方理論闡發中國文學，並不包括用中國文學觀
念闡發西方文學的意圖。對「以中釋西」可能性，古先生隻字未
提。這樣，「闡發法」就有非常明顯的局限。這裡面主要有兩方面
的不足。首先是在中西文化對話關係問題上，「闡發法」完全站在
西方文化立場上，未能讓文化間的對話處於一種平等的位置。其實
質是將西方文論當成放之四海而皆準的普世性理論，其結果，只會
是西方文化一家的獨白，而不是異質文化間的雙向對話。尤其是未
能真正深究西方文學批評理論的合法性問題。難道在西方文化中誕
生的理論批評沒有其自身的理論限度和適用領域嗎？它果真是放之
四海而皆準的嗎？在異質文化的阻隔下，它真正能毫無障礙地應用
於中國文學並能妥當地闡發中國文學的特徵和內涵嗎？這些問題在
古添洪關於「闡發法」的定義中均無表述。毫無疑問，這樣的「闡
發法」必然會引發學者們的爭議。

　　首先是美國學者對這種單向闡發提出了批評。奧椎基（A.
Aldridge）就警告說：「如果以西方批評的標準來批判東方的文學

作品，那必然會使東方文學減少其身分。」[7]不久大陸學者更明確地提出了批評。盧康華、孫景堯在他們合著的《比較文學導論》一書中指出，這種「闡發法」否定我國傳統的文論，必然使中國文學成爲西方文論的「中國注腳本」。[8]此外，溫儒敏、盧康華的〈台港的比較文學研究〉一文認爲，「這種做法如同以他國法律來批判本國之公民一樣風馬牛不相及」，「這種提法有方向性失誤」。樂黛雲主編的《中西比較文學教程》也認爲台灣和香港的比較研究，「有極大的片面性」[9]。台灣學者周英雄也認識到上述闡發法的不足。周英雄認爲，「闡明法使用外來的理論架構，來闡明本土文學。這種方法的好處在於能發前人之所未見，但缺點乃在西法硬套，令人有生吞活剝、囫圇吞棗之感。……西方理論在西方本土自有其歷史性與合法性，可是一經轉移，西方理論的詮釋力可就相應減低，因此不應強加諸中國文學。」[10]上述這些學者對「闡發法」的批評確實擊中了要害。正如我們前面所分析的，古添洪在闡述中的確不夠周詳。其實，他在早期文章中提及中國比較文學研究方法時論述得更爲全面。這時，雖然他沒有明確提出「闡發法」的理論術語，但已經比較全面地論及了雙向闡發的精髓。

我們知道，台灣學者古添洪和陳慧樺在出版於1976年的《比較文學的墾拓在台灣》〈序〉中正式提出過比較文學的「中國學派」。他們說：「在晚近中西間的文學比較中，又顯示出一種新的研究途徑。我國文學，豐富含蓄；但對於研究文學的方法，卻缺乏系統性，缺乏既能深探本源又能平實可辨的理論；故晚近受西方文學訓練的中國學者，回頭研究中國古典或近代文學時，即援用西方的理論與方法，以開發中國文學的寶藏。由於這援用西方的理論與方法，即涉及西方文學，而其援用亦往往加以調整，即對原理論與方法作一考驗、作一修正，故此種文學研究亦可目之爲比較文學。

我們不妨大膽宣言說，這援用西方文學理論與方法並加以考驗、調整以用之於中國文學的研究，是比較文學中的中國派。」不僅如此，他們還寫道：「我們希望以後的論文能以中國文學研究作試驗場，對西方的理論與方法有所修訂，並寄望能以中國的文學觀點，如神韻、肌理、風骨等，對西方文學作一重詁。這就是本書所要揭張的比較文學中的中國派。」[11]

在這兩段話中，我們可以歸納出這樣一些要點：第一，「闡發法」的主要內涵是援用西方理論研究中國文學；第二，「闡發法」要根據中國文學的特徵調整、修正西方理論；第三，提出要以中國的文學觀點來闡發西方。所以，這是對中西比較文學研究方法的一次比較完滿的闡述。可惜他們並未真正加以施行，並且在後來明確提出「闡發法」的術語時反而將「闡發」原有的雙向平等、對話理念閹割了。結果，「闡發法」變成了以西釋中的唯一向度。這很難不引起學者們的批評。最近，古添洪自己也在反思「這種研究方法的危機」，他提出，「在西洋批評理論下的中國文學或批評是否仍是中國式的？是否並未失去其固有的特質、固有的精神？」[12]這表明「闡發法」尚需要進一步的修改和完善。

古添洪明確提出「闡發法」之後，大陸學者不僅批評這一方法，而且積極地完善這一方法，並將改造完善後的闡發法納入到中國比較文學研究的整體架構當中。樂黛雲在《比較文學原理》一書中，多次使用這一概念，並將朱光潛《文藝心理學》、錢鍾書《管錐編》當作闡發法的代表作品。樂黛雲不僅積極評價這一方法，而且提出「從朱光潛的實踐看來，這種闡發研究在我國三○年代已經被運用，它給中國文學帶來的是新的角度、新的解釋、新的啟發。問題在於如何運用這種方法」[13]。

在對台灣學者提出的「闡發法」進行完善的過程中，陳惇、劉

象愚合著的《比較文學概論》做出了重大貢獻。他們將闡發研究與影響研究、平行研究和接受研究一起當作比較文學研究的四種類型，認為「這一方法特別適用於文化系統迥異的諸民族文學的比較研究」。基於「台灣學者的提法尚有極不周密、極不完整的弊端」，兩位學者明確提出了「雙向闡發」的概念，「闡發研究絕不是僅僅用西方的理論來闡發中國的文學，或者僅僅用中國的模式去解釋西方的文學，而應該是兩種或多種民族的文學互相闡發、互相發明。」[14]不僅如此，他們還提出了雙向闡發法的三方面的內容：(1)用理論解釋文學作品和現象；(2)文學理論相互闡釋；(3)跨學科闡釋。這就奠定了「雙向闡發」在中國比較文學研究領域中的地位。

此外，大陸其他學者也都積極開展闡發法研究，進一步顯示了中國學者對闡發研究的高度重視。杜衛重申闡發必須雙向，明確提出「闡發研究的核心是跨文化的文學理解」[15]。

劉介民的《比較文學方法論》專節論述「闡發研究法」，批評那些否定闡發法的學者「粗暴」是「學術上的輕率」[16]。曹順慶進一步將雙向闡發當作比較文學「中國學派」跨文化研究的五大理論基石之一，是「中國學派獨樹一幟的方法論」[17]。

我們認為，「雙向闡發」是跨文化比較文學研究的一種重要方法，它站在某種文化體系的立場上，運用該文化體系中的文學觀念來理解、解釋、闡發或研究另一種或幾種異質性的文學（文學作品、文學現象和文學理論）。它具有作品闡發、現象闡發、詩學闡發、綜合闡發和科際闡發五種範式。

二、「雙向闡發」的五種研究範式

「雙向闡發」既然是跨文化比較文學的研究方法，必然有外來文學與本土文學的兩個向度。就中外文學比較而言，雙向闡發可以分為以西釋中和以中釋西兩大類型。但是，這種分類方法太過籠統，對我們的學習沒有具體的指導意義。所以，我們按雙向闡發的具體內容和對象，把它概括為五種範式。

（一）作品闡發

所謂「作品闡發」的實質是一種文學評論活動，主要指用外來的文學理論對本國或本土的文學作品進行闡發。它既可以是西方理論對中國文學作品的評論和研究，也可以用中國文學觀念來理解和闡釋西方文學作品。

當然在作品闡發研究範式裡，用西方理論闡發中國作品的最多，成就也最大。學者們用英美新批評、結構主義、象徵主義、精神分析等各種西方文學理論和研究方法來闡發中國文學。這裡，我們舉一個用英美「新批評」方法來分析中國古典詩歌的例子。杜甫的〈春望〉是一首千古絕唱，用英美「新批評」的觀點和方法來分析這首名詩可以從一個新的角度對其語言結構和感染力有一個新的認識。

我們知道，新批評非常強調文學作品的獨立地位，他們反對從作者的生平、意圖和社會背景等角度來闡釋作品的意義，這種傳統的文學研究方法被他們貶稱為「意圖謬見」（intentional fallacy）。新批評派的理論家維姆薩特和比爾茲利認為，「意圖謬見在於將詩和詩的產生過程相混淆，這是哲學家們稱為『起源謬見』的一種特

例，其始是從寫詩的心理原因中推衍批評標準，其終則是傳記式批評和相對主義。」[18]另一方面，新批評將從讀者體驗出發來研究文學傾向稱爲「感受謬見」（affective fallacy）。維姆薩特和比爾茲利指出，如果說意圖謬見是將作品與其起因相混淆的話，「感受謬見則在於將詩和詩的結果相混淆，也就是詩是什麼和它所產生的效果」。「這是認識論上懷疑主義的一種特例，雖然在提法上彷彿比各種形式的全面懷疑論有更充分的論據。其始是從詩的心理效果推衍出批評標準，其終則是印象主義和相對主義。」[19]另外，新批評的第二個理論特徵是作品有機論。新批評反對簡單地將文學作品分爲內容和形式兩個部分，它把文學作品看成一個有機的結構整體，認爲它的各個部分之間是一種和諧統一的關係，整體性是作品的第一重要特徵。詩作爲一個和諧的整體，它的每一個部分與其他部分都是密切相關的，它的美感是全部因素共同起作用的結果。新批評家認爲一首詩的種種構成因素不像排列在一個花束上面的花朵，而是像與一株活著的花木的其他部分相聯繫的花朵。詩的美就在於整株花木的所有因素，離不開莖、葉、根。爲了進一步深入研究作品的結構，新批評家提出了許多獨特的概念，如「反諷」、「張力」和「悖論」等。透過這些概念的途徑，新批評強調從語言的內在結構上領會一首詩的獨特的美感價值。

杜甫的〈春望〉是中國文學寶庫一顆璀璨的明珠，千百年來一直是人們反覆傳誦與批評的對象。台灣學者顏元叔就用上述英美新批評的理論對它進行了一次重新分析。

〈春望〉的第一聯是「國破山河在，城春草木深」。根據新批評的原則，作者仔細地分析了次聯詩中的矛盾張力結構在「破」、「在」和「深」三個重點辭彙上的表現。顏元叔認爲，在第一句「國破山河在」中，「破」與「在」之間，就立即形成一個「矛盾

的張力結構」，國家已「破」，山河依舊「存在」；已破的是一個國家的組織、社稷的結構，這些都是人為的成果；這個大家共同生活著，也共同依賴著的國家已遭摧毀。「山河」在這裡顯然指自然景物。然而，這些原本屬於國家的有機組成部分的大好河山卻不因國家社稷之覆而有所改變，所以「山河在」。杜甫的悲哀起於「國破」，這一悲哀是如此深重以至於詩人認為「國破」後山河也應該「破」而不應該「在」。事實是不是這樣的呢？杜甫詩中描繪的場景與此恰恰相反，國雖「破」而山河無動於衷，依舊安之若素地「存在」著。這樣，詩就將「國破」與「山河在」對立起來，巧妙地提供了一個巨大的情感張力結構，進而產生了震撼人心的藝術效果。緊接著第二句加強了對「山河在」的表徵：「城春草木深」。國破之後，應該是一幅蕭殺的情景，而春天降臨城池，草木欣欣向榮。中國古典詩人之中，杜甫煉字功夫最深，「草木深」之「深」字，即是一例。「深」字在此有許多涵義，一義是說草木長得茂盛，另一義是影射草木長得零亂蕪雜。第二個涵義更好，因為國家已破，一切事物風光無人照料，人工所能給予自然的秩序都不再存在，一切任其滋長，任其蔓延。「深」字把這種茂盛而零亂的情況正好給點明出來。從第一句到第二句，人事之凋謝與自然之昌盛形成尖銳對立，有力地烘托國破家亡給詩人杜甫帶來的悲哀和絕望程度。

　　次聯「感時花濺淚，恨別鳥驚心」，顯示詩人要將上面兩行人與自然兩相脫離的情況，將它扭轉過來：詩人把自然拉進他的情感漩渦，重建人與自然的結構。於是，詩人「感時」，而「花」也隨之「濺淚」；詩人「恨別」，「鳥」亦隨之「驚心」。實際上，當然花不會濺淚，鳥也不會驚心，無論人間有多大的苦痛，都是如此。但是，審美的移情作用卻往往是人的本能之一。人喜歡把自己的情感投射到他所接觸的事物之上，於是，月色含悲，海波嗚咽，花兒

濺淚，鳥也驚心。從第一聯到第二聯，詩歌標示了一個過程，即是詩人在第一聯中，顯示他對草木無情之充分了解，這是認識客觀事實。在第二聯中，他似乎故意把自然牽涉到情感中來，以客觀認識為基礎，用主觀攫取客觀，把客觀人性化與人情化。杜甫以這兩句詩把人事之情感染到自然之物，以個人的懷古抓住了自然，使人與自然結合為一。就這種觀點來看，第一聯與第二聯是兩相矛盾的，因為第一聯點明的是人事與自然的對立與衝突，而第二聯則點明人事與自然之結合。這上下聯之間的矛盾衝突也正是英美新批評關於張力結構可以加深詩意的論點。

進而，我們還可以用新批評關於作品語言細讀的辦法來進一步分析「感時花濺淚，恨別鳥驚心」。我們知道，基於漢語簡潔的特徵，中國古典詩歌常常省掉主語和其他表示時間、地點的詞語，結構往往構成十分奇妙的情況。「感時花濺淚，恨別鳥驚心」，主語可以是詩人，因此是詩人「感時」。可是也可能存在第二種解釋，即「花」和「鳥」是主語，這樣，詩句就變成花感時而濺淚，鳥恨別而驚心了。同時，第三種解釋也是可以成立的，即花「感時」而詩人因之「濺淚」，鳥「恨別」而詩人因之而「驚心」。也許這是一種文字遊戲，但我們知道新批評非常強調對文學作品字、詞、句的具體分析。顏元叔正是以這種方法來闡發中國文學作品的。以下，作者還繼續逐字逐句地分析了〈春望〉的後兩聯，讀者可以自行研讀、仔細揣摩。[20]

在作品闡發範式中，用中國文學觀念來審視、分析和闡發西方文學的作品比較少，但也並不是完全沒有。李思屈用中國的「虛實相生」理論來闡發西方作品《生命中不能承受之輕》，頗有新意，予人不少有益的啟迪。[21]又比如，黃維樑的〈重新發現中國古代文論的作用——用《文心雕龍》「六觀」析白先勇的〈骨灰〉〉就嘗試

用中國古代文論巨著《文心雕龍》的「六觀」說來分析當代作家作品。而孫築瑾的〈中英抒情詩歌中情與景相關呈現模式的比較〉則更進一步，以中國詩學情景關係來評論英國詩歌。首先疏理了中國抒情詩的情景關係之後，孫築瑾指出中國詩歌多出現情景相關呈現模式，即情景不在同一詩句中出現，其呈現模式爲一句情一句景，或兩句情兩句景，或前半篇寫景，後半篇寫情。然而，根據中國詩歌非常常見的這種情景模式來考察英國文學，我們可以發現這種模式在英國詩歌中非常罕見。究其原因，中國詩歌大部分以「意象」爲表情語言，英詩則絕大多數以「景象」爲述情媒介。以「意象」表情之作，往往以表現詩人如何運用複雜精巧的構思，將外在物象內化爲詩情的一部分；而以「景象」爲表現手段的英國詩則將外物當作詩人內心情感的猛烈投射中渾爲一體。這樣，孫築瑾就獨闢蹊徑，以中國古代的文學觀念來比較中英詩作，成功地對英國文學進行了闡發。[22]在這方面，中國學者尚有許多工作要做。

（二）現象闡發

「現象闡發」是雙向闡發的第二種研究範式，主要是指用某種文化體系中的文學理論來研究、闡發另一種異質性的文學現象（如創作規律、體裁理論、發展規律、時期、流派等）。

在文學研究領域中，許多研究對象或內容是無法簡單地用「文學作品」概念所能包括的。作品闡發的任務是研究文學作品，但文學的創作方法、規則、文學的發展規律、文學的體裁理論、文學流派等等，同樣也是雙向闡發的研究對象。現象闡發的內容也就是這樣一些研究內容。二十世紀以來，在中西比較文學領域中，學者們都進行了大量的闡發研究，其中許多研究成果都可以歸結爲這種研究範式。

　　在中國文學史上，一直存在著這樣一種文學現象，許多作家嘔心瀝血地進行文學創作，往往達到一種非常痛苦的程度，有的甚至為此甘願付出生命的代價。求生本是人的一種本能，任何一種活動如果危及個體自身的生存，行為主體有理由斷然拒絕。奇怪的是，作家們卻對艱辛的寫作活動有一種極端狂熱的衝動，有時甚至刻意追求創作的痛苦，彷彿寫作的折磨是他生存的必需品似的。錢鍾書先生的〈詩可以怨〉一文，就對中外文學這一現象進行了饒有趣味的比較。杜甫的寫作態度眾所周知：「為人性癖耽佳句，語不驚人死不休」。李賀為了創作更是達到了嘔心瀝血的地步。李商隱記述過李賀寫作之刻苦：

　　長吉細瘦、通眉、長指爪，能苦吟疾書……恆從小奚奴，騎驢，背一錦囊，遇有所得，即書投囊中。及暮歸，太夫人使婢受囊出之，見所書多，輒曰：「是兒要當嘔出心乃已爾！」（李商隱《李長吉小傳》）

　　對文學史上的這樣一個普遍的現象，我們可以用西方文學心理學的方法進行闡發法研究。從心理學觀點看，每個人的內心深處都存在著對死亡的極大恐懼。這種恐懼植根於人具有動物所不具有的自我意識和必死意識。動物與人類一樣必定會死，但它們沒有對死亡的意識。只有人才會在沒死之前知道自己必定會死去，於是一生都生活在對死亡的恐懼和焦慮之中。人的偉大在於，他不僅能夠擁有死亡意識，而且能夠超越死亡，他總是力求以一種比動物更高的姿態去面對死亡。這樣，死亡意識就使人們很自然地產生了對於永生和不朽的追求。從心理學觀點看，人之所以不得不執著於不朽意識而致力於自我實現和自我擴張，即是因為面對最終必有一死的命運。死亡意識使人不得不在短暫的一生中，以最大的努力去實現自

我。這是人在死亡和死亡恐懼面前唯一能夠作出的積極反應。死亡意味著人生的無價值,而人卻力圖證明自己的有價值;死亡意味著自我的解體,而人卻力圖成就自我的不朽。創作衝動正是這樣一種個人追求不朽的努力,它是人面對死亡威脅而採取的一種手段,目的在於反抗死亡、排除死亡恐懼,其方式則是透過某種奇蹟般的「轉換」,把短暫的個體生命複製、轉移和保存到更有生命力的文學作品中去。這樣,我們就利用西方現代深層精神分析心理學關於死亡恐懼的觀念來闡發了中國文學史上的一個重要文學現象。[23]

（三）詩學闡發

所謂「詩學闡發」,主要是指異質文化之間文學理論的相互闡發。這是闡發研究中有相當難度的一種研究範式。它要求作者對兩個國家的文學理論相當熟悉,並且善於觸類旁通、相互比較。近年來,大陸學者在以西方文論闡發中國文論的領域中做出了巨大貢獻,也取得了豐碩的成果。許多學者在研究中國詩學的過程中,都自覺或不自覺地利用西方詩學的概念來解讀它們。事實證明,這種詩學闡發往往能夠道前人所未道,發前人所未發,在中國詩學研究領域有獨特的理論價值。

比如,中國古典詩歌非常講究「情景相生」,古典詩學也就有一個命題叫做「即景會心」,主要用於描述文學創作中從世間萬象（景）中直接感悟思想和意蘊（情）的情形。清代著名文論家王夫之在談到賈島的「推敲」故事時說:

「僧敲月下門」,只是妄想揣摩,如說他人夢,縱令形容酷似,何嘗毫髮關心?知然者,以其沈吟「推敲」二字,就他作想也。若即景會心,則或推或敲,必居其一,因景因情,自然靈

妙，何勞擬議哉？「長河落日圓」，初無定景。「隔水問樵夫」，初非想得。則禪家所謂現量也。（《薑齋詩話》卷二）

對王夫之所提出來的「即景會心」這樣一個命題，童慶炳就以詩學闡發的方法從西方詩學「直覺」概念入手進行了別開生面的闡釋和討論。[24]

童慶炳首先介紹了西方詩學「直覺」概論。人們的一般認識是分階段的，先是感性認識，然後經過邏輯推理過程，才逐漸地提升為理性認識。直覺作為一種特殊的認識活動則把上述兩個階段合而為一，在一剎那的直接的體察中，就達到了事物真理的把握，而把中間的邏輯推理過程省略了。因此直覺雖然取感知的形式，但卻取得了對事物的本質規律的認識。

在王夫之的論述中，他把「妄想揣摩」與「即景會心」看成是兩種不同的心理活動。「妄想揣摩」或「擬議」所依靠的是邏輯推理，把直觀與思維分離開來，其結果只能是景與情的對立。王夫之不同意賈島的那種「妄想揣摩」，更反對人們對別人的構思橫加「擬議」，他認為這樣做詩「如說他人夢」，是很荒唐的。他提倡王維的「即景會心」的創作方法。「即景」就是直觀事物，是指詩人對事物外在感性形態的觀照，是感性的把握；「會心」，是心領神會，是指詩人對事物的內在意蘊的領悟，是理性的把握，「即景會心」就是在直觀景物的一瞬間，景生情，情寓景，實現了形態與意義、形與神、感性與理性的完整的同時的統一，很明顯，這就是藝術直覺的心理過程。隨後，童慶炳還深入地對「即景會心」進行了「直覺」說的解釋。我們注意到在中國古代文論研究領域，許多學者做的都是類似的工作。這對重新理解和闡釋中國傳統詩學的理論概念和整體體系有獨特的理論價值。

（四）綜合闡發

綜合闡發是雙向闡發研究方法中的第四種範式。其主要內涵是將兩種不同文化體系中的文學理論、作品、現象等不加分割地融合在一起觸類旁通地加以研究。在這種研究範式中，不是單一地用西方來闡釋中國，也不是單一地用中國來闡釋西方，既不是僅僅用某一理論來闡發文學作品或現象，也不是僅僅用文學作品或現象來簡單地驗證某一理論，它是上述各種因素融會貫通的綜合研究。

在中西比較文學領域中，大陸著名學者錢鍾書、朱光潛等就是綜合闡發的代表。比如錢鍾書的〈通感〉就有非常典範的代表性意義。在這篇文章中，錢鍾書運用他「中西打通、學科打通」的才能，廣泛引用古今中外的文學作品、理論和批評，總結出了文學創作中「通感」的表現手法。「在日常經驗裡，視覺、聽覺、觸覺、味覺往往可以彼此打通或交通，眼、耳、舌、鼻、身各個官能的領域可以不分界限。顏色似乎會有溫度，聲音似乎會有形象，冷暖似乎會有重量，氣味似乎會有體質。」[25]在作品方面，錢鍾書大量引用中國古代詩人宋祁、晏幾道、蘇軾、黃庭堅、陳與義、白居易等等的名句，還引用近代小說《兒女英雄傳》。在理論方面，錢鍾書討論了李漁、紀昀、司空圖、孔穎達等理論家對通感的看法。不僅如此，錢鍾書還大量使用西方文獻材料，如西方「黑暗的聲音」、「皎白的嗓音」等用語，亞里斯多德的《心靈論》、《修辭學》、龐德的理論、聖馬丁的詩句和前期浪漫主義與象徵主義的作品等等。錢先生旁徵博引，將中國、西方的文學理論與文學批評以及文學作品融為一爐，為我們的綜合闡發範式做出了優秀的榜樣。

（五）科際闡發

雙向闡發研究的第五種範式是「科際闡發」。這是與比較文學的「跨學科」研究相對配合的一種研究範式，但它與跨學科研究不同之處在於，這種闡發必須是在跨異質文化之間的雙向闡發。例如用中國畫論闡釋西方詩論，用中國詩論闡釋西方的現代派藝術手法等等。宗白華的一些論文、伍蠡甫的一些論文，就是佳例。科際闡發是指在跨異質文化的研究中探索東西方文化藝術的會通，它運用其他藝術門類或理論學科的方法來研究和闡釋文學。既可以用中國繪畫、戲劇等的理論和方法研究西方文學，也可以用西方電視學、社會學、新聞學等學科來闡釋文學。比如，台灣學者溫任平就寫過一篇〈電影技巧在中國現代詩裡的運用〉的論文，大家可以參看，限於篇幅，這裡就不再論述了。[26]

三、「雙向闡發」的研究原則

「雙向闡發」是在兩個異質文明體系之間進行相互的比較和闡釋，這種跨文化的研究性質決定了這是一件難度很高的工作。無論是以中釋西，還是以西釋中，弄不好很有可能只片面地站在某一文化立場上，從而把某種文學簡單地當作另一種文學理論的圖解材料。中西比較文學領域中就出現過這樣的情況。有的學者不作實事求是的具體分析，簡單地把西方的文學批評理論移用到對中國古典文學作品的闡發上，結果產生了不少讓人瞠目結舌的奇談怪論。這種錯誤必須引起我們的高度重視。

上面，我們簡要介紹了「雙向闡發」的五種研究範式，但在進行具體的研究過程中還有一些指導原則需要加以掌握。

（一）跨文化原則

跨文化原則的涵義非常簡單，主要是強調闡發研究所涉及的研究對象必須是兩種異質文化（文明）之間的文學問題。無論是作品闡發、現象闡發還是詩學闡發等等，都必須有跨異質文化的實質性關係發生，否則是不能算作比較文學的雙向闡發研究的。比如，我們用文學心理學方法來分析哈姆雷特形象，用浪漫主義概念來考察西歐文學的整體發展情況，這些就不是闡發研究，因爲它們全都是局限在西方文化圈子裡進行的。再比如，用妙悟或神韻的詩學觀念來研究唐代的詩歌或元代的戲曲，這也同樣算不得比較文學的闡發研究。雙向闡發的首要原則是跨異質文化。它必須是異質文學體系之間的相互闡發和理解，必須是用西方理論解釋中國或其他文化（文明）體系中的文學作品、現象和理論，或者就是用中國文學觀念來闡釋西方或其他文化體系中的文學作品、現象和理論。至於究竟如何才算「跨異質文化體系」、「異質性」的概念如何，這些問題本書的緒論已經有詳細深入的闡明，這裡就不再多說了。

（二）對等原則

所謂對等原則就是要堅持文化之間的平等對話立場，尤其強調中國文化與西方文化之間的平等地位，反對簡單移植西方文學觀念來任意肢解中國文學。我們知道，台灣學者提出「闡發法」以後，一直受學者們的批評，其中最爲重要的內容就是指責「闡發法」缺乏文化對等原則。後來，大陸學者提出「雙向闡發」的概念來修正台灣學者「闡發法」的片面性，其主要目的就是倡導文化對等意識，不僅用西方文學觀念來闡發中國文學，而且更爲重要的是要用本土的文學理論來考察和分析西洋文學。「雙向闡發」本身就意味

著文化多元主義立場，反對西方中心主義。在當今世界，中國比較文學的任務是反對西方文化霸權，並致力於開掘中國傳統文化資源。但是，用中國文學觀念來闡發西方文學作品的努力還非常少見，這應該引起我們的高度重視。

（三）有效性原則

有效性原則提醒我們注意理論的局限性。雙向闡發大多是利用某種文學理論或觀點來闡釋和評論文學，從本質上說，它是一個用理論強加於材料、以方法剪裁對象的活動。但是，理論與材料、方法與對象之間卻並不見得總能絲絲入扣、天衣無縫。我們知道，理論雖然抽象，但總有這樣那樣的局限性。它的有效性並不是無限寬廣的。就詩學概念而言，這主要表現在兩個方面。第一，詩學概念可能具有對象性局限。詩學概念總要受到所概括對象的制約，根據它所概括對象的不同，可以分為文體概念、時期概念、風格概念等等。它們的有效性就只能在某一對象性領域中才能生效。比如，西方文學的「巴洛克」概念，本是對西方某文學時期的一種抽象概括，但它卻並沒有所謂的全球「普世性」，它只能對西方文學有效，而且只能對西方文學的某一特定時期有效。有的學者沒有注意到「巴洛克」概念的局限性，簡單地把它移用到對中國文學的評價上來，從而認定唐代李商隱的詩歌是「巴洛克」作品。這就顯得有些武斷和牽強，因此遭到許多學者的強烈反對。第二，詩學概念還有文化性局限。詩學概念總是某種文化體系的產物，無形當中必然會具有此種特定的文化精神和性質。比如，中國詩學中的「風骨」、「文氣」，以及複雜的文體分類，又比如，西方詩學獨特的「生命意識」、「自然意識」和「悲劇意識」等等，如果忽略這一點，簡單地用它們來衡量中國文學往往會得出錯誤的結論。從這個

意義上講，華滋華斯就不會完全等同於陶淵明。有效性原則就提醒我們要小心謹慎，要在仔細辨認中確定要進行闡發的理論和對象，著重解決好二者之間進行闡發研究的可行性問題。

(四) 互動原則

互動原則與有效性原則一樣關注的是闡發研究過程中理論與對象之間的相互關係。互動原則要求雙向闡發中的理論和對象都保持開放狀態。如果我們讓理論保持在一種開放而不封閉的狀態當中的話，我們就有可能進行調整，使闡發活動得以持續，同時，也可能修正原來的詩學概念，使它更加具有適用性。比如，美國漢學家蒲安迪在〈談中國長篇小說的結構問題〉一文中就成功地使用了這一原則。一般認為，長篇小說的結構原則首當其衝的是「統一連貫性」、講究用一根主要線索將故事串連到底。但是，這是基於西方小說文體而得出的結論，並不具有世界普遍有效性。如果我們將這種小說結構觀絕對化，並用它來進行中國文學的闡發研究，我們勢必得出與中國古代小說牛頭不對馬嘴的結論。這是因為，我國古代小說如《水滸傳》、《儒林外史》等都是章回式結構，故事由一個又一個的「反覆循環」的故事構成。蒲安迪在這篇文章中就注意了闡釋理論與對象的互動關係，他聯繫中國古老的文化傳統和獨特的宇宙觀，深入分析了這一結構方式。他指出，這種結構方式反映了中國小說獨特的創作觀念和藝術技巧，同樣能夠使小說取得渾然一體的藝術效果。這樣，他就修正了西方長篇小說的觀念，豐富世界小說的結構樣式。[27]

第二節　跨文明的異質比較法

「異質比較法」是比較文學跨文明研究的第二種研究方法。它是比較文學發展到跨文明階段必然的產物。「異質比較法」與美國學派所倡導的「平行研究」相比，具有與之全然不同的本質區別。

一、「異質比較法」的特徵

所謂「異質比較法」，就是在跨文明的比較文學研究中，將具有某種類同性的文學現象放在一起，從求同到求異，從同出發，進而研究其異質性。與比較文學的平行研究一樣，「異質比較法」是跨國家、跨文明之間文學的比較。那麼，它們二者之間有沒有什麼區別呢？如果沒有區別，我們就沒有必要在平行研究之外單列出一個跨文明研究的異質比較法。如果有，那麼區別存在於什麼地方呢？我們認為，「異質比較法」區別於「平行研究」地方主要表現在它具有「跨文明」和「由同求異」兩大特徵。[28]

首先，異質比較法與美國學派所倡導的「平行研究」的最本質的區別是「跨文明」。在美國學派那裡，尚未面臨大規模的異質文明的挑戰，所以美國學派主將之一的雷馬克在著名的〈比較文學的定義和功能〉一文中所開列的可供平行比較的作家與作品名單，全都是西方的。[29]韋斯坦因甚至對東西方文學比較，即「對把平行研究擴大到兩個不同的文明之間」持懷疑態度。他認為「企圖在西方和中東或遠東的詩歌之間發現相似的模式較難言之成理」，這是因為「在我看來，只有在一個單一的文明範圍內，才能在思想、感

情、想像力中發現有意識或潛意識地維繫傳統的共同因素」[30]。因此，美國學派所倡導的「平行研究」客觀上不可能形成一種跨越異質文明的理論和方法論體系。而中國比較文學從一開始就面臨著跨文明（跨越中西方異質文化）的嚴峻現實。從某種意義上說，韋斯坦因的懷疑和憂慮並非沒有道理，因為跨越中西兩大文明的比較文學研究，確實非常棘手。一些有關中西比較文學的異同研究的論著，之所以受到學界的批評和責難，多半是由於忽略了東西方異質文明差異這個根本問題。例如，袁鶴翔說，「以西方『形上學』詩格或『巴洛克』格調用到中國詩的評論方面，究竟有點勉強。」因為「形上詩」是有其西方文化之根的，其中有兩個重要因素，一是宇宙觀的哲學化，一是「生存偉劇」中人類精神所占的地位。袁先生指出，「中國詩中是否可以找出像鄧約翰、赫伯特、馬爾維等詩人的作品，表現出對傳統宇宙人生觀的懷疑、彷徨和矛盾，是很有問題的。」[31]同樣，比較中西異質文化的差異，則很可能成為袁鶴翔所批評的「淺度的」、「形似的」、「貌同的」比較，甚至得出錯誤的結論。這從反面證明了中西比較文學「異質比較法」的基礎和特徵，首先在跨越異質文明。這一點，中國比較文學界實際上有了初步的共識。劉介民在《比較文學方法論》一書中列專節討論了「中西比較文學研究法」（類似本節所說的「異質法」），他指出，中西比較文學研究法注重「文化模式」，這一點有別於法國學派和美國學派。西方有著同一文化模式，那就是兩希文化（希臘羅馬文化、希伯萊－基督教文化），因此西方比較文學涉及文化背景的探討不多。而當比較文學接觸到東方時，由於文化模式的殊異，給這種研究帶來了巨大的困難，研究才不得不考慮「文化的諸模式」等問題。[32]古添洪指出，「中國派之為中國派，我以為除了對法國派、美國派加以調整運用並創出闡發研究外，主要是調整背後的精

神，那就是文化模式的注重。在歐洲比較文學裡，無論是法國派或美國派，都沒有特別注重文學背後的模式。」[33]因此，「跨文明」奠定了「異質法」不同於美國學派已有的基本特徵，使之在美國學派「平行研究」的基礎上，另創出一種以跨文化爲特徵的類似平行研究的方法，即中國學派的「異質比較法」。

其次，「異質法」區別於「平行研究」的第二大特徵是從求同出發進而辨異。劉介民指出，「中西比較文學的出發點是發現其共同性，而探求其『異』的價值則是它的主要精神。」[34]顯然，異質辨析是其主要的方法和特徵。從求同出發，進而目的在辨異，是「異質法」的基本操作方式。袁鶴翔指出，「文學無論東西有它的共同性，這一共同性即是中西比較文學工作者的出發點。可是這一出發點也不是絕對的，它只不過是一個開始，引我們進入一個更廣的研究範圍」，那就是進一步的辨異，「故而我們做中西文學比較工作，不是只求『類同』的研究，也要做因環境、時代、民族習慣、種族文化等等因素引起的不同的文學思想表達的研究。」[35]這種「異」與「同」的比較辨析，與美國平行研究的一個顯著區別在於它更注重對「異」的探討。我們知道，美國學派倡導的平行研究，其目的在尋求所謂文學的共同的美學規律。正因爲美國學派的平行研究太過於注重求同，而處於異質文化體系中的文學之同又不易在不傷害其本質特徵的基礎上求得，所以韋斯坦因等許多學者對東西文學比較表示憂慮和懷疑。韋斯坦因擔心在中西方之間難以找到「同」，而中國的比較文學家們卻更看重「異」。這正是異質法與平行研究的不同。古添洪指出，把重點移於異而不限於同，這在「中西比較文學」的特定領域裡，是很有必要的。因爲中西文化及文學傳統的差異，綜合極爲難得，「要避免外國學者動輒以『綜合』來責難，倒不如先聲明『綜合』並不是唯一的量度標準……與其膚

淺危險的『同』，倒不如堅深壁壘的『異』……鑑於中西方長久的相當隔絕，中西方文化的迥異，中西比較文學毋寧應著重『異』」[36]。

重「異」，同時意味著對中西文學民族特色的關注，對中西文學獨特價值的探尋，其效果不僅僅是溝通和融會，而且是互相補充，取長補短。國際上曾有人懷疑甚至反對我們對民族特色的探討和強調[37]，這無疑有些片面。從根本意義上來說，比較文學恰恰具有兩方面的功能，一方面是溝通，尋求各國文學之間、各學科之間、各文化圈之間的共同之處，並使之融會貫通；另一方面則是互補，探尋各國文學之間、各學科之間、各文化圈之間的相異之處，使各種文學在互相對比中更加鮮明地突出其各自的民族特色、文學個性及其獨特價值，以便達到互相補充，相互輝映。「和而不同」應該成爲世界文化與世界文學理想。而強調民族特色，恰是比較文學之正途。最早倡導「中國學派」的李達三，一開始便明確提出民族特色問題。他所提出的中國學派的五大目標中，第一個目標就是強調民族特色：「第一個目標──在自己本國的文學中，無論是理論方面或是實踐方面，找出特具『民族性』的東西，加以發揚光大，以充實世界文學。」[38]大陸學者對「民族特色」的探求更加注重。曹順慶在《中西比較詩學》一書中總結道：「透過以上的比較，我們可以得到這樣一個啓示：中國與西方文論，雖然具有完全不同的民族特色，在不少概念上截然相反，但也有著不少相通之處。這種相異又相同的情況，恰恰說明了中西文論溝通的可能性和不可互相取代的獨特價值：相同之處越多，親和力越強；相異之處越鮮明，互補的價值越重大。中國古代文論的重要價值，正在於它不但提出了一些與西方文論相似的理論，而且還提出了不少西方文論所沒有的東西。而這些恰恰可以補充世界文化中的缺憾。」[39]這

也是我們對異質法價值和特徵的認識。

二、異質比較的方法

如何進行跨文化的異質比較呢？前面我們已經提到，所謂異質比較法就是在跨文化的比較文學研究中，將具有某種表面類同性的文學現象放在一起，從求同到求異，從同出發，進而辨異。我們既可以進行文學作品的異質比較，也可以進行文類的異質比較、詩學的異質比較，既可以準確客觀地辨析這些文學現象的異質，也可以進一步深挖這些異質的民族的、文化的、心理的、社會的深層次原因。異質比較也是跨文化比較文學中一個非常廣闊的領域，具體的研究途徑、方法可以各有側重和不同。但大致說來，絕不單純尋求跨異質文化文學現象的表面相同性特徵，而是由同出發進而求異，並且重在求異，這應當是異質比較法最爲根本的程序和方法。

異質比較法首先可以運用到文學作品的比較上，既可以是某兩個作家具體作品的比較，也可以是某種題材或主題作品的比較。下面，我們就舉葉維廉對中國古典詩和英美詩的山水美感意識的比較爲例。[40]

葉維廉這篇文章以山水美感意識爲共同話題，從這一題材和主題上的相同之處出發，尋求中國古典詩與英美詩中山水美感意識的差異。他首先比較了王維的〈鳥鳴澗〉和英國華滋華斯的〈丁登寺〉。王維的詩很短，只有四行：

人閒桂花落，夜靜春山空。
月出驚山鳥，時鳴春澗中。

華滋華斯的〈丁登寺〉很長，共一百六十二行，我們先來閱讀

其頭幾行：

五年已經過去；五個夏天
五個長的冬季！我再次聽到
這些流水，自山泉瀉下
帶著柔和的內陸的潺潺，我再次
看到這些高矗巍峨的懸岩
在荒野隱幽的景色中感印
更深的隱幽的思想，而把
風景接連天空的寂靜。
終於今日我再能夠休憩
在此黑梧桐下面，觀看
農舍的田地和果園的叢樹。
在這個季節裡，未熟的果實
依著一片青綠，隱沒於
叢林矮樹間。

接下來的一百多行詩句是詩人追記自然山水的美如何帶給他「甜蜜的感受」和寧靜的心境，如何在景物中感受到崇高的思想，他的感受和景物是如何活潑潑地交往，而他又是如何依歸自然事物、觀照自然事物、「自然」如何成為他整個道德存在與靈魂的「保姆、導師和家長」。

經過比較，我們可以看出中西兩個異質文明雖然都有自己表現自然、描寫山水的詩歌作品，但蘊涵著不同的自然美感意識。中國古代詩人在創作中採取的是一種「以物觀物」的觀照方式，作者不以主觀的情緒或知性的邏輯介入去擾亂眼前景物內在生命的生長和變化，力求以自然自身的方式來表現自然，以自然自身呈現的方式

來呈現自然。而英美詩人則將審美主體放在詩歌創作的首要位置，以主體的內心情感和感受活動爲立足點來描寫和表現山水之美。我們看到在王維的詩中，人的形象只出現過一次，不僅如此，詩中僅僅出現過一次的人毫無主觀感情色彩。詩歌大量的篇幅在描繪客觀自然界本身，桂花在飄落，春天寂靜的夜晚和空空如也的山谷，月光下，鳥兒撲騰騰地飛起並在山間的溪流上偶然發出聲聲的鳴叫。

華滋華斯的詩歌卻具有強烈的解說性、演繹性。全詩的四分之三都在「說明」外物「如何」影響自己的感情，或「說明」自己的感受「如何」與外物相互融合。與王維的詩相比較，華滋華斯的主觀色彩實在是太強了。抒情主體經常站出來對讀者表達自己對時間、自然的感受。雖然他也試圖客觀描繪流水、山泉、懸岩、梧桐、農舍的田地和田園的叢樹，也寫景物以及他內心的寂靜和隱幽的思想，但是，這一切描繪都是建立在審美主體與自然客體相互對立與隔絕的基礎之上的，並未像王維那樣眞正實現主觀與客觀、情感與景物的完滿合一。

文章不僅辨析了中西詩歌在山水美感意識上的不同傾向，而且進而探索了導致這一文學現象的哲學、宗教的原因。王維山水田園詩獨特審美境界最核心的原動力是道家哲學的影響。道家哲學拒絕把宇宙世界當作純粹客觀的認識對象。西方思想喜用抽象的概念來劃分原是渾然不分的宇宙現象，他們把這種刻意的知性得出來的結構視作對宇宙現象最終的了解和依據。道家哲學則認爲這都是假象，因爲這些人爲的假定是以偏概全，是把渾然的整體分化了、簡化了，甚至歪曲了。道家由重天機重自然而推出忘我之說，使中國詩歌出現分析性和說明性思維和表現手段的不斷遞減而最終形成一種極少知性干擾的純山水詩，接近了自然天成的美學理想。西方文化傳統卻與此相反。當柏拉圖把宇宙現象二分，認爲現象世界的具

體事物刻刻變化，沒有永恆的價值，從而將之否定而轉身追求抽象的本體理念的時候，他便已經把人、植物、動物共用一個渾然世界的信念完全否定了。在此背景下，西方詩歌就常常利用山水自然來作抽象化、說教化的工具，根本無法重新建立人與自然原生性的統一與和諧。

中西詩學是世界文論界最主要的組成部分，它們二者之間存在著巨大的差異。曹順慶在中西詩學體系的異質比較方面做了大量的工作。下面我們就以他關於中西詩學的靈感論的比較爲例[41]，談談詩學異質比較的一些方法。

中西詩學雖然存在著巨大的差異，但它們對一些問題似乎都有同樣或類似的看法。靈感問題就是一個很好的例子。靈感現象是古今中外的作家們都經常遇到的一種文學現象，從德謨克利特到黑格爾，從劉勰到王國維，都論述了這一問題。在西方，普遍流行的權威理論是柏拉圖的「迷狂說」，在中國，普遍流行的是嚴羽等人的「妙悟說」。根據異質比較法，我們首先要提出問題，然後再進行從同到異的比較。

「迷狂說」與「妙悟說」的共同性表現在什麼地方呢？這是異質比較需要加以解決的一個問題。首先，「迷狂說」與「妙悟說」都是關於靈感的論述。柏拉圖說：「凡是高明的詩人，無論在史詩或抒情詩方面，都不是憑技藝來做成他們的優美的詩歌」，而是因爲「詩人只是神的代言人，由神憑附著」。並且，只要有神助，「最平庸的詩人有時也唱出最美好的詩歌」（〈伊安篇〉）。嚴羽在《滄浪詩話》中說：「大抵禪道唯在妙悟，詩道也在妙悟。」怎樣才叫「妙悟」呢？嚴羽認爲，首先在認眞學習古代優秀作品，「醞釀胸中，久之自然悟入」，而一旦悟入，就會達到一種「入神」的最高境界。什麼是「入神」呢？嚴羽認爲，就是在詩歌創作過程中

出現的一種隨心所欲、得心應手的狀態，「及其透徹，則七縱八橫，信手拈來，頭頭是道矣」。顯然，「迷狂說」與「妙悟說」都是對靈感現象的論述。其次，「迷狂說」與「妙悟說」的第二個異同點是它們都將靈感的探討與宗教迷信聯繫起來。柏拉圖認為，靈感有兩個來源，其一是神靈憑附詩人身上，使他處於迷狂狀態，給予他靈感，暗中操縱著他的創作。其二是不朽的靈魂從前生帶來的回憶。柏拉圖認為，靈魂依附肉體，只是短暫的現象，而且是罪孽的懲罰，靈魂一旦依附了肉體，就彷彿蒙上了一層障。但靈魂仍然能夠隱約地回憶到它未投生人世以前所見到的景象，於是會產生迷狂，產生靈感。嚴羽則完全以佛教論詩，以佛教之派別界詩。他說：「禪家者流，乘有大小，宗有南北，道有邪正，具正法眼者，是謂第一義；若聲聞、辟支果，皆非正也。論詩如論禪：漢、魏、晉等作與盛唐之詩，則第一義也；大曆以還之詩，則已落第二義矣。晚唐之詩，則聲聞、辟支果也。」（《滄浪詩話》）

　　將異質比較法運用到中西詩學比較上，要求在平行研究的單純求同之後，進而求其相異之處。「迷狂說」與「妙悟說」的相異之處主要表現在以下三個方面：第一，理智與非理智。從表面上看，「迷狂說」與「妙悟說」都提倡文藝創作中的非理智性。柏拉圖說：「不失去平常的理智而陷入迷狂，就沒有能力創造。」「神對於詩人們就像對於占卜家和預言家一樣，奪去他們的平常理智，用他們作代言人。」嚴羽同樣如此，他也說：「夫詩有別材，非關書也，詩有別趣，非關理也」，並極力攻擊當時以理為詩的作家，「近代諸公乃作奇特解會，遂以文字為詩，以議論為詩，以才學為詩；夫豈不工，終非古人之詩也，蓋於一唱三嘆之音，有所欠焉。」但是，文藝創作並不能完全排除理智的參與。柏拉圖完全否定了理智的作用。嚴羽的「妙悟說」則要比「迷狂說」全面一些，

辯證一些。嚴羽雖然說詩歌創作要「不涉理路」，但他並非主張完全不要理智。他亦指出：「古人未嘗不讀書不窮理。」嚴羽所反對的是那種違反創作規律的以「文字為詩，以議論為詩，以才學為詩」。因為這種只講理智的創作，勢必將文藝引向死胡同，「詩而至此，可謂一厄也」。他實際上主張靈感與理智辯證地統一，他說：「詩有詞理意興，南朝人尚詞而病於理，本朝人尚理而病於意興，唐人尚意興而理在其中，漢魏之詩，詞理意興，無跡可求。」嚴羽所推崇的是語言文字、思想理智、感興靈感渾然一體，「無跡可求」的最高審美境界。他既不贊成「尚詞而病於理」的南朝詩人，也反對「尚理而病於意興」的宋代詩人，而是主張「詞理意興」的辯證統一。

第二，狂熱與虛靜。西方詩學的「迷狂說」是一種激烈而熱烈的靈感狀態，「妙悟」則相反，它是一種自然而冷靜的靈感狀態。「迷狂」不僅在「迷」（失去理智），而且還在於「狂」。柏拉圖認為，當詩人陷入「狂」的狀態時，「就會感到酒神的狂歡」，他們就會「飛到詩神的園裡，從流蜜的泉源吸取精英，來釀成他們的詩歌」。相反，「妙悟說」卻沒有一點「狂」的味道，而是在平靜中慢慢地「悟入」。這種靈感是在長期的積累中，自然而然地得來的。嚴羽強調「熟讀」、「熟參」，就是想依靠平時的苦心經營，千錘百鍊，熟能生巧。「妙悟」的狀態又是一種平靜的心態。就如蘇東坡所說：「欲令詩語妙，無厭空且靜；靜故了群動，空故納萬境。」

第三，神賜與積累。「迷狂說」認為靈感是神賜的，而「妙悟說」則認為靈感來自後天的學習積累，這是它們之間又一個截然不同之處。柏拉圖認為，作家創作必須陷入無理智的迷狂，全憑神賜的靈感。作家的創作不可能憑技藝，不是靠平時各方面的積累。作

家只要等待神賜予靈感，就可以寫出優美的作品來。「詩人們對於他們所寫的那些題材，說出那樣多的優美詞句，並非憑技藝規矩，而是依詩神的驅遣，因為詩人製作都是憑神力而不是憑技藝。」與此相反，「妙悟說」並不認為靈感來自釋迦牟尼，而是來自平時的學習積累，只有在積累的基礎上，方能有「悟」。嚴羽認為，若要「悟入」，必須「熟參」大曆、元和、晚唐、蘇黃之詩。所謂「熟參」就是要「朝夕諷詠」、「皆須熟讀」、「醞釀胸中」。要學得廣、吃得透，只有這樣才能妙悟。否則，「是見詩之不廣，參詩之不熟耳」。

這樣，在中西比較詩學領域中，我們就運用異質比較法，將「迷狂說」與「妙悟說」在同一個話題下的異質都揭示出來了。

在進行詩學異質比較的時候，我們既可以進行純理論的相互比較，也可以將理論與作品緊密聯繫。這也是異質比較的一種樣式。楊絳的〈李漁論戲劇結構〉一文在進行中西戲劇結構的比較研究時就是採用這種樣式。[42]

按照異質比較法，首先要確定所比較的兩個跨文化對象的異質性。楊絳也是如此，她首先就比較了李漁戲劇理論裡，許多跟西方戲劇理論相似的地方。第一，中西戲劇理論都強調故事的真實性、必然性。李漁說：「傳奇無實，大半皆寓言耳，欲勸人為孝，則舉出一孝子出名，但有一行可紀，則不必盡有其事，凡屬孝親所應有者，悉取而加之，亦猶紂之不善不如是之甚也。一居天下流，天下之惡皆歸焉。」（《閒情偶寄》）同樣，用亞里斯多德的話說：「詩人的職責，不是描寫曾經發生的事，而是寫當然或必然會發生的事。」（《詩學》）第二，中西戲劇理論都強調對話的個性化。李漁說：「言者，心之聲也，欲代此一人立言，先宜代此一人立心。若非夢往神遊，何謂設身處地。……務使心曲隱微，隨口唾出，說一

人肖一人，勿使雷同，弗使浮泛。」（《閒情偶寄》）這就是亞里斯多德論描寫人物當「切合身分」之說，也就是法國十七世紀古典派文藝理論家所謂的「貼切」。第三，中西戲劇理論最為相通之處，在於它們都非常重視戲劇結構的完整統一性。李漁對戲劇的結構有以下兩點要求：(1)一本戲只演一個人的一椿事，不是一個人一生的事。他說：「一本戲中，有無數人名，究竟俱屬陪賓；原其初心，只為一人而設。即此一生之身……又只為一事而設。此一人一事，即傳奇之主腦也。」(2)這一椿故事像一個完整的有機體，是「具五官百骸」的全形，通體「承上接下，血脈相連」，全劇的結局是前面各情節的後果，「自然而然，水到渠成」，沒一點牽強湊合。這套理論跟亞里斯多德《詩學》所論悲劇的「故事的整一性」非常相近。亞里斯多德認為悲劇最要緊的是結構。「詩和其他摹擬的藝術一樣，一件作品只摹擬一個對象。詩既是摹擬事情，詩的故事就應該是一椿事件，一椿完整的事件，裡面的情節應該有緊密的關係，顛倒或去除任何部分會使整體散亂脫節。如果一部分的存在與否並不引起顯著的變化，那就不是整體中的有機部分。」（《詩學》）可見，亞里斯多德認為，悲劇演一個人的一椿事，不是演一個人一生的事；這椿事件像完整的有機體，開頭、中段和結尾前後承接，各部分有當然或必然的關係，結局是以前種種情節造成的後果。李漁對戲劇結構的要求跟《詩學》所論悲劇結構的整一性幾乎完全相同。

　　論述了中西戲劇理論的類似之後，異質比較法進一步要求辨析二者的異質之處。楊絳緊接著就指出，實際上李漁講究的戲劇結構的整一，並不是亞里斯多德《詩學》講究的戲劇結構的整一。一個是根據我國的戲劇傳統總結經驗，一個是根據古希臘的戲劇傳統總結經驗。表面上看似相同的理論，所講的卻是性質不同的兩種結

構。這樣，為了具體說明中西戲劇結構的異質性，楊絳不僅引述理論，進行中西戲劇理論的比較研究，而且還引用劇本，進行中西戲劇文學的比較研究。

希臘悲劇不分幕，悲劇裡的合唱隊從戲開場到收場一直都站在戲台上，戲裡的地點是不變的，戲裡所表示的時間也不宜太長。希臘悲劇除了個別例外，一般說來，地點都不變，時間都很短。亞里斯多德在區分史詩和悲劇時指出，悲劇的時間只在一天以內。時間和地點的集中，把故事約束得非常緊湊。戲台上表演的只是一樁事件的一個方面——就是在戲台所代表的那一個地點上所發生的事情。至於這件事情的其他方面，就好比一幅畫的背面，不能反過來看。那些方面，只好由劇中人（包括合唱隊）在對話裡敘述。例如在《普羅米修斯被縛》中，普羅米修斯怎樣幫助宙斯爭奪權位、怎樣違反宙斯的意旨去幫助人類以致獲罪等等，都是已往之事，只在劇中人對話裡追述。戲開始就是普羅米修斯被雷神釘上石壁。他不肯屈服，結果被宙斯摔入地獄。又如在《伊底帕斯》中，伊底帕斯怎樣誤殺父親、怎樣制服獅身人首的怪物、怎樣承繼父親的王位、娶了母親、生了孩子等等，都是劇中人追敘的往事。戲開始，伊底帕斯就在追究殺死前王的兇手，於是發覺自己的罪孽，結果剜掉自己雙目，流亡出國。悲劇故事既然集中在一個焦點上，結構就非常緊密。如果把地點分散，時間延長，就會影響它的整一性。

在我國傳統的戲劇裡，地點是流動的，像電影裡發生的景。由於沒有地點的限制，一樁事件同時發生的許多方面都可以在台上表演出來，不必借助劇中人的敘述。例如《西廂記》，夫人、鶯鶯等上場時，戲台上是普救寺西廂的宅子。夫人等下場，生上場，台上是將近京師的半途；說話之間，又變成了城中狀元坊客店。生下場，法聰上場，台上又變了普救寺。生上場和法聰說話，台上是上

方佛殿，又是下方僧院，又是廚房，又是西法堂，又是鐘鼓樓，又是洞房，又是寶塔，又是迴廊，又是羅漢堂。現實生活中的場景，只在一折之內，觀眾隨著演員的唱詞遍歷這許多地方。又例如《琵琶記》第十七齣，戲台上先是義倉，一會兒又是趙五娘回家的半途，一會兒是她家裡。又如《竇娥冤》第一折，台上先是城外賽盧醫的藥鋪，又變為野外無人處，又變成蔡婆家裡。李漁的戲劇也是一樣，戲裡的角色只在台上邁幾步，就走過許多地方。這種例子，舉不勝舉。

西方戲劇要求戲劇時間集中，亞里斯多德提到過「悲劇的時間不超過一天」，義大利和法國的文藝家由此制定出古典戲劇的「三一律」，嚴格限制戲劇的時間和地點。而我國傳統戲劇裡時間的長短，完全只根據故事需要，並沒有規定的限度。例如《西廂記》的時間比較緊湊。張生和鶯鶯從相遇到幽會，不過三、四天的事。張生中舉榮歸和鶯鶯成婚，一共也不過是半年時間。《琵琶記》裡的時間就寬綽得多了。戲開場時蔡伯喈還在家鄉，不肯應舉。他進京赴試，中狀元，做官六、七載，才和趙五娘重逢。然後又廬墓三年，到闔家旌表後才收場。又如《竇娥冤》只是短短四折的雜劇，在楔子裡竇娥才七歲，戲到竇娥死後四年才結束。因為沒有時間的限制，故事不必擠在一個點上，幅度不妨寬闊，步驟就從容不迫，綽綽有餘地穿插一些較長的情節。

這樣，經過詳細徵引戲劇理論和作品，楊絳為我們運用跨文化的異質比較法又提供了一個非常精彩的範例。

三、文化模式與異質文化探源

當「比較文學」討論的焦點從「作品」移到其背後的「文化模

式」，比較文學及文化的歐洲中心主義就被打破，而「文化多元」的理念就逐漸形成並終成主導。隨著當代文學理論及比較文學研究向第三階段縱深推進，文學作品或文學理論背後的異質「文化模式」已成為文學作品（文學理論）比較研究不能迴避的焦點問題。葉維廉在〈東西方比較文學中「模子」的應用〉一文中呼籲：「要尋求『共相』，我們必須放棄死守一個『模子』的固執，我們必須要從兩個『模子』同時進行，而且必須尋根探固，必須從其本身的文化立場去看，然後加以比較和對比，始可得到兩者的面貌。」[43]葉維廉所謂「兩個『模子』同時進行」，實際上是在要求不以一種文化背景中形成的「文學」觀來取代另一種文化背景下的「文學觀」，不以某種「文學觀」來僵硬地解析或評判與之相左的文化背景下截然不同的「文學經驗」。

比較文學研究中一度流行的「X＋Y」的簡單化的研究範式的根本癥結，即是忽視了「不同文學經驗及其理論只有在各自的文化背景下才可能得到完整的說明」這一事實，從而撇開文學作品或文學理論與其據以發生的文化背景的聯繫，把不同「模子」下的文學當作研究者所持有的某種文學「模子」下「相同」或「相異」的兩個文學事實來加以處理。這種簡單化的比較研究之所以一再遭人詬病，而又從未在比較文學研究領域內銷聲匿跡，就在於我們對這一理論病的反省，尚未深入到「文化模子」的異質性這一層面。

所謂文化模子，即以某種價值原則為根據形成的歷史生活傳統。東西方文化由於其在文明肇始之初確立的根本價值原則的分歧，形成了相互之間在品質上相異的不同歷史生活傳統，這就決定了比較文學在跨越東西方文化或中西文化領域內，必然面臨不同文化「模子」之間，「文學」在「文化模子」分歧的層面形成的種種異質的特徵。

　　比較文學中國學派由於身處與西方相對的「異質文明」之中，其比較文學視野從一開始便打上了異質文化間比較文學研究所固有的烙印。從最早的闡發研究開始，不同文化文學之間的「誤讀」便成爲中國比較文學研究與生俱來的特徵。曹順慶在其《中外比較文論史》中精要地總結了「比較文學中國學派的基本特徵，就在於探討這種跨越中西方異質文化的文學碰撞、文化浸透、文學誤讀，並尋求這種跨越異質文化的文學對話、文學溝通以及文學觀念的會通、整合與重建」[44]。

　　可以說，在比較文學史上各以「影響研究」和「平行研究」見長的法國學派和美國學派都沒有把東西方文學的異質文化背景（不同文化模式）作爲跨文明比較文學研究的基礎問題來加以考慮。上述兩個代表性學派的重要理論家大多「對把平行研究擴大到兩個不同的文明之間」持懷疑態度。[45]一些著名的比較文學家（如艾金伯勒）在意識到東西方比較文學研究的重要性之後，也未能對東西方文學在「文化模子」層面的異質性前提性分歧給予充分的重視。

　　艾金伯勒認爲只有在遍讀《西遊記》和不在標準的「西方文學」界域內的托爾斯泰、杜思妥也夫斯基等等非西方小說之後，才可能談論某種具有普遍有效性的小說理論。但艾氏並沒有明確地看到「小說理論」並非東西種種不同小說在「體裁」上的共同特徵。普遍有效的小說理論顯然應該解釋東西方種種不同的「小說觀」彼此之間「異質」的現狀，和這些不同小說模式作爲不同的意義建構方式，其實不能在「小說模式」的層面來彼此解讀。如果以西方小說的經典模式去「看」中國小說，以西洋畫標準去「看」中國畫，以西方的悲劇觀去「看」中國戲曲對人生苦難的敘述，人們多半會看到一些「基本的要求」在所看對象那裡不能得到滿足。中國畫對西方畫所要求的基本透視關係的歪曲，很難讓一般的西方鑑賞者或批

評家認同，而中國戲曲的「苦戲」基本上不存在西方悲劇所演繹的
那種合理的力量或理念之間不可迴避的衝突。我們不能從一種「小
說觀」、「悲劇觀」出發，直接讀取別種「文化模子」下似乎是
「小說」或「悲劇」的作品本來包含的小說意趣和悲劇意義。因
為，我們在如此種種讀解之中，已不可能不陷入某種「誤讀」的情
景，以某種「前見」切割不在此一「前見」之中的閱讀對象。

當處在某種「文學觀」中的讀者閱讀不同「文學觀」下的作
品，人們往往不能把自己放到閱讀對象原有的「文學觀」下，從其
本身的「文學觀」去內在地理解作品的意義。而之所以難以做到這
一點，則是因為這種閱讀沒有明確地意識到不同「文學觀」與其背
後的「文化模式」之間的深刻聯繫，從而不可能從其「文化模子」
的內在方面去理解這種「文學觀」的意義建構方式以及由此確定的
作品的種種美學特徵。

比較文學中國學派對上述異質文化的文學碰撞、文化浸透、文
學「誤讀」的理解和討論也是在百年漫長的「誤讀」史中一步步深
入起來的。從王國維、朱光潛等人開始，中國的現代文學理論和比
較文學研究便迎面遭遇了異質文化間的「誤讀」。西方的先進文化
和現代文學在一開始便作為中國文論界所了解的「世界」擺在面
前。「西方」作為「現代」的典範，幾乎毋庸置疑地就是「科學」
的典範、「文學」的典範、政治體制和經濟體制的典範，西方模式
作為一種獨特文明的歷史傳統，由於西方文明的近代擴展和東西方
鮮明的強弱對照，而不言自明地喻示了某種超越歷史的普遍意義。
東方在看到上述種種普遍意義的時候，幾乎是不約而同地忘記了
「西方」也是一種「歷史傳統」，是與此不同的另一種「文化模
子」，而不直接是在邏輯意義上存在的「文學」、「科學」等等的
「是」和「標準」。

　　從文化上的自信心慘遭打擊的近代開始，我們在把西方看成「是」的同時，把自己放在了「非」的位置。因此，「非文學」的文學傳統顯然需要全面的「西化」來實施「糾謬」。中國文論的「失語」和西方話語的氾濫已成為迴避不了的宿命。

　　置身於此種激烈的文化衝突場景，中國比較文學從有比較文學研究到有比較文學中國學派的歷史演化進程中，一步步在邏輯上走過了如下幾個理論發展的階段——從最初把「西方模式」直接當作「是」來接受，到漸漸把「西方模式」看成另一種「文化模式」，把「中西」兩種模式看作在價值原則上相異的兩種異質的「文化模式」，進而試圖參酌中西來尋找超越中西的「是」與「非」這一共同的邏輯基礎，亦可「尋求跨越中西文化的共同文學規律」。作為中國學派的基本理論方法之一，「文化模子」的尋根研究在葉維廉教授的著作中，有較為系統的論述。葉氏的《比較詩學》針對西方人對中國這個「模子」的忽視和以西方「模子」強加於人所致的歪曲，提出對「文化模子」的「尋根」研究，是尋求文學共相所必須依賴的前提。因為中西「觀念的模子」、「美感經驗形態」與「語言模式」等等的分歧，不能「把表面的相似性（而且只是部分的相似性）看作另一個系統的全部」。只有深入不同文化「模子」的「根」處，從「文化模子」的區別出發，才可能對中西文學及其具體作品在「哪一個層次」上「相似」或「相異」作出合理的解釋。而在比較文學研究界，不管在「哪一個層次上」相似或「相異」而妄斷「同」、「異」的例子俯拾即是。例如，有人在〈中西載道言志觀的比較〉一文中說：「在西方，模仿與載道的觀念是不可分的……這裡的模仿並非局限於表象世界裡的實物，而是現象後面的精神或概念，也便是或至少相當於載道的道。」這種比較方式顯然未能深入中西文化「模子」的「根」處，而只是一種隨意的比附。

「便是或至少相當於載道的道」在此把「文以載道」的「道」讀解為「現象後面的精神或概念」，從而把「文以載道」從其得以流傳的精神背景上挪移開來。如果我們將這種解說放回「文以載道」——「文以載道」、「至少已相當於」文章承載或表達「現象後面的精神或概念」——這幾乎已經使我們無法讀解「文以載道」所要陳述的大部分事情。

葉氏對不同「文化模子」之間的相互交會、激發與更新也作了有價值的探討。不同「模子」之間的交流，總是伴隨著某種深刻的「誤讀」。五四新文學對外來形式題材、思想的取捨，便鮮明地表現了不同「模子」間文學交流受制於「模子」的種種特徵。年輕的巴金推崇法國作家米爾波的劇本《工女馬得蘭》便在很大程度上受制於他本人因五四以來的時代氛圍而抱有的政治理想。而後者又與傳統儒士「兼濟天下」、「文以載道」的經典抱負緊密相關。這使得巴金筆下的「工人」成為抒寫儒者悲天憫人情懷的一系列符號。這就是巴金更願作「米爾波」那種「熱情的安那其主義者」而不是左拉那樣的「以人生為實驗室的冷靜的解剖者」的理由。

樂黛雲在《多元文化語境中的文學》中，對「文化轉型」的實質即是文化「模子」的轉變發表了深刻的意見。多元文化環境中的文學無疑是各個具有久遠歷史的異質文化模子共處於一個時代的文學。在此背景下的比較文學研究顯然必須正視「多種文化相遇」中的「相互理解」問題。曹順慶等人所著《非性文化的奇花異果——中國古代性觀念與中國古典美學》和《生命的光環》等專著也是試圖從「文化模子」處著手去解析中國古代美學精神的力作。曹順慶在談到中國古代文論研究難以深入的問題時說：「癥結在於絕大多數古代文論研究論著缺乏一種探本求源的精神，僅僅滿足於現象的描述。」[46]《生命的光環》以「氣」、「欲」、「食」、「性」、

「文」、「死」為基本線索，深入探討了中國古代獨特的生命意識對於中國古代文論的影響，為揭示中國文論民族特色所在及其原因作出了有意義的探索。而這種探索的目標正如作者所說，是「力圖透過中西方的比較，進一步揭示出人類文化及其審美心理的共同規律」[47]。

劉小楓的《拯救與逍遙》與張隆溪的《道與邏各斯》則分別從自身的視角深入到中西文學的基本特徵與其「文化模子」之間的關係這一層面。

隨著二十世紀八〇年代大陸學界文化熱的升溫，比較文學界從文化模式的中西分歧入手探討中西文學及其理論的論著已不在少數。但從總體上看，對中西文學及其文化模子各自的邏輯結構的描述，常常存在以偏概全的問題。如把文化模子中某一方面的特徵設為整個文化模子的邏輯基礎，並以之為根據解說中西文學或中西文化，作為一個影響深廣的思路，實際上不外是比屢遭打擊的「X＋Y」的比較研究模式略深一層的「X＋Y」模式。這種新的淺度的比較研究仍然沒有能夠回答葉維廉在早期提出的問題——「尋根探固」，「從其本身的文化立場去看，然後加以比較和對比始可得到兩者的面貌」。

如果從今天的比較文學研究現狀出發，我們可以看到大部分工作所能夠做的是回到不同模子「本身的文化立場」，要進一步回到這些不同立場共同的邏輯前提，亦即「尋求跨越中西文化的共同文學規律」，可以說路尚迢遙。

我們常常在回到不同文化模式「本身的文化立場」和回到這些不同「立場」的後設立場之間左右搖擺，而很少有機會看到回到不同文化模式「本身的文化立場」所依據的邏輯前提，正好就是回到不同「立場」的後設立場。如果沒有對後設立場的設定，我們就不

可能回到不同模式「本身的文化立場」。因此，文化探源的基礎工作，無疑是透過對不同文化模式的尋根式研究，把不同文化模式的邏輯結構還原到其後設結構之中，進而清晰地獲得文學或文化立場在邏輯上普遍有效的結構原則。這一基礎工作所面臨的最大困難是，我們很難擺脫我們自身的歷史處境，我們總是「生活在」某種文學和文化傳統之中。我們所探究的對象不在我們的生活之外。作為某種客觀歷史進程基礎的「普遍規律」在此從未取得支配地位。

比較文學中國學派的命運之所以不同於數學的「中國學派」或物理學的「中國學派」，正在於作為人文學的比較文學在根本上不是自然科學意義上的「科學」。即使是在我們清楚地懂得了「文學」或「文化」的普遍有效的邏輯形式之後，也只能表明我們「知道真相」，而不能同時表明我們生活在「真相」之中。「錯誤」的文學傳統僅僅在有關生活選擇的學理討論之時才是真實的概念。而在真實的文學或文化傳統這種歷史的真實之中，某種文學傳統或文學形式相對於其據以生長的「文化模式」而言，無疑總是真實的和有根有據的。我們在此需要謹慎從事的是，仔細區分哪些工作領域是在「科學」意義上成立的工作領域，哪些工作領域是在「人文學」意義上成立的工作領域，從而有效地避免學理探討的意識形態化，把對某種歷史傳統的尊重和對不同歷史傳統在邏輯上普遍有效的結構原則的尊重區分開來。

可以說，比較文學在有關文化模式和文化探源上的研究現狀，正如文化學甚至整個人文學的研究現狀，僅僅在回到不同文化模式「本身的文化立場」上取得了較大的進展，而在對人類歷史生活的後設立場的討論上面，卻進展甚微。「東方主義」或「後殖民主義」、「民族主義」之所以一再與所謂「世界主義」、「普遍主義」對壘，就在於所有這些互為對手的理論從未精確地區分「科學問題」

和「人文學問題」，因此也從未免於把主張者和討論者放到問題之中的尷尬處境，從而使得西方學術界慣以「世界主義」或「普遍主義」來自我標榜的學者未能在更深處免於他們竭力要反對的「民族主義」立場。

第三節　異質話語對話理論

一、異質話語對話理論

不同詩學傳統，簡而言之，就是不同詩學話語的傳統。

「話語」（discourse）分析或有關「話語」的研究在二十世紀人文學術領域可以說是橫跨多門學科的顯學。異質文化間話語的對話，自二十世紀後半葉以來，尤其是冷戰結束以來，已越來越引人注目。

在「全球化」浪潮席捲原來相互阻隔的種種地域文化、地球正在演變爲「地球村」的時代，「文明」之間的「衝突」卻赫然成爲觸目的生活現實。以民族主義和基本教義主義相號召的區域力量，不間斷地在區域與區域之間、在不同文化單元之間，以爭奪「霸權」的方式爭奪生存的權利。異質文化間的「對話」，尤其是深度的「對話」遠未展開，比起以往的任何一個世紀來，二十世紀每一個區域文化對其餘區域文化的了解都要全面和深刻得多。而這種了解不但沒有成爲相互融會與和平對話的契機，反而因爲交流的增加，而使得相互之間的分歧和對這種分歧的固執以空前激烈的方式表現出來。作爲主流文化的西方文化與東方的種種區域文化之間的衝

突，甚至會讓人想起二十世紀的「十字軍東征」。

人類文明發展的歷史，即是文明範式之間衝突和融會的歷史。全球化時代已不由分說地把原來因為技術或資訊阻隔而不可能相互遭遇的種種文明體系納入同一個「全球視野」之中。文明或文化之間的衝突與融會已以前所未有的規模和深度展開。異質文明或文化間的對話隨之成為緊迫的當前問題。異質詩學話語間的對話作為異質文化間對話的一個重要層面，所面臨的困境一如這種對話在政治、經濟、法律、人權或文化身分認同上的困境，從一開始就陷於自說自話或以爭奪「霸權」的方式爭奪權利的悖謬處境。

正如曹順慶先生所說，「東西方文化對話的危機就在話語本身」[48]。

如果對話各方都固守在自身的話語模式之中，不願傾聽不同「話語」所揭示的「別樣生活」或「別樣意義」，「對話」便失去了根本的理由。因此，「誰」的「話語」是對話所依憑的前提，是「對話」是否得以充分開展的基礎。如果對話雙方各執己見，總是試圖把對方「話語」所表述的「別樣意義」約化為自身「話語」模式中的某個只能依據此種「話語」才得以指涉的言述對象，「對話」便永遠不可能有一個真正的開端。即使我們會寫下汗牛充棟的文章，舉辦無數規模宏大的論壇，我們也只會看到從某種「話語」出發看到的別種話語的外部景觀。

黑格爾說中國沒有哲學，大多數文論家同意中國沒有「悲劇」，實際上就是在說，在西方文化的「話語」系統中，找不到這一「話語」系統所指涉的那種「哲學」和「悲劇」。如果中西對話以此種方式展開，「對話」的結局便只能是自說自話。因此，異質詩學的對話首先需要明確的，不是以某種「話語」交談的具體結果，而是交談依據何種「話語」開始。對話雙方對對話本身的「共

識」，是對話得以展開的前提。我們希望在「對話」之中找到什麼，是我們決定把彼此不同的「話語」放到何種位置的前提。樂黛雲提倡對話各方的「平等對話」，而且這種對話「不是一蹴而就的一種行為，而是為尋求某種答案進行的多視角、多層次的反覆對話」。[49]

關於對話的「話語」問題，樂黛雲認為，在此，「話語」不僅是指語言，而是雙方為達到某種共識和理解必須遵守的規則。建構這種話語是一個關涉對話雙方文學傳統、術語譯解和文化歷史背景的綜合工作。對話理論所要解決的首要問題就是找到一種雙方共認的話語。

而這恰恰又是對話之初難於解決的問題。也就是說，對話伊始我們根本就不可能即刻找到對話必須以之為據的基礎——共認的話語體系或模式。對這一點，曹順慶提出了一個可行的解決方案。這就是，對話雙方在承認各自保有自身話語的情況下，先從共認的「問題」開始「談起」。在對話雙方不可能在對話之初就「話語」達成共識的情況下，先就可以找到的共同感興趣的話題談起。以不同的話語討論相同的問題，本身就是使「對話」成為可能和使「對話」不斷走向共同話語的過程。[50]

「對話」本質上就是以對等的方式交談。在「對話」這種交談方式之中，「話語霸權」已預先被排除在外。西方詩學乃至於西方文化話語獨霸天下的局面，實際上意味著不同文化之間的「對話」還遠遠不是一種生活現實，而只是一個尚待努力的前景。樂黛雲認為，平等對話就是對話各方尊重對話對方文化傳統的歷史尊嚴，充分展露各自的歷史分歧，進而從分歧或差異處找到共識和返本開新之機的一個過程。「對話」不是在對話處爭取支配的權力，而是透過不同層次和多角度的意見交流，來找尋各方對「同一問題」表層

分歧下面更深處的共識。[51]

在達成深度共識之前，充分揭示不同文化或不同詩學傳統的「話語」特性，是捨棄表層的「共識」（比如以西方文論或詩學來取代中國原有的文化話語傳統，並以此詮解正在不斷生成的文學經驗，就是一種以「失語」為代價直接承接西方話語作為共認話語的狀況）來尋求深度「共識」的必由之路。

曹順慶所指導的歷屆博士生在疏理中國詩學話語的內在特徵和實證中西詩學話語異同方面，透過系列博士論文做出了堅實的成績。李思屈〈中國詩學話語〉在借鑑西方當代話語分析成果的基礎上，透過對不同體系詩學話語的分析和比較，考察了中國傳統詩學話語的知識建構和精神意蘊。李著認為，中國詩學發展出了孔語、莊語、禪語等三種價值內蘊有異的話語體系，形成了中國傳統詩學話語的三度結構。王曉路的〈中西詩學對話〉則從西方漢學界對中國詩學的研究史來反照中國詩學話語的意義和中西詩學對話，透過堅實有據的分析，揭示了國內學界從未論及的在西語語境下的中西詩學對話的種種問題。此外傅勇林、代迅、楊玉華、郝躍南、王南等人的博士論文也分別從不同的角度，分析了傳統詩學話語在文化轉型和中西對話中所展露出來的問題和前景。二十世紀九〇年代以來，中西詩學對話如何建立有效的「話語」成為眾所矚目的問題。「這一問題正是中國比較文學研究如何在世紀末這個多元複雜的文化語境中進一步向更高的層面發展和拓進所面臨的核心問題。」[52]二十世紀以來，中國詩學的「失語」狀態使中西詩學對話的可能性喪失殆盡。因此，重建中國文論話語便成為中西詩學對話的必要條件。

曹順慶在《中外比較文論史》中談到撰寫是書的目的時說：「我的最後一個目的，也是最根本目的，是想透過中外文論史的比

較，為中外文論互比互釋提供一些史實和資料，為中外文論對話提供一條通道，為清理中國文論話語提供若干參照，以尋求重建中國文論話語的基本路徑及其方法。」[53]從清理中國文論「失語」到重建中國文論話語以達成中西詩學（中外詩學）話語深度「對話」的局面，這是中國詩學自身發展的內在要求。

「中國文論的失語症，首先是文化大破壞使然。」[54]百年來中西文化在軍事、政治、經濟、文化等層面的全面遭遇，使中國人在屢遭打擊之後，一步步相信中國之病根在其文化傳統。激進的全盤西化論者儘管從未擺脫本土文化傳統的深刻影響，但對表層理論的取捨，已唯西方馬首是瞻。

這導致「現代意義」上的中國文學史成為一部用「浪漫主義」、「寫實主義」來加以解讀的歷史。詩、騷、李、杜在寫實主義和浪漫主義處的分野，以及以此方式討論中國文學史上的作家、作品，已是不同文學史教本和文藝理論教本的慣例。在離開了上述西方詩學話語之後，一部中國文學史已不知道從何談起。這種對中國文學的方枘圓鑿的解讀方式製造了規模巨大的文字材料。中國文論的失語狀態正是在這種龐大的文字堆積處暴露出來。「在當今的世界文論中，完全沒有我們中國的聲音」（黃維樑語），不是說我們沒有發出過「聲音」，而是指我們沒有發出有原創力和足以洞穿當前生活的「聲音」。在不斷轉述之後，我們甚至已成為不中不西的異物。

按照西方文論自身的標準來看，我們所謂的文學理論由於根本不在西方的生活土壤之中，不可能找到這種「理論」與其所指涉的文學經驗之間的間隙，因而也不可能在此間隙處返本開新，提出有原創精神的理論主張。而按照中國的標準來看，由於西方文論本來就不直接指涉中國文學的經驗現實，而且不論是文學或文學理論層

面，由根深柢固的「前見」所支配的「誤讀」，已深刻地改變了現代中國的文學及其理論傳統，在此一陳陳相因的對「誤讀」的「誤讀」之中，百年來的中國文論界表現出錯綜複雜的景況。

中國文化的現代化轉型無疑是百年來中國人面臨的基本生活現實。現代化轉型的曲折和艱難比最早的全盤西化論者所料想的要複雜得多，艱難得多。中國思想界和中國的現實生活一直活動在屢遭「誤讀」的西方和在「誤讀」下引領出來的同樣遭到嚴重「誤讀」的本土文化之中。中國思想界所崇尚的「科學」和「民主」，一如他們在更早推崇的「堅船利炮」，是在截取了深植於其背後的先驗根據及與之相關的經驗現實之後，誤植於中國文化自身經驗根據之中的一組西方的碎片。

中國現代文論在表層的西化，實際上從未在西方本身的意義上是「西化」的。在不同的主義和流派接踵而至的百年歷史之中，我們之所以不斷在引進和追隨，實在是因為我們所使用的理論話語未能給生活經驗層面發生內在的關係。由此，我們失去了建構新的理論話語的內在動力。

五四以來，我們的文藝理論一直在不停地追趕西方理論潮流。在浪漫主義、寫實主義、唯美主義、象徵主義、表現主義、意識流等等之後，車爾尼雪夫斯基、別林斯基、畢達可夫斯基所代表的俄國理論又各擅勝場。迄至今日，我們仍然沈浸在「後現代」、「後殖民」的種種主義之中，無力自拔。

重建中國文論話語的語境，正是這些中國化的西方式話語交替出場的語境。而在每一個新的思潮出場之際，中國文論界總是以為找到了新的思想工具，可以把原來覺得隔了一層的文學經驗解說得清晰有力。而這種願望往往又在下一個思潮來臨之際破滅。

傳統的文論話語已隨著過去的生活向歷史深處走去。我們今天

的生活現實及其文學顯然已不是傳統的，正如它也顯然不是西方的。我們正在從傳統出走的中途。這裡生活和文學都面臨著一些獨特的問題，而對這些問題的關注，亦即「立足於中國人當代的現實生存樣態」（曹順慶語），是重建中國文論話語最堅實的地基。

西方的詩學話語和中國本土的話語之間的「對話」，不僅僅是一個經驗層面的交流事實，在更深處是兩種各有其先驗形式因而在對「經驗」的指涉上存在深刻分歧的異質文化話語之間的一種遭遇。真正的「誤讀」與「誤置」總是發生在不同先驗形式體系的分歧處而未彰顯。「浪漫主義」、「寫實主義」只有在西方文明自身的精神背景之中，才能夠如其所是地顯露出來，如果我們忽略東西方文明所具有的不同精神背景（亦即其特殊經驗得以產生的前提、使某種經驗內容成爲可能的先驗形式），逕直以西方所看到的「經驗」作爲我們看到的「經驗」，那麼，這種在西方被如其所是地看到的「經驗」就必然會被不在此先驗形式之中的東方看作別樣經驗，亦即在某處與其既有的先驗形式發生關聯的「經驗」。這種關聯方式必然是「誤讀」與「誤置」。

這就決定了重建中國文論話語的一個基本任務——清理百年來失語狀態中誤以西方理論爲普遍有效理論，進而以別人語爲己語的「誤讀」與「誤置」是如何發生的？這一如此久遠的誤讀與誤置的歷史之所以得以延續，是否會有比表層的問題更深的問題？

葉維廉一直主張從「文化模子」的「系統」立場去考慮具體的詩學問題，反對以表面的相似性來替代系統的全部（葉維廉，《比較詩學》），曹順慶提倡在融會中、西、印的基礎上重建當代中國的詩學話語，可以說都是看到了中、西或中、西、印「表面的相似性」背後深刻的文化差異提出來的主張。

只有意識到「模子」的差異，意識到文學經驗及其理論必然會

在「模子」差異的層面表現出其深刻的差異來，我們才不會盲目地依賴現存的種種西方理論，不會誤將別人的問題以爲是自身的問題，從而也不會以爲別人的理論在解決了別人的問題同時也解決了自己切身的問題。文化背景或某種文化的先驗形式規定了與之遭遇的「經驗」將被「看作」何種經驗。因此，在文化或文明的分裂與衝突仍然是一個世界現實的時代，我們甚至不能奢談一般意義上的「總體文學理論」。我們不可能在並不共用某種文學經驗的時代，共用關於此種文學經驗的「理論」。我們至多可以在對不同理論的反思之中，洞見其理論的是非及其理論意義。

中國文論界長時期的失語，其癥結在很大程度上正在於我們沒有清醒地意識到，西方的種種在表面上看起來與我們的文學經驗層面有某種關係的「文學理論」，實際上從未在內在的方面說明我們的文學經驗。文論界的長時期失語，可以說是與誤讀西方理論，進而誤置西方文論或詩學與本土文學經驗之間的關係互爲表裡的歷史事件。沒有長時期的以「表面的相似」爲據的「誤讀」與「誤置」，這種漫長的「失語」便不可能維持下去。百年來，我們前仆後繼地說過許多東西，但我們從來沒有眞切地打中我們自己。我們從沒有在我們自己和世界面前把「我們」清楚地表述出來。由於總是喋喋不休，對西方的空洞轉述，甚至已使我們忘記，我們實際上從未說過。從這一點，我們可以很清楚地看到，「失語症」在大陸思想界被鮮明地提出來，實際上就是我們從「失語症」裡脫身出來的眞正開始。

「失語」成爲問題，意味著清理對西方的「誤讀」與「誤置」也隨之成爲緊迫的問題。這也意味著再不會有人在此一問題當前的情況下，坦然地引用西方的理論來不加辨析地解剖中國本土的文學經驗。我們終於有機會發現自己兩手空空，也終於可以有一個機會

來懂得「古爲今用」、「洋爲中用」，不可以逕直以章句和原理的名義來使用「古」、「洋」。這的確使我們突然面臨一個返本開新的契機。

學術界對「失語症」提出的回響在很大程度上說明了問題本身。反對和同意的人都分別陳述了自己的理由，反對者的意見再一次印證了文論界對西方理論誤讀之深。在西方話語被等同於普遍話語、「我們的話語」被當作「民族主義者」的話語之後，「失語症」所揭開的問題從反面被掩蓋了。

正如文論之「失語」是重建中國文論話語的邏輯起點，否認「失語」的現實也是將重建中國文論話語妖魔化爲「民族主義」的邏輯起點。自曹順慶在文論界鮮明地提出「失語症」和重建中國文論話語問題之後，學術界與此有關的種種討論對曹氏問題的正讀和誤讀，總是與這兩種思路緊密相關。而這兩種不同思路的背後，則是未曾明言的有關異質詩學話語對話的不同理論。

反對「失語症」和反對重建中國文論話語的學者，藉以推論的前提，是文學理論或詩學所闡述的總是普遍規律或普遍有效的法則，是全人類文學經驗或審美經驗的學理闡釋，文化的差異、歷史傳統的差異至多只是某種普遍規則下的個性表現，民族文化的獨特性不過是普遍性下面的個性。此種言路籠罩下的討論，自然會推導出中國文論的近代轉向是皈依普遍眞理，從「失語」或「無語」轉到「掌握眞理」的「有語」狀態這樣一個結論。而既然眞理在手，「重建」便無從談起。

同意「失語」是百年來文論史的慘痛現實，並進而接受「重建」的學者，明言或不曾明言的學理根據則是文化的分歧乃是當今世界最深刻的分歧，人類經驗所遵從的普遍眞理在固執自身文化立場的思想界遠未達到超越文化立場的表述，不同文化「模子」作爲相關

歷史經驗得以產生的邏輯前提，其內在邏輯結構及其必然指涉的種種經驗，作爲可能具有普遍意義的邏輯形式及其經驗在何種意義上是一種歷史形態，以及在何種意義上具有人類意義，顯然不是單憑奠基於某一文化模子的理論就可以包辦的事情。用文化及其理論話語之間的交流與對話，是展露上述種種意義不可或缺的環節，而且只有在奠基於不同「文化模子」之上的不同理論話語充分展露其差異或分歧的對話過程之中，「共識」和「普遍性」才能歷史性地獲得表述。

葉維廉在其爲「比較文學叢書」所撰總序中談到同一文化系統內部其「批評模子」（話語）中的「美學假定」、「價值假定」具有內在的統一性，而「不同模子」之間，其批評模子以及與之相應的「美學假定」、「價值假定」則顯然有不能直接貫通的分歧。因此，「東、西比較文學的研究，在適當的發展下，將更能發揮文化交流的眞意：開拓更大的視野，互相調整、互相包容。文化交流不是以一個既定的形態去征服另一個文化的形態，而是在互相尊重的態度下，對雙方本身的形態作尋根的了解」[55]。葉氏的《比較詩學》等代表作品貫穿了如上思路，這一思路的終極目標即是「在中西比較文學的研究中」去尋求「共同的文學規律、共同的美學據點」，在「同」處會通，「異」處識「同」，達到所謂「藉異而識同，藉無而得有」，「同異全識」的境地。

葉維廉的上述主張可以代表比歐美作者更關注異質詩學話語間交流、強調「失語」和「重建」思路的華裔學者共同堅持的觀點。「失語」使我們放棄自身「批評模子」的立場暴露無遺，而「重建」則顯然已不可能在一個現存的批評傳統中隨手撿來一個「批評模子」。我們的「話語」不是指我們未曾面對「他者」時期那個解說得很好的「話語」。那個在「他者」尙未出現時健在的「話語」，僅

僅是在「我們」（把我們和祖先包納在一起的某個假設的「我們」）
自個兒的意義上是我們的話語。重要的恰恰是，「對話」開始之後
的「我們」已經改變——而且一直就在以「現代化轉型」爲名的改
變之中——生活和生活中的「文學」以及在深處已然「失語」的文
學批評及其「模子」或「話語」作爲流變的「我們」從未在我們的
話語中間出場，並建構出中西詩學之間在眞正意義上的「對話」。
「失語」在此慘痛而深刻，以至於對「失語」的自覺和將之以鮮明
的觀點表述出來，也得延宕到「失語」開始的百年之後。

　　使「失語」「話語化」實際上已是沒有明言的「重建」的開
始，因爲正是提出「失語症」的話語使我們自以爲已皈依某種大同
話語而其實已在深處失語的當下經驗，被清楚地表達出來。我們自
以爲皈依了某種「大同話語」，而這一「大同話語」又意不在此，
在以費力的追蹤來舞弄種種不斷向前的大同話語之後，猛然發現我
們實際上從未說出自己，而且連從未說出自己這一境況也從未說出
——正是「失語症」所揭露出來的我們一直身處其中的悖謬處境。

　　如果從這種內在的層面去理解中國文論「失語」的意義，可以
較爲清楚地看到，在學術界似乎已成「共識」的「重建焦點」——
亦即所謂「古代文論的現代轉換」——實際上包含了兩重不同的意
義。古代文論或古代詩學話語對今天的我們而言，正如西方詩學話
語之於我們，不過是我們重建話語所必得面對的種種擺在那裡的別
人的話語。文獻所載傳統詩學話語的確已經死了，它已經不能作爲
正在表述活的生活經驗的某種理論出場。對古人而言它是一個已經
完成的話語，在理論表述的層面上支持和建構了他們的經驗現實。
而在今天，「古代文論」已經作爲傳統完成了其在時間意義上的現
代轉換——正是這一傳統以它特有的方式「誤讀」西方，並將西方
以「現代」的名義「誤置」於自身的機體之中；而且也正是這一傳

統與西方的遭遇在幾代人據此作爲（或不作爲）的經歷之中造就了
我們今天的生存現實，古代文論已經在其現代轉換之中開啓了它的
某種可能性——這就是我們今天不得不尋求重建自身話語的當前境
況。

　　「古代文論的現代轉換」與「西方文論的漢語轉換」一樣，不
可能僅僅是古代文論原來的言述空間在語言意義上的翻譯和使用，
我們不可能站到別人的位置上。因此，原來的「言述空間」或意義
已經發生了深刻的改變。今天的中國人的詩學話語作爲中國人當下
處境中話語經驗的理論表述，只是在與實踐對舉的層面上才得以出
場。「西方文論的話語轉換」在通常意義上可以被理解爲「翻
譯」、「譯介」或援此進入批評實踐。而從異質文化間「批評模子」
或「詩學話語」對話的觀點來看，我們恐怕很難說這就是西方話語
的轉換。百餘年來，我們從沒有停止過以這種轉換方式進行操作，
但我們從未也無力以一種漢語的話語來與西方對話。新儒學之所以
在某種意義上受人尊敬，就在於它摒棄了對西方理論進行漢語轉述
的做法，試圖以漢語思想原來的方式來解說當下生活，儘管我們可
以說，新儒學可能已淪於某種「現代漢語轉述」的處境。但中西之
間的「對話」顯然需要一種漢語的或者說中國自身的「話語」。
「轉述」不是「轉換」，而且就連「轉換」本身，也不是重建中國文
論話語的全部工作。我們經由「轉換」可以獲致的，不過是與「返
本開新」的工作有關的言述工具。而「返本開新」才是「轉換」得
以完成的根據。

　　在1999年的中國比較文學學會第六屆年會上，曹順慶教授等
學者發表了建立「漢語批評」的系列論文，把重建中國文論話語與
批評話語當代性、原創性緊密地聯繫起來。漢語批評的提出是重建
中國文論話語的主張，從強調「古代文論的現代轉換」向強調原創

的和當代的話語建設推進的一個醒目標誌。這次大會也是迄今為止，中國比較文學界、文藝學界第一次以異質文化話語間的對話為主題召開的國際學術會議。歐美比較文學界的著名學者首次以隆重姿態面對跨文化比較文學話語的平等「對話」這一問題，儘管我們在會上可以看到的大部分「話語」仍然是西方的話語，或這一話語的漢語轉述，但跨越異質文化的「對話」畢竟已經開始成為一個學術現實。

異質文化之間的對話要在沒有話語霸權的語境中展開，所必須堅持的一個原則是，不同話語，相同的問題。[56]如果對話雙方不能尊重相互歧異的話語的話語權，「對話」便失去了全部基礎。但各執己見的話語不能夠就共同感興趣的問題交流有關此一問題的不同解釋及其意義，實際上就是從宰制對方的話語霸權退守到了自說自話的話語霸權。因此，「平等對話」作為對「話語霸權」的一種否定，實際上包含了對兩種「話語霸權」形態的否定。這兩種話語霸權形態（以一種話語宰制或壓迫他種話語和從不進入他種話語的「觀點」中而只管「自說自話」）的一個共同邏輯前提是，「對話」雙方或其中一方並不把對方的不同「話語」和自身「話語」視為是關於某一「問題」的「可能的解說」，而且不在視對方「話語」為某種「可能的解說或理論」層面上，把彼此分歧的「話語」當作「雙方」共同的（而非某一方的）「可能的話語」。

二、異質文化對話的基本原則

（一）話語原則

進行異質文化的對話首先應該掌握兩條基本的研究原則。首先

是「話語」原則。異質文化或異質詩學的對話不是一個語言問題，而是一個「話語」問題。所謂「話語」，並非指一般意義上的語言或談話，而是借用當代的話語分析理論（discourse analysis theory）的概念，專指文化意義建構的法則。「這些法則是指在一定文化傳統、社會歷史和文化背景下所形成的思維、表達、溝通與解讀等方面的基本規則，是意義的建構方式（to determine how meaning is constructed）和交流與創立知識的方式（the way we both communicate with each other and create knowledge）。」[57]說得更簡潔一點，話語就是指一定文化思維和言說的基本範疇和規則。

話語是一種文化最核心的部分，是其所有言說所必須遵循的基本規則。因此，異質文化對話的首要工作就是要實現其話語之間的相互對話。忽略話語層面、忽略文化最基本的意義建構方式和言說規則，任何異質文化的對話只會有兩種可能：要麼是千奇百怪的表層文化現象比較，要麼就依舊是強勢文化的一家獨白。異質文化的對話首先要明確對話各方的話語。有了各自不同的話語，然後再尋找相互之間能夠達成共識和理解的基本規則。當然，構成這種相互之間都能理解的話語是一個非常複雜的過程，它需要對自身文學體系的整理、術語的翻譯介紹、不同文化社會背景的探討等等。但是，不管是確立各對話主體自己的話語還是對話方形成共同話語，對話理論首先要遵循的是這一條「話語原則」。將話語原則放在首位，就是要求我們在對話前確立自己的話語體系，對話中時刻關注自己的話語立場。只有堅持這條基本原則，異質文化的對話才能真正有效地進行。

（二）平等原則

異質文化對話的第二條基本原則是「平等原則」。要做到東西

方異質話語眞正平等對話是很不容易的。但是，比較文學的異質對話如果拋棄或忽略這項平等原則，就只會導致一種強勢文化的霸權狀態。二十世紀中國文化在與西方強勢文化交往時就未能重視相互之間的平等，其結果就是我們所謂中國文化與文論的「失語」。二十世紀是中國人經過痛苦反思，在文化上「別求新聲於異邦」的世紀。面對中西劇烈的文化衝突，中國從西方引入了各種主義。這是一次哲學、政治、經濟、歷史、文化甚至生活方式全方位的輸入。就文學理論而言，從古希臘的柏拉圖、亞里斯多德到當今五花八門的現代主義、後現代主義，西方數千年建立的各種體系我們統統都拿來了。但是，在引進中、在中西文化的交流中我們忽略了對話，尤其忽略了對話所應當遵循的平等原則。結果怎麼樣呢？我們學到了別人的理論話語，卻失去了自己的理論話語。我們不是用別人的文學理論來豐富自己的文學理論，而是從文化的話語層面被整體移植和替換。這就是我們所謂中國文化與文論的「失語症」。所謂「失語症」，「並不是我們的學者都不會講漢語了，而是說我們失去了自己特有的思維和言說方式，失去了我們自己的基本理論範疇和基本運思方式，因而難以完成建構本民族生存意義的文化任務。」[58]從我們前面關於話語的分析來看，「失語症」的病因是我們在中西對話中中國文化本位話語的失落。而從知識社會學的角度看，「失語症」所指稱的話語失落在深層次上表現爲「中西知識譜系的整體切換」[59]。無論表現爲民族本位話語的失落，還是表現爲中西知識譜系的切換，「失語症」的根本原因就是在文化碰撞、對話中平等意識的淡漠和喪失。歷史經驗顯示，異質文化之間的對話只有在堅持話語平等原則的條件才能得以有效地進行，否則，「對話」只能再次變爲「獨白」。

三、異質文化對話的四個途徑

初步掌握異質文化對話的兩條基本原則之後，我們才有前提來進一步探討具體的對話途徑與方法問題。我們認爲，異質文化對話主要有以下四種方法和形式，即「不同話語與共同話題」、「不同話語與共同語境」、「話語互譯中的對話」和「範疇交錯與雜語共生」。以下分別述之。

（一）不同話語與共同話題

進行話語對話，一個重要的途徑就是首先確定對話的話題。有了對話的話題也就有了對話的基礎。許多學科都採取這種確立共同話題的方式來進行對話。不久前，宗教學領域的一批學者就以此展開了世界各大宗教之間的深入對話。他們首先確立了「認識論」、「本體論」、「神性論」、「世界觀」、「人生觀」和「社會、文化與歷史觀」等六個共同話題，然後分別站在儒教、佛教、道教和基督教的立場上就這些話題說出各宗教的基本觀點。[60]這就是根據共同話題進行對話的典範事例。

具體到我們比較文學領域，我們如何透過確立共同話題來進行跨文化的對話呢？早在《中西比較詩學》中，我就開始探索中西詩學雙向對話的可能性。在該書中，我用文藝學當中五個最基本的話題爲對話單元，然後在每個話題之下分別論述中西文論話語的大致內容。[61]在今天看來，這種對話策略仍然是可取的。當然，它也有不足，那就是只進行了中國與西方世界的二元對話。放到世界文化領域的大範圍來看，當今世界正是一個多元文化的時代，文學對話也理所當然地應該從中西兩極走向多極。我們不僅需要中西文學與

文論的對話，也需要將阿拉伯、日本、印度和其他國家的文論話語拉入對話領域中來。

根據這一思路，我在《中外比較文論史（上古時期）》中就倡導並且實施了「總體文學式的全方位」文學對話。[62]在對話問題上，我仍然堅持以共同話題入手的方式進行多元文化的文論對話。

什麼是文學藝術？或者說文學藝術的本質是什麼？這是文藝學一個最為基本的問題。長期以來，世界各國的文論家都對此提出了各式各樣的答案。以此問題作共同話題，我們就可以展開不同話語之間的對話了。

對文學藝術的本質問題，西方文論在其漫長的發展階段提出了各種不同的理論。一般認為，亞里斯多德等人所提出的「模仿」說，是西方古代最權威的藝術本質論。亞里斯多德認為，藝術之所以是藝術，就在於它惟妙惟肖地複製自然。當然，這種模仿應當是有選擇的，應當描繪出事物的本質。這種主張藝術模仿自然的文藝本質論，在西方古代占據著顯赫的位置，從亞里斯多德、賀拉斯、達文西、錫德尼一直到布瓦洛都堅持這種基本理論傾向。不過，到了浪漫主義時期，西方文論傾向發生了根本性的轉變，從模仿外物跳到另一個極端——主張純粹的主觀表現。理論家們提出，詩的本質是「強烈的情感的自然流露」（華滋華斯語），認為藝術是創造，而不是被動的模仿。甚至認為是自然複製藝術，而不是藝術複製自然。至於西方現代文藝思潮，則將主觀情感表現說加以進一步的發展；而西方寫實主義文學，則繼承了自亞里斯多德、文藝復興以來的再現性傳統。然而，無論是模仿再現或是抒情表現，都抓住了文學本質的某種重要特徵：即形象性或情感性。別林斯基等人提出，文學的本質在於用形象反映現實；而華滋華斯則提出詩的本質在於強烈情感的自然流露。阿布拉姆斯曾用「鏡」與「燈」來形容這兩

種文論傾向。

中國古代文論，力圖在心物交融中尋求藝術的本質。明代謝榛指出：「景乃詩之媒，情乃詩之胚，合而爲詩。」（《四溟詩話》）中國歷代文論基本上都堅持這一點，主張「外師造化，中得心源」。「體大而慮周」的《文心雕龍》正是力主心物交融的範例之一。因此，可以說中國古人對文藝本質的探索，其路徑與西方並不一樣，是主張從心物關係之中、從情景交融之中來尋求一種意味雋永的意境之美的。

印度文學理論則提出「味」、「韻」、「程式」、「曲語」等關於藝術本質的理論。其中影響最大的或者說占統治地位的論點是「味論」與「韻論」。早在古希臘「模仿」這一範疇提出之前，印度已產生了「味」這一範疇。《梨俱吠陀》和《阿達婆吠陀》等古代經典就記載了不同的「味」。作爲文學理論範疇，「味」指作品的美感。它始於西元前三世紀左右的《欲經》（伐磋衍那著），成熟於西元前後（一說西元二世紀）婆羅多牟尼的《舞論》。婆羅多牟尼認爲，味就是藝術之生命、美之本質。照他看來，「沒有任何（詞的）意義能脫離味而進行」[63]。這種「味」指向哪裡？主觀還是客觀？應當說，「味」指向的不是對客觀世界惟妙惟肖的描摹，而是指向創作、表演與鑑賞中的情感，更傾向於審美體驗和感受，而不是客觀的認識。所以說「味出於情」。這種由情而生之味，是文學藝術的最根本的特徵：「有味的句子就是詩」、「味是詩的生命」。儘管在「味論」上，有客觀派與主觀派以及主客統一論之分，但總的說來，作爲藝術本質的味，更傾向於主觀情感的表現，更傾向於審美體驗。正如印度現代文論家納蓋德拉（1915- ）所認爲：「味就是詩美，味感就是審美體驗，味感體驗就是審美享受。」在大詩人泰戈爾心中，文學創作就是情味的創作，情味就是藝術的靈魂。

在整個印度批評史中，「味」論幾乎始終占據著統治地位。

　　日本古代文學理論，雖受中國文論影響較大，但在文學本質的看法上，仍有著自己的特色。鈴木修次在其所著的《中國文學與日本文學》一書中曾談到一些主要文學觀念的差異。例如，中國文學本質論強調感物抒情，主張從心物交融、情景交融之中，尋求一種意味雋永的意境之美。日本文學，也具有這種傾向。但與中國相比而言，日本更傾向於一種「慼物宗情」的情味。所謂「慼物宗情」，原文爲「もののあはれ」（物の哀），難以確切對應地譯爲中文，「物」指客觀對象，指主觀感情，但這種客觀對象與主觀感情的合一又不同於中國的物我交融，而是帶有其特定色彩的。「もののあはれ」中的「もの」與「ものわもい」（憂慮）和「ものかなし」（悲傷）中的「もの」都是同一個詞，因此，此中飽含著「日本式的悲哀」，包孕著含蓄、細膩、唯美的色彩。「日本人認爲文學的出發點在『慼物宗情』的波動。他們覺得文學最重要的是寫出纖細的心靈顫動，認爲如果不巧妙地寫出含蓄、柔弱、羞澀、靦腆等細微的心靈顫動，就不能成爲好文學。」[64]

　　上面，我們以「文學藝術的本質」作爲共同話題進行了多元文論話語的對話。透過對話，我們發現，無論哪一種文論體系都有一套屬於自己的話語規則和話語內容。對「文學藝術的本質」問題也各有各的入思方式和解決方案。這種各種話語各爲主體的局面有效地打破了西方文論與文化的長期「獨白」，它由「只此一家」，變成了眾說紛紜中的一家。只有透過這種多元對話，我們才能對「文學藝術的本質」問題進行更加完整和深入的探討。而不是像過去那樣簡單地以西方文論的文藝本質論作爲現成固定的答案。由此可見，「不同話語與共同話題」的方式確是異質文化對話的一種有效途徑。

（二）不同話語與共同語境

異質文化對話時，不同的話語之間如果不採用確立共同話題的方式還能不能進行對話呢？我們認為，如果不確立共同話題，利用不同話語所面臨的共同語境，對話照樣能夠進行。

所謂共同語境，就是不同話語在完全不同的社會歷史條件下所面對的某種相同或相似的境遇或情境。在這些相同或相似的境遇或情境下，不同的話語模式都產生各自不同的反應，都會對它們提供完全不同的解決方案，並由此形成自己不同的話語言說方式和意義建構方式。雖然不同話語各自的話語內容和話語功能都不相同，它們的話題也不相同，但是，它們都是由某種共同的語境或境遇造成的。根據這些話語的共同語境，我們就可以讓它們進入對話領域，開始對話。透過對這些不同話語的分析，我們可以了解面對一種共同語境可能有哪些不同的反應、可能產生哪些不同的解決方案和途徑。這樣，我們就能擴展我們的理論領悟力，從而獲得跨越異質話語的文化視野。

比如，人類歷史任何一個多元文化時代都會存在古今之爭。這就是任何話語都會遭遇到的共同語境。古今之爭大都發生在舊文化不適應於新時代的轉折時期。這時，是拋棄舊傳統、舊文化和舊話語以便重新建構一種新文化、新話語呢，還是根據既有的傳統話語或者說在既有的傳統話語之上發展、開掘出新話語？不同文化會作出不同的抉擇。中國文論話語與西方文論話語就是這樣。

中國文論話語就選擇了從舊話語中生發出新話語的發展模式。「周雖舊邦，其命維新。」這種「舊邦新命」式的話語發展模式最早是由中國文化巨人孔子奠定的。孔子以「述而不作」的解讀經典的方式，建立起了中國文人的文化解讀方式，或者說建立了中國文

人的一種以尊經爲尚、讀經爲本、解經爲事、依經立義的瀰漫著濃郁的復古主義氣息的解讀模式和意義建構方式，並由此產生了「微言大義」、「詩無達詁」、「婉言譎諫」、「比興互陳」等等話語表述方式，對中華數千年文化及文論產生了巨大的、決定性的和極爲深遠的影響。[65]所謂「述而不作」、「依經立義」就是要根據舊有的經典來生成意義。這首先要求對古代經典認眞鑽研和學習，其次要求對古代典籍加以解釋，包括「箋」、「注」、「傳」等解釋方式，再次才是要求編排整理，如孔子刪《詩》、《書》，定《禮》、《樂》，作《春秋》等。孔子所奠定的這種「尊經」文化範式與學術話語模式不是著眼於知識創新，而是唯古是崇，唯經典是崇。在這種文化範式籠罩之下，中國文論話語也非常注重繼承，注重對舊有經典的閱讀和釋義，即使要提出新觀點、新命題，也必須透過對舊有經典的注釋（所謂「微言大義」）來進行。

面對共同的古今之爭，西方學術話語卻走上了另一條棄舊迎新的道路。西方學術話語一向講究「愛智慧」，即所謂「因知識以求知識，因眞理以求眞理」（湯用彤語）的純學術態度。爲了知識和眞理，西方學術可以向一切權威挑戰，甚至向自己所尊敬的老師挑戰。例如亞里斯多德是柏拉圖最有天才的學生，他非常熱愛自己的老師，曾在柏拉圖創辦的學園裡整整度過了二十年之久。但是，當他發現老師的學說不符合眞理時，他選擇了眞理。古希臘哲學的這種「因知識以求知識，因眞理以求眞理」的特點對古希臘乃至後世西方文學理論產生了決定性的影響。西方文學理論那種始終不渝的科學精神，其哲學基礎就在於此。爲了學術的創新，西方話語不斷地向前推進甚至有時乾脆反向發展以示獨立不群。無論是輝煌燦爛的古希臘文論，還是淪爲神學婢女的中世紀文論；無論是文藝復興、古典主義文論，還是當代眾聲喧嘩、成就卓越的二十世紀西方

文論，與中國「依經立義」、「述而不作」的話語解讀與意義生成模式比較起來，西方文論話語始終充滿著一種旺盛的創新精神。

由此可見，面對多元文化時代的古今之爭，中西話語雖然選擇了不同的學術道路，也具有截然相反的發展方向和話語內容，但二者所面對的共同語境卻是相同的。而這就是中西兩套不同話語進行對話的理論基礎和前提條件。

再比如，莊子文論話語與存在主義話語也是兩套截然不同的話語模式。莊子文論話語是中國學術話語奠基時期最為重要的一支，而存在主義則是二十世紀西方學術話語的主力。它們的話語內容各不相同，然而我們仍可以根據共同語境的原則將它們放在一起進行對話。

莊子學術話語與存在主義學術話語面對的是一種什麼樣的共同語境呢？這種共同語境既與社會歷史相關，又與人類的生命存在相關。莊子生活的年代社會動盪、禮崩樂壞，是一個社會力量重新集合、社會利益重新分配和文化思潮風起雲湧的時代。在西方，存在主義學術話語所面臨的語境與此相同。隨著西方理性主義思潮的坍塌和第一、二次世界大戰的廢墟，社會正義、人類良知都等待著重新的理解和建設。不僅如此，莊子和存在主義在話語意義建構方面所面對的共同語境更為重要地表現在人的命運和生命存在問題上。共同的生存困境要求莊子與存在主義提出自己的話語言說方式和意義建構模式。

面對這一語境，莊子繼承了老子的思想並加以進一步發展深化，最終確立了道家的「消解性話語解讀模式及其『無中生有』的意義建構方式」[66]。老莊對人類自我的消解性解讀是其學術話語中最有特色的一個方面。這種解讀涉及到對人類生存狀態的關懷、對生命意義的追問、對人生價值的探求。對於人生在世的悲劇性狀

況，莊子一語道破：「人之生也，與憂俱生。」(《莊子‧至樂》)
人一來到這個世界上，便注定要受苦受難，「可不謂大哀乎！」
(《莊子‧齊物論》)莊子認爲人類這種痛苦悲慘的生活狀況其根源
在於「欲」，正是無休止境的欲望導致了人類「終身役役」、「小人
殉財，君子殉名」。因此，老莊開出的拯救人類的藥方是消解人的
欲望。消解人的欲望，首先是「防」，其次是「忘」。老子大力倡導
無欲、知足，莊子則提出「不攖人心」。所謂「攖」就是觸動人
心，擾亂人心。只要不攖人心，不挑起人的欲念，就可使人內心寧
靜和社會安定。「忘」就是忘掉利欲是非，忘掉仁義道術，「魚相
忘於江湖，人相忘於道術」(《刻意》)。消解了人生的欲望，老莊建
構起了獨特的生命價值和人生意義。它既沒有走向享樂的玩世主
義，也沒有走向類似儒家「仁以爲己任」的倫理型超越，更沒有走
向宗教天堂的宗教性彼岸世界。老莊話語的獨特性在於直面死亡，
消解自我。「夫大塊載我以形，勞我以生，佚我以老，息我以死。」
(《莊子‧大宗師》)透過「忘」，老莊忘掉了世俗利欲、人世是非、
知識與意志，最終達到一種與道與存在本體合一的詩意人生境界。
在這種境界中，已經沒有人生之「累」，不但沒有世俗之欲念，甚
至沒有死亡恐懼，有的只是一切放下、一切忘卻的澄明心境，一種
無生無死的超脫。「忘乎物，忘乎天，其名爲忘己。忘己之人，是
之謂入於天。」(《莊子‧天地》)這種藝術的人生境界，這種詩意
般的人生棲息方式，對中國的文學藝術產生了極大影響。在文學創
作中，陶淵明、王維、李白、蘇軾……都將這種詩意的人生境界化
成了詩意的文學境界，使得中國文人在文學中尋找到了一種人生的
歸宿和生命的超越。而中國文論的「意境」、「神」、「虛靜」、
「物我交融」等等方面都是老莊話語的產物。
　　存在主義面對與莊子相同的人生情境。存在主義大師海德格就

認爲人的存在首先是一種「在世」，是一種「被拋的沈淪」，而死亡是人的存在的「最高可能性」。針對人生在世的這樣一種樣態，海德格提出了「詩意的棲居」。海德格指出：「詩化是最嚴格意義上的承納尺規，人因此而獲得定規以便去測其本性的範圍。人作爲必死物而羈旅於世間。他之被稱爲必死物，是因爲他能夠死，能夠死之意旨是：使死成其爲死。唯有人才能死，而且，只要他羈留在大地上，棲居於斯，他將繼續不斷地死。不過，他的棲居卻棲於詩意中。」然而，海德格倡導的詩意棲居與莊子消解性的詩意人生並不類同。整個西方思想有著深厚的二元論背景，即此岸與彼岸、人與神、世間與天國的對立。雖然海德格並不是神學家，沒有像西方古典學術話語那樣爲人類指明一條從此岸奔向宗教神靈彼岸的道路，但是，他的學術體系仍然有著「天、地、人、神」的四度結構。在海德格看來，詩意棲居的尺規不在此岸世界，不在大地上，更不在人身。「詩化之尺規究竟爲何物？神性。」這說明，海德格的學術話語與西方思想最終仍是一致的，人生的最高意義仍然還得取決於那至高無上的神。

在莊子的「消解性話語解讀模式」與海德格的存在主義「神性」話語模式的對話當中，無論二者在話語言說規則還是意義建構方式上有些什麼樣的同與異，它們所面對的共同情景才是其話語對話所賴以展開的基本前提。由此可以看出，共同情景是異質話語對話的第二種具體途徑。

（三）話語互譯中的對話

「話語互譯中的對話」也是異質文化對話的一種形式。用「共同話語」和「相同語境」的方式進行對話，這屬於「明」的對話。說它是「明」的對話，主要是指對話的話語主體和話語內容都是直

接顯現在對話的場景和過程當中的。而「話語互譯中的對話」則與此不同，它的對話是「暗」的對話。異質文化的互譯涉及兩種語言和兩種文本：一是被翻譯的對象文本，一是將被翻譯而成的結果即目的文本。從表面上看，翻譯往往被看成是兩種文本之間的純語言學對應。在翻譯理論上，人們最多強調翻譯家的「再創造」功能，所謂翻譯是一種「創造性的叛逆」（即翻譯對原文的歪曲、增刪等）。然而，這種「創造性的叛逆」的原因何在，理論家們卻有不同的見解。總的來看，人們更多地將之歸結爲道德、語言的差異和翻譯者個人方面的原因。[67]這說明，翻譯還未被普遍地當作異質文化相互對話的一種方式。

隨著語言哲學和比較文學譯介學的發展，翻譯的本質開始越來越爲人所了解和重視。翻譯所涉及的不僅僅是純語言學問題，兩個文本或兩種語言背後是兩種迥然不同的異質文化和話語體系。我們常說，不同的文化和話語體系，有其獨特的概念範疇和言說規則，它們之間可能有一些重疊、交叉和對應，但絕不可能完全等同。因此異質文化和話語之間的表層互譯背後充滿著深層話語「張力」。從這種意義上說，翻譯本身就是一種異質文化與話語的潛在對話。現在學術界經常討論「誤讀」現象，「誤讀」的根本原因就在於各種不同話語之間「異質對話」。「異質話語的對話」不可避免地會導致「誤讀」現象的發生。

中國翻譯界「牛奶路」的典故就與我們所講的「異質文化互譯中的對話」密切相關。「牛奶路」的典故起源於1822年趙景深對契訶夫短篇小說《樊凱》（今譯《萬卡》）的翻譯。趙景深的譯本從該書的英譯本轉譯而來。在翻譯這段文字時，他的翻譯引發了人們的非議：「The whole sky spangled gay twinkling stars, and the Milky Way is as distinct as though it had been washed and rubbed with snow for a holiday.」非議發生在這句話中的「Milky Way」這個詞上。按一般的詞典，「Milky Way」的準確意義爲「銀河」。因此，大多數翻譯家認爲這段文字中的「Milky Way」應該翻譯爲「銀河」或「天河」。然而，趙景深卻將它譯成了「牛奶路」。由此，他也遭到了大家的嘲笑，「牛奶路」因之也就成爲中國翻譯界的一大笑話。

　　但是，「Milky Way」眞的就只能被譯爲「銀河」嗎？有學者就爲趙景深作辯護，並由此深入探討了文學翻譯中所涉及的文化意象問題。[68]從異質文化對話理論角度看，「Milky Way」的漢譯問題實質上是中西文化的深層對話。毫無疑問，「Milky Way」的理性意義確是「銀河」。然而，「銀河」這一天象在中西不同的文化體系當中卻具有迥然不同的話語意義。在西方，「Milky Way」與希臘神話有著非常密切的關係。古希臘人認爲它就是眾神聚居的奧林帕斯山通往大地的「路」。它之如此璀璨明亮則與仙后赫拉的乳汁有關。而在中國，「銀河」則不被稱作「路」而稱作「河」。這是因爲民間神話故事「牛郎織女」的緣故。如果我們以「銀河」來譯「Milky Way」，這就意味著我們以中國文化替換了西方文化，「Milky Way」所能產生的關於古希臘神話的聯想及其他話語意義就消失殆盡了。如果我們按趙景深的思路繼續保存「Milky Way」的「路」的義素（可按魯迅譯法譯爲「神奶路」）的話，那麼，西方文化的內容就可以用漢語得到較好的保存和傳達。這樣，西方神話和中國神話的話語系統就都可以平等地存在於同一語言體系中。我們認爲，這才是眞正意義上「異質話語互譯中的對話」。

　　這還僅是一個文學意象翻譯時所牽涉的話語對話問題。在理性化的術語翻譯中，這種異質文化的潛對話就表現得更加複雜了。最明顯的一個例子就是中國哲學最高範疇「道」的翻譯問題。眾所周知，「道」在英文中有很多種譯法。有譯爲「Way」的，有譯爲

「Logos」的，還有譯為「Tao」的等等。譯為「Way」和譯為「Logos」就存在著異質話語互譯中的對話。在英語中，「Way」具有「道路」、「途徑」、「方法」等涵義，也可能由此進一步讓人聯想起「規律」、「規則」等意義。然而，「Way」在英語中畢竟未能上升到「本體」論層面上。用「Way」來譯「道」顯然只顧及「道」的表層涵義。用「Logos」來譯「道」同樣也存在著異質話語的對話，同樣也是一種誤讀。當然，我們確實可以在「道」與「Logos」之間找到相似之處。比如，它們都是「永恆」的，是所謂的「常」。又如，它們都有「說話」、「言談」、「道說」之意。再如，它們都與「規律」、「理性」相關等等。但是，「道」與「Logos」在根本上有著完全不同的性質。我們就曾對此進行過專門探討。我們認為，雖然「道」與「Logos」都是萬物之本源，但是「道」更傾向於「無」，而「Logos」更傾向於「有」。第二，在語言問題上，「道」更強調「不可言」，而「Logos」則更強調「可言」。[69]因此，作為東西方思想的最高範疇，「道」與「Logos」深刻地體現著自己的話語性質。以「邏各斯」來譯「道」就是以西方話語來比附、闡釋中國話語。在這種互譯當中就潛伏著中西話語的對話。

在文學理論的翻譯中同樣如此。「風骨」是《文心雕龍》的一個重要理論術語，也是中國古典文論的一個重要理論範疇。它的英譯同樣也顯示了異質話語互譯中的對話現象。施友忠（Vincent Yu-chung Shih）在其《文心雕龍》（*The Literary Mind and the Carving of Dragons*）英文全譯本中指出「風骨」應該理解為「organic unity」，因為「劉勰往往在筆下把風骨當作一個詞語，以表示情志（ideas）和語言（language）的有機統一體」。但是在翻譯中，施友忠則仍然將其直譯為「the wind and the bone」。而美國另一位《文

心雕龍》研究者 Donald Arthur Gibbs 則將「風骨」拆開翻譯，將「風」譯爲「suasive force」而將「骨」譯爲「bone structure」。[70]「風骨」英語翻譯的尷尬狀態所反映的並不僅僅是兩種語言文字表面上的差異，而且更是深層話語體系的異質性差異。其中所涉及的關鍵性問題就是異質話語的對話問題。比較文學對話理論所要研究的對象就是這類異質話語互譯中的潛對話。

其實，異質話語的對話現象很早就出現了。我國佛經翻譯史上的「格義」概念所探討的就是中印異質話語互譯中的對話現象。陳寅恪曾考證過「格義」的來由。他認爲《高僧傳·竺法雅傳》中「以經中事數擬配外書，爲生解之例，謂之『格義』」，這段話爲「格義」提供了正確的解釋。[71]「事數」指佛經中的「五陰」、「十二入」、「四諦」、「十二因緣」、「五根」、「五力」、「七覺」等名相，「外書」指莊、老、儒、道等典籍，而「生解」則是「子注」、「注釋」之意。合起來「格義」的涵義就是以老莊等中原各家學說來解釋印度佛家的教義。在具體佛經翻譯實踐中，安世高以濃厚的儒學方士色彩譯介了小乘佛典，支婁迦讖則大量以老莊術語「本無」、「自然」等翻譯佛經。這些用中原各家學說來比附、理解、翻譯印度佛教教義的行爲，就是我國最早的異質話語的對話現象，而「格義」就是我國最早探討翻譯中異質話語對話的理論。

（四）範疇交錯與雜語共生

異質話語對話還有一種重要的形式或現象，我們稱之爲「範疇交錯與雜語共生」。「範疇交錯與雜語共生」描述的是當代文論多種異質話語共同存在的狀態及其所形成的一種錯綜複雜的相互關係。而這種狀態就是一種異質話語眾聲喧嘩、雲蒸霞蔚的對話狀態，也是我們所倡導的一種對話形式。

　　我們最早是在提倡「重建中國文論話語」的時候提出「雜語共生」這個概念的。[72]「重建中國文論話語」最為重要的目的是要打破西方文論一家「獨白」的學術格局，讓中國文化與文論發出屬於自己的聲音。中國文論只有建立起了自己獨特的話語體系，而不是像過去那樣重複著西方的話語，才能真正與西方文論展開對話。在話語重建之初，我們就會處於一種「雜語共生」的狀態。我們不能夠、也不需要在一夜之間把統治著我們的西方文論話語統統清除掉，而代之以道地的中國話語。在這個階段，古今中外的話語都會有一點，各種異質話語會在我們的話語中碰撞、整合。人們會既講典型環境與典型人物，也講形、神、情、理；既講存在之蔽亮，也講虛實相生；既講內容與形式或者結構、原形、張力，也講言象意道，以少總多，講神韻、風骨、情采。在雜語共生中，我們會有各行其是、各不相干的情形。但是，這本身就意味著對西方話語獨霸文論的「獨白」狀態的終結，也是我們所倡導的異質話語對話所必然出現的結果。

　　最近有學者在進行中西詩學的比較時提出中國現代漢語語境中所存在的兩種「概念語義」現象。他說：「一個值得注意的現象是，在現代漢語語境中，一部分漢語語詞因其概念語義徹底『現代化』而徒具漢語之外形，比如『文學』一詞；但仍有大量漢語語詞在『現代化』之外保留著古代漢語中的基本語義，比如『文』、『詩』、『賦』、『曲』等。」[73]我們認為，這其實並不簡單是一個語言學現象，而是現代漢語語言形式之下所潛伏著的話語現象。也就是說，現代漢語之所以會出現兩套概念語義，其根本原因在於現代漢語既保存了古代話語系統，也引進了西方話語系統。我們知道，話語並不是一般意義上的語言或談話，而是一套意義建構方式和知識創立原則。現代漢語中兩套話語系統甚至多種話語系統的存

在就是現代中國學術、思想和文化領域所出現的異質話語「範疇交錯與雜語共生」的生動寫照。

當代中國學者的著作呈現出古今中外多種異質話語「範疇交錯與雜語共生」的對話狀態。我們可以用胡經之的《文藝美學》來說明這一點。[74]胡經之的《文藝美學》可以說是近年來大陸學者撰寫的一部很有創新性的著作,在學術界也有比較好的聲響。從異質話語對話理論的角度看,它非常明顯地體現出當代文論界「範疇交錯與雜語共生」的特徵。該著作的主題是從審美、美學的角度來探討文學藝術的本質特徵。全書分「文藝美學」、「審美活動」、「審美體驗」、「審美超越」、「藝術掌握」、「藝術本體之眞」、「藝術的審美構成」、「藝術形象」、「藝術意境」、「藝術形態」、「藝術闡釋接受」和「藝術審美教育」等共十二章。它從分析審美活動入手,剖析藝術掌握世界的方式,進而探究審美體驗的特點,尋找藝術的奧秘,然後再轉入藝術美、藝術意境等的論述。從整體結構與布局來看,《文藝美學》這部著作條分縷析、步步爲營,採用的是西方文論由亞里斯多德所創立的科學理性解讀模式和邏輯分析性話語模式。然而,整體中又有例外,比如第八章「藝術意境」,就直接使用中國古典文藝學的「意境」範疇及其理論內容作爲整個理論體系中的一個重要環節。從體系展開和理論表述方式看,中國文論與西方文論也呈現出話語交會的狀態。該書以「審美體驗」作爲核心範疇,受到西方現代體驗哲學、生命美學的深刻影響,呈現出感性化、經驗性甚至直覺的特徵。而在「藝術意境」一章中,更是將中國古典詩學的詩性精神顯露無遺。它既分析了藝術意境的審美生成,又分析了審美意境構成的三個層面,尤其著重於揭示藝術意境在「虛實相生的取境美」、「意與境渾的情性美」和「深邃悠遠的韻味美」這三個方面的審美特徵。在「藝術形態學」一章中,作者

又完全採用西方邏輯分析性話語，將「藝術」這一大概念按本體論原則（時間與空間）和認識論原則（再現與表現）分爲七大門類：時間的表現藝術（音樂）、空間的表現藝術（書法、工藝、建築藝術）、時空的表現藝術（舞蹈）、時間的再現藝術（戲劇）、空間的再現藝術（繪畫、雕塑）、時空的再現藝術（電影），以及語言藝術（文學）。這些現象充分顯示出中西文論話語在胡經之理論中相互疊合又相互交織的基本特徵。從局部看，它一方面大量使用西方文論話語的概念範疇，同時又大量導入中國傳統文論話語的基本術語，形成一種異質話語「範疇交錯」的局面。比如在闡述「審美體驗」這一全書核心概念時，作者不僅從時間和條件角度考察了審美體驗的動態過程，而且還包含詩意描述地探討了審美體驗的特性。進而，爲了討論審美體驗的層次與拓展序列，作者將中國文論話語與西方文論話語直接進行平等對話。於是，「興」與「移情」、「神思」與「想像」、「興會」與「靈感」都同時呈現在我們面前。所以我們講，《文藝美學》這本書非常典型地代表了異質話語「範疇交錯與雜語共生」的對話狀態。你也許並不贊同這部書的理論論點和基本體系，但你並不能否定它在堅持異質話語對話的基礎上進行理論創新的學術意向。

　　總之，二十一世紀是一個多元文化相互交往與對話的世紀。世界文化的發展態勢要求我們儘快調整自己的話語策略，儘快結束中國長達一個多世紀的「失語症」狀態，在世界文論界發出中國的聲音。過去我們曾提出「重建中國文論話語」以加入世界文化對話的策略，今天我們又提出了異質文化對話理論更深層次的策略問題，即異質文化對話的兩條基本原則和四種具體途徑與方法。其目的都是爲了順應世界文化發展的總體態勢，爲了實現多元文化的並存、互補與交融。希望這些問題能對異質文化對話理論的探討發揮實實

在在的推進作用。

第四節　異質文化融會法

　　隨著「雙向闡發」、「異質比較」、「文化探源」與「對話理論」等跨文化研究方法的步步深入，比較文學將進一步打破西方文論獨白和異質文化相互分割的局面，走向異質文化的融會。異質文化融會法是比較文學跨文化階段的第五種研究方法。它的出現是比較文學跨文化研究必然的邏輯結果，同時也將跨東西方異質文化的比較文學從差異性比較提高到交融與匯聚的新高度。掌握這種研究方法，對於我們理解比較文學「中國學派」的理論特徵與方法論體系具有重要作用。同時，這也有利於我們有意識地把世界比較文學由東西異質文化對比進一步推進到東西異質文化交會的新階段與新高度。

一、異質文化融會法的內涵

　　「異質文化融會法」的提出，與其他研究方法一樣都是在跨東西方異質文化的比較中產生的。如果說雙向闡發、異質比較、文化探源和對話理論都相對而言比較側重於突出基於不同文化的文學之間的差異性的話，那麼我們認為「異質文化融會法」則更加著眼於東西方文學之間的會通與融鑄。其目的不只於異質文化之間的對比和展示，更在於以跨文化的視野和比較研究的方式探求異質文化與文學的共同現象與規律，並進而建構起具有更大闡釋能力的世界性和全球性理論框架。

美國已故著名華裔教授劉若愚在這一點上較早提出了很好的見解。在《中國的文學理論》一書中，劉若愚提出，他寫這本書的「第一個也是終極的目的在於透過描述各式各樣從源遠流長、而基本上是獨自發展的中國傳統的文學思想中派生出的文學理論，並進一步使它們與源於其他傳統的理論的比較成為可能，從而對一個最後可能的普遍的世界性文學理論的形成有所貢獻」[75]。劉若愚認為，對於屬於不同文化傳統的作家和批評家的文學思想的比較，或許能提示出某些批評觀念是具有世界性的。對於文學理論的比較研究，可以更好地理解所有的文學。劉若愚指出，提出一個「世界性的文學理論」的觀點，可能有人不以為然，但這「並不妨礙我們以試驗的方式，去建構一個比現存理論更富有啟發性的、更完善和更能廣泛應用的文學」。他還指出，「我希望西方的比較文學家和文學理論家注意到本書提出的中國文學理論，而不再僅僅以西方的文學經驗為基礎去建構一般文學理論。」[76]劉若愚關於融東西方文論重新建構世界文論的設想是富有遠見卓識的。異質文化融會法就是要將東西方文論話語融為一爐，以探尋某種世界性的文論體系和研究方法，以求得文學研究視野的擴充和開展。

二、異質文化融會法的五種途徑與具體方法

中國比較文學在二十世紀對「異質文化融會法」進行了多種探索，學者們的這些探索為我們進行比較文學「異質文化融會法」的研究提供了五種途徑與具體方法。

（一）歸類法

所謂「歸類法」，是指在「異質比較」和「對話研究」等基礎

上，站在總體文學的高度，將紛繁複雜的文學研究或文學理論分別
劃歸爲若干重大問題，然後再進行比較和融會。

　　曹順慶的《中西比較詩學》就是這種「歸類法」的成功實踐。
該專著從「藝術本質論」、「藝術起源論」、「藝術思維論」、「藝
術風格論」和「藝術鑑賞論」等五個方面來進行中西比較和理論融
會。曹順慶指出：「比較的最終目標，應當是探索相同或相異現象
中的深層意蘊，發現人類共同的『詩心』，尋找各民族對世界文論
的獨特貢獻，更重要的是從這種共同的『詩心』和『獨特的貢獻』
中去發現文學藝術的本質特徵和基本規律，以建立一種更新、更科
學、更完善的文藝理論體系。」[77]

　　我們知道，東西方各種不同的文化體系都對文學藝術進行過多
方面的探索，並得出過不同的結論。這些言論和結論紛繁複雜，或
深或淺地涉及到文學藝術的各個層面，但從本質上看，它們卻總是
可以歸納爲若干範疇和問題。比較文學如果要從世界文學總體格局
的高度來進行跨文化研究，那麼將這些言論加以歸類，再進行比較
和融會就不失爲一種重要的途徑。《中西比較詩學》就從宏觀上將
中西方詩學的基本內容歸納爲五大類型，然後再分門別類地就每個
專題的共同論題展開有針對性的比較和考辨，以求在條分縷析的比
較和對話中揭示中西詩學的共同規律，並進而建構全面的文藝理論
新體系。這五大基本問題是「藝術本質論」、「藝術起源論」、「藝
術思維論」、「藝術風格論」和「藝術鑑賞論」。當然，我們也可以
從其他一些基本問題的角度將豐富多彩的中外文藝理論劃分爲另外
的專題。但是，上述五大基本專題應該說架構是完整而全面的，基
本涵蓋了中西詩學的整體。在每個專題下，《中西比較詩學》都分
別選取了中西詩學最重要、最富有特色的幾個核心範疇進行橫向比
較。這樣，中西詩學在每個理論專題下的共同特徵和不同特色也充

分而鮮明地凸顯了出來。

　　下面，我們就以該書「藝術本質」類討論爲例仔細考察一下「歸類法」的具體應用。「歸類法」既然要以透過分類的方式進行跨文化的比較和融會，首先就要說明該類的範圍和主旨。《中西比較詩學》的做法就是這樣。在展開中西藝術本質論的比較和融會之前，它就先行交待了「藝術本質論」論題的範圍和主旨。「藝術本質論」以藝術的根本特徵爲歸類標準來對中西詩學進行分類和融會。在欣賞文學藝術之時，我們常常情不自禁地心遊神往，從作品中品出無窮無盡的韻味來，從眼前有限的形象不知不覺地捕捉和領會到某種更深遠的東西。「藝術本質論」就是要對此作出準確的解釋。

　　那麼，在「藝術本質」的分類標準所劃定的範圍內，中西詩學分別提出過一些什麼樣的理論來解釋文學藝術「用有限來展示無限」的特徵呢？我們知道，過去的理論總將藝術的本質定義爲「形象性」。這實際上是西方藝術本質「典型論」觀念籠罩下的思想產物，具有較大的局限性。藝術本質的典型性並不適用於中國傳統古典藝術，中國傳統詩學的「意境」概念才能眞正闡明中國古典藝術的獨特風格和魅力。這樣，「意境」就成爲與西方詩學「典型」雙峰對峙的中國詩學在「藝術本質」類型中的基本觀念和核心範疇。「歸類法」進而要求在此歸類中對「意境」和「典型」展開深入的異同比較，這種比較與融會是從五個方面進行的。

　　第一，在主觀與客觀方面，意境論與典型說都主張主觀與客觀的統一，意與境的交融。從主觀方面看，所有藝術都是藝術主體心理能力創造的結果，都鮮明地表現著藝術家主觀的審美意識和審美理想；從客觀方面看，藝術作品必須以眞實、具體、生動的形象來反映社會生活。但是，意境說與典型論在主觀因素的統一問題上又

各有側重。典型論偏重於客觀，意境論偏重於主觀，典型論注重客觀形象的再現，意境說注重主觀情感的抒發。

第二，形象性是文學藝術的基本特徵之一，意境說與典型論，顯然不可能脫離這一特徵。雖然意境說與典型論都要求描繪出具體鮮明生動的形象，但它們卻有所偏重。意境的形象偏重於描繪境物，而典型的形象則偏重於描繪人物。這種差別，主要是由於中西不同的文學藝術實踐所造成的。西方的敘事文學傳統主要是模仿人物的行動，中國的抒情文學傳統，主要是表現人物的情感。行動必須由人物形象來體現，而情感主要透過境物形象來抒發。另外，西方敘事文學以悲劇和史詩為主，中國的抒情文學主要以短小詩章為主，這種不同的藝術類型，也是形成意境說與典型論這一差異的重要因素之一。

第三，在藝術表現力方面，意境說與典型論一樣都能把深廣的社會生活內容和具體生動鮮明的形象結合起來，提煉到最高程度的和諧統一，並由此產生「以少總多」、「寓有限於無限」的藝術效果。但是，欣賞藝術意境與欣賞典型形象的審美感受是大不一樣的。典型人物以鮮明的個性特徵反映出了生活的必然本質，概括出了相當一大類人物的共同特徵，往往成為這類人物的一個「共名」。但是，我們讀一首詩，看一幅畫，要想體會其中的意境，需要反覆吟詠，反覆鑑賞，只有這樣才能品出其中的滋味來，才能體會得出「韻外之致」、見出「象外之象」。意境說與典型論的不同藝術效果是由它們所用的概括方法不同所造成的。在西方以描寫人物為主的敘事文學傳統的基礎上產生出來的典型論，既受亞里斯多德「模仿說」的影響，又受亞里斯多德與柏拉圖在美學問題上一般與個別之論爭的影響。這就形成了它概括生活的特殊方式。這表現為，典型說要求從具體、鮮明、生動、獨特的個性中，反映出最大

量的共性；從個別人物形象上，體現出廣闊的社會生活的必然內容，即所謂「寓共性於個性，寓必然於偶然」。而從中國表現情感為主的抒情文學傳統的基礎上產生出來的意境說既受儒家「物感說」的影響，又受道家言意形神之辯的影響。這就形成了它概括生活的特殊方式：情境交融，虛實相生。以此衡量一件作品意境的有無或意境的深淺，就看該作品能否透過具體、鮮明、生動的意境傳達出作者無窮無盡的情思，能否勾引起無數聯想和想像。

第四，在真善美的統一問題上，意境說與典型論雖然總的來說是一致的，但是，二者各有偏重。一般說來，典型論偏重求真，意境說偏重求美。西方的典型論非常強調嚴格地模仿現實，強調時間、地點和細節等的真實。不僅如此，它還要求邏輯的、生活規律的真實，也就是說，典型人物必須反映社會生活的本質。意境說雖然也講真，要求寫真情感真景物，但是，它對外在形象的細節真實並不十分注重，而注重所謂「神似」。同時，中國藝術不講究時間、空間、透視等方面的自然限制，而常常跳出自然之理，追求藝術的本質真實。

最後，中西詩學在藝術形象的創造過程與方法問題上也不盡相同。雖然意境的產生與典型的創造都離不開對生活的觀察與體驗，但是它們對現實生活的提煉卻很不相同。典型論用分析綜合的方法來塑造人物形象，而意境說則在醞釀積蓄中感悟，從靈感的閃現中捕捉到藝術意境。[78]

透過以上分析，我們可以看到跨文化比較文學研究「歸類法」的具體運用。《中西比較詩學》把中西詩學的相關論述歸併到「藝術本質論」的總體論題之下，以探求總體文學與藝術規律為目標來進行中西詩學的比較與融會。透過對「意境說」與「典型論」在上述五個方面的異同比較，中國古典詩學的「意境說」上升到藝術本

質論的高度，與「典型論」相互並列。在藝術規律和本質這一類言論中，「意境說」與「典型論」相比持有一種截然不同的理論立場，揭示了一種獨特的藝術本質理論。由此可見，西方傳統詩學關於藝術本質規律的「典型論」並非具備放諸四海而皆準的「普適性」。它只不過是藝術本質論問題的一種解決方案，而且是以西方文學經驗為基準的一種答案。這樣，「意境說」就擴大了藝術本質論問題的研究對象，也豐富了藝術本質論問題的基本內涵。中西詩學從而在此問題上得到了富有成效的融會與交融。

（二）附錄法

異質文化融會法的第二種具體途徑叫作「附錄法」，這是王元化《文心雕龍創作論》所採用的方法。它以論述一種文化體系中的文學為主，在研討某個理論問題的時候將世界各國的文論觀念用「附錄」的形式加以比較，並在比較中進行細緻的辨析。透過「附錄法」，中西詩學的相當理論和論點一併呈現出來，並由此拓展詩學的理論視野，探求共同規律。「附錄法」的好處在於敘述條理清晰而又行文活潑，同時又能讓作家意見從多方面得以發揮，使探討問題詳盡深入。

《文心雕龍創作論》全書分上下篇，尤以下篇為主。下篇為《文心雕龍》創作論八說，其中每一「說」都分為正文「釋義」和「附錄」兩部分。正文根據作者「根底無易其固，而裁斷必出於己」的主張，不僅堅持以實事求是的態度揭示古典文論的本來面目，而且還以現代文論觀點加以詮釋和闡發。附錄部分則將一些與該「說」相關的中西文論觀點寫成或長或短的文字附錄於後，把這一「說」所涉及的理論問題進一步深化。其目的在於透過這一「附錄法」「探討中外相通、帶有最根本最普遍意義的藝術規律和藝術方法」

[79]。在〈後記〉中，作者指出：「有的同志不大贊成我採取附錄的辦法，建議我把古今中外融會貫通起來。這自然是最完滿的方式，也正是我寫作本書的初衷。」由此可見，作者用「附錄的辦法」所要達到的終極目的仍然是「古今中外融會貫通」。這就使「附錄法」成爲「異質文化融會法」的第二種具體途徑。下面，我們就以王元化「釋《比興篇》擬容取心說——關於意象：表象與概念的綜合」爲例，探討一下「附錄法」的特徵和用法。

「釋《比興篇》擬容取心說——關於意象：表象與概念的綜合」一章在正文部分專釋劉勰在《比興篇》中提出的「詩人比興，擬容取心」觀。王元化首先指出這是劉勰對於藝術形象問題所提出的要旨和精髓。「擬容取心」這句話裡的「容」和「心」二字，都屬於藝術形象的範疇，它們代表了同一藝術形象的兩面：在外者爲「容」，在內者爲「心」。前者就藝術形象的形式而言，後者就藝術形象的內容而言。「擬容取心」合起來的意思就是：塑造藝術形象不僅要摹擬現實的表象，而且還要攝取現實的意義，透過現實表象的描繪，以達到現實意義的揭示。現實的表象是個別的、具體的東西，現實的意義是普遍的、概念的東西。而藝術形象的塑造就在於實現個別與普遍的綜合，或表象與概念的統一。劉勰認爲，只有「容」和「心」或現實表象和現實意義的統一，才能構成完整的藝術形象。代表現實意義的「心」是透過現實表象的「容」顯現出來的，而代表現實表象的「容」又是以揭示現實意義的「心」取得生命的。有「心」無「容」則會使現實表象湮沒在抽象的原則裡面。有「容」無「心」則會使現實意義消滅在僵死的軀殼裡面。

「釋《比興篇》擬容取心說——關於意象：表象與概念的綜合」的附錄共有四篇。附錄之一爲「離方遁圓補釋」，專門考察《文心雕龍》「擬容取心」說的理論來源。王元化認爲，在劉勰之前，陸

機已經在《文賦》中接觸到了藝術形象的形成問題了。《文賦》中的「雖離方而遁圓，期窮形以盡相」說的就是這個道理。然而，過去的注釋家對陸機這句話的理解很不準確。李善在《文選》注中將「方圓」解釋爲「規矩」，何焯則將這句話理解爲「夫文豈有常體，但以有體爲常」，這些解釋都不能令人滿意。附錄一較充分地批駁了上述兩種錯誤解釋。文章將「雖離方而遁圓，期窮形以盡相」放回到《文賦》的上下文中，根據「賦」體的特點，指出這並不是在談文體問題，而是在談審美客體和藝術形象創造問題。附錄又引《尹文子上編》「命物之名，方圓黑白是也」之語，進而訓「方圓」爲「事物」，即文學的描寫對象。因此，王元化認爲，「離方而遁圓」這句話的眞正涵義應該是：方者不可直言爲方，而須離方去方，圓者不可直言爲圓，而須遁圓去圓。附錄一「離方遁圓補釋」由《文心雕龍·比興》的「擬容取心」說引申而來，透過討論劉勰的理論淵源，一方面澄清了《文賦》「雖離方而遁圓，期窮形以盡相」這句話的眞正涵義，另一方面進一步闡明了「擬容取心」在中國文學批評史上的理論價值和內涵。如果說附錄一還沒有跨越我們所說的「異質文化」界限的話，附錄二就開始了用附錄法進行異質文化的會通與融會了。

附錄二題爲「劉勰的譬喻說與歌德的意蘊說」。在正文中，王元化指出劉勰的「擬容取心」說將藝術形象的構造區分爲「容與心」內外兩個方面，「心」的內容要透過「容」來加以表現，而「容」也因其傳達「心」而具有意義。由此，附錄二聯想到歌德的「意蘊說」。歌德也認爲，藝術形象的內在意蘊顯現於外在形狀，外在形狀指引到內在意蘊。但是劉勰與歌德的關於藝術形象創造的理論卻並不完全相同，其間最大區別就在於對個別與一般關係的不同理解上。劉勰的形象論既要求「擬容切象」又要求「取心示義」，也就

是說，他既要求作家摹擬現實的物象，又要求作家提示現實的意義，從而透過個別去表現一般。然而，劉勰對個別與一般關係的理解卻受到他客觀唯心主義思想體系的制約。由於他認為天地之心和聖人之心是同一的，因此按照他的思想體系推斷，自然萬物的自身意義無不合於聖人的「恆久之至道」。這樣，作家在取心示義的時候，只要恪守傳統的儒家思想，就可以完全揭示自然萬物的內在意義了。根據這種觀點，作家往往會把自己的主觀信條當作現實事物的本質，而不可能真正做到揭示客觀真理。而歌德的「意蘊說」並不像劉勰「譬喻說」那樣夾雜著主觀色彩。他反對把「個別只是作為一般的一個例證」，強調作家應該首先要掌握個別，而不要用個別去附會一般。這表明他對客觀現實生活的尊重態度。然後，文章又透過對歌德與劉勰理論的比較，進一步總結出藝術創作過程中主觀與客觀、一般與個別的相互關係。劉勰的「譬喻說」比較偏重從一般出發、從主體觀念出發進行藝術創造，容易顯得抽象和空洞，並且歪曲客觀事實的原本意義。而歌德則明顯偏重從個別出發，甚至提出「一個人只要生動地掌握了個別，他也就掌握了一般」。以上兩種傾向都有明顯的不足。其實，藝術創造過程中一般與個別、主觀與客觀都同時存在，由個別到一般，又由一般到個別，這兩個互相連接的過程不可分割。這樣，劉勰與歌德這兩位各具特色的中西文藝思想家的理論得以會通、互補，在藝術形象的創造問題上有了實質性的融會。

　　附錄三「關於『由抽象上升到具體』的一點說明」則進一步由文藝創作的形象思維過程聯想到了理論活動的抽象思維。在這一部分裡，王元化詳細闡釋了馬克思在《政治經濟學批判導言》中所提出的「由抽象上升到具體」的思維方法。無論理論思維還是藝術思維，任何成功的思維都可以概括為三個階段：從渾沌的關於整體的

表象開始（感性的具體）——經過理智的區別作用作出抽象的規定（理性的抽象）——透過許多規定達到多樣性的統一（理性的具體）。由具體到抽象、又由抽象上升為具體就成為人類思維活動的共性。這樣，關於人類思維過程的理論就從新的高度呼應了作者前面關於藝術創作主觀與客觀、一般與個別必須同時進行的觀點。這已經是在更大的領域進行中西異質文化的會通與交融了。

附錄四「再釋《比興篇》擬容取心說」則根據學術界相關論爭，對作者所提出的上述觀點作了更加深入和詳盡的闡述。附錄四在「比興」的歷史源流與具體涵義、藝術創作思維過程與藝術形象的構成，以及理論認識的三個階段等方面都作了更為充分的發揮。[80]

總之，王元化利用「附錄法」來進行中西異質文化與文論的比較，以求探索跨東西方文化的共同藝術與審美規律。這種工作在中西詩學的融會方面取得了富有實效的成果，也為我們運用「異質文化融會法」提供了精彩的範例。

（三）引證法

在比較文學的「異質文化融會法」中，錢鍾書以他的《談藝錄》和《管錐編》所開創的「引證法」而獨樹一幟。與前面我們論述的「附錄法」相似，「引證法」也是以對某種文論的研究為主，在此過程中將與此相關的古今中外的事例、理論和論述等加以引證，從而把異質文化中的詩學融會為一個整體。

錢鍾書在《談藝錄》「模寫自然與潤飾自然」一節中以討論李賀《高軒過》中「筆補造化天無功」一語為引子，對我們所謂的「引證法」進行了精彩的發揮。錢鍾書首先闡述李賀這句話的重要性，認為它道出了「道術之大原、藝事之極本」。在人類文化創造

中，人與天、人事與天功、藝術與自然是矛盾的兩個方面。成功的人類實踐總是人事與天功的相互統一。簡要闡明這個道理後，作者就對此問題進行了廣泛的引證。透過對古籍《尚書·皋陶謨》、《法言·問道》的徵引，作者指出「顧天一而已，純乎自然，藝由人爲，乃生分別。綜而論之，得兩大宗」。由此，藝術創造被區分爲兩種類型，一是「師法造化，以模寫自然爲主」，一是「潤飾自然，功奪造化」。在論述前一類型時，作者指出「其說在西方創於柏拉圖，發揚於亞里斯多德，重申於西塞羅，其焰至今不衰。莎士比亞所謂持鏡照自然者是」。進而，又再引證中國韓愈〈贈東野〉詩「文字覷天巧」，闡述此派雖然偏重摹寫自然，但也要求作者「加一番簡擇取捨之工」。論述藝術創造的第二類型「潤飾自然」時，作者也廣爲引證，指出「此說在西方萌芽於克利索斯當，近世則培根、牟拉托利、儒貝爾、龔古爾兄弟、波特萊爾皆有悟厥旨。唯美派作者尤信奉之」。接著，作者又引證但丁與李賀進行比較，指出李賀「筆補造化天無功」所歸屬的這第二種類型的核心觀念是「不特以爲藝術中造境之美非天然境界所及，至謂自然界無現成之美，只有資料，經藝術驅遣陶冶，方得佳觀」。在廣泛的引證中，作者並沒有淹沒於資料當中而放鬆理論的探討。作者對上述兩種藝術類型進行區分後又加以綜合：「竊以爲二說若反而實相成，貌異而心則同。」「摹寫自然」與「潤飾自然」雖然表現上一個偏重再現，偏重自然，一個偏重表現，偏重內心，其實前者講究「選擇」，並不廢人工，後者也強調「藝術是對造化的修補」，也不廢自然本身。進而，作者又引證亞里斯多德和莎士比亞的理論總結出藝術創造的一條本質規律：即主觀與客觀的並重與統一。[81]古今中外的文論在引證中融爲一體。

　　《談藝錄》最早於1948年由開明書店出版。我們在此看到作爲

比較文學研究的一種方法「引證法」已經成熟。而錢鍾書出版於1979年的《管錐編》更是將「引證法」發揮到了極致。該書以讀書筆記的方式,研究《周易正義》、《毛詩正義》、《左傳正義》、《史記會注考證》、《老子王弼注》、《列子張湛注》、《焦氏易林》、《楚辭洪興祖補注》、《太平廣記》以及《全上古三代秦漢三國六朝文》等十種古籍,共計七百餘則。全書旁徵博引,探幽索微,廣泛引證古今中外之論,去探索那些「隱於針鋒粟顆,放而成山河大地」的文藝規律。下面,我們就以《管錐編・全上古三代秦漢三國六朝文》第一三八則為例再看一看「引證法」的具體運用。

這一則以陸機的《文賦》為研究對象,對古今中外眾多相關文論進行了廣泛的引證。在釋「恆患意不稱物,文不逮意」時,作者先引《墨子》指出《文賦》「意、文、物」三者的關係正如墨子「舉、名、實」的關係,接著又引《文心雕龍》將上述三者關係等同於「情、事、辭」的關係,再引陸贄,將之等同於其「言、心、事」的關係。最後,作者又進行跨文化的融會,引證了西方現代語言哲學家皮爾士(C. S. Peirce)、奧登(C. K. Ogden)、理查茲(I. A. Richards)語義學三角形,即「思想」(thought)、「符號」(sign)與「事物」(object)三者的相互關係。作者闡釋說,「文」處於「意」、「物」之間,若「文」與「意」不合,就是《文賦》所說的「文不逮意」,若「文」與「意」合,就是韓愈在《答李翊書》所說的「注手汩汩」。同時,文章又引徐陵《孝穆集》卷一「仲尼大聖,猶云『書不盡言』;士衡高才,嘗稱『文不逮意』」和其他一些言論相互發明。

在釋「蓋非知之難,能之能也」時,作者徵引更多。文章首先討論了陸機此語的詞源,認為《文選》李善注將語源上推為《尚書》並不正確,而應本於《左傳・昭公十年》「非知之難,將在行之」

之言。然後，作者就引譬聯類，引證了《文心雕龍·神思》「意翻空而易奇，言徵實而難巧」和蘇軾「了然口手」的理論。不僅如此，作者還引用西方大量文藝理論和現象來印證這一觀點。首先引用的是法國畫家德拉克羅瓦（Delacroix）的話。他說自己作畫時心中早有了非常傑出的圖畫，但是自己卻沒有能力把心中的畫移到畫布上。又引用了三個西方文學作品中的言論，用來進一步證明藝術創造不僅要有構思能力，而且還需要有運用物質媒介和藝術語言的能力。

在釋「遵四時以嘆逝，瞻萬物而思紛」時，作者同樣充分發揮其學識淵博、博覽群書的特點，進行了大量的引證，從陸機到蕭子顯，從《文心雕龍》到《詩品》，最後從中到西，從古到今，指出劉勰「心亦吐納」、「情往如贈」「此八字已包賅西方美學所稱『移情作用』（law of imputation）」。這樣，錢鍾書就利用「引證法」將中西異質文化融會在一起，揭示出藝術創作初期作家藝術家內心思想情感與客觀自然事物相互契合、審美主體與審美客體融為一體的普遍規律。[82]

（四）混用法

「異質文化融會法」的第四種具體途徑和方法是「混用法」，即將東西方文論的各種理論、範疇、術語等彙於一處，融鑄成一個統一的理論體系。如果說，我們前面論述的三種方法在比較方法上仍顯出異質文化相互有點「隔」的話，「混用法」則完全是著眼於詩學本身的基本理論問題進行異質話語的融鑄和鍛造的。在「混用法」這裡，一切服從於理論本身，再也分不出中與西、古與今。這裡，再也不存在各種文論體系的孰是孰非，也再也不存在平行比較中見出什麼「異質」的特色等問題。各種文論理論彷彿都天然地成為理

論家的思想材料和前提，並最終都融入同一個體系之中。

　　雖然這種方法難度很大，但還是有許多學者進行了大膽的嘗試。朱光潛於1942年出版的《詩論》一書，可以說是這種融會法的範例。全書共列「詩的起源」、「詩與諧隱」、「詩的境界——情趣與意象」等十三章，自成體系。作者將古今中外的各種文學理論熔爲一爐，縱橫捭闔，妙手成春。書中我們看不到普通意義上的中西平行比較，既看不出作者是在求同，也看不出作者是在求異，既不是範疇比較，也不是體系比較。作者將西方的「靈感」、「移情」、「直覺」，尼采、叔本華、克羅齊、萊辛與中國的「詩言志」、「妙語」、「境界」、「隔與不隔」，劉勰、蘇東坡、嚴滄浪、王國維等理論與文論家統統作爲自己詩學理論體系的建築材料。

　　朱光潛將詩的核心因素之一歸結爲「境界」。在討論研討「境界」這一核心範疇時，朱光潛就調動了從王國維到克羅齊的中外詩學理論。朱光潛沒有給「境界」下一個嚴格的定義，而只是描述性地指出它是任何一首優秀詩歌所具有的「獨立自足的小天地」。這個「獨立自足的小天地」本是人生世相中攝取來的一片段，但它經過詩人的心靈創造，從而獲得了一種超時間性的生命，「在刹那中見終古，在微塵中顯大千，在有限中寓無限」。對詩的這種「獨立自足的小天地」，歷代理論家都提出了自己的概念來加以指稱，諸如嚴滄浪的「興趣」、王漁洋的「神韻」、袁簡齋的「性靈」，但朱光潛還是選擇了王國維的「境界」。

　　作爲詩學理論的核心範疇，雖然「境界」一詞並未得到嚴格的定義，但是，朱光潛卻非常深入地探討了產生「境界」所必須具備的兩個重要條件。第一個條件是「直覺」（intuition）。朱光潛指出，我們對事物有兩種「見」或「知」，一種是「直覺」，另一種是「知覺」（perception）。直覺是對於個別事物的知（knowledge of individual things），「知覺」也稱「名理的知」，則是對諸事物中關係的知（knowledge of the relations between things）。而詩的境界就是用「直覺」見出來的，它是「直覺的知」的內容而不是「名理的知」的內容。我們不會將詩的境界當作日常生活中的真實景象，用可不可能、真不真實、科不科學等觀念作思考和聯想，而是僅僅把它當作一個直覺的對象，當作一個獨立自足的審美意象來感知和體驗。非常明顯，朱光潛對「直覺」所進行的闡述來自克羅齊的美學理論。西方美學與文論的「直覺」概念被融入了中國詩學的「意境」範疇。在朱光潛的理論構架裡根本就不存在中與西的二元對立，「直覺」彷彿自然而然就成爲他用以闡釋詩歌核心範疇的理論資源。不僅如此，朱光潛還雜糅了西方詩學的「想像」（imagination）、「靈感」（inspiration）以及「整一」（unity）的概念，用以詳盡說明產生「境界」的第一個條件。

　　產生「境界」的第二個條件是意象必須能夠表現一種情趣。朱光潛認爲，審美主體對世界的觀察不可能是純粹理智性的，任何一次觀察都是「我的情趣與物的意態往復交流，不知不覺之中人情與物理互相滲透」。爲了說明這一現象，朱光潛又利用了現代西方美學所謂的「移情作用」（empathy）與「內模仿作用」（inner imitation）理論。用「移情」理論，朱光潛深入分析了中國古典詩歌名句的美感，認爲「菊殘猶有傲霜枝」、「雲破月來花弄影」、「徘徊枝上月，虛度可憐宵」、「相看兩不厭，惟有敬亭山」等都是移情作用的實例。不僅如此，朱光潛還由此揭示出「境界」的本質是情景相生而且契合無間，「情趣」（feeling）和「意象」（image）恰到好處的結合才能產生「境界」。

　　根據情趣與意象的契合關係，朱光潛又對詩的「境界」進行了兩種劃分。第一種劃分就是「隔與不隔」和「有我之境與無我之

境」。如果情趣與意象恰相熨貼，使人見到意象便感到情趣，這就「不隔」。如果意象模糊或空洞，情趣淺薄或粗疏，就不能產生境界，就「隔」。從「移情」說看，朱光潛將王國維的「有我之境與無我之境」表述爲「同物之境與超物之境」。前者經過移情作用，表現爲物我的同一，後者則不經過移情作用，表現爲超然物外的冷靜。進而，朱光潛又批評了英國文藝批評家羅斯金（Ruskin）關於第一流的詩人都必須以理智控制情感的觀點，認爲「同物之境」與「超物之境」不能一概而論，它們各有優勢。「境界」的第二種劃分類型是「主觀與客觀」。爲此，尼采、叔本華、克羅齊、左拉和中國的葉燮、《詩經》等等都成爲作者用以討論的思想材料，並在同一個理論體系中切實地融爲一體。[83]

（五）融合法

「異質文化融會法」的最後一種方式是「融合法」。這種將異質文化進行融會的具體途徑與前面所說的「混用法」一樣，強調「合」而不是「比」。它也將古今中外、東方與西方各種詩學理論融會貫通，用以建造自己獨特的文論體系。不過，與「混用法」比較起來，「融合法」涉及面更廣，更加強調跨學科的融會。它往往將詩學理論與其他藝術門類的理論彙集一處，不僅涉及文學的各種體裁，諸如小說、詩歌、戲劇文學等，而且還涉及其他藝術形式，諸如繪畫、書法、建築、音樂、戲劇等等。

採用「融合法」進行研究要求我們的比較文學家具有寬廣的知識背景和厚重的學術積累。在這些學者中，宗白華是其中最有代表性的一位。他於1981年出版的《美學散步》就在「融合法」的運用方面獨樹一幟。宗白華將詩、畫、書法、音樂和建築等各種藝術門類的作品及其理論融爲一體，經常從具體的作品欣賞與分析入

手，旁徵博引，雜糅中西又以中國詩學精神的剖析為主，揭示出文藝審美活動中具有本質特徵的東西。

　　在〈美學散步‧詩和畫的分界〉一文中，宗白華對文藝理論中一個重要的問題，即詩與畫的區別，也即語言藝術與造型藝術的區別進行深入的探索。在這種探索中，宗白華就有意識地運用了跨學科、跨文化的「融合法」。宗白華一開篇就從蘇軾「味摩詰之詩，詩中有畫；觀摩詰之畫，畫中有詩」的議論說起。王維（摩詰）有首詩這樣寫道：「藍溪白石出，玉山紅葉稀。山路原無雨，空翠濕人衣。」宗白華指出，前兩句可以畫成一幅清奇冷豔的畫，但後兩句則無法直接用畫來傳達。這就說明「詩與畫畢竟是兩回事」。由此，宗白華以宋人晁以道的詩「畫寫物外形，要物形不改，詩傳畫外意，貴有畫中態」說明詩與畫的離合與異同。又以王安石的詩句「意態由來畫不成，當時枉殺毛延壽」的詩句來說明繪畫無法表現「巧笑倩兮，美目盼兮」的詩情。聯繫自己對達文西的《蒙娜麗莎》的真情實感，作者得出「詩畫交輝，意境豐滿，各不相下，各有千秋」的結論。

　　進而，宗白華又分析了十八世紀德國思想家萊辛在《拉奧孔或論畫和詩的分界》一書中所提出的見解。「拉奧孔」是希臘晚期一座雕像群，萊辛將他與拉丁詩人維吉爾的史詩進行比較，用以分析畫（雕塑）與詩（文學）的關係。為了講清書的大體觀點，宗白華又旁徵博引，追本索源，把德國古代藝術史學者溫克爾曼（Winchelmann, 1717-1768）對這一希臘雕塑群像的觀點也一併進行了介紹。宗白華認為，萊辛贊同溫克爾曼將拉奧孔的審美特徵歸結為「高貴的單純和靜穆的偉大」。但是溫克爾曼將理由歸結為希臘人用智慧來克制內心感情的習慣，這卻是萊辛所不能同意的。萊辛認為，並不是道德上的考慮使拉奧孔雕像不能像在史詩裡那樣痛極

大吼,而是雕塑的物質表現條件在直接制約著藝術的創作。如果雕塑家像詩那樣盡力表現拉奧孔的大聲吼叫,必然會將其臉部雕成張口大叫的樣子。這樣,雕塑臉部就會形成一個大大的黑洞,從而傷害雕塑的整體藝術效果。因此,拉奧孔在史詩裡可以痛極大吼,聲聞數里,而在雕塑裡卻成了小口呻吟。根據萊辛的這些討論,宗白華指出:詩中有畫,而不全是畫,畫中有詩,而不全是詩,詩畫各有表現的可能性範圍。

不僅如此,宗白華還對萊辛的觀點作了進一步的補充。以羅丹爲例,宗白華分析說,造型藝術與文學的界限並不如他所說的那樣嚴格和狹窄,藝術天才往往突破規律而有所成就,開闢新的領域,新的境界。比如,羅丹就曾創造了瘋狂大吼、身體扭曲、失去了一切美的線紋的雕塑。這就說明造型藝術也可以像文學那樣表現並不符合形式美感的東西。根據萊辛的觀點,文學應該描寫動態性的對象。然而,宗白華卻指出中國古代抒情詩卻並不完全這樣。相反,中國古代詩歌有不少純粹寫景的詩歌。這些詩純粹描繪一個客觀境界,並不寫主體的行動,甚至不直接說出主觀的情感。唐朝詩人王昌齡的〈初日〉就是一個例子。在這裡,宗白華將王昌齡的這首詩與德國近代畫家門采爾的一幅油畫進行了比較和細致的分析。最後的結論是,詩和畫各有它的物質條件,但它們又可以把對方儘量吸收到自己的藝術表現手段裡來。詩和畫的圓滿結合(詩不壓倒畫,畫也不壓倒詩,而是相互交流交浸),這就是情和景的圓滿結合,也就是所謂「藝術意境」。[84]

在這篇文章中,宗白華既將具體的文學作品與造型藝術作品放到一起,又將中國的文藝理論與西方的文藝理論熔爲一爐,信手拈來,左右逢源。語言藝術與造型藝術的關係這個美學與藝術理論中的重要問題得到了深入而有效的探討和分析,而中西異質文化也由

此得到了深入而有效的融會。

第五節　重新走向「總體文學」

一、總體文學提出緣起

　　所謂「總體文學」，最初是指從基本和普遍的原理上所認識和概括的文學，因此通常與詩學、文學理論等相聯繫。一般認為，「總體文學」作為一個重要概念進入比較文學視野，與提格亨的重新解釋和強調有關。[85]

　　我們知道，在比較文學興起以前，人們對文學的研究主要以「國別文學」為對象，並在此基礎上進行文學普遍原理的總結和概括。「國別文學」（national literature）也稱作「國家文學」或「民族文學」。它以民族／國家為單位，考察特定文學的存在與發展，無形中突出和強化了人類文學在族群與區域方面的界限和圈子，同時也使在其基礎產生的文學理論難免單一和偏頗。而比較文學從一開始所要做的，恰恰就是在承認民族／國家存在的基礎上，竭力去超越界限、突破圈子，找出不同族群、不同地區之間相互發生著的聯繫和影響，進而對以往的文學原理加以驗證。

　　因此，從學術發展的角度來看，可以說比較文學的出現，不僅突破了既有的「國別文學」，同時也挑戰了以往的文學理論。尤其是在各種現實與觀念中的界限和圈子被超越之後，人們對文學的基本構成，在認識上不可能不發生動搖。那麼，怎樣解決這些問題呢？透過對「總體文學」進行重新闡釋，提格亨提出了他的「三層

次說」，即「國別文學」、「比較文學」與「總體文學」，作爲各具特色的三個層次，分別構成涵義不同的獨立學問，但三者彼此關聯，相互補充，共同組成文學研究的有機整體。具體來說，「國別文學」研究一國之內的文學現象，「比較文學」關注國家之間的文學關係，「總體文學」則解決各國文學的共同發展。

在這個意義上，「總體文學」可視爲比較文學的「一種自然展開和必要補充」，特點是「對於許多國家文學所共有的事實的探討」和「關於文學本身的美學或心理學上的研究」，以及對「國際文學史」的大型綜合研究與編撰等。[86]爲了便於區分和對照，提格亨舉了一個歐洲文學範圍的例子進行說明：

基本對象——盧梭
國別文學：研究盧梭的《新愛洛綺絲》在十八世紀法國小說中
　　　　　的地位；
比較文學：研究英國理查生對盧梭的影響；
總體文學：綜合評論理查生和盧梭的影響之下的歐洲感傷小
　　　　　說。

應當承認，在回應比較文學的挑戰及其自身發展問題上，提格亨是做出了努力和貢獻的。作爲比較文學的早期開創者之一，他一方面堅持不懈地爲本學科的產生與發展爭取名正言順的合法性，故不惜透過種種方式證明其與衆不同的特殊價值和必要意義；另一方面又力求彌合過去的國別文學研究被比較文學撕開的學術「裂縫」，試圖以「三層次說」來進行整合，並由此提出比較文學的發展方向與目標。

二、總體文學的相關爭論

　　然而，關於「總體文學」的這種解釋提出以後，在比較文學界的美、法兩派之間引出了不斷爭論。美國學者韋勒克和沃倫認爲把「比較文學」與「總體文學」區分開來的做法既站不住腳又難以實現，並指出這樣的劃分，有將比較文學縮小爲僅關注國別之間文學「外貿」的危險。他擔心如果出現那樣的結果，無疑是不幸的。[87]

　　雷馬克以「圍牆」爲例對民族文學、比較文學和總體文學進行比喻說明，既強調了三者的聯繫又突出了彼此的不同，並且由於形象生動而被廣泛引用。他說，民族文學在「一牆之內」，比較文學「跨過圍牆」，而總體文學則站到了「圍牆之上」。[88]但他也感到提格亨的劃分「武斷而且機械」。他以質疑的口氣問道：爲什麼我們研究理查生和盧梭的比較算是「比較文學」，而理查生、盧梭和歌德的比較就算是「總體文學」呢？難道「比較文學」這個術語就不能包括任何數目國家的綜合研究嗎？由此，雷馬克主張避免使用「總體文學」這一概念，而在不同的場合以「比較文學」、「世界文學」和「翻譯文學」及「文學理論」等來代替。不過與韋勒克一樣，雷馬克也並不反對研究從一般原理上研究文學，只是覺得「總體文學」（general literature）的提法欠妥，認爲與其稱「總體文學」不如去掉前面的任何修飾和限制，直接叫「文學」更好。

　　另外一些法國學者則仍在承認彼此密切關係的前提下，堅持「比較文學」與「總體文學」的區分。波爾多大學的熱那教授一方面認爲不能在撇開「比較文學」的情況下來談論「總體文學」，另一方面又對「總體文學」與比較文學的不同進行了明確的界定，指出：什麼是總體文學呢？「總體文學」意在剷除各民族文學的壁

疊，是架設在一國文學同他國文學之間的橋樑；並且還是一座架設在文學同其他藝術門類之間的橋樑。這就與蒙迪亞諾 1956 年便提出「把文學與其他藝術的關係併入總體文學」的主張再度吻合。而法國學派的代表人物基亞、卡雷等人，則連提格亨提出的「總體文學」也不能容忍，卡雷指出：「人們曾想，現在也還在想把比較文學發展成爲一種『總體文學』來研究；『找出多種文學的共同點』（提格亨語），來看看他們之間存在的是主從關係抑或只是一種偶合。爲了紀念『世界文學』這個詞的發明者——歌德，人們還想撰寫一部『世界文學』……無論是前一種還是後一種打算，對大部分法國比較文學工作者來說，都是些形而上學的或無益的工作。」[89]

在這點上，中國研究者的一種看法是，美、法兩派圍繞總體文學與比較文學的劃分之爭，實際上反映出兩派人物在比較文學不同發展階段的強調差異，其核心問題在於怎樣處理超越國別界限的「平行研究」和「文學理論」。論爭從一個側面體現了比較文學的自身發展和演變。這種看法進一步認爲，正是從承認區分的意義上，「總體文學」的提出才是有益和必要的，其可界說爲「研究全世界各民族文學共同存在的最普遍的根本規律」。把它視作文學研究的最高目標，不但能與比較文學區別開來，而且表明了比較文學的最終目的何在。按照這種無疑同意提格亨「三層次說」的解釋，國別文學、比較文學和總體文學不僅在平行的邏輯上相互補充，並且還在發展的時間緯度上遞進關聯，從而得出結論：如果說民族文學是比較文學基礎的話，那麼，總體文學則是比較文學的目標。

然而無論從什麼樣的角度解釋「總體文學」，就其現實存在的普遍狀況來看，不僅提格亨所舉的事例多限於歐洲圈子，韋勒克與雷馬克等人關於去掉字首修飾的「文學」研究，由於缺乏「非西方國家」的文學視野，同樣難以涵蓋人類的全部文學。

　　在這一點上，自二十世紀後半期以來，在中國學者重新復出於世界比較文學領域和東西方文學交流日益發展，再加上「第三世界文化理論」興起的多重推動下，有關「總體文學」的研究，終於又在「雙向闡釋」、「比較詩學」和「跨文明對話」等層面上，得到了深入展開。

三、中西比較

　　1982年，曾在美國攻讀比較文學專業並在台港和美國任教的葉維廉，在台灣爲大型「比較文學叢書」撰寫總序，明確提出應透過比較文學的研究，「尋求跨越中西文化的共同文學規律」。具體說來，就是要在跨國度和跨文化的文學作品及理論之間，尋求共同的「總體詩學」（common poetics）和「美學據點」（common aesthetics grounds）。葉維廉的觀點首先批評了以往在比較文學和一般文學理論界普遍存在的對西方權威的偏信，強調對不同文化和不同美學系統的總體理解，並找出相互間的差異和可能會通的途徑。其次，葉維廉又對歐洲圈子內的「跨國比較」與超越歐洲的東西方「跨文化」比較作了區別，繼而指出只有超越以亞里斯多德詩學體系爲基礎和以歐洲國家爲中心的跨國比較階段，進入東西方範圍的跨文化視野，充分尊重並運用包括中國儒釋道傳統在內的東方文論體系，才可能眞正做到從人類文化的整體上認識文學。[90]

　　由東西方文學的交會，走向總體文學這一趨向，也逐漸被西方有識之士認可，法國著名比較文學學者艾金伯勒提出應將比較文學擴展到歐洲以外，並認爲沒有讀過《西遊記》等東方作品，就沒有資格談比較文學。美國學者克勞迪奧‧紀廉則指出：「在某一層意義說來，東西比較文學的研究是、或應該是這麼多年來（西方）的

比較文學研究所準備達致的高潮，只有當兩大系統的詩歌互相認識、互相觀照，一般文學中理論的大爭端始可以全面處理。」[91]

為此，不僅需要向前展望「總體文學」的美好前景，更應當回過頭來重新審視既有的文學比較，找出其中隱藏的問題。問題在哪裡呢？葉維廉認為就在以往普遍存在的「文化壟斷」原則，即不同文化的相互交往中，甲對乙的壟斷。這裡，葉維廉將通常所說的「圈子」問題，進一步分析為「模子」問題，即各不同文化之間因審美體系相異而造成的局限、隔絕和誤解。在迄今為止的世界文學領域中，「模子」問題主要表現為「對中國這個『模子』的忽視，以及硬加西方『模子』所產生的歪曲」。要想使這樣的問題得到克服，從「局限」、「隔絕」和「誤解」，走向文學的人類「共相」，唯有透過由東西方的比較文學學者相互溝通、共同合作方能實現。為此，葉維廉呼籲：

> 要尋求「共相」，我們必須放棄死守一個「模子」的固執。我們必須要從兩個「模子」同時進行，而且必須尋根探固，必須從其本身的文化立場去看，然後加以比較和對比，始可得到兩者的面貌。[92]

台灣學者袁鶴翔也透過對提格亨的質疑，強調了突破西方中心的局限，開展東西方文學比較對認識和建立「共同標準」（common denominators）的意義。儘管提格亨提出了要關注「總體文學」的主張，但其所依據的標準卻僅只限於西方。比如提格亨把歐洲文學的發展分為四個「世界性時期」，即：(1)中世紀——宗教信仰；(2)十六世紀文藝復興；(3)十八世紀；和(4)十九世紀。袁鶴翔認為這種劃分實際上賦予一切文學（歐洲文學）在宗教信念上與拉丁文化的親和，而這樣的類同，在東西方之間是不存在的。因此若要真正

在總體上認識人類文學，必須立足於「文學世界主義」（cosmopolitanism）的立場，經由比較文學之路，努力突破文化和哲學的限制，探討各民族不同的思辨視野，從而尋求所有文化傳統的共同點。關於「共同」問題，他藉哈利・列文的觀點強調說：

> 比較學者必須具備這一同樣的信念，即所有文化傳統對構成人類知識的統一性都有同等效力。[93]

大陸學者曹順慶重申比較文學「中國學派」的重要性，並在主張透過比較、異中求同的基礎上，把此學派的特徵做了新的界定，即：探討跨越中西方異質文化的文學碰撞、文化浸透、文學誤讀，並尋求這種跨越異質文化的文學對話、文學溝通，以及文學觀念的會通、整合與重建。[94]

由此看出，以中國為突出代表的非西方學者的介入，對「總體文學」的涵義、方法和建構途徑都提出了尖銳挑戰。從根本上說，中國學者並不反對「總體文學」的提出，而是認為，對「總體文學」進行認識、概括和評價的理論立足點存在問題，即「西方中心主義」的局限使其難以全面涵蓋人類總體。就目前的形式而言，「總體文學」還只是一種遠景目標。為實現這一目標，照曹順慶的主張，人們還需要進行的是階段性努力：既不重複法國式的文學「外貿」，也不追尋美國式的文化「大同」——即西方中心式的「世界主義」，而是開展平等基礎上的東西方對話。[95]

相比之下，對於這種「階段性」努力，印度學者的主張更為尖銳突出。他們甚至明確提出以「民族主義——改換視角」的口號來對抗西方中心主義對第三世界文學的干擾和危害。[96]

由此可見，就「總體文學」引發的諸多問題而言，我們只有在發掘和認識非西方文學特色和文化價值的基礎上，首先釐清彼此不

同的理論傳統，把東方文學納入世界範圍，然後才可能建構跨文化
的文學互補與會通。

四、總體文學新的拓展

在「總體文學」目標的挑戰下，隨著「跨文明比較」呼聲的日
益高漲，越來越多的學者參與到了東西方文學比較中來。概括而
論，他們關注的領域和取得的成就體現在這樣一些方面：

（一）世界眼光，民族對等

在東西方文學比較的背景下，中國學者首先強調的是世界眼光
中的民族對等。這就要求同時從兩個方面反對文學研究和文化交往
中的「文化封閉主義」與「文化殖民主義」。由此出發，有的學者
一方面贊同把比較文學視為「總體文學」邁進的中間階段，並將印
度、日本和中國等亞洲國家現代文學的形成和發展比作「世界文學
總體」的誕生標誌，另一方面宣稱「總體文學」的時代特徵可以概
括為一句話，即：「交流就是一切」：

> 在總體文學時代，交流已成為生活的同義詞，封閉則是自殺的
> 同義詞。交流是生活的標誌，生活是交流的總和……一切民族
> 的生活，無不處在世界性的交流之中；一切民族文學的生產和
> 發展，無不處在世界性的交流之中。[97]

另有學者主張從世界的格局來審視包括中國在內的民族與國別
的文學。提出「就目前景況而論，嚴格意義上的『世界文學』並未
出現，出現的只是國別文學、民族文學在世界背景中的相遇、相交
和相融」。因此，略去其理想成分不論，「世界文學」的準確涵

義，應解釋為「世界的文學」，即「文學的世界背景」或「世界的文學構成」。在這樣的前提下，闡釋世界文學格局，就是指「以世界的眼光」，而不是一國、一洲的眼光，對人類的文學現象作總體和歷史的把握。為了做到這一點，需要跳出過去有「我」之比的中心模式，進入「第三人稱」式的客觀化圖式。用形象的比喻形容，即從各自占有的「領海」之爭，進入人類共通的「公海」境界。在這意義上，如果說「比較文學」標誌的是主權尊重和族群平等的話，「總體文學」則意味著多元交會與主體超越。[98]

（二）雙向闡釋，東西互動

所謂「雙向闡釋」指的是同時用東西方的文學理論，去分別闡釋彼此不同的文學作品。這一主張在開始階段主要是由港台學者提出的。在此之前，文學研究領域最為常見的現象，是在西方理論「放之四海皆準」的假定下，用西方文論闡釋世界各國的文學，亦即以西方「模子」單方面的套用於東方。為了改變這種偏狹，不少中國學者認為我們不僅可以用寫實主義、浪漫主義乃至結構主義等來「以西釋中」，同樣可以調換角度，「由中釋西」，即以中國文論來闡釋西方文學。

香港學者黃維樑認同在全球舞台上中國文論患了「失語症」的說法，堅持中國應該發出「自己的聲音」。他以劉勰的文論思想為例，指出《文心雕龍》完全可以「治一半世界文學」。因為它「實在體大而慮周，所論極具普遍性」，並且在對作品藝術性的重視和具體而中肯的論述方面，有著「永恆的價值」。[99]

在這點上，一些西方學者也表達了相似的願望和看法。其中最突出的首推薩依德對西方「東方學」（orientalism）的批判。根據他的分析，到目前為止，西方主流社會有關東方歷史文化的闡釋，實

質上不過是西方自身價值的倒影、複製與延伸，在此過程中，真正的東方原貌已被誤讀、改變和扭曲了。[100]按照這一觀點的推論，解決這一問題的根本辦法，只能是重新回到東方文化的自我起點，從東方傳統的自我話語出發——「以東釋東」，由此矯正「東方學」造成的失誤。

（三）比較詩學，體系參照

比較詩學的形成，同樣關係到「總體文學」的探討。面對世界上主要以民族／國家為單位的諸多文學及其賴以滋生的審美體系，你究竟以什麼樣的立場和標準去進行總體判斷和分析呢？單以西方為中心的做法已經過時。那麼是不是改換成「非西方」的其他中心就可以了呢？顯然不行。於是各國學者便開始了跨越異質文化的文論、詩學比較。目的在於透過比較，從理論的高度探尋人類文論、詩學的同一性，從而為確立「總體文學」打下基礎。

關於這種東西方文論、詩學的比較，楊明照認為其目的在於一方面可以證實中國文論的理論價值及其在世界文論史上的重要地位，糾正「言必稱希臘」的歐洲中心之偏見，恢復歷史的本來面目；另一方面有助於使各國文論在平等基礎上，取長補短，共同探討世界文學的基本規律。[101]曹順慶透過自己進行「中西比較詩學」的具體實踐，主張從根本上深入認識中西文學藝術的不同審美特色，認識中西詩學理論所獨具的理論價值及其民族特色和世界意義。[102]

前國際比較文學學會主席佛克瑪站在「新世界主義」（或稱理想的世界主義）立場上，主張以多元文化的眼光，進行文學基本標準方面的理論比較，同時又應充分考慮人類作為地球上的一個生物種群所具有的「共同因素」。從這點出發，他把以寫作《中國的文

學理論》而聞名世界的美籍華裔學者劉若愚，視為中國傳統與歐美
傳統之間「最成功的調停人」。因為劉若愚雖然承認文化傳統之間
存在的根本差異，卻不認為彼此的「文化代碼」，如文論、詩學
「話語」不可轉換。用劉若愚本人的話說，即首先是不同傳統的
「文本並列」，繼而是在此基礎上的「比較詩學」，即：

> 只有透過來自兩種不同傳統的文本的並列，我們才能突出各自
> 傳統中真正獨特的東西。……這種並列將使我們意識到那些難
> 以表述的先決條件，即有關構成各種傳統的語言、詩歌、政治
> 和闡釋本質的先決條件。這就為真正的比較詩學掃清了障礙，
> 得以超越歐洲中心主義或中國中心主義。[103]

文論與詩學，就它們的字面意義而言，本來即是關於文學藝術
的基本理論，而對其進行跨文化比較，這一事實已說明不同文化中
各自文論和詩學所存在的局限，同時表明在過去的歷史中，人類尚
未形成對文學藝術的統一看法。以往有過的種種原理、「定論」，
皆只是一廂情願的假設和誤讀。如今透過比較，讓更多的人認識這
一點非常必要。厄爾·邁納在其《比較詩學》一書中，透過對詩學
體系中「文類劃分」這一基本問題的疏理，指出亞里斯多德建立在
「戲劇」基礎上的分類，從更大的世界範圍看，只不過是一個特
例，因為其他文化的詩學體系，都並非以「戲劇」而是以「抒情詩」
為基礎。由此可見，西方文學及其眾多熟悉的假設，只是世界範圍
中的一小部分，「完全沒有資格聲稱是一切的標準」。厄爾·邁納
因此認為，比較詩學的另一個涵義應當是「跨文化的文學理論」。
[104]

（四）文化對話，和而不同

透過從現實發展到理論體系的比較、分析，不難看出，在理想中的「總體文學」尚未建立以前，人類的文學狀況實際呈現的只是自成系統的「歐洲─西方文學」與「亞洲─東方文學」以及「美洲─猶太文學」、「非洲─黑人文學」等多種組合與多元格局。對此，比較文學的學者更多主張的是跨文化對話前提下的文學交流和互補。而進行這種交流與對話，最需要避免的是「文化中心主義」和「文化孤立主義」這兩種有害傾向。從人類自「軸心時代」以來的演變進程來看，交流無疑是有利於相互溝通和互補的。中國比較文學學會會長樂黛雲多次引用英國哲學家羅素的一段論述，並對此加以引申說明：

> 不同文化之間的交流過去已被多次證明是人類文明發展的里程碑。希臘學習埃及，羅馬借鑑希臘，阿拉伯參照羅馬帝國，中世紀的歐洲又模仿阿拉伯，而文藝復興時期的歐洲則仿效拜占庭帝國。

樂黛雲總結說，沒有互為他者的相互參照，沒有從多元視角深入認識自己的可能，也就沒有不同文化之間的互補、互證和互識，就不會有新文化的創建。因此為了避免衝突，實現溝通，當今世界需要的現實目標，既非「殖民稱霸」，亦非「自我封閉」，而是「和而不同」。「和」這一來自中國古代思想的文化主張，它的基本精神即是強調不同元素在多元關係中的和諧共處。

這樣，為了達到人類世界的和諧共處，使各民族文學都以平等身分進入多元格局，比較文學的重要性非但沒有因「總體文學」的提出而減弱，反而因那樣的理想目標日益顯著起來，並且在跨異質

文化的中西比較中，進一步發揮其不可替代的現實作用，那就是：透過對話來解決人類在文學方面遭遇的共同問題。[105]

　　總之，關於「比較文學」與「總體文學」的相互關聯，中國學者的看法是，長遠來看，比較文學必將超越語言、文化、政治界限，邁向廣闊的世界文學。在這點上，東西方之間找到了共同之處。韋勒克認為在將來「『比較文學』和『總體文學』不可避免地會合二爲一」；而這種研究，「意味著從國際的角度來展望建立全球文學史和文學學術這一遙遠的理想」。如今，這樣的理想已在中國學者以跨文化眼光和總體文學的思想撰寫的《比較文學史》及《中外比較文論史》等論著中部分地體現了出來。其以「衝破圈子」的努力昭示著這樣一個信念：超越民族界限、融全世界文學爲一體的文學史，必將隨著比較文學研究的深入發展而產生。[106]

　　「東海西海，心理攸同。」[107]透過從「國別文學」、「比較文學」到「總體文學」的關聯與探討，我們不已窺見到東西方學者對人類文學的總體面貌所進行的共同努力和潛在相通嗎？正如錢鍾書所說的那樣：比較文學的最終目的在於幫助我們認識總體文學乃至人類文化的基本規律。

　　而若再從文學人類學的角度看，前文所概括的「雙向闡釋」、「比較詩學」和「文化對話」等主張與實踐，都從不同的層面表明，以今日「地球村」的目光觀之，人類自古就具有種群上的共同性，今後更存在彼此溝通之可能和必要。只不過在漫長的歷史文化進程中，這種共同性——人類文化的「元典」，不得不以帶著族群差異的特殊方式呈現，故每每會產生隔膜、誤解罷了。各國學者透過跨文化對話，必將使隱藏在差異後面的「元典」得到破譯，從而從根本上建立總體研究的理論基礎和歷史前提。[108]

注釋

[1]邵建，〈世紀末的文化偏航〉，《文藝爭鳴》，1995，期1。

[2]季羨林，〈在跨越世紀之前〉，《文藝爭鳴》，1993，期3。

[3]杭廷頓，〈文明的衝突〉，中譯載香港中文大學編，《二十一世紀》，1993，期19。

[4]古添洪，〈中西比較文學：範疇、方法、精神的初探〉，中國社會科學院文學所科研處「文學研究動態」編輯組編，《比較文學論文選集》，1982，頁43。

[5]余國藩，〈中西文學關係的問題與前景〉，李達三、羅鋼主編，《中外比較文學的里程碑》，人民文學出版社，1997，頁13-14。

[6]朱立民，〈比較文學的墾拓在台灣〉，古添洪、陳慧樺，《比較文學的墾拓在台灣》，台北：東大，1976，頁4。

[7]轉引自古添洪，〈中西比較文學：範疇、方法、精神的初探〉，中國社會科學院文學所科研處「文學研究動態」編輯組編，《比較文學論文選集》，1982，頁44。

[8]盧康華、孫景堯，《比較文學導論》，黑龍江人民出版社，1984，頁328。

[9]楊周翰、樂黛雲主編，《中國比較文學年鑑：1986》，北京大學出版社，1987，頁461；樂黛雲主編，《中西比較文學教程》，高等教育出版社，1988，頁98。

[10]周英雄，〈文學理論與比較文學〉，周英雄，《比較文學與小說詮釋》，北京大學出版社，1990，頁4。

[11]古添洪、陳慧樺，《比較文學的墾拓在台灣》，〈序〉，台北：東大，1976，頁1。

[12]古添洪，〈中國學派與台灣比較文學界的當前走向〉，《中外文論與文化》

輯三，四川大學出版社，1997。

[13]樂黛雲，《比較文學原理》，湖南文藝出版社，1988，頁35。

[14]陳惇、劉象愚，《比較文學概論》，北京師範大學出版社，1988，頁144。

[15]杜衛，〈中西比較文學的闡發研究〉，《中國比較文學》，1992，期2。

[16]劉介民，《比較文學方法論》，天津人民出版社，1993。

[17]曹順慶，《中外比較文論史（上古時期）》，山東教育出版社，1998，頁202。

[18]維姆薩特、比爾茲利，〈意圖謬見〉，趙毅衡編選，《「新批評」文集》，中國社會科學出版社，1988，頁228。

[19]維姆薩特、比爾茲利，〈感受謬見〉，趙毅衡編選，《「新批評」文集》，中國社會科學出版社，1988，頁228。

[20]顏元叔，〈析〈春望〉〉，黃維樑、曹順慶編，《中國比較文學學科理論的墾拓——台港學者論文選》，北京大學出版社，1998，頁218-222。

[21]曹順慶、李思屈等，《中國古代文論話語》，巴蜀書社，2001。

[22]孫築瑾，〈中英抒情詩歌中情與景相關呈現模式的比較〉，李達三、羅鋼主編，《中外比較文學的里程碑》，人民文學出版社，1997，頁262-290。

[23]馮川，〈創作衝動與不朽意識〉，馮川，《人文學者的生存方式》，四川人民出版社，1998，頁148-158。

[24]童慶炳，〈剎那間的直接把握——「即景會心」與藝術直覺〉，童慶炳，《中國古代心理學詩學與美學》，中華書局，1992，頁69-76。

[25]錢鍾書，〈通感〉，錢鍾書，《七綴集》（修訂本），上海古籍出版社，1985，頁63-78。

[26]溫任平，〈電影技巧在中國現代詩裡的運用〉，古添洪、陳慧樺，《比較文學的墾拓在台灣》，台北：東大，1976，頁235-276。

[27]蒲安迪，〈談中國長篇小說的結構問題〉，李達三、羅鋼主編，《中外比較文學的里程碑》，人民文學出版社，1997，頁333-342。

[28]曹順慶，《中外比較文論史（上古時期）》，山東教育出版社，1998，頁204-209。

[29]干永昌、廖鴻鈞、倪蕊琴等選編，《比較文學研究譯文集》，上海譯文出版社，1985。

[30]韋斯坦因，《比較文學與文學理論》，劉象愚譯，遼寧人民出版社，1987，頁5。

[31]袁鶴翔，〈中西比較文學定義的探討〉，《中外文學》，卷4，期3。

[32]劉介民，《比較文學方法論》，天津人民出版社，1993，頁302-303。

[33]古添洪，〈中西比較文學範疇、方法、精神的初探〉，《中外文學》，1979，卷76，期11。

[34]劉介民，《比較文學方法論》，天津人民出版社，1993，頁306。

[35]袁鶴翔，〈中西比較文學定義的探討〉，《中外文學》，卷4，期3。

[36]古添洪，〈中西比較文學範疇、方法、精神的初探〉，《中外文學》，1979，卷76，期11。

[37]參見佛克瑪的文章，載《北京大學學報》，1989，期2。

[38]李達三，《比較文學研究之新方向》，台北：聯經，1978，頁266。

[39]曹順慶，《中西比較詩學》，北京出版社，1988，頁269。

[40]葉維廉，〈中國古典詩和英美詩中山水美感意識的演變〉，李達三、羅鋼主編，《中外比較文學的里程碑》，人民文學出版社，1997，頁181-199。

[41]曹順慶，〈「迷狂說」與「妙悟說」〉，《中國比較文學・創刊號》，1984；曹順慶，《中西比較詩學》，北京出版社，1988，頁183-197。

[42]楊絳，〈李漁論戲劇結構〉，張隆溪、溫儒敏選編，《比較文學論文集》，北京大學出版社，1984，頁53-67。

[43]葉維廉，《比較詩學》，台北：東大，1983。

[44]曹順慶，《中外比較文論史（上古時期）》，山東教育出版社，1998，頁196。

[45]韋斯坦因，《比較文學與文學理論》，遼寧人民出版社，1987。

[46]唐正序、曹順慶，《生命的光環——中國文化與中國文論》，頁4。

[47]唐正序、曹順慶，《生命的光環——中國文化與中國文論》，頁6。

[48]曹順慶，《中外比較文論史》，山東教育出版社，1998，頁215。

[49]樂黛雲等主編，《多元文化語境中的文學——中國比較文學學會第四屆年會暨國際學術討論會論文集》，湖南文藝出版社，1994，頁4。

[50]曹順慶，〈中西詩學對話：現實與前景〉，《當代文壇》，1990，期6。

[51]曹順慶，〈中西詩學對話：現實與前景〉，《當代文壇》，1990，期6，頁9。

[52]《中國比較文學通訊》輯二，1994，頁57。

[53]曹順慶，《中外比較文論史》，山東教育出版社，1998，頁245。

[54]曹順慶，《中外比較文論史》，山東教育出版社，1998，頁251。

[55]黃維樑、曹順慶編，《中國比較文學學科理論的墾拓——台港學者論文選》，北京大學出版社，1998頁87。

[56]曹順慶，〈中西詩學對話：現實與前景〉，《當代文壇》，1990，期6。

[57]曹順慶，《中外比較文論史（上古時期）》，山東教育出版社，1998，頁335。

[58]曹順慶、李思屈，〈重建中國文論話語的基本路徑及其方法〉，《文學評論》，1996，期2。

[59]曹順慶、吳興明，〈替換中的失落〉，《文學評論》，1999，期4。

[60]何光滬、許志偉主編，《對話：儒釋道與基督教》，社會科學文獻出版社，1998。

[61]曹順慶，《中西比較詩學》，北京出版社，1988。

[62]曹順慶，《中外比較文論史》，山東教育出版社，1998。

[63]曹順慶主編，《東方文論選》，「舞論」，第六章，四川人民出版社，1996。

[64]鈴木修次，《中國文學與日本文學》，海峽文藝出版社，1989，頁200。

[65]曹順慶，《中外比較文論史（上古時期)》，山東教育出版社，1998，頁401-455。

[66]曹順慶，《中外比較文論史（上古時期)》，山東教育出版社，1998，頁671-688。

[67]陳惇、劉象愚，《比較文學概論》（修訂版），北京師範大學出版社，2000，頁215-219。

[68]謝天振，〈文學翻譯與文化意象的傳遞〉，《上海文論》，1994，期3。

[69]曹順慶，《中外比較文論史（上古時期)》，山東教育出版社，1998，頁380-399。

[70]黃維樑，〈美國的《文心雕龍》翻譯與研究〉，《中國古典文論新探》，北京大學出版社，1996。

[71]陳寅恪，〈支敏度學說考〉，《金明館叢稿初編》，上海古籍出版社，1980，頁149。

[72]曹順慶、李思屈，〈重建中國文論話語的基本路徑及其方法〉，《文學評論》，1996，期2。

[73]余虹，《中國文論與西方詩學》，三聯書店，1999，頁65。

[74]胡經之，《文藝美學》，北京大學出版社，1989。

[75]劉若愚，《中國的文學理論》（中譯本），四川人民出版社，1987，頁3。

[76]劉若愚，《中國的文學理論》（中譯本），四川人民出版社，1987，頁5。

[77]曹順慶，《中西比較詩學》，〈後記〉，北京出版社，1988。

[78]以上參見曹順慶，《中西比較詩學》，北京出版社，1988，頁40-66。

[79]王元化，《文心雕龍創作論》，上海古籍出版社，1979，頁69。

[80]王元化，《文心雕龍創作論》，上海古籍出版社，1979，頁135-169。

[81]錢鍾書，《談藝錄》（修訂本），中華書局，1987重印本，頁60-62。

[82]錢鍾書，《管錐編》冊三，第二版，中華書局，1986，頁1176-1182。

[83]朱光潛，《詩論》，三聯書店，1984，頁45-70。

[84]宗白華，《美學散步》，上海人民出版社，1981，頁1-11。

[85]盧康華、孫景堯，《比較文學導論》，黑龍江人民出版社，1984，頁94-99。

[86]提格亨，《比較文學論》，戴望舒譯，商務印書館，1937，頁206-212。

[87]韋勒克、沃倫，《文學理論》，劉象愚等譯，三聯書店，1984，第一部第五章「總體文學、比較文學和民族文學」。

[88]雷馬克，〈比較文學的定義和功能〉，干永昌、廖鴻鈞、倪蕊琴等選編，《比較文學研究譯文集》，上海譯文出版社，1985，頁220。

[89]基亞，《比較文學》，〈前言〉，顏保譯，北京大學出版社，1983，頁2。

[90]葉維廉，〈尋求跨越東西方文化的共同文學規律〉，黃維樑、曹順慶編，《中國比較文學學科理論的墾拓——台港學者論文選》，北京大學出版社，1998。

[91]黃維樑、曹順慶編，《中國比較文學學科理論的墾拓——台港學者論文選》，北京大學出版社，1998，頁88。

[92]葉維廉，〈東西比較文學中「模子」的運用〉，李達三、羅鋼主編，《中外比較文學的里程碑》，人民文學出版社，1997，頁44-63。

[93]袁鶴翔，〈東西比較文學：其可能性之探討〉，李達三、羅鋼主編，《中外比較文學的里程碑》，人民文學出版社，1997，頁29-43。

[94]曹順慶，〈論比較文學中國學派〉，曹順慶主編，《比較文學新開拓》，

重慶大學出版社，1996，頁1-23。

[95]曹順慶，〈論比較文學中國學派〉，曹順慶主編，《比較文學新開拓》，重慶大學出版社，1996，頁1-23。

[96]孫景堯，〈打破「歐洲中心」，改變比較文學視角〉，《中外文化與文論》，1996，總第1期。

[97]曾小逸，〈論世界文學時代〉，曾小逸主編，《走向世界文學——中國作家與外國文學》，湖南人民出版社，1985，頁1-74。

[98]徐新建，〈世界文學格局中的中國文學〉，中國比較文學學會等編，《面對世界——中國比較文學學會第三屆年會暨國際學術討論會論文集》，貴州人民出版社，1990，頁132-150。

[99]黃維樑，〈用《文心雕龍》來評析文學〉，曹順慶主編，《邁向比較文學新階段——中國比較文學學會第六屆年會暨國際學術討論會論文選》，四川人民出版社，2000，頁554-565。

[100]薩依德，《東方學》（中譯本），三聯書店，1999。

[101]曹順慶，《中西比較詩學》，〈楊明照序·運用比較的方法研究中國古代文論〉，北京出版社，1988。

[102]曹順慶，《中西比較詩學》，北京出版社，1988，頁1-37。

[103]佛克瑪，〈東方和西方：文化的多元化標準〉，《中外文化與文論》，1996，總第1期。

[104]邁納，《比較詩學》，王宇根、宋偉傑等譯，中央編譯出版社，1998，頁1-14。

[105]樂黛雲，〈比較文學與二十一世紀人文精神〉，《中國比較文學》，1998，總第30期。

[106]曹順慶主編，《比較文學史》，〈緒論〉，四川人民出版社，1991；曹順慶，《中外比較文論史》，山東教育出版社，1998。

[107]錢鍾書，〈談藝錄·序〉，《錢鍾書散文選》，浙江文藝出版社，1997，

頁 449-450。

[108]蕭兵，〈比較文學走向總體研究之我見〉，《跨文化對話》，2000，總第
4 期。

後 記

我與台灣學術界和教育界頗有緣分。1998年,我應龔鵬程校長之邀,赴台灣嘉義南華管理學院文學所任教,擔任碩士班比較文學課與中西文論比較課程;1999年又赴南華大學任教,並先後在台灣師範大學、清華大學、中山大學、中正大學、彰化師範大學、逢甲大學、淡江大學、世新大學、輔仁大學、東吳大學、成功大學等校演講,有幸與我原在香港中文大學任訪問學者時(1987年)即相識的著名學者袁鶴翔教授為同事,並與原香港中文大學著名學者、當時任中正大學副校長的周英雄教授常常見面,切磋比較文學心得;赴各地演講時,又常常與陳鵬翔兄相處,並與余光中、廖炳惠、張漢良、張靜二、古添洪等著名學者見面,交流學術心得。2000年,鵬程兄任佛光大學校長,又邀我於2000年、2001年連續兩個學期在宜蘭佛光大學任比較文學課。2002年上半年,我又應淡江大學高柏園院長之邀,赴淡江講學。這五年,我不斷往返於海峽兩岸,幾乎每年都在台灣講學任教。頻繁的學術交流,讓我獲益良多。

這部《比較文學論》,就是在海峽兩岸教學和往返交流的一項成果。這部書稿是我在兩岸學生中共同使用的教材,凝聚了我在海峽兩岸同時任教的教學實踐和心得。如今,我在大陸已培養了多屆比較文學博士生,他們中已有二十多名獲博士學位,其中王曉路、李思屈、張榮翼等三名已成長為博士生導師,傅勇林、徐新建、彭兆榮、代迅、羅婷、鄧時忠、閻嘉等也都已經是正教授,出類拔萃者頗多。在台灣,我也有不少有成就的學生,記得前年在台灣日月

潭畔的暨南大學講學時，與正在暨大兼任的蔡祝菁不期而遇，祝菁是我在南華大學任教時的碩士班學生，現已獲輔仁大學博士；去年，我在北京大學開會，不料與我在佛光大學教過的學生徐時福在北大勺園賓館的走廊上撞了個滿懷，兩人驚喜之至；今年，台灣數個大學代表團來川大訪問，在代表團中突然發現我教過的學生洪喬平，令我非常高興。當教師的最大樂趣就是看見自己教過的學生日漸成長。而用這部比較文學教材教出來的學生，正是我在海峽兩岸教比較文學課的最大收穫。

衷心感謝我在佛光人文社會學院任教時的同事孟樊教授，在他熱心推薦下，台灣揚智文化事業公司出版了這部書，爲我在台灣的比較文學教學活動留下了一個永恆的紀念。

曹順慶

參考書目

一、教科書

大塚幸男（1985），《比較文學原理》，陳秋峰、楊國華（譯），陝西人民出版社。

布呂奈爾等（1989），《什麼是比較文學》，葛雷、張連奎（譯），北京大學出版社。

阿布都熱蘇力（1998），《比較文學原理》，新疆大學出版社。

迪馬（1991），《比較文學引論》，謝天振（譯），上海譯文出版社。

洛里哀（1931），《比較文學史》，傅東華（譯），商務印書館。

約斯特（1988），《比較文學導論》，廖鴻鈞等（譯），湖南文藝出版社。

韋斯坦因（1987），《比較文學與文學理論》，劉象愚（譯），遼寧人民出版社。

孫景堯（1988），《簡明比較文學》，中國青年出版社。

基亞（1983），《比較文學》，顏保（譯），北京大學出版社。

張鐵夫（主編）（1997），《新編比較文學教程》，湖南人民出版社。

曹順慶（2001），《比較文學學科理論研究》，巴蜀書社。

曹順慶（主編）（1991），《比較文學史》，四川人民出版社。

曹順慶（主編）（2001），《世界文學發展比較史》，北京師範大學出版社。

梁工、盧永茂（主編）（1999），《比較文學概觀》，河南大學出版社。

提格亨（1937），《比較文學論》，戴望舒（譯），商務印書館。

陳挺（1986），《比較文學簡編》，華東師範大學出版社。

陳惇、孫景堯、謝天振（主編）（1997），《比較文學》，高等教育出版社。

陳惇、劉象愚（1988），《比較文學概論》，北京師範大學出版社。

陳惇、劉象愚（2000），《比較文學概論》（修訂版），北京師範大學出版社。

劉介民（1993），《比較文學方法論》，天津人民出版社。

劉聖效（1989），《比較文學概論》，湖南人民出版社。

劉獻彪（主編）（1990），《簡明比較文學教程》，北京文津出版社。

樂黛雲（1988），《比較文學原理》，湖南文藝出版社。

樂黛雲（主編）（1988），《中西比較文學教程》，高等教育出版社。

樂黛雲、陳躍紅等（1998），《比較文學原理新編》，北京大學出版社。

盧康華、孫景堯（1984），《比較文學導論》，黑龍江人民出版社。

謝弗雷（1991），《比較文學》，馮玉貞（譯），台北：遠流出版公司。

饒芃子（主編）（1989），《中西戲劇比較教程》，廣東高等教育出版社。

二、理論專著、論文集

丁成鯤（1992），《中西喜劇研究》，學林出版社。

丁捷（編）（1992），《時代與抉擇：胡適和中西文化》，湖南人民出版社。

上海外語學院外國語言文學研究所（編）（1987），《中西比較文學手冊》，四川人民出版社。

丸山清子（1985），《源氏物語與白氏文集》，申非（譯），國際文化出

版公司。

于長敏（1996），《中日民間故事比較研究》，吉林大學出版社。

于語和、庾良辰（主編）（1999），《近代中西文化交流史論》，山西教育出版社。

山田敬三、呂元明（主編）（1992），《中日戰爭與文學──中日現代文學的比較研究》，東北師範大學出版社。

干永昌、廖鴻鈞、倪蕊琴（選編）（1985），《比較文學研究譯文集》，上海譯文出版社。

中西進（1995），《水邊的婚戀──《萬葉集》與中國文學》，王曉平（譯），四川人民出版社。

中西進、王曉平（1995），《智水仁山──中日詩歌自然意象對談錄》，中華書局。

中國比較文學學會（編）（1991），《欲望與幻想──東方與西方》，江西人民出版社。

中國比較文學學會、貴州省文化廳、貴州比較文學學會（編）（1990），《面對世界──中國比較文學學會第三屆年會暨國際學術討論會論文集》，貴州人民出版社。

中國社會科學院文學所（編）（1982），《比較文學論文選集》。

中國社會科學院文學所（編）（1985），《中西比較詩學論文選》。

中國社會科學院魯迅研究室（編）（1986），《魯迅與中外文化的比較研究》，中國文聯出版公司。

戈寶權（1992），《中外文學因緣──戈寶權比較文學論文集》，北京出版社。

毛信德（1998），《郁達夫與勞倫斯研究》，杭州大學出版社。

王立（1995），《中國文學主題學》，中州古籍出版社。

王向遠（1998），《中日現代文學比較論》，湖南教育出版社。

王佐良（1984），《中外文學之間》，江蘇人民出版社。

王佐良（1986），《論契合——比較文學論文集》，外語教學研究出版社。

王富仁（1983），《魯迅前期小說與俄羅斯文學》，陝西人民出版社。

王寧（1990），《比較文學與當代文化批評》，人民文學出版社。

王寧、錢林森等（1999），《中國文化對歐洲的影響》，河北人民出版社。

王潤華（編）（1980），《比較文學理論集》，台北：成文出版社。

王曉平（1987），《近代中日文學交流史稿》，湖南文藝出版社。

王曉平等（1998），《國外中國古典文論研究》，江蘇教育出版社。

王錦厚（1989），《五四新文學與外國文學》，四川大學出版社。

北京大學比較文學研究所（編）（1987），《中國比較文學年鑑》，北京大學出版社。

北京大學比較文學研究所（編）（1989），《中國比較文學研究資料：1919-1949》，北京大學出版社。

北京師範大學中文系比較文學研究組（編）（1986），《比較文學研究資料》，北京師範大學出版社。

古添洪、陳慧樺（1976），《比較文學的墾拓在台灣》，台北：東大圖書公司。

史景遷（1990），《文化類同與文化利用——世界文化總體對話中的中國形象》，廖世奇等（譯），北京大學出版社。

田本相（1993），《中國現代比較戲劇史》，文化藝術出版社。

白海珍、汪凡（1989），《文化精神與小說觀念——中西小說觀念的比較》，河北人民出版社。

伊藤虎丸（1995），《魯迅、創造社與日本文學》，北京大學出版社。

吉列斯比（1987），《歐洲小說的演變》，三聯書店。

成中英（1991），《論中西哲學精神》，東方出版中心。

朱光潛（1984），《悲劇心理學》，人民文學出版社。

朱光潛（1984），《詩論》，三聯書店。

朱希祥（1998），《中西美學比較》，中國紡織大學出版社。

朱維之（編著）（1992），《基督教與文學》，上海書店。

朱維之、方平等（1984），《比較文學論文集》，南開大學出版社。

朱維之等（編）（1984），《比較文學論文集》，南開大學出版社。

朱徽（編著）（1996），《中英比較詩藝》，四川大學出版社。

朱謙之（1999），《中國哲學對歐洲的影響》，河北人民出版社。

米列娜（編）（1991），《從傳統到現代：十九至二十世紀轉折時期的中國小說》，伍曉明（譯），北京大學出版社。

艾田蒲（1999），《中國之歐洲》，許鈞、錢林森（譯），河南人民出版社。

何德功（1995），《中日啓蒙文學論》，東方出版社。

余虹（1999），《中國文論與西方詩學》，三聯書店。

克·蘇爾夢（編）（1989），《中國傳統小說在亞洲》，顏保（譯），國際文化出版公司。

李明濱（1990），《中國文學在俄蘇》，花城出版社。

李春林（1985），《魯迅與陀思妥耶夫斯基》，安徽文藝出版社。

李萬鈞（1995），《中西文學類型比較史》，海峽文藝出版社。

李達三（1978），《比較文學研究之新方向》，台北：聯經事業出版公司。

李達三、羅鋼（主編）（1997），《中外比較文學的里程碑》，人民文學出版社。

沈福偉（1985），《中西文化交流史》，上海人民出版社。

狄兆俊（1992），《中英比較詩學》，上海外語教育出版社。

周英雄（1986），《結構主義與中國文學》，台北：東大圖書公司。

周英雄（1990），《比較文學與小說詮釋》，北京大學出版社。

周發祥（1997），《西方文論與中國文學》，江蘇教育出版社。

周發祥（編）（1988），《中外比較文學譯文集》，中國文聯出版社。

周發祥、李岫（主編）（1999），《中外文學交流史》，湖南教育出版社。

孟昭毅（1992），《比較文學探索》，吉林大學出版社。

孟華（1993），《伏爾泰與孔子》，新華出版社。

孟慶樞（主編）（1992），《日本近代文藝思潮與中國現代文學》，時代文藝出版社。

季羨林（1957），《中印文化關係史論叢》，人民出版社。

季羨林（1982），《中印文化關係史論文集》，三聯書店。

季羨林（1990），《佛教與中印文化交流》，江西人民出版社。

季羨林（1991），《比較文學與民間文學》，北京大學出版社。

宗白華（1981），《美學散步》，上海人民出版社。

宗白華等（1933），《歌德之認識》，鍾山書局。

金克木（1984），《比較文化論集》，三聯書店。

姜錚（1991），《人的解放與藝術的解放：郭沫若與歌德》，時代文藝出版社。

范存忠（1991），《中國文化在啓蒙時期的英國》，上海外語教育出版社。

范伯群、朱棟霖（1993），《1898-1949中外文學比較史》，江蘇教育出版社。

郁龍餘（編）（1987），《中印文學關係源流》，湖南文藝出版社。

韋勒克（1988），《批評的諸種概念》，丁泓、余徵（譯），四川文藝出版社。

韋勒克、沃倫（1984），《文學理論》，劉象愚等（譯），三聯書店。

唐正序、陳厚誠（1992），《二十世紀中國文學與西方現代主義思潮》，四川人民出版社。

孫景堯（1991），《溝通——訪美講學論中西比較文學》，廣西人民出版社。

孫景堯（主編）（1987），《新概念、新方法、新探索——當代西方比較文學論文集》，灕江出版社。

徐志嘯（1995），《比較文學與中國古典文學》，學林出版社。

徐志嘯（1996），《中國比較文學簡史》，湖北教育出版社。

徐揚尚（1998），《中國比較文學源流》，中州古籍出版社。

徐新建（1992），《從文化到文學》，貴州教育出版社。

秦弓（1995），《覺醒與掙扎——二十世紀初中日「人」的文學比較》，東方出版社。

馬立安‧高利克（1990），《中西文學關係的里程碑》，北京大學出版社。

高旭東（1989），《生命之樹與知識之樹——中西文化專題比較》，河北人民出版社。

高旭東（1994），《文化偉人與文化衝突：魯迅在中西文化撞擊的漩渦中》，河北人民教育出版社。

高旭東等（1989），《孔子精神與基督精神——中西文化縱橫談》，河北人民出版社。

張石（1989），《《莊子》與現代主義》，河北人民出版社。

張法（1994），《中西藝術的文化精神》，北京大學出版社。

張國剛（1994），《德國的漢學研究》，中華書局。

張隆溪（選編）（1982），《比較文學譯文集》，北京大學出版社。

張隆溪、溫儒敏（選編）（1984），《比較文學論文集》，北京大學出版

社。

張榮翼、楊從榮（主編）（1998），《中國文學對外國文化的選擇》，西南師範大學出版社。

張漢良（1986），《比較文學理論與實踐》，台北：東大圖書公司。

張衛中（1998），《母語的魔障──從中西語言的差異看中西文學的差異》，安徽大學出版社。

張頤武（1993），《在邊緣處追索：第三世界文化與當代中國文學》，時代文藝出版社。

張鐵夫（主編）（2000），《普希金與中國》，嶽麓書社。

曹順慶（1988），《中西比較詩學》，北京出版社。

曹順慶（1998），《中外比較文論史》，山東教育出版社。

曹順慶（主編）（1996），《比較文學新開拓》，重慶大學出版社。

曹順慶（主編）（1996），《東方文論選》，四川人民出版社。

曹順慶（主編）（2000），《中外文學跨文化比較》，北京師範大學出版社。

曹順慶（主編）（2000），《邁向比較文學新階段──中國比較文學學會第六屆年會暨國際學術討論會論文集》，四川人民出版社。

曹順慶（選編）（1985），《中西比較美學文學論文集》，四川文藝出版社。

梁宗岱（1983），《詩與真》、《詩與真二集》，外國文學出版社。

深圳大學比較文學研究所（編）（1987），《比較文學講演錄》，陝西師範大學出版社。

畢諾（2000），《中國對法國哲學思想形成的影響》，耿昇（譯），商務印書館。

郭延禮（1999），《中西文化碰撞與近代文學》，山東教育出版社。

陳元愷（1987），《二十世紀中國文學與世界》，陝西人民出版社。

陳建中（1993），《美國詩歌與日本文化》，陝西人民教育出版社。

陳建華（1998），《二十世紀中俄文學關係》，學林出版社。

陳蒲清（1999），《古代中朝文學關係史略》，湖南人民出版社。

陳銓（1936），《中德文學研究》，商務印書館。

陳鵬翔（1983），《主題學研究論文集》，台北：東大圖書公司。

喬德文（1991），《東西方戲劇文化歷史通道》，湖南文藝出版社。

智量（等）（1991），《俄國文學與中國》，華東師範大學出版社。

曾小逸（主編）（1985），《走向世界文學──中國作家與外國文學》，湖南人民出版社。

湖北美學學會（編）（1986），《中西美學藝術比較》，湖北人民出版社。

童慶炳（1992），《中國古代心理學詩學與美學》，中華書局。

辜正坤（1998），《中西詩鑑賞與翻譯》，湖南人民出版社。

閔寬東（1998），《中國古典小說在韓國之傳播》，學林出版社。

馮川（1998），《人文學者的生存方式》，四川人民出版社。

黃俊英（1991），《二次大戰的中外文化交流史》，重慶出版社。

黃維樑、曹順慶（編）（1998），《中國比較文學學科理論的墾拓──台港學者論文選》，北京大學出版社。

黃藥眠、童慶炳（主編）（1991），《中西比較詩學體系》（上、下），人民文學出版社。

楊周翰（1983），《攻玉集》，北京大學出版社。

楊周翰（1990），《鏡子與七巧板》，中國社會出版社。

楊周翰、樂黛雲（主編）（1987），《中國比較文學年鑑：1986》，北京大學出版社。

楊武能（1991），《歌德與中國》，三聯書店。

楊武能（編）（1989），《席勒與中國》，四川文藝出版社。

楊憲益（1983），《譯餘偶拾》，三聯書店。

溫儒敏（編）（1988），《中西比較文學論集》，北京大學出版社。

葉舒憲（1987），《神話─原型批評》（譯文集），陝西大學出版社。

葉舒憲（1993），《高唐神女與維納斯──中西文化中的愛與美主題》，中國社會科學出版社。

葉舒憲（1998），《文學人類學探索》（譯文集），陝西大學出版社。

葉維廉（1983），《比較詩學》，台北：東大圖書公司。

葉維廉（1986），《尋求跨中西文化的共同文學規律》，北京大學出版社。

廖鴻鈞（主編）（1987），《比較文學手冊》，四川人民出版社。

趙樂甡等（主編）（1992），《中日比較文學論集》，時代文藝出版社。

趙毅衡（1986），《遠遊的詩神》，四川人民出版社。

趙毅衡、周發祥（編）（1993），《比較文學研究類型》，花山文藝出版社。

劉小楓（1988），《拯救與逍遙──中西方詩人對世界的不同態度》，上海人民出版社。

劉介民（編）（1984），《比較文學譯文集》，湖南人民出版社。

劉立善（1995），《日本白樺派與中國作家》，遼寧大學出版社。

劉守華（1986），《民間故事的比較研究》，中國民間文藝出版社。

劉守華（1995），《比較故事學》，上海文藝出版社。

劉西渭（李健吾）（1936-1947），《咀華集·咀華二集》，上海文化出版社。

劉波（主編）（1990），《中西比較文學教學參考資料》，高等教育出版社。

劉柏青（1985），《魯迅與日本文學》，吉林大學出版社。

劉龍（主編）（1992），《賽珍珠研究》，雲南人民出版社。

劉獻彪（1986），《比較文學及其在中國的興起》，廣西人民出版社。

劉獻彪、林治廣（編）（1981），《魯迅與中國文化交流》，湖南人民出版社。

樂黛雲（1987），《比較文學與中國現代文學》，北京大學出版社。

樂黛雲、王寧（主編）（1989），《超學科比較文學研究》，中國社會科學出版社。

樂黛雲、比松等（主編）（1995），《獨角獸與龍──尋找中西文化普遍性中的誤讀》，北京大學出版社。

樂黛雲、張輝（主編）（1999），《文化傳遞與文學形象》，北京大學出版社。

樂黛雲等（主編）（1993），《世界詩學大辭典》，春風文藝出版社。

樂黛雲等（主編）（1994），《多元文化語境中的文學──中國比較文學學會第四屆年會暨國際學術討論會論文集》，湖南文藝出版社。

蔡茂松（1993），《比較神話學》，新疆大學出版社。

衛茂平（1996），《中國對德國文學影響史述》，上海外語教育出版社。

鄭朝宗（主編）（1984），《管錐編研究》，福建人民出版社。

鄭樹森（1982），《文學理論和比較文學》，台北：時報出版公司。

鄭樹森（編）（1982），《中美文學因緣》，台北：東大圖書公司。

鄧曉芒（1996），《人之鏡──中西文學形象的人格結構》，雲南人民出版社。

盧光（1992），《中國現當代文學整體觀與比較觀》，廣東高等教育出版社。

盧善慶（主編）（1991），《近代中西美學比較》，湖南人民出版社。

盧蔚秋（編）（1987），《東方比較文學論文集》，湖南文藝出版社。

蕭明翰（1994），《大家族的沒落──福克納和巴金家庭小說比較研究》，廣西師範大學出版社。

蕭錦龍（1995），《中西文化深層結構和中西文學的思想導向》，中國社
　　會科學出版社。

賴干堅（1995），《中國現當代文學與外國文藝思潮》，海峽文藝出版
　　社。

錢林森（1995），《法國作家與中國》，福建教育出版社。

錢鍾書（1979），《管錐編》，中華書局。

錢鍾書（1984），《談藝錄》（修訂本），中華書局。

錢鍾書（1985），《七綴集》（修訂本），上海古籍出版社。

應錦襄等（1997），《世界文學格局中的中國小說》，北京大學出版社。

戴仁（主編）（1998），《法國當代中國學》，中國社會科學出版社。

謝天振（1999），《譯介學》，上海外語教育出版社。

邁納（1998），《比較詩學》，王宇根、宋偉傑等（譯），中央編譯出版
　　社。

瞿世鏡（1991），《音樂‧美術‧文學——意識流小說比較研究》，學林
　　出版社。

藍凡（1992），《中西戲劇比較論稿》，學林出版社。

嚴紹璗（1986），《中日古代文學關聯》，湖南文藝出版社。

嚴紹璗（1987），《中日古代文學關係史稿》，湖南文藝出版社。

饒芃子（1991），《文學批評與比較文學》，花城出版社。

饒芃子（主編）（1999），《中國文學在東南亞》，暨南大學出版社。

饒芃子等（1994），《中西小說比較》，安徽教育出版社。

饒芃子等（1999），《中西比較文藝學》，中國社會科學出版社。

顧彬（1997），《關於「異」的研究》，曹衛東（編譯），北京大學出版
　　社。

三、中國比較文學期刊

中國比較文學學會會刊《中國比較文學通訊》，1981年創刊。

孫景堯、馬克‧本德爾（主編），英文刊物《文貝——中國比較文學研究》，1983年創刊，已於八〇年代末停刊。

曹順慶（主編），*Comparative Literature: East and West*（《比較文學：東方與西方》），巴蜀書社，2000年創刊。

曹順慶（主編），《比較文學報》，1989年創刊。

樂黛雲、李比雄（主編），《跨文化對話》，上海文化出版社，1998年創刊。

錢中文、曹順慶等（主編），《中外文化與文論》，四川大學出版社1-5期，四川教育出版社6-8期，1996年創刊。

謝天振（主編），《中國比較文學》，上海外語教育出版社，1984年創刊。

國家圖書館出版品預行編目資料

比較文學論 / 曹順慶等著. -- 初版. -- 台北市：揚
智文化, 2003[民92]
　　面；　公分. -- （Cultural Map；15）
參考書目：面
ISBN 957-818-478-6（平裝）

1. 比較文學

819　　　　　　　　　　　　　　　91024288

比較文學論

Cultural Map 15

著　　者╱曹順慶等

出 版 者╱揚智文化事業股份有限公司

發 行 人╱葉忠賢

總 編 輯╱林新倫

執行編輯╱晏華璞

登 記 證╱局版北市業字第1117號

地　　址╱台北市新生南路三段88號5樓之6

電　　話╱(02)2366-0309

傳　　眞╱(02)2366-0310

E - m a i l ╱book3@ycrc.com.tw

網　　址╱http://www.ycrc.com.tw

郵撥帳號╱19735365

戶　　名╱葉忠賢

印　　刷╱偉勵彩色印刷股份有限公司

法律顧問╱北辰著作權事務所　蕭雄淋律師

初版一刷╱2003年3月

定　　價╱新台幣400元

I S B N ╱957-818-478-6